LES MURMURES DE L'OMBRE

Auto-édité par l'auteure

ISBN : 978-2-9592881-0-4
Dépôt légal : [Septembre 2025]

Contact : s.goislot.auteur@gmail.com

Sandra GOISLOT

Les Murmures

de l'Ombre

AVERTISSEMENTS

Ce roman est sombre par son histoire et par le caractère de ses personnages. Néanmoins, et même si aucune perversion n'est romancée ici, certaines scènes peuvent heurter les plus jeunes et les plus sensibles.

Et au cas où, toute ressemblance avec des personnes existantes ou ayant existé ne serait que pure coïncidence.

Enfin, je crois…

Prologue

« Tu ne dis pas un mot, ma chérie, tu restes ici jusqu'à ce qu'on vienne te chercher, d'accord ?

Je comprends qu'elle attend que je lui réponde. Elle aimerait sûrement que je dise « oui », mais je dois fermer ma bouche très fort pour ne pas crier, alors je secoue la tête en mordant mes lèvres.

— Je te promets que tout se passera bien. Tu dois me faire confiance et être aussi silencieuse que possible. Je sais que tu en es capable.

Je tremble beaucoup et je pleure. Il ne faut pas qu'elle me laisse toute seule.

Elle respire très vite et j'ai des frissons quand elle fait un bisou sur mon front. Je veux lui dire « Reste avec moi », mais elle m'a demandé de ne pas faire de bruit, alors je me tais, et elle s'en va.

La porte de la chambre se referme : je n'entends plus les cris du méchant monsieur.

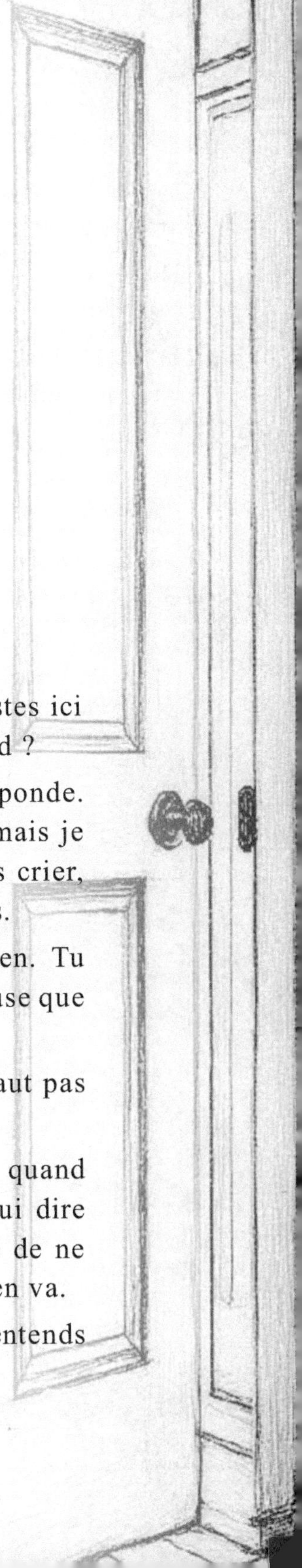

Il fait tout noir, car les volets sont baissés. Je cherche dans le coin de ma chambre, la petite veilleuse qui me rassure d'habitude, mais elle ne l'a pas allumée. C'est elle pourtant qui repousse les monstres… Ils vont venir, j'en suis sûre.

Sur la pointe des pieds, je pars prendre mon vieux doudou-lapin qui dort sur mon lit, puis je me cache dans le « coin des lutins », celui qui me fait toujours un peu peur parce que la lumière n'y va jamais, mais personne ne me trouvera, là. C'est tout serré, juste derrière ma commode.

« Tu es une petite fille très courageuse », me dit la fée qui apparaît soudain et qui tend sa main vers ma figure toute mouillée. Elle est si belle et il y a plein d'étoiles brillantes dans ses cheveux.

« Je suis si fière de toi. »

Elle me sourit, les doigts tendus vers moi, mais trop loin pour me toucher. Elle sent bon, comme les gâteaux à la vanille. Je regarde ses yeux gentils et je n'ai plus peur. Même les monstres sont partis.

J'essuie mes joues et je m'assieds par terre, il faut être minuscule comme un lutin pour entrer dans cette cachette, mais j'y arrive. Je prends mon pouce dans ma bouche, je ferme les yeux très fort.

On va venir me chercher, elle me l'a promis.

On va venir…

Chapitre 1

Chloé

Cinq heures du matin.

C'est de loin le meilleur moment pour moi. Le centre commercial est encore désert et les premiers employés n'embaucheront pas avant deux bonnes heures. L'inox de mon laboratoire brille de mille feux en me renvoyant la lumière des néons qui scintillent lorsque je les allume.

Ça, c'est mon monde. Un sol immaculé, des paillasses rutilantes et des frigos qui ronronnent leur mélodie de bienvenue !

Dans la pièce exiguë qui me sert de vestiaire, je

dépose mon blouson et l'échange contre un large tablier blanc que je noue sur mon ventre. Il est bien trop grand pour moi, mais les modèles destinés aux femmes ne me plaisent pas. Outre leurs fanfreluches gênantes plus qu'autre chose, ils sont ridiculement fins. Je préfère ceux taillés pour ces messieurs. Leur toile est rêche, épaisse, et au moins je ne passe pas des heures à l'ajuster pour qu'il fasse ce pour quoi il est prévu.

Je sais parfaitement de quoi j'ai l'air, alors que je suis emballée dans ce demi-drap blanc, et si j'en doutais encore, la paroi lisse de la chambre froide me renvoie mon image. Ça n'a pas la moindre importance de toute façon, je pourrais bien ressembler à un épouvantail, tout le monde s'en moquerait, car personne ne vient jamais ici. C'est *mon* antre, *mon* domaine, *mon* univers. En me retranchant derrière les règles d'hygiène imposées, je m'assure d'ailleurs d'être la seule à pouvoir m'y promener librement.

D'une main, je remonte mes cheveux sur le sommet de mon crâne. Le chignon qu'ils forment est approximatif, mais il sera suffisant si je le coince avec un élastique bien serré. Ça aussi, c'est une obligation : les cheveux doivent être attachés et emprisonnés dans une charlotte de papier blanc.

Hier, lorsqu'est venue l'heure de la fermeture, j'ai noté tout ce qui manquait dans les vitrines réfrigérées. La journée a été bonne. On a d'ailleurs dû faire un sacré chiffre, car tout ou presque s'est vendu. C'est motivant et particulièrement valorisant, mais autant dire que j'ai du pain sur la planche pour réassortir nos étalages et que ce n'est pas une simple image !

Les mains dans la farine et noyée dans les vapeurs

de sucre chaud, je m'affaire depuis un moment entre les différents points de cuisson, lorsque j'entends le grincement des rideaux métalliques de la galerie marchande. Les minutes sont passées à une vitesse folle. Il est déjà sept heures et les premiers employés de l'hypermarché vont venir récupérer les viennoiseries de leur petit déjeuner, avant de disparaître dans les entrailles de l'immense magasin pour attaquer leur journée.

Tous ne débarquent pas de si bonne heure. Il n'y a que ceux que j'aime bien et à qui j'ai expliqué comment entrer lorsque la boutique est encore fermée : ceux-là ont le privilège d'être servis avant tout le monde. Et puis, il y a les autres, qui devront faire comme les clients ordinaires, et attendre l'ouverture ou profiter de leur pause pour faire leurs achats.

Brigitte, la poissonnière, est la première à repartir avec son petit sachet de papier blanc et bleu. En théorie, ce sont les invendus d'hier que je suis supposée leur donner, mais même si la patronne grincerait des dents en l'apprenant — ne serait-ce que pour la forme —, j'ai estimé qu'ils avaient le droit de goûter la première fournée du jour. À mon sens, le fait que ce soit gratuit n'est pas une excuse valable, d'autant que, en ce qui concerne les invendus, j'ai d'autres moyens de les valoriser.

Nous échangeons quelques mots, puis c'est Jean-Paul qui embarque de quoi régaler son équipe des réserves, suivi par Amandine, Lindsay, et enfin Stéphane, du rayon des jouets. On papote un instant sur le temps qu'il fait, sur leurs enfants qui grandissent, et ils seront mes seuls visiteurs jusqu'à l'ouverture du snack à neuf heures.

— Salut, frangine, tu t'en sors ?

Complètement perdue dans mes songes, je sursaute au son de la voix de ma sœur. Glacer des pâtisseries n'impose pas une telle concentration, c'est évident, mais, quelles que soient les tâches qui m'occupent, elles me plongent toujours dans une sorte de bulle, effaçant les bruits qui m'entourent. Dans ces instants-là, mes pensées vagabondent et m'entraînent souvent assez loin. Ce qui explique en grande partie pourquoi je ne travaille pas en musique. J'ai essayé, mais peu à peu, j'ai abandonné : j'aime ce silence qui m'aide à m'entendre penser.

Un poil toquée ?

Peut-être, mais ça ne gêne personne, du moins, on ne m'en a jamais rien dit.

— Oui, j'ai presque terminé.

Ma sœur — bien qu'elle sache pertinemment que je ne veux voir personne dans mon laboratoire — me rejoint et claque une grosse bise sur ma joue, s'amusant au passage de mes sourcils froncés en glissant son pouce sur mon front.

— Tes pâtisseries embaument toute la galerie marchande et l'odeur se diffuse jusqu'à l'entrée du parking !

Je hausse les épaules en esquissant un discret sourire. Autant ne pas le cacher, j'en suis assez fière.

— C'est en partie ce qui attire notre clientèle. Les gens aiment que tout soit fabriqué et cuit sur place. Au moins, là, ils n'ont pas de doute.

— Ouaip, et comme en plus tu es la meilleure,

ajoute-t-elle en chipant une fraise dans le bol que je pose sur la paillasse.

— Hey, je viens de les peser et j'avais juste le compte !

Elle rit.

— Une de plus ou une de moins, ne me dis pas que ça fait une grande différence…

Je secoue la tête et pose mes mains sur mes hanches. Manœuvre risible pour démontrer mon mécontentement, car elle n'y croit pas un seul instant.

— Eh bien justement, si, figure-toi ! Il n'y a pas de place pour l'à-peu-près en pâtisserie. Ça se joue au gramme près, Lisa !

— Tu n'auras qu'à dire que c'est ma touche personnelle à la recette, une petite adaptation familiale.

Je grogne.

Entrer dans mon labo, c'est déjà très limite et ça a tendance à irriter ma patience, mais qu'elle vienne bousculer mon organisation, ça pourrait bien finir par me mettre carrément en boule, et elle le sait.

C'est pour éviter ce genre d'accrochage que j'aime commencer très tôt le matin : je peux faire ce que j'ai à faire sans avoir personne dans les jambes.

Et en particulier ma sœur.

Je l'adore, là n'est pas la question, mais elle sait précisément comment me titiller et elle en joue allègrement.

Ma sœur, c'est elle le patron, ici.

Elle dira que je suis son associée, parce qu'une partie de la boîte m'appartient, et techniquement, ce n'est pas faux. J'ai injecté des fonds pour que le commerce puisse exister, mais je rejette l'idée de devoir diriger quoi que ce soit, alors je préfère de loin me considérer comme une simple employée.

Avoir fourni un chèque pour participer au rachat de ce commerce ne fait pas de moi un gestionnaire. Je suis pâtissière et c'est bien plus confortable de me limiter à ce que je sais faire, car mes compétences s'arrêtent aux portes de mon labo.

— Tu es sûre que tu n'as pas des trucs de boss à faire, par exemple, de l'autre côté de la salle ? Je ne sais pas, vérifier les tas de serviettes en papier, les gobelets à café, compter la caisse…

— Et surtout déguerpir pour te ficher la paix, par exemple ?

— Mouais. C'est un peu l'idée en effet, ça m'irait bien aussi.

Elle m'envoie un clin d'œil et se dirige vers la porte.

— Je te prépare ton cappuccino, je ne sais pas depuis quand tu es là, mais je suis certaine que c'est le moment de prendre une pause.

Elle n'a pas tort, j'ai la tête dans le guidon depuis près de quatre heures, il est temps de m'arrêter quelques minutes. De toute manière, les fours sont éteints, j'ai fait le plus gros du travail. Il ne restera plus que quelques bricoles, dont la confection des sandwichs, et on ne les prépare jamais si tôt dans la matinée, sinon ils perdent leur fraîcheur.

Je dénoue la cordelette de mon tablier et ôte ma charlotte de papier que j'accroche à la patère près de la porte. J'ai beau me sentir à l'aise dans cet accoutrement pour bosser, j'évite de me montrer comme ça en salle. Personne ne dira que je suis une femme coquette ni ne s'attendra au moindre effort vestimentaire de ma part, mais il y a quand même des limites au ridicule !

D'un regard satisfait, j'embrasse la vaste pièce.

Cela fait presque trois ans que je travaille avec ma sœur, et à aucun moment je n'ai regretté de l'avoir suivie dans ce que beaucoup avaient qualifié de folie.

Je venais d'être embauchée dans une pâtisserie quand elle a eu l'opportunité de racheter ce snack, et lorsqu'elle m'en a parlé, je n'ai pas hésité à me lancer avec elle. Elle avait sérieusement étudié son projet. J'ai placé toute ma confiance en son intuition, et j'ai bien fait. Aujourd'hui, notre boutique est la seule de toute la galerie marchande qui propose des viennoiseries, des pâtisseries, des sandwichs tout frais et faits maison, quelle que soit l'heure. Les gens viennent des quatre coins de la ville pour se faire plaisir. Et comme elle me laisse « carte blanche », on peut dire que je « m'éclate » en cuisine. Elle est le patron en salle, mais ici, je suis mon propre chef et je n'imaginais pas que ça arriverait un jour, lorsque j'ai débuté dans ce métier.

Je quitte mon antre pour m'installer sur l'une des tables de la terrasse. La salle vide est reposante ; tout est à sa place, le calme règne encore, mais plus pour très longtemps, et c'est un moment que nous aimons partager. En général, nous discutons de nos parents, de nos prochaines sorties, du shopping — enfin, surtout pour elle, parce que la mode m'indiffère au plus haut point ! Cependant, son air sérieux me laisse penser qu'elle compte évoquer un sujet moins léger que d'habitude.

— Tu te souviens que sur le papier, tu n'es qu'à mi-temps ici, et je sais que tu as encore démarré de très bonne heure ce matin.

J'ouvre la bouche pour lui répondre, mais elle secoue la tête, l'index levé pour m'inviter à me taire.

Grr, j'ai horreur quand elle se donne ces allures de maîtresse d'école !

— Tu débarques tous les matins avant le lever du jour, et c'est inutile de prétendre le contraire, c'est le veilleur de nuit qui me l'a dit.

— Lili, j'ai du boulot et je préfère le faire avant qu'on ouvre. J'aime l'idée qu'on soit capable de proposer de la fraîcheur à nos clients…

— Et c'est tout à ton honneur, mais cela augmente considérablement le temps que tu passes ici, parce que tu commences tôt, mais aussi parce que tu restes tard.

— Je me moque des horaires et tu le sais bien !

Elle s'appuie contre le mur carrelé, croise les bras comme si elle s'apprêtait à livrer un verdict.

— Je sais que tu t'en moques, mais pas moi. La boîte tourne très bien. On génère de confortables bénéfices et si tu dois faire autant d'heures, il est juste que tu touches un salaire complet, tu ne crois pas ?

Quand nous nous sommes lancées dans cette aventure, le chiffre d'affaires permettait à peine qu'on en vive. Lisa, en plus de la corvée réglementaire de l'administratif, assurait le service au comptoir et tenait la caisse, tandis que j'œuvrais en cuisine tous les matins pour la préparation des viennoiseries et des pâtisseries de base.

Cette activité à temps partiel devait me laisser la

possibilité de travailler ailleurs pour compléter mes revenus. Mais voilà, depuis un peu plus d'une année, nous nous sommes développées. Le gestionnaire du centre commercial nous a cédé la location de l'espace devant notre boutique, ce qui nous a permis d'installer une salle. Nous proposons maintenant des snacks, des glaces, en plus des viennoiseries, des pâtisseries et des sandwichs froids. Tous les jours, de onze heures à quatorze heures, l'espace est bondé et il y a un peu plus de six mois, Lisa a recruté une jeune femme pour quelques heures, afin d'assurer le service avec elle, le temps du déjeuner.

— En fait, je pense que tu l'as compris, ce n'était pas une question. J'y ai bien réfléchi et j'ai deux options à te proposer. Soit on embauche quelqu'un pour te prêter main-forte au laboratoire, et tu réduis le temps que tu y passes…

Je pince les lèvres et je remue la tête en signe de protestation, ce qui la fait sourire de plus belle.

— … soit tu acceptes d'être rémunérée à temps plein.

Je souffle longuement, en la fixant du regard.

— Je ne veux pas travailler avec quelqu'un. J'apprécie mon espace et ma tranquillité et de toute façon, je ne sais pas comment déléguer.

— Non, ce n'est pas que tu ne saches pas déléguer, mais c'est surtout que tu n'aimes pas ça. Ce qui n'est pas tout à fait la même chose. Mais soit, je respecte ta façon de travailler parce que ça marche, mais j'ai besoin de toi.

— Je ne t'ai jamais fait faux bond, Lisa. Depuis

quand as-tu besoin qu'on mette ça noir sur blanc ?

Elle rit franchement.

— Non, tu n'y es pas vraiment. Ce n'est pas moi qui ai besoin que ce soit acté : c'est toi. Tu as vingt-six ans et même si l'avenir pour toi est une notion floue, ce n'est pas avec un poste à temps partiel que tu vas te préparer une vraie retraite. Tu travailles plus de huit heures par jour ici, et six jours par semaine. On est au début du mois de septembre et tu n'as pas pris de congés cette année et très peu l'an dernier. Si je devais cumuler toutes tes heures supplémentaires, tu pourrais partir en vacances pendant au moins un an !

Et elle ne sait pas tout… mais je me garde bien de le lui préciser.

— Et encore, je suis certaine que je ne sais pas tout…

Bingo !

Elle m'agace quand elle semble lire dans mes pensées comme ça !

Le boulot, c'est ma manière à moi de m'occuper les mains et l'esprit par la même occasion. J'ai besoin d'être en activité tout le temps, chaque jour, sinon, je broie du noir. Ce n'est pas réellement que je sois quelqu'un de dépressif, mais disons que limiter le temps d'introspection me convient plutôt bien.

— Et donc ta solution, c'est de m'établir un nouveau contrat de travail. Ça ne sera pas un changement en fait.

— Pas vraiment. Tu continues à travailler comme tu l'entends, et on révise ton bulletin de salaire, évidemment.

J'acquiesce d'un lent mouvement de tête.

— Évidemment… Par la même occasion, tu penseras à chiffrer le loyer de l'appartement que j'occupe.

Ils étaient là, les termes de notre accord. Quand j'ai commencé à travailler avec Lisa, elle venait d'emménager avec Gaëtan. Pour compenser le fait qu'elle ne pouvait pas m'embaucher à plein temps, elle m'avait proposé d'occuper son deux-pièces gratuitement. Et ça tombait plutôt bien, parce que je venais de me faire larguer comme une vieille chaussette par celui que je pensais être l'homme de ma vie…

Au sourire qu'elle laisse se dessiner sur ses lèvres, je sens qu'elle va botter en touche.

— On en reparlera plus tard, lâche-t-elle simplement en débarrassant ma tasse. Ton contrat est prêt, j'y ai mis la dernière touche hier soir. Il est sur le bureau, tu n'as plus qu'à le signer.

— Lisa, je pense qu'on n'a pas fini de discuter… je tente de protester.

— Je crois que si, au contraire, m'interrompt-elle en s'éloignant. Allez l'artiste, c'est le moment de lever le rideau, j'ai repéré nos habitués qui trépignent en regardant leur montre, il ne faudrait pas les faire attendre !

Elle disparaît derrière le comptoir sans me laisser le loisir d'argumenter. De toute manière, négocier avec ma sœur est un exercice que j'ai cessé de pratiquer depuis longtemps ; je ne gagne jamais. Elle est têtue, régulièrement de mauvaise foi, et tellement habile que même quand je pense avoir remporté une manche… pour finir, je perds !

Avant que la foule n'envahisse les lieux, je

m'éclipse dans mon laboratoire : j'ai encore bien assez à faire avant de déclarer ma journée terminée, mais comme chaque fois que je me plonge dans ma routine, les minutes défilent, et l'heure de rentrer chez moi a sonné depuis un moment, quand je raccroche mon tablier dans mon petit vestiaire.

— Je t'ai laissé les tartelettes aux fruits dans la chambre froide, il y en a suffisamment dans la vitrine réfrigérée, je l'informe en l'embrassant sur la joue.

Elle me désigne un sachet en papier blanc et bleu, les couleurs de notre enseigne.

— N'oublie pas ton encas !

— Ce sont des avantages en nature qui ne devront bientôt plus exister puisque je ne serai plus à mi-temps.

Elle marmonne en haussant les épaules.

— Je t'adore, mais tu me fatigues, Chloé. Je considère que ceci fait partie des petites choses qui te reviennent de plein droit, d'autant que je sais que tu as encore oublié de déjeuner. Est-ce qu'il faut que je joue les grandes sœurs autoritaires pour que tu l'acceptes ?

Je lui souris.

— Mais non, c'est bon, je te taquine. Merci pour le sandwich.

Il est clair que je ne protestais que pour la forme et qu'elle le sait.

***

Je suis à peine rentrée chez moi que déjà la sonnerie de l'interphone retentit.

— Ouvre, il tombe des cordes !

Katie.

J'avais complètement oublié qu'elle devait venir cet après-midi.

En général, nous nous voyons plutôt le week-end, mais samedi dernier, je n'avais pas envie de sortir. J'étais déjà en pyjama et enroulée dans un plaid, quand elle m'avait appelée pour qu'on aille faire un tour, et j'avais décliné.

Il est vrai que nos semaines ne se jouent pas sur le même rythme, et même si je suis pleinement responsable de mes journées à rallonge, je n'en apprécie pas moins de me reposer le samedi soir et le dimanche.

Katie, elle, est une fêtarde à l'état brut. Elle est incapable d'envisager une virée sans stroboscopes, paillettes ou cocktails. Moi, en revanche, j'aime le calme d'une soirée durant laquelle même la télévision est en sourdine. J'ai bien essayé de la convertir, mais sans succès jusqu'ici.

Samedi dernier, c'était précisément un de ces moments pauvres en animation et en décibels qu'elle était venue interrompre et j'avais repoussé son invitation. Pour me rattraper, je lui avais promis un après-midi cancans et une soirée pizza, et c'est justement aujourd'hui…

J'appuie sur le bouton afin de déverrouiller l'accès à l'immeuble et lui ouvre la porte de l'appartement.

— Il faisait super beau quand je suis partie de chez moi, puis d'un coup ça s'est mis à tonner et là, c'est le déluge. C'est vraiment n'importe quoi ce temps !

En effet, son appartement est à moins de dix minutes

du mien et le trajet a suffi pour la tremper. Ses cheveux ruissellent sur son t-shirt blanc, laissant apparaître son soutien-gorge par transparence.

— Entre vite, sèche-toi et pioche dans mon armoire pour te changer, sinon tu vas choper la crève.

Sans discuter, elle attrape son vêtement par l'ourlet et le passe par-dessus sa tête.

Katie est une femme magnifique. Ses proportions sont parfaites, sa peau au grain fin et lisse a la couleur d'un miel liquide, et même si elle ne pratique aucun sport, elle est tonique et juste musclée comme il faut.

— Je ne sais pas comment tu fais pour garder ton bronzage aussi longtemps, je n'ai plus aucune trace des pauvres couleurs que j'avais réussi à prendre.

— Le carotène, ma chérie. Bois du jus de carottes et tu resteras toute bronzée ! Cela dit, tu es brune et tu as une peau de rousse, c'est quand même pas de chance !

Elle me fixe et hausse ses sourcils parfaitement épilés.

— Ajoute à ça le nombre d'heures que tu passes enfermée dans ta cuisine au resto ou sur ton canapé, et tu expliques sans problème ton teint de lavabo !

Elle fait une boule avec son t-shirt, après l'avoir utilisé pour frictionner ses cheveux multicolores et le laisse tomber à ses pieds.

— Comment ça se fait que tu ne travailles pas cet après-midi, c'est rare que tu sois libre en semaine ?

— RTT, un des avantages de ce boulot, me répond-elle, la tête enfouie entre les étagères de mon armoire. Dis donc, tu n'as rien de moins triste que tes débardeurs noirs tous moches ?

Je pouffe.

— Tu m'as déjà vue porter autre chose que des débardeurs noirs ?

Le silence qu'elle me renvoie me suffit.

— Bon, il faut que je te raconte ma soirée de samedi puisque tu t'es dégonflée le week-end dernier, déclare-t-elle en enfilant mon vêtement.

— Tu es sortie quand même ? Je croyais que tu ne voulais plus traîner seule ? Et puis, je ne me suis pas « dégonflée » …

— Bah si : « non, je suis claquée », « non, j'ai pas trop envie », « non, tu sais, moi, les clubs ». Si ça, c'est pas se dégonfler, c'est quand même super bien imité !

Katie est une aventurière, de la trempe de ceux qui n'ont jamais peur de rien et qui sont prêts à tout pour s'amuser. Moi, j'en suis loin, et ce club dans lequel elle souhaitait nous emmener n'a pas très bonne réputation. J'avais espéré que mon refus la ferait changer de projet, mais visiblement ça n'a pas été le cas.

Je soupire en remplissant deux verres de jus d'orange que j'agrémente d'un trait de grenadine.

— Tu sais que je n'aime pas les endroits de ce genre, et puis c'est vraiment pas mon truc ces soirées-là.

— Comment ça « les endroits de ce genre » et qu'est-ce qu'elles ont ces soirées ? Un regroupement d'adultes qui a envie de prendre du bon temps, il y a quand même plus dangereux, non ? À moins que tu aies tout simplement la trouille de rencontrer quelqu'un, plutôt !

— Je n'ai pas envie, et encore moins besoin de rencontrer quelqu'un. Je suis très bien comme ça, à cohabiter avec mon célibat.

Elle jette la tête en arrière et rit, la bouche grande ouverte. Une exubérance parfaitement contrôlée visant seulement à se moquer de moi.

— Ta bouille de miséreuse raconte tout le contraire, et je te parie tout ce que tu veux que tu reprendrais des couleurs si tu t'autorisais une bonne partie de jambes en l'air bien tonique, avec un beau mâle prêt à tout pour te faire grimper aux rideaux

— Tu ne sors que pour ça en fait.

— Évidemment que j'ai envie de m'éclater ! Merde, on n'a pas encore l'âge de s'enterrer, si on ne papillonne pas maintenant, on le fera quand ?

Je ne réponds pas et avale une longue gorgée de mon jus de fruits.

— Le sexe n'est pas une réponse à tous les maux.

— Je t'assure que si !

Mon visage doit refléter mon air blasé.

— Bon OK, je ne sais pas si c'est un remède à tout, mais au moins, ça déride ! Et je te promets que ça te ferait le plus grand bien.

Le regard que je lui lance lui fait lever les yeux au ciel.

— Tu espères toujours que ton ex va revenir, c'est ça ?

— Bien sûr que non, je n'espère rien du tout. Et je te rappelle que c'est toi qui as imaginé ce scénario dans lequel il réaliserait l'immense erreur qu'il a commise en me quittant. Il s'en fout comme de sa première liquette, crois-moi !

J'illustre mes propos en écartant les bras. Katie ne cesse de me rebattre les oreilles au sujet de mon célibat comme si c'était une maladie grave qu'une rencontre d'un soir pouvait soigner.

— C'est parce que c'était une connerie de vous séparer.

— L'histoire dit le contraire, je te rappelle qu'il s'est marié au début de l'été, et qu'aux dernières nouvelles, lui et sa femme filaient le parfait amour.

— Il regrettera !

— Peut-être, ou pas, mais c'est son problème, pas le mien. En ce qui me concerne, je suis très heureuse comme ça et j'aimerais bien que le temps qu'on passe ensemble ne tourne pas uniquement autour de ma vie sexuelle, Katie.

— Non, c'est sûr, on en a vite fait le tour, pour ce qu'il y en a à dire…

Je fais craquer les articulations de mes doigts en serrant mes poings l'un contre l'autre. Le claquement arrache une grimace à mon amie et en réponse, je lui adresse mon sourire le plus moqueur.

— Et donc ? Ta soirée de samedi, puisque tu tiens tant à m'en parler, je t'écoute.

Elle se dandine sur son siège pour se rapprocher de la table, comme s'il était nécessaire de créer un climat de confidence, alors que nous sommes seules.

— Marco et son pote, j'ai oublié son nom…

— Quoi, tu veux dire que tu… Non ! Katie, pas les deux, quand même ?

Elle arrondit les yeux et secoue sa chevelure encore humide, comme si la situation était évidente.

— Je te rappelle que tu devais venir aussi ! Alors quand ils m'ont offert un verre, j'ai pensé que c'était une bonne chose qu'ils soient deux, pour le cas où tu changerais d'avis et finirais par nous rejoindre. Enfin tu vois… Bref, j'ai voulu t'envoyer un message, mais un truc en amenant un autre, j'ai oublié.

— Tu n'es quand même pas rentrée chez toi avec deux mecs totalement inconnus ?

Elle opine du chef en souriant.

— Un jour, il va t'arriver des bricoles, tu es beaucoup trop imprudente, Katie ! Tu te rends compte que tu ne te souviens même pas de leurs prénoms !

Comment peut-elle prendre autant de risques et en rire ?

— Je me rappelle l'essentiel, Marco a les plus beaux abdominaux que j'ai jamais caressés, un six-pack parfait : tout doux, bien dessiné, un vrai régal, et son ami, une de ces…

Elle tend ses index devant elle, ajustant l'espacement qu'elle place entre eux.

— Stop, je me fous de la taille de leurs engins, Katie. Je trouve ton comportement dangereux et vraiment, tu m'inquiètes.

— Arrête, c'est bon, tu vois, je suis là, alors c'est pas la peine de te faire du souci pour moi. Je me suis éclatée, tu n'as pas idée. On n'avait pas assez bu pour avoir envie de dormir, si tu comprends ce que je veux dire. On a partagé le petit déjeuner et ils sont repartis comme ils sont venus.

À quel moment est-elle devenue aussi accro au sexe ? Il est clair que l'époque le tolère, mais je trouve ses méthodes particulièrement risquées.

Ce n'est pas la première fois que nous avons cette discussion, et je sais par expérience que j'ai autant de chance de la dissuader de continuer qu'elle en a de me persuader de la suivre. Sur ce point, nous sommes tellement différentes.

— Ma sœur m'a proposé un contrat à temps plein, dis-je pour changer de sujet avant de finir par m'emporter et de l'engueuler franchement.

Elle fronce les sourcils et me regarde, la tête légèrement penchée sur le côté.

— Tu fais déjà des journées de quinze heures, elle en veut davantage ?

Je ris.

— Tu exagères, je ne travaille pas autant que ça, mais jusqu'ici, mon contrat ne couvrait qu'un mi-temps ; elle veut régulariser.

— Bah oui, ça me paraît évident, tu bosses comme une forcenée pour sa boîte…

— Déjà, je te rappelle que ce n'est pas uniquement sa boîte, mais aussi la mienne et que plus elle est prospère et plus j'en tire des bénéfices. Ensuite, mon salaire actuel n'est peut-être pas à la hauteur de ce que je fais, mais cet appartement lui appartient et je ne verse pas un centime de loyer. Même la facture d'électricité, c'est elle qui la paye ! J'ai tellement d'avantages que je n'ai vraiment pas le sentiment d'être exploitée.

Elle pose sa main sur la mienne.

— Au moins, tu fais quelque chose qui te plaît. Dans mon job, je ne leur laisserai pas une seule minute de plus que ce que stipule mon contrat. On fait tout un foin des postes de fonctionnaires, mais j'y vais chaque jour un peu plus à reculons...

Elle vient probablement de là, son envie de s'éclater. Si je ne prenais pas autant de plaisir dans mon travail, j'en serais très certainement au même point qu'elle.

Sans rien dire de plus, elle pianote sur l'écran de son téléphone et me le présente.

— C'est l'application de la pizzeria qui a ouvert au coin de ta rue le mois dernier. J'ai déjà choisi.

Je scrolle lentement, jusqu'à ce que mon choix s'arrête sur une pizza à base de crème, je valide notre commande et lui rends son appareil.

— On se fait livrer pour dix-neuf heures ? Je n'ai franchement pas envie de prendre encore la pluie. Et puis imagine le scénario parfait : on sonne à ta porte et là, un Marco dans toute sa splendeur, monté comme un dieu, son magnifique cul musclé moulé dans un jean taille basse et un t-shirt blanc tout mouillé, collé à ses superbes abdos... Waouh ! Flambée de petites culottes garantie !

Et voilà, c'est reparti !

Chapitre 2

Maxime

En garant ma voiture dans le sous-sol du commissariat, je remarque la berline du major, comme d’habitude, stationnée à cheval sur deux places. Le trouver au bureau, un lundi matin de si bonne heure, ne peut signifier que deux choses : soit il s’est encore chamaillé avec sa femme, ce qui n’annonce en aucun cas une journée agréable parce qu’il va être d’une humeur de chien ; soit il a l’intention de me choper à mon arrivée et ça n’augure rien de terrible non plus.

Je sors de l’habitacle et utilise mon blouson pour recouvrir le dossier que j’ai posé sur le siège avant ;

puis, en tentant d'adopter la posture la plus naturelle du monde, je cale l'ensemble sous mon bras.

L'escalier est désert, le silence est complet, et avec un peu de chances j'aurai regagné mon bureau sans croiser personne. C'était d'ailleurs mon idée en débarquant aussi tôt : en général la zone où sont situés nos locaux est encore endormie à cette heure-ci. Les collègues qui assurent les services de nuit sont au poste ou en patrouille, et, à moins d'un retardataire, même l'équipe de nettoyage est déjà partie.

Lorsque je pousse la porte qui débouche sur l'étage, une violente odeur de cigare m'agresse. Si je n'avais pas vu sa voiture, cette puanteur m'aurait renseigné sur sa présence. On peut dire que mon supérieur se torche allègrement avec la réglementation antitabac, tout comme il se fout des autres règles d'ailleurs, ce qui demeure plutôt paradoxal pour quelqu'un dans sa position.

Je retiens le valet de la porte pour qu'elle fasse le moins de bruit possible en se refermant et je me glisse tel un fantôme le long du couloir.

— Villonier ! Dans mon bureau !

Merde… Il ne s'est donc pas engueulé avec sa femme.

Je soupire, souris malgré moi du ridicule de la situation, tout en restant immobile entre les murs blancs légèrement défraîchis. Puis, oubliant mes précautions devenues aussi futiles qu'inutiles, je franchis les quelques mètres qui me séparent de mes quartiers pour larguer mes affaires sur mon bureau.

— Oui, Major ?

— Villonier, tu as encore embarqué des pièces de dossier chez toi ce week-end !

Ses mots sonnent comme une affirmation, il est donc vain que je cherche à nier, s'il le dit, c'est qu'il a vérifié et qu'il est sûr de son coup.

— Je voulais avancer, mais tu sais que je...

— Oui, je sais, mais c'est la règle. Une règle merdique, je te l'accorde, mais une règle quand même : « aucun dossier ne doit sortir de ces murs sans un accord écrit », surtout avec le genre d'enquêtes qui nous sont confiées ! Bordel, tu devrais comprendre ça !

J'acquiesce. Je n'ai pas grand-chose à argumenter de toute manière, même si évidemment, je connais ces foutues règles, je ne suis pas un crétin, mais parfois les transgresser peut se justifier.

— Max, j'ai bien conscience que tu as des responsabilités chez toi, et que tu n'es pas aussi disponible que certains gars, mais ce n'est pas pour autant que tu peux faire ce genre de choses sans mon aval.

Il pose son stylo sur son bureau et me fixe avec ce regard de compréhension qui me gêne quelquefois, même si je l'apprécie.

— Il est évident que je ne vais pas te sanctionner, mais j'ai dû trouver une parade quand Dunant a cherché le dossier de l'enlèvement sur lequel tu bosses. Ce con ne sait pas la fermer, et s'il commence à faire courir des rumeurs au sujet d'un éventuel passe-droit, on va droit dans le mur, et j'ai d'autres choses

à foutre que gérer ces conneries d'école primaire.

— Dunant n'est pas sur cette enquête de toute façon, je ne vois pas pourquoi il vient fourrer son nez là-dedans. Il n'a rien trouvé parce qu'en effet, j'ai emporté ces documents, mais dans l'absolu, ils auraient tout aussi bien pu être rangés dans mon armoire forte.

— Oui, je sais, mais il n'empêche qu'il les a cherchés et qu'il ne s'est pas gêné pour brailler à qui pouvait l'entendre que tu prenais tes aises avec les consignes du ministère.

— C'est un emmerdeur. Il n'est pas foutu de faire son boulot correctement, mais il se permet de critiquer tout le monde. Je vais avoir une petite discussion avec lui et lui donner mon avis sur la question.

— Non, ce n'est pas ton rôle.

— Un peu quand même. S'il se met à fouiller mon bureau, je vais le remettre à sa place !

Étienne hoche la tête, mais son léger rictus me fait comprendre qu'il n'attendait pas d'autre réaction de ma part.

— Je lui ai dit ce que j'avais à lui dire, ça ne lui a pas plu, mais je pense qu'il a saisi et que l'incident est clos.

Sans répondre, même si je demeure convaincu que Dunant oubliera le sermon dès qu'une autre occasion de remuer la merde se présentera, je tends le bras et ouvre la fenêtre afin de changer l'air vicié de son bureau. La pièce a beau être assez vaste, il y règne un brouillard dense et nauséabond.

Impossible d'ignorer que ma réaction l'amuse. C'est à croire qu'il se demandait combien de temps je tiendrais dans cette atmosphère avant de chercher un peu d'air frais.

Étienne est major depuis quelques années, mais nous nous connaissons depuis longtemps. Suffisamment pour être devenus des amis. Nous avons débuté ensemble dans un autre commissariat, après avoir fait nos quelques mois à l'école de police.

Contrairement à moi, il a continué à potasser pour passer les concours, jusqu'à sa nomination au poste de major dans ce commissariat dans lequel j'exerçais déjà au moment de sa prise de fonctions.

Au début, il a craint que notre amitié devienne un problème, mais il n'en est rien. Certes, le fait qu'il soit mon supérieur hiérarchique impose des limites, surtout en termes de familiarité, mais nous sommes assez intelligents pour veiller à les respecter. En revanche, notre complicité nous a souvent servi dans les affaires sur lesquelles nous travaillons : une réflexion généralement complémentaire, une logique en symétrie et dans notre métier, ça peut faire une belle différence.

Donc, je le respecte et il est à mes yeux ce qu'on peut appeler « un mec bien ». Lui ne se plie à aucune règle, mais il est strict quand il s'agit de son équipe. En gros, sa philosophie est assez simple : « j'assume chacune de mes erreurs, mais mon rôle est de veiller à ce que vous n'en fassiez pas ».

— Tu as avancé ?

Je tire la chaise qui lui fait face et m'assieds.

— J'ai étudié les échanges de messages entre les deux

disparues et je suis remonté jusqu'à leurs comptes sur les réseaux sociaux. Elles ont toutes les deux plusieurs adresses électroniques, et autant de profils différents.

Il paraît intrigué. Comme moi, lorsque je l'ai découvert. Il n'est pas rare que quelqu'un ait deux, voire trois profils distincts sur les réseaux, mais autant que ces filles, j'avoue que cela m'avait fortement interpellé.

— Sur les comptes les plus anciens, ceux qu'elles ont créés durant leur adolescence, j'ai trouvé des publications plutôt sages. Des échanges de blagues gentilles, de photos de bébés chats et de licornes à paillettes, et souvent à destination de membres de la famille, rien de transcendant. Les autres comptes comportaient assez peu de publications, et m'ont plutôt semblé exister afin de favoriser des prises de contact pour ensuite être effacés.

— Dans quel but ? me demande Étienne, de plus en plus intrigué.

— Offrir un point de chute à ceux qu'elles rencontraient sur le net, j'imagine. Mais ce n'est pas tout : les gars de l'informatique m'ont communiqué toute une liste de sites sur lesquels elles étaient plutôt actives, mais qu'elles veillaient à faire disparaître de leurs historiques de navigation.

Et c'était la raison pour laquelle j'avais embarqué les dossiers. Il était tard vendredi, quand mes collègues m'avaient transmis les identifiants et les mots de passe enregistrés sur les ordinateurs des deux filles qu'on recherchait, et j'avais passé trop de temps à éplucher leurs mièvreries pour que ça n'éveille pas ma curiosité.

— Et donc, les petits anges n'en seraient pas ?

Je balance doucement la tête. Même s'il est encore un peu tôt pour réaliser un tableau précis de leurs personnalités respectives, on peut néanmoins affirmer qu'elles ne font pas dans la dentelle.

— Elles ne sont peut-être pas des suppôts de Satan non plus, mais leurs fréquentations sur le net sont loin d'être recommandables. Leurs messageries regorgent d'échanges sacrément chauds et certains de leurs interlocuteurs semblent vachement tordus.

— Tu as repéré des ouvertures vers des rencontres physiques, ou tout cela restait-il virtuel ?

Ça a été une de mes premières questions en examinant leurs ordinateurs.

— Je n'ai rien trouvé qui pourrait m'amener à penser qu'elles avaient des rendez-vous avec ces types, et elles ne faisaient pas référence à leurs localisations, mais la teneur des discussions ne laisse aucun doute : ces nanas n'étaient pas des bonnes sœurs. Si elles agissaient dans la vraie vie comme sur la toile, elles ont pu attirer un barjot et probablement même plusieurs.

Étienne passe la main sur son visage et paraît réfléchir.

— L'enquête va nous mener à visiter les bars et les clubs du secteur, j'ai besoin de savoir si je peux compter sur toi.

— Je t'ai déjà lâché ?

Je m'adosse à ma chaise et croise les jambes, la cheville posée sur mon genou.

— Non. Mais je sais ce que c'est d'élever un gamin et compte

tenu de ta situation, je comprendrais que tu ne souhaites pas assurer cette partie de l'enquête.

Je vois où il veut en venir.

— Étienne, si j'ai pris ce dossier, c'était pour pouvoir y travailler à la maison et c'est vrai qu'avant Maïa, j'aurais certainement passé le week-end au bureau pour avancer sur les recherches. Alors, je suis au courant que sortir ces documents n'est pas autorisé et que je n'ai pas demandé ton accord, mais je ne vais pas m'excuser. Les heures que j'ai passées dessus vont nous faire progresser plus rapidement et dans ce type d'affaires, tu sais comme moi que le temps est compté. Pour ce qui est de la suite de l'enquête, j'ai une solution de garde pour ma fille. Je te remercie de t'en inquiéter, mais tant qu'on n'aura pas retrouvé ces nanas, je serai totalement disponible.

Tout ce que j'ai lu la nuit dernière m'a horrifié et l'idée qu'elles puissent être entre les mains de monstres tels que ceux avec lesquels elles échangeaient, m'a plus d'une fois donné la nausée.

Étienne place le clavier de son ordinateur devant lui. Avec une dextérité remarquable, si l'on considère que seuls ses index frappent les touches, il rédige quelques lignes.

— Je viens de t'envoyer un mail afin de te confier la responsabilité du dossier. Ça fera fermer son calque-merde à Dunant au besoin. Tu es libre de le sortir, mais fais très attention à ce que rien ne fuite, cette autorisation ne te couvre pas si tu ne respectes pas la confidentialité des pièces.

Je lui adresse un léger signe de tête. Je connais mon travail, et il ne l'ignore pas.

— Merci, mais j'espère qu'elles auront retrouvé leurs familles avant le prochain week-end.

Il soupire.

— Je l'espère aussi. Tu pars dans quelle direction ?

— Elles bossent toutes les deux dans la zone commerciale, je pense commencer par là. J'ai fait le tour de leurs relations virtuelles, et je vais opérer de la même manière pour leur environnement de travail.

Il opine du chef.

— Côté famille, je pense qu'il n'y a pas grand-chose à trouver. J'ai relu les différentes dépositions et il semble que personne n'ait la moindre idée de leurs occupations communes. Ce qui ressort c'est que ce sont deux gamines sans histoire.

— Et tu n'y crois pas.

— Ce que j'ai lu, fais-moi confiance, ça ne sent pas la naïveté.

D'un geste, il repousse son clavier et croise ses doigts devant lui.

— Tu as besoin de qui ?

Je réfléchis un instant. Dans mon boulot, je suis un solitaire, et si ces filles ont été enlevées, il va falloir la jouer en toute discrétion. On ignore la réaction que pourrait avoir celui qui les détient s'il se sent menacé.

— Pour le moment, je préfère tourner seul. Je ne suis pas connu sur le secteur et je pense que j'aurai moins de difficultés à obtenir des informations si les gens ne savent pas qu'ils ont affaire à un flic.

— Je te rejoins là-dessus. Je te demande seulement de me tenir au courant de tes avancées.

Afin de me signifier que la discussion est close, il repousse la fenêtre et rallume son horrible cigare. Je lui souris, grimace à la première bouffée âcre qui me chatouille les narines et quitte son bureau en veillant à bien refermer la porte.

Ça ne fait que trois petits mois que je suis revenu dans la région et après presque dix ans d'absence, pour beaucoup, je suis nouveau. Dans le milieu des délinquants et des trafiquants, je suis totalement inconnu et pour le moment, c'est un atout. Je sais que cela ne durera probablement pas très longtemps et c'est la raison pour laquelle je veux exploiter cet avantage tant que j'en dispose encore.

À titre personnel, je sors assez peu, mais surtout, je ne me montre jamais aux côtés d'un ou d'une collègue. Même mon concierge ignore ma profession. Quand je lui ai dit que j'étais fonctionnaire, il a traduit ça en « agent du fisc » et j'avoue que cela me va bien. Ça m'a rendu antipathique à ses yeux et c'est plus que parfait !

De retour au bureau, je me plonge dans les relevés téléphoniques des deux filles. Amanda et Estelle. Si elles n'évoquent pas leurs soirées réelles avec leurs correspondants virtuels, elles échangent aussi assez peu entre elles, ce qui laisse entendre qu'elles doivent passer beaucoup de temps ensemble. On constate des messages en journée, ce qui est cohérent avec le fait qu'elles travaillent chacune à un bout de la zone commerciale, et pas de SMS le midi, ce qui m'invite à penser qu'elles doivent déjeuner à la même table. Leurs patrons ou leurs collègues sauront certainement me renseigner là-dessus.

Je m'apprête à décrocher mon téléphone avant de le reposer : il est à peine huit heures et aucune des deux entreprises n'est encore ouverte.

J'ai noté dans mon carnet que leurs banques devaient me recontacter dans la matinée pour me transmettre leurs relevés de cartes de crédit. Avec un peu de chances, je trouverai une récurrence dans leurs dépenses.

Rapidement, je parcours les différentes captures d'écran.

Vingt et un ans…

Je ferme les yeux et je serre les mâchoires. Ce sont encore des gamines, putain ! J'ignore si c'est le fait d'être père qui me fait réagir aussi violemment, mais cette nuit, quand j'ai découvert les mots des ordures avec lesquelles elles discutaient au quotidien, j'ai manqué de vriller. Les descriptions de ce qu'ils voulaient faire à ces filles m'ont soulevé le cœur. Je sais que les écrans libèrent ce que l'humain a de plus vil, mais tous leurs mots dépassaient de très loin ce que mon imagination aurait pu produire, même en me forçant !

Et le pire, c'est que ce genre de choses n'est pas illégal. Ce n'était qu'un échange de mots entre adultes, pas des menaces, juste des horreurs que l'une comme l'autre semblait considérer comme normales.

Enfin quand même !

Vingt et un ans, et déjà tellement barrées. J'en ai trente et un et j'ai l'impression d'être un vieux con parfois, mais jamais ma fille ne fera des choses pareilles. Je mets un point d'honneur à la tenir à

l'écart de ce monde-là.

— Max, tu as mal raccroché ton téléphone et tes appels arrivent chez moi, me lance mon collègue depuis le couloir.

Je replace le combiné et il sonne immédiatement.

— Maxime Villonier ?

C'est un des appels auxquels je m'attendais, mais c'est également un de ceux auxquels je n'avais pas envie de répondre.

C'est le père d'Estelle qui vient aux nouvelles.

J'avais déjà remarqué que ce numéro de téléphone avait tenté de me joindre de nombreuses fois durant le week-end et je peux le comprendre. Si ma fille avait disparu, je ne me serais pas contenté de téléphoner, j'aurais fait le pied de grue dans le bureau du mec chargé de l'enquête et personne n'aurait réussi à m'en déloger.

Durant ma formation, j'ai appris comment gérer les familles lors de situations similaires à celle-ci, mais cela ne me rend pas la tâche plus simple pour autant. Je m'imagine difficilement lui dire que nos recherches vont se porter sur les pervers de la région, car celle qu'il appelle « son bébé » semble les attirer comme le miel attire les ours ; pourtant, au son de sa voix, je sens qu'il attend un minimum de vérité.

— L'enquête est en cours et nous amène à orienter nos recherches vers les clubs et les boîtes de nuit.

J'ose lui poser la question.

— Votre fille vous a-t-elle parlé d'un lieu qu'elle affectionnerait particulièrement ?

— Estelle ne nous confie pas ce genre de choses. Sa mère et moi nous doutons qu'elle ne passe pas ses soirées sagement devant la télévision, mais depuis qu'elle occupe son propre appartement, elle ne nous rend plus aucun compte sur ses sorties.

Je sens l'homme bien plus loquace que lors de notre entrevue de vendredi. Il est vrai que sa femme était en pleurs. La pauvre était encore plus loin que son mari d'imaginer le quotidien de sa fille.

— Nous savons qu'Amanda aime faire la fête et que notre fille et elle sont très proches.

Voilà le traditionnel déni parental : « mon enfant ne ferait jamais ça, c'est son amie qui l'a entraînée ». Ça pourrait prendre si je n'avais pas eu sous les yeux les écrits des deux petites filles modèles !

— J'en prends bonne note, monsieur, et je ne manquerai pas de vous appeler pour vous faire part des avancées de notre enquête. À ce stade, il n'y a pas grand-chose à en dire.

— Merci, inspecteur.

Le terme me fait sourire, mais je ne le reprends pas. J'imagine que pour toute personne n'ayant que rarement affaire à la police, celui qui enquête est toujours un inspecteur…

Lorsqu'il raccroche, je me sens solidaire de cet homme. Ce n'est pas simple d'être parent. Je prends mon téléphone et sélectionne le numéro de chez moi.

— Ça fait moins d'une heure que tu es parti et déjà, voilà que tu me surveilles !

Je ris.

— Je ne te surveille pas. Je voulais juste savoir comment allait

ma poupée.

— Comme un bébé qui vient de prendre son petit déjeuner. Elle te manque à ce point-là, ou est-ce que c'est juste que tu n'as pas confiance en moi ?

Je sens son air partagé entre amusement et agacement.

— C'est toi qui m'as élevé, bien sûr que j'ai confiance. J'appelais simplement pour savoir si tout allait bien.

À l'autre bout du fil, j'imagine qu'elle secoue la tête, la main posée sur sa hanche et l'œil attentif à ma fille qui doit jouer dans le salon. Je l'ai tellement vue dans cette position durant ma propre enfance.

— Mais oui mon grand, tout va bien. Je me suis permis de fouiller un peu partout pour prendre mes marques et je suis ravie de constater que tu as bien retenu toutes mes leçons sur l'organisation d'une maison.

Cette fois, j'éclate de rire. J'ai emménagé dans mon appartement depuis si peu de temps que tout est encore emballé dans les cartons. Je pioche au fur et à mesure de mes besoins et je pense que le terme de « bordel » n'est pas assez fort pour qualifier mes méthodes de rangement. Il n'y a que les affaires de Maïa qui ont trouvé leurs places dans les placards de sa chambre.

— Je te promets que dès mes prochains jours de repos, je me penche sur la question.

— Ou alors tu me donnes ton accord et je m'en occupe.

J'avoue que c'était un peu la proposition que j'attendais. Je repousse cette corvée depuis le jour où j'ai emménagé, trouvant tous les prétextes pour justifier ce désordre.

— Tu auras le temps de faire tout ça tout en t'occupant de Maïa ?

— C'est une question ?

Je souris, même si elle ne me voit pas.

— Une question stupide, je te l'accorde. Évidemment, je te donne les pleins pouvoirs sur le rangement. De toute manière, quoi que tu fasses, ça sera mieux que ce dont je suis capable.

— Tu te sous-estimes, mais passons. Tu penses que tu seras rentré pour le dîner ?

Si j'ai demandé à Édith de quitter sa campagne pour venir à la maison, c'est parce que cette affaire sur laquelle je travaille m'accapare bien plus que me le permet mon rôle de papa. Jusqu'ici, j'arrivais à jongler avec les horaires de la crèche et les quelques disponibilités de mon beau-frère, mais durant les jours à venir, cela ne sera plus le cas. Je crains de passer bien plus de temps au bureau ou sur le terrain qu'auprès de mon petit trésor. Et puis, maintenant qu'elle est retraitée, Édith me tanne pour venir à la maison, et c'était l'occasion.

— Ne m'attends pas. Je vais certainement rentrer au milieu de la nuit et je dînerai en ville.

Écumer les bars et les clubs semble être la prochaine démarche et ce n'est pas en journée que je croiserai quelqu'un pour répondre à mes questions. Le monde de la nuit ne traîne pas dans les bistrots à la

lumière du soleil.

— Je passerai à l'appartement pour embrasser Maïa à l'heure du coucher.

— C'est une bonne idée. Maintenant, retourne bosser, sinon tu n'es pas près de rentrer.

Son humour m'avait manqué, et lorsque je raccroche le téléphone, je reste un long moment à contempler la photo de ma petite fille qui s'affiche en fond d'écran.

Elle est aussi belle que l'était sa maman.

Une notification de ma boîte mail me sort de ma rêverie. C'est la banque d'Amanda qui me transmet ses relevés de cartes de crédit, et j'ai enfin un début d'élément pour commencer à travailler.

***

Minuit et quart.

Ça fait une éternité que je n'ai pas fréquenté les bars à une heure aussi tardive et c'est là que je me rends compte que l'époque a changé et que je n'ai rien vu passer. La population est tellement différente de celle qu'on rencontre en plein jour. Les femmes sont apprêtées, un peu trop d'ailleurs pour certaines, les hommes se risquent à des regards qui, à une autre heure leur vaudraient certainement une gifle, et tout le monde semble trouver ça normal. L'instant est à la séduction, à la provocation, à l'impudeur.

Putain, je me sens vraiment vieux !

Même quand j'avais l'âge de traîner en soirée, je n'étais pas très doué pour ces jeux-là et le temps n'a rien arrangé.

Sur les différents comptes des filles, j'ai récupéré quelques photos d'elles et je les ai transférées sur mon téléphone. Sur toutes, elles étaient accompagnées, et j'ai juste eu besoin de corriger leur cadrage pour qu'on ne voie pas que je n'étais pas l'homme du cliché original. Celles sur lesquelles elles apparaissaient seules étaient principalement destinées à leurs familles et les représentaient bien trop sages.

Dans le premier bar, je prétends être le petit ami d'Estelle. Je montre la photographie au barman, tout en adoptant l'air désinvolte du mec qui s'apprête à passer une super soirée, mais l'homme à qui je m'adresse ne la reconnaît pas. Je peux affirmer, sans me vanter, que j'ai une belle expérience des interrogatoires et l'employé ne semble pas me mentir.

Sans quitter l'établissement, j'arrête une serveuse et lui montre cette fois la photo d'Amanda. La réponse est la même, mais elle paraît plus hésitante. Si j'étais catégorique sur la bonne foi du barman, je suis plus mitigé sur celle de cette jeune femme. Néanmoins, je la laisse filer, et me décide à m'installer sur une des tables encore libres malgré la fréquentation du lieu. Il me faudra attendre une ou deux minutes et elle revient vers moi. Je pense qu'elle a compris que je ne comptais pas lâcher l'affaire.

— Vous avez choisi ? me demande-t-elle.

Je pose devant elle mon téléphone sur lequel la photo d'Amanda est toujours affichée.

— Une Tripel Karmeliet, et

une vraie réponse. Je sais que tu la connais.

La jeune femme m'observe un instant, puis elle jette un regard vers le fond de la salle en se mordillant la lèvre.

— Tu es vraiment son mec ? finit-elle par demander.

Je n'effectue qu'un très faible signe de tête, à peine perceptible dans la semi-obscurité de la salle.

— Elle a disparu depuis trois jours et je m'inquiète. Ses parents se font aussi un sang d'encre.

— Alors, je suis désolée pour toi, cette nana vient assez souvent ici et elle est connue pour se taper tout ce qui passe. Les gars font des paris sur le temps qu'il lui faudra pour les suivre aux sanitaires. Je n'étais pas de service vendredi soir, mais maintenant que tu le dis, en effet, je ne l'ai pas vue le reste du week-end.

À mon tour, je lance un coup d'œil à l'endroit où son attention s'est portée quelques secondes plus tôt. Une table est vide, mais les deux autres sont occupées par des groupes.

— D'habitude, elle fréquente ces gens-là ?

Elle secoue la tête.

— Non, ceux-là ne sont pas des habitués, peut-être des touristes, je ne les connais pas. Mais si elle avait été présente ce soir, c'est là-bas que tu l'aurais trouvée.

— Je te remercie.

— On n'est pas le seul bar qu'elle fréquente. Elle et sa copine vont aussi au « Rétro-club » du côté de la nationale et au « Néon's » près du centre-ville. Il n'y a certainement pas que là, mais je n'en sais pas plus.

Je reprends mon téléphone et je fais glisser mon doigt sur l'écran pour afficher la photo d'Estelle.

— Cette copine-là ?

La serveuse fronce les sourcils, me dévisage cette fois avec méfiance, mais acquiesce avec une petite moue.

— On la reconnaît à peine, d'habitude, elle est bien plus maquillée.

Au moins, le barman ne m'aura pas vraiment menti lorsqu'il m'a affirmé ne pas pouvoir l'identifier.

— Je te remercie.

— Tu es flic ?

— J'ai l'air d'être un flic ? Je lui réponds en écartant les mains comme signe d'innocence.

Elle sourit.

— Je dirais que oui. En tout cas, tu ne ressembles pas aux mecs qui viennent ici, et encore moins à ceux qu'elles fréquentent. Je t'apporte ta bière, ajoute-t-elle en tournant les talons.

Le bar continue de se remplir et j'observe ce monde qui m'entoure en sirotant ma boisson. Je suis surpris d'une œillade de la part d'une très jolie femme adossée au comptoir, mais je détourne le

regard. L'idée reste de ne pas me faire remarquer et même si cette nana connaissait Estelle ou Amanda, je suis persuadé qu'elle ne m'aiderait pas. Elle n'est visiblement pas là pour donner un coup de main à un type qui cherche à en retrouver une autre.

Ma visite au « Rétro-club » ne m'apportera rien de plus. On les connaît, mais elles n'ont pas leurs habitudes dans l'établissement. En revanche, au « Néon's », je découvre que mes deux disparues font presque partie des meubles et qu'elles viennent souvent rencontrer un petit groupe d'hommes, malheureusement déjà partis à mon arrivée. Le serveur, plutôt bavard celui-là, me confie qu'ils bossent tous dans la même boîte : une entreprise de revente de véhicules, située dans la zone commerciale, à deux pas des boutiques dans lesquelles travaillent les filles. Est-ce que cela a un rapport avec elles ? À ce stade, je l'ignore, mais j'ai appris que les coïncidences, ça n'existe jamais réellement.

J'avance. À petits pas, c'est vrai, mais j'ai le sentiment de mieux cerner ces deux femmes que je recherche. Hier encore, leurs parents inquiets nous avaient brossé le portrait de deux jeunes filles « bien comme il faut ». Ce soir, j'ai acquis la certitude que ce n'est pas dans la chorale de l'église que je retrouverai leurs traces…

C'est tellement fréquent de rencontrer des familles qui pensent tout savoir de leurs mômes et qui sont pourtant si loin de la vérité. Ce n'est pas simple de lire la déception sur le visage d'un père ou d'une mère, quand on doit leur annoncer que leur petit ange est en garde à vue, parce qu'il a volé, blessé ou agressé quelqu'un. C'est là qu'on reconnaît cette forme de deuil dans leurs réactions : le déni, la colère… pour en arriver à ce qu'ils acceptent l'idée d'avoir perdu l'enfant qu'ils avaient idéalisé et le fassent tomber de son piédestal. Dans le cas de cette enquête, je ne peux pas m'empêcher de me mettre à la place de ce père que j'ai encore eu au téléphone ce matin, et j'aimerais qu'on retrouve sa gamine avant d'avoir à lui révéler la vérité sur la vie qu'elle mène sans qu'il en ait conscience.

Peut-être parce que je suis père moi aussi et qu'une telle information me rendrait fou.

Il est très tard quand je rentre chez moi. Mes fringues empestent l'odeur des bars que j'ai visités. Sans bruit, je glisse jusqu'à la salle de bain et me déshabille. Une fois n'est pas coutume, je m'oblige à prendre une douche un peu plus chaude que d'habitude, afin que l'eau détende mes muscles noués. Les mains plaquées sur les carreaux de faïence, je laisse dégouliner les gouttes sur ma peau.

Lorsque je sors de la cabine, l'air est saturé d'humidité et sur le miroir réapparaît le petit cœur que j'ai dessiné pour Maïa hier soir après son bain. Chaque soir, je reforme ce cœur, sauf aujourd'hui, puisque ce n'est pas moi qui me suis occupé de sa toilette. Du bout du doigt, j'en retrace les contours avant que la buée ne se dissipe et je souris à mon reflet qui s'éclaircit lentement.

Je crois que ma fille est vraiment la meilleure part de moi.

Lorsque j'entre dans sa chambre, le parfum de ses produits de toilette m'accueille. La veilleuse diffuse une lumière

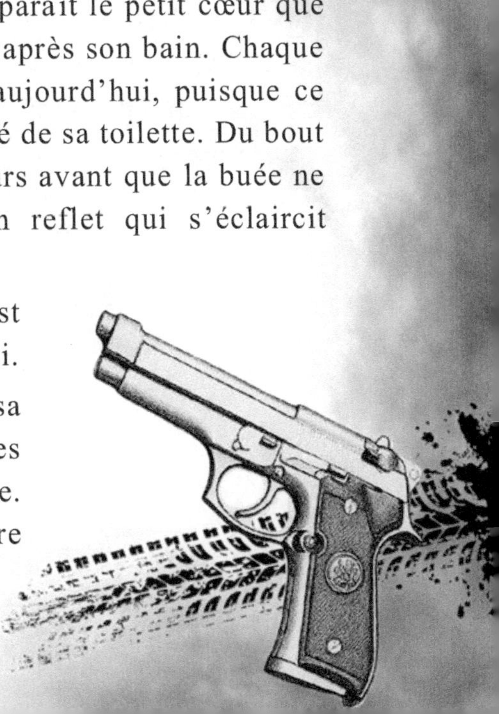

tamisée, juste assez brillante pour que je distingue son joli minois. Dans la position totalement improbable que seuls les bébés peuvent adopter, elle dort. La jambe droite remontée contre la tête du lit, son cou est tordu dans un angle qui doit être sacrément inconfortable, car son visage est écrasé sur un ours en peluche. Délicatement, je le dégage, et replace son minuscule petit pied sur le matelas. D'instinct, elle attrape de ses doigts agiles le coin de son doudou et ses lèvres roses impriment dans le vide le mouvement de succion qu'elle fait toujours quand elle glisse dans le sommeil.

C'est le moment de m'éclipser, car si elle sent ma présence, je peux dire adieu à la poignée d'heures de sommeil dont j'ai pourtant bien besoin.

C'est une chambre parfaitement rangée qui m'accueille et un lit fait, ce qui, je dois l'avouer, n'arrive pas souvent.

Merci Édith !

Je me glisse entre mes draps, cale ma nuque avec le traversin et serre mon oreiller entre mes bras.

Il y a longtemps maintenant qu'il ne sent plus « son » parfum, mais j'ai toujours besoin de cette impression de la tenir contre ma poitrine pour parvenir à m'endormir.

J'ignore si un jour ce vide sera supportable…

Chapitre 3

« Être seul par choix, c'est embrasser une indépendance enrichissante »
Enfin, ça, c'est ce qu'on dit…

Chloé

Le moment où je pose enfin le dernier torchon dans le bac à linge sonne, aujourd'hui, comme un soulagement.

Je suis morte de fatigue !

Nous avons décidé d'étendre notre gamme de petites douceurs et j'ai confectionné tout un tas de gâteaux qui ne sont pas proposés d'ordinaire. Des tuiles aux amandes, des cookies, des sablés à la cannelle et leurs versions miniatures pour agrémenter les desserts. D'ailleurs, la semaine prochaine, nous recevrons deux nouvelles machines pour fabriquer nos propres glaces à la crème… Je vais devoir prendre sur moi pour ne pas tout dévorer : c'est mon péché mignon depuis que je suis toute petite !

— Chloé, Katie est là, m'avertit à la hâte ma sœur en passant la tête par la porte du labo. Elle ne semble pas aller très bien. Je l'ai installée dans le bureau, précise-t-elle avant de disparaître.

Merde.

Pour que Lisa se sente obligée de « planquer » ma copine, c'est qu'elle doit être dans un sale état. Sans perdre un instant, je roule mon tablier en boule et l'envoie rejoindre les torchons. La salle est pleine à craquer, Lisa m'adresse un léger signe de tête quand je passe devant le comptoir, et je glisse jusqu'à la porte en verre qui isole le bureau du reste du snack.

Katie est assise sur une chaise, le visage caché dans ses mains. Ses longs ongles, habituellement parfaitement manucurés, sont rongés. Un jogging difforme et qui doit bien dater de ses années de lycée, tombe sur ses vieilles baskets, et elle sanglote.

Lorsque j'ouvre la porte, le bruit ambiant qui s'engouffre dans la pièce en même temps que moi la fait sursauter, offrant ainsi son visage à ma vue. Généralement souriant et lumineux, il est complètement défait. De larges traces noires maculent la peau autour de ses yeux rougis par les larmes, et dégoulinent jusque sous son menton.

— Oh, ma poule…

Je la serre dans mes bras et elle se blottit contre ma poitrine sans prononcer un seul mot, les épaules secouées de sanglots.

Il faut de longues minutes avant qu'elle parvienne à respirer correctement, puis, prise parfois de hoquets et reniflant, elle commence à m'expliquer la raison de son chagrin.

— C'est à cause de Marco et d'Elias.

Je fronce les sourcils. Contrairement à elle, j'ai une excellente mémoire des prénoms, et même si c'est la première fois qu'elle évoque Elias, je sais qui est Marco. Je n'ai donc aucune peine à comprendre de qui elle parle, néanmoins, je suis franchement surprise qu'ils fassent encore partie du décor. Cela ne ressemble pas à Katie. Aux dernières nouvelles, ces deux hommes étaient des coups d'un soir, ni plus ni moins importants que toutes les autres conquêtes épinglées au palmarès de ma meilleure amie.

— Ils t'ont fait du mal ? Raconte !

Elle tremble et semble respirer difficilement. Il ne m'en faut pas davantage pour être soudain animée par l'envie d'en découdre. J'imagine que ces deux zigotos ne sont pas des gringalets, mais même si je dois me surpasser, je pourrais bien causer quelques dégâts... Je suis passée maîtresse dans l'art de viser les attributs masculins depuis ma dernière année de lycée !

— Mais non, Chloé, c'est pas ça. Ils ne m'ont pas fait de mal, mais ils sont partis, lâche-t-elle alors que ses sanglots redoublent.

Je tire la chaise pour m'asseoir face à elle, plutôt stupéfaite. D'ordinaire, ce sont les mecs collants qui ont tendance à la mettre en rogne, pas l'inverse.

— Je pensais qu'ils avaient déjà quitté le paysage depuis longtemps, c'est bien toi qui pratiques la politique du « one shot et pas de second round » !

— Oui, mais là, je te jure que c'est pas pareil… Rien n'est comme d'habitude et cette fois, je n'ai pas envie de me barrer en courant, je ne veux pas que tout s'arrête comme ça. Chloé, je crois que je me suis laissée piéger et que je suis tombée amoureuse.

Je la regarde, les yeux agrandis par l'étonnement.

— Amoureuse ? Toi ? Et de qui ? Enfin, lequel ? Marco ou l'autre ?

Elle se fige et rougit alors qu'elle lève les yeux vers moi.

— Des deux, lâche-t-elle dans un murmure.

Je soupire longuement et pince l'arête de mon nez. Qu'est-ce que je peux bien répondre à ça ? Non seulement je suis loin d'être une spécialiste des peines de cœur, mais si en plus la relation est aussi atypique, j'avoue me sentir particulièrement désarmée ; et ses larmes ne font rien pour arranger les choses.

— Je vais aller te chercher quelque chose à boire et on pourra rentrer chez moi si tu veux pour que tu m'expliques tout cela.

Elle accepte ma proposition en levant vers moi un regard que je ne lui avais encore jamais vu : un mélange de tristesse et probablement de déception, tout ça en ayant l'air paumée.

— Comment es-tu venue jusqu'ici ? Tu as pris ta voiture ?

— Non, le bus. Je n'aurais pas réussi à conduire.

— Bon, alors attends-moi là. Je reviens, et essaie de te calmer un petit peu, parce que ça ne peut pas être si grave que ça.

Visiblement, pour elle, ça l'est ; car mes mots font redoubler ses pleurs.

Quand je referme la porte vitrée derrière moi, je suis violemment saisie par une envie de m'enfuir. Si ça n'avait pas été Katie, ma meilleure amie, qui m'attendait, sagement assise sur cette chaise, je pense que j'aurais pris mes jambes à mon cou pour piquer mon plus beau cent mètres. Ou j'aurais inventé n'importe quelle excuse pour retourner auprès de mes fourneaux.

Foutue empathie.

Consoler ma pote alors que la voir pleurer me donne envie de joindre mes larmes aux siennes, c'est loin d'être simple. Quant à se faire larguer, cela ne m'est arrivé qu'une seule fois et même si c'est une épreuve que j'ai déjà traversée, cela ne fait pas de moi une experte en la matière… Loin de là. Surtout quand on voit la manière dont j'ai été capable de gérer le désastre, après avoir été si violemment projetée sur la touche !

— Qu'est-ce qu'elle a ? me demande ma sœur quand je passe derrière le comptoir.

— Ses mecs l'ont larguée.

C'est le regard de Lisa qui me fait comprendre que j'ai lâché le morceau sans ménagement. Elle ne porte déjà pas particulièrement Katie dans son cœur, mais l'idée qu'elle pratique le « ménage à trois » risque d'enterrer définitivement toute chance de les voir un jour devenir autre chose que des étrangères.

— Pourquoi ne suis-je pas étonnée de ça venant

d'elle ?

— Alors que tu devrais l'être. Moi, je l'ai été. Écoute, je sais que Katie ne représente pas l'image que tu te fais de la meilleure amie de ta petite sœur, pourtant, elle l'est. Ne la juge pas, s'il te plaît.

— Ce n'est pas ce que je fais.

J'adresse à Lisa ma fameuse moue dubitative et elle capitule.

— Oui, d'accord, je la juge un peu. Je crains surtout que son mode de vie déteigne sur toi. Tu as pris une claque, tu n'es pas encore guérie et…

— En fait, Katie et toi, vous n'avez pas grand-chose en commun, et il est évident que vous ne vous aimez pas beaucoup, mais vous dites exactement les mêmes conneries ! Si je n'avais pas la conviction que vous vous évitez comme la peste, je pourrais croire que vous vous mettez d'accord sur les mots que vous prononcez.

La bouche ouverte, ma sœur me fixe.

— Je vais te dire la même chose que ce que je lui ai déjà dit : fous la paix à ma vie sentimentale.

D'un geste, je jette dans la poubelle les deux capsules des bouteilles de jus de fruits, et emporte les verres en la laissant plantée là. Inutile que je me retourne pour savoir qu'elle ne m'a pas quittée des yeux, je sens son regard sur mon dos et c'est même limite s'il ne me brûle pas.

Quand j'ouvre de nouveau la porte du bureau, Katie n'a pas bougé. En revanche, ses joues sont sèches et elle tient son téléphone entre ses mains. Je dépose son verre et sa bouteille à côté d'elle et je reprends place sur ma chaise.

— Tu veux me raconter ?

Elle hoche la tête, porte son verre à ses lèvres et les essuie du bout des doigts après avoir bu une gorgée.

— Marco et Elias m'ont rappelée. Nous avons décidé de nous revoir. C'était aussi bien que notre première soirée et du coup, on s'est donné rendez-vous pour le lendemain, puis le surlendemain, et finalement, on s'est vus tous les soirs des jours suivants. Je ne t'ai rien dit, parce que je savais que tu étais gênée par l'idée de cette relation à trois.

Je soupire.

Depuis sa dernière visite, j'ai eu le temps de réfléchir à tout ça et surtout à ce que ça impliquait. J'ai lu qu'il était devenu courant d'avoir deux partenaires, et que la notion même de fidélité ne semblait pas remise en cause, car les intéressés étaient au courant. Ça me dépasse un peu — beaucoup, même — mais si c'est son choix et que ses « mecs » ne sont pas jaloux, c'est leur vie, après tout.

— Un triangle amoureux, ça devient quelque chose de banal maintenant.

Elle secoue ses mèches de couleurs.

— Tu n'y es pas tout à fait. Ce n'est pas vraiment ce qu'on peut appeler un triangle amoureux, je te parle d'une relation à trois. Ils ne se partagent pas « que » mon temps, Chloé, ils me partagent, moi. Quelles que soient nos activités. Toutes nos activités, c'est nous trois, ensemble…

Je souffle. Même si je suis surprise, je n'ai pas besoin d'un dessin, j'ai compris. C'est simplement que j'imaginais une version plus traditionnelle de leur relation.

— Avant-hier, Marco a dû partir dans sa famille pour un problème dont il n'a pas souhaité me parler et nous nous sommes retrouvés seuls avec Elias. Nous avons dîné et on s'est couché, comme on le faisait déjà depuis plusieurs jours. On a fait l'amour. Ce n'était pas la première fois qu'il me touchait et que je prenais un tel pied, mais c'était la première fois qu'il n'y avait qu'Elias et moi.

Son exposé est de nouveau interrompu par une crise de larmes, alors je la reprends entre mes bras, jusqu'à ce qu'elle se calme.

— Marco et Elias m'ont envoyé un long message ce matin. Ils mettent un terme à notre relation.

Ses pleurs redoublant, elle me tend son téléphone portable. J'hésite un instant à lire ce qui me semble être quelque chose de trop intime pour être partagé, mais elle insiste en posant l'appareil dans ma main. Je parcours une partie du message en diagonale, passant rapidement sur les mots qui, à mon sens, ne concernent qu'eux et leur relation, pour en arriver au moment où l'un d'eux explique que ce trio devait leur éviter tout attachement, mais que visiblement c'est un échec. Devant l'évidence de leurs sentiments naissants, ils ont décidé de mettre un terme à l'aventure.

— Te partager pour ne pas t'aimer, fuir dès que ça devient plus sérieux… J'avoue que je ne comprends pas réellement le concept.

Le menton tremblant, elle reprend son téléphone.

— Moi non plus, je ne comprends pas ; enfin surtout, je ne l'accepte pas. Je sais que j'ai également mené ma vie de cette façon pendant longtemps, mais je n'ai pas envie de manquer une seule minute du temps que je peux passer à leurs côtés.

— Tu as essayé de les appeler, d'en discuter avec eux ?

— Ils ne me répondent plus.

— Tout laisse à penser qu'ils ne souhaitaient pas une relation sentimentale, mais qu'ils ne voulaient que du sexe. Ça n'aurait pas eu d'importance si tu avais adopté l'idée, sauf que tu es tombée amoureuse…

Ce n'est même pas une question et elle se contente de remuer lentement la tête.

— Tu les aimes tous les deux, mais est-ce qu'au moins, tu le leur as dit ?

De nouveaux sanglots me répondent alors qu'elle pince ses lèvres entre ses dents. Je saisis ses mains entre lesquelles elle serre son téléphone.

— Il est peut-être là le problème, s'ils sont persuadés que toi, tu ne cherches rien de sérieux, leur désir de s'éloigner s'explique. Exprime simplement ce que tu ressens, sans prendre de détours. S'ils tiennent à toi, et qu'ils attendent des sentiments partagés, ils reviendront et, au pire, ils t'aideront à passer ce cap difficile.

— Et s'ils ne répondent pas ?

— Dans ce cas, tu n'auras plus qu'à te ranger derrière l'évidence que ce sont deux connards, qu'ils ne te méritent pas et qu'il faut les oublier, et ça, tu es capable de le faire, je le sais.

Elle fixe sur moi ses deux grands yeux tristes, puis pianote quelques mots sur son téléphone avant de me le tendre de nouveau.

« Je crois que je suis amoureuse de vous deux, je ne veux pas que tout cela s'arrête, j'ai besoin qu'on en parle »

— Ça fait nana désespérée, non ?

Inutile que je lui précise que c'est exactement ce qu'elle est, avec son maquillage qui a coulé et sa voix rendue rauque par les pleurs.

— Est-ce que ces mots représentent réellement ce que tu ressens ?

Elle opine simplement, alors je pose l'index sur la petite flèche, afin d'envoyer le message avant de faire glisser le téléphone sur le bord du bureau de ma sœur.

Quelques secondes plus tard, l'appareil vibre, mais elle le fixe sans parvenir à s'en saisir ; donc je le fais pour elle.

— Rentre chez toi, et fais-toi belle, ils sonneront à ta porte à vingt heures et ils précisent qu'ils apporteront le dîner.

Peut-être pas si connards que ça, finalement.

Je visualise difficilement la logique de partage quand il s'agit de sexe ou de sentiments ; mais si fonctionner comme ça la rend heureuse, qu'est-ce que je peux espérer de mieux pour ma meilleure amie ?

Dans une rapide étreinte, elle me remercie, mais refuse que je la raccompagne, préférant prendre le prochain bus dont elle a vérifié l'horaire et qui ne doit plus tarder.

— Tu me tiens au courant, d'accord ? Évidemment, je ne souhaite pas les détails de vos retrouvailles, mais dis-moi simplement si tout va bien. Ce soir, je vais certainement rentrer tard, je dîne chez Lisa, mais au moindre problème, tu m'appelles et je viens leur casser la gueule, j'ajoute en lui souriant.

Je ne connais pas ces deux hommes, et même si le fait qu'ils aient répondu si rapidement au message de Katie les a fait un peu monter dans mon estime, cela ne veut pas dire que leur discussion apportera le réconfort que mon amie espère.

À peine a-t-elle franchi les portes de la galerie que Lisa me rejoint dans le bureau.

— Elle va mieux ? C'est si grave que ça ?

Ma sœur a beau dire qu'elle n'aime pas Katie, elle s'en inquiète quand même. Elle est plus âgée que nous et elle a toujours incarné le rôle de l'aînée sage et soucieuse. D'autant qu'elle sait que ce qui touche Katie m'atteint aussi.

— Notre petit papillon frivole s'est cru malin et s'est brûlé les ailes. Ça ne devait être qu'un jeu entre adultes consentants, mais elle a investi son cœur dans l'affaire.

— Et ils l'ont plaquée…

— C'est pas si simple que ça. En fait, la situation dans son ensemble est compliquée, mais elle les voit ce soir pour éclaircir tout ça.

Lisa pince les lèvres puis soupire, comme un parent désolé devant le chagrin d'un enfant qui n'est pas le sien.

— Tu dînes toujours à la maison ce soir ?

— Évidemment, je vais rentrer me reposer un peu, parce que la journée a été longue et je serai chez vous pour l'apéro !

***

J'aurais dû me douter que le long discours sur la fin de l'été, des derniers moments pour profiter du soleil et des extraordinaires travers de porc au caramel de Gaëtan, cachait quelque chose.

Lorsque j'arrive dans la grande maison de ma sœur et de mon beau-frère, un très beau coupé sport est déjà garé devant les platebandes fleuries. D'un gris irisé dont la couleur change avec la lumière, des roues énormes, avec des jantes aussi brillantes qu'un miroir, cette superbe Jaguar détonne un peu avec le décor. À côté d'elle, la magnifique Audi de Gaëtan donne l'impression de n'être qu'une simple bagnole, et pour parfaire le tableau, je pose ma petite Fiat qui n'a pas vu un coup de nettoyage depuis des semaines, juste assez loin pour être certaine de ne pas mettre un coup de portière à cette carrosserie hors norme.

Quand je franchis la porte de la véranda pour pénétrer dans le jardin, j'entends des rires, et un en particulier que je ne connais pas. M'apercevant, mon beau-frère se lève.

— Ah, te voilà, Lili était à deux doigts de t'appeler pour vérifier que tu ne t'étais pas endormie !

Il m'embrasse sur la joue avant de se tourner vers son invité.

— Jean-Baptiste, je te présente Chloé, la sœur de mon adorable fiancée. Chloé, Jean-Baptiste travaille avec mon équipe depuis quelques mois.

L'homme est plutôt beau gosse. J'imagine qu'il n'a pas acheté ses vêtements au supermarché du coin, mais le carrosse garé devant la maison m'avait déjà renseignée sur le sujet. Il porte un ensemble veste et pantalon en lin crème, une chemise dont la toile me semble trop fine pour n'être qu'un simple coton, et il me sourit d'un air avenant, dévoilant une rangée de dents impeccables.

— Salut, Chloé, à part ma mère, tout le monde m'appelle JB.

La main que je lui tends se veut ferme et assurée, mais ne l'est pas vraiment. Il la saisit en s'avançant et me fait la bise.

Après tout, pourquoi pas. Un peu de simplicité, ça me va aussi.

Gaëtan glisse une des chaises aux côtés de son ami et m'invite à m'asseoir.

Lorsque ma sœur vient nous rejoindre, je la fixe sur la grosse dizaine de mètres qui sépare la porte de la véranda de la table que nous occupons. Je déteste les traquenards, tout comme les rendez-vous arrangés, et elle le sait parfaitement. Elle ne peut en aucun cas ignorer que je vais me venger à un moment ou à un autre.

Le dîner est excellent, comme toujours chez ma sœur. Leur invité est extrêmement gentil et poli, en plus d'être particulièrement agréable à regarder, je dois quand même l'admettre !

— JB est sympa, tu ne trouves pas ? me demande Lisa alors que nous entrons toutes les deux dans la cuisine. Je me déleste de la pile d'assiettes que je viens de récupérer sur la table et lui fais face, les poings serrés sur mes hanches. Je n'ai pas besoin de me forcer pour avoir l'air chagriné et elle le voit.

Ses épaules retombent ainsi que son sourire alors qu'elle soupire.

— Je sais ce que tu vas dire et ce n'est pas vraiment ce que tu crois. C'était une idée de Gaëtan, et...

Je la coupe, levant la main devant moi.

— Ah non ! Tu ne vas pas t'en tirer avec un « c'est pas moi, c'est lui ». Tu avais tout loisir de lui expliquer que ça me foutrait en rogne !

— J'allais dire que j'avais trouvé l'idée intéressante. Jean-Baptiste est divorcé depuis peu, il est sérieux, bosseur, pas vraiment dans le besoin et je te défie de prétendre le contraire : tout ce qui émane de ce type n'est que gentillesse et douceur.

Pour m'occuper les mains, je les plonge dans le bac de l'évier et commence à frotter les assiettes et les couverts.

— Mais il ne t'attire pas...

— La question n'est même pas de savoir s'il me plaît ou ne me plaît pas, Lili ! Je n'ai pas envie de compliquer ma vie : elle me va très bien comme ça. Mais maintenant, je me trouve dans une situation terriblement inconfortable. S'il a cru, ne serait-ce qu'un instant que j'étais au courant de vos intentions et qu'il espère davantage, je vais devoir lui faire comprendre que rien n'arrivera entre nous. Tu la connais cette petite phrase super malaisante : « Tu es un chic type, mais je suis sincèrement désolée, ça ne marchera pas ! Mais bien sûr, ce n'est pas à cause de toi, c'est moi. » Je n'aime pas blesser les gens, tu sais que j'ai horreur de ça et surtout quand ils sont aussi gentils que l'est JB...

— Ne t'en fais pas, tu n'auras pas à le faire, tonne une voix grave derrière moi.

Jean-Baptiste se tient dans l'entrée de la cuisine, adossé à l'encadrement de la porte.

— Je viens d'avoir la même discussion avec Gaëtan et ce rendez-vous arrangé me met aussi mal à l'aise que toi. Je suis désolé, mais Chloé, je te promets que je n'étais pas dans la combine.

Je fusille de nouveau ma sœur du regard et j'adresse un signe de tête à mon compagnon de galère.

— Mais maintenant que le malaise est dissipé... parce que c'est le cas, n'est-ce pas ? m'interroge-t-il.

J'acquiesce, lui adressant même l'esquisse d'un sourire.

— Je disais donc, maintenant que le malaise est dissipé, on peut essayer de terminer ce dîner ?

Finalement, je décide que la vaisselle peut bien attendre. Je m'essuie les mains, dépose sans ménagement le torchon sur le plan de travail et m'octroie le petit plaisir d'adresser une œillade pleine de reproches à ma sœur. Je suis rarement convaincante dans ce genre d'exercice en général, mais là, je lui en veux vraiment et à son froncement de sourcils, je comprends qu'elle l'a saisi.

Quand je passe devant JB et que je franchis la porte, il enroule son bras autour de mes épaules.

— Alors comme ça, tu trouves que je suis un chic type ?

Un peu surprise, je m'immobilise, mais son regard amusé me rassure et j'éclate de rire.

— Oui, c'est ce que je pense, en effet. Mais ça ne change rien au fait que je ne cherche pas un compagnon, ni même une aventure.

— Je te comprends très bien, ce n'est pas le bon timing pour moi non plus. Mais le jour où l'on décidera, l'un et l'autre, de modifier nos projets, ça pourrait être sympa de se revoir, non ?

— Sans Lili et sans Gaëtan ?

— Sans Lili et sans Gaëtan, répète-t-il en riant.

À la tête que fait mon beau-frère lorsque nous revenons vers lui, j'imagine que la discussion qu'il a eue avec son collègue n'a pas dû lui être agréable. Cependant, si les coups d'œil sombres que lui adresse JB ont tendance à refroidir légèrement l'atmosphère entre eux, le reste de la soirée se passe dans une ambiance plutôt conviviale. Jean-Baptiste et moi échangeons nos numéros de téléphone avant de quitter la maison en même temps, mais pas ensemble — je tiens à le préciser — et je n'offre pas à mes deux traîtres l'embrassade habituelle. La mine sciemment boudeuse, je ne leur adresse qu'un merci du bout des lèvres lorsque je monte dans ma voiture, même s'ils savent tous les deux que je ne suis pas rancunière et que demain matin tout sera oublié !

En arrivant chez moi, je reçois un message de Katie ; elle me dit juste que tout va bien et qu'elle m'appelle dans l'après-midi. J'en déduis qu'elle s'apprête à passer une folle nuit et l'idée me fait sourire. J'ignore comment tout cela va se terminer, mais si en attendant, elle est heureuse, finalement, ça me convient.

Chapitre 4

Lucas

Le vieil homme fait le tour de la caisse en détaillant chaque chose que son regard rencontre, comme s'il était un spécialiste.

— Les pneumatiques sont neufs, les plaquettes de frein aussi.

Il secoue la tête d'un air entendu.

— Combien de chevaux, vous m'avez dit ?

— 190 chevaux, boîte automatique, sept rapports, c'est une petite bombe.

Je vois du coin de l'œil que sa femme le tire par la manche.

— C'est peut-être un peu gros pour nous, tu ne crois pas ?

Si l'argument le plus efficace pour convaincre un homme est de parler de puissance en lui montrant le moteur, les femmes, ce sont les intérieurs qui savent les séduire. J'ouvre la portière et j'invite la vieille peau à s'installer sur le siège de la voiture.

— Revêtement cuir, accoudoir central et climatisation indépendante, avec un tel bijou, vous déroulez les kilomètres comme si vous étiez dans un fauteuil de relaxation chez votre esthéticienne. Même si vous n'en avez pas besoin, si je peux me permettre.

La tortue plisse les joues en m'adressant un rictus qui doit être un sourire et je prends mon air le plus affable pour y répondre.

Bon, papy, j'ai pas toute la journée, si tu ne veux pas de cette bagnole, va jouer ailleurs, j'ai du boulot !

— Ma chérie, cette voiture vaut largement son prix… Et puis, je crois qu'il faut savoir se faire plaisir, j'ai toujours rêvé d'un petit bolide comme cette belle machine.

Il lui coule des regards de crapaud mort d'amour. Putain, c'est à gerber !

— Si vraiment, c'est ce que tu veux et que tu y as bien réfléchi, mon chéri… lui répond, sa moitié.

Enfin, un peu plus que sa moitié. Elle va bien le sentir dans les bourrelets, l'accoudoir central, la mémé !

— Je ne vous cache pas que je dois la vendre vite, c'est la voiture d'un ami qui vient de divorcer. Il a besoin de fonds pour payer son avocat. Je n'applique même pas la commission de l'agence sur cette vente, je ne le fais que pour lui rendre service.

Ça marche à tous les coups, l'histoire du pauvre type qui divorce, et à en voir le regard de limande pas fraîche de la vieille, elle est tombée dans le panneau, les deux pieds joints.

— On va la prendre.

— Vous faites une très belle affaire !

Je lui serre la main et l'entraîne jusqu'au bureau d'un des gars pour qu'il en finisse avec la paperasse. Remplacer un vendeur, c'est une chose, et ça ne me plaît déjà pas beaucoup, mais il ne faudrait pas non plus me prendre pour une putain de secrétaire ! Je pose sur le comptoir la fiche technique que j'ai décrochée du rétroviseur de l'Audi et adresse un regard insistant à l'abruti qui semble absorbé par l'écran de son ordinateur. Quand il me voit, il se redresse et vient à la rencontre des clients. Sans un mot — je peux au moins lui reconnaître qu'il sait lorsqu'il est préférable de ne pas l'ouvrir —, il repère les documents et s'en saisit.

— Madame, monsieur, je vous souhaite une bonne journée et je vous laisse avec ce jeune homme qui va s'occuper des démarches. Et encore toutes mes félicitations pour cette acquisition.

Je ne leur offre pas le temps de me répondre, j'ai suffisamment entendu le son de leurs voix. Je m'engouffre dans les escaliers qui mènent à mon bureau et sans perdre une seconde de plus, je m'affale dans mon fauteuil pour ouvrir le capot de mon ordinateur. Le temps qu'il se mette en route, je plonge la main dans la poche de ma veste pour récupérer mes cigarettes. La longue bouffée que j'aspire me calme instantanément. Je n'aime pas

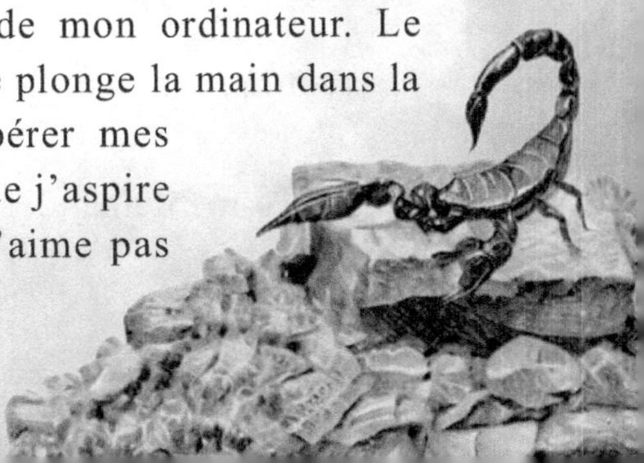

être attrapé de cette façon, comme l'ont fait ces deux clients, mais si je m'en réfère à ce qui est inscrit en grosses lettres sur la façade, je dirige une entreprise de vente de véhicules d'occasion, donc parfois, il faut accepter de prendre le rôle.

— T'as vendu la Q3 ?

— Ouais.

Je réponds à Stan sans lever les yeux des chiffres qui défilent sous mes yeux. Les paris en ligne me rapportent plus que la vente de voitures, mais il faut suivre les mouvements et ne rien rater.

— Au prix que tu avais affiché ?

— Ouais.

Il approche le fauteuil qui trône dans l'angle de la pièce et prend place face à moi.

— Mon salaud, tu as gonflé le prix d'au moins cinq mille euros ! Tu es un putain d'escroc, tu vendrais des seaux de sable à un bédouin !

— Ils n'ont pas discuté le montant, c'est qu'ils avaient de quoi le couvrir, mais j'imagine que c'est pas pour ça que tu es là ?

— Non, en effet, c'est pas pour cette raison que je suis venu. C'est au sujet de ta dernière commande.

Je repousse mon ordinateur sur le côté de mon bureau et y pose mes deux mains jointes pour lui signifier qu'il a toute mon attention.

— Un problème ?

Stan prend une longue inspiration. Je sens qu'il cherche ses mots.

— Tu me demandes de te tirer une classe S ? Pas de

souci, je te trouve ça, il y en a plein les rues ; mais là, ta commande est trop précise. Si je dois prendre en compte la finition, la couleur et les options en plus de la motorisation, ça devient une mission impossible… Je ne suis pas concessionnaire Mercedes !

D'un geste rapide, je saisis mon coupe-papier à manche d'ivoire et Stan a tout juste le temps de retirer sa main avant que je fiche la lame dans le bois de mon bureau, exactement à l'endroit où reposaient ses doigts.

— Mais t'es complètement malade, merde, tu aurais pu me planter, braille-t-il en inspectant sa paume comme si je l'avais touchée.

— Ne me fais pas chier Stanislas. Si j'avais voulu t'atteindre, tu serais punaisé comme un vulgaire papillon sur cette table.

Ne me fixe pas, mec. Ne me fixe pas, c'est un conseil.

Je n'aime pas ça, je déteste ça. On ne fixe pas Lucas Vidal, et je pense qu'à ce moment-là, il s'en souvient et baisse les yeux.

— C'est ce modèle précisément que veut mon client. Il a déjà payé la bagnole et elle est attendue dans deux jours à Bruges. Les six kilos d'héroïne dont elle sera chargée sont dans un coffre-fort et ont également été réglés cash par un autre client. La voiture qui ouvrira le go-fast est prête à partir et les chauffeurs sont recrutés. Et tu sais pourquoi j'ai déjà touché ma commission pour tout ça ?

Il reste immobile et c'est une bonne idée, car je sens que mes nerfs sont assez près de la surface.

— Eh bien, si je n'ai même plus à réclamer ce qu'on me doit, c'est parce que

tout le monde sait dans le milieu que lorsque je m'engage à fournir une bagnole ou de la dope, je respecte mes engagements à la lettre. Et si un client qui paye une telle somme veut que le porte-clés de son nouveau carrosse soit cousu avec la peau de tes couilles, crois-moi, j'irai te les couper moi-même. C'est plus clair pour toi ?

— Oui, c'est très clair. Je suis désolé, Lucas.

C'est ça l'ami : baisse d'un ton, je préfère...

— Prends deux mecs de plus s'il le faut, mais trouve-moi cette caisse. Je la veux à l'atelier au plus tard mardi soir pour que les mécanos aient le temps de la préparer dans la nuit. Il se lève du fauteuil et je vois que ses mains tremblent.

C'est bien, Stan, tu pourras survivre si tu y mets du tien...

Il a peur, ce crétin, mais c'était l'effet escompté. Je sais qu'il ne m'aime pas, mais je n'en ai strictement rien à foutre. C'est la trouille et le fric qui font avancer ces mecs, tout comme ils font tourner ce foutu monde. Les bons sentiments ne servent à rien.

Une cigarette coincée entre les dents, je contemple ce qui fait ma réussite.

Mon bureau surplombe d'un côté la salle d'exposition des véhicules que l'on vend, et de l'autre, les ateliers de mécanique et de carrosserie où l'on maquille les bagnoles volées. C'est presque drôle lorsqu'on y pense, à ma droite, j'ai la partie légale et déclarée de mon business ; et à ma gauche, celle qui me permet de réellement gagner de l'argent, mais dont le fisc ignore tout.

J'observe mes deux pigeons rabougris qui quittent l'espace de vente avec les papiers de leur nouveau Q3. Ça gâche presque le plaisir quand les gens ont encore le sourire après s'être fait entuber, mais bon, tant que ça rapporte, je peux mettre mon sadisme de côté.

Le freluquet qui les a raccompagnés à la porte croise mon regard au travers de la vitre et son teint vire soudain au gris. Je vois qu'il a compris que le prochain quart d'heure pourrait bien ne pas lui être agréable ; néanmoins, ce serait trop simple de descendre maintenant lui passer une soufflante. Je crois que je vais le laisser mijoter un peu. Quand il aura transpiré quelques longues minutes à se demander comment je vais lui faire payer le fait d'avoir négligé son poste, j'ai dans l'idée que rien que le bruit de mes pas dans l'escalier suffira à ce qu'il pisse dans son beau petit froc bien repassé.

En crachant la fumée de ma clope contre la vitre, je romps notre contact visuel avant de retourner vers mon bureau.

Voilà, je te fais cadeau de quelques heures d'angoisse, gamin, profites-en ! C'est comme un bon orgasme, plus c'est long, meilleur c'est.

Je relance mon ordinateur pour programmer mes paris pour la journée. Sur ce site on peut miser sur n'importe quoi et si, comme moi, on aime prendre des risques, c'est le pied garanti !

Un match de foot, un tournoi de golf et une série de matchs de beach-volley, les cotes ne sont pas mal. Je mise pour une partie sur des rencontres dont les pronostics m'assurent une certaine sécurité et pour le reste, j'ose

davantage. Il y a quelques années, j'allais sur les champs de courses, mais les canassons, ce n'est pas assez discret. Dès qu'on commence à miser un peu, les brigades financières nous collent dans leurs viseurs. Et si aujourd'hui, j'arrive à tirer mon épingle du jeu sans être inquiété, c'est que je me tiens le plus éloigné possible de ce qui ressemble à de la flicaille.

Une gueule de jeune premier, une allure friquée, mais naïve, et surtout, un casier vierge !

Alors que je finalise mes paris, une notification attire mon attention : un site sur lequel j'ai repéré quelques petites nanas qui semblent ne pas avoir froid aux yeux. C'est aussi ça, la magie d'internet, on peut avoir un aperçu de la marchandise sans même avoir besoin de quitter son fauteuil.

Hier, je me suis créé un compte et j'ai fait ce qui me paraissait être quelques touches intéressantes. Comme il semble que ce soit l'usage, j'ai demandé à quelques-unes d'entre-elles de m'envoyer des photos. Super le jeu des filtres ! Tout est lissé, maquillé à outrance, les fausses taches de rousseur tentent de faire croire à une candeur qui les a pourtant abandonnées depuis un bail, et je passe sur les cils artificiels, les seins siliconés et les lèvres gonflées par les injections ou déformées par des mimiques grotesques ! Si les premières images vendaient du rêve, ce n'est pas le cas de ce qui vient d'arriver sur ma messagerie. À peine plus de classe que des putains de bas quartiers et avec des heures de vol en plus ! Amusé, bien plus que dépité finalement, je fais glisser le curseur de ma souris sur l'onglet « profil » et le supprime. C'est pas un terrain de chasse, c'est une réserve de thon et même pas une réserve naturelle !

Site à bannir !

En bas, l'espace de vente est maintenant désert. L'heure du déjeuner approche et c'est le moment d'aller secouer un peu le gamin. Je ne suis plus en colère contre lui et j'en suis presque déçu. Lorsque je franchis le seuil de son bureau, il se lève d'un bond.

— Je vous présente mes excuses, monsieur Vidal. J'étais en ligne quand les clients sont arrivés et j'allais venir m'occuper d'eux lorsque vous êtes entrés. Je veillerai à ce que cela ne se reproduise plus.

Il a dû répéter son discours toute la matinée, sûrement ! Sans le quitter du regard, je le laisse poursuivre.

— Pour votre information, j'ai ajouté aux conditions de vente un contrat d'entretien sur les deux prochaines années, ainsi qu'une option de reprise du véhicule sur la base de l'argus.

Malgré moi, un sourire se dessine sur mes lèvres. D'un rapide calcul, je constate que ce môme vient de me faire gagner près de trois mille euros supplémentaires. Je serais presque fier, si c'était moi qui lui avais appris ça, mais je n'y suis pour rien.

— Tu iras loin si tu réfléchis comme ça, mais tu iras lentement si tu me refais un coup pareil. La prochaine fois que je dois faire ton boulot, je te brise les jambes.

Le regard planté dans le sien, je le mets au défi de le soutenir. Chance pour lui, il comprend et baisse la tête.

L'heure de la pause déjeuner est quasiment atteinte, mais la porte vitrée s'ouvre sur un autre couple. Il y a toujours des emmerdeurs pour se pointer quand ce n'est plus l'heure, mais je me

surprends à espérer que ma jeune recrue va tout de même les prendre en charge et me faire gagner encore un peu de blé… D'ailleurs l'idée me vient que s'il ne le fait pas, je le vire…

Je désigne d'un geste du menton les deux potentiels clients et il redresse les épaules avant de se diriger vers eux. Aux sourires de crétins des nouveaux arrivants, j'en déduis qu'il ne les a pas envoyés se faire foutre ; il a eu du nez !

Je ricane en silence.

Avec les années, je n'ai plus besoin de me forcer pour avoir l'air d'un connard. Cela fait tellement longtemps que j'ai accepté le rôle que je le suis devenu.

Ou alors c'était dans mes gènes.

C'est sûrement ça d'ailleurs.

Quand il dirigeait les affaires, mon frère était un type bien. Bon, OK, il faisait ses magouilles, notre business ne date pas d'hier, mais ses gars ne le respectaient pas. Il sortait avec eux, picolait avec eux et il me semble me souvenir qu'il était le parrain de quelques-uns de leurs mioches. Mais la différence de taille qu'il y a entre mon frère et moi, c'est que je suis toujours là et que lui, il est mort.

Par la large baie vitrée de l'étage, j'observe un instant le petit branleur qui affronte son client. Il a l'assurance d'un jeune taureau qui se rue dans l'arène et qui ne s'est encore jamais fait piquer le cul. Il est à surveiller celui-là. Il peut devenir un atout, mais il ne faudrait pas qu'il ait les dents qui poussent trop vite.

Le loup, c'est moi, je lui conseille de rester dans son rôle de l'agneau.

Chapitre 5

Je hais cette vibration
qui ne trouve pas son accord !

Chloé

Cela fait bien deux heures que Lisa est rentrée pour retrouver Gaëtan. Ils ont un anniversaire à fêter ce soir.

Celui de leur rencontre.

À moins que ce soit celui du jour où ils se sont envoyés en l'air pour la première fois, j'avoue que je n'avais pas vraiment suivi les justifications alambiquées et confuses de ma sœur lorsqu'elle m'a dit

qu'elle prenait sa soirée. La seule chose qui m'ait vraiment marquée, c'est que son amoureux a réservé une suite dans un très grand hôtel sur la côte et qu'elle était plus rouge qu'une pivoine en me l'expliquant.

Parfois, j'ai le sentiment que ma sœur me voit encore comme si j'avais six ans…

C'est étrange quand on y pense : autant je n'ai pas beaucoup de tabous et je peux aborder tous les sujets, même les plus graveleux, autant ma sœur est aussi prude qu'une nonne ! J'imagine que ça vient de notre éducation. Parce que nous sommes l'une et l'autre les portraits crachés de notre père, personne ne remet en question le fait que l'on soit sœurs ; mais en vérité, Lisa est ma demi-sœur : nous n'avons pas la même mère. Papa et la mère de Lisa ont divorcé quand elle avait trois ans. Mon père a épousé ma mère deux ans plus tard et ensuite, j'ai pointé mon nez. De son côté, sa mère s'est aussi remariée, et Lisa a un demi-frère. Techniquement, il n'est rien pour moi, mais on s'entend bien et il est devenu mon frère, par ce simple lien que nous entretenons avec notre sœur commune. Pour le coup, il ne nous ressemble pas du tout, même de loin, et si nos parents ne sont pas les meilleurs amis du monde, nous, on s'aime comme une famille, et c'est ça l'essentiel.

— Madame, s'il vous plaît, ma maman demande s'il y a encore des petits biscuits comme ceux que nous avons achetés tout à l'heure ; c'est pour mon frère, on dirait qu'il adore ça.

La fillette qui se tient devant le comptoir est une jolie brunette. Elle affiche un large sourire édenté et ses couettes sont de travers. Quelques mèches se sont échappées des deux gros nœuds qui trônent de chaque côté de sa tête et du revers de la main, elle repousse sa frange un peu longue sur le haut de son front. Elle a dans le regard cet éclat de simplicité propre à l'enfance.

Je lui rends son sourire et glisse quelques mini cookies dans un sachet de papier.

— Est-ce que j'ai assez d'argent pour tout ça ? demande-t-elle, les yeux ronds en me tendant deux pièces de deux euros.

— Tu peux garder tes sous et dire à ta maman que je vous en fais cadeau.

Je ferme les portes dans quelques minutes et de toute manière, je ne remettrai pas ces biscuits en rayon demain matin. Au mieux, je les aurais mis à la poubelle et au pire, je les aurais emportés pour les grignoter devant la télévision… Je sens que mon tour de hanches me remercie déjà.

— Merci, madame, me lance-t-elle en sautillant pour regagner sa table.

La maman écoute les explications de sa fille et m'adresse un grand geste de la main.

Les minutes s'égrènent et la fin de journée arrive.

En général, le simple fait de sortir le balai de la remise suffit pour que la clientèle comprenne qu'il est temps de quitter les lieux. Cela dit, s'il est nécessaire de fermer boutique, ce n'est pas parce que je suis pressée de rentrer chez moi, car je ne le suis jamais vraiment. Je dois fermer parce que bientôt, l'agent de sécurité de la galerie commerciale va venir pousser tout ce petit monde à regagner le parking.

Alors que je commence à remonter les chaises sur les tables, la maman et ses deux loulous remballent leurs affaires. Le jeune couple d'amoureux quitte le recoin où ils se papouillaient discrètement et papy Jeannot, le petit vieux qui passe, chaque matin et chaque soir, chercher une baguette de pain, me salue en zigzaguant avec son cabas à roulettes entre les tables. Il m'a confié que depuis que nous cuisons nous-même le pain, la baguette ne survit plus à son retour jusque chez lui et que c'est la raison pour laquelle il vient nous voir deux fois par jour. Il a le regard gourmand de ceux qui apprécient les bonnes choses. Ce soir, j'ai glissé une belle part de flan dans son cabas, il était tout content de me révéler qu'il lui rappelait celui que lui préparait sa femme.

Notre père nous taquine sur notre habitude à offrir des cadeaux. Il prétend que ce n'est pas ainsi que nous deviendrons riches et il a très certainement raison quand on y pense. Mais tant pis, ces petits gestes nous font autant plaisir qu'à ceux à qui ils sont destinés. Le petit-déj' du matin à l'équipe du supermarché, un gâteau par ici, un bonbon par là. En échange, on reçoit des sourires et cela n'a pas de prix. L'essentiel demeure de savoir repérer les profiteurs pour ne gâter que ceux qui le méritent.

Le nettoyage terminé, je tourne la clé dans la serrure murale pour faire descendre le rideau métallique. Il fait un bruit infernal et je n'entends pas qu'on m'appelle jusqu'à ce qu'un homme apparaisse dans mon champ de vision. Un bel homme aux cheveux châtain clair, le sourire enjôleur, me regarde, l'air désolé.

— J'imagine que c'est trop tard pour prendre un café ? me demande-t-il au travers des larges mailles du rideau.

— Oui, en effet, nous sommes fermés.

Outre le fait que je me ferais tirer les oreilles par le vigile du centre, j'ai nettoyé mes percolateurs et c'est trop chiant pour avoir envie de recommencer..

— Et si je vous proposais d'aller le boire ailleurs, j'aurais une chance que vous acceptiez ?

Je ris.

— C'est gentil, mais ma journée n'est pas terminée et en plus, je suis attendue à la maison. Bonne soirée monsieur.

Sans lui laisser les moyens de répondre, je tourne les talons et j'éteins les lumières en passant devant le tableau électrique.

C'était pourtant un beau mec et il avait l'air agréable. Les cheveux un peu longs, une ombre de barbe sexy... Mais je ne suis toujours pas décidée à me remettre en selle, et son attitude enjôleuse dévoile plutôt clairement ses intentions. On voit assez souvent passer ce genre de types ici. Charmeurs et propres sur eux, un brin prétentieux et beaux parleurs ; avec tous les commerces que regroupe la zone, ce n'est pas ce qui manque !

Lorsqu'une grosse poignée de minutes plus tard, je franchis la porte du parking souterrain, je ne peux pas m'empêcher de jeter des coups d'œil nerveux autour de moi. La solitude du lieu, accentuée par le silence profond, me donne des frissons. Mes talons résonnent sur le béton, amplifiant l'écho de ma propre inquiétude, alors que les petits cheveux derrière ma nuque se hérissent et me tirent des frissons, m'invitant à accélérer la cadence de mes pas. Pourtant en dehors du martèlement de mes chaussures sur le sol peint, tout est calme. Les employés du centre sont certainement tous partis et la structure ne doit plus abriter personne, sinon les agents de sécurité et… moi.

Les quelques mètres qui me séparent de ma petite voiture paraissent s'être étirés. Plus j'avance, plus une étrange tension m'étreint et semble vouloir m'étouffer. En déverrouillant mes portières, je cramponne mes sacs pour n'avoir qu'à les jeter sur le siège passager à peine engouffrée dans l'habitacle.

Une fois assise derrière mon volant, je presse le bouton de la fermeture centralisée et relâche l'air que j'avais retenu dans mes poumons sans en avoir vraiment conscience, pour finir par rire de moi-même quand je tourne la clé et que le moteur démarre.

C'est con la paranoïa, mais cela ne se contrôle pas… Enfin, comme se plaît à le dire Gaëtan : « on n'est jamais trop prudent, il y a des tarés partout ! ». Et c'est réellement cette peur-là qui m'a soudainement assaillie. Ce soir, il faut que je pense à remettre la bombe au poivre dans mon sac à main. Je trouvais ça ridicule, mais étrangement, cela m'aurait rassuré de l'avoir entre les doigts. C'est pourtant bien la première fois que je me sens surveillée dans ce parking. C'est malaisant, et même lorsque j'ai regagné la nationale, il y a encore quelque chose d'indéterminé et de désagréable qui tremble en moi : comme un grésillement inconfortable.

Cette sale impression me poursuit un moment, puis semble diminuer. Un coup d'œil dans mon rétroviseur me rassure, la rue est déserte. Je m'ébroue, repoussant le malaise que je trouve finalement stupide !

Et puisque j'en suis à analyser les différentes formes de malaises, je réalise que ma soirée risque de prendre une tournure particulière : ce soir, je sors avec Katie et ses « hommes ».

Voilà encore une expérience que je n'ai jamais faite et sincèrement, je ne sais pas comment les choses sont supposées se passer dans les virées des ménages à trois ! Comment les gens les perçoivent-ils ? Est-ce qu'on va se heurter à des regards en biais et aux jugements ? Et puis, comment sont vraiment ces mecs, le genre discret ? J'ai des doutes, Katie est plutôt extravertie… quoique j'aie trouvé qu'elle avait un peu changé depuis qu'elle les fréquente. Je ne peux pas nier qu'ils lui font du bien… enfin qu'ils font du bien à son caractère de cochon, pour ce qui est du reste de sa personne, je persiste à vouloir l'ignorer !

La direction vers laquelle mes pensées ont soudain dérapé me fait rougir, je le sens à la chaleur inattendue qui a envahi mes joues. Même si j'ai dit à mon amie que je ne voulais rien savoir de leur intimité, cela n'empêche pas mon imagination de se faire sournoisement ses propres films !

J'en suis là de mes réflexions quand je me gare devant mon immeuble. Il est déjà tard, le froid s'est bien installé et contraste avec la douceur de l'intérieur de ma voiture. Je frissonne sous ma légère veste en jean, mais comme chaque année, je peine à accepter que l'été soit terminé et je traîne à sortir du placard mes vêtements d'hiver. Je crois que je ne vais plus avoir le choix.

Après un rapide passage dans mon appartement et quelques minutes à tergiverser avec moi-même sur le choix de ma tenue pour la soirée, je reprends la route.

Nous nous sommes donné rendez-vous dans un des pubs les plus en vogue de la région. « L'équinoxe » est un établissement assez atypique, entièrement construit en sous-sol et c'est la deuxième chose qui va m'inquiéter ce soir… Je n'aime pas le sentiment d'être enfermée. Ce n'est pas que je sois réellement claustrophobe, mais j'apprécie de moins en moins le sentiment d'oppression des espaces clos.

Un sifflement s'élève lorsque je traverse le parking du pub.

On peut dire que ça commence bien.

Même s'il est vrai que j'ai fourni un petit effort vestimentaire, ce n'était pas avec l'idée d'émoustiller qui que ce soit. Et encore moins avec l'intention de me faire vulgairement interpeller par le premier mec en manque aux abords de la boîte !

— Tu vois, quand tu te décides à abandonner tes vieux frocs pourris, tu peux être vachement canon !

C'est Katie qui m'appelle et j'en déduis que c'est un de ses « hommes » qui m'a sifflée. Je suis encore incapable de savoir si ça m'amuse ou si ça me dérange…

— J'ai juste troqué mon jean contre une jupe, il n'y a pas de quoi ameuter les foules.

— Eh bien, on dirait que tu es en forme ma poulette ! Tu as passé une sale journée ?

Je soupire. Elle a raison, j'ai réagi un peu trop brutalement, mais depuis que j'ai quitté le boulot, il y a un truc qui me chiffonne et je ne sais pas vraiment ce que c'est.

— Excuse-moi, Katie, comme je suis en avance, je n'ai pas pensé que vous seriez déjà là. J'ai cru un instant que j'allais devoir remettre un mec à sa place avant même d'être rentrée dans le bar !

Un rire grave et chaud s'élève soudain.

— Je suis désolé, c'est moi qui t'ai sifflée, et j'en conviens, c'était déplacé, me répond celui qui a ri en me tendant la main. Je suis Marco.

Je saisis sa main à mon tour et il la serre en me souriant.

Le deuxième homme lui assène un coup d'épaule pour le bousculer et prendre sa place.

— Moi, je t'embrasse, les poignées de main, c'est pour les culs pincés du boulot. Enchanté, je suis Elias.

Il est grand et entoure mes épaules de son bras lorsqu'il me fait la bise. J'imagine sans peine que Katie et son côté tactile doivent apprécier. En ce qui me concerne, je ne trouve pas cela particulièrement déplaisant, mais je ne suis pas habituée à ce qu'on me touche et donc je conserve malgré moi une posture rigide.

Lorsque nous entrons dans le pub, les lumières noires nous enveloppent immédiatement. L'employé qui nous reçoit à l'entrée doit penser que nous sommes deux couples, car Elias n'a pas retiré son bras de l'endroit où il l'a posé quand il m'a saluée. Je ne dis rien et le laisse faire puisqu'il reste correct, mais il doit sentir que je ne suis pas vraiment très à l'aise.

— Cette boîte est connue pour être un repaire de chauds lapins, me glisse-t-il à l'oreille. Une fille seule et aussi jolie que toi ne passera pas cinq minutes avant de devoir repousser les prétendants.

Je ris.

— Et qu'est-ce qui te fait dire que ce n'est pas justement pour ça que j'ai accepté de venir ?

Cette fois, c'est lui qui s'esclaffe, d'un rire au moins

aussi chaud et franc que celui de Marco.

— Katie nous a parlé de toi !

J'adresse à mon amie un sourire entendu.

— La musique et les cocktails sont fabuleux ici, et c'est pour ça que nous avons choisi ce pub, mais Elias a raison, pour une nana seule, c'est l'enfer. Alors, je te prête un de mes hommes pour la soirée !

Je ne sais pas si cela vient de mon éducation, de mon manque évident de confiance en moi ou de mon petit côté solitaire ; mais en public ou avec les personnes que je ne connais pas, je suis au moins aussi pudique que ma sœur. Néanmoins, sortir avec Katie m'a toujours mise dans l'obligation de taire cette retenue, car elle est l'image même de l'épicurienne. Elle mord la vie à pleines dents et je n'ai pas le souvenir de l'avoir jamais vue terminer une soirée seule. Elle trouve toujours un cavalier pour passer la soirée et plus si affinités. Alors quand j'ai accepté de sortir avec elle et ses deux hommes, c'était à la condition de les rejoindre avec ma propre voiture pour pouvoir m'éclipser au besoin. Ce n'est déjà pas simple d'être celle qui tient la chandelle, mais dans cette situation de « trouple », ç'aurait été trop compliqué pour moi.

Cependant, la gêne que je pensais ressentir ne se présente pas et la soirée est vraiment agréable. Marco et Elias sont adorables et malgré le niveau sonore de la musique, nous arrivons à discuter sur un très grand nombre de sujets. Quelques regards coquins s'échangent entre mon amie et ses deux chéris, mais aucun d'eux n'expose leur intimité atypique et j'apprécie. Nous buvons, un peu, mais pas trop et de toute manière, aux tarifs que pratique la boîte, la consommation se régule d'elle-même. Nous dansons, beaucoup à deux, à trois, à quatre… Tout est naturel en fait et je passe une excellente soirée.

Lorsque nous décidons de rentrer, leur voiture m'escorte jusqu'à ce que je me gare devant mon immeuble. La nuit est profonde, le ciel est tellement nuageux que la lune ne parvient pas à percer. Je suis fatiguée et mes pieds me font souffrir le martyre, renvoyant au bout de mes orteils chacun des battements de mon cœur. Quand je sors de ma petite Fiat, mon corps est de nouveau parcouru de frissons et mon diaphragme se bloque, emprisonnant l'air de mes poumons. Je ne cherche pas à comprendre la raison de cette oppression et je me rue vers l'entrée de mon bâtiment. Les quatre chiffres du code sont frappés avec la rapidité de l'éclair et je referme la porte vitrée derrière moi, la maintenant du plat de la main jusqu'à ce que le bourdonnement de la serrure électrique cesse et me confirme qu'elle s'est bien reverrouillée. Ce n'est qu'à ce moment-là que ma respiration semble vouloir reprendre son cours.

Deux fois…

C'est la seconde fois depuis que j'ai quitté mon travail que cette impression d'être en danger me tétanise.

Si je respire mieux, mon cœur bat encore la chamade quand j'arrive dans mon appartement. Sans prendre la peine d'allumer, je me plante devant la fenêtre et écarte délicatement le rideau pour scruter les environs. Tout est calme, l'obscurité a englouti le décor et les faibles lueurs de l'éclairage public qui s'infiltrent entre les haies bordant le parking ne dévoilent pas l'ombre d'un mouvement.

Lentement, je soupire. Cet excès de paranoïa ne me ressemble pas. Il m'arrive d'exagérer la prudence parfois, mais jamais au point de plonger dans un état si proche de la panique…

Malgré la douche brûlante, malgré l'épuisement, le sommeil me fuit. Je tourne, encore et encore, prisonnière de draps qui m'enserrent comme une camisole. Si je n'avais pas bu, j'aurais avalé un de ces somnifères que Lisa m'a glissés « au cas où ». Mais même ça, je doute que ça suffise. Ce n'est pas la fatigue qui me tient éveillée. C'est cette peur, irrationnelle, peut-être, mais bien réelle. Elle est là, tapie quelque part, et je ne parviens pas à l'ignorer. Pas cette fois.

Chapitre 6

Chacun de tes sourires
est une étoile dans ma nuit

Maxime

Malgré la nausée qui me tord les entrailles, je n'arrive pas à détourner le regard des pages souillées de mots ignobles étalées devant moi. Les collègues de l'informatique ont fouillé les archives numériques des sites fréquentés par les deux jeunes femmes disparues et m'ont transmis leurs éléments. J'ai rassemblé ces données, retracé les

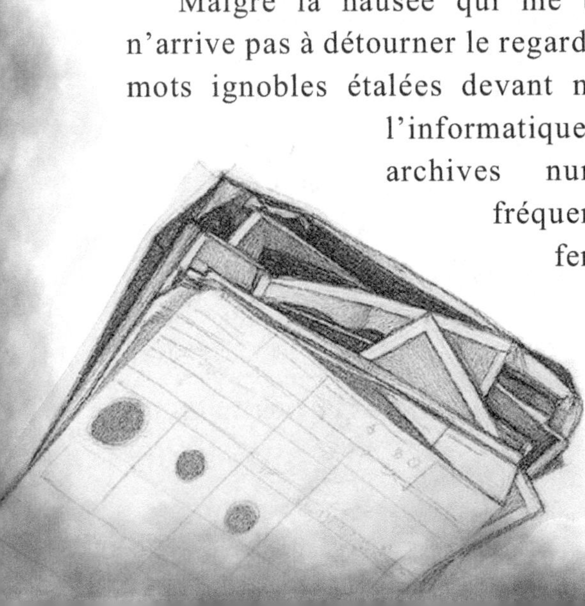

discussions en espérant dénicher un indice : un rendez-vous, un lieu connu de ces malades qui profèrent leurs horreurs.

Au début, j'avais envisagé d'écarter les internautes éloignés géographiquement de notre région, mais j'ai vite réalisé qu'aujourd'hui, les déplacements pouvaient être rapides, et que rien n'était impossible pour quelqu'un de déterminé.

— Tu ne dors pas ?

Je referme par réflexe le rabat du dossier que je tiens en main, mais les autres sont encore étalés sur la table de la salle à manger. Édith pose ses mains sur mes épaules et presse du bout des doigts mes muscles noués. J'inspire profondément et lui offre également ma nuque endolorie.

— Je n'arrivais pas à trouver le sommeil. Plus j'avance dans ce dossier, plus je me dis que l'Homme est pourri…

— Ceux-là le sont, précise-t-elle en pointant du menton les documents éparpillés sur la table, mais heureusement qu'ils ne représentent pas la nature humaine dans son ensemble.

Je déglutis péniblement. Je sais qu'elle a raison, mais cela n'en est pas moins difficile. J'ai déjà vu un nombre incalculable de situations sordides au fil de mes enquêtes, mais je ne suis pas encore blasé et chacune d'elles me touche.

Édith étale ses mains sur mes épaules, ses doigts appuyant doucement sur mes muscles tendus.

— Tu as toujours eu des mains de

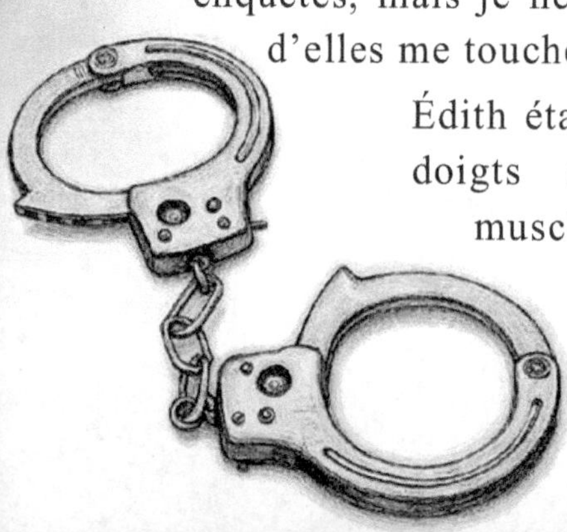

magicienne, murmuré-je, cherchant à profiter de ce réconfort, même si la douleur persiste.

— C'est surtout qu'avec toi, j'ai eu tout le temps de pratiquer, répond-elle avec un sourire fatigué, mais tendre.

Ses yeux sont marqués par les années, mais ils n'ont pas perdu leur éclat. Du plus loin que je me souvienne, ils ont toujours eu cette même expression : chaleureuse, douce… Et Dieu sait combien j'en ai eu besoin, surtout depuis deux ans.

— Max, il faut que tu te lèves maintenant. Si je dois te botter le derrière, je vais le faire.

Sa voix parvient à mon cerveau, mais ne déclenche rien en moi. Je suis vide, presque mort, je pense. Encore un petit effort et je la rejoindrai. L'image de cette boîte de chêne vernie qui plonge lentement dans la terre m'obsède. J'ai envie de hurler qu'il faut ouvrir ce putain de cercueil ! Que je veux m'assurer, encore une fois, une ultime fois, que ce n'est pas un cauchemar. C'est trop difficile à accepter, trop dur d'admettre que la vie l'a réellement abandonnée. Elle ne devait pas mourir. Elle n'avait pas le droit de me quitter. Pas après tout ce qu'on a vécu.

Je sens une main qui remue doucement mon épaule et une autre qui se pose sur mon front.

— Ta fille a besoin de toi, Maxime. Personne ne remplacera jamais sa mère, mais elle a encore son papa, et tu dois te secouer pour elle. Tu sais ce qui se passera si tu abandonnes…

Oui, je le sais. Mon vautour de belle-mère mettra la

main sur ma fille, mais est-ce que ce serait si mal, finalement ? Ma femme est morte. Mon âme s'est délitée en même temps que la sienne, et son dernier souffle a desséché mon cœur. Qu'est-ce que je peux encore apporter à Maïa ?

— Ton beau-frère a appelé, il voulait avoir de tes nouvelles et je lui ai menti. Je lui ai dit que tu étais en promenade avec le bébé. C'est la troisième fois qu'il cherche à te joindre cette semaine sans y parvenir, et il ne croira pas à mes balivernes plus longtemps, tu le sais.

Je m'attends à le voir débarquer depuis plusieurs jours déjà... Peut-être même que je l'espère.

— Un de tes collègues a téléphoné également, il m'a demandé de te transmettre ses condoléances et de t'assurer du soutien de toute ta brigade.

Je pouffe...

Le boulot aussi me paraît insurmontable. Je ne sais pas combien de temps ils vont m'accorder avant de m'expédier devant un psy et me déclarer inapte au service.

Elles sont peut-être là les solutions... et elles collent parfaitement avec mon envie de crever et de la rejoindre.

— Tu te rappelles l'état dans lequel tu étais quand tu rentrais de tes entraînements ?

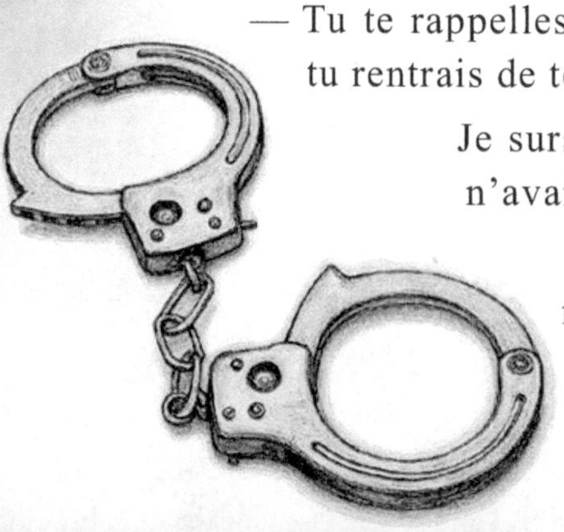

Je sursaute. Il y avait longtemps que je n'avais pas « décroché » ainsi...

— Tu étais incapable de te ménager, poursuit-elle. Tu prenais des coups, tu forçais trop et j'ai souvent eu besoin de te remettre sur pied pour que tu puisses aller à l'école le lendemain matin.

Sa voix chaude me ramène lentement au présent et je souris à l'évocation de cette anecdote de mon enfance. La douleur des entraînements était physique et parfois assez violente, mais un milliard de fois plus douce que celle de ce souvenir qui vient encore de remonter. Une poigne invisible compresse mon cœur et me noue la gorge, mais je me force à le cacher.

Édith me croit guéri et il faut que cela reste ainsi.

— J'avais surtout horreur des séances d'étirements que le coach nous faisait subir.

— Et pourtant, elles t'auraient été bien utiles.

Je m'étends doucement et recouvre sa main de la mienne.

Mon malaise est passé.

Enfin presque.

— Je vais me faire chauffer une tasse de lait, tu en veux aussi ?

— Avec plaisir.

Quand je me lève pour prendre la direction de la cuisine, je l'embrasse sur le front. Le lait chaud du soir aussi était un rituel de mon enfance et lorsque je me replonge dans cette époque, tous les goûts et les sensations me reviennent, comme des petits morceaux de sérénité qui semblent vouloir compenser l'anxiété liée à cette sordide enquête qui m'obsède. Dans tous mes souvenirs de gamin, si parfois mes parents sont présents, Édith, quant à elle est toujours là. Que les moments soient agréables ou qu'ils le soient moins d'ailleurs.

— Ta petite Maïa s'est endormie à peine couchée hier soir.

— Je m'en veux de ne pas être parvenu à me libérer pour l'embrasser, mais je devais faire un point sur le dossier avec le major. Il me laisse les mains totalement libres sur cette enquête, mais la condition demeure que je le tienne au courant de chacune de mes avancées.

— Ne t'en fais pas. Elle est habituée à moi maintenant. Tu te rattraperas quand tu auras bouclé ton dossier.

Un dossier. Elle a dit le mot juste même si je peine à l'accepter.

C'est comme ça que je devrais regarder cette affaire, car je sens que je suis en train de m'impliquer plus que nécessaire et l'expérience m'a appris que ce n'était jamais bon.

— Max, je te connais bien. Je vois bien que ça ne va pas fort. Tu veux en parler ?

Je me force à lui sourire. Ou plutôt, je m'attache à imprimer sur mon visage un rictus que j'espère léger et rassurant, mais à son froncement de sourcils et à ses lèvres pincées, je comprends que j'ai échoué. Alors, je soupire longuement.

— Quand bien même je voudrais en parler, je ne suis pas autorisé à le faire... J'ai l'obligation de respecter la confidentialité des pièces.

Et ce que j'ai vu est tellement dégueulasse, que je me sens horriblement gêné vis-à-vis d'elle...

— Parce que tu crois que j'irais raconter les secrets de ton enquête

au voisinage ? Je me rends compte que tu es perturbé par tout ça. En parler peut t'aider à y voir plus clair, qui sait.

Je la dévisage un instant en soufflant sur le lait brûlant et je finis par accepter d'un lent clignement de paupières.

— Je te préviens, c'est pas un conte de fées, les échanges versent dans le porno et ils n'ont rien de tendre.

C'est assez étrange de dévoiler l'horreur de mon enquête à la femme qui a changé mes couches. Édith est un peu comme une mère pour moi et d'ailleurs si je veux être totalement honnête, elle est même plus que ça. Ma mère était toujours entre deux avions et c'est Édith qui m'a élevé. Enfin, le fait est que c'est auprès d'elle que j'allais chercher les réponses à mes questions quand j'étais gamin. Toutes les réponses. Y compris celles que mon père aurait dû me donner, car lui aussi était toujours par monts et par vaux.

— Ce sont ces deux gamines qui ont disparu ?

J'acquiesce d'un mouvement de tête en lui montrant une des filles du doigt.

— Oui, Amanda est la plus âgée, mais à peine de quelques mois.

Je lui désigne du doigt la pile de feuillets que j'ai étalée sur la gauche de la table.

— Toute sa correspondance est là. Les réquisitions nous ont donné accès aux messageries instantanées, parce que finalement, elles correspondaient assez peu par mail.

Le regard d'Édith se pose sur la transcription d'un échange vocal qui m'avait aussi mis très mal à l'aise et ses yeux s'arrondissent sous la vulgarité des mots qui y figurent.

— Je t'ai dit que c'était hard…

— Y'a des sites où les gens font ça ?

— Tu as déjà entendu parler du dark-web ?

Elle me fait signe que non.

— Le dark web, c'est un endroit bien plus sombre que ce que l'on trouve sur les surfaces accessibles d'internet, il regorge de pratiques horribles et illégales. Les transactions financières y sont souvent cachées par des moyens sophistiqués, rendant presque impossible de suivre les flux d'argent. L'imagination et l'avidité de l'humain n'ont aucune limite là-bas, crois-moi. Ce qu'on y trouve est très largement pire que ça.

Elle souffle bruyamment, puis reporte son attention sur les documents.

— « Prends une photo quand tu enfonces ton poing dans ta… » Mais merde, mais c'est carrément ignoble !

— Et le plus immonde dans tout ça, c'est que sur ce site, Estelle prétendait avoir quatorze ans et que le type qui lui demandait des photos d'elle pensait avoir affaire à une enfant. Je ne sais pas dans quel bordel elles ont mis les pieds, mais ça pue vraiment.

— Et tous ces enfoirés, vous arriverez à remonter leur piste pour les foutre en cabane ?

— Jusqu'ici, ce sont des échanges entre adultes. Le fait qu'Estelle ait dupé ce type en lui laissant croire qu'il conversait avec une gamine ne suffit pas pour le poursuivre puisqu'elle est adulte. En revanche, je suis certain qu'une

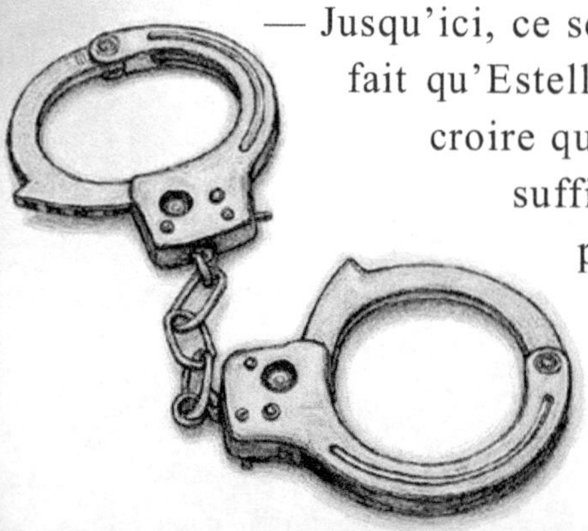

analyse de l'activité de ce tordu sur le net fournira des preuves qui pourront l'envoyer en prison. Un pédophile reste un pédophile, mais ce sera le boulot d'un autre service que le mien. Pour ma part, je dois me focaliser sur mes deux disparues.

Ses doigts crispés me montrent que sa colère a grimpé d'un cran.

— Tu es en train de me dire que légalement, personne ne peut rien contre ces mecs ?

— En l'état de ce qu'on détient comme élément, non. Les habitués de ce type de pratiques connaissent les méthodes pour ne pas laisser de traces. On a aussi trouvé des prestations « tarifées »...

— Genre de téléphone rose ?

Je souris devant son empressement.

— Pas tout à fait. Les filles vendaient des photos de parties de leur corps ; il y a des tas de fétichistes en plus des pervers. Quatre-vingts euros pour les pieds, deux cents euros pour un pubis ou une paire de seins... Je pense qu'il n'y a pas une seule parcelle de leur peau qui n'a pas été monnayée. On a pu déterminer que cette activité-là les concernait toutes les deux, l'une photographiait l'autre visiblement, et elles ont amassé une jolie fortune avec ça. On comprend mieux les fringues de luxe qui débordent de leurs placards.

En revanche, j'avais remarqué qu'Estelle n'avait pas associé Amanda à ses échanges sur le site où elle se présentait comme une adolescente. Cela avait été assez simple à établir, car pendant qu'elle était connectée avec ses « clients », elle échangeait des SMS avec son amie, chose qu'elle n'aurait pas faite si elles avaient été ensemble derrière le même écran. Je pense que cela tient au fait que si Estelle dispose d'un corps assez juvénile pour ses vingt et un ans, ce n'est pas le cas de son amie, plus développée et plus plantureuse. On peut aussi imaginer que cette activité a dépassé les limites morales que s'était fixées Amanda… Parce que là, pour le coup, elle versait vraiment dans la prostitution.

— Mais si les clients payaient, il doit y avoir des traces, non ?

— Des paiements dématérialisés, le Net regorge de moyens légaux pour transférer de l'argent sans laisser de traces. Ça coûte cher, mais c'est discret.

— Donc en gros, tu peux rien faire contre tout… ça ?

Je comprends que cela puisse l'horrifier.

— Ce n'est pas pour faire enfermer ces tarés que je bosse, mais pour retrouver ces deux nanas. Toutes les traces numériques qu'elles ont semées derrière elles m'ont permis de retracer leur vie sur les trois dernières semaines. Mais le pire, c'est que cela ne servira à rien si elles ont été enlevées par un opportuniste.

— Un quoi ?

— Un individu qui n'aurait rien à voir avec toute cette merde, mais qui se serait juste trouvé au moment opportun pour agir. Et quand je dis « un individu », ça peut aussi être plusieurs. Au stade où j'en suis, même le trafic d'êtres humains entre dans mes hypothèses plausibles.

Elle pose sa main sur mon épaule.

— Je comprends pourquoi tu as du mal à garder le sourire ou trouver le sommeil !

— Oui... Et ça, c'est pour leur activité sur les réseaux, mais elles avaient aussi une vie assez dissolue dans la réalité. J'ai découvert qu'elles fréquentaient plusieurs bars et clubs de la région et en particulier un dans lequel elles avaient des connaissances. C'est véritablement à cet endroit que doit démarrer mon enquête, et c'est pour ça que ta présence auprès de Maïa est importante. Je vais probablement être amené à m'absenter quelques jours.

Là, je sens que l'information ne lui plaît pas.

— Tu veux parler d'infiltration ? Comme l'autre fois quand tu...

Même si elle ne termine pas sa phrase, je sais bien à quoi elle fait allusion. Je saisis sa main et la presse dans la mienne.

— Non Édith, je n'accepte plus de missions aussi dangereuses. À l'époque, j'avais dû faire ma place dans un gang ; mais là, la situation n'est pas la même. Je vais simplement devoir me fondre dans la masse pour observer autour de moi.

— Pas de drogue.

Ses mots sont plus une mise en garde qu'une question et je me contente de remuer la tête.

— Rien, personne et surtout pas ce boulot, ne me fera oublier que je suis un papa maintenant et que ma fille n'a plus que moi. Je ne retomberai pas là-dedans, je te le promets.

Pour ne plus voir son regard, je la serre entre mes bras. Elle était présente pendant que je traversais cet enfer et je comprends sa réaction.

— J'ai assez travaillé pour ce soir, je ne trouverai

rien de plus de toute manière et je pense surtout qu'il faut que je dorme.

— Oui, ça serait une bonne idée, car tu as une sale tête. Je suppose que si tu ne te rases plus c'est pour cette… mission ?

Je ris.

— Tu as tout compris et c'est comme cette tignasse, ajouté-je en saisissant à pleine main mes cheveux châtain clair bien trop longs. J'avais repoussé mon passage chez le coiffeur, faute de temps, mais finalement ce n'est pas plus mal, compte tenu de la situation. Je reprendrai figure humaine quand j'aurai retrouvé ces gamines. Pour le moment, ce look de mauvais garçon fera l'affaire.

— Même avec ces cheveux en bataille tu restes un beau gosse de toute manière. Allez, je vais me coucher maintenant. Bonne nuit, mon grand, à demain, me dit-elle en m'embrassant sur la joue.

D'un geste las, je dois l'admettre, je regroupe les pièces des dossiers et tout en les classant avec précision, je sais déjà que je ne trouverai pas d'autres réponses entre ces pages. Ce ramassis de monstruosités ne m'apportera rien de plus qu'une vague sensation de nausée maintenant que j'en ai exploré chaque ligne.

Comme chaque soir, je vais embrasser ma fille, mais quand je vois sa petite bouille d'amour, je décide de m'asseoir près de son lit pour la regarder dormir. Édith a beau dire qu'elle est mon portrait craché, ce sont bien les traits de sa mère que je retrouve lorsqu'elle est aussi sereine. La délicatesse de ses lèvres, ses pommettes rondes, ses cils si

longs qu'ils balayent presque ses joues quand ses yeux sont fermés...

Non, ce n'étaient pas que des mots tout à l'heure, je le pense vraiment. Rien ni personne ne me détournera jamais d'elle. Et si un jour, je sens que c'est nécessaire, je quitterai ce travail. Je ne le laisserai pas mettre en péril ma vie avec ma fille. J'ai déjà donné beaucoup trop pour cette carrière.

Malgré moi, mes poings se ferment et me renvoient cinq ans en arrière, quand j'étais trop naïf pour savoir que ce job ne serait jamais compatible avec une vie de famille. Je suis replongé en un quart de seconde au cœur de cette putain de mission, et, défilent devant moi, ces images que je pensais avoir rangées suffisamment profondément pour qu'elles ne me tourmentent plus...

L'odeur de poussière mêlée à celle de mes propres excréments, les particules qui flottent dans l'air, relevées par les visites régulières de ceux qui ont décidé que dix minutes entre chaque volée de coups suffisaient à me faire souffrir assez pour me maintenir en vie... Le goût de mon sang et de ma pisse qu'on m'a forcé à avaler et qui s'est répandue sur mon t-shirt, brûlant les plaies qui parsèment ma peau... Et ces putains de passages à vide après chaque injection de cocaïne, puisque je refusais de la sniffer de mon plein gré... Combien de fois ai-je voulu mourir, bordel ? J'ai supplié qu'on m'achève alors que seule la souffrance occupait ma conscience.

La douleur de mes ongles s'enfonçant dans mes paumes me ramène brutalement à la réalité, me forçant à rester concentré sur le visage paisible de ma fille. Je laisse mon cœur retrouver son rythme, chassant les souvenirs cauchemardesques d'un passé que je jure de ne jamais revivre.

Je suis fatigué, beaucoup trop fatigué, et mon inconscient, gardien de mes secrets et de mes blessures les plus profondes, en profite pour reprendre les rênes.

Cela faisait longtemps qu'il n'y était plus parvenu.

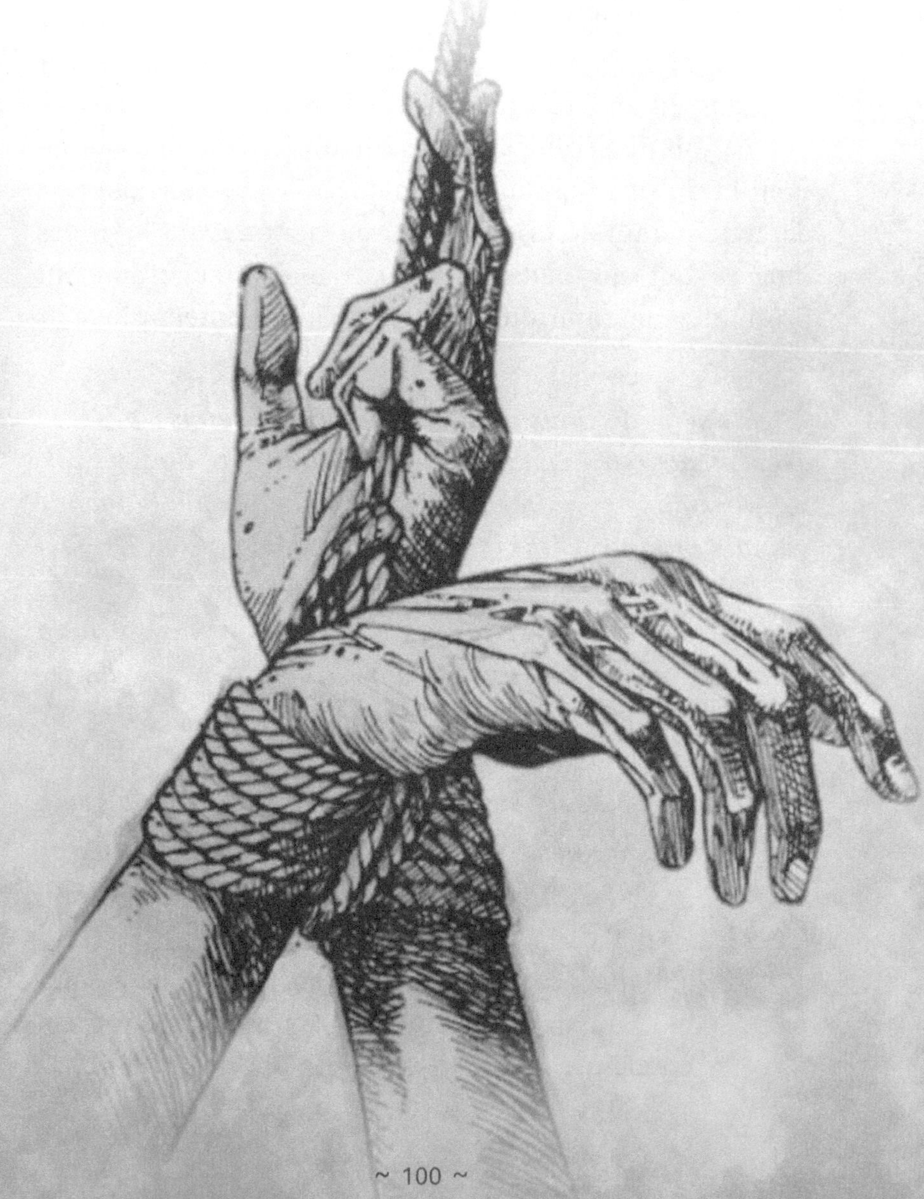

Chapitre 7

L'incertitude est un brouillard
où la peur se cache.

Chloé

Je suis rentrée très tard hier soir et ce matin quand le réveil a sonné, je l'ai maudit. J'avais décidé de venir travailler aujourd'hui, bien que la galerie commerciale soit fermée. Lisa revient lundi matin et je souhaiterais que tout soit prêt à son arrivée. J'aimerais vraiment qu'elle comprenne qu'elle peut s'octroyer un congé de temps en temps sans que la maison

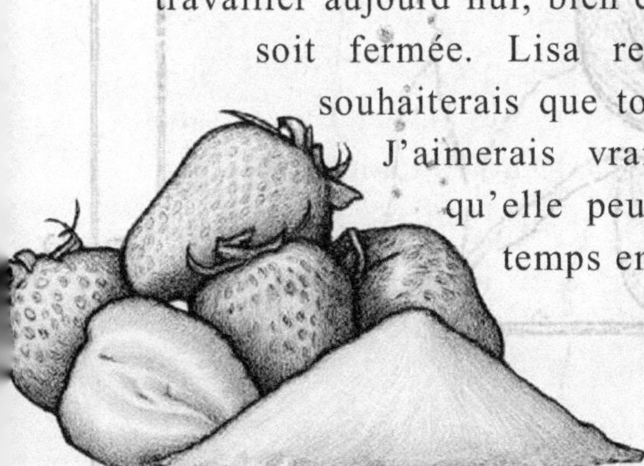

s'écroule. L'autre soir, lorsque j'ai dîné chez eux, j'ai trouvé émouvante la manière dont Gaëtan prend soin d'elle et je sais d'expérience qu'un homme aussi attentionné, c'est quelque chose de rare : quand on le tient, il ne faut pas le lâcher. C'est pourquoi je m'en voudrais si les exigences de notre boulot et l'implication de Lisa déséquilibraient ce qu'il y a entre eux. Ma sœur a largement atteint l'âge de fonder une famille et je sais pour en avoir parlé avec Gaëtan que c'est aussi son souhait. Alors après toutes les années durant lesquelles elle a pris soin de moi, il est normal qu'à présent, je lui rende la pareille !

Évidemment, si l'on se souvient du long discours que je lui ai servi sur l'inutilité de se mêler de ma vie sentimentale, je ne serais qu'à moitié étonnée qu'elle me renvoie la politesse, mais franchement, je m'en moque. Je sais que Gaëtan sera de mon côté, parce qu'il l'aime sincèrement et qu'il est grand temps qu'ils se décident à penser à eux.

Lorsque je chausse mes sabots de travail, mes pieds encore endoloris m'arrachent une grimace qui, rapidement, se mue en sourire. C'était une sacrée soirée. Un moment vraiment génial. Katie, Marco et Elias forment un trio de choc et eux aussi semblent avoir trouvé un équilibre. Je n'aurais pourtant pas misé grand-chose là-dessus, le jour où Katie a débarqué en pleurs dans le bureau de Lisa, car c'est vrai que leur liaison représente quelque chose que je n'imaginais pas vraiment possible dans la vie réelle. Dans les romans peut-être, mais dans la réalité de notre quotidien, je ne pensais même pas que cela pouvait trouver sa place.

Connaissant Katie et son côté exhibitionniste, j'ai

franchement craint, lorsque j'ai accepté de les rejoindre dans ce club, de devoir traverser de grands moments de malaise en leur présence, mais finalement, les garçons font preuve de suffisamment de maturité pour compenser celle que mon amie n'a pas. J'ai eu l'impression de sortir avec un trio de potes, mais pas avec un « trouple » comme ils se nomment eux-mêmes.

Cela dit, je ne me projette pas du tout dans une situation telle que la leur, et quand Katie a osé demander à ses hommes s'ils n'avaient pas deux potes, aussi craquants qu'eux, afin de me les présenter, j'ai franchement eu envie de l'étrangler. Enfin, une fois le malaise dissipé.

Néanmoins, sa question avait ouvert la voie à Elias qui en a profité pour m'expliquer que le point de départ de leur relation avec Katie avait été un simple pari. Elle les avait attirés, ils avaient tenté tous les deux leur chance et il s'était passé un « truc » selon lui, une forme de complémentarité qui avait explosé comme une évidence entre eux trois. Puis ce qui n'était qu'un jeu les a embarqués et les sentiments s'y sont mêlés.

Il m'expliqua aussi qu'il est courant, de nos jours, de trouver des personnes qui cherchent ce genre de relations, mais que dans leur cas, il n'y avait rien de prémédité. Les choses étaient arrivées, comme ça, sans prévenir, et les avaient tous surpris. C'était d'ailleurs cette prise de conscience qui les avait amenés à rompre avec Katie, au début de leur relation, quand ils ont compris qu'ils étaient amoureux d'elle tous les deux. Dans un premier temps, ils se sont sentis retenus par la nature non conventionnelle de cette liaison et le risque de perdre l'amitié qui les liait depuis leur plus tendre enfance, Marco et lui. Mais finalement, ils ont osé, et le trio fonctionne.

Et même plutôt bien.

Dans son explication, il m'épargna les détails scabreux et je l'en remerciai, même si je sais que Katie ne se gênera pas pour me les livrer à la première occasion. Néanmoins, je préfère pour le moment que cela demeure leur intimité.

J'embrasse du regard ma cuisine rutilante. Je me suis donné quatre heures pour préparer la semaine qui arrive, après quoi, j'irai prendre l'air. La saison d'été s'en est allée et l'automne s'installe sans beaucoup de ménagement, mais avec le nombre d'heures que je passe ici, si je ne me force pas à mettre le nez dehors, je vais finir par dépérir !

Je m'affaire à préparer les pâtisseries sèches et pendant qu'elles cuisent, je m'offre un petit plaisir : une délicieuse crème glacée à la vanille, quelques cerises confites et un trait d'Amaretto ! Un pur régal. Cela ne sera pas un déjeuner selon les critères de Lisa, mais ça fera l'affaire. Après un rapide contrôle de la chambre froide, je ferme le labo.

Ce sera tout pour aujourd'hui, j'ai fait ce que j'avais planifié !

Le soleil est bas dans le ciel et il ne chauffe pas vraiment. Un léger vent s'est levé depuis ce matin, mais l'air n'est pas aussi frais que je le craignais ; néanmoins, j'apprécie ma doudoune. J'ai finalement réussi à me décider à ranger mon blouson de demi-saison et je ne le regrette pas.

Avant la construction du centre commercial, cette

zone était une grande étendue presque sauvage. On venait y faire du vélo avec Lisa et nos copains quand on était gamins et parfois même pêcher des grenouilles dans l'un des étangs. On les relâchait dans la mare de notre voisin. Il nous était arrivé de nous y baigner aussi, jusqu'au jour où ma sœur s'est coupé le dessous du pied avec un tesson de bouteille alors qu'elle avait sauté dans l'eau depuis un plongeoir improvisé. Je me souviens encore de la quantité de sang qui s'échappait de sa blessure et de ses pleurs. Elle avait mis plusieurs semaines pour remarcher correctement et ça nous avait tous choqués. Après sa mésaventure, on n'a plus voulu tremper un orteil, même lorsqu'il faisait très chaud.

Puis, les années ont passé et des deux étangs, seul le plus petit a survécu à la gourmandise des promoteurs. J'ignore pour combien de temps, mais pour le moment, il est encore là et c'est bien agréable de venir s'y promener.

Ce dimanche, alors que tous les commerces sont fermés, la place est déserte. Je ne sais même pas si les gosses font toujours du vélo de nos jours !

Je marche un long moment près de la rive, écoutant les bruits discrets de la nature. L'air est imprégné d'une odeur fraîche et humide, mêlée à celle de terre et de feuilles mouillées. Au loin, l'autoroute ronronne. On ne distingue pas réellement le bruit des moteurs des voitures, mais un léger brouhaha, à peine un murmure étouffé par la distance et parfois percé par le chant sporadique d'un oiseau solitaire. Puis la surface de l'eau se pare de ronds parfaits qui s'étirent lentement, un, puis deux, puis cinq. Il est temps de rentrer, parce qu'avec la chance que j'ai, le ciel va déverser sur ma pauvre tête tout ce qu'il retient, et je serai trempée avant d'avoir regagné ma voiture. Je presse le pas, mais dans les hautes herbes, ma progression est lente, car de nombreux trous parsèment le raccourci que j'ai décidé d'emprunter. Finalement, j'aurais dû rester sur le chemin goudronné.

— Mais c'est notre jolie pâtissière ! Bonjour !

L'homme qui vient de m'interpeller me rappelle quelqu'un. Je m'arrête un instant pour l'observer.

— Bonjour. C'est vous qui vouliez un café hier soir ? lui demandé-je, maintenant que je le replace dans le contexte. En même temps, cela ne me demande pas un gros effort, il a un très beau visage, et ses boucles désordonnées par le vent lui donnent un air de mauvais garçon, soutenu par cette ombre de barbe. Je suis certaine qu'on est bien loin d'un laisser-aller accidentel, mais qu'au contraire, ce look négligé est savamment mis en scène.

— Je suis flatté que vous vous souveniez de moi, souffle-t-il d'une voix grave en m'approchant. Avez-vous le temps pour ce café cette fois ?

Un sourire qui semble franc, de longs cils châtain clair comme ses cheveux, un regard vif… Rien ne me presse et l'espace d'une seconde, l'idée d'accepter sa proposition m'effleure, jusqu'à ce qu'un frisson inexplicable me paralyse et me fasse reculer. La sensation qu'on m'empoigne, qu'on me tire en arrière. Ma gorge se serre tandis que mon champ de vision s'étrécit.

Partir…

M'enfuir…

Vite !

Mes fesses percutent ma portière et sans y réfléchir davantage, je l'ouvre et me laisse tomber sur mon siège.

— Désolée, je dois partir.

Haletante et tremblante, je ne parviens qu'à prononcer ces seuls mots avant de tourner la clé de contact. Le parking est désert et, perdue dans le brouillard de la peur qui m'a soudain envahie, je ne vois même pas comment cet homme est arrivé jusqu'ici : il n'y a pas d'autre véhicule que le mien.

J'enclenche la première, l'embrayage patine bruyamment avant que ma voiture se décide à bouger et à quitter mon stationnement en trombe. L'air me manque. J'étouffe et pourtant il ne m'a pas touchée, il m'a à peine parlé. Une fois que l'accès du parking est loin derrière moi, je me gare sur le bas-côté et fouille dans ma poche pour sortir mon téléphone sur lequel mes doigts tremblent. Il ne faudra que deux sonneries à Katie pour me répondre.

— Tu es chez toi ?

Je ne prends même pas la peine de la saluer, j'ai juste besoin de savoir où elle est.

— Oui, bien sûr, je…

— J'arrive !

Je raccroche et je jette le téléphone sur le siège passager avant de redémarrer ma voiture. La distance à parcourir n'est pas importante, et pourtant elle me paraît s'être allongée. L'œil plus souvent dans mon rétroviseur que sur le ruban d'asphalte qui se déroule devant moi, je serais un vrai danger public si l'axe était plus fréquenté ; tutoyant tantôt la ligne centrale, tantôt celle de la rive…

Je tremble encore de tous mes membres lorsque je me gare en bas du bâtiment où vit mon amie. Elle m'y attend et Marco est avec elle. Je finirai par croire qu'ils ont emménagé dans son appartement.

— Merde, tu es blanche comme un linge ! Est-ce que ça va ? m'interroge-t-elle en ouvrant ma portière à peine le contact coupé.

— J'en sais rien.

Ma voix est un filet éraillé, et je comprends à son regard soudain soucieux que mon visage lui en dit plus encore sur mon état. Elle me prend par la main et me traîne dans le hall de son immeuble. Marco ferme la marche, son œil attentif balaye les environs quand il verrouille la porte.

— Dis-nous ce qu'il t'arrive. Qu'est-ce qui peut bien te mettre dans un état pareil ? me demande Katie maintenant que nous avons rejoint Elias dans le salon.

Alors, je leur raconte tout, y compris cette horrible sensation de la veille au soir, quand j'ai quitté le snack, puis sur le parking devant chez moi. Je leur explique que c'est la raison pour laquelle je n'ai pas voulu rentrer directement, que je suis bouffée par la trouille. Une peur démesurée dont j'ignore totalement l'origine.

— Et ce type, qu'est-ce qu'il t'a fait ? demande enfin Elias après mon exposé.

— Absolument rien ! Il a même été très courtois, il n'a pas insisté, ni hier ni cet après-midi.

Je passe les mains sur mon visage, comme si cela pouvait effacer mes traits tendus.

— Je ne sais pas pourquoi j'ai été envahie d'une

telle panique… C'est comme si quelque chose en moi me hurlait de prendre la fuite et que je ne puisse pas résister à cet ordre.

— Toi, ça fait trop longtemps que tu n'as pas été approchée par un homme, voilà d'où elle vient, ta crise d'angoisse ! diagnostique mon amie avec l'assurance de celle qui pense que le sexe est le remède à toutes les difficultés de la vie.

Affalée dans son large canapé en cuir blanc, je lui jette un regard noir qu'elle comprend sans difficulté.

— Ose me dire le contraire, depuis que l'autre tordu t'a plaquée, tu joues les bonnes sœurs ! Ça doit finir par te taper sur le ciboulot ma chérie ! Il faut te lâcher et accepter de t'amuser !

Il y a peu de chances que ce soit la raison de cette frayeur, mais rien n'explique pourquoi chacun de mes organes semble vibrer à l'intérieur de mon pauvre corps, ni que mes oreilles bourdonnent comme si j'étais à deux doigts du malaise hypoglycémique.

Katie et ceux que je considère maintenant comme des amis me regardent, l'air plutôt préoccupé, et je réalise que j'ai débarqué avec mes problèmes sans réellement me poser de questions. Maintenant que la pression retombe légèrement, je remarque qu'un film a été mis en pause sur le grand écran de télévision accroché sur le mur du salon, et qu'un énorme saladier de pop-corn attend sur la table basse. Ils avaient préparé un après-midi cinéma et je me suis brutalement immiscée dans leur petite vie tranquille. Sans l'avoir voulu, j'incarne le rôle de la copine barjot, avec ses terreurs inexpliquées et surtout, inexplicables…

Tout ce que je déteste !

— Je suis désolée, tout cela n'a aucun sens et ma psychose vous fait perdre votre temps. Je vais vous laisser et rentrer à la maison. T'as sans doute raison… c'est juste une peur idiote des gens.

Alors que je me lève, je remarque un échange de regards entre Marco et Elias.

— Quoi, tu veux rentrer chez toi ? Non, Chloé, ce serait bien trop imprudent ! me sermonne Elias.

— On te raccompagne. Tu ne peux pas conduire dans cet état, tu trembles encore comme une feuille. Elias va prendre ta voiture et je vais vous suivre avec la mienne.

Je proteste d'un geste énergique de la tête.

— Ne discute pas, me souffle Katie, ils gagneront de toute manière et je les y aiderai parce que je suis totalement d'accord avec Marco. Laisse-les te raccompagner, c'est plus sûr.

Je la fixe un long moment, mais en y réfléchissant bien, je n'ai pas vraiment envie de refuser leur aide. La sensation d'hier soir est encore assez présente dans mon esprit pour que je ne souhaite pas la revivre. Nous quittons l'appartement et Elias prend place au volant de ma petite voiture. Enfin quand je dis « prendre place », c'est un peu exagéré. Il se tasse comme il le peut sur le siège conducteur, mais j'imagine qu'il doit être ravi qu'il n'y ait que deux kilomètres à parcourir !

Ils m'accompagnent jusqu'à ce que j'ouvre la porte de mon appartement et me font promettre de les appeler au moindre problème. J'allais rétorquer que je n'avais pas leurs numéros quand mon téléphone se met à vibrer.

— Katie vient de créer un groupe de discussion, donc, maintenant, tu sais comment nous joindre, me lance Elias en consultant aussi son portable.

C'est étrange cette façon qu'ils ont de communiquer, sans vraiment parler.

— Repose-toi, ajoute Marco, demain notre agence est fermée, on va dormir chez Katie cette nuit, alors, s'il se passe quoi que ce soit, n'hésite pas à appeler, d'accord ?

J'accepte cette fois sans discuter. Je suis enfin chez moi, je me sens de nouveau en sécurité et je ne peux pas nier que c'est grâce à eux. L'un après l'autre, ils me serrent entre leurs bras et je ferme la porte à double tour après leur départ.

Il me faut quand même un certain temps avant de retrouver une complète sérénité. Je passe le reste de l'après-midi roulée en boule sur mon divan, l'œil distraitement posé sur le téléviseur. Je l'ai allumé sur une chaîne de documentaires, dont je ne fais que regarder les images sans les comprendre, les laissant se succéder sans leur accorder de sens. Malgré moi, je suis trop préoccupée à tenter d'analyser les évènements de ces dernières heures.

Si c'est le simple fait qu'un homme m'approche qui me met dans cet état, Katie a peut-être raison, il est grand temps que je me prenne en main.

***

Je suis en train de remplir les frigos quand j'entends la porte arrière du snack s'ouvrir.

7 h 50, ma sœur est toujours à l'heure.

Comme à son habitude, elle entre directement dans le labo, mais pour une fois, elle jette ses affaires sur un des plans de travail et se rue vers moi pour me serrer dans ses bras. Sous l'effet de la surprise, je me raidis.

Est-ce que Katie lui a parlé de mes mésaventures de ces deux derniers jours ?

Est-ce qu'elle s'imagine que j'ai à ce point besoin de réconfort ?

— Chloé, Gaëtan m'a demandé en mariage !

Heureuse que ce câlin n'ait rien à voir avec une inquiétude inutile à mon sujet, je la serre fort contre moi. À son sourire radieux, j'en déduis qu'elle a accepté. Cela dit, elle aurait été stupide de ne pas le faire : Gaëtan l'adore et c'est un type génial. Elle sautille sur place, tenant mes mains couvertes de sucre glace pressées entre les siennes.

— Toutes mes félicitations ! Je me demandais quand il comptait se décider à franchir le pas. Mais alors, une question me chatouille : qu'est-ce que tu fais ici alors que tu aurais pu profiter de ton futur mari toute la journée ? Tu aurais dû rester chez vous !

Gaëtan ne travaille jamais le lundi, je suis certaine que lui aussi aurait apprécié la compagnie de sa dulcinée.

Ma sœur m'adresse un sourire dont la joie semble s'être évanouie.

— Je ne vais pas te mentir, j'en ai franchement eu envie et j'ai failli t'appeler, mais Coralie m'a téléphoné tard dans la soirée d'hier, elle ne viendra pas bosser aujourd'hui ni les jours suivants. Elle a décidé sur un coup de tête de repartir dans le Sud chez sa mère.

Cela faisait un peu moins de trois mois qu'elle occupait le poste de serveuse et j'avais bien senti depuis quelques jours qu'elle n'avait pas vraiment le cœur à faire son boulot. Son copain est militaire et il est parti pour une longue mission à l'étranger. Je peux comprendre que la perspective de se retrouver seule, ajoutée à la crainte pour celui qu'on aime doit être une épreuve difficile.

— Elle était en larmes. Ce n'était pas le moment d'insister pour qu'elle vienne quand même assurer son service, alors je n'ai pas eu le cœur de lui rappeler ses engagements… Même si je dois avouer que je crevais d'envie de rester à la maison avec mon chéri, je ne t'aurais pas abandonnée avec tout ce boulot sans le soutien d'une serveuse.

Je lui souris sans trouver quoi lui répondre, car elle a raison. Nous ne pourrions plus fonctionner comme dans nos débuts. Notre chiffre d'affaires a été multiplié par dix, et il est donc évident que l'activité a subi sensiblement la même croissance. Finalement, j'ai bien fait de venir hier pour m'avancer sur mon travail habituel, puisque ma place sera en salle aujourd'hui.

Même si je n'aime pas ça du tout !

— Ne te fais pas de mauvais sang, rien n'est insurmontable, ce snack, on le connaît par cœur, on va gérer. Le plus important, c'est que tu me racontes comment Gaëtan t'a fait sa demande.

Son visage prend instantanément une teinte rosée qui s'étale jusqu'à envahir la racine de ses cheveux.

— Nous étions au restaurant. Une table quatre étoiles connue à des centaines de kilomètres à la ronde. Le dîner était excellent et au moment du dessert, il est venu près de moi, il a posé un genou sur le sol et il m'a demandé de l'épouser.

Connaissant ma frangine et sa timidité, j'imagine que la couleur qu'affichent ses joues en ce moment n'est qu'un maigre aperçu de l'état dans lequel cette situation a dû la plonger.

— La salle était pleine à craquer et tout le monde a compris ce qui se passait. Les gens se sont arrêtés de manger, leurs regards se sont braqués sur nous et le silence s'est fait naturellement. Après que j'ai dit « oui », tous ont applaudi et nous ont félicités. C'était magique, tu sais. Gaëtan est vraiment l'homme de ma vie ! ajoute-t-elle, dans un long soupir.

La lueur qui brille dans ses yeux me donne envie de pleurer. Elle est comblée et même si je savais déjà que son bonheur était important pour moi, je n'imaginais pas que la voir à ce point épanouie me rendrait si heureuse.

— Tu as prévenu papa ? Vous avez arrêté une date ?

— Nous souhaiterions nous marier cet été et Gaëtan a proposé que nous passions lui rendre visite le week-end prochain pour lui annoncer.

— Il va être fou de joie !

— Si tu l'as au téléphone d'ici là, ne lui en souffle pas un mot s'il te plaît, je voudrais vraiment lui en faire la surprise.

J'acquiesce d'un geste en la serrant de nouveau dans mes bras.

Sachant que j'ai déjà procédé à la mise en place et que mes habitués sont aussi passés récupérer leurs déjeuners, nous avons le temps de nous attabler devant notre traditionnel cappuccino du matin. Elle évoque les détails du mariage dont elle a parlé avec son fiancé et m'embarque avec elle dans son excitation.

Ma grande sœur va se marier !

Elle veut que je sois son témoin, que je l'aide à choisir sa robe, le gâteau… Dieu que c'est exaltant !

Puis sonne l'heure de l'ouverture des portes du snack, les clients arrivent, la salle se remplit, nous passons chacune à notre tour derrière le comptoir, ici pour un croque-monsieur, là pour un panini, un sandwich, puis sans qu'on s'en rende compte, c'est le goûter, avec ses glaces et ses petits gâteaux…

— Comme au bon vieux temps, frangine, me lance-t-elle, alors que nous nous croisons en salle.

Eh oui, comme à l'époque où il n'y avait que nous deux. Je pense souvent à cette période, mais si je suis nostalgique des moments de complicité que nous partagions, j'avoue que la foule et la clientèle ne me manquent pas plus que ça. La tranquillité de mon petit labo m'est devenue indispensable et des journées comme celles-ci ne doivent pas reprendre leur place dans notre quotidien.

— Tu vas mettre une annonce en ligne pour nous trouver du renfort ?

Elle rit.

— C'est déjà fait et j'ai reçu plusieurs notifications du site internet durant la journée. Il y a quelques candidatures qui ont été postées.

Particulièrement soulagée qu'elle ait anticipé, je souffle sans m'en cacher.

— Je me penche dès ce soir sur le sujet, précise-t-elle. Je sens ton inquiétude, mais rassure-toi, je ne t'imposerai pas le travail en salle plus longtemps que nécessaire.

J'observe la clientèle de la galerie qui change au fil des heures. Il y a moins d'enfants et davantage de costumes et de jolis tailleurs, les gens viennent faire les courses en quittant leurs bureaux. Les bruits changent aussi, la sonnerie des téléphones a remplacé les rires joyeux et les voix cristallines des gamins. C'est bientôt l'heure de la fermeture et tandis que je nettoie une des tables, un nouveau frisson se glisse sous ma peau. Cet horrible bourdonnement connaît le chemin et vient immédiatement s'installer dans mes oreilles, couvrant le brouhaha ambiant, pendant que ma vue commence à s'obscurcir. Sans dire un mot, et priant pour que ça passe rapidement, je tire une chaise et je m'y affale lourdement. La lavette que je tenais dans ma main tombe dans le seau et éclabousse le carrelage.

— Chloé, qu'est-ce qu'il y a ?

Une silhouette se découpe devant moi. Je sais que c'est Lisa, j'ai reconnu sa voix au travers du voile qui a enveloppé mon crâne, mais je ne parviens pas à parler, ma gorge est serrée : c'est une nouvelle crise d'angoisse.

Sans brutalité, elle place ma tête entre mes genoux, sa main étalée entre mes omoplates pour m'inciter à garder la position. Dans le brouillard, je l'entends s'adresser aux quelques clients qui restent en salle, les remerciant de bien vouloir libérer les lieux. Des chaises raclent le sol, les murmures s'élèvent et des « bonsoir » s'échangent jusqu'à ce que je perçoive le bruit du rideau métallique qu'elle descend pour fermer le snack.

— Comment te sens-tu ? Est-ce que tu as mangé

aujourd'hui ? Et dis-moi la vérité, hein ?

Sa question est légitime, car me nourrir est quelque chose que j'oublie souvent, mais cette fois, j'ai déjeuné et même assez copieusement, sachant que le travail en salle demande beaucoup d'énergie. Mes mains tremblent, comme chaque muscle de mon corps, alors je plonge mon regard dans le sien pour retrouver un point sur lequel fixer mon attention.

— Oui, j'ai mangé, et je suis certaine que ce n'est rien et que ça va passer.

— Ça t'arrive souvent ?

Je soupire, mais décide qu'il est inutile de lui mentir.

— Ce n'est pas la première fois, mais je ne sais pas pourquoi.

Peu à peu, la sensation semble refluer, me rendant lentement mes capacités à respirer. Lisa revient avec un verre d'eau que j'avale d'un trait, non par soif, mais parce qu'elle me le demande.

— Tu fais ce genre de malaise depuis quand ?

— Quelques jours.

— Tu n'es pas enceinte ?

Je la regarde de travers ; elle serait au courant si je fréquentais quelqu'un…

— OK, oublie, c'était une question con. J'ai baissé le rideau, on va chez le toubib !

Je hoche la tête. Déjà, je me sens légèrement mieux. Le bourdonnement qui résonnait sous mon crâne diminue et je respire moins difficilement.

— C'est passé, je crois. Lisa, je pense que ce n'est rien sinon peut-être un coup de fatigue. On termine le nettoyage, ensuite je vais rentrer pour dormir de bonne heure.

Je vois qu'elle a envie de protester et de me renvoyer chez moi sur l'instant, mais je me sens suffisamment bien pour achever cette journée. Nous nous répartissons les tâches, comme à chaque fermeture que nous gérons ensemble. En moins d'une heure, toute la boutique est impeccable, prête pour la réouverture demain matin.

— Au fait, est-ce que tu te souviens des personnes qui étaient présentes en salle quand je me suis sentie mal ?

Je vois que ma question l'interpelle, mais j'ai une étrange sensation et j'aimerais qu'elle m'éclaire sur le sujet.

— Il y avait les deux gamins qui ont passé les dernières heures à manger des glaces, le couple avec le bébé, et un homme à qui je venais de servir un café.

— Comment était l'homme ?

— Plutôt beau mec, châtain clair, assez grand, joli sourire. Il a d'ailleurs demandé s'il pouvait aider lorsque tu as fait ce malaise…

Une vague de frissons dévale ma colonne vertébrale à la description qu'elle me fait de notre client. L'homme ressemble à celui qui m'a interpellée à deux reprises déjà.

— Tu le connais ?

Je hoche la tête. Face à son air inquiet, je lui relate les contacts que j'ai eus avec celui qui correspond à sa description, et je conclus mon récit en lui servant l'explication que Katie a avancée pour justifier mon malaise.

— Oui, Docteur Katie et ses théories foireuses…

— Foireuses ou pas, elle n'a pas tout à fait tort, c'est vrai que je crains de laisser quiconque m'approcher et ça pourrait être une explication : une simple montée de stress.

Lisa fait la moue.

— On pourrait le penser si tu l'avais vu attablé en terrasse, mais ce n'est vraisemblablement pas le cas et je te rappelle que tu n'as pas eu cette sensation quand tu as rencontré Jean-Baptiste à la maison…

Je grogne de lassitude devant l'incohérence de la situation.

Elle a raison, la présence de JB ne m'a pas indisposée et d'ailleurs j'ai servi de nombreux clients aujourd'hui sans ressentir la moindre gêne.

— Ce n'est pas grave. De toute manière, c'est passé. Je vais rentrer chez moi et me reposer.

Ce n'est pas un mensonge, je me sens réellement mieux, comme lorsqu'on s'écarte d'un ravin après avoir été en proie au vertige, comme si le danger s'était éloigné…

Je redresse les épaules et relève la tête.

Ce n'est qu'un léger malaise et ça passera.

Une petite phrase qui pourrait résonner comme un mantra… après tout, si ça aide, pourquoi pas ?

— Promets-moi que tu me le dirais si ce n'était pas le cas. Je n'aime pas quand tu te fermes comme ça. Chloé, ma grande, tu peux me parler, n'est-ce pas ?

Je lui souris. Je sais pourquoi elle me dit ça. C'est ma stupide habitude de tout garder pour moi qui m'a valu de tomber si lourdement après ma rupture, et elle s'en souvient. Cela dit, les circonstances n'ont absolument rien à voir. Ces malaises sont totalement inexplicables.

— Je vais bien, Lisa, mais ne t'inquiète pas, si cela devait changer, je te promets de t'en parler.

Elle m'embrasse sur le front, dans ce geste de réconfort et symbolique de cet amour que nous partageons.

— Si les candidatures que tu as reçues valent le coup, tu penses qu'on aura quelqu'un d'ici peu ?

Je change de sujet et à la grimace qu'elle m'adresse, je comprends qu'elle a bien remarqué ma pirouette. Après un long moment à scruter mon visage, elle souffle et hoche la tête.

— Je vais parer à l'urgence, et tant pis si nous ne décrochons pas la perle rare du premier coup. Clairement, tu as besoin de lever un peu le pied et ce n'est pas le moment d'ajouter le travail en salle à celui que tu effectues au labo.

C'est un véritable sentiment de soulagement qui s'invite à présent : je n'aime vraiment pas faire le service et il me tarde de retrouver la tranquillité de ma cuisine.

Une fois les dernières vérifications effectuées, nous fermons le snack puis rejoignons nos voitures dans le garage souterrain. Je scrute les recoins faiblement éclairés, mais les lieux sont déserts. Ce n'est qu'un simple examen, pourtant il me rassure alors qu'une sourde angoisse tente de reprendre place au creux de mon ventre. Lisa ne remarque rien, et je m'en félicite.

Nous démarrons et, comme chaque soir lorsque nous rentrons ensemble, elle suit ma voiture, jusqu'à ce que nous arrivions à l'entrée de ma résidence, puis elle actionne ses warnings pour me dire « bonne nuit » avant de bifurquer pour poursuivre sa route.

Il est tard et le parking qui jouxte mon bâtiment est presque désert ; pourtant, un de mes voisins est en train de frotter les vitres de sa voiture. Il me fait un grand geste pour me saluer.

— Bonsoir, Chloé, ça y est, la journée est finie ?

— Oui, elle a été longue. Et toi, tu es en repos ce soir ?

— Pour cinq jours. Je pars demain de bonne heure chez mon frère. Tu sais, celui qui habite près de Paris, il m'a concocté une petite visite guidée de la capitale.

— Et tu ne devrais pas être en train de te reposer avant de prendre la route ?

Il rit.

— Sûrement, mais je suis tellement pressé de le retrouver que je n'arrive pas à dormir. J'en suis à me demander si je ne vais pas avancer l'heure de mon départ !

Je rejoins son humeur joviale, je connais, moi aussi, cette excitation des départs en vacances.

— Je te souhaite un très bon séjour alors !

Je m'engouffre dans le hall et tout comme l'autre soir, je veille à refermer complètement la porte avant de la lâcher et de gravir les quelques marches qui m'amènent à mon appartement. Même si ce soir, je ne ressens pas cette sensation malaisante, je n'ai pas pour autant envie de traîner plus que nécessaire dans les espaces communs aux autres résidents. Une fois chez moi, je m'enferme avant de tirer les rideaux. Ce calme et cette semi-obscurité, j'en ai besoin pour essayer de comprendre ce qu'il est en train de m'arriver. Ça fait bientôt deux ans que mon ex-petit ami m'a plaquée, et, si elles doivent avoir un lien, pourquoi ces frayeurs n'apparaissent-elles que maintenant ?

Incontestablement, ma séparation avec Julien m'a fait mal ; elle m'a amenée à douter des hommes en général, et invitée à la prudence quand il s'agit de confier mon cœur, mais rien dans ce qui s'est passé entre nous ne justifie une telle terreur ! Il ne m'a jamais molestée, il a juste cessé de m'aimer.

Alors, pourquoi ce soudain sentiment de marcher au bord d'un précipice m'assaille-t-il, et surtout pourquoi semble-t-il que ce soit cet homme précisément qui déclenche ces crises d'angoisse ? Certes, il est très attirant, mais j'en croise d'autres tous les jours, aussi beaux et bien fichus que lui, sans que je panique de cette façon.

Tout à l'heure, quand Lisa a évoqué JB, je me suis souvenue que sa présence m'avait mise mal à l'aise, mais c'était uniquement lié à l'aspect « arrangé » de notre rencontre, pas à sa présence en particulier. Étrangement, je suis partagée entre l'envie d'en savoir plus sur l'inconnu pour comprendre ce que je ressens et le besoin de le fuir à toutes jambes, comme si derrière ce sourire chaleureux et cette voix charmeuse se cachait autre chose…

… Quelque chose de dangereux.

… Ou d'abominable.

Chapitre 8

« Personne ne provoque Lucas Vidal ! »

Lucas

Trois gros paris sportifs remportés dans l'après-midi, deux berlines maquillées à la perfection, voilà une journée que je qualifierais de prolifique. Les voitures passeront les limites du territoire dans la nuit, avec assez de came à leur bord pour montrer aux Belges que je suis dans la place. Il est grandement temps qu'ils comprennent que maintenant il va falloir compter avec moi. D'ici peu, c'est moi qui fixerai les prix et les conditions : c'est la loi de l'offre et de la demande, comme on dit, et parce que je suis parvenu à fragiliser la concurrence, l'horizon s'est relativement bien éclairci dans la région.

Ensuite, je remonterai vers le marché allemand et je glisserai vers la Suisse. Mon business a plus de chances de se développer vers l'étranger que sur notre sol où les cartels sont bien cachés, mais aussi trop bien structurés pour être renversés. Mes connaissances en matière de réglementations sur l'importation et l'exportation m'ont été bien utiles pour piéger certaines de leurs livraisons et ébranler leurs organisations, mais m'attaquer directement à eux me renverrait sans plus de procès dans mes vingt-deux et vers le petit trafic de rue.

Il y a longtemps que je n'en suis plus là et je ne souhaite en aucun cas y revenir.

L'espace de vente est désert. Les employés sont rentrés chez eux et il ne reste qu'Alfonse, l'homme d'entretien qui ne devrait pas non plus tarder à partir. C'est un gars qui mesure pas loin de deux mètres et qui remplace la petite nana que l'agence m'avait envoyée. Elle faisait du bon boulot, mais je pense qu'elle n'a pas apprécié que je la coince dans les vestiaires. Moi qui croyais que la menace de dénoncer ses faux papiers l'inviterait à se taire, pour le coup, je me suis bien planté et donc, maintenant, c'est Alfonse qui assume la mission de nettoyer mes locaux. Lui, il y a peu de chances que je le rejoigne dans les vestiaires, il n'est pas du tout mon type !

D'un geste las, je fais tourner le whisky qui reste au

fond de mon verre, puis je l'avale d'un trait avant de m'en servir un autre ; le troisième ou le quatrième, je ne sais plus… Encore quelques minutes, et le nettoyage sera terminé. Je pourrai fermer la boutique. Une autre cigarette et enfin, j'entends la porte de la réserve claquer.

— M'sieur Vidal, j'ai fini, je m'en vais, me crie Alfonse depuis le rez-de-chaussée.

Il ne monte pas jusque dans mon bureau, l'accès lui est formellement interdit, comme à la quasi-totalité de mon personnel. Quand il devient nécessaire d'y faire un brin de ménage, c'est sous la surveillance d'un de mes gars. Sans bouger de mon fauteuil et sans même lui répondre, je déverrouille d'un clic l'issue de service. Le bourdonnement sourd de la serrure électrique accompagne son « au revoir monsieur » et se tait lorsqu'il referme la porte.

J'avale ce dernier verre avant de me décider à rentrer. Ce n'est pas que je le souhaite réellement, mais si je ne me montre pas de temps en temps à la maison, j'en connais une qui va se sentir en droit de prendre ses aises et je n'en ai pas du tout envie. Alors que je suis un peu engourdi par l'alcool que j'ai ingurgité, les quelques kilomètres défilent sans que j'en aie particulièrement conscience et j'abandonne ma voiture devant chez moi. Si ça gêne un voisin, je l'invite à venir me trouver pour qu'on en discute : cela fait un moment que je n'ai pas flanqué une raclée à quelqu'un, ça me fera une distraction. D'un geste, je retire ma veste. Le salon est plongé dans l'obscurité, à la télé un film tourne, mais elle dort devant, emballée comme un énorme nem dans une couverture en polaire. Je lève la main et avec autant de force que je peux encore en avoir compte tenu de l'heure, de ma fatigue et de la quantité d'alcool que doit contenir mon sang, je l'abats sur le renflement que je distingue à travers du plaid et qui doit être son cul. Elle sursaute en hurlant.

— Aïe, tu m'as fait mal ! Pourquoi tu m'as frappée ?

Je la regarde et lui souris.

— Parce que j'en avais envie. Bouge de là.

Lentement et sans me quitter du regard, elle remonte ses jambes près de son corps, me libérant la place qu'elle doit estimer suffisante pour que je puisse m'asseoir.

— Trois mots, c'est trop dur à comprendre ? « Bouge.de.là », ça veut dire « casse-toi », « dégage » ! Il faut que je t'aide ?

Elle se lève, l'œil à moitié endormi et se poste devant moi, les deux mains plaquées sur les hanches.

— Mais merde, il va vraiment falloir que je te vire moi-même, j'ai pas envie de voir ta sale gueule et ton gros cul. Casse-toi !

J'ai toutes les peines du monde à ne pas monter le ton.

— Je t'interdis de me parler comme ça...

— Tu m'interdis ! Est-ce qu'il t'est poussé une paire de burnes pour avoir autant de courage ?

Elle pointe un index tremblant devant moi, mais me fixe néanmoins. Ça vaudrait le respect si je ne la méprisais pas autant.

— Parle-moi encore

comme ça, frappe-moi encore une fois et je te jure que j'en informe mon père et mes frères !

J'aurais mieux fait de la tuer au lieu d'accepter de l'épouser celle-là !

— Est-ce que tu penses sincèrement que ton vieux en a quelque chose à foutre de la façon dont je te parle ? Il ne t'a larguée entre mes draps que pour s'assurer que tu n'allais pas bâtardiser la famille en te faisant engrosser par le premier épicier qui aurait regardé sous tes jupes.

Le sourire sardonique qu'elle m'adresse aurait justifié à lui seul que je l'étrangle, mais elle n'a pas tout à fait tort, ce n'est pas le moment de me battre contre son père et ses frères.

Ça viendra bientôt, mais pas tout de suite…

Je serre les dents, appelant une patience qui n'est pourtant pas ce qui me caractérise le mieux.

— En effet, mon père comptait sur toi pour lui offrir un semblant de descendance, mais pour ça, il faudrait encore que tu arrives à bander.

La salope !

Je saisis le cendrier en marbre qui trône sur la table basse et le lance dans sa direction. Elle s'écarte alors qu'il vient se briser sur le sol après avoir laissé un bel impact dans le mur. Sans rien ajouter, elle tourne les talons.

Un jour, je lui ferai ravaler ses paroles, je la tuerai…

J'allume une cigarette, et les yeux fermés, je laisse ma tête tomber sur le dossier du canapé en crachant la fumée vers le plafond. J'imagine mes mains qui s'enroulent autour de son cou de girafe. Sa langue de vipère qui glisserait mollement sur le côté de sa bouche, ses yeux de veau qui rouleraient dans leurs orbites... Merde, c'est presque ça qui me ferait bander et je porte la main à mon entrejambe. C'est pas vraiment la trique, mais ça s'en approche. J'ai envie de boire encore et c'est exactement ce qui va se produire si je reste dans cette baraque. Je vais picoler, probablement casser quelques trucs et demain sera le même genre de journée qu'aujourd'hui. Alors, je quitte ce canapé et enfile ma veste.

Je sais où je dois aller...

La route est un peu longue, mais c'est le prix à payer pour rester discret. L'éclairage public dessine des halos sur l'asphalte mouillé et je peine à conserver ma trajectoire. Je lève le pied parce qu'attirer l'attention des flics ne serait pas plus malin que me planter avec ma voiture contre un platane.

Après de nombreuses minutes de route, le chalet est enfin devant moi. L'obscurité du sous-bois l'a totalement avalé. Une fois mes phares éteints, c'est le noir absolu dans cette nuit nuageuse. Au loin, une chouette hulule, dans les taillis, de petits animaux fuient en repérant ma présence. Je monte silencieusement les trois marches de bois pour atteindre la porte, comme si je voulais rester une ombre parmi les ombres. J'insère la clé dans la serrure et l'actionne en la retenant, là encore pour ne pas faire de bruit, puis enfin, j'entre.

La pièce sent la poussière et le renfermé. Quelques moucherons virevoltent, je crois qu'ils viennent des morceaux de pain que j'ai abandonnés et qui ont moisi dans la cuisine. Dans le buffet, je sors une autre bouteille de whisky et en avale une rasade à même le goulot. Le vieux canapé posé dans le coin de la pièce sera peut-être mon lit ce soir, qui sait…

L'alcool ne me brûle même plus quand il glisse dans ma gorge. Je regarde la bouteille dont le niveau diminue rapidement.

— T'inquiète pas, y'en a d'autres dans le placard…

Quand je commence à parler tout seul, en général, c'est que je ne suis pas loin d'être cuit. Péniblement, je quitte le vieux divan, éteins mon mégot en le glissant dans le goulot de la bouteille vide et replace dans la ceinture de mon pantalon, mon Beretta que j'avais déposé sur le sol.

D'ailleurs, il tangue, le con… Les lames du parquet me donnent l'impression de se mélanger.

En assurant mes pas, je traverse la pièce principale de cet étage. La vieille porte est cadenassée et je suis pris d'un fou rire en tentant de glisser la clé dans la serrure qui me paraît minuscule. Putain, j'ai l'impression que les doigts qui bougent ne sont même pas les miens tant ils font n'importe quoi. Je m'arrête un instant, respire profondément et reprends ma tâche jusqu'à ce qu'enfin le cadenas cède. La serrure principale est moins compliquée et ne représente heureusement pas un défi.

Devant moi se déroule une volée de marches maintenant que la porte est ouverte et, tout comme le parquet, il semble qu'elles entendent la même musique et dansent en rythme.

Putain, mais quel abruti de picoler autant ! Il y a parfois des moments où je me déteste d'agir ainsi comme un crétin.

L'épaule un coup appuyée contre le mur de droite et le pas suivant contre le mur de gauche, je descends l'escalier en veillant à ne pas atterrir comme une grosse merde à l'étage du dessous. Il fait plus sombre à mesure que je me rapproche de mon but et enfin, ma main se pose sur l'interrupteur. Le néon clignote un long moment avant de se figer — il faudra que je pense à le changer avant qu'il ne lâche — et j'embrasse des yeux ce tableau qui m'a obsédé une grande partie de la journée.

Les poignets emprisonnés dans les bracelets des menottes scellées au mur, son menton repose sur sa poitrine. Elle est immobile.

L'autre gît à ses pieds, chacune de ses mains est liée aux entraves des chevilles de sa copine. Celle-là, en revanche, ne dort pas — ou ne fait pas semblant de dormir, parce que j'ai des doutes sur le sommeil de la première — elle me toise de ses deux yeux globuleux et encore barbouillés de noir, mais elle a compris qu'il était temps d'avoir peur.

Dans mon froc, il semble que l'information soit aussi passée. Je m'approche et je saisis le menton de cette pute. Même si son regard s'est baissé, je sens qu'elle tremble, mais elle ne se débat pas. Ce n'est pas vraiment dans son intérêt de toute manière. J'écrase sa lèvre de mon pouce pour la contraindre à ouvrir la bouche, ce qu'elle fait ; puis la salope me mord. Elle accroche mon doigt entre ses putains de dents et paraît vouloir l'arracher de ma main. Je serre l'autre poing pour l'abattre sur sa pommette afin de l'obliger à me lâcher, mais je pisse le sang.

On ne se refuse pas à Lucas Vidal.

Et on ne mord pas Lucas Vidal, bordel !

Je sors mon arme et lui enfonce dans la bouche. Une technique bien connue dans mon milieu. Le bruit de ses dents fracassées qui abandonnent une à une en tombant sur le sol me fait sourire, puis rire aux éclats. Je la laisse s'effondrer au pied de sa copine et j'essuie le canon de mon Beretta sur le pan de sa chemise.

Ma paume étalée sur mon entrejambe, je constate

que c'est de nouveau le calme plat dans mon caleçon.

— Je suis désolé de te décevoir, poupée, mais je suis trop bourré pour te faire ta fête ce soir, je crois.

Ramassé en boule sur la terre battue, son corps tressaute en silence. J'aurais parié que l'autre avait bougé, mais je suis vraiment bien trop fait pour m'y intéresser. Mon doigt saigne abondamment, et un simple regard vers le haut de l'escalier suffit à me faire comprendre que le trajet de retour jusqu'au rez-de-chaussée risque d'être sacrément compliqué. Je lève un pied, puis un deuxième, mais finalement mon cul percute violemment la marche de pierre.

Je ferme les yeux.

Cinq minutes, juste cinq petites minutes, le temps de récupérer assez d'énergie pour remonter...

... Juste quelques instants...

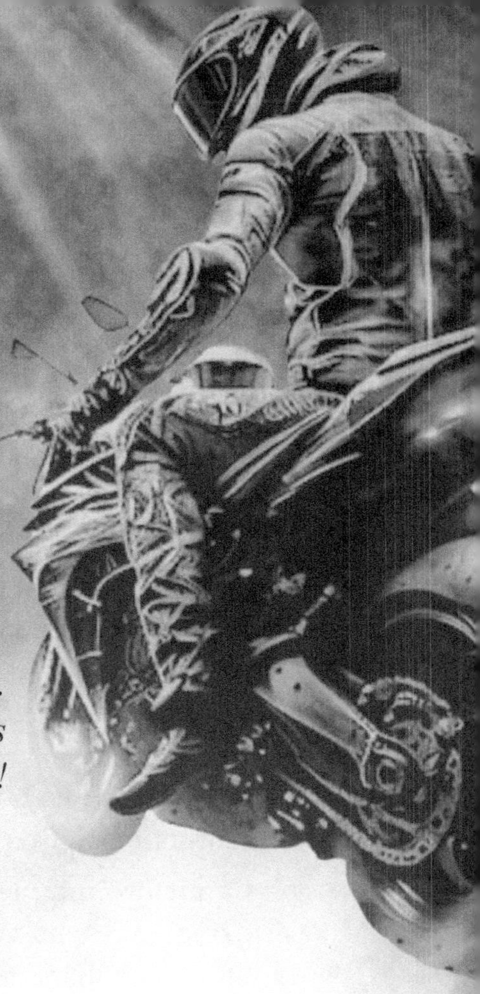

Chapitre 9

Une sur deux…
Autant de raisons
d'enrager que d'espérer !

Maxime

Déjà plus d'une semaine que j'ai le sentiment de piétiner sur cette enquête. Je n'avance pas assez vite à mon goût. On ne peut pas dire que ce soit le calme plat non plus, mais chaque jour qui passe grignote mes chances de retrouver ces deux jeunes femmes en vie. Les statistiques dans ce domaine sont claires et me mettent en rogne chaque fois que j'y pense.

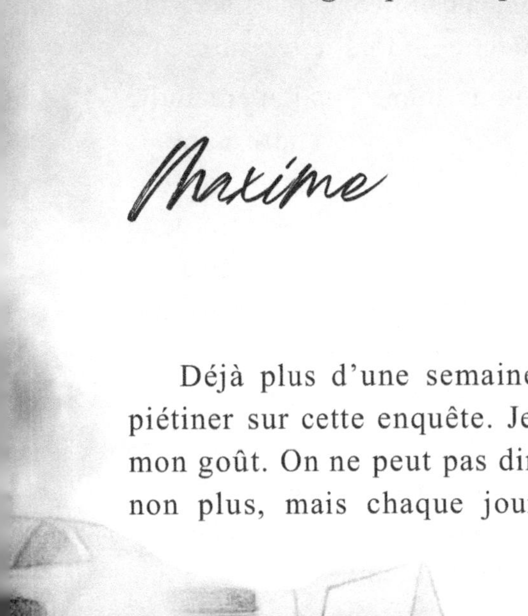

J'ai l'impression de jouer un « contre-la-montre » et il n'y a rien de plus déplaisant que ça !

Plusieurs fois par jour, les familles d'Amanda et d'Estelle nous contactent et j'enrage de ne pas être en mesure de changer de discours. Les appeler à la patience me semble tellement inhumain quand on sait que ça nourrit un espoir qui s'effiloche un peu plus à chaque minute.

J'ai demandé qu'ils intègrent un programme d'aide aux victimes, mais je me suis heurté à un mur. Les deux pères semblent refuser le rôle : selon eux, accepter d'être une victime revient à baisser les bras. Je n'ai pas pu argumenter, parce que c'est aussi le fond de ma pensée, mais la psychologie et moi, ça fait deux ! Je n'adhère pas nécessairement au concept, mais ce sont les instructions qu'on nous donne, alors je les suis.

La piste d'internet ne nous mène finalement nulle part, sinon que cela nous a aidés à comprendre le mode de vie de nos disparues. Si nous nous étions basés sur les seuls dires des familles, nous serions bien loin de la vérité. Après plusieurs visites rendues aux clubs du coin, j'ai creusé la piste du « Néon's » et identifié deux des types qu'elles semblent avoir rencontrés là-bas. Tous deux travaillent pour la même entreprise : Vidal automobiles.

Les collègues de la brigade financière n'ont rien découvert de particulier concernant cette société, mais c'est justement ça qui est louche, car lorsqu'on examine les registres de l'Urssaf, la plupart des gars qui bossent

pour Lucas Vidal traînent un passé criminel. Leurs compétences s'étendent du petit trafic de stupéfiants aux cambriolages en bande, en passant par quelques prouesses de faussaires et des condamnations pour intimidation. Dans une entreprise propre, il est plutôt rare de trouver une telle concentration de gibier de potence.

J'ai mis deux jours à obtenir un entretien, mais cet après-midi, j'ai rencontré le patron. J'ai revêtu pour l'occasion ma tenue d'infiltration et fait renaître « Max Ravier » de ses cendres, l'ancien toxico fraîchement libéré de taule. Ça ne m'avait pas manqué, mais je n'ai rien perdu de mes vieux réflexes. En même temps, j'ai appris à la dure et quand votre survie tient uniquement au fait de savoir jouer la comédie, vous devenez rapidement un acteur exceptionnel…

Ce passé, pourtant monté de toutes pièces, existe réellement dans les fichiers de la police et de la gendarmerie, et quiconque chercherait des informations sur cet alias, trouverait de quoi assouvir sa curiosité. Dans deux centres pénitenciers de province, j'ai des dossiers aussi vrais que nature. Dans l'un, je suis même devenu une telle légende que des types jureraient sur la vie de leur mère que nous partagions la même cellule, uniquement dans le but de s'approprier un peu de cette célébrité !

En revanche, Vidal est le genre de type que toutes les nanas rêveraient de présenter à papa et à maman. Propre sur lui, barbe courte et bien taillée — certainement l'œuvre d'un barbier — jolie coupe de cheveux, aussi longs que les miens, mais loin d'être autant en désordre, joli costume, jolies chaussures, lustrées et sans la moindre trace d'usure… La perfection faite homme.

Mais porter un costard Versace et des pompes Berluti pour vendre les voitures de monsieur tout le monde dans une zone commerciale, moi, il y a un truc qui me dérange. Derrière les allures policées du type, je ne peux pas m'empêcher de reconnaître le trafiquant. Je ne me prononcerai pas sur la camelote qu'il marchande, même si j'ai ma petite idée sur la question, mais, quelle que soit l'issue de mon enquête, il n'est pas impossible que d'autres services que le mien ouvrent de nouveaux dossiers en fouillant les entrailles de cette entreprise ou de ses comptes personnels !

Quand j'avais abordé les deux types du bar, je leur avais expliqué que j'étais en galère et que je cherchais du boulot. Visiblement, ça tombait plutôt bien, car leur boss souhaitait recruter un préparateur de véhicule. Un job pas trop compliqué. Mes compétences en mécanique ont fait mouche, parce que par « préparation », il n'entend pas uniquement un passage d'aspirateur et un coup sur les vitres… Le fait que je sois capable de démonter n'importe quelle voiture dans un temps record semble l'avoir particulièrement séduit. C'est aussi ce qui m'a mis sur la piste du genre de trafic dans lequel il trempe.

Je commence à bosser pour lui la nuit prochaine. Deuxième indice sur la légalité de ses affaires… Quand tout se passe la nuit, rien n'est vraiment clair, sans mauvais jeu de mots !

Lorsque je me suis pointé pour notre rendez-vous, j'ai repéré les deux types du « Néon's ». Ce sont deux frères dont les casiers judiciaires sont longs comme le bras. L'un a fait de la taule, l'autre a réussi à passer à travers les mailles du filet, parce que c'est justement son frère qui a reconnu la responsabilité de leur cambriolage et qu'il a payé l'addition pour les deux. Un puissant lien de fraternité qui confère à ces deux mecs un atout de taille dans ce milieu où il est préférable de ne compter sur personne. Je ne suis pas parvenu à savoir quel rôle ils jouent précisément dans la boîte. Ils ne me semblaient pas être des employés de la zone mécanique, et à première vue ils n'ont pas les profils de vendeurs de voitures. Ils auraient même assez d'arguments pour faire partir les clients au grand galop, car ils affichent sans la moindre gêne leurs sales gueules mal aimables. Ce sont sûrement des hommes de main, de ceux qui opèrent directement sur le terrain.

Cela dit, le « Max » que j'incarne n'est pas beaucoup plus avenant et il n'est d'ailleurs pas supposé l'être. J'endosse la personnalité du grand con, bourru et toujours à la limite du pétage de plomb. Sociopathe, mais bon dans son job, assez pour qu'on ne vienne pas le faire chier. Ça repousse suffisamment les gens, et garantit ma couverture.

Je n'imaginais pas vraiment que ce Vidal puisse être un gros poisson avant de le rencontrer, mais s'il est à la tête d'un réseau conséquent, j'espère que « Max Ravier » l'a convaincu, sinon, la mission risque d'être plus houleuse que je le prévoyais. C'est pourquoi lorsque je suis rentré ce soir, j'ai veillé à ne pas être suivi. Je ne l'avais pas envisagé au départ, mais j'ai emprunté les petites routes pour rejoindre le local loué par un collègue et dans lequel j'ai laissé ma moto et où ma voiture m'attendait. Si malgré tout j'ai été filé, tout laissera penser que « Max le paumé » vit dans cet immeuble et avec ses dix-sept étages et ses quelques douze logements par niveau, celui qui découvrira que ce n'est pas le cas aura eu besoin de chercher un bon moment !

J'espère que d'ici là, j'aurai bouclé cette enquête et retrouvé ces filles.

— À quelle heure doit arriver ton beau-frère ? me demande Édith.

Je consulte ma montre.

— Il devrait être là dans une petite demi-heure.

Elle acquiesce et repart sans dire un mot. Je sens que la situation ne lui plaît pas et c'est aussi pourquoi je ne lui ai pas expliqué la raison exacte de cette visite que j'attends. Quand elle m'a vu rentrer du travail habillé de ma panoplie de paumé, j'ai lu dans son regard les réminiscences de tous ces mois qu'elle a subis, il y a cinq ans…

Je m'assieds sur le bord de mon lit et coince la tête entre mes mains. Ce passé, pas si lointain d'ailleurs, remonte à la surface et me brûle l'estomac.

« Max, Max, ne panique pas, c'est Étienne. On va te sortir de là, mon pote. »

J'ai froid et en même temps, j'ai l'impression de me consumer de l'intérieur. Je sens des mains qui me touchent et j'ai entendu les mots qui ont été prononcés. Ils tournent en boucle, mais leur sens m'échappe en partie. Le

contact des doigts sur mes membres est insoutenable. J'ai mal à la peau, aux muscles, aux os.

J'ai mal partout.

Ce sont les effets du manque, je les connais bien maintenant. On me les a fait subir pour me punir.

La lumière, qui a envahi le local dans lequel je suis suspendu par les poignets, me transperce la rétine et déchiquette ce qui me sert encore de cerveau.

— Je vais te soulever pour qu'on te détache de là, ne panique pas, ce n'est que moi, Max, tu me reconnais, c'est Étienne ! Je vais placer mes bras sous tes fesses pour te porter, laisse-moi faire, ne bouge plus, sinon tu vas arracher la peau de tes poignets. Putain, Max, dis-moi que tu m'as compris.

J'aimerais parler, mais ma gorge est si sèche qu'on la croirait emplie de verre pilé. J'ai mal. Mon corps tout entier n'est que douleur, mais je parviens à lâcher un faible grognement.

L'empoignade est ferme et le moment où mes bras retombent le long de mes flancs manque de me faire tourner de l'oeil. C'est tellement violent.

— Vous auriez pu retenir ses mains, merde ! Apportez le brancard !

Le contact avec la surface fraîche me surprend, mais ne provoque pas de nouvelles douleurs... jusqu'à ce qu'on empoigne mes membres et qu'on les tire si fort que j'ai l'impression qu'ils vont se détacher.

— Qu'est-ce que tu fous ? tonne la voix d'Étienne.

— Il faut qu'on l'allonge pour le sangler.

— Le sangler ? Pour quoi faire ? Tu crois qu'il va se barrer en courant ! Il est cassé en petits morceaux et

visiblement sous l'effet du manque, il n'ira nulle part, alors laisse-le se placer comme il le souhaite et couvre-le. Il est gelé et ce n'est pas utile que tout le monde le reluque.

Je me roule en boule en claquant des dents.

— C'est fini mec, on va te ramener chez toi… C'est fini, Max…C'est fini.

Fini ! Oh non, sûrement pas ! Je sais ce que ces salauds m'ont fait, ils m'ont transformé en un putain de junky et je sais aussi que ce n'est que le début du cauchemar ; alors, même si mon cœur se brise quand je prononce ces mots, je le fais quand même, pour les protéger de ce que je suis maintenant.

— Ne leur dis rien, je ne veux pas les voir. Je ne veux pas les voir, pas les voir…

Les mots que j'articule sans réussir à y imprimer un ton audible reviennent en boucle, encore et encore, jusqu'à ce qu'une main se pose avec précaution sur mon bras.

— OK Max, tu les appelleras toi-même quand tu te sentiras prêt.

Etienne m'a compris. Je n'ai pas besoin de plus pour le moment et je me laisse aller. On vient de m'injecter un truc qui rompt un à un les filins qui me maintenaient dans cet état de semi-conscience. Je me sens lâcher prise lentement.

— Dors Max. Tu seras bientôt à l'hôpital. Je reste avec toi.

La voix d'Étienne s'éteint doucement alors que je sombre dans un sommeil vide de rêves.

Je frotte mon visage avec mes paumes. Même si les années ont passé, ces souvenirs sont gravés en moi comme si tout s'était déroulé hier. Il faut dire que les mois qui ont suivi mon exfiltration ont été un sacré voyage en enfer, entre la désintoxication, les fractures, les traumatismes divers qu'il a fallu traiter. J'ai attendu presque un mois avant d'accepter que ma femme soit autorisée à me rendre visite. En revanche, je n'ai jamais pu revoir mes parents ; ils s'étaient tués dans un accident de voiture durant ma captivité. C'est Édith qui s'était chargée de m'annoncer cette mauvaise nouvelle. Mon père s'était endormi au volant d'après l'enquête, ils sont morts sur le coup. Ils sont partis sans savoir que j'étais en vie. Je n'ai jamais été très proche de mes parents, qui plaçaient leur carrière au premier plan de leurs préoccupations, mais ça n'empêche pas que, même si je ne les connaissais pas vraiment, je les aimais profondément.

Je m'ébroue, sentant un air de nostalgie m'étreindre, certainement à mettre sur le compte de la fatigue.

Et des circonstances…

Lorsque j'entre dans le salon, ma fille est assise sur son grand tapis de jeux et s'amuse à ériger une pyramide de formes colorées. Elle grandit tellement vite. Ses bonnes joues rondes se gonflent alors qu'elle m'adresse son plus joli sourire et je m'accroupis avant de me laisser choir à ses côtés.

— Comment va la femme de ma vie, ce soir ?

Sa construction s'effondre quand elle entreprend d'escalader mes jambes et d'enrouler ses petits bras autour de mon cou.

— Mon papa !

Sa bouche vient s'écraser sur ma joue et elle s'écarte en grimaçant.

— Tu piques !

— Ça ne m'empêchera pas de te manger !

Les deux mains en appui contre son dos, je souffle fortement sur son ventre au travers de son pyjama. Elle agrippe mes cheveux à pleines mains et rit aux éclats. Je crois qu'il n'y a pas plus merveilleuse musique que celle-là.

— Tu manges pas moi, réussit-elle à dire entre deux gloussements, c'est Maïa qui mange papa !

A son tour, elle fait semblant de me mordre le cou et je la serre dans mes bras pour un long câlin qui finit par la calmer. Si je l'énerve avant qu'elle aille se coucher, Édith va encore me passer un savon.

J'entends qu'on frappe à la porte, puis qu'on l'ouvre, et Maïa saute de mes genoux pour se ruer vers l'entrée de l'appartement.

— Tonton BiBé !

La silhouette de mon beau-frère apparaît dans l'encadrement de la porte et il me donne l'accolade, à peine ai-je eu le temps de me relever.

— Salut Max, comment vas-tu ?

Jean-Baptiste a toujours été comme un frère pour moi, même si c'était celui de ma femme, et sa disparition n'a rien changé à cela. On pourrait même dire que sa mort nous a encore rapprochés. Au début, c'était officiellement pour l'équilibre de Maïa, mais en fin de compte, c'était surtout parce que nous

nous aimons vraiment.

Il me dévisage un instant, fronce les sourcils et hoche la tête.

— T'as pas remis ça ?

Je souris et pour détendre l'atmosphère, je fais mine de lui envoyer un coup de poing dans les abdominaux.

— Non, ce n'est pas ce que tu crois. Je bosse sous couverture, mais cela n'a heureusement rien à voir avec ce qui s'est passé à Lyon.

— Et pourtant tu veux qu'on en parle, pour « le cas où », c'est ça ?

Je soupire. Même si j'essaye de toutes mes forces, je ne parviens pas à être convaincant quand je ne suis pas convaincu moi-même.

— Tu sais que je n'ai que Maïa. Avec tes parents, ce n'est pas la joie et si un jour il m'arrive un truc… elle n'aura plus que toi. Édith, elle n'a aucun droit sur elle.

— Mais tu persistes à dire que c'est juste une précaution.

— Parce que ça l'est. Flic, c'est un métier à risques, même au service circulation… Alors ça me semble logique.

Il prend place dans le canapé, ma petite toujours accrochée à son épaule.

— JB, on en avait parlé avec ta sœur à la naissance de Maïa, et on voulait que tu sois son parrain.

Il pouffe.

— Je ne te crois pas, ma frangine n'aurait jamais foutu les pieds dans une église !

— Je parle pas d'église, ça n'a aucune valeur légale,

mais d'un baptême civil... et d'un truc officiel, pour que tu aies l'autorité sur Maïa.

Je vois qu'il se trouble.

— Max, je suis célibataire, je ne comprends rien aux mômes...

— Tu l'aimes, elle t'adore, donc ça suffit. Je n'y connaissais rien non plus quand sa mère nous a quittés, la petite n'était qu'un nourrisson et j'ai appris avec elle. La question reste de déterminer si tu accepterais cette responsabilité. Je ne te force à rien et vraiment, je ne veux pas que tu aies le sentiment que je cherche à te mettre la pression, mais je sais que c'est ce que ta sœur aurait souhaité.

Il ferme les yeux en embrassant la tempe de ma fille toujours blottie contre sa poitrine. Le pouce dans sa bouche, elle joue distraitement avec le médaillon qu'il porte autour de son cou. C'est un poisson stylisé, son signe zodiacal. Je sens que JB tente de refouler ses émotions, je le connais bien. La toute première fois que je l'ai vu, il était à peine entré dans l'adolescence, mais même si maintenant son visage a perdu les rondeurs et la douceur l'enfance, il peut difficilement masquer ce qu'il ressent. Évoquer le souvenir de sa sœur lui est aussi douloureux qu'à moi, même si deux années déjà se sont écoulées depuis qu'on nous l'a enlevée.

De six ans son aînée, elle représentait bien plus qu'une sœur pour Jean-Baptiste. Elle était son mentor, son amie, sa complice. Ils étaient liés par un amour fraternel sans limites et quand elle est morte, j'ai cru qu'on avait aussi perdu JB. Les quelques mois qui ont suivi les funérailles ont été difficiles, mais finalement, c'est Maïa qui a servi de catalyseur aux trop-pleins de nos sentiments, tant pour lui que pour moi. Ma femme n'était plus là, mais notre petite fille avait pris le relais, en quelque sorte…

Lorsqu'il rouvre les yeux, je vois qu'ils brillent.

— Bien sûr que j'accepte, je ne comprends même pas que tu puisses poser la question. Je ne dirais pas que ça ne me fout pas une trouille d'enfer, mais j'apprendrai s'il le faut, ou alors ce sera elle qui m'apprendra. Mais ça ne veut pas dire que je t'autorise à faire le con avec ta vie. C'est de toi que ta fille a besoin…

Je baisse les yeux. Je sais tout ça et je sais aussi qu'il me le répètera à chaque occasion…

— Rassure-toi, je n'ai pas l'intention de mourir, mais c'est quelque chose que je dois régler. On ne sait jamais ce qui peut arriver…

— … avec ton boulot de merde, me coupe-t-il.

Je le dévisage. Cette réflexion, je me la suis faite un millier de fois. Et je me suis demandé autant de fois si changer de carrière n'était pas une solution, mais j'aime ce que je fais et sans vouloir me jeter de fleurs, je le fais bien.

— Tu sais que toutes les statistiques le prouvent : tu ne risques pas plus ta vie…

— … qu'en traversant une route à l'heure de pointe, je sais, oui !

Je ris. Sa sœur avait aussi cette habitude autrefois : elle terminait mes phrases.

— Donc on est d'accord sur le fait qu'on est d'accord.

— Il me semble en effet que ce soit le cas.

Nous plaisantons, mais notre échange de regards est lourd, ce ne sont pas des paroles en l'air, c'est une promesse. Dès la semaine prochaine, nous prendrons nos dispositions.

J'ignore si c'est ma visite à Vidal qui m'a fait ressentir ce besoin de clarifier ces détails avec Jean-Baptiste, mais je me sens mieux maintenant que c'est fait. Cela n'empêche pas le cauchemar que je fais presque quotidiennement de revenir lorsque je m'endors. Comme chaque nuit, je serre les dents pour ne pas hurler sous les coups de ceinture, les coups de poing et les lacérations. Je tremble de tous mes membres sous l'effet du froid que pourtant je ne ressens pas réellement. Avant, je trouvais toujours inconsciemment refuge entre les bras de la femme de ma vie… depuis qu'elle n'est plus là, j'écrase contre moi son oreiller et parfois, je le mords à pleines dents, pour étouffer mes cris.

Quand le cauchemar de ma captivité s'efface et que les dernières minutes de sa vie me hantent à leur tour…

***

Il est trois heures du matin quand je me réveille aux premières notes de *Highway to Hell*, et si j'adore ce morceau d'*ACDC*, j'avoue qu'il y a mieux pour sortir du sommeil.

– Villonier.

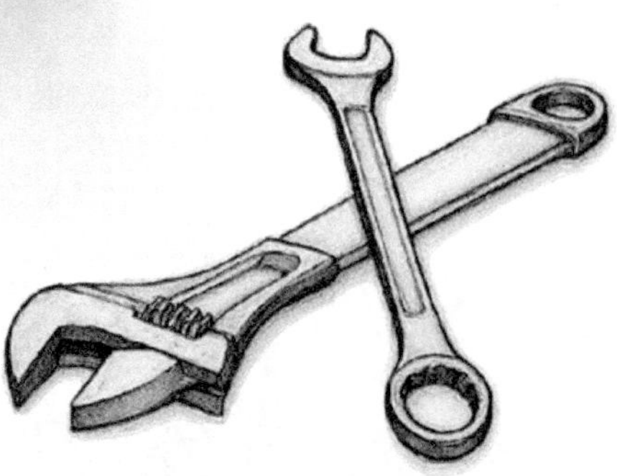

J'ai la voix pâteuse du type qui a passé la nuit à profiter des bonnes choses de la vie, et pourtant ce n'est pas le cas.

— Salut Max, je sais qu'il est tôt, mais on a du nouveau.

La voix d'Étienne me parvient, assourdie par le bruit de la circulation, mais derrière lui, je perçois le grésillement de la radio d'une voiture de patrouille.

– Tu peux nous rejoindre sous le pont qui enjambe la voie rapide, côté ouest ? On a retrouvé un corps.

Il ne m'en faut pas plus pour être totalement réveillé. Le téléphone collé à l'oreille, je suis déjà en train de m'habiller.

– Donne-moi quinze minutes.

– Max, j'espère que tu n'es pas en pleine digestion, c'est sacrément moche ici...

Venant d'un vieux briscard comme le major, de tels mots n'augurent pas grand-chose de bon et c'est la respiration erratique que je termine de m'habiller. J'imagine déjà l'instant où nous devrons informer des parents que leur fille ne reviendra pas. Ils ne méritent pas ça. Aucun parent ne mérite d'entendre une chose pareille. C'est bien un des moments les plus difficiles de mon métier, et je ne m'y ferai jamais : annoncer les mauvaises nouvelles, faire face à notre défaillance lorsque nous ne sommes pas parvenus à retrouver une victime avant qu'il ne soit trop tard. Parfois, on a la chance d'avoir un toubib ou un psy pour nous assister et trouver les mots, mais le plus souvent nous sommes seuls pour gérer la douleur, l'incompréhension, la colère des proches des victimes.

Je ne rencontre aucune difficulté à repérer le lieu où on a retrouvé le corps. Les gyrophares illuminent la campagne à des kilomètres à la ronde et un grand spot a été déployé par les pompiers pour éclairer la zone d'intervention. Étienne n'a pas laissé la place au doute, il m'a bien dit qu'on avait retrouvé un corps et la présence des pompiers n'est justifiée que par la particularité du terrain. Les abords de la nationale sont très escarpés, la végétation y est sauvage et, pour nous permettre de travailler en toute sécurité, la circulation a été basculée sur une seule voie. Ce sont les employés du département qui régulent l'alternance du trafic. Cela dit, vu l'heure, les véhicules qui empruntent cet axe sont assez peu nombreux. Néanmoins, nous devrons avoir quitté les lieux avant que les gens embauchent, sinon, il nous faudra composer avec les mécontents et les risques de suraccident !

Le major vient à ma rencontre lorsque je gare ma voiture sur le bas-côté.

– Un véhicule de patrouille a remarqué un attroupement d'oiseaux. Les charognards tournaient autour du pont et depuis le haut, les collègues ont repéré la bâche bleue qui emballait le corps. C'est Amanda.

Je prends une longue inspiration, refoulant un étrange sentiment d'injustice que je ne devrais pas ressentir. J'aurais souhaité les retrouver vivantes toutes les deux, évidemment, mais Amanda était selon moi, sinon la plus sage, la moins provocatrice et délurée des deux. Ce n'était pas elle qui menait Estelle à la débauche, mais plutôt le contraire.

– Les gars de l'institut médico-légal sont là ?

Étienne hoche la tête, le regard sombre et la

frustration palpable.

– Ils sont en train d'embarquer le corps.

Je m'avance et la housse mortuaire n'est pas encore complètement refermée. Le visage de la jeune femme est à peine reconnaissable. Du sang le recouvre en partie, ses yeux, ouverts et rendus vitreux par la mort, sont gonflés et ses pommettes tuméfiées. Elle a été violemment rouée de coups.

– Est-ce qu'on sait…

– Comment elle est morte ? Non, pas encore, me coupe mon supérieur. À première vue, pas de trace de balle ni d'arme blanche, mais son corps était dénudé et dans un sale état. Elle peut avoir été battue à mort. L'autopsie nous le dira.

– Putain…

La pauvre gamine a dû déguster. Je serre les poings et les dents : je ne me ferais jamais à l'idée qu'on puisse faire preuve d'autant de violence. Je fais signe à l'agent qui se tient près du corps afin qu'il ferme la housse de plastique noir. Il est inutile que tous les regards se posent sur ce qui reste de cette pauvre fille.

Estelle est encore entre les mains de leur ravisseur. Je veux croire qu'elle est toujours vivante. Je l'espère en tout cas, et il va falloir mettre les bouchées doubles pour la tirer de là, avant qu'on retrouve également son corps disloqué au fond d'un fossé.

Le visage ravagé d'Amanda va longtemps me hanter…

Alors que les collègues sont occupés à prélever des échantillons de sol et de végétation, je quitte les lieux de l'intervention, mais je ne rentre pas à la maison.

Arrivé au bureau, je reprends une fois de plus les éléments de l'enquête pour tenter de repérer ce qui visiblement m'échappe encore. Je suis plus que jamais convaincu que chaque heure compte pour Estelle et à peine arrivé au commissariat, je passe un coup de fil à l'IML[1] pour informer le légiste que j'attends ses premières conclusions. Pour le principe, il râle et me livre le discours habituel, me rappelant qu'il lui faut du temps pour faire son boulot et que lui mettre une quelconque pression ne sert à rien. Pourtant, je lui explique que la vie d'une autre jeune femme est en jeu et cette précision ne semble pas inutile, car il me téléphone, à peine une heure plus tard, pour m'informer qu'Amanda est décédée moins de cinq heures avant qu'on retrouve son corps.

Les réquisitions des enregistrements des caméras de vidéoprotection des quatre communes desservies par la nationale sont déjà transmises. Même si la portion de route n'est pas directement concernée par le dispositif, cela nous donnera les passages de tous les véhicules entrants et sortants des différentes agglomérations.

Depuis le début, cette affaire me fait l'effet d'un puzzle géant. D'abord lorsqu'il a fallu déterminer les profils des deux disparues, puis leurs emplois du temps et à présent, il semble que ce soit encore le cas. Cela dit, une évidence demeure : celui qui a balancé le corps de cette fille depuis le pont n'est pas venu jusqu'ici à pied. Si sa voiture est passée devant un objectif, que ce soit celui d'une caméra urbaine ou d'un radar routier, on finira par en retrouver la trace.

---

[1] Institut Médico-légal

Chapitre 10

Chaque inconnu est une force inattendue.
Enfin peut-être... !

Lucas

Il fait encore nuit, lorsque je gare mon cabriolet derrière les ateliers. La zone commerciale est totalement déserte et ma concession aussi d'ailleurs.

Cela fait quatre jours qu'Ange, le mécano qui préparait les voitures, est reparti en prison... Ce crétin n'a rien trouvé de mieux à faire que participer à un braquage ! Il s'est cru dans les années soixante-

dix, à l'époque bénie où les pompistes avaient les tiroirs-caisses pleins à craquer en fin de journée. Je n'imaginais pas que cet abruti se ferait avoir comme ça, et qu'il « oublierait » qu'au prix de l'essence aujourd'hui, les gens paient leur carburant avec leur carte de crédit !

Ce mec est capable de foutre une voiture à poil en moins de temps qu'il en faut pour le dire. C'est à croire qu'il connaît par cœur les revues techniques de tous les véhicules sur le marché, de la plus simple berline, jusqu'au dernier modèle de luxe. Néanmoins, il est la preuve vivante qu'on peut être intelligent et complètement débile. Plonger pour quelques billets, avec ce que je lui verse chaque semaine, il faut vraiment être con ! Ce n'était pourtant pas le moment qu'il se fasse coffrer : la dernière livraison a fait mouche — comme je l'avais prédit — et j'ai de nouvelles commandes à satisfaire.

Voler des voitures, c'est un exercice assez complexe quand on y pense. Y parvenir alors que les propriétaires blindent leurs bagnoles de systèmes d'alarme et de géolocalisation, j'avoue que l'équipe de Stan est quand même sacrément douée. Cela n'empêche pas que j'aime bien les secouer et les menacer, mais je sais que sans leur savoir-faire, mon job ne serait pas possible, parce que c'est de là que tout démarre. Ensuite seulement vient le travail en atelier et c'est à ce moment précis que les compétences d'Ange ont toujours été primordiales !

Outre le démontage des pièces de carrosserie pour planquer les sacs d'héroïne, il faut s'y connaître pour maquiller les véhicules et offrir le moins de repères possible aux flics pour identifier les voitures. Dernièrement, Ange s'est essayé au covering, une technique qui permet de recouvrir la carrosserie d'un film teinté et ainsi en masquer la couleur d'origine. C'est du boulot, mais c'est efficace, parce que la première chose que les flics recherchent, c'est la couleur. Nous envisagions d'ailleurs d'agrandir l'atelier pour qu'il puisse développer cette idée, mais j'imagine que maintenant il faudra attendre qu'il sorte de tôle, ce con !

J'ai sérieusement cru que mon business allait prendre une claque à cause de son absence et ça m'a donné envie de lui défoncer la tronche pour avoir été stupide au point de se faire pincer. J'espère qu'il pensera à remercier les frangins qui se sont bougés le cul pour lui trouver un remplaçant, ça aura participé à diluer un peu ma colère !

Le gars que les siamois m'ont ramené semble capable d'assurer la relève. Du moins temporairement. Je n'étais pas très chaud à l'idée de recruter un mec rencontré dans un bar, surtout quand on connaît les fréquentations des frères Lambert et si je n'avais pas été obligé de prendre rapidement une décision, il y a fort à parier que j'aurais rejeté leur proposition. Mais voilà, la prise de risque fait partie du job et l'idée de perdre

des clients n'est pas envisageable.

J'ai quand même mené ma petite enquête avant de l'embaucher. Mes contacts m'ont fait passer le pedigree de ce type et si l'on met de côté le fait qu'il ne sait pas sourire et qu'il semble toujours à deux doigts d'exploser, il a un sacré *curriculum vitae*. Reste à voir si son ego et celui d'Ange s'accorderaient, mais si cela venait à être le cas, ça pourrait bien faire une bonne équipe. Le seul truc qui me chiffonne, c'est que ce Max est un ancien toxico et je sais par expérience que ces mecs-là peuvent vriller à tout moment. D'un autre côté, cette fragilité peut aussi représenter un moyen de pression… Rien n'est à négliger.

J'ai deux voitures qui doivent arriver à l'atelier tout à l'heure, des modèles assez classiques pour lesquels le boulot sera relativement simple. Ce sera un bon moyen pour réellement juger ce qu'il vaut, puisqu'il doit commencer ce soir.

L'heure tourne et petit à petit, ma boîte reprend vie. En mécanique, les gars parlent fort et se chambrent sur leurs sorties de la veille, l'odeur de leur café infâme qui bout toute la journée dans leur verseuse crasseuse arrive même à grimper jusqu'ici. Côté boutique, mes deux jeunes vendeurs ajustent leurs cravates, ils sont mignons, on dirait deux petits mannequins. Le type androgyne, les clients aiment bien, ça les met en confiance, ça les rassure. Évidemment, dans l'esprit des gens, on ne peut pas être un escroc quand on n'a que trois poils au menton et qu'on sait tout juste pisser debout sans éclabousser ses godasses !

Comme chaque jour, j'examine les statistiques et les pronostics concernant les rencontres sportives qui vont se dérouler dans les heures qui viennent et je prépare mes paris. C'est dingue la facilité avec laquelle on peut rapidement se prendre au jeu ; rien que dans la journée d'hier, j'ai empoché pas loin de six mille euros ! Du fric tout propre et qui me permet encore de faire un pied de nez au fisc !

Deux coups sont timidement portés à ma porte, le battant s'ouvre aussitôt.

— Patron, je peux te déranger deux minutes ?

Stan marche sur des œufs depuis l'autre jour. Je crois qu'il n'a apprécié que très moyennement que je lui rappelle l'ordre des choses. Je referme le capot de mon ordinateur et m'adosse à mon fauteuil, l'autorisant implicitement à entrer dans mon espace.

— Je suis passé à l'entrepôt avant de venir ici et il semble que la Nissan qu'on a tirée avant-hier en centre-ville a bougé. Est-ce que tu es au courant ou est-ce que je dois m'inquiéter ?

Les sourcils ainsi froncés et le regard noir, il ferait presque peur.

Je souris à son air impliqué et je ne doute pas qu'il le soit vraiment, car il me connaît bien. Il sait que si quelque chose ne

tourne pas rond, quelqu'un devra payer.

J'imagine qu'il espère que ce ne sera pas lui.

Stan est responsable des véhicules qu'il apporte jusqu'à ce que l'atelier les prenne en charge. C'est d'ailleurs la raison pour laquelle c'est son nom qui apparaît dans tous les documents concernant l'entrepôt dans lequel nous stockons les voitures volées. Si lui, ou un membre de son équipe se plante, il tombe et il en a parfaitement conscience.

— Je suis au courant, en effet. C'est moi qui l'ai utilisée cette nuit. J'avais un… une course à faire.

— Ok, Lucas.

Je sens au ton de sa voix qu'il n'apprécie pas. Une voiture volée deux jours plus tôt a inévitablement fait l'objet d'une plainte auprès des autorités et selon la notoriété du propriétaire, tous les flics de la région pourraient bien être à sa recherche. Autant dire que la sortir puis la ramener à l'entrepôt était un gros risque.

Cela reste un risque pour lui, mais pas pour moi. Et c'est pour ça que je n'en ai rien à foutre !

Du bout des doigts, je caresse ma courte barbe douce et parfaitement taillée en plongeant mon regard dans le sien.

— Tu as un problème avec le fait que j'ai utilisé cette voiture, Stanislas ?

Il hoche la tête.

— Non, aucun, c'est toi le patron.

J'acquiesce et élargis mon sourire.

J'aime savoir qu'il a compris que je peux faire basculer sa vie à tout moment. Pour chacun des mecs qui travaillent pour moi, j'ai un dossier prêt à être dégainé et qui les ferait plonger si profondément qu'ils ne reverraient plus la lumière du jour avant longtemps. Certains pour cambriolages, d'autres pour racket, corruption, et concernant notre petit nouveau, puisque la came est son point faible, ce sera un jeu d'enfant de le tenir par les couilles.

Mon organisation est parfaitement huilée et c'est ainsi que j'impose ma place. Je me fous de leur respect, ils peuvent même me détester si ça leur fait plaisir, c'est le cadet de mes soucis, tant qu'ils me craignent et m'obéissent.

— Assieds-toi.

L'ordre donné ne souffre aucune discussion et Stan tire la chaise qui me fait face pour y poser son cul.

— Tu en es où dans les recherches que je t'ai demandées sur la famille de ma femme ?

Il glisse la main dans la poche intérieure de son blouson et en sort une clé USB.

— J'allais y venir. Tout est là, mais si tu préfères une version papier des documents, j'irai les faire imprimer. Il y a aussi des vidéos et des enregistrements de conversations téléphoniques.

Mes lèvres s'étirent malgré moi. Je n'aime pas montrer

quand les choses sont importantes à mes yeux, pour ne pas offrir d'éléments qui pourraient se retourner contre moi. Certes, je connais Stan depuis de nombreuses années, mais à cause — ou grâce — à la peur que je lui inspire, je sais aussi qu'il n'est pas mon ami, loin de là.

Cette clé contient donc les petits secrets de la belle famille. De quoi leur faire passer l'envie de venir marcher sur mes platebandes. J'en ai assez de me demander si ces enfoirés représentent réellement une menace pour moi. Depuis plusieurs jours, cette salope me nargue, mais elle a brandi une fois de trop la menace de son père et de ses frères. Je veux qu'elle comprenne que je détiens suffisamment d'informations pour tous les envoyer à la morgue ou derrière les barreaux. Je ne supporte plus cette nana, je ne peux plus voir son visage et encore moins entendre le son de sa voix ; mais puisque pour le moment notre cohabitation est encore d'actualité, je souhaite que cela se déroule selon mes règles et surtout, je tiens à ne pas devoir les répéter dès que l'envie lui prendra de se rebeller.

Je tends la main et saisis la clé USB.

— Il y a des copies ?

— Sur ton coffre-fort numérique uniquement, comme tous les autres dossiers. Et ton avocat a reçu les codes d'accès hier soir.

— Bien.

Je le fixe dans le but de lui faire comprendre que nous en avons terminé, mais il reste assis, le visage fermé et l'air soucieux.

— Le gamin qui va remplacer Ange, tu le connais bien ?

— C'est loin d'être un gamin et j'ai mené ma petite enquête à son sujet.

— Il sort d'où ? insiste Stan, les sourcils froncés.

— Les frères Lambert l'ont déniché, il sera réglo.

Il grimace, promenant sa langue sur ses dents comme s'il cherchait à les débarrasser d'un bout de salade qui serait collé à l'émail.

— Tu as des raisons de te méfier de lui ? Tu le connais ?

— Non, et justement, c'est ça qui m'étonne. S'il est le virtuose qu'il prétend être, je devrais au moins avoir déjà entendu son nom et il ne me dit rien du tout.

Je soupire.

— Il sort de huit ans de cabane, ça explique sûrement pourquoi tu ne le connais pas. Et puis, c'est pas un bavard, il n'est pas du genre à se vanter de ses exploits au bistrot du coin.

Même si c'est à peu près comme ça qu'il a connu les jumeaux…

Stan lève les mains devant lui et quitte sa chaise cette fois.

— Si tu es sûr de lui, c'est parfait. Après, on sait tous les

deux que ce qui arrive quand les caisses sont prises en charge à l'atelier, ça ne me regarde plus. Dès qu'elles quittent mon entrepôt, ce n'est plus ma responsabilité.

— Ce sont les termes de notre accord, en effet ; rien n'a changé de ce côté-là. Tu feras la connaissance de notre nouvelle recrue ce soir, car c'est toi qui vas lui confier les deux voitures que tu as en garde. Je ne te demande pas de le jauger, mais j'apprécierais que tu me dises si tu sens qu'un truc pue.

— Si tu veux.

— Et concernant la Nissan, insiste pour qu'il récure complètement l'habitacle, mais également le coffre. Vérifie son travail avant qu'elle quitte le garage ; même au microscope, elle doit paraître neuve.

— C'est noté.

Sans plus de cérémonie, Stan ouvre la porte et sort de mon bureau. Qu'il ne me salue pas, finalement, je m'en fous, mais je le trouve de plus en plus taciturne ces derniers temps. L'idée ne me plaît pas, mais je crois qu'il va bientôt falloir que je me mette en quête d'un autre gars pour prendre son poste. Tout laisse à penser que soit Stan en a marre, soit qu'il a gagné assez de fric pour vouloir se casser, ou qu'il a peur. Cette dernière option n'est pas bonne du tout dans des affaires comme les nôtres, mais plus que tout, ça ébranle sa loyauté, et je ne peux pas me le permettre. Je pourrais lui trouver un poste à l'étranger, histoire de le mettre au vert quelques mois, quelques années, ou, si mes doutes à son sujet se confirment, je pourrais aussi le faire disparaître du paysage, ce ne sont pas les moyens qui manquent dans notre métier.

Maintenant que je suis seul dans mon antre, je connecte la clé USB dans le port de mon ordinateur. Quatre dossiers s'affichent à l'écran, un pour chacun des membres de la famille de ma femme. Je commence par ouvrir celui de ma belle-mère. La pauvre vieille ne doit pas avoir grand-chose à se reprocher. Son seul crime demeure de se faire sauter par un criminel, mais finalement elle n'est pas différente de sa fille sur ce plan — même s'il y a longtemps que je n'ai pas baisé cette grognasse. En effet, je parcours les informations d'état civil classiques, aucune casseroles au cul. La vieille est propre !

Le plus jeune frère n'est pas encore trop mouillé dans les affaires familiales non plus. Quelques combats de MMA truqués, le passage à tabac de l'ex de sa régulière, et pour ça, j'ai un petit film qui ne laisse pas la place au doute. Le type qu'il cogne en revanche est le neveu d'un gros revendeur. Si je lui envoyais ce film, ça pourrait faire du vilain ! Finalement, il vient de glisser de « presque propre » à « carrément sur la sellette » en quelques clics ! On n'est peu de choses quand même lorsqu'on regarde bien… Ce môme vit sa meilleure vie avec sa petite nana, ses petits combats, quelques chichons bien roulés et des verres bien servis, et du jour au lendemain, il peut passer l'arme

à gauche parce que j'aurai envoyé un pauvre mail anonyme !

Kylian, le frère aîné, lui, c'est une pointure. Tant et si bien qu'il a appris à assurer ses arrières. Il ne se laisse pas filmer quand il tabasse un type, mais c'est un collectionneur et je détiens maintenant toutes les adresses des endroits où il planque ses armes. Avec le nombre de disparus que la rumeur met à son compte, j'imagine que les flics trouveront comment prouver ses implications.

Puis vient le tour de beau-papa. Quel gros salaud ! Avec sa bedaine de gentil père Noël pour orphelinats, on lui donnerait le bon Dieu sans confession, et pourtant… Sur la vidéo, il ressemble davantage au père Fouettard et la gamine qui pend au bout des chaînes qui la relient au plafond serait d'accord avec moi. Il semble tellement prendre son pied à la fourrer en la cognant qu'il m'en filerait presque la gaule. Sur la fin de la vidéo, c'est le corps sans vie de la nana qui s'effondre sur le sol. Ça aussi, c'est un aller simple pour la cabane !

Je referme les dossiers, particulièrement satisfait de ce qu'ils contiennent. Voilà, il me semble, le moyen le plus efficace de supporter ce mariage dont je n'ai jamais voulu. Une arme à la hauteur des menaces débiles qu'elle me sert au quotidien, et qui ne devront plus sortir de sa bouche maintenant. Cette alliance avait du sens quand je n'étais qu'un tout petit élément dans ce monde ; elle en a de moins en moins à présent. Et si je refuse l'idée de demander le divorce pour qu'on ne m'attribue pas le rôle du sale type qui tacherait l'image que je m'évertue à donner, ces dossiers brûlants représentent une base bien solide pour la solution que j'entrevois à mon problème.

Il y aura bientôt au programme une projection privée pour ma douce et tendre épouse… Il est grand temps qu'elle accepte sa place et me foute la paix, ou qu'elle retourne cirer les pompes de son père jusqu'à ce qu'il trouve un autre pigeon pour la sauter et m'en débarrasser ! Finalement, le personnage du pauvre Lucas Vidal, l'homme d'affaires bien propre et bien poli, n'en sortirait que plus sympathique si sa traînée de femme l'abandonnait…

Une belle évolution du rôle sans effort particulier de l'acteur !

Encore du génie !

Chapitre 11

Le feu brûle les corps.
La glace, les âmes.

Chloé

La salle n’a pas désempli de la journée. La galerie a attiré beaucoup de clients grâce aux salves de promotions que les acheteurs attendaient depuis des semaines. Les haut-parleurs déversent les slogans concernant des opérations spéciales, mais parfois la voix du commercial est à peine compréhensible. Ça participe à l’ambiance, dirons-nous !

Les plus jeunes enfants ne sont pas à l'école et ils mettent de l'animation en courant partout : les journées shopping de maman sont longues et souvent c'est la lassitude des plus petits qui contraint les parents à écourter leur flânerie. À la prochaine réunion des commerçants du centre, je proposerai l'idée de créer un espace de garderie. Ça libérerait les parents, leur permettrait sans doute de dépenser davantage et nous éviterait de ramasser des verres brisés !

— Tu veux que je desserve la grande table ? me demande ma sœur.

Je remue la tête pour refuser son aide.

— Je te remercie, mais ça va aller. J'ai l'impression que ça se calme un peu. On va pouvoir souffler quelques minutes avant la prochaine vague de clients.

Il ne me reste plus qu'à sortir la dernière fournée de pain de la chambre de pousse pour la mettre à cuire. Mon planning est complètement chamboulé avec l'absence de la serveuse qu'il faut compenser, mais je fais au mieux pour ne pas laisser comprendre à Lisa que cela me stresse, et je m'affaire à ajuster mon organisation.

Je n'aime définitivement pas le travail en salle.

Certes, les gens sont assez sympathiques dans l'ensemble et notre commerce n'a rien à voir avec un bar ou un pub. Aucun client ne vient s'enivrer ici et l'ambiance y est plutôt familiale. Mais cela n'empêche pas que c'est encore dans ma cuisine, lorsque je suis seule, que je me sens le plus à ma place.

— Ne te retourne pas tout de suite, mais il y a un drôle de type qui vient de s'installer à la table du fond. Ça ne serait pas celui qui t'a fichu la trouille l'autre fois ?

Lisa se tient à mes côtés, le front plissé par l'inquiétude. Je ne l'ai pas entendue arriver, elle a dû faire vite et je m'en veux un peu qu'elle se sente obligée de se soucier de moi.

Discrètement, je tourne la tête. Il y a bien un homme en effet, mais il n'est pas celui que j'ai déjà rencontré à plusieurs reprises. Je ne peux nier qu'il y a entre les deux une vague ressemblance, mais celui qui est installé seul sur la petite table paraît plus grand et peut-être même un peu plus massif, mais surtout, il semble bien moins sympathique ! Engoncé dans un sweat gris foncé dont la capuche masque en partie ses cheveux, il est mal rasé et ses doigts aux ongles noirs courent sur l'écran de son téléphone portable qui retient visiblement toute son attention.

— Non, ce n'est pas lui.

Je balaye du regard l'ensemble de la salle et je remarque que l'air peu avenant de notre visiteur a invité les autres clients à déserter les tables autour de lui. Sa mâchoire carrée se contracte légèrement tandis que ce qui défile sur son téléphone semble soudain l'amuser, car il esquisse un sourire qui efface cet air grave qu'il affichait quelques secondes plus tôt.

— Il n'est pas vilain finalement, me souffle ma sœur, faisant écho à mes pensées.

Je secoue la tête et elle me répond d'un léger coup de coude dans les côtes.

— Tu y vas, ou tu préfères que je m'en occupe ?

Pour seule réponse, je pose mon torchon et saisis mon carnet de commandes.

À mon approche, l'homme quitte son écran des yeux et les lève vers moi. Inconsciemment, je marque un temps d'arrêt devant la profondeur des deux prunelles bleues qui viennent heurter les miennes. Joli…

— Bonjour et bienvenue, qu'est-ce que je vous sers ?

En réponse à mon salut, il hoche simplement la tête… Beau mec, mais pour ce qui est de la politesse, on repassera !

— Un café.

— Et ce sera tout ?

Il opine sèchement du chef et reporte son regard sur son téléphone.

Derrière le comptoir, ma sœur m'observe alors que je reviens vers elle en articulant clairement : « quel con ».

— Comment ça « quel con » ? murmure-t-elle.

— Le genre de mec pour qui le signe de tête est le langage universel. Pas bonjour, pas merde, un con, quoi !

— Il est peut-être timide…

Lentement, alors que le café coule du percolateur, je tourne le regard vers notre client taciturne. Ses grosses paluches emballent complètement son téléphone, ses avant-bras posés sur le bord de la table semblent plus épais que mes cuisses, et le ton assuré des trois pauvres syllabes qu'il a daigné m'adresser ne laisse entendre aucune once de timidité…

— Non, je pense que c'est juste un con.

Lisa pouffe doucement.

— Et tu n'as pas ressenti le malaise de l'autre fois ?

Je la fixe un instant, le temps de réfléchir à mes sensations.

— Non, rien du tout.

— Donc, c'est pas les mecs en général, mais l'autre type en particulier... c'est quand même étrange... Tu es certaine que tu ne le connais pas ?

Je lui fais signe que « non » en remuant la tête.

— Un type qui aurait traîné avec Katie ?

— Lisa, je te promets que je ne l'avais jamais vu avant le premier soir de fermeture. Je ne sais pas pourquoi il me met si mal à l'aise et je ne me l'explique pas.

Elle semble réfléchir un instant puis me prend les mains.

— C'est un malaise du genre : ton cœur qui s'affole et des papillons dans le ventre ?

— Je te vois venir avec tes gros sabots, ce n'est pas un coup de foudre à la mode des bouquins à l'eau de rose, c'est une vraie panique, ce type me terrorise. Tu sais, quand tes poumons semblent incapables de se gonfler, que tes mains se mettent à picoter et tes oreilles à bourdonner. La vraie trouille, si intense que même prendre la fuite me demande un effort incroyable...

Elle soupire, le visage imprégné d'un air désolé quand je quitte le comptoir avec le café de mon client.

Puisqu'il n'est pas bavard et que vraisemblablement, il n'a pas envie d'être dérangé, je glisse en silence, la tasse et la coupelle contenant l'addition sur le bord de sa table.

— Merci mademoiselle.

Surprise, car je m'attendais à un autre vague mouvement de tête ou même à ce qu'il m'ignore totalement, je m'immobilise et le regarde.

— Je vous en prie, si vous avez envie d'autre chose, n'hésitez pas.

C'est là qu'il m'adresse son léger signe, mais cette fois avec un sourire qui relève un coin de ses lèvres.

Merde, il est carrément canon en fait !

Et cette voix grave…

Elle a dit quoi Lisa ? Le cœur qui s'affole et les papillons dans le ventre ? Bon, il ne faut rien exagérer, mais j'ai tout de même un peu de difficulté à décrocher de ses iris bleus.

Afin d'éviter la discussion avec ma sœur, je file directement dans mon labo pour mettre mes baguettes à cuire. Elle saura venir me chercher si la salle s'emplit de nouveau, mais pour le moment, j'ai besoin de me retrouver seule et loin de la clientèle. Les sensations que je ressens sont étranges et si je n'étais pas si cartésienne, j'oserais même dire que ce ne sont pas les miennes. Enfin, c'est l'effet que cela me fait.

— Chloé, Katie est là ! m'informe Lisa en passant simplement la tête par la porte qui me sépare de la salle.

Avec tout le boulot qu'on a abattu, je n'ai pas vu la journée s'écouler et un simple coup d'œil à la pendule du labo m'indique qu'il est temps de remballer. Katie avait insisté pour que je passe la soirée avec elle et ses hommes. Même si au départ j'avais décliné l'invitation, après le moment que nous avons partagé au pub, je suis revenue sur ma décision. Ça me fait du bien de m'aérer un peu, de voir du monde, d'autant qu'avec ses deux mecs, je me sens en sécurité.

Katie et Elias sont installés à une table lorsque je les rejoins.

— Salut, vous deux, Marco n'est pas là ?

— Il avait encore un rendez-vous à honorer, mais il nous retrouvera au restaurant, me renseigne Katie en me faisant la bise.

Elias me serre doucement entre ses bras et m'embrasse sur le front. J'avoue que j'aime bien ce côté fraternel et un poil protecteur.

— Elias, tu as fait la connaissance de ma sœur ?

Lisa arrive à ce moment-là, chargée d'un plateau et pose devant nous les cafés de Katie et d'Elias, ainsi qu'un maxi-cappuccino couvert de chantilly et de topping au chocolat pour moi. Elle sait toujours ce dont j'ai envie !

— Lisa, je te présente Elias… l'ami de Katie.

Il faut être honnête, j'ignore comment ils se qualifient eux-mêmes, donc les présentations ne sont pas si évidentes que cela et je décide de faire le plus simple du monde. Cela dit, ma sœur est au courant de ce ménage à trois, donc il est inutile de s'étendre sur la question. D'autant que je sais que Katie, par provocation, serait capable de balancer quelque chose de déplacé juste pour voir ma sœur s'empourprer…

On peut dire que je suis habituée à leurs joutes verbales depuis le temps !

— Enchantée Elias, je suis ravie de faire ta connaissance.

Contre toute attente, aucun sarcasme ni aucune

réflexion ne fuse ; mon regard passe alternativement de ma sœur à ma meilleure amie, mais l'ambiance semble vouloir demeurer courtoise.

Il y a vraiment un truc pas net qui plane dans l'air !

Nous discutons de choses et d'autres, du temps, de l'organisation de notre soirée quand soudain l'impression de malaise me reprend. Instinctivement, je porte le regard vers mon client bourru aux prunelles bleues, mais c'est ce qu'il fixe qui attire mon attention. Ses yeux sont rivés sur un homme qui arrive à grandes enjambées vers notre boutique.

L'homme de l'autre soir, l'homme de l'étang…

Le costume impeccable et le sourire radieux, il semble passer les occupants de la salle en revue avant de capter ma présence et de se diriger droit vers notre table.

D'instinct, mes poings se ferment et mes ongles mordent la chair à l'intérieur de mes paumes. Ni Katie ni Elias n'ont remarqué que j'étais soudain tétanisée, mais Lisa l'a vu et, abandonnant son plateau sur le comptoir, elle s'approche à son tour.

— Mesdemoiselles, Monsieur, nous salue l'homme avant de s'adresser à moi. Je ne vous dérange qu'un court instant. J'en suis désolé, mais vous m'avez inquiété l'autre jour. Vous vous êtes enfuie si vite que j'ai cru comprendre que vous étiez effrayée et je souhaitais m'assurer que vous alliez bien.

J'avale ma salive avec difficulté. Je sais que je n'ai rien à craindre. Elias est assez costaud pour me défendre si cet homme venait à avoir un geste déplacé. Quelques tables plus loin, je constate que mon client silencieux a posé son téléphone et observe la scène dans une posture qui me laisse entendre qu'il n'hésitera pas à intervenir également si la situation dégénérait.

— Je ne me suis pas enfuie, monsieur, j'avais une urgence à régler.

Mon amie et son compagnon comprennent qu'il est l'homme responsable de ma crise de panique, et dirigent, eux aussi, leur attention vers notre échange. Ma sœur est restée en retrait, mais je sens sa présence.

— Ah, vous m'avez fait peur, j'ai pensé que c'était moi qui vous avais effrayée et j'en étais désolé…

Il porte sa main étalée sur sa poitrine. Sur son visage s'imprime un air soulagé, que je trouve légèrement surjoué.

— Non, vous n'y êtes pour rien.

J'ignore s'il est dupe de mon mensonge, mais il me sourit, et étrangement ce rictus me glace alors que mes poings se serrent plus fort encore.

— Dans ce cas, peut-être accepteriez-vous mon invitation à prendre ce café un de ces jours ?

— Mais oui, le coupe Katie, je garderai tes enfants et je suis certaine que ton mari sera ravi de faire la connaissance de ce charmant monsieur.

L'homme pince les lèvres et son expression change subitement quand je lui adresse un sourire contrit qui me coûte, mais qui me semble nécessaire pour crédibiliser la fable inventée par Katie.

— Je comprends… Je vous prie de m'excuser, je ne savais pas que vous étiez mariée, rétorque-t-il en essayant de voir ma main gauche que je dérobe à son regard. Votre mari est un homme chanceux. Il ne me reste qu'à vous souhaiter une bonne soirée.

L'homme nous salue de nouveau d'un ample signe de tête, mais sans me quitter des yeux, puis enfin, il s'éloigne. Peu à peu, l'angoisse qui m'étreignait la poitrine reflue et je reprends ma respiration. Mes poings se desserrent et libèrent les tremblements de mes mains, alors je les cache sous la table.

— C'était donc ce mec-là ? me demande ma sœur.

J'acquiesce d'un faible mouvement de tête, envahie par un soudain sentiment d'épuisement.

— Qu'est-ce qu'il a bien pu te faire pour te foutre une telle trouille ? m'interroge Katie. Parce que c'est un sacré beau mec, et à en croire le prix du costard qu'il a sur le dos, c'est loin d'être un paumé !

— C'est ce que je te disais l'autre soir, je suis incapable d'expliquer ce qui arrive, mais dès que je suis en sa présence, j'ai tous les voyants qui passent au rouge. Je suis certaine que si je me forçais à rester en sa présence, mon corps tout entier finirait par cesser de fonctionner !

— Oui, on a vu ça, renchérit Elias, pourtant il n'a pas l'air bien méchant ; un peu emprunté, peut-être, mais rien de très inquiétant. Enfin, on dirait qu'il a compris qu'il fallait lâcher l'affaire, mais si ce n'est pas le cas, ne t'inquiète pas, on lui réexpliquera…

Pour accompagner ses mots, il presse doucement mon épaule encore tendue et je recouvre sa main de la mienne.

— Merci Elias.

Ma sœur lui adresse un sourire reconnaissant. J'ai comme l'impression qu'elle l'apprécie et j'en suis ravie.

Si seulement ça pouvait aider à enterrer la hache de guerre entre Lisa et Katie !

— Tiens, Martin Riggs est parti, lui aussi, s'amuse ma sœur.

— Martin qui ?

— Martin Riggs, Mel Gibson dans l'arme fatale, il a un peu le même regard, tu ne trouves pas ? Et la même tignasse aussi.

Ma sœur et ses références cinématographiques…

— Si tu le dis.

Je n'ai plus trop en tête les yeux de Mel Gibson, mais mon client avait effectivement un regard magnifique.

— Elle n'a pas tout à fait tort, il est plutôt beau gosse dans le style « bad boy ».

— Ah oui ? Tu aimes les mauvais garçons, toi ? la taquine Elias. On va peut-être réviser le programme de la soirée dans ce cas…

Retour à la normalité. L'incident est clos.

Ma sœur et mes amis s'amusent, et je ne vais pas le nier, je respire un peu mieux.

Mais il y a comme une petite voix quelque part dans ma tête qui me souffle que la noirceur rôde.

Et que j'aurais tort d'imaginer que tout va pour le mieux…

… Dans le meilleur des mondes.

Chapitre 12

L'imagination embrase là où la réalité hésite.

Chloé

Une goutte de sueur glisse lentement le long de ma colonne vertébrale. La chaleur de ses mains s'imprime sur la chair douce de mes flancs. Son souffle lourd et tiède caresse mes seins nus, durcis par l'envie qui m'habite entièrement à présent.

Même si je sens l'épuisement me gagner, sa présence au creux de mon ventre m'incite à onduler lentement les hanches. Mes doigts étalés sur ses pectoraux aussi solides que de la pierre, je prends appui sur son corps pour soulever le mien au rythme de ses va-et-vient à la cadence envoûtante.

C'est tellement bon…

Le courant d'air froid qui s'infiltre par la fenêtre ouverte gonfle le voilage. Il recouvre ma peau d'incoercibles frissons. Par réflexe, mes muscles intimes se resserrent autour de lui. Son gémissement est doux, son sourire gourmand. Il me comble, m'étire délicieusement, alors que chacun de ses mouvements me rapproche un peu plus d'un orgasme que j'espère, que j'anticipe. Je l'imagine fulgurant, tant la pression est forte, je l'attends et vide mon esprit de tout ce qui n'est pas Lui.

J'ignore combien de fois, nous sommes partis toucher les étoiles cette nuit, et mes membres sont si lourds que je parviens difficilement à maintenir le rythme de notre étreinte. D'un geste vif, il nous fait rouler sur le matelas et se place au-dessus de moi, en appui sur ses avant-bras, pour ne pas m'écraser.

Ses magnifiques épaules sont larges, et malgré ses efforts pour me ménager, je sens son corps tout en muscles fermes peser sur le mien.

Il est si lourd.

Et en même temps, si beau…

Du bout des doigts, je caresse la peau lisse de sa poitrine et la colombe encrée à l'emplacement de son cœur attire mes lèvres. Je les fais glisser sur l'épiderme bleui. Le profond soupir qu'il lâche ramène mon regard vers le sien : deux lacs bleus et d'une insondable profondeur qui m'envoient tellement d'amour, que mon cœur se serre encore plus fort.

Cet homme représente toute ma vie.

L'ancrage de nos iris arrête le temps et le suspend pour que ce moment demeure éternel.

Dans un effort que j'imagine intense, il se maintient au creux de mon corps, immobile, brûlant, imposant et en même temps tellement doux.

— Tu me rends complètement fou.

Ses mains épaisses encadrent mon visage et ses lèvres aspirent mon souffle. Sa langue se glisse délicatement dans ma bouche et trouve la mienne pour une dernière danse tout en tendresse avant cette envolée finale que nous attendons tous les deux.

Puis, sa cadence s'accélère, nos respirations également. Quand ses paumes saisissent mes jambes et les remontent sur ses épaules, une délicieuse brûlure prend naissance au creux de mes reins pour envahir mon corps et enfin, je m'enflamme. Une lame de fond m'entraîne dans les abysses et seules ses prunelles bleues accrochent ma raison lorsque je perçois la chaleur de sa propre délivrance se répandre en moi.

— Oh Laurie, mon amour…

Haletante et glacée, je me redresse soudain.

Qui est Laurie ?

Et qu'est-ce que c'est que ce rêve ?

Qui est ce mec ?

La dernière vision de mon amant imaginaire me donne un indice. C'est Martin Riggs… mon client bougon et si craquant. J'ai reconnu ses yeux et leur couleur si captivante.

Mon corps est encore sensible et l'humidité présente entre mes jambes me laisse penser que je n'ai pas seulement rêvé de ce plaisir…

Katie va finir par avoir raison lorsqu'elle dit qu'il est urgent que je me trouve un copain, si j'en viens à fantasmer sur le premier inconnu qui croise ma route, tout beau gosse qu'il soit !

Reste à espérer ne pas le recroiser à la terrasse du snack, parce que l'image que j'ai de lui à présent pourrait rendre toute rencontre carrément embarrassante.

Mais surtout, qui est cette « Laurie » ? Pourquoi a-t-il prononcé ce prénom dans mon rêve ?

C'est mon rêve, bon sang !

Et je ne connais aucune Laurie !

Après un long soupir, je consulte l'affichage numérique de mon réveil. Il n'est que 3 h 25. L'alarme est supposée sonner dans un peu moins d'une heure, mais je ne me rendormirai pas. J'ai besoin d'une bonne douche pour nettoyer toute cette sueur qui me recouvre et me fait frissonner avant de grelotter pour de vrai.

Et peut-être les visions de ce corps d'Apollon qui a investi mon rêve s'effaceront, elles aussi ; ou ces sensations que je n'ai jamais réellement connues, car Julien et moi étions bien loin de nous donner autant de plaisir…

Tellement loin d'ailleurs.

J'ignore si mon esprit cherche à effacer mon fantasme nocturne, en imposant l'image de mon ex, mais c'est pourtant ce qu'il est en train de faire. L'amertume de notre dernier échange vient remplacer peu à peu le goût, aussi délicieux qu'étrange, de ce rêve très érotique… il faut l'avouer. Les prunelles bleues ensorcelantes cèdent la place aux larmes de ce fameux soir…

« — Chloé, je suis désolé, mais je ne peux plus faire semblant…

— Semblant de quoi ?

Julien me fixe et me sourit tristement.

— Je ne peux plus faire semblant de t'aimer comme un amant. Je suis ton ami, nous le sommes depuis toujours, et c'est là l'erreur que nous avons commise. On aurait dû rester des amis. Franchir le pas a été une énorme bêtise.

— Il t'a fallu tout ce temps pour le comprendre ?

Je pleure et je suis en colère. Mes mots sortent à peine articulés, tant ma gorge est serrée.

— J'ai essayé, Chloé, je te promets que j'ai essayé, mais ça ne fonctionne pas. Je ne suis pas heureux et je suis sûr que tu ne l'es pas non plus.

— Tu vas bientôt me dire que tu me quittes pour mon bien ? Tu vois quelqu'un d'autre, c'est ça ?

Il nie d'un lent geste de la tête.

— Je ne t'ai jamais trompée, mais aujourd'hui, je sais que si on reste ensemble, ça arrivera. Je t'aime bien, mais je me suis surpris à désirer d'autres femmes, bien plus que je te désire. Ce qu'il y a entre nous ne me suffit plus. Je veux plus que ça.

Difficile d'entendre qu'on ne parvient pas à satisfaire son compagnon…

— Peut-être qu'un jour je regretterai cette décision, et peut-être que je ne retrouverai jamais notre complicité avec une autre, mais je ne peux pas continuer comme ça.

Le flot de larmes qui s'échappe de mes yeux redouble et je ne trouve pas les mots justes, ceux qui pourraient le retenir. Probablement parce qu'il n'y a rien à argumenter et qu'il a raison.

— Je vais m'installer chez mon frère. Quand tu auras trouvé une solution pour te reloger, on mettra notre appartement en vente, mais prend le temps qu'il te faut, il n'y a pas d'urgence.

J'essuie d'une main rageuse mes yeux trempés et le fixe.

— À ce que je vois, tu as déjà pensé à tout.

Il soupire.

— Ça fait plusieurs mois que j'ai pris ma décision…

— Alors pourquoi tu as tant attendu ?

Il pose ses mains sur mes joues, et rive son regard au mien.

— Parce que je suis un lâche, que je ne savais pas comment le dire. Je me suis éloigné de toi ces derniers temps pour que tu comprennes, mais je vois les efforts que tu fais pour compenser, et je ne peux pas te laisser y croire.

Je recule en saisissant ses poignets pour l'écarter de moi. Une sourde colère prend naissance dans ma poitrine, et repousse ma tristesse en arrière-plan, car j'ai remarqué qu'il était distant malgré tout ce que je pouvais tenter pour resserrer notre lien...

— J'ai accepté une mutation. Dans trois semaines, je quitte le pays.

— Le pays ? Mais tu vas où exactement ?

Il soupire et se carre sur la banquette puisque j'ai brusquement relâché ses mains.

— Aux Pays-Bas. Je vais faire l'ouverture et la mise en place d'une nouvelle succursale. Je ne sais pas combien de temps je serai parti, c'est temporaire, mais au moins pour quelques mois.

Je retiens mes émotions que je ne parviens pas réellement à identifier, et je laisse retomber mes bras.

— Alors c'est fini. Bien fini.

— Oui ».

C'est la dernière fois que j'ai entendu le son de sa voix. Nous avons échangé quelques messages après ça, pour des questions purement matérielles, et on a même essayé de retrouver cette amitié qu'il disait vouloir préserver ; mais c'était déjà trop tard, l'indifférence ayant pris la place et chassé tout ce que je pensais inébranlable.

Quelques mois après notre rupture, il a fini par trouver cet amour qu'il espérait et je mentirais si je disais que cela ne m'avait pas rendue jalouse. Je l'avais vraiment aimé, et j'aurais souhaité rencontrer quelqu'un avant lui, afin de me prouver — de lui prouver — que j'avais repris le cours de ma vie... Mais au lieu de chercher ce bonheur, je me suis terrée dans mon coin, j'ai fui mes congénères au point que je peine maintenant à laisser quiconque s'approcher de moi.

Au point que ma libido s'affole pour un regard échangé dans la salle de mon propre snack… Que mes rêves se teintent d'un érotisme bouleversant, et de sensations que je n'ai pourtant jamais connues…

Je ferme les yeux et une douce chaleur envahit de nouveau mes reins. Est-ce que le sexe peut être aussi puissant que ça ?

Est-ce que, réellement, c'est ça le « désir » ?

Comment mon corps le sait-il ?

… Et bon sang de bois ! Qui est Laurie ?

***

— Quand je te dis qu'il faut t'envoyer en l'air, ce n'est pas une blague !

Katie me regarde avec cet air qui me donne envie de l'étrangler.

— Mais pourquoi est-ce que je t'ai parlé de ce rêve ? Je me demande parfois si je ne suis pas juste masochiste…

— Si tu me l'as raconté, c'est parce que tu voulais savoir ce que j'en pensais, et je pense que c'est le signe que tu es en train de te dessécher ma vieille ! Il faut réagir et le faire vite avant que tu ne deviennes une mamie croulante toute rabougrie !

Je secoue la tête en soupirant.

— Tu connais cette application où tous les célibataires, qui ne sont pas encore morts, ont un compte ?

— Ne commence pas avec ce truc-là ! La chasse aux tordus ce n'est pas pour moi ; il n'y a que des losers sur ces applis !

Elle m'arrache mon téléphone des mains, mais peste lorsqu'elle s'aperçoit que j'ai eu le temps de le verrouiller, et le repose sur la table.

— Je ne te demande pas de chercher ton futur mari sur ce site, mais juste un plan cul ! Un mec qui va réveiller ta carcasse ramollie.

Inutile que je lui raconte dans le détail que ma « carcasse » était plutôt réceptive aux assauts de mon amant imaginaire cette nuit… et rien qu'à y penser, mes reins se serrent délicieusement.

— Oublie ça, Katie, je ne veux pas de ce sexe-là.

— Ouais, en fait, tu ne veux pas de sexe tout court…

— Peut-être que ce n'est pas dans mes priorités, et que le jour où je rencontrerai quelqu'un, où je tomberai amoureuse, je serai contente de ne pas m'être perdue dans trop de bras insignifiants…

Elle me fixe en mordillant les cuticules de son index.

— Pas comme moi, tu veux dire…

— Je ne te juge pas. Je ne l'ai d'ailleurs jamais fait, mais le fait est que nous n'avons pas la même vision du sexe. Pour toi c'est un jeu, pour moi c'est… la dernière étape d'une relation, la plus importante et la plus lourde de conséquences. C'est probablement vieux jeu, mais c'est ma façon de voir les choses.

J'ai l'impression que je l'ai vexée et pourtant ce n'était pas mon but. Je souhaitais juste qu'elle comprenne que mes besoins étaient différents des siens.

— Je crois que j'ai saisi ce que tu veux dire, me déclare-t-elle soudain. Depuis qu'Elias et Marco sont entrés dans ma vie, j'ai appris ce que l'amour pouvait apporter au sexe. Mais comment pourrais-tu tomber amoureuse d'un homme si tu ne laisses personne t'approcher ?

Je hausse les épaules, l'air résigné malgré moi.

— Si je dois rencontrer mon âme sœur, je la rencontrerai. La chercher est une perte de temps selon moi. Je crois au destin, Katie, et je suis certaine qu'il sait ce qu'il fait.

Ses lèvres s'étirent en un maigre sourire.

— Donc on oublie l'application ?

— Oui, on oublie l'application, en effet.

Elle tourne entre ses doigts son propre téléphone et je sens qu'elle n'en a pas fini avec moi.

J'adore Katie, mais parfois son caractère obstiné me donne envie de la baffer. Quand elle a quelque chose dans la tête, on peut dire qu'elle ne l'a pas ailleurs. Là, alors que je constate son air mutin, je comprends que le débat n'est pas clos.

— Et le beau gosse ? Celui qui te perturbe, tu ne crois pas que c'est un signe du destin ?

— Monsieur « costard à mille balles » ?

Elle grimace.

— Ah ! C'est le petit nom que tu lui as donné ?

— Ce n'est pas moi, c'est Lisa, mais c'est assez bien trouvé.

— Donc, ça ne te tente pas d'essayer de mieux le connaître ? On pourrait arranger un truc.

Je fronce les sourcils.

— Après lui avoir dit que j'étais mariée et que j'avais des gosses, je pense qu'on n'est pas près de le voir rôder autour du snack. Ça m'a semblé lui faire l'effet d'une douche glacée.

— Ça ne me dérange pas de lui avouer que j'ai baratiné, tu sais…

— J'imagine, mais non merci. Ce type me fait vraiment froid dans le dos et malgré tous les atouts qu'il semble avoir, il ne m'intéresse pas. J'ai même la conviction que je dois le fuir à tout prix.

Cette fois, elle se met à rire.

— Donc, tu étais sérieuse, et le Bad boy, c'est plutôt ton genre !

Celui-là, oui, et surtout après cette nuit… mais si je lui dis ça, elle va sillonner la ville en long, en large et en travers, jusqu'à le dénicher pour lui refiler mon numéro de téléphone !

Je m'ébroue mentalement, ce n'était qu'un rêve, un merveilleux fantasme nourri par ma trop longue abstinence et là-dessus, je sais qu'elle a raison.

Sans lui répondre, je saisis la télécommande du téléviseur et je l'allume. Après tout, c'était bien une soirée « film-de-nanas » qui était programmée ce soir, puisque ses hommes sont en déplacement et qu'elle a prévu de dormir chez moi. Elle comprend que je ne souhaite plus poursuivre cette discussion et se cale entre les gros coussins en fausse fourrure qui occupent mon canapé.

Pendant que le film se lance, je souffle longuement en fermant les yeux et ce sont deux intenses iris bleus qui s'imposent.

Un fantasme… mon fantasme.

Si puissant que mon corps en frémit encore et que ma libido s'éveille.

Est-ce que je le retrouverai, ce soir ?

À cette idée, mes lèvres s'étirent doucement.

Je l'espère à présent, j'en ai vraiment envie.

Chapitre 13

Cesse d'exister.
Tu seras « Elle »...

Lucas

Je hais prodigieusement les centres commerciaux, et par-dessus tout, les vendeuses trop entreprenantes qui me sautent dessus à peine ai-je franchi le pas de la porte.

— Nous avons plusieurs châtains différents, mais pour vraiment trouver la teinte idéale, monsieur, il faudrait rapprocher l'échantillon de la peau de votre…

Je saisis qu'elle attend que je la renseigne, mais ce n'est pas mon intention. Qu'est-ce que ça peut bien lui faire, que ce soit pour ma femme, ma mère ou mon chien, bordel ? Mon regard, que je plonge sans ménagement dans le sien, doit lui faire comprendre, puisqu'elle poursuit.

— … de la peau de la personne en question. Sa carnation, la couleur de ses yeux peuvent faire une grande différence sur le rendu final. Parfois une couleur trop sombre peut affadir un visage, et une teinte trop claire…

— Cette couleur-là sera parfaite, la coupé-je. Pour des mèches bariolées, genre du bleu, du rose, enfin des couleurs vives, on doit faire comment ?

Les yeux ronds, elle me toise un court instant.

Est-ce que selon ses critères de godiche superficielle, la fantaisie est aussi incompatible que ça avec mon style ?

— Les colorations permanentes existent, mais…

— Je veux quelque chose de simple, et ça ira parfaitement.

Mon ton est sec et son léger mouvement de recul me fait comprendre qu'elle a pris conscience de mon agacement.

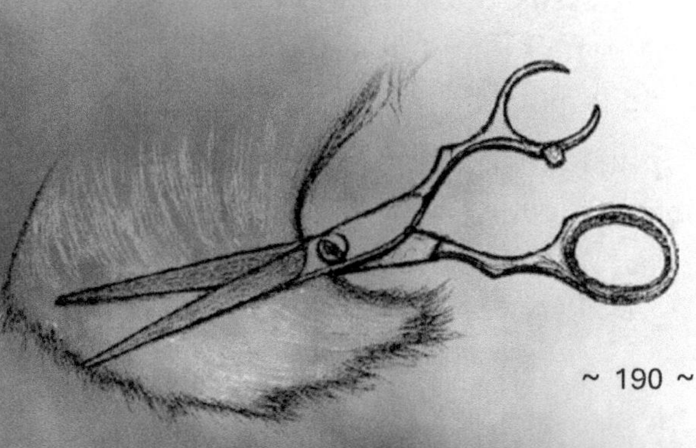

— Je peux vous proposer toute une gamme de cosmétiques spécialement conçus pour maquiller les cheveux. Ils se déclinent dans de nombreuses couleurs, je pense que vous trouverez votre bonheur.

Avec un sourire emprunté que j'ai envie d'effacer de son visage en lui bottant le cul, elle me désigne un rayon sur ma gauche. Je soupire, saisis la boîte de coloration « châtain clair miel » comme précisé sur l'étiquette et lui signifie d'un geste que je vais me débrouiller seul pour la suite. J'ai assez entendu le son de sa voix, nasillarde, trop polie, trop mièvre, gluante à souhait.

Ça me donne seulement envie de la gifler, de laisser mon bras prendre son élan et l'abattre de toutes mes forces sur son visage poudré, juste histoire de voir si ses faux cils sont assez bien collés pour résister à l'impact…

Je me contrains à une profonde inspiration pour chasser ce sournois désir qui me picote le bout des doigts.

Une poignée de minutes plus tard, j'ai payé et je quitte cette boutique étouffante. Tous ces parfums qui se mêlent les uns aux autres m'ont presque filé mal au crâne.

À l'autre extrémité de la galerie marchande, il me semble l'apercevoir.

Insaisissable et magnifique…

L'envie de m'approcher guide un instant mes pas, mais je me reprends avant qu'Elle ne me voie. Je tourne les talons pour rejoindre ma voiture, les bras encombrés des différents sacs contenant mes emplettes. Les gens marchent au ralenti. Ils avancent comme des escargots et je résiste à l'envie de hurler pour les faire accélérer ou s'écarter de mon chemin.

Mon self-contrôle est mis à rude épreuve

aujourd'hui…

Entre les vieux qui devraient déjà être devant leurs bols de soupe et les rombières avec leurs mômes chialeurs et leurs poussettes, tout cela m'épuise !

Quand enfin je peux déverrouiller ma voiture et m'installer derrière le volant, je relâche lentement l'air prisonnier dans mes bronches.

Pourtant, le périple n'est pas terminé : il faut encore sortir du parking…

***

L'odeur dans ce chalet est de plus en plus désagréable. Il va falloir que le ménage soit fait sans traîner avant que les rats et la vermine envahissent la place.

Un instant, j'hésite à me servir un verre lorsque je passe devant le buffet, mais je sais que si je commence à boire, je ne vais plus m'arrêter et je veux garder les idées claires. Le cadenas de la porte est beaucoup plus simple à ouvrir quand je suis lucide ; la seconde serrure aussi… tout est plus facile finalement. L'alcool ne m'aide pas, j'en ai parfaitement conscience, mais lutter, c'est compliqué.

Parfois même, c'est impossible.

Ce soir pourtant, je sais pourquoi je dois rester sobre.

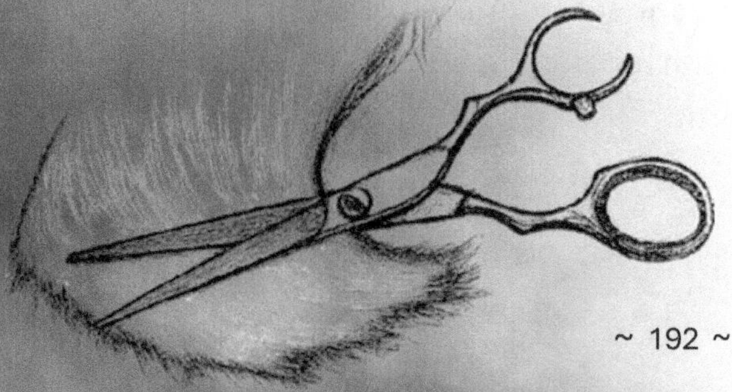

J'ai descendu la moitié des marches et déjà j'entends ses

gémissements, ses plaintes à peine étouffées. Il va falloir qu'elle comprenne que ça m'énerve et que si elle veut éviter de souffrir, elle va devoir apprendre à la fermer.

Lorsque je franchis la porte, elle est tapie contre le mur, le visage caché derrière ses genoux qu'elle serre entre ses bras. Ses jambes sont couvertes de sang, mais je sais que ce n'est pas le sien ; je ne l'ai pas touchée. Ce sang, c'est celui de l'autre morue, celle que j'ai démolie…

— T'arrêtes de brailler, ou sinon tu vas me donner envie de te fournir de bonnes raisons de le faire.

Je vois qu'elle se raidit. Toujours immobile. Seul un léger reniflement me parvient.

— Lève la tête ! Regarde-moi !

Tremblante, elle se redresse, mais son regard reste posé sur le sol poussiéreux. Ses cheveux de filasse poisseuse créant un rideau devant sa face.

— Regarde-moi ! Et ne m'oblige pas à le répéter encore une fois.

Deux globes vitreux me fixent à présent, vides d'émotion.

C'est bien, je n'ai pas envie de savoir ce qui se passe dans sa tête, et d'ailleurs s'il pouvait ne rien s'y passer, ce serait encore mieux. Je ne lui demande pas de penser, mais seulement d'obéir.

Son visage est maculé de traces de maquillage, et probablement aussi de terre. On dirait une de ces toxicos en manque qui bradent leur corps contre une dose de came mal coupée ; de celles qu'on peut baiser entre deux poubelles à l'arrière des bistrots malfamés et cogner à loisir tant qu'on leur laisse un billet.

— Lève-toi !

Lentement, elle prend appui sur le mur pour se redresser. Ses jambes tremblent, son corps entier est secoué comme si elle s'était foutu les doigts dans une putain de prise électrique. Les entraves de ses chevilles ont mordu sa chair et ce sont les seules plaies présentes sur son corps. Elle échappe un gémissement plaintif quand je les lui retire, mais elle reste immobile.

C'est bien, le message passe gentiment…

— Bordel, qu'est-ce que tu pues ! Tu t'es chié dessus ou quoi ? Fous-toi à poil et mets tes fringues là-dedans.

Elle sursaute quand je jette un sac-poubelle à ses pieds.

Ses gestes sont saccadés et imprécis lorsqu'elle ôte ses vêtements. C'est pas vraiment bandant comme strip-tease… j'ai connu mieux.

— Tu pourrais y mettre du tien, c'est pas comme ça que tu vas me filer la trique !

De nouvelles larmes coulent sur ses joues crasseuses et j'éclate de rire.

— Stresse pas, je plante pas ma queue dans la merde, la scatophilie, c'est pas pour moi. Il va falloir récurer tout ça avant qu'on commence à s'amuser.

Maintenant qu'elle est nue, je peux enfin détailler son corps.

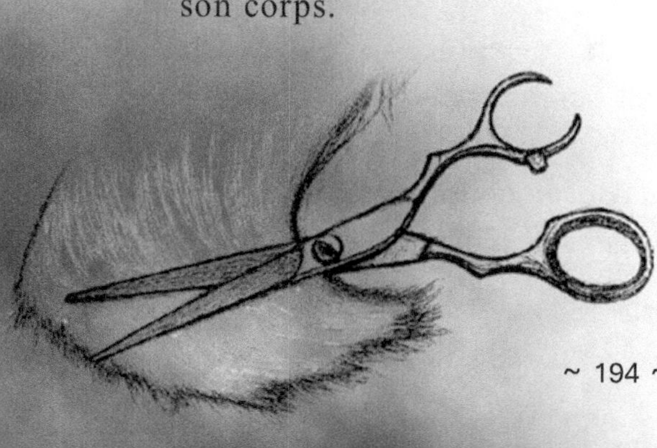

Pas si mal finalement. Assez peu de seins, mais rien de flasque, c'est déjà ça, parce qu'il n'y a rien qui me répugne plus que des mamelles qui pendouillent. Elle est complètement épilée et j'avoue que cela joue en sa faveur. J'apprécie.

— On va rejoindre l'étage. Tu passes devant et ne cherche pas à te tirer, il n'y a aucune issue. La seule chose que tu y gagneras, c'est une trempe.

Je me penche vers elle afin de planter mon regard dans le sien. J'aime y lire la trouille qui y est installée…

— Souviens-toi de ta petite copine. Si tu ne veux pas aller la rejoindre en pièces détachées sous le pont de la voie rapide, je te conseille de te tenir à carreau. Compris ?

Son immobilisme m'irrite.

— Compris ? lui répété-je en montant le ton.

— Oui.

Tandis que je m'écarte à peine pour lui laisser l'accès à l'escalier, elle se risque à réduire la distance entre nous, mais je sens sa peur. Si j'aime ce que cela me procure, je n'ai pour autant pas envie de poireauter pendant trois plombes jusqu'à ce qu'elle sorte de cette cave.

— Magne-toi le cul, bordel ! T'as pas l'impression que si j'avais voulu te cogner, je l'aurais déjà fait ! Alors, avance !

Elle ne répond pas, mais accélère la cadence. Ça fait deux jours qu'elle n'a rien avalé, je ne m'attends pas à ce qu'elle pique un sprint de toute manière. Je la laisse gravir les marches à bonne distance, parce que le fumet qu'elle dégage me donne envie de gerber.

Ce n'est qu'une fois à l'étage que je lui passe devant. J'allume le néon de la pièce et la lumière crue l'éblouit.

— Mange et bois. Après ça, tu iras te décrasser.

Sans un mot, elle se jette sur le pain que j'ai déposé sur la table et s'étouffe en avalant de longues gorgées d'eau.

— Je ne vais pas te piquer ta bouffe, je t'accorde le droit de prendre ton temps.

Bon prince… n'est-ce pas ?

J'imagine qu'elle crève la dalle parce que mes mots rassurants ne semblent pas l'inviter à ralentir.

Tout en l'observant du coin de l'œil, je déballe les vêtements et les différents flacons de produits que j'ai apportés pour les disposer avec précision sur l'autre extrémité de la longue table du chalet.

— Je pense que tu as compris que tu ne sortiras pas d'ici tant que je ne l'aurai pas décidé. La manière dont les choses vont se dérouler entre nous va complètement dépendre de ta bonne volonté. Tu suis mes instructions à la lettre, tu l'ouvres quand je te le demande, tu la fermes quand je te le demande et tout devrait se passer sans… douleur.

Elle acquiesce tout en enfournant les morceaux de pain dans sa bouche.

Si elle joue le jeu, ça pourrait même devenir amusant.

— Bouh !

Mon cri la fait sursauter et lâcher le quignon qu'elle tenait entre ses doigts sales.

J'éclate de rire.

Putain, ça c'était

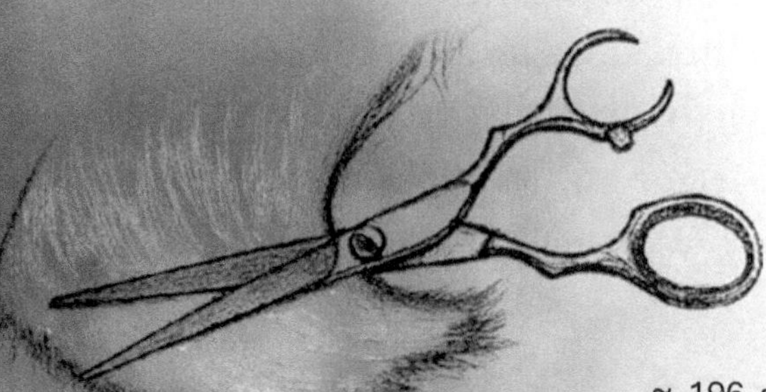

drôle, mais elle, elle ne rit pas. Les yeux vissés sur le parquet, son corps tremble parce qu'elle n'arrive pas à le maitriser, mais elle ne bouge pas.

— C'est bon, j'ai rien fait, mais reste quand même sur tes gardes. Parfois, j'ai envie de me défouler et je ne sais jamais vraiment quand ça peut tomber…

Oh ! Son œil jusque-là éteint me renvoie une nouvelle étincelle de trouille. Voilà, enfin une petite réaction ! J'apprécie. Les proies trop dociles sont inintéressantes et tellement fades.

— Il ne te reste plus qu'à me donner envie. L'autre soir, il m'a semblé que tu ne manquais pas d'imagination…

J'approche mon visage du sien, mais elle ne recule pas.

Résignée ou combative ? Affaire à suivre…

— La porte derrière toi, c'est la salle de bain, lui dis-je en désignant l'espace d'un geste du doigt, au-dessus de son épaule.

Sur le bord de la table, j'ai posé quelques produits de toilette. Je les lui montre.

— Prends ça et va te laver. N'aie pas peur de frotter, mais mets le turbo, parce que je n'ai pas toute la nuit ! Après ça, je m'occuperai de ta tignasse de catin !

Je ne supporte plus cette filasse peroxydée. On dirait une pute des bas quartiers.

Rien à voir avec « Elle ».

Je ferme les yeux.

Mes mains se serrent et je les imagine posées sur sa taille menue emprisonnée par son jean, son débardeur noir qui moule sa jolie poitrine haute. Malgré l'odeur de moisi et de crasse qui règne à l'intérieur du chalet, il me semble même percevoir le parfum de vanille qui flotte toujours autour d'« Elle ».

Sûrement celui des gâteaux qu'« Elle » confectionne à l'arrière de la boutique.

J'ai bien compris que sa petite copine à la crinière multicolore avait décidé de me repousser avec son histoire de mari et de mômes. C'était tellement grossier… et surtout, je sais que c'était un mensonge.

Je La connais assez…

C'est l'eau qui cesse de couler dans la douche qui me ramène à la surface. Celle qui s'y nettoie devra être inventive pour faire taire ma frustration.

Inventive, et particulièrement résistante aussi, parce que je ne suis pas connu pour être tendre.

La porte de la petite pièce s'ouvre lentement et la silhouette filiforme apparaît dans l'encadrement.

Je tire la chaise.

— Assise !

Sans ménagement, je saisis ses cheveux et commence par les raccourcir.

« Elle » ne les porte pas si long.

Un coup de ciseaux presque droit : je m'en étonne moi-même.

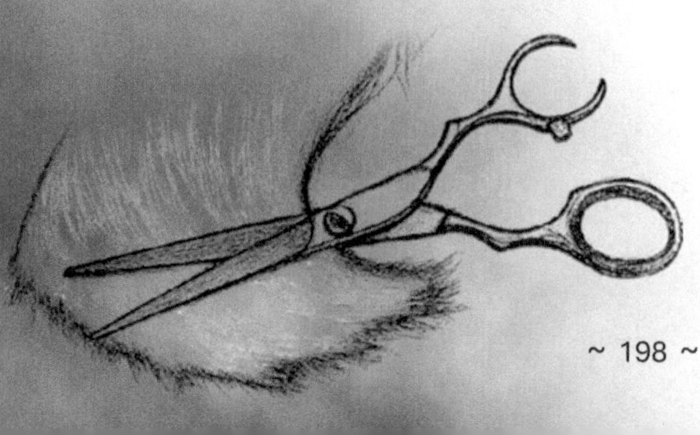

J'ai déjà procédé au mélange des produits de teinture et j'enfile les gants en plastique. La petite

Sophia, qui soigne ma manucure, ne me pardonnerait pas de saccager son magnifique travail !

Il est évident que je ne suis pas coiffeur, mais je fais de mon mieux et en moins de cinq minutes, l'espèce de bouillie nauséabonde est répandue sur son crâne. Elle gémit parce qu'elle en a dans les yeux et semble surprise que je lui tende un mouchoir en papier.

Je ne suis pas un monstre, tout de même.

Quarante minutes de pause. Quarante putains d'interminables minutes durant lesquelles elle ne remue pas d'un millimètre. Elle gagnerait haut la main au jeu du « premier qui bouge a perdu » ! La gelée brunâtre a coulé sur sa peau encore nue. Ça va laisser des traces…

Merde.

— Va rincer et coiffe-toi. Tu colores une mèche de chaque couleur sur le côté de ta tête, comme un arc-en-ciel. Compris ? insisté-je en empoignant fermement ses cheveux, juste là où je veux qu'elle opère.

Elle hoche la tête, me signifiant qu'elle a saisi ce que je lui demande. Lentement, elle s'empare des tubes de couleurs vives que je lui tends et se dirige vers la petite pièce borgne transformée en salle de bain.

J'ai bricolé ça, il y a quelques semaines. Ce n'était pas très compliqué, une cabine de douche, un trou dans le mur pour l'évacuation, et le tour était joué. Certes, ce n'est pas du travail de professionnel, mais ce chalet demeure un secret. Personne ne sait qu'il m'appartient.

Personne, à part moi et cette nana, n'en a franchi le seuil.

Enfin, si on passe sous silence celles qui ne peuvent plus en parler, évidemment…

Il lui faut un moment pour nettoyer cette bouillasse poisseuse, mais quand elle revient, je suis content du résultat.

Nue, immobile, elle attend.

On dirait qu'elle a compris où se situait son intérêt.

C'est bien. Franchement, oui, c'est bien ! On a déjà fait du chemin.

Du doigt, je lui désigne la chaise sur laquelle j'ai disposé les vêtements que je veux qu'elle porte. Un tanga de soie noire et son soutien-gorge pigeonnant coordonné, les bas et les porte-jarretelles. Ça a tendance à me faire de l'effet, ce genre de fripes.

Un jean qui remonte haut sur les hanches aurait aussi été idéal, mais pas ce soir. Là, j'ai envie de romantisme, alors je lui ai préparé une petite robe de soie et de dentelle.

Ces quelques centimètres carrés de tissu m'ont coûté un bras, mais si elle abîme cette robe, cela lui coûtera un des siens.

Est-ce que je dois la prévenir ?

Non. Vu comme elle en bave pour fixer ses bas tant ses doigts tremblent, j'imagine que ce n'est pas le moment de lui coller une pression supplémentaire.

J'ai hésité à acheter la magnifique paire de talons aiguilles que me proposait la vendeuse, et je suis d'ailleurs persuadé qu'ils auraient été du plus bel effet, mais si je me suis arrangé pour qu'il n'y ait rien dans ce chalet qui puisse devenir une arme par destination,

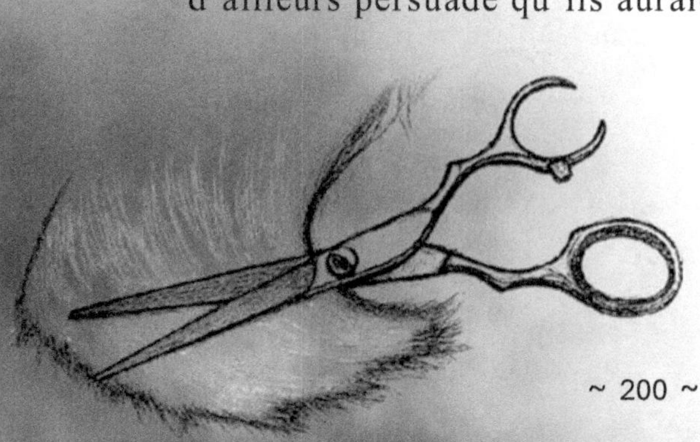

ce n'est pas pour lui en fournir une.

De toute manière, des chaussures n'auraient aucune utilité ici ; ce type d'accessoire ne nourrit pas mes fantasmes, « Elle » ne porte pas de talons aiguilles.

Ma captive doit avoir remarqué que l'étoffe de la robe était fragile, car elle la manipule avec les précautions nécessaires.

Je vais presque finir par croire qu'elle est intelligente.

La fermeture de la robe est inaccessible malgré ses contorsions. D'un signe de tête, je l'invite à approcher, ce qu'elle fait avec toute la prudence que sa trouille semble lui insuffler. Elle ne réagit pas quand mes doigts la frôlent.

La saisissant par la taille, je la fais pivoter. Le gel douche à la fleur de vanille donne l'illusion que j'attendais lorsque j'enfouis mon nez dans son cou pour la sentir. Les yeux fermés, mon imagination repart faire un tour dans ce snack miteux, « Elle » tourne distraitement son cappuccino à la chantilly, elle le fait chaque matin, c'est l'autre nana qui le lui apporte...

Mes dents accrochent le lobe de son oreille et le serrent lentement jusqu'à ce qu'elle gémisse.

Attention, pas de plainte... du désir, bordel, du désir ! Je relâche la pression et je recommence.

Juste un soupir.

C'est mieux.

Ça me va.

Mes lèvres descendent sur sa clavicule et je dévoile de nouveau mes dents. La marquer, juste là, ça pourrait être amusant, elle penserait à moi à chaque regard dans le miroir…

Alors je mords, doucement au début, puis de plus en plus fort, jusqu'à ce que le goût ferreux de son sang chatouille mes papilles.

Elle gémit faiblement. Pas de plainte, c'est bien.

Elle a compris…

Je lèche lentement la plaie. J'embrasse sa peau crémeuse en fermant les yeux pour garder les sensations que son odeur m'apporte, puis je la relâche avant de m'installer sur le canapé. Mon téléphone à la main, je scrolle un instant pour trouver la musique que je cherche. Un morceau langoureux, sensuel et bandant à souhait si elle sait s'y prendre.

— Danse, et vends-moi du rêve.

Sans attendre, elle s'exécute. Je reconnais bien là la nana habituée aux clubs, elle se trémousse langoureusement au rythme lent qui s'élève, les paupières closes.

— Regarde-moi, c'est pour moi que tu danses, et uniquement pour moi. Ne l'oublie pas !

Ses iris sont marron clair, comme « Elle », et c'est pour cette raison que j'ai tué l'autre. Elle avait des yeux bleu délavé. Deux billes trop brillantes et translucides, tellement insondables qu'elles me donnaient envie de les lui arracher.

Je me demande si je ne l'ai pas fait d'ailleurs…

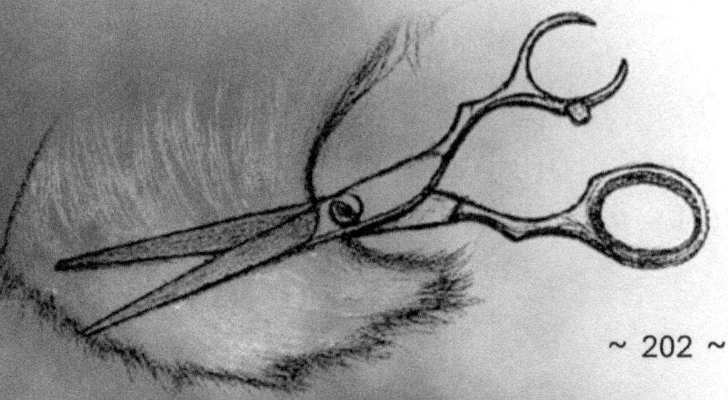

J'ai oublié.

Les gestes de l'autre soir sont confus dans mon esprit. J'ai agi comme un automate. J'ai laissé les commandes à la partie de moi qui n'a pas de limites, celle qui ne réfléchit pas et qui fonctionne à l'instinct.

L'instinct de l'animal, du prédateur…

— Et maintenant, déshabille-toi.

Tout en se déhanchant, elle s'approche pour que je descende la fermeture Éclair que j'ai remontée il y a à peine dix minutes, puis reprend sa danse, cette fois, le regard vissé au mien.

Ma main se porte sur le devant de mon pantalon pour caresser mon sexe que je sens s'éveiller. Son effeuillage mesuré semble me faire l'effet que j'en attends au regard de la bosse qui durcit sous mes doigts.

La robe s'enroule autour de ses pieds, elle l'enjambe et se rapproche encore, les phalanges glissées sous la ceinture de son slip, elle le fait courir le long de ses cuisses blanches et bien galbées.

Il est temps de voir si elle saura faire de cette demi-molle quelque chose d'exploitable.

Rapidement, histoire de maintenir la tension, je me relève et me colle contre sa poitrine. Comme tout à l'heure, je laisse courir mes dents sur sa peau et fais mine de m'intéresser à son autre clavicule. Elle cesse de respirer, attendant la douleur, mais je ne la mords pas…

Je ne suis pas si prévisible. Ça ne serait pas drôle et étrangement, je n'ai pas envie de lui faire de nouveau mal.

Ma bouche descend sur son sein et je happe son mamelon à travers la dentelle. Instinctivement, il durcit et je joue avec, pinçant l'autre du bout de mes doigts.

— Mets-toi à genoux.

Ma voix n'est qu'un murmure au creux de son oreille. Le ton est presque doux…

Je pense qu'elle a compris la suite du scénario quand son regard se pose sur ma main qui me caresse toujours au travers de la toile de mon vêtement. Elle fait sauter le bouton et descendre la braguette avant de sortir mon sexe de sa cachette. Il tombe lourdement sur ses lèvres et j'en éprouve la douceur en l'y frottant doucement.

— Jusqu'ici, tu t'en tires pas trop mal, mais maintenant, il va falloir me montrer de quoi tu es capable.

Alors qu'elle ouvre la bouche pour m'avaler, je lui saisis le menton et le serre fortement, enfonçant d'un geste que je sais soudain et cruel mes ongles dans la chair tendre de ses joues.

— Si tu tiens à tes belles petites quenottes, je te conseille vivement de veiller à ce que je ne les sente pas sur ma queue. Souviens-toi de ce qui est arrivé à la jolie bouche de ta copine.

Chapitre 14

Esprit, es-tu là ?
Ou n'es-tu que l'écho de mes propres pensées ?

Chloé

Un vieux tube de Sade tourne en sourdine. Rien de mieux pour rythmer cette exploration de son magnifique corps, de sa peau lisse, tendue sur ses muscles saillants.

Une impression d'amour infini inonde mon cœur tout comme cette envie de ne plus jamais quitter ce lit, cette maison, ses bras.

Ma bouche parcourt les méplats de son torse et suit le chemin tracé par le bout de mes doigts. Je m'attarde sur un mamelon, le taquine un instant, poussant sa résistance à sa limite, car je sais qu'il

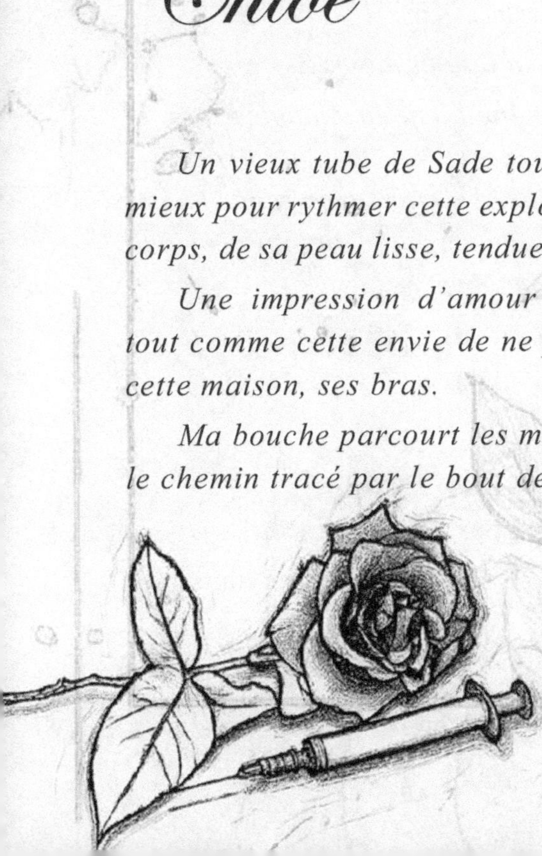

est chatouilleux. À son souffle, je comprends que mon but est atteint. J'aspire la peau fine de son pectoral. Demain, il aura une marque rouge qui témoignera de la présence de ma bouche à cet endroit-là. Mes mains avides glissent sur ses flancs quand je descends sur son corps rendu brûlant par le désir.

Contre ma poitrine, sa verge se dresse, fière, large et gonflée, tressautant d'impatience au délicieux supplice que je lui réserve. J'imprime un léger mouvement de va-et-vient, en emprisonnant son sexe entre mes seins. Je veux l'entendre gémir tandis qu'il serre entre ses mains les barreaux de la tête du lit comme je lui ai demandé. Cette nuit, c'est à mon tour de malmener ses résistances.

Ma langue est impatiente de le goûter et titille de sa pointe son gland découvert, lisse et brillant, avant que je souffle délicatement dessus…

Il se cambre, redresse la tête et me fixe.

Les rayons de la lune inondent la chambre par la fenêtre ouverte. Ils illuminent son visage torturé et subliment ses iris captivants. J'arrime mon regard à ces orbes presque surnaturels et enroule langoureusement ma langue autour de son membre.

— Oh mon Dieu ! Laurie, mais qu'est-ce que tu me fais ?

Je repousse le drap d'un geste brusque.

Ah non, merde, ça ne va pas recommencer !

Mais qui est donc cette Laurie qui s'invite dans mes rêves ?

Et surtout qui me prive de la fin ! Quitte à me

réveiller complètement trempée d'excitation, je voudrais au moins vivre ce fantasme jusqu'au bout, bordel !

Il me faut une douche.

Froide.

Glacée !

J'arrache mes vêtements et les abandonne sur le court chemin qui mène à la salle de bain. Quand les gouttelettes atterrissent sur mon dos et dardent mon épiderme, je sens que mon cœur bataille pour reprendre une course normale.

« Qui est Laurie » aura été ma première question, mais « qui est ce mec » en est une autre tout aussi importante.

Une colombe sur son cœur et des cicatrices sur la peau de son torse…

Les deux mains étalées sur la faïence de la douche, je ferme les yeux, il n'y a pas que ces seuls détails qui me reviennent, mais également la douceur et le goût de sa peau, sa voix, ses soupirs, la taille de son…

Brrrr ! Allez, on se bouscule, ce n'est qu'un fantasme. Un sublime fantasme dicté par ce désert sexuel dans lequel j'ai décidé de me perdre depuis ma rupture… Enfin depuis que je me suis fait larguer comme une vieille chaussette surtout !

Mon visage qui se reflète sur la paroi en verre de la douche est écarlate. N'empêche, c'était court, mais c'était vachement bon.

Mmm, et ses yeux, bleus, magnifiques, chargés d'un désir à peine contenu…

Ça suffit !

Je me frictionne pour me débarrasser de cette sueur qui ne devrait pas couvrir mon corps et sors avec précipitation de la douche pour m'essuyer sans ménagement.

Nous sommes au milieu de la nuit, et si je ne m'endors pas au plus vite, la journée de demain va être une torture !

Martin Riggs, je te déteste, c'est officiel !

***

La lumière noire inonde la piste de danse.

La musique est forte, mais je ne l'écoute pas. Perchée sur mes talons, on ne peut pas dire que je danse réellement ; disons que j'ondule lentement selon le rythme que j'ai décidé de suivre, même s'il n'y a que moi qui l'entends. Il pourrait d'ailleurs ne pas y avoir de musique, je ne suis pas vraiment là pour ça.

Je suis ici pour frissonner, pour jouer avec mon corps et allumer celui de l'homme qui m'observe depuis que j'ai rejoint le dancefloor. Un costume qui doit bien valoir l'équivalent de deux SMIC, des chaussures italiennes, probablement sur mesure, même sa coupe de cheveux en désordre ne doit rien au hasard. Depuis plus de quinze minutes, son regard d'acier semble me traverser, me déshabiller.

Beaucoup trop classe pour une baise rapide dans les chiottes cradingues de la boîte…

C'est le genre de mec à inviter son coup d'un soir à terminer la nuit dans une suite d'au moins quatre étoiles et une facture à quatre chiffres. Mes bras s'élèvent lentement, ramenant mes longs cheveux blonds californiens au-dessus de ma tête avant de les laisser retomber en cascade. Ma chevelure est un de mes plus beaux atours, et je les vois bien enroulés autour de son poing ce soir. Je le laisserai me chevaucher avec plaisir, je n'en doute pas.

Sans le quitter des yeux, je pince entre mes dents la pulpe de ma lèvre, puis la caresse du bout de la langue.

Il me sourit, relevant vers son menton une main nette, parfaitement soignée. À son auriculaire, le diamant d'une chevalière scintille… J'adore !

Je crois que cette fois, ça y est, le poisson est ferré.

La femme qui est à mes côtés danse, mais elle suit un autre tempo que le mien, celui de la musique assourdissante crachée par les énormes enceintes. J'enroule mon bras autour de sa taille et la serre contre mon corps. Son regard bleu ciel m'interroge, et mon coup d'œil vers l'homme maintenant intrigué la renseigne. Elle se cale sur mon rythme, caressant ma poitrine de la sienne et s'empare de mes lèvres.

Ce scénario, on le maîtrise plutôt bien désormais.

Un long baiser langoureux sur ses jolies lèvres carmin et je fixe notre ami au beau costume alors que nos langues s'enroulent l'une autour de l'autre à son intention. Mon léger hochement de tête l'interroge, le sien m'informe qu'il est intéressé et son regard vers la sortie nous donne le départ.

Devant la boîte, une sublime BMW nous attend. Nous nous engouffrons à l'arrière, le sourire entendu, mais sans un mot.

La soirée va être chaude. Très très chaude…

— Salut les filles. Vous pourriez me rejouer ce baiser ? Rien que pour moi cette fois.

Je saisis les joues de mon amie et glisse légèrement mes lèvres sur les siennes.

L'homme claque de la langue en remuant lentement la tête, sa lèvre inférieure pincée entre ses dents.

— Hum, vous pouvez faire mieux que ça, non ? Ce que j'ai observé tout à l'heure n'avait rien à voir avec ce petit bisou de bonne sœur.

Nos lèvres encore soudées s'étirent dans un sourire taquin avant que nous approfondissions notre baiser pour le plaisir de notre nouvel ami. Sans rien dire de plus, il se joint à notre danse mêlant sa langue à la nôtre, et passant d'une bouche à l'autre, jusqu'à ce que nous lovions nos corps échauffés contre le sien.

L'idée d'une suite d'hôtel somptueuse m'avait séduite, mais l'arrière de cette voiture pourrait tout aussi bien être le théâtre de préliminaires finalement intéressants. Il sent l'eau de toilette coûteuse, et le tabac, un mélange que je trouve particulièrement excitant. Puis soudain, alors que mes doigts impatients étaient parvenus à se frayer un chemin entre les boutons de sa chemise pour caresser sa peau, une douleur dans mon cou me fait sursauter. Aiguë, comme la piqûre d'une aiguille, suivie par un froid qui m'envahit, terrifiant…

Puis, ma vue se floute avant de s'assombrir.

L'obscurité m'avale, je glisse dans le néant…

C'est un hurlement — le mien — qui me sort du sommeil.

Je crois que cette fois c'en est trop. Si dormir doit

se résumer à « presque » m'envoyer en l'air ou à jouer les allumeuses, je vais tourner à la caféine et bouder mon lit ! L'écran de mon téléphone affiche quatre heures. C'est bien trop tôt pour me lever, mais en même temps que va-t-il encore se passer si je tente de me rendormir ? Maintenant que les bribes de sommeil s'effilochent, je me souviens de ce qui m'a arrachée à ce rêve. Instinctivement, je porte la main à mon cou, à l'endroit où j'ai ressenti la piqûre d'aiguille.

Est-ce que j'ai été droguée ?

Moi : Katie, tu dors ?

Quatre heures du matin, bon sang ! Si elle ne dort pas, c'est qu'elle, elle s'envoie vraiment en l'air ! Elle va me maudire sur au moins trois générations.

Katie : Avant que mon téléphone sonne, oui, c'est ce que font les gens à quatre plombes du mat, ma chérie ! Qu'est-ce qu'il y a ?

Maintenant qu'elle m'a répondu, je me sens complètement idiote. Je la dérange parce que j'ai fait un rêve érotique et un cauchemar…

Moi : Laisse tomber, c'est stupide. Désolée de t'avoir réveillée.

Ma nuit est terminée de toute façon, alors autant que je me lève.

Mon portable reste muet, Katie a dû se rendormir et du coup je me sens un peu moins coupable.

Adossée au réfrigérateur, j'attends patiemment que le café s'écoule dans ma tasse lorsque j'entends qu'on frappe à la porte.

J'espère ne pas avoir réveillé ma voisine. Cette

adorable petite mamie a le sommeil léger, comme toutes les personnes qui ont atteint un certain âge… Un coup d'œil au judas suffit à me renseigner. Celle qui frappe délicatement contre le battant en bois pour ne pas ameuter tout l'immeuble, c'est Katie. Je m'empresse de lui ouvrir, elle entre en trombe dans l'appartement et me serre entre ses bras.

— Salut, ma poule, ce n'était pas fermé en bas, c'est pour ça que je n'ai pas sonné, il y avait encore un abruti qui avait coincé le tapis sous la porte. Tu parles d'une résidence sécurisée ! Bon, alors, raconte ! Qu'est-ce qui t'arrive ?

Je l'étreins longuement.

— Il m'arrive surtout que je me sens stupide de t'avoir réveillée si tôt. J'étais encore à moitié endormie et je pense que j'ai réagi de manière disproportionnée.

— Jamais, tu ne m'as appelée au milieu de la nuit, Chloé. Donc, quel que soit ce qui se passe, ça t'a fichu suffisamment la trouille pour que tu aies besoin de moi, et donc, ce n'est pas rien.

Alors que je glisse une seconde tasse sous la machine à café, elle subtilise la mienne et y ajoute du sucre et du lait.

— Viens t'asseoir et explique-moi.

Les doigts crispés autour de mon mug, je replonge dans ce qui a occupé ma nuit et je commence par lui raconter dans les grandes lignes ce rêve érotique plus réel que nature.

— Ça, tu sais ce que j'en pense. Une bonne nuit de folie sans tabou avec un vrai mec de chair et de sang et tu arrêteras de fantasmer toute seule au fond de ton lit…

— J'entends ce que tu me dis et je suis presque parvenue à admettre que tu as en partie raison, mais cela n'explique pas ce prénom qui s'est encore invité... Laurie. Je ne connais personne qui s'appelle comme ça !

— Un film ? Un bouquin ? Une chanson ?

Je remue la tête.

— Non. Rien. Je ne saisis pas.

Je soupire en m'enfonçant dans le canapé.

— Katie, c'était tellement réaliste... le grain de sa peau, son parfum, ses gémissements et cette voix !

Elle hausse les épaules, me signifiant qu'elle ne comprend rien non plus, mais je m'arrête là, soucieuse qu'elle ne fasse pas le rapprochement entre ce rêve et le client du snack. Il ne manquerait plus qu'elle se fixe là-dessus. Le pauvre homme aurait du souci à se faire, et moi aussi !

— C'est très perturbant, mais tu l'auras compris, c'était plutôt agréable. L'autre rêve ne l'était pas en revanche et puis, ce qui est encore plus étrange, c'est que jamais je n'agirais comme ça !

Elle se met à rire.

— Ah parce que le premier rêve que tu m'as décrit... c'est un truc dont tu serais capable ?

— Capable, je ne sais pas, mais j'avoue que les sensations ne m'ont pas déplu et que je ne serais pas contre l'idée d'en faire l'expérience dans la vraie vie. Contrairement à ce que tu penses, je ne suis pas une « coincée ».

— Non, évidemment, tu n'es pas une « coincée », mais tu n'as connu que ton ex, un adepte inconditionnel de la position du missionnaire, dans le noir, le lundi, mercredi et samedi à 22 h 30… inutile de préciser qu'il est parfaitement normal que tu ne sois pas une experte en érotisme débridé…

Et c'est également inutile de préciser qu'elle a complètement raison. Cela dit, cette routine barbante n'était pas mon choix… Julien n'aimait pas vraiment le sexe. Au début de notre relation, il était complexé sans avoir de raison à mes yeux, et ensuite, je le sais maintenant, il ne me désirait plus ; mais ce détail, je ne l'ai pas révélé à Katie.

— Je n'ai jamais été fermée à l'idée d'ajouter un peu de fantaisie au sexe, surtout si l'homme en question ressemble à celui de mon rêve. Il me faudra juste trouver le bon type…

Elle me sourit et prend ma main.

— Ne t'inquiète pas, tu trouveras, tu es une nana géniale, et heureusement les hommes ne sont pas tous des coincés du cul ! L'avantage avec ton passé triste, c'est que maintenant, tu sauras les repérer et les éviter.

Je pince les lèvres en soupirant. Je peine à considérer mon ex-compagnon ainsi, mais elle a peut-être raison ; dans ce domaine non plus, je ne suis pas une experte.

— Allez, raconte-moi ce deuxième rêve.

— Ce n'était pas un rêve, mais un véritable cauchemar… j'en ai encore froid dans le dos.

Je lui relate le déroulement de ce sale moment, entre la danse langoureuse et provocatrice que celle qu'il me semble incarner effectue, les regards de l'homme, et les caresses échangées avec l'autre femme.

— Il y avait une autre nana ? Et tu l'as embrassée ?

Ça t'est déjà arrivé d'avoir envie de toucher une femme de façon intime ?

— Non, jamais, les femmes ne m'attirent pas, mais comme je te l'ai dit, je n'ai pas l'impression que c'était moi, la fille de ce rêve. J'étais dans son corps, mais telle une spectatrice, comme si quelqu'un d'autre tirait les ficelles et que je ne faisais que suivre.

— Ce serait encore cette Laurie ?

Je l'observe un moment, me replongeant dans le premier rêve. Est-ce qu'elle aussi était blonde comme la danseuse ? Finalement, je l'ignore, je n'ai aucune image d'elle, seules ses sensations demeurent gravées dans ma mémoire, et rien qu'à y penser, une étrange chaleur s'invite dans mes reins.

— Je n'en ai aucune idée…

Un long frisson parcourt ma peau. Tout ceci me dépasse et me chamboule complètement. Je ne parviens plus à différencier les sentiments qui sont les miens de ceux qu'on semble vouloir m'imposer.

— Katie, il n'y a pas que dans mes rêves que de drôles de choses arrivent. En journée, j'ai également le sentiment que quelqu'un oriente mes pensées et mes sensations.

— Là, je ne te suis pas, me répond mon amie en arquant un sourcil.

— Je me retrouve à des endroits où je n'ai pas lieu d'aller, mais j'ai l'impression d'y ressentir une forme de bonheur. Je vis de façon intense des émotions que je ne provoque pas, parfois, c'est une peur déraisonnée, d'autres fois, cela se présente sous la forme d'une attirance inexplicable.

Soudain, son visage s'illumine.

— Tu es possédée !

Je lève les yeux au plafond. J'ai réveillé son intérêt pour le mystique et ce n'était pourtant pas mon objectif.

— Non Katie, j'ai plutôt l'impression que ma caboche est en train de se barrer en sucette, oui ! C'est un vrai truc de schizophrène, ça ! Et si j'avais fait un AVC ou un truc de ce genre ?

— N'importe quoi ! Tu n'es pas malade et il n'y a pas plus équilibrée que toi, c'est forcément une entité qui veut entrer en communication avec toi.

— Je savais que j'avais eu tort de te parler de tout ça… Je suis déjà complètement embourbée dans une situation que je ne comprends pas et toi, tu vas en ajouter en mêlant l'au-delà au chaos !

Sans accorder la moindre importance à mes protestations, elle se lève, ouvre le tiroir de mon bureau et en sort une feuille de papier et un stylo, avant d'aller récupérer un verre dans la cuisine.

— Non, ne me dis pas que tu crois vraiment en ces conneries et que tu vas faire une séance de spiritisme ? Katie, on n'a plus quinze ans, merde, sois sérieuse ! Je suis en train de te raconter que je crains pour ma santé mentale et tu vas nous faire un tour de magie ?

Sans prêter attention à mes mots, elle découpe deux rectangles dans la feuille de papier et inscrit en gros caractères « oui » sur l'un et « non » sur l'autre. Elle dispose les deux morceaux de papier sur la table et place le verre retourné au milieu.

— Approche ton doigt, m'ordonne-t-elle.

— Non, je ne le ferai pas.

— Mais si, tu vas le faire !

Je hoche la tête en silence.

— Bon sang, Chloé, s'il ne doit rien se passer, qu'est-ce que ça te coûte d'essayer ?

Après un long soupir, je tends la main et approche mon index du bord du verre.

— Tu ne le touches pas, on est bien d'accord ?

— J'ai bien compris, madame Irma, me moqué-je ouvertement, sans même essayer de ménager sa susceptibilité, mais visiblement, elle s'en contrefiche et elle est déjà partie dans son délire.

Elle ferme les yeux et se concentre. J'avoue que le silence qui s'abat n'est pas très agréable, il est malaisant, à la fois brûlant et glacial. Cela dit, ça a toujours été le cas dans ces situations, et compte tenu de la passion de Katie pour tout ce qui a trait à l'ésotérisme, des expériences telles que celle-ci, nous en avons vécu un paquet. Sans que Casper ou un de ses amis n'ait jamais daigné nous rendre visite, d'ailleurs !

— Est-ce qu'il y a un esprit dans cette pièce ?

Rien ne bouge.

— Est-ce que quelqu'un, ici, a un message à transmettre ?

Toujours rien, et pourtant, même si je suis convaincue qu'il ne se passera rien, j'observe la pièce autour de moi.

— Tu vois, je t'avais dit qu'on perdait notre temps, c'est complètement idiot…

— Tais-toi et concentre-toi un peu ! Plus tu seras sceptique et moins il se passera de choses !

Katie a de nouveau son regard d'ado crédule quand elle est comme ça, et même si j'ai envie de sourire, je soupire et j'obéis en fermant les yeux. L'angoisse du cauchemar s'insinue subitement, mais tout aussi rapidement, les sensations délicieuses que m'a procurées le corps de Martin Riggs l'effacent et m'envahissent à nouveau. Pourtant, je ne dors pas. Après les frissons, j'ai soudain extrêmement chaud et je ne pense pas que ce soit l'effet de ce pauvre verre retourné sur la table basse de mon salon.

— Est-ce que vous êtes la femme de ce rêve ?

Le papier portant le mot « non » s'envole sous le canapé, quant à l'autre, il vient se coller contre le bord du verre. Je tourne mon regard vers mon amie et repère dans ses yeux la même surprise que celle qu'elle doit voir dans les miens.

— Est-ce que tu as senti un courant d'air ?

— Mais non ! La fenêtre est fermée et je n'ai rien senti du tout !

— Effectivement ! Tu n'as rien senti parce qu'il n'y avait rien à sentir, il n'y a pas eu de courant d'air !

Mon regard un peu perdu semble l'agacer. Elle récupère le morceau de papier sur lequel elle avait écrit le mot « oui » et le brandit sous mon nez.

— Chloé, voilà la réponse que tu attendais, la femme de ton rêve, cette Laurie dont tu ignores tout, elle était là, avec nous !

Elle saisit mes mains et les secoue pour s'assurer de mon attention.

— Chloé, c'est elle qui te hante ! C'est Laurie !

Chapitre 15

Qui est l'homme et qui est le
monstre,
cet être maudit
en équilibre sur la corde de sa
propre existence ?

Maxime

Depuis cinq longues heures, je visionne les bandes enregistrées de la vidéoprotection des quatre villes desservies par la nationale. Chaque fois qu’une voiture passe devant un objectif, je stoppe l’image afin de zoomer pour relever l'immatriculation figurant sur la plaque. Une recherche sur le service des cartes grises détermine qui en est le propriétaire en quelques clics.

Jusqu'ici, aucun des véhicules ne me semble suspect. Ce sont des personnes habitant dans les environs qui se rendent à leur travail ou rentrent chez elles, rien de bien intéressant.

— Villonier, tu as deux minutes ? On vient de recevoir les résultats du labo pour les prélèvements et l'autopsie de notre victime.

Je coupe mon moniteur et fais signe à mon collègue de s'asseoir.

— Dis-moi qu'au moins, elle n'a pas été violée.

Cette question me turlupine. Outre le fait que le viol propulse le crime d'un degré supplémentaire dans l'ignominie, il offre également un tout autre éclairage sur le profil du tueur.

Il secoue la tête.

— Non, le ou les meurtriers lui en ont fait voir, mais ils ne l'ont pas violée.

L'idée de l'implication de plusieurs personnes m'a sérieusement effleuré quand j'ai fait la connaissance des frères Lambert.

Ces types semblent intrinsèquement liés l'un à l'autre, et soupçonner l'un implique automatiquement de garder l'autre dans le viseur. Je ne les imagine pas faire quoi que ce soit individuellement.

Si j'ajoute à cela leur absence de morale et leur propension à la violence, le tableau serait plutôt cohérent.

Reste à trouver les bons indices, ou mieux encore,

des preuves !

— Tu penses qu'il pourrait y avoir plus d'une personne impliquée dans son décès ?

Il semble réfléchir.

— Aucun élément matériel ne permet de l'affirmer, et physiquement, si la victime était attachée, ce qui s'avère être le cas, un homme, avec un minimum de force, aurait eu la capacité d'infliger des blessures comme celles que l'autopsie révèle.

En soufflant, il tourne les pages du dossier qu'il tient entre ses mains.

— Cela étant, le peu de foi qui me reste encore en la race humaine m'invite à penser qu'un seul cerveau ne peut pas imaginer autant d'horreur… Putain, Max, cette pauvre fille a dû vivre l'enfer.

Il y a des affaires qui nous affectent plus que d'autres et celle-ci nous remue tous. Les sourcils froncés de mon collègue et le son assourdi de sa voix me confirment qu'il est ému.

— Les divers épanchements de sang relevés sur son corps prouvent que son cœur battait toujours quand ses membres ont été brisés et que c'était également le cas lors des lacérations. Max, s'il y a un bon Dieu, j'espère qu'il a veillé à ce qu'elle soit au moins inconsciente…

Je scrute son visage et il me rappelle mes premières années de service, lorsque je n'avais pas encore pris la mesure de la cruauté que j'allais rencontrer dans ce métier.

Celle qui dépasse parfois tout ce qu'on peut imaginer…

Il est encore jeune et un jour, lui aussi perdra ses

illusions. On les abandonne tous à un moment ou à un autre, lorsqu'on est confronté à une affaire plus difficile, ou un cas qui nous touche personnellement.

À ce moment-là, même notre croyance en Dieu ne nous offre plus assez d'appui pour continuer d'y croire.

— Rien d'autre à exploiter sur le corps ?

— Si justement, et j'allais y venir. Une trace ADN qui n'appartient pas à la victime. Elle a été retrouvée dans le sang qui maculait son visage.

— Le meurtrier aurait pu se blesser en la frappant ?

— Le légiste n'exclut pas qu'elle ait pu le mordre, car il a prélevé cet échantillon à la fois sur ses lèvres, et dans sa bouche.

Je souffle.

— Bien sûr, aucune correspondance dans nos bases de données…

— Aucune. Soit c'est un débutant, soit c'est la première fois qu'il est imprudent, mais il est inconnu de nos services.

— Rien d'autre dans les prélèvements de l'environnement ?

— Bâche standard, poussière commune et courante dans la région, rien d'exploitable, et comme en plus il a beaucoup plu entre le moment où le corps a été déposé et celui où on l'a retrouvé, la plupart des indices ont dû filer dans la nature.

Je parcours rapidement le rapport d'analyse concernant l'ADN étranger prélevé sur notre victime et les conclusions éliminent les frères Lambert du paysage. L'un des deux hommes ayant déjà été incarcéré, son empreinte est dans les fichiers, et même si c'était son frère, la correspondance aurait été moins flagrante, mais elle serait ressortie quand même, car l'ADN des jumeaux demeure très proche, sinon similaire…

C'est parce que je les soupçonnais d'être impliqués dans cette affaire que je me suis rapproché de l'endroit où ils bossaient, mais si maintenant, ils sont hors de cause, j'ai pu faire totalement fausse route.

Ça me ferait quand même bien chier d'avoir dû fricoter avec cet enfoiré de Vidal pour rien.

— Je te remercie pour ces informations.

— On m'a demandé de tout enregistrer dans le serveur, mais comme je sais que tu n'es pas toujours au bureau, je voulais que tu disposes des informations en avant-première.

— Merci, j'apprécie.

Il est jeune, mais il est efficace. Je pense qu'un jour, il sera un bon policier.

Au commissariat, mon infiltration dans la société de Lucas Vidal est demeurée un secret. Seuls sont au courant le major et le grand patron. Pour les autres collègues, je navigue entre mes fonctions au bureau des homicides et des personnes disparues, et le centre de formation des officiers. C'est une couverture qui semble tenir la route. Personne ne me demande rien, le boulot avance. Ça me va. Et comme j'ai l'intime conviction que l'entourage de ce Vidal ne laisserait pas passer sans représailles l'infiltration d'un flic, moins de personnes sont au courant des détails de cette enquête et mieux je me porte.

Dans le dossier qu'il a confié à mon intention, les photos de l'autopsie et le rapport complet du légiste sont difficiles à lire, et je serre les dents pour contenir la bile qui menace de remonter le long de mon œsophage. On s'imagine blindés par nos expériences passées, comme si chaque nouvelle affaire pouvait apporter une couche de béton supplémentaire pour renforcer notre caractère, mais c'est une utopie.

La seule vérité, c'est que lorsqu'on cesse d'être atteint, c'est le signe qu'on a perdu sa propre humanité.

Je parcours les pages de rapports, c'est moins violent que les images.

Enfin presque…

Ce salaud lui a brisé les dents. C'est une pratique de mafieux, en général à l'aide du canon d'une arme enfoncé dans la bouche.

Le descriptif des lésions présentes sur le corps est insoutenable, et là encore, je décide de m'épargner les photos. Une chose est sûre : je n'ai pas besoin de motivation supplémentaire pour chercher cette ordure et le faire payer pour ce qu'il a infligé à la victime.

Amanda.

Parce qu'il ne faut jamais oublier qu'elle avait un prénom…

Je referme ce dossier et le range dans l'armoire forte de mon bureau. Celui-ci ne sortira pas du commissariat, il est inutile que d'autres yeux tombent dessus. À cause de l'horreur qui s'en dégage, et pour le respect qu'on doit à cette gamine.

Avec quelques difficultés et de gros efforts de concentration, je reprends le visionnage. Les images en noir et blanc défilent en accéléré, jusqu'à ce que mes yeux se posent sur une Nissan dont je reconnais immédiatement l'immatriculation.

C'est la première voiture qu'on m'a confiée quand j'ai commencé à bosser dans l'atelier. Une Nissan quasi neuve avec à peine cinq cents kilomètres au compteur. Elle est partie le matin même de l'atelier avec plusieurs petits paquets bien emballés et bien planqués à l'intérieur du châssis. Au bas mot, j'ai estimé que cela devait bien représenter six bons kilos d'héroïne, ou peut-être de cocaïne. Je n'ai pas pu ouvrir un des ballots pour le vérifier, car j'ai été sans cesse surveillé, mais c'était bien de la came : personne ne prendrait autant de précautions pour du sucre en poudre.

Quoi qu'il en soit, j'ai apporté le plus grand soin pour que la voiture passe les douanes sans difficulté. Pour la crédibilité de ma couverture, il n'aurait pas fallu que la première bagnole qu'on me confie soit repérée, alors j'y ai vraiment mis du mien…

Merde de merde !

Je comprends mieux les consignes de nettoyage qui m'ont été données. Je devais briquer la caisse pour la rendre plus neuve que neuve… Quelqu'un devait craindre qu'on y trouve des traces du transport du cadavre de la jeune Amanda.

Bordel de merde !

J'avais entre les mains tous les éléments pour confondre celui qui s'est débarrassé du corps et j'ai laissé passer ça.

Pire encore, c'est moi-même qui ai effacé les preuves !

De colère, j'abats mon poing sur mon bureau et l'impact fait danser ma tasse de café. Le niveau tangue dangereusement contre le bord du récipient, mais pas assez pour la renverser. Il n'aurait plus manqué que ça…

Je reprends place sur mon siège et serre ma tête entre mes mains.

À ma décharge, j'étais à des années-lumière d'imaginer un truc pareil. Cette bagnole a été dérobée à moins de quinze kilomètres d'ici. Celui qui a roulé avec la nuit suivante a pris un risque inconsidéré. Dans notre région, la plupart des zones sont surveillées par des caméras et cette voiture avait été signalée volée. À n'importe quel moment, il aurait pu croiser une voiture de patrouille et se faire serrer. Un modèle comme celui-ci ne court pas les rues !

Est-ce qu'on a affaire à un inconscient ?

À quelqu'un qui se pense intouchable ?

Ou au-dessus des lois, et qui nous nargue ?

Je crois que je trouverai une partie des réponses à mes questions en mettant à jour les ramifications et la hiérarchie de ce trafic de voitures et de drogue, car le meurtrier d'Amanda avait accès à la voiture et pouvait transmettre l'ordre d'y faire le ménage… Donc cette bagnole me réoriente, et cette fois sans le moindre doute, vers l'entreprise de Vidal.

Quelques pièces de ce foutu puzzle commencent à s'agencer, mais il me manque les acteurs.

Vidal lui-même ?

Ça paraît trop gros. Je n'arrive pas à y croire vraiment.

Je le vois davantage comme un dandy. Il aime faire le beau dans ses jolis costumes, mais je ne l'imagine pas avoir assez de cran pour gérer un business de cette ampleur. Il en croque, c'est évident, mais il ne me semble pas avoir l'étoffe d'un chef de gang.

Et encore moins d'être capable de commettre un crime de cette barbarie.

Ou alors, c'est un véritable acteur et il cache bien son jeu.

En quelques clics, je parcours nos fichiers et ce que j'y vois me conforte dans mon premier raisonnement. Vidal n'a pas de casier, même pas une seule petite infraction au Code de la route. Le play-boy est propre comme un sou neuf.

Quoique, finalement, à bien y réfléchir, il pourrait quand même avoir le profil parfait pour le job. Arrogant et pédant au possible, il n'est pas le genre de type avec lequel on a envie d'être ami, et qui dit pas de lien, dit pas de confidence, donc, pas de fuite.

Il faudrait tout de même qu'il soit un sacré bon comédien pour tenir le rôle aussi parfaitement et je ne peux pas m'empêcher d'avoir des doutes.

Selon moi, s'il est réellement impliqué, il doit certainement être chargé de la préparation des voitures qu'on lui confie, mais je ne pense pas qu'il sache pour qui il bosse ni ce que deviennent les véhicules. Au regard de son train de vie, il touche grassement sa part, c'est indéniable, et je le vois bien se suffire de ça.

J'examine de nouveau le rapport d'ADN qui place véritablement hors-jeu les deux frangins que j'avais dans le collimateur. Mon travail est loin d'être terminé, et nécessitera de creuser un peu plus profondément pour trouver une piste viable, parce que pour le moment, c'est franchement le bordel et ça part dans tous les sens !

D'un geste las, je me déconnecte des serveurs et éteins mon ordinateur.

Ce soir, je suis de service à l'atelier, il ne me reste que quelques heures avant de prendre mon poste et il faut que je dorme. J'ai tellement l'air fatigué que j'affiche sans effort la gueule de malfrat que mon travail nocturne exige.

Mais hier, j'ai fait peur à Maïa, et ça, je m'y refuse.

Ce matin, quand j'ai quitté l'atelier de Vidal pour me rendre au commissariat, je ne suis pas passé chez moi. J'ai pu me doucher au poste et heureusement, car les odeurs de cambouis, d'huile chaude associées à celle des pétards que fument la plupart des gars qui bossent au garage me collaient à la peau.

Le sac contenant mes fringues malodorantes à la main, je franchis sans bruit la porte de chez moi. À cette heure-ci, ma puce doit être en train de faire la sieste.

— Bonjour mon grand, chuchote Édith à mon arrivée. Mon Dieu ! Comme tu as l'air épuisé ! Qu'est-ce que je peux faire pour toi ? Tu as mangé ?

Je l'embrasse sur la joue, tandis que ses paumes agrippent mon visage.

— Oui, j'ai déjeuné et je vais aller dormir.

Sans poser de question, elle s'empare du baluchon que je tiens à la main.

— Je vais te laver ça. Va vite te mettre au lit.

J'acquiesce d'un mouvement de paupières.

— Si tu vois qu'à 18 h 30, je suis encore dans les bras de Morphée, tu peux me réveiller ?

— Oui mon grand, je t'enverrai ta petite poupée.

Elle t'a réclamé ce matin.

Mon regard doit certainement révéler ma culpabilité, parce qu'elle lâche le sac de vêtements sales et me prend dans ses bras.

— Tout ce que tu fais contribue à rendre le monde meilleur, et ce monde-là, c'est aussi le sien. Il y aura d'autres moments que tu pourras lui consacrer, c'est à ça qu'il faut penser.

La fatigue ne m'aide pas à rester stoïque en entendant ses mots et je suis soudainement pris d'une envie de chialer.

Parfois, c'est trop dur.

Parfois, il m'arrive de me demander si tout cela en vaut vraiment la peine. Si je fais les bons choix, pour elle, pour moi. Je pourrais trouver un autre job, quitter la ville, ouvrir un atelier de mécanique, je suis assez doué pour ça...

— Va vite dormir Max, tu es à bout, me dit-elle, le regard plein de tendresse, mettant ainsi fin à mes réflexions.

Comme un fantôme, je glisse dans le couloir jusqu'à ma chambre. En moins d'une minute, je me débarrasse de mes vêtements, veillant à conserver mon boxer pour ne pas accueillir celle qui viendra me réveiller en tenue d'Adam, et je me laisse tomber sur mon lit.

Le sommeil me gagne dans l'instant, le point de rupture était atteint.

***

— Papa fait dodo, chuchote la petite voix qui me parvient au travers des limbes du sommeil.

— Oui, mais il doit aller travailler, alors il faut le réveiller. Tu as essayé de lui faire un bisou ?

Sa bouche humide se pose sur ma joue mal rasée et le rire cristallin de ma fille emplit soudain la chambre.

— Ça chatouille !

Je l’entoure de mes bras et la serre contre moi. Elle sent bon ce parfum de bébé et je pourrais passer ma vie à la respirer.

— Bonjour ma chérie.

— Bonjour mon papa !

Je roule sur le côté et promène mes doigts sur ses côtes afin de la chatouiller, pour le seul plaisir d'entendre de nouveau son rire.

— Tu as fait une bonne sieste ?

Elle me répond d'un vif hochement de tête qui fait danser les mèches encadrant son visage fin.

— Ça n'a pas été simple de la maintenir en place. Elle trépigne d'impatience depuis le moment où je lui ai dit que ce serait elle qui viendrait te réveiller, révèle Édith.

Maïa semble déjà en avoir assez et gigote pour quitter mes bras. À cet âge-là, c'est normal, même si le papa en manque de tendresse que je suis aurait bien aimé que son envie de câlin dure un peu plus longtemps.

— Je te prépare du café ? Est-ce que tu veux manger quelque chose avant de repartir ?

Je souris à Édith, cette adorable femme que le temps ne change pas. Quelques rides, quelques cheveux blancs, dont la plupart à cause de moi, mais c'est toujours le même cœur.

— Je vais me débrouiller, tu en fais assez comme ça…

— Allons, ça ne me dérange pas et puis ça me rappelle le bon vieux temps !

Pas si vieux d'ailleurs.

Ou alors, elle occulte les quelques mois durant lesquels elle m'a porté à bout de bras… Ces interminables semaines qui ont suivi l'accident, ce moment horrible où tout a basculé…

Lorsque la femme de ma vie, la mère de notre fille s'est éteinte entre mes bras.

Quand son dernier souffle s'en est allé, emportant avec lui mon âme et mon cœur brisé.

Je m'ébroue mentalement pour chasser cette inconfortable nostalgie et accepte finalement son aide d'un geste de tête. Je lui rendrai tout ce qu'elle fait pour moi.

Un jour.

Je m'en fais la promesse.

Cette nuit-là, aucune voiture ne m'a été confiée au garage. J'ai occupé mon temps à ranger l'outillage et à fourrer mon nez partout où il était possible de dénicher des informations.

J'ai appris que le bureau du boss était interdit à tout le monde, sauf permission exceptionnelle que lui seul pouvait délivrer, et qu'en règle générale, il ne s'adressait jamais à personne directement. Le fait qu'il m'ait reçu lui-même, dans son bureau, avant mon embauche semble étonner tout le monde et me conférer une importance que je n'ai pas demandée et dont je me serais bien passé.

Quel que soit le rôle de Vidal dans cette sombre organisation, une chose est sûre, ce type ne se prend pas pour de la merde ! Tout le monde lui cire les pompes, mais j'ai quand même le sentiment que c'est davantage par crainte et par obligation que par admiration.

Vers la fin de la nuit, les deux frangins sont passés à l'atelier. Visiblement leur petite virée en boîte n'avait pas permis de trouver une présence féminine pour terminer la soirée ; et sincèrement, je n'en suis pas étonné ! Le contraire serait même particulièrement inquiétant. Ces deux types sont laids comme le péché, et ne font rien pour améliorer leur aspect. Je suis incapable de savoir lequel est Edmond et lequel est Fernand. Il paraît qu'il y en a un qui fait plus intelligent que l'autre, mais je cherche encore. D'après la version officielle, ils auraient été élevés par leurs grands-parents, mais la pipelette de l'atelier, David, se demande si finalement ce ne serait pas un mensonge. Il suspecte les jumeaux d'être les fils de ce couple de vieillards qui avait pourtant dépassé la date de péremption depuis longtemps, au moment de leur conception et qui auraient dû s'en souvenir !

Je dois admettre que cette option expliquerait les tares des deux affreux.

Le fait est qu'ils n'ont pas trouvé de candidates pour la soirée, et qu'ils sont venus chercher à l'atelier une autre forme de réconfort.

Un des gars de nuit traficote et c'est auprès de lui que les Lambert se fournissent. Ils ne sont clairement pas regardants sur la qualité de la came, mais finalement ça ne m'étonne pas plus que ça. Contrairement à Vidal, ils ne font pas dans le raffinement, et c'est vraiment peu dire, surtout quand ils sont avinés comme ils le sont ce soir.

Après leur passage, j'ai pu récupérer les gobelets dans lesquels ils ont bu.

Si je veux les exclure totalement de ma liste de suspects, une comparaison ADN n'est pas superflue, car finalement je ne les ai écartés que par supposition. J'ai considéré que le frère qui a fait de la tôle était hors de cause, et j'ai misé sur leur gémellité pour en tirer des conclusions. Mais mon raisonnement ne peut pas se baser sur une fragile approximation.

Il me faut des certitudes.

J'enrage de ne pas avoir plus consistant à me mettre sous la dent, mais c'est toujours mieux que rien.

Ce n'est qu'au petit matin, alors que je m'apprête à quitter le garage, que j'entends le ronronnement de la BMW du patron. L'équipe qui travaille de jour et que je ne suis pas supposé rencontrer n'est pas encore arrivée, et les autres gars de nuit sont déjà partis. J'avoue que c'est mon envie de fouiner qui m'a invité à traîner dans les vestiaires. Le prétexte d'un coup de fil a suffi pour provoquer un total désintérêt de mes collègues.

Le bruit de pas m'informe de son approche et je m'empresse de détacher mes lacets pour donner à ma présence un semblant de légitimité.

Si ce que m'ont dit les autres est vrai, il ne prendra même pas la peine de m'adresser la parole.

— Ravier ? Qu'est-ce que tu fous encore là ?

Je termine de relacer ma basket et je brandis mon téléphone affichant l'air revêche nécessaire à mon personnage.

— Un coup de fil m'a retenu. Désolé patron.

Il scrute un instant mon visage.

— Problème avec la famille ?

Je remue la tête.

— J'ai pas de famille, donc, j'ai pas de problème.

— Une gonzesse alors ?

Je suis supposé sortir de prison, on peut raisonnablement penser que cela soit une de mes préoccupations.

— Ouais. Mais le romantisme et moi, on n'est pas

très copain. Elle a du mal à le comprendre.

Il éclate de rire.

— C'est dingue qu'aucune ne soit capable d'assimiler l'idée que la seule chose qui nous motive soit l'envie de nous vider les couilles ! Il leur faut toujours des fleurs et des violons.

Quel connard !

Je meurs d'envie de lui coller une droite pour lui faire fermer sa gueule.

Il représente une synthèse parfaite de tout ce qui me dégoûte chez un homme… Mais je me retiens et je ris à sa connerie. Ce n'est pas simple, néanmoins je donne le change à sa bonne humeur, puisque le guignol s'imagine drôle et que je suis supposé lui être soumis, comme tous les autres types qui bossent ici.

— Enfin ça doit aller pour toi, avec ta belle gueule, tu ne dois pas avoir de mal à trouver, me lance-t-il en riant.

— Ça va, j'ai pas à me plaindre. Bonne journée monsieur.

— Salut Ravier.

Je récupère mon blouson dans le casier qu'on m'a attribué, le balance sur mon épaule en veillant à afficher un air décontracté et nonchalant, avant de franchir la porte des ateliers sans me retourner.

Ce type me dérange prodigieusement.

Même le son de sa voix me débecte ; et maintenant que j'ai quitté l'espace de travail, je prends conscience que j'aurais pu le frapper jusqu'à son dernier souffle…

Bordel, j'en mourrais d'envie !

Ma moto vrombit quand je m'éloigne et j'accélère, perturbé par ce sentiment étrange d'être habité par une colère qui ne me ressemble pas. Certes, ce genre d'individu me révulse, mais je ne suis pas un homme violent, enfin, je ne le suis plus, j'ai appris à gérer ça ; mais là, je dois combattre de toutes mes forces mon envie de rebrousser chemin pour lui régler son compte.

Il y a vraiment des gens capables de faire ressortir les ombres les plus noires qui sommeillent en nous...

Chapitre 16

Il est parfois des peurs irrationnelles qui prennent racine dans l'âme, au-delà de toute logique.

Chloé

J'avale mon huitième café de l'après-midi et pourtant je peine à garder les yeux ouverts.

J'ai réussi à leurrer Lisa, et Dieu sait combien c'est compliqué de lui cacher ma fatigue ; mais elle est préoccupée par son mariage et me place moins souvent sous la lampe de son microscope personnel.

Je ne vais pas m'en plaindre, bien au contraire.

J'adore ma sœur, là n'est pas la question, mais c'était tellement difficile de gérer son attention permanente durant les quelques mois qui ont suivi ma rupture avec Julien, que je suis soulagée qu'elle ait d'autres sujets de préoccupation que moi. Je ne parvenais pas à passer une soirée seule avec moi-même et pourtant, c'était indispensable.

La solitude fait partie de moi, j'en ai besoin.

Si certains considèrent les sorties entre copains et les nuits en boîte comme un moyen de se ressourcer, j'y vois pour ma part tout autre chose. Le bruit et la foule m'oppressent. Le regard des gens me dérange. Je n'aime pas le sentir se poser sur moi et me juger : trop petite, trop ronde, trop sage… Parce que c'est ce que je suis, une nana discrète, une souris qui se planque dans son coin et qui ne veut pas qu'on la remarque.

Ni même qu'on la dérange…

Avec le recul, je sais maintenant que c'est très certainement ce qui a poussé le couple que nous formions, Julien et moi, vers cette routine qui nous a finalement séparés. Même s'il ne le disait pas, il avait besoin de cette vie sociale dans laquelle je ne m'épanouissais pas. Je faisais pourtant quelques efforts pour ne pas nous contraindre à des habitudes d'ermite et lui, de son côté, sélectionnait nos sorties pour que j'y prenne quand même plaisir, mais ce n'était pas suffisant. Et surtout, c'était déjà trop de compromis pour une relation naissante. Lisa, même si elle adorait Julien, en est venue à penser qu'il était probablement trop jeune par rapport à mes attentes ; et son récent mariage tend à dire qu'elle avait raison. Sa femme est comme lui, elle aime sortir, faire la fête et voyager ; tout ce qui m'aurait demandé bien plus d'efforts que ceux que j'étais prête à fournir.

Pour moi, la vie, c'est une maison agréable, dans laquelle je prendrais plaisir à me ressourcer aux côtés d'un homme qui n'aurait pas besoin de dizaines d'amis autour de lui pour le rassurer sur son existence. J'adorerais passer des heures dans ses bras à discuter de tout et de rien, à évoquer notre avenir, à imaginer nos enfants. Un, deux, mais pourquoi pas plus, je ne suis pas fermée à l'idée. Pourtant j'avais essayé de me persuader du contraire quand Julien m'a annoncé qu'il ne voudrait jamais devenir père.

En fait, j'ai mis du temps à le réaliser, mais je rêve de tout ce que ma précédente relation n'avait pas... C'est certainement la raison pour laquelle je relativise la souffrance liée à cette rupture. J'ai eu mal, ma confiance en moi en a pris un gros coup, mais elle m'a sauvée, en quelque sorte.

Un petit groupe de jeunes vient s'installer en salle et me sort de mes rêveries. Je les connais bien, ce sont des habitués. Certains fricotent entre eux, c'est mignon d'observer leurs échanges silencieux et parfois timides.

J'ai compris qu'ils font partie d'un club de journalistes amateurs lorsqu'ils m'ont demandé de me prêter au jeu de l'interview, il y a quelques semaines. C'était amusant et j'ai envié leur camaraderie, à la fois simple et candide ; encore épargnée par les jugements et les caprices des egos surdimensionnés.

Un des plus grands me fait un signe et montre le chiffre « six » avec ses doigts étendus. Six sodas, ils ne boivent que cela de toute manière. Je dépose les canettes sur mon plateau ainsi que des verres et une petite panière en osier que je garnis de chouquettes. Je sais qu'ils aiment ça !

— Merci, Chloé, t'es vraiment une nana géniale ! me lance celui qui a passé commande lorsque je pose les pâtisseries sur leur table. Outre le fait qu'il dépasse tout le monde d'au moins une demi-tête, je pense qu'il sera costaud quand l'adolescence quittera son corps. Il a déjà de larges mains et de solides épaules ; mais le plus impressionnant, c'est cette mâchoire qui semble presque disproportionnée par rapport au reste de son visage. Cela explique peut-être pourquoi il porte ces affreuses lunettes alors qu'il ne regarde que par-dessus ou au-dessous, comme si elles ne lui servaient à rien sinon à masquer une partie de ses traits. Je connais la manœuvre, j'en ai longtemps usé pour me cacher, moi aussi.

— Si vous n'en avez pas assez, je vous en rapporterai, je sais ce que ça mange, les ados !

Ça les fait rire, mais en fait, c'est un mensonge, je n'ai aucune idée de ce que mangent les adolescents, je n'en connais aucun. Mes seuls repères sont quelques souvenirs flous, et les légendes circulant entre les parents qui exagèrent certainement.

La salle se vide doucement. C'était une journée très calme que j'ai particulièrement appréciée. Aujourd'hui, les gens étaient souriants et détendus, au point que cela me réconcilierait presque avec le travail en salle !

En début de semaine, nous avons convenu avec Lisa qu'elle me laissait faire la fermeture ce soir. Avec Gaëtan, ils sont attendus chez ses futurs beaux-parents et ça, en plus des préparatifs du mariage, ça la stresse énormément. En fait, je le comprends, car pour ma part, je détesterais une belle-mère comme celle qu'elle va bientôt épouser ; parce qu'il faut être honnête, en se mariant avec Gaëtan, elle épouse la belle famille, et la mamie, ce n'est pas de la tarte ! Plus à cheval sur les convenances, c'est impossible. C'est même à se demander comment elle a pu engendrer un mec aussi génialissime que Gaëtan !

Son père, en revanche, semble plus agréable, plus accessible, mais ce sont certainement les années durant lesquelles il a exercé dans le commerce qui lui ont appris à s'ouvrir aux autres. Sa femme est restée au foyer, comme cela se faisait avant, et sans affirmer que c'est ce qui l'a rendue aigrie, je pense quand même que cela y a contribué.

Enfin, quoi qu'il en soit, ma sœur et moi n'avions pas ressenti la moindre appréhension quand elle a présenté son compagnon à notre père et à sa mère, pourtant, nous savons toutes les deux que le jour où les deux familles se rencontreront, il faudra avoir l'œil ouvert pour tout temporiser. Le caractère, somme toute assez « baba cool » de nos parents, et notre famille recomposée va automatiquement susciter la critique de cette femme à l'esprit plus étroit qu'une combinaison de plongée.

Ça nous réserve de sacrés moments et sincèrement aucune de nous n'est pressée d'y arriver !

Gaëtan n'endosse pas un rôle simple dans tout cela, et franchement, je détesterais être à sa place. Il compte sur le soutien de son père pour canaliser sa mère, mais il n'est pas aveugle et d'ailleurs, s'il s'amuse souvent à relever toutes les différences entre notre éducation et la sienne, ça explique pourquoi lui non plus n'entrevoit pas la prévisible collision de ces deux mondes avec impatience.

Loin de là !

Enfin, je n'espère qu'une seule chose : c'est que rien ne sème la zizanie entre les deux amoureux, parce que ce qu'ils ont déjà bâti tous les deux est inestimable.

Je regarde rapidement la pendule : plus que deux grosses heures et je pourrais baisser le rideau.

Aujourd'hui, même si je n'ai pas ressenti l'effervescence de la clientèle, nous avons réalisé un très bon chiffre. Les pâtisseries ont été dévalisées pour le goûter, il ne me reste plus qu'une toute petite dizaine de baguettes de pain, et même les quelques croque-monsieur et sandwichs invendus après le déjeuner ont finalement trouvé preneurs. L'avantage, c'est que j'ai pu nettoyer les vitrines réfrigérées de bonne heure et que je n'aurai pas ça à faire après la fermeture.

— Bonjour jolie pâtissière !

Il n'aura pas fallu plus que ces trois mots pour me projeter violemment dans un abîme qui me paraît insondable. Je me fige et les petits poils de mes bras se dressent.

Pas lui.

Bordel, pas ce type !

Je ne veux pas que cet homme m'approche. Pas maintenant, alors que je suis seule dans la boutique… Les apprentis journalistes sont encore là, mais même le plus grand d'entre eux ne fera pas le poids si cet homme s'en prend à moi !

Je devrais me mettre à hurler, pour attirer l'attention

de tous ceux qui sont encore présents dans la galerie. Il y aura bien au moins une personne assez courageuse pour me prêter main-forte et faire fuir celui qui me terrorise !

— Oh ! Chloé, tout va bien ?

Seigneur, je reconnais cette voix. L'information n'est même pas encore analysée par mon cerveau que déjà mes yeux déversent des flots de larmes, comme deux soupapes qui relâcheraient une pression trop forte.

Jean-Baptiste…

Sous l'effet de la panique, le bout de mes doigts s'est mis à me picoter et les bruits ambiants se sont laissés avaler par le bourdonnement qui a envahi mes oreilles. J'ai encore la tête qui tourne quand je le fixe enfin, mes deux mains tremblantes tendues vers lui.

— Salut JB.

Ma voix n'est qu'un murmure. L'air que ma bouche expulse a dû manquer mes cordes vocales, ou alors, elles sont, elles aussi, collées entre elles par la trouille.

— Bon sang, comme tu es pâle, est-ce que je t'ai fait peur ? Viens là, ajoute-t-il en attrapant mes paumes pour m'attirer contre lui.

Sa poitrine est ferme et la chaleur qui traverse sa chemise me fait du bien. Délicatement, il me cajole d'une caresse légère sur mon dos et je sens les muscles de mon corps se détendre lentement.

— Je te demande pardon pour cet accueil.

— Tu n'as pas à t'excuser. En revanche, j'aimerais bien que tu m'expliques pourquoi je t'ai fait si peur.

Son regard inquiet me fait réaliser qu'il se croit responsable de cette soudaine frayeur, et ma main se pose sur sa joue, uniquement mue par une envie de le rassurer.

— Oh ! Tu n'y es pour rien. Je n'ai pas eu peur de toi.

J'avale ma salive, péniblement d'ailleurs, et j'essuie mon visage encore mouillé des larmes que je n'ai pas pu contenir.

— C'est à cause d'un drôle de type qui rôde dans le coin et qui me colle une pétoche monstrueuse. Il m'appelle « la jolie pâtissière » et avant de reconnaître ta voix, ce sont les mots qui m'ont surprise ; j'ai cru que c'était lui...

— Qu'est-ce qu'il t'a fait ? m'interroge-t-il d'un air grave.

Je prends une grande inspiration, alors que la présence de JB m'aide à relâcher la tension de mes muscles, puis je souffle l'air en laissant retomber mes épaules.

— Rien justement. Il ne m'a rien fait. C'est une peur totalement inexplicable, parce qu'il a toujours été courtois et poli. Même physiquement, il n'a rien d'effrayant, et j'ai aussi envie de dire « au contraire ». Il est plutôt pas mal du tout dans le style playboy, mais il me terrorise au point que sa simple présence me tétanise.

— Est-ce que tu veux que je reste avec toi jusqu'à la fermeture du restaurant ? Laisse-moi juste le temps de passer un coup de fil et je suis disponible.

Il est adorable avec ses grands yeux compréhensifs, et sa gentillesse me touche profondément.

— Je te remercie, mais il faut que je surmonte ça,

d'autant que je sais que c'est une peur ridicule. J'ai simplement été surprise et en plus, je suis convaincue qu'il ne reviendra pas ici. Mon amie Katie lui a passé une douche froide l'autre jour, je pense qu'il a compris que je n'étais pas intéressée.

Je ris doucement.

— Elle lui a fait croire que j'étais mariée et que j'avais des gosses !

Il sourit à son tour avec, sur le visage, cette expression douce et tendre que j'avais déjà remarquée et appréciée lorsque nous nous étions rencontrés chez ma sœur.

— Il y a des hommes que ça ne repousse pas, tu sais.

— Une femme mariée, théoriquement, si, non ?

Il rit.

— Moi, ça me ferait comprendre d'aller chercher ailleurs, que la place est prise ; mais quelqu'un qui refuserait l'engagement y verrait un moyen de s'en préserver…

Je fais la moue. Il n'a pas tort. Celui qui ne cherche qu'une aventure d'un soir se moque de savoir si l'autre brise un serment sacré…

Il glisse son doigt sous mon menton et relève mon visage vers le sien.

— Tu es sûre de ne pas vouloir que je reste ?

— Certaine. Mais c'est adorable de ta part de l'avoir proposé. Je t'assure que ça va aller.

Il rompt le contact qui aurait pu finir par devenir gênant et regarde discrètement sa montre.

— Il n'est pas trop tard pour avoir un petit café ?

— Il n’est jamais trop tard pour toi…

Pendant que je lui prépare sa boisson, il m’explique qu’il a rendez-vous avec des amis d’enfance pour une soirée tarot.

— Nous adorions y jouer avec Lisa et mon père lorsque j’étais plus jeune, mais ça fait une éternité que je n’ai plus retouché une carte.

— On pourra toujours y penser un de ces jours, si Gaëtan se joint à nous, ça peut être amusant, non ?

J’acquiesce, réellement séduite par l’idée.

Notre premier contact était un rendez-vous arrangé par mon beau-frère et ma sœur, et d’ailleurs, je leur ai déjà largement fait part de mon mécontentement à ce sujet. Cela dit, j’aime la compagnie de JB. Ce n’est pas une attirance physique, même s’il est purement magnifique, mais c’est une envie de faire de lui mon ami, de semer les graines d’une complicité qui, j’en suis certaine, ne peineraient pas à germer et à nous offrir quelque chose de précieux.

En même temps, je ne peux qu’être heureuse que mon cœur ne s’en mêle pas. Tomber amoureuse d’un homme comme Jean-Baptiste serait certainement la pire des choses à faire pour une fille telle que moi. Il ressemble à un de ces mannequins qui illustrent les couvertures des romances, une puissance tranquille, des promesses sous-entendues, un regard de velours… Il ne reste plus qu’à ajouter à cet idyllique tableau sa voix au timbre enveloppant et ses gestes virils, mais calculés, et l’on obtient l’homme qui sirote son café, nonchalamment accoudé au comptoir de mon snack…

Alors, oui, envisager quoi que ce soit avec lui

relèverait de l'utopie. Ce serait même à se demander ce qu'un petit laideron de mon acabit pourrait bien espérer !

Il termine son café et repose sa tasse sur le zinc, roule en boule le papier d'emballage du morceau de sucre et le glisse sur le bord de la coupelle et y dépose aussi la cuillère, puis, d'un mouvement de la main, il balaye les minuscules cristaux brillants qu'il avait répandus devant lui, avant de frotter ses paumes l'une contre l'autre. Un geste peu commun, je dois l'avouer. Les clients ont plutôt tendance à tout laisser en plan d'habitude, alors je lui souris, l'air probablement amusé, car il le remarque.

— Là, tu es en train de te moquer de moi, c'est ça ?

— Mais non voyons ! Pas du tout, c'est juste que je ne suis pas habituée à autant de prévenance. En général, c'est moi qui nettoie…

Il hausse les épaules en me rendant mon sourire.

— Un réflexe de célibataire, certainement.

Pour la deuxième fois, il regarde le cadran de sa montre.

— Tu es vraiment certaine que je peux te laisser seule ?

— Oui, et je te remercie, mais je vais m'en sortir. Je dois réussir à prendre sur moi pour vaincre cette stupide appréhension, d'autant que je suis de plus en plus sûre que tout cela est à mettre sur le compte de mon imagination et n'a pas lieu d'exister. C'est complètement déraisonné, comme je te l'ai dit.

Je contourne le comptoir pour le saluer et il me serre de nouveau entre ses bras. Il n'en est probablement pas conscient, mais il me transmet sa force par son étreinte et cela me fait beaucoup de bien.

— Prends soin de toi, Chloé, me dit-il. Et j'étais sérieux concernant une soirée tarot avec notre couple d'entremetteurs. On en reparle et on fixe une date ?

— Oui, c'est promis, bonne soirée JB.

Sa haute silhouette se faufile entre les tables et disparaît dans la foule, désormais un peu moins dense qu'en début d'après-midi.

Plus qu'une heure et demie avant la fermeture.

Chapitre 17

Le passé me hante encore,
comme une blessure que le
temps creuse...

Maxime

Ça aurait fait onze ans aujourd'hui.

Je me souviens de cette soirée que nous avions passée avec quelques copains dans ce bowling qui venait d'ouvrir. J'avais emprunté la voiture de mon père et j'étais allé la chercher chez elle.

Elle m'avait confié qu'elle avait menti à ses parents pour pouvoir sortir. Officiellement, elle était attendue pour une soirée « entre nanas » au domicile d'une de ses copines.

Ils ne l'auraient jamais laissée partir avec moi s'ils avaient su.

Je n'étais pas assez bien pour eux.

Pas assez riche, ni assez cultivé, pas assez populaire et surtout, je ne gravitais pas autour des bonnes personnes… J'étais seulement un fils de commerçants, plus souvent sur les routes qu'à la maison ou aux dîners mondains. Un môme qui s'était presque élevé tout seul, et qui tuait le temps dans le garage automobile de son village natal, au point de faire des vieilles voitures une réelle passion.

« Le cambouis sous les ongles, c'est pour les têtes vides ! » m'avait un jour balancé son père, « et les têtes vides, il faut les envoyer à l'Armée pour qu'au moins elles servent à quelque chose… »

Ç'avait été violent pour le gamin que j'étais. Je cherchais chaque jour où était ma place dans ce monde, et je n'avais pas besoin de commentaires comme le sien.

Mais voilà, je m'étais tu.

J'avais gardé pour moi ce qui pourtant me brûlait les lèvres, car me fâcher avec le père de la fille qui avait volé mon cœur était tout, sauf une bonne idée.

Finalement, même si ses certitudes bancales n'avaient aucun sens, il ne s'était pas beaucoup trompé. Ce n'est pas l'Armée qui m'a accueilli, mais la Police. Cette nuance, je la dois à Édith, parce que ma deuxième maman se refusait à l'idée que je devienne de la chair à canon pour servir les ambitions des « tordus qui géraient le monde » selon ses propres termes.

Je me souviens de ses longues diatribes et de toutes les images qu'elle était allée récupérer dans les magazines pour appuyer ses arguments.

Aujourd'hui, j'en souris encore, mais elle n'avait pas besoin de me persuader. Son avis me suffisait et j'aurais suivi n'importe laquelle de ses directives sans même sourciller.

Mais, même là, alors que j'avais passé et obtenu avec d'excellentes notes le concours pour intégrer la Police, les parents rigides de la femme de ma vie ne m'ont pas davantage accepté. Cela n'a jamais suffi à faire de moi un « homme bien » à leurs yeux. Rien n'y aurait fait de toute façon. Changer d'avis est une marque d'intelligence selon moi, mais il me semble qu'ils en ont toujours cruellement manqué.

C'est ainsi…

Ce fameux soir, au bowling, j'avais passé des heures à la dévorer des yeux, à m'enivrer de son rire et de son parfum. Je m'étais enfin décidé. J'avais répété mon petit discours durant des heures devant le miroir de l'armoire de ma chambre, alternant les éclats de rire et le découragement, trop souvent. Mais une chose était sûre et je n'en dérogerai pas : avant la fin de cette soirée, je lui déclarerais mes sentiments. J'allais avouer à cette fille sublime et brillante combien je l'aimais et combien sa simple présence me comblait de bonheur.

De toute façon, c'était aujourd'hui, ou jamais. Soit j'étais un homme, soit j'étais un lâche, et elle ne méritait pas une chiffe molle !

Enfin, j'aimais croire que j'étais un homme, mais est-ce qu'on l'est vraiment quand on a juste vingt ans, en fait ? Je gonflais la poitrine comme un coq lorsqu'on me bousculait, et j'aurais abattu des montagnes pour elle, mais on n'était quand même que des mômes. Nous étions de grands enfants qui jouions aux adultes. On s'inventait un avenir, on s'amusait beaucoup. Tout ou presque n'était que rigolade.

Et pourtant... Ce que je ressentais pour elle, ce n'était pas une émotion de gamin.

Elle représentait mon tout.

J'étais fou amoureux.

Après que les moins riches d'entre nous eurent dépensé leur maigre budget, tout le monde quitta le bowling en s'empressant de rejoindre sa voiture. L'idée était de finir la soirée au bistrot du centre. Mais nous les avions laissés partir devant, et j'avais pris sa main pour l'inviter à marcher un peu. À son air soudain timide, mais visiblement heureux, j'avais compris que mes sentiments n'étaient pas à sens unique, mais qu'ils étaient partagés.

Je n'ai pas eu le temps de lui réciter le joli discours — et certainement niais — que j'avais répété, et de toute manière je ne me souvenais même pas du premier mot.

Notre échange de regards avait suffi.

Le parking aura été le seul témoin de nos baisers cette nuit-là, alors que ni elle ni moi n'arrivions à nous décider à monter dans la vieille guimbarde de mon père pour rejoindre les autres. J'avais dévoré ses lèvres et embrassé chaque millimètre de son doux visage, luttant pour que mes mains restent sages. Pourtant, ce n'était pas l'envie qui m'avait manqué de caresser son corps gracieux, mais nous n'en étions pas encore là.

Ces délices viendraient plus tard, je n'en doutais pas.

Les heures que nous avions passées, adossés à cette voiture, avaient défilé comme des minutes à nos yeux, et le soleil pointait déjà à l'horizon lorsque je l'avais laissée à deux pâtés de maisons de chez elle.

Pour que ses parents ne me voient pas.

Pour que son alibi reste crédible.

Ça m'avait fait mal d'être ainsi renvoyé à ma condition, mais ce n'était pas de son fait, et demeurer invisible représentait certainement l'unique moyen dont je disposais pour la revoir.

Oui, j'avais été durement blessé, mais c'était quand même le cœur gorgé d'amour que j'étais rentré me coucher, me faisant la promesse de prouver à ses parents que je saurais rendre leur fille heureuse.

Et pourtant…

Je soupire lentement alors que mon regard se perd dans le paysage.

Chaque année, à cette date, le vide en moi grandit un peu plus, comme si le temps ne réparait rien, mais creusait encore plus profondément. Elle me manque… Bien plus que je ne l'aurais imaginé.

Au loin, la ville s'active et d'ici, seuls quelques klaxons me parviennent. Le bowling a été détruit par un incendie à peine deux ans après son ouverture. Il a été établi que c'était un accident dû à un montage électrique défectueux, mais tout le monde savait que c'était criminel. Le propriétaire du terrain aurait vendu la parcelle à la mauvaise personne et celui qui la convoitait se serait vengé. Toujours est-il qu'aujourd'hui ce n'est plus qu'un terrain vague qui surplombe la vallée. Le bitume du parking, encore visible par endroits, est envahi par la végétation qui reprend ses droits. D'ici peu, plus personne ne se souviendra de ce lieu et de tout ce dont il aura été le spectateur.

Mais c'est ici que j'aime retrouver les sensations de cette époque. Ces moments magnifiques durant lesquels jamais je n'aurais imaginé que la vie serait capable d'autant de cruauté.

Au point de m'arracher celle pour qui je respirais.

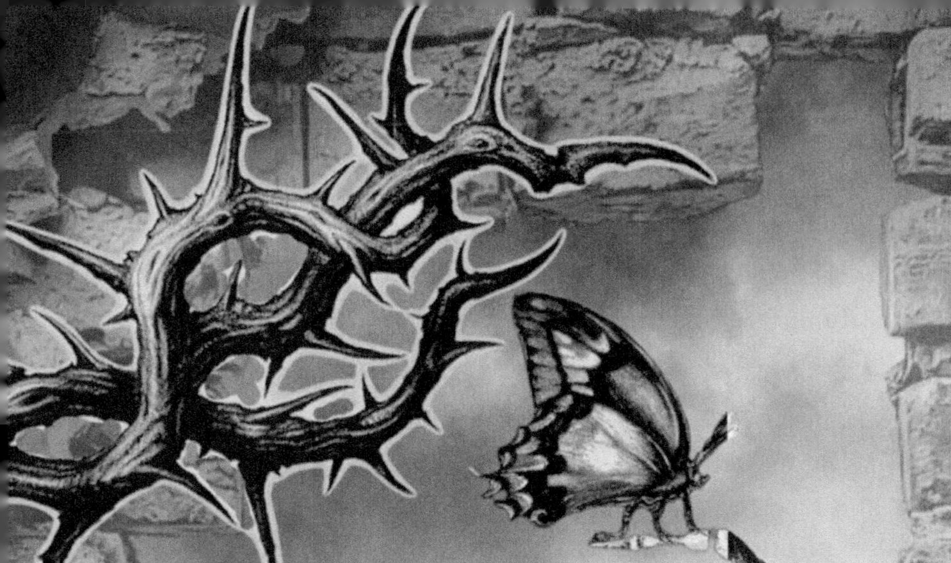

Chapitre 18

L'obsession m'anime.
Elle me consume lentement,
Et éclaire mon chemin vers notre paradis…

Lucas

De quel droit pose-t-il ses sales pattes sur « Elle » ?

« Elle » ne le voulait pas, je l'ai compris à son regard effrayé lorsqu'il est arrivé. Pourquoi s'est-il permis de l'approcher ? Comment a-t-il cru qu'il pouvait la toucher ? Alors qu'il ne mérite même pas de la regarder... Il l'enlace comme si ce corps magnifique lui appartenait et qu'il avait des droits sur « Elle ».

Lâche-la, enfoiré ! Laisse-la tranquille et casse-toi !

Je ne peux plus supporter l'idée qu'« Elle » ait à subir la présence de ces adonis qui se croient tout permis ; tout ça parce qu'ils ont la gueule des figures de mode qu'on placarde dans les journaux. Des sourires de premiers de la classe qui dégoulinent de condescendance et réveillent mon envie de leur péter les dents...

Malgré moi, je grogne. Je serre les mâchoires pour que ce cri reste étouffé par mes lèvres closes, mais déjà la bonne femme qui occupait l'autre côté du banc où je me suis assis s'est tirée, emportant sa mioche trop curieuse avec elle. Elle avait le même regard porcin que sa mère ! Une future boniche à n'en pas douter.

Cette espèce de grand con se pose devant son comptoir. Il n'a pas compris alors qu'« Elle » se détourne, que sa présence l'indispose ? La pauvre serre les dents, le temps de lui servir le café qu'il a réclamé, mais il ne bouge pas. Il reste là, immobile, le cul moulé dans son jean de tapette, à la bouffer des yeux.

« Elle » est admirable. Malgré le dégoût qu'il lui inspire, visible dans sa posture, « Elle » se force à sourire.

Je suis si fier d'« Elle ».

Tellement heureux de savoir que bientôt « Elle » sera mienne. « Elle » sera enfin à sa place, dans ce royaume que je n'aurai construit que pour « Elle » et débarrassée de tous ces parasites qui lui tournent autour !

Soudain, l'homme semble pressé, il regarde sa montre comme si ça le faisait chier d'être là.

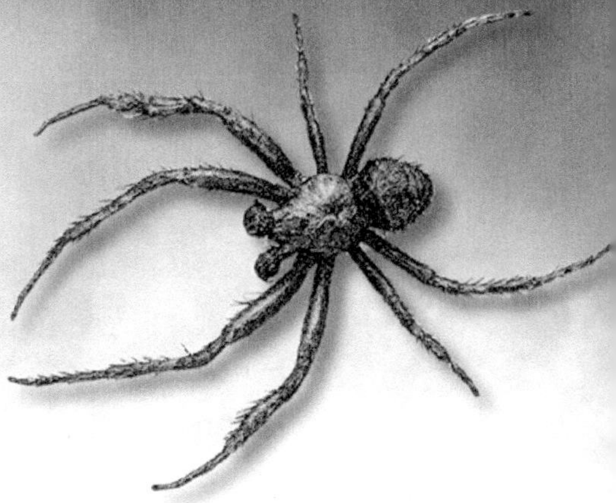

Eh bien ! Casse-toi, connard, et fous-lui la paix !

Mes poings se crispent et mes bras en tremblent quand « Elle » tente de fuir, mais qu'il saisit sa taille étroite, si joliment ceinte par son tablier en dentelle blanche. Ses grosses paluches la plaquent contre lui la serrant si fort, qu'il va finir par l'étouffer. Malgré la peur qu'« Elle » doit ressentir, « Elle » garde la tête haute.

« Elle » est extraordinaire !

Bientôt ma chérie, il n'y aura plus que nous deux. Tu ne le sais pas encore, mais tu n'en as plus pour longtemps à subir tout ça !

Il la retient de nouveau, cramponnant sa main pourtant si fine entre ses phalanges démesurées.

Un nouveau grondement sourd s'élève de ma poitrine et l'espace d'une seconde, je me surprends à imaginer le corps de cet abruti ouvert en deux, les tripes gluantes et sanguinolentes répandues sur le carrelage blanc de cette gargote… Il ne me faudrait pas longtemps pour lui régler son compte, les viscères s'échappent rapidement d'un corps que l'on fend ! Quelques secondes à peine, et tout serait terminé pour lui ! Il tenterait de crier pour demander de l'aide, mais nous serions déjà loin avant que quelqu'un n'arrive.

Lâche-la ! Putain ! Lâche-la et dégage ! Sinon, je vais céder à l'envie qui me démange de quitter l'alcôve qui m'abrite et de te déchiqueter devant ses yeux...

À croire qu'il a entendu mon silencieux conseil, car enfin, il tourne les talons. À grandes enjambées, il rejoint la foule de clients qui s'agglutine devant les vitrines, mais il n'est pas difficile à suivre : il dépasse tout le monde d'une tête !

Hey crétin, c'est pas toujours un avantage d'être grand, n'est-ce pas ?

Tout comme moi, il a garé sa voiture au sous-sol et je sens qu'il ne va pas tarder à comprendre l'erreur qu'il a commise en touchant ma douce Chloé.

Lorsque j'arrive au niveau zéro, il s'est déjà engouffré dans une Jaguar type F et s'est empressé de quitter son stationnement.

Cet enfoiré de fils à papa ne se refuse rien ! Il y en a au bas mot pour huit ou neuf plaques d'une bagnole comme ça et avec la peinture irisée, peut-être même dix plaques !

Ses pneus crissent sur le revêtement gris clair du sol, mais un simple coup d'œil à la file de voitures en attente pour quitter le parking me rassure : il n'est pas près d'en sortir et j'ai le temps de récupérer mon propre véhicule.

Tu ne vas pas t'en tirer comme ça, mon bonhomme...

Sûrement pas !

Chapitre 19

Dans le marasme de ces corps agités,
j'ignore encore qui est l'ange
et qui est le démon ?

Chloé

Il faut compter deux bonnes heures après la fermeture pour remettre la boutique en état généralement, mais comme la fin de journée a été plutôt calme, je me suis avancée sur les travaux qui d'ordinaire me demandent du temps. Mes vitrines, mes fours et la partie arrière de notre salle étaient déjà nettoyés bien avant la fermeture et quand le moment d'abaisser le rideau métallique a sonné, seuls les sols restaient encore à laver.

J'avoue aussi que, considérant mon état de fatigue, je n'ai pas fait de zèle. Les lieux sont propres, mais j'ai invité ma maniaquerie légendaire à demeurer au vestiaire. Il faut dire également que la visite de JB a été un interlude bien agréable et qu'après son départ, je n'avais plus trop envie de me presser. Je pense qu'il a en lui ce petit truc qui sait m'apaiser dans mes moments de stress, comme ce soir, par exemple, parce que je n'aime pas particulièrement être seule pour fermer le snack.

Dommage qu'il n'y ait rien entre lui et moi. Pas d'étincelle, pas de frisson, malgré cette étreinte si innocente. Jean-Baptiste réunit pourtant tout ce dont rêvent les filles : grand, beau, fort, intelligent… et cette tendresse en lui, si douce, si rassurante, que j'ai parfois l'impression qu'elle pourrait devenir un refuge, si je savais m'y perdre.

Mais voilà, j'ai essayé de repérer les « signes » comme le dirait Katie, je n'en vois pas. JB n'est pas celui qui me fera vibrer et visiblement je ne suis pas non plus son âme sœur. En revanche, j'aime vraiment l'idée d'être son amie.

Cette mise au point avec moi-même combinée à l'extinction des lumières pose un sourire de satisfaction sur mes lèvres : Journée ter-mi-née !

Lasse et pressée de rentrer me jeter sous une douche brûlante avant de me glisser entre mes draps, je verrouille la porte arrière de la boutique pour descendre, presque en courant, les quelques escaliers qui mènent au garage.

Comme d'habitude, je fais tomber mes clés en cherchant celle qui est supposée déverrouiller la portière.

Il est temps que je pense à changer la pile, c'est quand même idiot d'avoir une fermeture centralisée et de ne pas s'en servir, par flemme d'ouvrir ce foutu boîtier…

Les bras encombrés de ma veste que je trimballe chaque jour alors que je n'en ai pas besoin, de mon sac à main qui ne m'est pas plus utile d'ailleurs, sinon à y ranger mon portefeuille qui tiendrait parfaitement dans une de mes poches, je jongle avec le sac contenant les quelques denrées que j'ai emportées pour mon dîner. Je peste un grand coup, d'une voix forte et claire puisque personne ne peut m'entendre.

C'est une véritable contorsion que je dois effectuer pour parvenir à me baisser sans que la lanière de mon sac à main glisse et qu'il parte rejoindre mes clés sur le sol. Du bout des doigts, je frôle mon trousseau échoué à quelques centimètres de ma chaussure, quand soudain, je perds l'équilibre. Deux mains m'attrapent par les hanches et le sol se dérobe.

Sans s'interrompre dans son mouvement, cette force qui me prive de mes appuis me soulève de terre et me plaque brusquement contre la carrosserie d’un utilitaire garé à quelques mètres de ma petite voiture.

Le choc est rude. L’impact est bruyant.

La surprise me noue la gorge et aucun des cris que je m’acharne à vouloir pousser ne franchit la barrière de mes lèvres. Je n’ai pas d’autre choix que celui de me débattre, rassemblant toutes les forces dont je dispose pour au moins tenter de toucher celui qui me maintient contre la paroi de la camionnette. J’envoie mes poings, mes genoux et mes pieds dans tous les sens, mais ils ne rencontrent que la carrosserie froide, les impacts sont douloureux et résonnent autant dans mes articulations que contre les murs durs du parking, mêlant leur étrange écho à mes pauvres cris étouffés.

— Lâchez-moi, au secours !

Je voudrais hurler, mais je ne sais pas si j’y parviens vraiment. Mes poumons sont comprimés par le corps qui fait pression contre mes côtes, l’air me manque pour me faire entendre.

— À l’aide ! soufflé-je, inutilement.

Puis une main vient s’écraser sur ma bouche. Une paume si large et si forte que même mes narines sont obstruées. J’étouffe, lorsque j’en prends conscience. Mes bronches brûlent. Ma gorge est douloureuse également, comme resserrée autour de ma trachée. Ce poids qui persiste à m’écraser s’est maintenant invité entre mes cuisses, se mettant ainsi à l’abri des pauvres coups que je tente encore de lancer malgré tout.

— Tais-toi et arrête de te débattre, tu vas finir par te blesser… Je suis venu te chercher, ma chérie.

« Ma chérie » ?

Sous l'effet de la surprise, j'ai relâché mon attention et je l'ai laissé attraper l'une de mes mains. La pression est si forte sur mes os que j'ai soudain l'impression que mon poignet va se disloquer et la douleur me contraint à cesser de me débattre pour échapper à sa poigne.

Je lui abandonne cette petite victoire.

Mais il n'est pas question que je le laisse me vaincre. Même si je n'ai plus que le poing gauche pour essayer de l'atteindre et que c'est loin d'être celui avec lequel je suis la plus agile, je continue à frapper l'air, parvenant à percuter tantôt son épaule, tantôt le vide…

Souvent le vide…

Mais une autre urgence envoie un signal d'alarme dans mon cerveau : il faut que je respire, sinon je vais m'évanouir. Cette main ferme qui me contraint à rester muette bouge à peine sous mes tentatives et le peu d'air qu'elle laisse passer ne me suffira bientôt plus pour garder conscience. J'ouvre la bouche aussi grande que mes mâchoires me le permettent et la referme avec force, incrustant mes dents dans la chair de cette paume que je n'ai pas invitée là.

Tétanisée, autant par la peur que par l'étonnement

d'être parvenue à le mordre avec une telle force, je ne le relâche pas, même lorsqu'il libère mon poignet droit. En revanche, quand sa lourde main s'abat sur ma joue et m'assène un coup qui m'étourdit, je desserre les dents et le sens reculer. Je reprends mon souffle, mais le maigre espace qu'il m'a accordé n'est pas suffisant pour que je puisse m'enfuir. Son corps pèse encore bien trop lourd contre le mien.

— Pourquoi tu m'as fait ça ? T'avais pas le droit de me faire ça ! hurle-t-il, puis, son visage se colle contre le mien, jusqu'à ce que je perçoive son souffle chaud couler sur ma gorge.

— Ça devait pas se passer comme ça ! Merde, t'as rien compris, tu gâches tout !

Maintenant, sa voix est sourde et étouffée, presque chuchotée. L'entièreté de mon corps se couvre de frissons.

J'ai peur.

L'éclairage est faible dans ce parking et l'homme porte un sweat noir dont la capuche a légèrement glissé, lui offrant l'anonymat. Ses cheveux sont un peu longs et ceux qui bouclent sur son front me paraissent sombres. Le temps d'une seconde, c'est l'image de mon client taciturne qui s'imprime dans mon esprit, Martin Riggs, mais rapidement, je rejette l'idée. L'homme qui n'éprouve aucune peine à me maîtriser est bien moins grand et plus fluet que celui du snack.

En revanche, s'il est une chose que je reconnais sans la moindre difficulté, c'est cette terreur qui m'est maintenant presque familière, cette oppression que je ressens chaque fois que le rôdeur approche.

Voilà pourquoi j'avais si peur de lui.

C'est contre lui qu'on a tenté de me mettre en garde ! Ces signaux étaient pourtant simples, et je n'ai pas su les décrypter…

Chacun des moments de stress me percute à présent et prend tout son sens.

J'aurais dû comprendre…

Dans un ultime effort, je lance mon genou vers le haut. J'ai peu de chances de le toucher, mais si je n'essaie pas, je ne le saurai jamais, car j'ai de plus en plus l'impression que cet homme n'a pas l'intention de me laisser partir vivante. Mon geste était bien armé et pas trop mal dirigé, mais il s'y attendait et recule juste assez pour que je ne le percute pas.

— Ma chérie…

Mais pourquoi m'appelle-t-il comme ça ?

Je ne réalise que maintenant que ma bouche est libre et que je peux tenter de crier. Je gonfle ma poitrine pour m'offrir les moyens de hurler, mais avant que le moindre son ne soit sorti de ma gorge, une masse surgit de l'ombre, arrachant au vol mon agresseur, avant de le plaquer au sol, presque cinq mètres plus loin.

Mon cri avorté se meurt dans un souffle muet et mon regard se pose sur les deux hommes qui maintenant se battent. Le halo de lumière est juste suffisant pour que je puisse distinguer la forme de leurs corps, tous deux vêtus de noir, mais leurs visages demeurent mystérieux : à peine deux masques flous que le jeu des ombres se plaît à esquisser.

— Barrez-vous, m'ordonne celui qui m'a sauvée, mais qui est maintenant aux prises avec mon agresseur, ne restez pas là ! Partez !

Mes clés sont à mes pieds, je m'en saisis et, la main tremblante, j'ouvre ma portière pour m'engouffrer dans ma voiture.

Fuir.

Je dois m'en aller d'ici.

Comme un automate, je laisse la peur guider mes gestes, de toute manière, je suis incapable de réfléchir. Je démarre et dans un crissement de pneus strident, ma voiture quitte le parking aussi vite qu'elle le peut.

Chapitre 20

Dans chaque hasard
se cache une intention que
l'on ignore.

Maxime

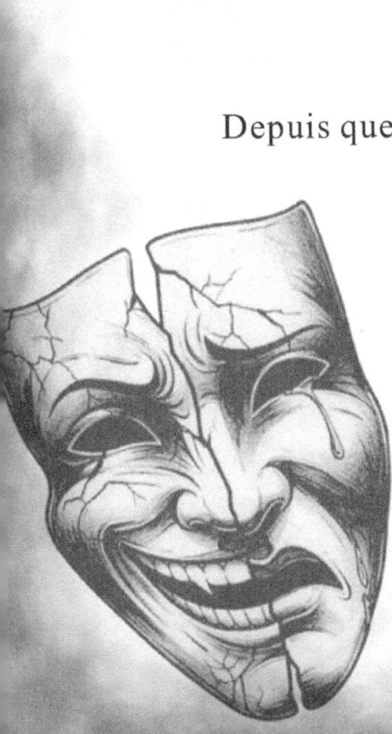

Depuis quelques jours, j'ai décidé de déborder de ma mission initiale et de prendre Vidal en filature, quand ma présence au poste de police n'est pas indispensable. Quelque chose me dit que j'ai mal jugé ce type, ou du moins, pas assez exploré les facettes de son personnage.

Depuis que je fréquente le garage, je l'ai observé tandis qu'il endossait tellement de rôles différents ! Je l'ai découvert affable, et notamment lors de son passage au snack du centre commercial, mais je l'ai plus souvent trouvé odieux, surtout avec son personnel. Cela dit, je n'ai pas non plus eu l'occasion de le voir évoluer ailleurs. Pourtant, il m'intrigue énormément : il change de face et d'humeur à une telle vitesse que ça en donne le tournis.

J'ai beau ne pas être psy, sa personnalité étrange est à mon sens inquiétante et ce mec commence à titiller sérieusement ma curiosité.

D'ailleurs, à bien y réfléchir, ce n'est pas uniquement de la curiosité, c'est presque une obsession, quelque chose que je n'identifie pas et qui me renvoie toujours vers ce type. C'est inconfortable et ça bouscule le pragmatisme que je veille en général à conserver lorsque je travaille, mais là, ce sentiment de danger imminent qui gravite autour du bonhomme me déstabilise et ne pas comprendre comment appréhender cette nébuleuse a le don de m'irriter.

Depuis que j'ai commencé à lui coller au train, il me ramène tous les matins et tous les soirs au centre commercial. Ce qui se limitait à de brefs passages au début s'est rapidement transformé en visites au parcours millimétré dont l'intérêt se resserre autour du petit snack de la galerie marchande. Puis, de deux visites le premier jour, nous sommes passés à quatre et maintenant, Vidal franchit les portes de la galerie en moyenne dix fois par jour. Parfois, il repart d'un pas nerveux et déçu, et d'autres fois, je le sens empreint d'une étrange fébrilité.

J'ai fait le lien avec la présence des deux femmes qui y travaillent, mais c'est visiblement la plus jeune qui motive les visites de Vidal. C'est une jolie brune, plutôt réservée, et d'après mon enquête, elle serait l'une des deux associées de la boîte. L'autre nana, celle qui semble plus âgée, est sa sœur.

Je ne l'ai vu lui adresser la parole qu'une seule fois. Je suis convaincu que chaque fois qu'il s'approche de leur boutique, c'est avec l'idée d'aller la trouver, mais que quelque chose le retient de franchir les quelques mètres qui le séparent de la boutique.

Alors que je quitte le terrain du vieux bowling, je prends inconsciemment la route du centre commercial. L'heure de fermeture des magasins est largement dépassée, mais comme je ne travaille pas à l'atelier, je décide de suivre cette voix étrange et insistante qui semble vouloir me dire que ma place est là-bas ce soir.

Je mentirais si je niais avoir essayé de l'ignorer — cette emmerdeuse de petite voix —, mais cela s'est avéré impossible et plus je tentais de passer outre, plus l'urgence d'y répondre me paraissait évidente. Alors, j'ai abandonné, et je déroule les quelques kilomètres d'asphalte qui me mènent jusqu'à la zone commerciale, pour finir par garer ma moto à l'arrière des entrepôts.

C'est d'ailleurs étrange de découvrir, dans ces circonstances, cet espace habituellement bondé et bruyant. À présent, le halo des lampadaires se reflète dans les flaques que la pluie a laissées sur le bitume irrégulier. Par endroits, les brins d'herbe tentent de s'immiscer entre deux plaques de goudron mal jointes : la nature essaye toujours…

C'est là que je repère sa voiture. La BMW rutilante qu'il m'a d'ailleurs fait nettoyer de fond en comble hier. Cette fois, j'ai pris mes précautions. Avant d'exécuter ma tâche, j'ai pris soin de récolter sur des morceaux de ruban adhésif tous les résidus et chaque fibre qui me semblaient suspects. Je m'en veux assez d'avoir laissé passer la Nissan dans laquelle la pauvre Amanda avait été transportée. Si la caisse de Vidal devait avoir un lien, si infime soit-il, avec l'enlèvement, je le saurais. Même si j'enrage à l'idée que je ne pourrai pas me servir de ces éléments comme des preuves à charge, puisqu'ils auront été obtenus sans autorisation…

La loi est ainsi faite, il y a longtemps qu'elle ne protège plus les innocents.

Cela dit, même si ce n'est pas une procédure encadrée par la légalité, ça m'apportera la preuve que je suis sur une piste sérieuse et c'est déjà ça.

Silencieusement, je balaye des yeux le parking dont l'entrée se situe juste à proximité de l'endroit où Vidal a stationné son véhicule. L'humidité qui suinte des murs fait flotter dans l'air des relents de moisis, agrémentés des effluves d'urine des usagers mal éduqués. Il y fait sombre et même en tendant l'oreille, je ne perçois aucun bruit. Pourtant, dans ce type de structure, tout résonne et personne ne pourrait passer inaperçu. Sauf si, comme moi, il prend soin de le rester. La présence de la voiture de Vidal associée à ce silence pesant n'a qu'une seule signification pour moi. Il n'est pas là pour rien et il va se passer quelque chose !

Profitant de ma tenue noire, je me faufile telle une ombre entre les murs de béton. L'éclairage, réduit à son minimum pour la nuit, participe amplement à ma discrétion. Le grincement lugubrement de ses gonds rebondit contre les parois de l'espace désert, aussitôt suivi du claquement de métal indiquant qu'elle se referme.. Des talons martèlent le sol. Le rythme est rapide, la foulée est courte et précipitée. C'est le pas d'une femme, sans aucun doute.

Le tintement caractéristique d'un trousseau de clés qui tombe sur le sol m'aide à me repérer.

Impossible de situer l'origine du bruit !

— Merde, fais chier… grogne une voix fluette.

Soudain, je perçois le son d'un choc contre un véhicule. Pas celui d'une collision, puisqu'aucun moteur ne semble tourner, mais plutôt un son qui résonne, comme si quelqu'un avait tapé sur un capot de voiture ou sur la caisse vide d'une camionnette.

D'autres pas se précipitent, trépignent…

Un cri.

— Lâchez-moi, au secours !

Je pars en courant vers la direction qui me paraît la bonne, mais ce parking est un labyrinthe et mes pas me conduisent face à un mur. J'opère un brusque demi-tour pour quitter ce cul-de-sac et accélère ma course afin de contourner l'obstacle. Les poings serrés, je sens que mon cœur bat à tout rompre quand il réalise que ces précieuses secondes seront peut-être décisives pour la suite.

— À l'aide !

Cette fois, je les repère. En appui contre un utilitaire blanc, un homme que je sais maintenant être Vidal malmène la jeune femme du snack. Je la reconnais à sa longue chevelure et aux quelques mèches de couleur qui brillent sous le faible rai de lumière. Il se presse contre elle, mais soudain il grogne et la frappe. Malgré le coup qu'elle vient d'encaisser, elle se débat encore et parvient à l'éloigner de son corps suffisamment pour me permettre d'intervenir. Je plonge vers lui, mes bras s'enroulant autour de son torse, je sens la résistance immédiate de ses muscles sous ma prise, mais il est contraint d'abandonner sa proie et je le projette sur le sol.

C'est un plaquage plutôt violent qui me secoue aussi, mais qui demeure assez efficace pour le maintenir loin de la jeune femme.

Je lui hurle de partir, mais ce n'est que lorsque mes mots franchissent la barrière de mes lèvres que je prends conscience de leur rudesse. Elle est déjà terrorisée et je m'en veux immédiatement d'ajouter encore à sa peur.

Vidal, toujours surpris par mon intervention, gigote comme un beau diable, malgré la droite que je lui envoie. Il rue sous ma poitrine, mais j'assure ma prise et le cloue au sol. Sans latitude, il ne peut que remuer, mais cela ne m'offre pas pour autant la moindre marge de manœuvre. À part l'immobiliser, je ne peux pas faire grand-chose non plus : je ne suis pas armé et je n'ai même pas de quoi l'attacher.

Par-dessus les grognements de l'homme que j'écrase de mon poids, le bruit d'un moteur résonne. La jeune femme a suivi mon conseil, et a pris la fuite. C'est une bonne chose, au moins, si Vidal m'échappe, il ne s'attaquera pas de nouveau à elle.

Ces quelques infimes secondes à penser à autre chose qu'au salopard qui gesticule sous mon corps vont suffire à Vidal pour assurer ses appuis et me faire basculer sur le côté. Il n'a pourtant pas ma carrure, mais il jouit d'une agilité que je ne soupçonnais pas. Il se remet sur ses pieds et, en un éclair, sort de sa poche un couteau à cran d'arrêt. Son air soudain hagard a quelque chose d'effrayant, lorsqu'il scrute le parking sans même me voir, obnubilé par la recherche de celle qui vient de lui échapper. Cette folie évidente m'invite à plus de prudence encore, surtout maintenant qu'il s'est saisi d'une arme, et l'affronter dans ces conditions me semble une énorme erreur. Je profite de ce qu'il regarde ailleurs pour reculer et me glisser parmi les zones d'ombre qui nous entourent.

Le visage qu'il me montre est effrayant tant il est différent de celui qu'il affiche d'ordinaire. Dénué de ses expressions neutres, policées ou même moqueuses, Vidal semble plongé dans une forme de démence particulièrement inquiétante.

Enfin il comprend que la jeune femme est partie et reporte son attention sur moi.

— Montre-toi, sale petite raclure, fais-moi voir ta gueule ! hurle-t-il, tournant la tête en tous sens pour aider sa voix à rebondir contre les murs bruts du parking.

Visiblement, il ne m'a pas reconnu et j'avoue que j'en suis quelque peu soulagé. Je reste figé, adossé à un des piliers de béton les plus éloignés de toute source de lumière.

Vidal est immobile, le couteau fiché entre ses mains. Mon œil est attiré par une goutte sombre qui vient s'écraser sur le béton. Sa main saigne. J'avais remarqué qu'il tenait son poing fermé lorsque nous nous sommes battus, mais je m'étais étonné que ce soit un geste de protection et non d'attaque.

— T'as la trouille, espèce de sale petit rat ? Tu m'as eu par surprise, mais ça n'arrivera plus. Montre-toi qu'on en finisse ! Allez toquard, porte tes couilles et viens. On a des choses à se dire tous les deux !

Pendant de longues minutes, il va guetter le moindre bruit en se déplaçant avec d'infinies précautions et je crains même qu'il me trouve lorsqu'il s'approche un peu trop près de l'endroit où je suis tapi. Enfin, il replie son couteau dans un bruit sec et sort du parking au pas de course tout en lâchant un chapelet d'insultes à mon intention. Le seul effet qu'il obtient est l'écho de sa propre voix. Il sait que je suis là, mais il a compris qu'il ne me trouvera pas et j'ai dans l'idée qu'il n'apprécie pas cela du tout.

J'ai déjà cerné en lui le rejet de l'échec.

Quand j'entends sa voiture s'éloigner, je sors de ma cachette, heureux qu'aucun employé n'ait franchi les portes de ce parking lorsque ce fêlé armé me cherchait. Tout cela aurait pu virer au carnage... La fille devait certainement être la dernière personne à quitter son poste, mais ce qui m'étonne, c'est qu'aucune équipe de surveillance n'effectue de ronde sur un espace qui reste ouvert à tout vent. Si cette lacune venait à s'ébruiter, ce lieu pourrait bien devenir un repère de squatteurs ou de trafiquants.

Mes muscles sont tendus par l'intensité de notre empoignade, mais c'est surtout dans ma tête que tout bourdonne. Les effets de la brusque montée d'adrénaline que je subis encore, probablement. Je me rapproche du lieu de notre violente rencontre et, sur le sol, je trouve le sac à main de la jeune femme. Il s'est vidé d'une partie de son contenu, à côté d'une veste et de quelques provisions. J'ouvre son portefeuille, ce qui me confirme son identité — même si je n'avais aucun doute sur le sujet — et je bourre comme je le peux tout ce que je ramasse dans mon propre sac à dos. Par précaution, bien que je sois convaincu qu'il est parti, je passe de zone d'ombre en zone d'ombre afin de quitter le parking et regagner ma moto. Cette agression est à faire notifier rapidement, ce type doit être appréhendé : je n'ai vraiment pas aimé l'étincelle de démence que j'ai lue dans son regard.

Sur le trajet qui me ramène au poste de police, mon téléphone vibre dans ma poche une bonne dizaine de fois. Est-il possible que Vidal m'ait reconnu finalement, et que ce soit lui qui cherche à joindre « Max Ravier », son employé ? Il me semble que cela pourrait coller avec le personnage : devant l'impossibilité de me choper dans le parking, il retourne en terrain connu pour me défier.

Je m'ébroue.

Pourquoi chercher de la cohérence dans ses réactions ? M'être frotté à sa folie m'a rapidement ouvert les yeux, et je crois qu'il est l'archétype même du timbré qui agit sans logique, simplement mû par son instinct et ses désirs pervers.

Lorsque je me gare, et avant même d'ôter mon casque, je retire mes gants pour consulter ma messagerie.

Huit appels manqués de ma belle-mère…

À une heure aussi tardive, j'avoue qu'il y a de quoi intriguer. Surtout si l'on ajoute à ça le fait qu'elle ne me supporte pas, et qu'à moins qu'elle soit dans une situation inextricable, je suis très certainement la dernière personne auprès de laquelle elle irait chercher des conseils, ou même de l'aide. Puis, pour achever de m'inquiéter, les cinq SMS qui suivent me demandent de la rappeler de toute urgence. Dans le dernier, elle me précise que c'est au sujet de JB.

Je décroche mon casque et le pose sur mon réservoir avant de composer son numéro d'une main fébrile. Elle ne laisse pas au téléphone le temps de sonner et répond immédiatement.

— Jean-Baptiste est à l'hôpital, il a été agressé !

Elle se dispense de civilité et ça me convient parfaitement, il y a bien longtemps que nous n'en sommes plus là. À travers ses pleurs, je comprends à quel hôpital il a été emmené et je raccroche rapidement pour prendre la route sans lui parler davantage.

JB est plus qu'un frère pour moi, et il me faut beaucoup d'effort pour ne pas me laisser gagner par l'émotion. Si mes mains parviennent à cesser de trembler pour ne pas rendre ma conduite dangereuse, dans ma poitrine tous mes organes vibrent, secoués par les battements fous de mon cœur, qui tape comme s'il était déchaîné.

Je ne peux pas le perdre. Ça ne serait pas supportable.

Pas lui !

Chapitre 21

Chaque souffle est une victoire,
dans la tempête de mes sanglots.

Chloé

Je parcours une centaine de mètres avant d'écraser brusquement la pédale de frein. L'arrêt violent me secoue, mais à peine assez pour me sortir de ma torpeur.

Mes mains sont si crispées que mes doigts semblent se fondre dans la garniture du volant, blancs et raides comme des os morts, et je sais que je ne contrôle pas le moins du monde la trajectoire de ma voiture. Des tremblements ont pris possession de mon corps. Alors qu'ils me paraissent mous au point que je pourrais tomber de mon siège, à la seconde d'après, chaque muscle de mes membres se tétanise comme s'il avait pour mission de me broyer le squelette.

Je sens les sanglots qui se forment quelque part dans ma poitrine, mais j'ai la gorge si serrée que rien n'en sortira. La boule brûlante et oppressante qui grossit à l'intérieur de moi va finir par exploser, et pulvériser chaque particule de ma pauvre personne dans l'habitacle étouffant de cette voiture !

Parce que je n'ai pas le choix, je lutte. Je lâche le volant pour laisser mes doigts se recroqueviller sur eux-mêmes et grimace quand mes ongles s'invitent dans la chair tendre du creux de mes paumes.

Respire…

Il n'est plus là, reprend ton souffle !

L'idée générale, je la saisis, mais le mode d'emploi m'échappe. Je ne sais plus comment faire entrer de l'air dans mes maudits poumons.

L'œil stressé et à moitié voilé par les larmes, je scrute la rue qui s'étire derrière moi pour m'assurer que personne ne m'a suivie. C'est ce paysage parfaitement immobile qui me rassure assez pour que la pression sur ma trachée diminue, et qu'un filet d'air humide parvienne à s'infiltrer dans mes bronches et les défroisse avec violence.

La boule incandescente qui n'a cessé d'enfler m'arrache les entrailles à présent. Le dos plaqué contre mon siège et la tête dodelinant mollement au gré de mes faibles inspirations, j'ouvre grand la bouche et je laisse sortir le pire cri que j'ai jamais poussé. Un hurlement d'une longueur et d'une intensité dont je ne m'imaginais pas capable et qui déchire cette nuit fade et sans lune.

Ça ne suffira pas à me faire totalement cesser de trembler, mais ça va quand même mieux.

J'enclenche la première et bifurque prudemment dans une des ruelles parallèles à l'artère principale. C'est certainement plus sûr que rester là, stationnée sous les lampadaires urbains, aussi repérable qu'une enseigne au néon !

L'obscurité me rassure un peu, je coupe le contact.

Du revers de ma manche, j'essuie sans douceur les larmes qui maculent mon visage, et l'image des deux hommes qui se battent vient me percuter de nouveau.

Je sais qui ils sont.

L'un est l'homme qui m'a accosté plusieurs fois et que Katie a rembarré, et l'autre est Martin Riggs, le client maussade. Leurs images fugaces se superposent, se mélangent, et j'ignore lequel m'a projetée contre ce camion, et lequel m'en a arrachée…

Sur l'instant, cette agression m'a paru interminable, mais je sais pourtant qu'elle n'a duré qu'une poignée de secondes. Pas assez longtemps pour que les scènes qui vont me hanter se placent dans le bon ordre.

L'envie de hurler me tenaille de nouveau, alors j'y cède ; mais cette fois, mon cri s'achève dans un sanglot brutal. Il secoue mon corps, et fait réagir les zones qui ont été meurtries, mes mains, mes poignets, mon visage… les douleurs sont multiples, comme si j'avais été rouée de coups.

Lorsqu'enfin, je cesse de pleurer, j'ai perdu la notion du temps. Est-ce que je suis restée là, dans cette ruelle à peine éclairée, quelques minutes, ou une éternité ? Je l'ignore. Mais je sais que je dois rentrer chez moi, dans la sécurité de mon appartement.

Pour la deuxième fois, je relance le moteur, mais mes mains sur le volant sont plus sûres d'elles. Je roule sur les quelques kilomètres qui me séparent de la maison, et j'abandonne mon véhicule sur la première place de parking. Je mets au défi quiconque de venir me parler du respect des marquages au sol. Je m'en contrefous sincèrement. Telle une poupée mécanique, je me dirige vers le hall de mon bâtiment, ouvre la porte et m'y adosse une fois à l'intérieur, jusqu'à ce que la serrure électronique soit muette, preuve qu'elle est bien enclenchée.

Le reste est flou, et c'est le contact de mon postérieur avec le carrelage froid de mon entrée qui m'informe que je suis enfin à la maison. Je laisse dégringoler mes bras malmenés de chaque côté de mon corps, et j'abandonne la lutte. Des flots ininterrompus de larmes se déversent de mes yeux dans un silence complet. Je sais que je devrais au moins faire l'effort de me débarbouiller, et de me mettre dans mon lit, mais je n'en ai pas le courage. Je suis prostrée, immobile, même mon cerveau a décidé de cesser de fonctionner.

Chapitre 22

« Un fer 7, ça ne pardonne pas… »

Maxime

Dans le service des urgences, c'est l'effervescence, mais c'est toujours un peu le cas. Le personnel est sur la brèche quelle que soit l'heure, et pour connaître quelques-unes des infirmières, je sais qu'aucune d'entre elles n'a les deux pieds dans le même sabot !

Ce soir, en plus, les circonstances sont un peu particulières. Des collègues en tenue arpentent les couloirs et semblent peiner à faire respecter l'ordre.

D'après les informations que j'ai glanées, une rixe entre deux bandes a expédié plusieurs de leurs membres devant les toubibs et les petits caïds des deux clans ont investi les urgences. Ils se défient du regard, parfois même des mots fusent et j'imagine que d'ici peu, les agents qui se sont donnés pour mission de les canaliser vont finir par en coller quelques-uns au trou, histoire de laisser redescendre la pression. De toute façon, s'ils n'interviennent pas, ils seront à peine dehors qu'ils vont remettre ça ; et le personnel des urgences a mieux à faire. C'est d'ailleurs ce que semble vouloir me dire l'air bourru de la chef du service qui m'accueille à mon arrivée.

Se frayer un chemin n'est pas aisé, mais j'y parviens malgré tout en jouant des coudes. M'armant de mon sourire le plus engageant — enfin j'aime à le croire — je frappe à la vitre de la porte du bureau des infirmières. La femme qui ouvre n'affiche pas ce qu'on pourrait appeler un air très aimable. Je la sens excédée, et au regard de l'ambiance qui règne autour de moi, je ne peux pas l'en blâmer.

— Ne restez pas dans le couloir, jeune homme. Allez en salle d'attente ou dehors. Ce n'est pas un hall de gare ici !

Je lui souris, espérant la radoucir, mais pour toute réponse, elle repousse la porte. J'ai tout juste le temps de glisser mon pied pour l'empêcher de se refermer. Je tente de masquer du mieux que je le peux le stress lié à la raison qui m'amène ici, mais cela implique de jouer de ma patience et je la sens bientôt hors limite.

Ses épais sourcils semblent vouloir se rejoindre alors qu'elle prend une attitude encore plus courroucée et on peut dire qu'elle maîtrise admirablement le concept du lancer de regard noir. Elle me dévisage et s'apprête à parler, mais je ne lui en laisse pas le temps.

— Jean-Baptiste Evrier a été admis dans vos services et je dois le voir.

— Il n'y a pas de visites au service des urgences, monsieur. Vous devrez attendre qu'il soit transféré dans une chambre. Vu l'heure, il vous faudra revenir demain aux horaires indiqués sur la porte de l'hôpital, là-bas, à gauche en sortant, ajoute-t-elle en pointant vaguement la direction du doigt, sans pour autant me quitter des yeux.

Je secoue la tête.

— Non, vous ne comprenez pas…

— Si, je comprends très bien, mais c'est comme ça. Maintenant, je vous demanderai de bien vouloir retirer votre pied de cette porte, ou sinon, je l'écrase. Au moins vous ne serez pas venu ici pour rien.

Mon pied chaussé de ma grosse botte de moto n'a pas grand-chose à craindre ni de la porte ni de son impitoyable gardienne, alors, sans bouger d'un millimètre, je plonge la main dans mon blouson et en sors ma carte de réquisition.

— Brigadier-chef Villonier. Je dois voir votre patient.

Son regard parcourt rapidement ma tenue et j'admets que je ressemble à tout, sauf à un flic, mais elle ne remet pas mon affirmation en question. Elle rouvre la porte pour quitter son bureau afin de m'accompagner jusqu'à l'accès sécurisé qui mène à la zone de soins.

— C'est pour l'enquête ou c'est personnel ?

— Les deux.

— Vous n'avez pas l'air d'un policier, je ne pouvais pas deviner, ajoute-t-elle d'un ton toujours aussi grognon.

— Je ne vous en veux pas.

— Heureusement, il ne manquerait plus que ça, ironise-t-elle en déverrouillant la porte. Le patient est en salle trois.

Je la remercie d'un geste et ouvre lentement le battant derrière lequel mon ami est alité. Un frisson d'angoisse me prend avant que je pénètre dans la petite pièce, mais rapidement, je reprends mon souffle lorsque je le trouve éveillé et assis dans le lit médicalisé. Sa mère est près de lui. Comme d'habitude, la posture est rigide, le visage inexpressif, fermé, inintéressant...

— Max ? Mais qu'est-ce que tu fais là ? Maman ! Ne me dis pas que c'est toi qui l'as prévenu ?

Je m'approche de JB et lui fais la bise. Sa mère souffle.

Ravi que ça vous irrite, vieille harpie !

Jean-Baptiste et moi, nous nous sommes toujours embrassés, c'est ainsi, cela ne changera jamais, même si ça la dérange.

J'ai presque envie de dire « surtout » si ça la dérange !

— Tu aurais préféré que je l'apprenne demain matin en arrivant au poste ? Elle a bien fait de m'appeler. Qu'est-ce qui s'est passé ?

— Je n'en ai aucune putain d'idée...

— Jean-Baptiste ! le coupe ma belle-mère.

Décidément, rien ne changera jamais avec elle.

— Oh, lâche-moi maman, j'ai plus l'âge pour tes réflexions, bordel de merde ! Si j'ai envie de jurer comme un charretier, tu auras beau râler, je le ferai.

Je sens qu'il est quelque peu exaspéré, et j'imagine sans peine que ça doit déjà faire un moment qu'elle lui impose sa présence sans qu'il l'ait réellement demandée. Néanmoins, on dirait bien qu'il l'a vexée. Elle quitte le tabouret qu'elle occupait et se positionne, raide comme un piquet le long du mur. Le fait qu'elle sorte ainsi de mon champ de vision est un plus non négligeable.

— Quelqu'un t'est tombé dessus sans plus d'explication ?

— Je me suis garé le long du trottoir devant l'entrée de la résidence. Je devais repartir chez un collègue presque immédiatement, donc je n'ai pas jugé utile de rentrer ma voiture dans mon box. J'étais en train de fouiller dans mon coffre pour récupérer mes affaires de sport et j'ai pris un violent coup sur la tête. Ça m'a mis KO direct.

— Et il a une grosse ecchymose à l'épaule et sur la joue aussi, murmure ma belle-mère que j'avais presque réussi à oublier.

— Certainement à cause de la chute sur le bord du trottoir quand on m'a assommé. Les toubibs ont décelé plusieurs côtes fêlées et une cassée, mais il n'y a pas de risque de perforation ou de déchirure, elle est restée en place. Quand tu regardes l'état de ma chemise, tout laisse penser que mon agresseur m'a pris pour un ballon de foot… On peut voir le nombre de fois où il a frappé en comptant les traces de semelle.

Je secoue la tête, dépité. Serait-ce encore un de ces cas de violence gratuite ? On en rencontre de plus en plus dans les affaires qui nous sont confiées. Le monde va vraiment très mal…

— C'était quoi son but ? Te piquer ta bagnole ?

C'est sérieusement le premier mobile qui me vient en tête. JB conduit un bijou qui vaut une véritable fortune, ça aiguise les convoitises, mais d'un air écœuré, il soupire.

— Oh non, il n'a même pas essayé de la voler ! Il l'a… massacrée…

— Attends, quoi ? Qu'est-ce que tu veux dire par « massacrée » ?

— Ce type était comme fou… Il s'est emparé d'un de mes clubs de golf, et il s'est acharné. Je ne le voyais pas, j'étais au sol et trop groggy pour l'en empêcher, mais je l'entendais et j'ai vraiment eu le sentiment que ce n'était pas juste pour casser la voiture… Il était furieux. C'était comme si ma bagnole lui avait fait quelque chose. Ou que se défouler sur la carrosserie lui procurait le même plaisir que me frapper, moi…

Je sais que JB tient à sa caisse, et que ça l'émeut autant que ça le met en colère de réaliser qu'elle a morflé, mais à mes yeux, une voiture, ça reste une voiture : de la ferraille montée sur quatre roues !

— Ce n'est que du matériel, ça se répare.

— Ah oui, sincèrement, je suis largement assuré pour tout ça, ce n'est pas ce qui me fout en l'air. Je me dis simplement que si ce taré était resté à s'acharner sur ma peau avec mon fer 7 comme il l'a fait sur ma bagnole, je ne serais plus là pour te le raconter. Bordel,

Max, je ne sais pas ce que j'ai bien pu faire à ce mec pour susciter autant de haine.

Je soupire longuement. Ce genre d'affaires est assez peu commun et toutes les petites frappes que je connais auraient sauté sur l'occasion de dérober cette voiture hors de prix, pas pour la casser. Même si n'importe quel voleur confirmé admettra sans difficulté que ce type de modèle est tellement rare qu'il est impossible à refourguer, conduire un tel bolide en ferait néanmoins bander plus d'un.

— Et concernant le coup que tu as reçu, qu'en disent les toubibs ?

— J'ai une belle bosse, mais le scanner n'a rien décelé de particulier. Je vais survivre.

J'essaie de comprendre, mais je manque d'éléments.

— Il y a des témoins ? Qui a appelé les secours ?

— Moi, comme un grand ! Je suis sorti du gaz alors qu'il poursuivait son travail sur ma Jaguar. J'ai fait mine d'être hors circuit jusqu'à ce qu'il balance le club à côté de moi et qu'il se tire. C'est un peu couard, mais il m'a vraiment foutu la trouille et je n'étais pas en état de lutter contre qui que ce soit.

— C'était la chose la plus intelligente à faire, crois-moi. Il vaut toujours mieux éviter les affrontements quand tu sens que le mec en face est à moitié fêlé.

Ça me rappelle d'ailleurs étrangement la décision que j'ai prise en début de soirée, quand un Vidal complètement enlisé dans sa folie cherchait à me provoquer. Là aussi, j'ai préféré éviter l'affrontement plutôt que le laisser me dépasser.

— Le type est parti comment ? À pied ?

— Non, il est monté dans une grosse berline, noire ou peut-être gris foncé, mais je n'ai pas noté la marque et encore moins la plaque. J'ai surtout vu ses pneus qui ne sont pas passés loin de ma tronche. Je ne pense pas qu'il m'ait agressé au hasard, soit il m'attendait, soit il m'a suivi.

J'opine du chef, enregistrant ses impressions, et un petit goût familier semble se glisser sur mes papilles.

— Tu venais d'où ?

— Du centre commercial. J'avais terminé mon boulot et je suis allé dire bonjour à une amie qui y travaille.

Ce putain de centre commercial revient un peu trop sur la table ces jours-ci et je n'arrive pas à écarter de mon champ de vision l'idée que ce n'est pas anodin.

— Tu as une amie qui travaille dans ce centre commercial, Jean-Baptiste ?

C'est sa mère qui s'approche de nouveau et pose la question que je n'ai pas formulée. L'expression doucereuse qu'elle se force à adopter ne cache pas bien l'air supérieur qui lui est coutumier, et provoque instantanément un froncement de sourcil de mon ami. Il inspire profondément. Au muscle qui saute jusqu'à sa tempe, j'en déduis qu'il serre les dents avec force : lui aussi peine à supporter son snobisme.

— Oui maman, j'ai une amie qui travaille au centre commercial. C'est la belle-sœur d'un collègue et je passais simplement la saluer, pas l'épouser ni lui faire un enfant. Et puis même si cela devait être le cas, ça ne te regarde pas.

Elle se renfrogne et sa tête à la face fripée semble s'enfoncer dans ses épaules quand son cou hautain s'efface.

— Ce n'est pas ce que je voulais dire... ne le prends pas comme ça...

JB détourne le regard de sa mère en soupirant profondément, ce qui réveille la douleur de ses côtes. Il lève les yeux au ciel puis me fixe.

— J'ai rencontré Chloé chez Gaëtan, il y a quelques jours, et ce n'est réellement qu'une amie.

À l'annonce de ce prénom, je me fige.

— Chloé ? Est-ce que ce serait Chloé Fabre ?

— Peut-être, je ne connais pas son nom de famille.

— Une des gérantes du snack ?

— Oui, on dirait qu'on parle de la même Chloé ; elle travaille avec sa sœur, et c'est justement la fiancée de Gaëtan, mon collègue. Est-ce que tu la connais ?

Le regard de ma belle-mère se met soudain à pétiller d'intérêt, comme si elle attendait que je donne crédit à sa méfiance en annonçant que cette jeune femme était une criminelle.

— Mon métier m'amène à rencontrer pas mal de monde.

Est-ce que Chloé serait la clé de tout ce bordel ?

J'ai noté l'attention que lui prête Vidal. Est-ce qu'il

aurait pu agresser JB par simple jalousie ?

— La voiture que tu as aperçue, ça pourrait être une BMW, à ton avis ?

Il semble réfléchir un instant.

— Je ne peux pas te l'affirmer. Outre le fait que j'étais encore dans le gaz, j'ai pensé qu'il allait m'écraser, alors je dois t'avouer que j'ai juste pu remarquer qu'elle était sombre et sûrement dotée d'un moteur puissant, si j'en crois le bruit de l'accélération.

Ça pourrait coller.

— Quelle heure était-il ?

Il repose sa tête sur l'oreiller et réfléchit.

— J'ai quitté la galerie vers 19 h 30, donc le temps de rentrer, sachant qu'il n'y avait pas beaucoup de circulation, je dirais 19 h 45.

Ça colle même parfaitement. Vidal aurait largement eu le temps de revenir sur la zone commerciale pour agresser Chloé.

— Toi, tu sais quelque chose, me tance-t-il en pointant son index vers moi, les sourcils relevés.

Mes présomptions ne sont pas des certitudes, loin de là ; et de toute manière, je ne peux pas les partager avec lui.

Et encore moins avec sa commère de mère, à laquelle je jette un rapide coup d'œil. JB semble le comprendre à mon regard et me sourit.

— J'ai fait ma déposition à tes collègues tout à l'heure.

— L'enquête va donc être ouverte. Tu sais s'ils te gardent cette nuit ?

Le long souffle las qu'il relâche m'indique qu'il n'est pas enchanté de la situation.

— Il semble qu'en cas de coup à la tête et de perte de connaissance, il est préférable de rester sous surveillance médicale. J'espère simplement qu'ils vont trouver un pieu assez grand, sinon je ne vais pas beaucoup dormir.

En constatant que ses deux pieds dépassent du lit, je ne retiens pas mon rire. Le voir plaisanter me rassure aussi et la tension qui m'habitait lorsque je suis arrivé à l'hôpital s'évacue lentement.

— Je vais devoir te laisser, mais je passerai chez toi demain.

— Oh, ce ne sera pas nécessaire, il sera chez nous, intervient sa mère.

JB secoue la tête en posant sa main sur le bras de sa mère.

— Non, je serai dans mon appartement. Si les médecins me libèrent, c'est que je n'aurai plus besoin d'être materné. Je ne suis plus un enfant, maman. Et je serai ravi que tu viennes me rendre visite, Max, évidemment !

Elle se renfrogne de nouveau. Ce serait malhonnête de ma part de ne pas reconnaître que je suis satisfait de voir son fils la rabrouer. Ce n'est pas ma faute, j'ai tenté durant toutes les années de mon mariage d'attirer sa sympathie sans jamais y parvenir. Et je sais que depuis le décès de sa fille, elle ne ressent pour moi qu'un profond mépris qu'elle ne cherche même plus à dissimuler. Quand elle ne le laisse pas tout simplement dégouliner de chacune de ses phrases.

Je salue mon ami d'une étreinte et me fends d'un signe de tête à l'intention de ma belle-mère avant de quitter l'hôpital.

Une autre mission m'attend. Je dois retrouver cette jeune femme qui m'intrigue de plus en plus et autour de laquelle mon énigme semble vouloir se tisser.

Chapitre 23

À l'instant où tout bascule,
chaque main tendue est un refuge.

Chloé

Ma peau est à la fois glacée et brûlante. Elle réagit au moindre contact, même la frôler du bout de mes doigts est douloureux… Mais c'est la sensation que ma gorge est totalement fermée et imperméable à l'air qui est de loin la plus effrayante.

Je me noie…

Le carrelage glacé me mord la peau à travers mes vêtements. Un rappel brutal de la réalité qui semble m'échapper, alors que je tiens encore serré dans mon poing le trousseau que j'ai récupéré. Les clés étaient tout ce dont j'avais besoin pour m'enfuir, mais je réalise maintenant que j'ai laissé tout le reste dans ce parking : mon sac à main, avec mes papiers, ma carte bleue... L'idée de devoir refaire tout ça me submerge de découragement. Un découragement qui se greffe à ce sentiment d'impuissance déjà largement installé dans mon esprit chamboulé, et mes yeux se mouillent de nouveau.

Pourquoi ce timbré s'en est-il pris à moi ? Qu'est-ce que je lui ai fait ? On ne peut pas dire que je l'ai aguiché avec mon vieux jean délavé et mon débardeur de supermarché. Merde, je n'ai rien d'un top model !

Mes mains tremblent, hésitent. Après de longues minutes de lutte, je récupère enfin mon téléphone, coincé dans la poche arrière de mon pantalon. L'écran est cassé, et la simple vue de cette étoile qui orne maintenant la façade de l'appareil, mes pleurs redoublent ; preuve s'il en fallait que mon état de stress me maintient bien près de la chute. Une pression sur le bouton d'allumage m'arrache quand même un maigre soupir de soulagement, alors que je constate qu'il fonctionne encore.

Je sais que je ne dois pas rester seule, je n'en ai aucune envie et de toute manière, je n'en suis pas capable. L'idée de téléphoner à Katia m'effleure, mais me semble une épreuve trop difficile. J'ignore si le moindre son parviendrait à sortir de ma bouche, alors j'opte pour le message, que je pourrais au moins rédiger sans l'alarmer.

Moi : J'ai été agressée, est-ce que tu peux venir ? Je crois que j'ai besoin que tu sois là.

Marco et Elias sont en déplacement cette semaine, nous en avons discuté il y a quelques jours, donc Katie est seule chez elle. La connaissant, à moins qu'elle dorme et n'entende pas la notification, dès qu'elle verra mon message, elle ne mettra pas longtemps à débarquer.

Sauf si elle a avancé son départ et qu'elle est déjà allée rejoindre ses chéris comme c'était prévu.

Katie : Oh merde ! J'arrive ma poule, je fais au plus vite.

Puis les petits points se remettent à clignoter, m'informant qu'elle écrit un nouveau message.

Katie : Tu es chez toi ?

Moi : Oui.

Quand je laisse retomber ma main, mon portable glisse de mes doigts pour échouer sur le sol : il peut difficilement être en pire état, déjà de fins éclats de verre se détachent de l'écran et j'imagine qu'il sera bientôt impossible de l'utiliser. Puis, c'est au tour de ma tête de rebondir lourdement contre le mur lorsque je relâche les muscles de mon cou, mais une douleur sourde me rappelle cruellement le choc contre l'utilitaire. Une bosse a maintenant dû se former à l'arrière de mon crâne.

Je soupire longuement, heureuse d'avoir quand même récupéré un minimum de souffle. À présent, cette impression de noyade est plus discrète. L'envie de pleurer et de hurler cherche néanmoins à s'imposer, mais je serre les dents.

Ça va passer… Respire, ça va aller.

Depuis que j'ai franchi le seuil de mon appartement,

je suis toujours assise à même le sol, à côté de ma porte d'entrée que je n'ai même pas verrouillée. Ce n'est pas faute d'y avoir pensé, mais mon corps refuse catégoriquement de bouger, comme s'il avait brûlé ses dernières calories pour grimper jusqu'ici et qu'il était vide de toute énergie. Il dérive à la frontière entre le sommeil et l'éveil : mon enveloppe est immobile, mais mon esprit reste aux aguets, murmurant ses ordres à une conscience qui s'en moque.

Lorsque l'interphone retentit, je lève lentement le bras et me contente d'appuyer sur le bouton d'ouverture de la porte du hall, sans prendre la peine de décrocher le combiné. Ma main a à peine retrouvé sa place sur le sol que j'entends déjà ses pas que la moquette du couloir étouffe. Katie n'aura pas mis longtemps à arriver...

La porte bouge avec lenteur, mais je n'ouvre même pas les yeux. Je crois que j'ai simplement envie de sentir la présence de mon amie et de me laisser porter. Je ne veux pas réfléchir, et encore moins analyser ce qui s'est passé...

— Mademoiselle Fabre ?

La foudre ne m'aurait pas fait réagir plus vite. Je me redresse d'un bond alors que tous mes nerfs s'éveillent et se crispent en même temps. Ils parviennent à soulever du sol la masse de mon corps qui était encore inerte quelques secondes plus tôt. L'homme qui me fait face a déjà franchi le seuil et me regarde intensément, le front plissé, et une main tendue devant lui alors qu'il abandonne un gros sac à dos près de ses pieds.

— Chloé, je ne vous veux pas de mal...

Ses mots me parviennent floutés par le brouhaha qui résonne contre mes tympans, mais, même si je complète ses phrases en lisant sur ses lèvres, cela n'amoindrit pas ma panique. Je recule, prenant appui sur mes talons et la paume de mes mains rendues moites par cette nouvelle frayeur. Le sol lisse facilite néanmoins ma progression, mais c'est la cloison au bout du couloir qui m'arrête, me laissant acculée à quelques mètres de cet homme qui s'approche toujours. Certes, avec lenteur, mais également avec une certaine détermination.

— Calmez-vous, je suis venu vous aider.

Il s'agenouille maintenant devant moi et tente de saisir l'une de mes mains, que je lui dérobe.

— Je suis policier. C'est moi qui suis intervenu dans le parking où vous avez été agressée.

Je le fixe à présent et les images de cet horrible moment se bousculent dans ma tête. Je le reconnais, mais je ne sais plus quel rôle il a tenu durant ces instants terrifiants, et cette imprécision me tétanise de nouveau.

Il pourrait aussi être celui qui m'a cognée...

Puis, l'image de cette paume que j'ai mordue me frappe, comme si la preuve que je cherchais était là.

— Montre-moi tes mains, fais-moi voir tes putains de mains !

Je hurle d'une voix tremblante, mais sans hésiter, il les présente devant moi, alternant leur sens pour que je puisse les examiner sans avoir besoin de le toucher.

— Je m'appelle Maxime. Chloé, est-ce que vous êtes blessée ?

Je secoue imperceptiblement la tête, mais mon corps est tellement contracté que je ne peux pas faire mieux de toute façon. Il s'approche encore et cette fois tend sa main vers mon visage. Je lutte pour ne pas me raidir davantage, mais je le laisse faire. Délicatement, il pose la pulpe de ses doigts sur ma joue et vers ma tempe.

— Vous allez avoir un très gros bleu. Est-ce qu'il vous a frappée ailleurs ?

Ma poitrine me fait souffrir aussi et ma main s'y porte par réflexe. C'est lorsqu'il écarte avec douceur le col de mon débardeur que je réalise alors qu'il peut ainsi apercevoir mes seins. Je grimace, autant à cause de mon embarras, que de la douleur.

— Putain, mais quel salaud ! marmonne-t-il, les mâchoires serrées.

C'est alors que, par-dessus l'épaule de l'homme qui est agenouillé devant moi, je vois surgir Katie. Telle une furie, elle traverse le couloir et saute sur le dos de ce policier qui était trop occupé à faire le bilan de mes blessures pour l'entendre arriver.

— Lâche-la, espèce de sac à merde, hurle-t-elle en s'accrochant à son cou.

Alors que l'attaque de mon amie le déséquilibre à peine, il prend appui sur le mur au-dessus de ma tête pour se redresser. L'image de Katie, agrippée comme un koala à cet homme imposant entièrement vêtu de noir pourrait prêter à rire, mais je ne sais même pas si je réussis à en sourire. En revanche, j'arrive à articuler quelques mots :

— C'est un flic...

Elle cesse soudainement de lui marteler l'épaule et penche lentement la tête sur le côté pour observer son visage.

— Brigadier-chef Maxime Villonier, enchanté, l'informe-t-il avec le sourire.

Au moins, il a de l'humour, d'autres n'auraient pas apprécié que quelqu'un leur saute dessus ainsi.

Il fléchit les genoux afin de permettre aux pieds de Katie de toucher le sol pour qu'elle puisse descendre de son dos. Sans hésiter, elle contourne la carrure imposante de l'homme qui occupe presque la largeur du couloir et lui fait face.

— Je pensais que vous étiez en train d'attaquer mon amie, l'informe-t-elle d'une voix franche et assurée, mais je lis sur son visage qu'elle est surtout confuse.

— Votre prise manquait légèrement de fermeté, mais il y avait de l'idée… s'amuse-t-il.

— C'est ça, foutez-vous de moi !

Lorsqu'il sourit, je reconnais enfin cet homme avec certitude. Il est bien celui à qui j'ai servi ce café au snack. Son visage était plus fermé alors, mais c'était bien cet éclat qui éclairait ses yeux bleus.

— Tout va bien, mademoiselle Chloé ? demande une petite voix depuis le palier.

C'est sans doute le bruit qui a alerté ma voisine et l'a inquiétée. C'est une vieille dame très discrète, qui ne loupe aucun des mouvements de notre immeuble, tant la solitude lui pèse. Katie la rassure de quelques mots et la renvoie gentiment chez elle avant de fermer la porte.

— Vous ne devriez pas rester par terre, me conseille le policier d'une voix rassurante en cherchant mon regard.

Sans attendre que je parvienne à bouger de moi-même ni que je m'exprime sur le sujet, Maxime glisse un bras sous mes genoux et enroule l'autre autour de mon dos afin de me soulever du sol. Quand bien même je n'aurais pas été d'accord, il ne me laisse pas le temps de protester. D'un coup d'œil à Katie, il lui fait comprendre d'ouvrir la porte du salon qu'il traverse rapidement avant de me déposer sur le canapé. Je me tasse sur l'assise et mon amie étale un plaid sur mes épaules couvertes de frissons, même si ce n'est pas le froid qui provoque mes tremblements, mais la peur et la tension nerveuse qui peinent à refluer.

— Est-ce que maintenant quelqu'un peut m'expliquer ce qui s'est passé ?

J'observe tour à tour mon amie et le policier avant de me racler la gorge pour éclaircir ma voix.

— Un homme m'a agressée dans le parking du centre, lorsque j'ai quitté le snack. Je n'avais pas eu le temps d'atteindre ma voiture qu'il m'avait sauté dessus.

— Je le savais que ça arriverait un jour ! Il est dégueulasse ce parking, ça pue la pisse et la came là-dedans !

Katie semble en colère, et c'est vrai que cela fait plusieurs mois qu'elle me serine pour que je prenne au moins une bombe de spray au poivre dans mon sac à main, ce que je n'ai toujours pas fait !

— Ce type a surgi de nulle part. Je n'ai pas pu réagir.

— Et il voulait quoi ? C'était pour le fric du snack ? Pour te… T'es blessée ? réalise-t-elle soudain, ses yeux exprimant l'horreur.

La question ne m'avait pas encore effleurée et entendre ma meilleure amie énoncer les éventuels mobiles — tout à fait pertinents au demeurant —, me tétanise de nouveau. C'est alors que la voix calme de Maxime s'élève, apaisant mes nerfs pourtant à vif et me rappelant que c'est lui qui m'a tirée de ce mauvais pas ; que je lui dois, de ce fait, énormément et que lui accorder ma confiance n'est donc pas déplacé. Loin de là... C'est même très certainement la chose la plus censée à faire.

— Il s'appelle Lucas Vidal, et votre argent ne l'intéresse pas. Il gère sa propre entreprise et son compte en banque est particulièrement bien garni. Je pense que ce n'est donc pas dans cette direction qu'il faut chercher ses motivations.

Ces quelques mots suffisent à couvrir mon épiderme d'une nouvelle couche de frissons... Si ce n'était pas pour l'argent, alors, c'était pour quoi ? Pour moi ? Pourquoi ce type aurait-il choisi de me détruire ? Ces questions résonnent dans ma tête comme des échos vides...

— Et vous le connaissez ? Enfin je veux dire, il est connu de la police ? s'inquiète Katie.

— En quelque sorte. L'affaire sur laquelle j'enquête m'a amené à m'intéresser à lui et je l'ai pris en filature. C'est pour ça que j'étais sur place quand il s'est attaqué à vous. Depuis quelque temps, il vous observe...

— Merde. Chloé, c'est lui, « costard à mille balles » ? Le mec qui te foutait la trouille ? l'interrompt-elle.

J'acquiesce faiblement.

— Il vous a déjà approchée ?

— Il a plusieurs fois tenté d'engager la conversation, mais nous avons à peine échangé quelques mots.

— Et chaque fois, elle sentait que quelque chose

clochait et ça la plongeait dans un étrange état de panique, précise mon amie.

Je lui lance un regard de reproche. Ces malaises sont difficiles à expliquer sans passer pour une timbrée et j'aurais sacrément préféré qu'elle ne les évoque pas, surtout devant un policier qui doit être au moins aussi cartésien et pragmatique que moi !

— Bah oui, appelle ça comme tu veux, il n'empêche que c'étaient bien des prémonitions, me renvoie-t-elle quand elle capte mon œillade contrariée.

Je hoche la tête en soupirant.

— Prémonitions ou intuitions, peu importe ce que c'est, ça ne vous a pas trompée. J'avais déjà noté que cet homme n'avait rien d'un ange. Son attitude de ce soir et la violence avec laquelle il vous a attaquée, confirment mon opinion à son sujet.

Maxime regarde avec plus de précision les marques qui doivent maintenant orner mon visage, et je peine à réprimer mon envie de l'observer à mon tour. Il m'intrigue. Puis Katie m'apporte un verre d'eau que j'avale avec peine, mais qui éloigne mes pensées curieuses de cet homme qui vient de faire irruption dans ma petite vie.

— J'imagine que l'idée ne va pas vous plaire, mais il faut que vous alliez à l'hôpital…

Je refuse d'un geste vif.

— Je vais bien !

— Je n'en doute pas, Chloé, mais vous avez été agressée et je vous conseille de porter plainte. Vous aurez besoin du rapport d'un médecin pour le joindre à votre dossier. Il va constater les ecchymoses et les prendre en photo, et il va aussi falloir procéder à des examens pour écarter le risque d'une contamination quelconque.

— Une contamination ? Quelle contamination ?

Du bout du doigt, il essuie le bord de ma lèvre et ma joue.

— Ce sang n'est pas le vôtre, n'est-ce pas ?

— Non, c'est le sien, je lui ai mordu l'intérieur de la main lorsqu'il me bâillonnait. Je n'avais pas le choix, je ne pouvais plus respirer…

Son regard compatissant m'aide soudain à comprendre.

— Oh merde, Chloé, s'exclame Katie, le sida, l'hépatite et toutes ces saloperies !

Sans avoir besoin d'un miroir, je sais que mon visage blêmit, car je sens mon propre sang le quitter.

— Votre amie a raison, c'est un risque qu'il faut évaluer et écarter. Cette trace d'ADN est aussi un élément qui devra être prélevé pour les besoins de l'enquête.

Ma gorge se noue, les larmes envahissent mes yeux et je ne retiens plus les sanglots qui secouent lentement mon corps. Sans y réfléchir, je m'avance vers cet homme au regard rassurant et laisse tomber mon front contre son épaule. Sa main chaude se dépose sur mon dos, le caressant avec légèreté.

— Ça va aller Chloé. Je peux appeler le commissariat pour qu'on envoie une collègue féminine si vous le souhaitez. Elle saura vous aider dans cette épreuve.

De nouveaux sanglots m'enserrent la gorge et

secouent ma poitrine. Mes doigts se crispent sur le cuir de son blouson.

— D'accord, d'accord. Si vous préférez, je vous accompagnerai à l'hôpital et au poste de police pour votre dépôt de plainte. Est-ce que cela vous rassurerait ?

J'acquiesce tandis que mon regard affolé navigue entre ses prunelles bleues alors que ses deux mains chaudes glissent sur mes bras. Katie est assise à mes côtés et je sens qu'elle m'observe alors que je laisse le policier me cajoler comme si j'étais une enfant paniquée — ce que je suis presque, à vrai dire. Je cille pour chasser mes larmes et, gênée, je reprends en reniflant, une place plus correcte sur le canapé.

« Tu n'es plus une gamine, Chloé, et ces choses-là ne se font pas ! » me tance la petite voix de mon amour-propre.

— Je suis désolée, Maxime...

— Appelez-moi Max. Vous êtes désolée pour quoi ?

Je désigne de mon doigt l'espace entre nous.

— Je vous prie de m'excuser de m'être épanchée comme ça... Je me suis sentie mal, et...

— Ça va ma poule, tu as bien le droit de craquer, me coupe Katie. C'est humain, et ça n'a rien de simple à vivre, une agression !

— C'est vrai. Verser quelques larmes ne constitue pas un crime. Est-ce qu'au moins, ça vous a fait du bien ?

Je confirme d'un léger mouvement.

— Je crois...

— Alors vous n'avez pas à vous excuser.

Il relâche ma main et se redresse, m'abandonnant à une étrange sensation de vide. Je pense qu'il doit avoir un don ; un petit quelque chose de spécial qu'il doit utiliser pour rassurer les victimes. Est-ce que c'est un truc qu'on apprend à l'école de police ?

— J'ai récupéré vos affaires, je vous les apporte.

Je hoche la tête. À peine a-t-il quitté le salon que Katie prend sa place.

— Ça va, tu tiens le choc ?

— Oui, mais punaise ! Qu'est-ce que j'ai eu peur ! J'ai cru que ce sale type allait me tuer, Katie, et je ne pouvais rien faire pour l'arrêter.

Son regard inquiet me scrute avec intensité.

— Je suis navrée, ma poule, marmonne-t-elle, en caressant ma joue.

— Mais c'est bon, ça y est. C'est passé et je vais mieux.

— Vraiment mieux, insiste-t-elle, tu es sûre ?

— Oui, je suis rassurée d'être hors de danger.

— Bien, il va falloir trouver un moyen pour que tu n'aies plus à rentrer seule, ou du moins que quelqu'un puisse t'escorter, OK ?

Je lui souris pour terminer de la rassurer ; mais je ferai comme j'ai toujours fait, je vais garder mes angoisses pour moi, et continuer de vivre.

— Donc, reprend-elle avec un air malicieux en pointant le couloir du bout de son index : maintenant qu'il est acté que tu te sens mieux, plus rien ne m'empêche de dire que ce mec est un canon intersidéral ?

Mes épaules tombent et je ne peux réprimer l'air consterné qui s'affiche sur ma face.

— Bon sang, Katie, mais tu ne penses vraiment qu'à ça !

— Non, je pense aussi à plein d'autres choses, mais comment ignorer un homme comme ça ? Il est magnifique, il est à la fois doux, drôle et prévenant... Je ne sais pas si tu t'en rends compte, mais il ne m'a pas touchée et pourtant j'ai eu des frissons, alors ne me dis pas que tu n'as rien ressenti quand il t'a pris dans ses bras.

L'écouter me donnerait presque envie d'en rire. On peut dire qu'elle est douée pour faire dériver mes pensées et repousser mes angoisses.

— Il est très beau, c'est vrai et ce serait totalement stupide de le nier. Alors, rassure-toi, moi aussi je l'ai remarqué, même si j'ai eu d'autres choses auxquelles penser.

— Ouais, c'est vrai, soupire-t-elle, le regard porté vers le couloir d'où l'on entend la voix grave du policier, alors qu'il parle au téléphone.

— Il m'a littéralement arraché des griffes de mon agresseur. Il s'est jeté sur lui et l'a plaqué sur le sol. S'il n'avait pas été là...

Mes mots restent bloqués dans ma gorge qui se noue encore, tandis que les images de l'empoignade ressurgissent, chassant la légèreté des quelques phrases que nous venons d'échanger. Je la fixe de nouveau avec intensité, puis elle me dévisage à son tour, l'air soudain plus grave.

— Je ne m'en serais pas tirée, Katie, je n'étais pas

assez forte pour m'échapper. J'ignore ce que veut ce Vidal ni jusqu'où il serait allé, parce que je ne le connais même pas. Mais je te promets que je n'ai jamais rien fait pour encourager qui que ce soit. Je ne suis pas une allumeuse, Katie ! Tu le sais, toi, que je ne suis pas comme ça ?

Je sens la panique se réinstaller et paralyser mon corps, alors que mon menton se remet à trembler jusqu'à ce qu'elle me serre dans ses bras.

— Mais oui, je le sais. Et je te rappelle que c'est moi qui l'ai rembarré la dernière fois qu'il s'est pointé au snack. C'est un tordu, mais toi tu n'as rien fait de mal. Chloé, ce flic a raison, ma poule : il faut que tu portes plainte.

— Je sais, oui… Je vais le faire.

— Tu veux que je t'accompagne aussi ?

Il ne lui reste plus que quelques heures de patience avant de rejoindre ses hommes. Elle se fait une joie de les retrouver et ne parle plus que de ça depuis des jours. Je n'imagine pas un seul instant lui demander de renoncer à ce voyage, même si je ne doute pas qu'elle me propose son soutien de bon cœur.

— Non, Katie. Je connais tes projets pour les prochains jours et je vais me débrouiller.

— Tu es plus importante que mes projets, tu le sais.

— Je n'en doute pas et je te remercie, mais je te le demande : rentre chez toi. Va préparer ton sac et sauve-toi pour retrouver tes chéris. Je m'en voudrais que tu manques ton train. Tu as entendu Maxime, pas vrai ? Je ne serai pas seule, il va m'aider et j'ai bien l'impression qu'il n'est pas de ceux qui renient leurs engagements.

— Tu en es sûre ?

— Absolument sûre. Je te tiens au courant, mais maintenant il faut que tu files.

Elle m'embrasse et récupère son gilet qu'elle avait posé sur le fauteuil.

— Tu m'appelles, d'accord ? C'est promis ? Et tu me raconteras tout, hein ? ajoute-t-elle en lançant un bref coup d'œil dans la direction de Maxime.

Je lui souris pour seule réponse et c'est le moment que choisit l'intéressé pour rentrer dans la pièce. Katie se dresse devant lui et pointe son index sur la poitrine de cet homme qui la dépasse de plus de deux têtes.

— Je te la confie, mais tu as intérêt à prendre soin d'elle ; ou sinon, tu auras affaire à moi, le menace-t-elle, nullement gênée de le tutoyer.

Si Maxime n'avait pas répondu à la tirade de mon amie par un large sourire, je me serais sentie horriblement mal à l'aise, mais il semble que mon ange gardien ait réellement le sens de l'humour, en plus de toutes ses autres qualités. Il emprisonne la main de mon amie dans la sienne et courbe le dos pour s'approcher de son visage pour réduire ainsi l'espace entre eux.

— Je prends l'avertissement très au sérieux et c'est promis, je ferai de mon mieux.

— Ouais, bougonne-t-elle en fronçant les sourcils, mais en tardant à récupérer sa main. À plus tard ma belle, ajoute-t-elle, à mon attention avant de franchir le seuil de mon appartement.

Maxime sourit toujours lorsqu'il revient auprès de moi après avoir fermé la porte derrière Katie.

— C'est un drôle de phénomène, votre amie.

— Je suis vraiment désolée, ne lui en voulez pas, parfois elle parle plus vite qu'elle réfléchit.

— Ça fait deux fois que vous vous excusez d'une situation alors que vous n'y êtes pour rien…

Il me tend mon sac, le visage empreint d'une douceur rassurante.

— Je pense qu'il ne manque rien. J'ai ramassé tout ce qui s'était répandu sur le sol, et Vidal ne s'en était pas approché. Votre blouson est accroché sur la patère de l'entrée et vos provisions sont sur le plan de travail de la cuisine. J'espère que vous ne m'en voudrez pas d'avoir fait comme chez moi.

Je le remercie d'un geste de la tête. Je suis émue par sa sollicitude et très certainement trop à fleur de peau pour me risquer à parler sans prendre le risque de m'effondrer.

Il reprend place sur le canapé, et même sans que nos corps se touchent, la chaleur qui émane de sa peau semble m'envelopper et agit comme un baume sur mes blessures.

— Que va-t-il arriver à ce type qui m'a attaquée ? demandé-je, après quelques longues minutes de silence nécessaire à me recentrer.

Ma question est un peu abrupte, mais j'ai besoin de savoir si la procédure que ma plainte va lancer a une chance d'aboutir à quelque chose. Parce que dans le cas contraire, j'aimerais oublier tout cela et reprendre le cours de ma vie.

— Il vous a agressée sous mes yeux et j'ai noté aussi qu'il vous espionnait depuis plusieurs jours. Porter plainte n'effacera ni votre peur ni les bleus qu'il a faits sur votre corps, mais cela vous mettra sous la protection de la Justice.

Je soupire.

— Vous y croyez, vous ? Vous pensez vraiment qu'on est en sécurité lorsqu'on dit que la justice nous protège ?

Il pince les lèvres et me fixe.

— Si on cesse d'y croire, on ne peut pas faire le métier que je fais.

— Et s'il cherche à recommencer, qui l'en empêchera ?

Durant quelques secondes, son regard semble me sonder.

— Je ne le laisserai pas vous approcher. Que vous décidiez de porter plainte ou que vous préfèreriez ne pas le faire, je vous aiderai à vous protéger de ce type. Mais c'est mon rôle de vous inciter à saisir la justice.

Je prends une longue inspiration.

— Je vais le faire. Même si je ne partage pas vos convictions et que je n'ai pas vraiment confiance en cette justice. Ce mec, ce Vidal, il a l'air plein aux as et on sait tous que là où il y a de l'argent, les lois n'existent plus.

Il soupire, mais ne me quitte pas des yeux. Je fouille dans mon sac et saisis mon portefeuille avant de redresser les épaules, adoptant une posture que j'espère plus assurée qu'elle ne l'est réellement. Pour dissimuler ma fragilité, je m'oblige à soutenir son regard.

Un contact simple, pour me donner du courage.

— Allons-y, et qu'on en finisse.

Chapitre 24

Elle n'est pas de celles qui s'effondrent sous le poids du vent, mais de celles qui plient doucement avant de se redresser plus fortes.

Maxime

Chloé ne dit rien lorsque je lui propose de la conduire à l'hôpital avec sa propre voiture. Ses autres options ne la satisfaisaient guère. Elle refusait l'idée d'appeler une ambulance, estimant que son cas ne justifiait pas une telle urgence. Elle ne voulait pas non plus que je la laisse seule, ne serait-ce que le temps que je rentre chez moi pour déposer ma moto et ramener ma voiture. Un véhicule de patrouille aurait pu la récupérer, mais là encore, elle a décliné. Derrière ses tentatives pour paraître forte face à la situation, je sens la peur viscérale qu'elle cherche à dissimuler. Elle ne semble pas être de ceux qui se confient facilement, pourtant, en la secourant dans ce parking, je pense avoir franchi une des barrières qu'on devine érigées autour d'elle. Cela dit, même si j'ai gagné un semblant de confiance, elle reste sur la défensive, enfermée dans une carapace difficile à percer.

En la regardant, recroquevillée dans son propre siège, une chose me frappe : cette fille, au-delà du stress qui l'accable en ce moment, semble d'une nature profondément discrète, presque effacée. Comme si elle avait passé sa vie à essayer de se fondre dans l'ombre, à se faire petite, à ne déranger personne. C'est ce qui rend la situation d'autant plus révoltante : savoir qu'un type comme Vidal a osé s'en prendre à elle. Un prédateur qui n'a certainement pas deviné la force silencieuse qu'elle cache derrière son physique doux et fragile.

Que comptait-il lui faire ?

La violer ? La tuer ?

L'enlever…

Je soupçonnais ce mec d'être un escroc et je ne l'imaginais pas capable de plus que de quelques magouilles pour se remplir les poches. Maintenant, j'ai la certitude qu'il est impliqué dans l'enlèvement des filles et le meurtre d'Amanda.

Je serre les dents pour réprimer cette sensation de nausée alors que les images du dossier du légiste se réimpriment sur mes rétines. Est-ce que mon intervention de ce soir a évité à Chloé de subir le même sort que cette pauvre fille qu'on a retrouvée horriblement mutilée sous ce pont ?

Mes doigts blanchissent sur le volant tant je le serre entre mes mains, peinant à maîtriser la rage qui commence à monter. Je n'ai jamais été très doué pour cacher mes émotions. Ces programmes de gestion de la colère dont on nous fait bénéficier m'ont toujours paru complètement ridicules. En ce moment précis, la seule raison qui me pousse à me maîtriser, c'est le besoin de calme de la jeune femme immobile à mes côtés. Sans cette obligation de retenue, je me serais mis en quête de Vidal et lui aurais collé une raclée dont il aurait pu longtemps discuter avec ses compagnons de cellule… Ce genre de type a le don de faire sortir ce qu'il y a de pire en chacun de nous.

Le pire et peut-être aussi quelque chose d'autre, comme cette soudaine obsession à retourner dans le parking du centre commercial que je ne m'explique toujours pas. Tout à l'heure, Chloé et son amie ont évoqué des intuitions étranges, des prémonitions concernant la présence de Vidal et si je n'ai pas rebondi, c'est que je ne souhaitais pas engourdir la situation d'une aura surnaturelle. Pourtant, je dois avouer que j'ai également pensé avoir été guidé par quelque chose.

Quelque chose ou quelqu'un.

Enfin… Parfois, il ne faut pas se poser de question si l'on ne veut pas remettre en doute notre propre santé mentale. Le fait est que j'ai suivi une intuition et que je m'en félicite à l'heure qu'il est.

Car maintenant, j'ai la conviction que mon intervention a bel et bien sauvé la vie de cette jeune femme.

D'un rapide coup d'œil à ma passagère, je constate au pincement de ses lèvres et à sa posture rigide qu'elle est tendue à l'extrême.

— Chloé, est-ce que ça va ?

Elle ne me répond pas et je crains un instant cet état de choc dans lequel plongent parfois les victimes, alors je profite d'un arrêt au feu rouge pour me tourner vers elle. J'enferme sa main minuscule dans la mienne et la fixe en silence jusqu'à ce qu'elle accepte de lever son regard brun clair vers le mien.

— Comment vous sentez-vous ?

L'éclair de détermination qui avait traversé son visage lorsque nous avons quitté son appartement s'est évanoui et il me semble que c'est de nouveau l'angoisse qui s'impose en elle.

— Il ne vous approchera plus, je vous l'ai promis.

La peur a gagné du terrain et personne ne pourrait blâmer cette jeune femme. J'espère néanmoins être assez convaincant pour qu'elle ne revienne pas sur sa décision de porter plainte.

— Qu'est-ce qu'il m'aurait fait si vous n'aviez pas été là ?

Je pouffe d'un rire sans joie, car j'ai parfaitement conscience qu'aucun mot ne pourra réellement la rassurer. Elle me semble bien assez intelligente pour connaître la réponse à sa propre question.

— Vous aviez réussi à le repousser lorsque je suis arrivé, tenté-je malgré tout.

En soupirant, elle remue la tête.

— J'étais à peine parvenue à retrouver assez d'espace pour reprendre mon souffle. Il était trop fort pour que je lui échappe.

Le feu passe au vert, mais comme aucune voiture n'est venue patienter derrière nous, je reste à l'arrêt.

— Il m'aurait violée, n'est-ce pas ?

Je pense que dans un premier temps il l'aurait enlevée. Cela correspond davantage au schéma de la disparition d'Estelle et d'Amanda. En revanche, ce qu'il aurait fait d'elle ensuite demeure un mystère. Il a tué Amanda, mais elle n'a pas été violée, et pour ce qui est de son amie, son sort nous est toujours inconnu.

Le silence qui s'est abattu en même temps que sa question est lourd, mais je sais que je dois le briser. Lentement, pour ne pas l'effrayer, je resserre ma prise sur sa main.

— Ça n'est pas arrivé, vous avez fait ce que vous avez pu et c'est votre résistance qui m'a permis d'agir. Il ne faut pas songer à ce qui aurait pu se passer, sinon dans le but de rester vigilant.

Tout en espérant que mes mots la rassurent un peu, je ne peux m'empêcher de penser que sa peur est légitime. Les images du corps d'Amanda, les multiples visages de Vidal, et surtout ma présence sur les lieux de l'agression qui est à mettre au crédit d'une chance plus qu'insolente ; tout se mélange soudain et hérisse chacun des poils de mon corps.

Sans abandonner sa main, je reprends la route de l'hôpital en laissant le silence emplir l'habitacle de la petite voiture jusqu'à ce que je la gare devant l'entrée des urgences. Chloé recouvre mes phalanges de sa paume glacée.

— Vous venez avec moi, hein ? C'est toujours d'accord, vous ne me lâchez pas !

Son regard est désarmant, vulnérable. Je hoche la tête. Elle n'a pas besoin de demander, je ne partirai pas. Alors je lui souris. Ce n'est pas la première victime d'agression que je rencontre, c'est courant dans mon métier. On nous apprend à gérer leurs angoisses et à les mettre en confiance pour ensuite passer le relais à un autre professionnel : médecin, assistante sociale, ou psy, selon les cas. Concernant Chloé, c'est différent. J'ai l'étrange sensation qu'elle ne laisse personne l'approcher, et que le fait qu'elle me demande de l'épauler est en soi quelque chose d'assez rare pour être noté. Cela dit, une petite voix au fond de moi me dit que j'ai besoin de l'aider, de la protéger ; que je dois tout faire afin qu'elle ne soit pas la prochaine Amanda...

— Je vous ai promis de vous accompagner jusqu'à ce que vous m'ordonniez de partir. Je ne pense pas que les médecins me laisseront entrer dans la salle d'examen, mais je ne serai pas loin.

Elle inspire profondément avant de relâcher ma main pour ouvrir sa portière. La fragilité apparente de ce petit bout de femme cache une sacrée force de caractère. Je verrouille les portières et la rejoins à grandes enjambées.

— Vous savez que votre clé n'a plus de piles ? dis-je pour alléger un peu notre échange, et devant ce sujet totalement en marge de ce qui nous occupe, elle pouffe. Même si c'est une expression dénuée d'une quelconque joie, je suis tout de même heureux de voir un léger sourire se dessiner sur ses lèvres.

— Ça fait des mois que je dois m'en occuper... marmonne-t-elle.

L'infirmière qui nous accueille me reconnaît et ne nous laisse pas le temps d'exposer les raisons de notre venue. Mon appel téléphonique de tout à l'heure a donc été correctement relayé. Elle déclenche l'ouverture de la porte de l'aile des urgences et vient à notre rencontre.

Rares sont les fois où l'on peut être certain des circonstances d'une agression, mais là, c'est le cas puisque j'en ai été témoin, et je suis heureux de savoir qu'elle n'aura pas à être soumise à l'examen du gynéco et du tant redouté « kit de viol ». Même si toutes les violences sont des traumatismes, celle-là, en particulier, détruit des vies, et parfois même plusieurs... Avec une infinie gentillesse, l'infirmière escorte Chloé dans une des salles d'examen, mais au moment de refermer la porte, elle tend la main dans ma direction.

— Max, s'il vous plaît, restez... Sauf si vous préférez attendre dehors, ajoute-t-elle d'une toute petite voix.

— Cela ne me pose pas de problème.

Je franchis les quelques pas qui nous séparent et me place à ses côtés.

— Le médecin va arriver pour vous ausculter dans quelques minutes. Votre ami pourra sortir à ce moment-là.

— Merci, mais je crois que je ne veux vraiment pas être seule, souffle-t-elle alors que je remarque que ses yeux brillent de toutes les larmes qu'elle contient avec férocité depuis tout à l'heure.

Dans le coin de la pièce, je repère un tabouret que j'approche de la table d'examen sur laquelle elle patiente.

— Je vous ai promis de ne pas vous laisser tomber, lui dis-je en m'asseyant.

— Merci Maxime.

Nous n'attendons pas très longtemps et avec une grande efficacité, le médecin examine les différentes contusions présentes sur le corps de Chloé. Une radio confirme la fêlure d'une côte, et le sang sur son visage est prélevé à des fins d'analyses. Mais Chloé craque lorsque l'infirmière lui explique le protocole en cas de contamination possible par des IST. Son pauvre visage tuméfié se couvre de larmes tandis que ses épaules tressautent sous les sanglots. L'infirmière qui s'apprêtait à prélever son sang suspend son geste afin de ne pas la blesser avec l'aiguille, et je me lève pour la serrer entre mes bras, ramenant délicatement sa tête contre mon cou.

— N'y a-t-il pas un moyen de lui épargner toutes ces démarches et tous ces examens ? Si on déterminait que son agresseur ne souffre d'aucune maladie, elle ne serait plus contrainte de se soumettre à ce fameux protocole ?

— Ce serait en effet le plus simple, me répond l'infirmière, mais j'imagine que le coupable court toujours ?

— Son identité est connue et nous l'appréhenderons. Mais c'est aussi le sang de cet homme que vous avez prélevé sur le visage de Chloé. Est-ce que cela ne peut pas suffire à effectuer les examens ?

Elle acquiesce.

— Je fais le nécessaire.

Elle procède quand même à une prise de sang, car ce n'était pas l'aiguille qui effrayait Chloé, mais bien le poids de cette épée de Damoclès suspendue maintenant au-dessus de sa tête.

Toujours blottie contre ma poitrine, je sens que sa respiration reprend un rythme plus serein. Sa tête, simplement nichée contre ma gorge, me renvoie les effluves de ses cheveux et je dois avouer que j'aime cette sensation de douceur inattendue dans cette nuit brutale. Je lutte un instant contre l'envie de glisser les doigts dans cette masse sombre et soyeuse, et de jouer avec les quelques mèches de couleurs lumineuses qui ornent son crâne, et même cette lutte a quelque chose d'agréable.

— Je ne sais pas comment vous remercier. Max, je ne veux pas que vous pensiez que je suis quelqu'un de faible… Ces IST, ça fait tellement peur…

— Chut, je ne pense rien du tout. Vous avez besoin d'un coup de main et je suis là. C'est tout. Ok?

Elle opine du chef en quittant mes bras. Ses larmes ont séché et plusieurs traînées sombres courent encore sur ses joues. Sans dire un mot, elle s'empare d'un morceau d'essuie-main en papier, le mouille rapidement sous le robinet et oriente son visage pour utiliser le reflet de la porte vitrée d'un des meubles de rangement de la salle pour nettoyer sa peau. Je l'observe, conscient que je pourrais lui prendre ce papier humide des mains et effacer moi-même les traces de ses larmes et de poussière, mais je n'en fais rien. Le simple fait d'y avoir pensé, et pire encore, d'en avoir envie, m'intrigue bien trop à mon goût.

Quelques minutes plus tard, la déclaration de Chloé est complétée d'une série de photos et le médecin nous libère. Tandis que la jeune femme renseigne son dossier administratif, j'en profite pour appeler Étienne afin de le prévenir de notre arrivée. Tous mes collègues sont capables de prendre la plainte de Chloé, mais j'aimerais savoir qui va s'occuper d'elle alors que nous sommes presque au milieu de la nuit. Lorsque j'explique à mon supérieur et néanmoins ami les détails de la mésaventure de Chloé, Étienne me confirme qu'elle sera reçue par une collègue habituée à ce genre d'affaires. Ensuite, comme je m'y attendais, il m'informe qu'il me rejoint au poste pour un entretien officiel. Je sais déjà ce qu'il va me dire et j'ai dans l'idée que cela ne va pas nécessairement me plaire.

Une fois les formalités administratives réglées, Chloé me cherche des yeux parmi les différentes personnes qui attendent à l'accueil de l'hôpital. L'effervescence du début de soirée s'est atténuée visiblement et les gens qui patientent à présent sont bien plus calmes que tout à l'heure.

— Je suis là, Chloé. Je devais passer un coup de fil à mon chef. Il nous attend, nous pouvons y aller.

Je lui tends ses clés de voiture, mais elle les refuse d'un geste de la main.

— Si ça ne vous dérange pas, je préfère que vous preniez le volant. Je n'ai vraiment pas envie de conduire.

Sans y réfléchir réellement, ma main vient se poser sur ses reins pour l'escorter jusqu'à son véhicule et je lui ouvre sa portière. Par habitude, je scrute les alentours, pour le cas où… Durant les quelques jours où j'ai filé au train de Vidal, il m'a plusieurs fois amené aux abords de la résidence où vit la jeune femme. Il y a donc fort à parier qu'il avait déjà dû la suivre. Il sait non seulement où elle habite, mais il connaît également le modèle de sa voiture. Elle n'est en sécurité nulle part quand on y songe sérieusement…

Ça aussi, ça me fout en colère.

Chapitre 25

L'intuition est un vent silencieux.
Elle nous pousse vers les tempêtes où l'âme cherche ses réponses.

Maxime

— Max, tu ne peux pas être certain à cent pour cent que Vidal ne t'a pas reconnu. Même s'il y avait peu d'éclairage, parfois il ne faut pas grand-chose pour faire le lien entre deux personnes, un parfum, le son de ta voix… Non, c'est devenu trop dangereux maintenant.

Mon ami a la tête des lendemains de bringue. À sa décharge, je l'ai cueilli en plein sommeil, et il n'a jamais vraiment été de ceux qui pouvaient se passer de leurs huit heures de repos. L'air toujours aussi sérieux, il poursuit, le regard vissé dans le mien, comme s'il craignait que je m'échappe.

— S'il a compris que tu n'étais pas le petit voyou qu'il a recruté, retourner dans sa boîte après ce contact musclé pourrait te coûter trop cher. J'étais déjà pas très chaud avec l'idée que tu partes bosser sous couverture sans le soutien d'un autre agent, mais là, ce serait du suicide. Et d'autant plus s'il est mouillé dans le meurtre de la gamine comme tu sembles le penser.

Il lève ses deux mains au-dessus de son bureau en secouant la tête.

— On abandonne cette infiltration. C'est un ordre, ajoute-t-il sèchement.

— De toute manière, elle n'est plus justifiée. Je sais que c'est lui qui a enlevé ces nanas. Tous les indices convergent vers ce type, et ce qu'il a fait ce soir ôte les derniers doutes que je pouvais encore avoir.

Étienne a les sourcils si froncés qu'ils se touchent presque et il acquiesce d'un mouvement ample, l'air tellement accablé qu'on pourrait imaginer que le ciel est à deux doigts de nous tomber sur la tête.

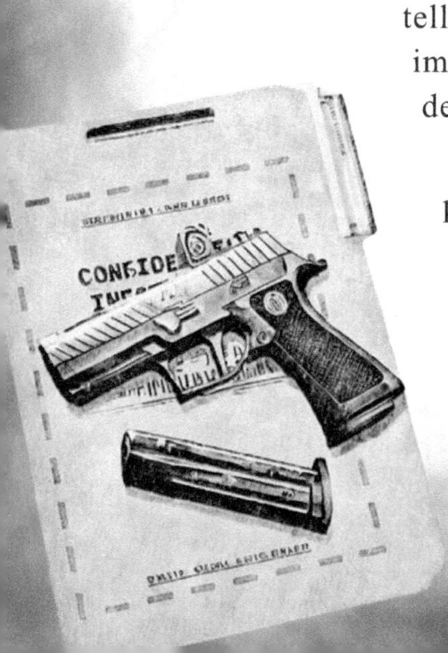

— Et je veux que tu te tiennes le plus loin possible de ce Vidal. Il pourrait envisager de se venger. Ces types-là n'aiment pas qu'on essaye de les doubler.

J'accepte ses directives d'un simple hochement de tête et mon absence de protestation semble le surprendre à en juger par son regard qui passe de soucieux à interrogateur. Il faut dire que je lâche rarement l'affaire aussi rapidement.

— Affecte-moi à la protection de Chloé Fabre.

Il refuse d'un geste qu'il imagine sans appel.

— Je vais programmer la surveillance de son appartement sur les plannings des équipes en roulement, le temps de voir si elle ne peut pas se mettre au vert quelques jours.

Même si je m'attendais à cette réponse, je ne suis pas d'accord avec lui. Je tire la chaise qui lui fait face et m'y installe, les mains sagement croisées devant moi sur le bord de son bureau. Le plus difficile demeure de conserver mon calme, car avec Étienne, on n'obtient jamais rien en s'énervant.

— Tu es en train de me dire qu'on va l'enfermer chez elle, jusqu'à ce qu'elle trouve toute seule le moyen de se protéger en abandonnant sa vie… en résumé, c'est elle la victime, mais c'est elle qu'on emprisonne !

Il frotte sa main derrière sa nuque et soupire bruyamment.

— Tu sais comment ça se passe, Max, ce n'est pas à toi que je vais l'apprendre. On ne met pas un brigadier-chef sur une surveillance sans que ce soit réellement justifié.

Cette fois, c'est moi qui reste perplexe.

— Pas justifié ? Tu plaisantes, j'espère ! Si je n'étais pas intervenu, Chloé Fabre serait peut-être allée rejoindre Estelle, ou pire encore, elle serait avec Amanda, dans un tiroir réfrigéré de la morgue ! Si je n'avais pas outrepassé mes missions et filé cet enfoiré, on aurait un nouveau dossier à traiter ce matin. De nouveaux parents à appeler pour leur annoncer que leur fille ne rentrera plus à la maison. Tu penses toujours que ce n'est pas justifié ?

Il frappe son bureau de ses paumes, mais c'est plus signe d'exaspération face à la situation que de colère contre moi.

— Ce n'est pas ce que je pense qui est important, mais ce qui tombe sur le bureau de la hiérarchie. Je doute qu'ils établissent le lien entre l'affaire de nos deux disparues et l'agression d'hier.

— C'est Vidal le lien, j'en suis convaincu maintenant. Et puisque la surveillance interne et l'infiltration de sa boîte sont annulées, je peux garder un pied dans la place en collant sa cible. Ça me paraît totalement défendable, non ?

Il pince les lèvres et cherche des mots que vraisemblablement il ne trouve pas.

— Putain, Étienne, on ne peut pas la laisser tomber. Tu n'as pas vu ce taré se déchaîner sur elle, moi, j'y étais…

— Tu fais chier, Villonier ! Ce n'est pas la procédure et tu le sais. Le patron ne signera pas pour ça.

Je me lève lentement.

— Elle sera en danger tant qu'il ne sera pas sous les verrous. C'est peut-être l'histoire de deux ou trois jours parce qu'il va certainement se planquer et nous faire cavaler, mais ne me dis pas que tu ne peux pas me couvrir jusque-là !

— Max…

La main tendue devant moi, je l'interromps.

— Bon OK, je ne vais pas forcer ta décision ni te demander d'affronter le patron. Il y a une autre solution : j'ai à peu près six semaines de congés à poser et je sollicite officiellement l'autorisation de me mettre au repos.

— Mais bien sûr, prends-moi pour un con ! Comme ça tu assures la suite, mais toujours sans couverture !

— Je n'ai pas besoin d'une couverture pour une simple mission de protection. Je ne vais pas aller sur le terrain provoquer ce type, mais juste être là, au cas où.

— Tu crois que quelqu'un va avaler ta connerie ? Des vacances, toi ? Tu n'en acceptes que sous la contrainte !

Je hausse les épaules.

— « Cette mission d'infiltration avortée m'a éprouvé plus que je le pensais et j'ai besoin de prendre du recul ». Ça n'étonnera personne, et ça au moins ça se défend devant la hiérarchie, non ?

Il souffle, l'air encore plus renfrogné que je ne lui aie jamais vu.

— Tu fais vraiment chier, Villonier ! Tu veux me faire passer pour le chef sans couilles, c'est ça ?

— Non, ça, tu en jugeras par toi-même, mais je ne laisse pas Chloé sans défense avec ce taré collé à ses basques.

Il s'enfonce dans son fauteuil, promenant son regard sur mon visage.

— Max, un jour l'amitié qu'il y a entre nous ne suffira plus et tu le sais. Tu me fous la trouille quand tu es décidé comme ça.

— J’ai raison, Étienne. Il faut que je suive cette intuition.

— Et elle va t’emmener jusqu’où cette putain d’intuition, cette fois ? Hein ? Tu as une réponse pour ça aussi, ou je dois laisser mon imagination faire le job ? On te retrouvera encore à l’hosto, avec une nouvelle balle dans le buffet ?

— Tu n’as pas le droit de dire ça, Étienne. Ce n’est pas juste…

Je sais à quoi il fait allusion.

Il m’arrive souvent de repenser à ce gamin terrorisé qui cherchait comment quitter le hall de ce bâtiment alors que ça canardait de tous côtés. Les deux bandes qui s’affrontaient s’en foutaient royalement qu’un gosse fasse les gros titres des journaux le lendemain matin. Mais pas moi. Alors, puisqu’au final, il avait suffi que je reçoive une balle pour lui permettre de rester en vie, j’estime avoir fait le bon choix. Si c’était à refaire, je ne changerais rien à la décision que j’ai prise ce soir-là.

— Tu sais que ce môme serait entre quatre planches si je n’étais pas allé le chercher.

— Peut-être, ou peut-être pas. Et je me souviens aussi de cette cave où l’on t’a ramassé tellement camé que j’aurais préféré te voir mort tant tu souffrais, Max… ça non plus, je n’ai pas oublié, j’y étais.

Moi non plus, jamais je n’oublierai. Mais je ne me serais pas retrouvé dans cette situation si je n’avais pas été balancé par un

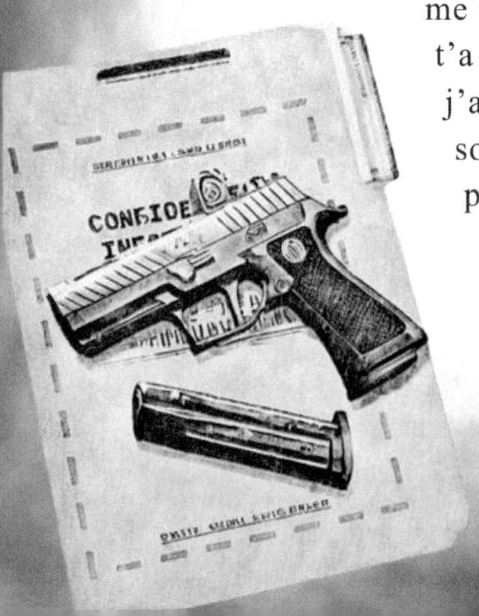

des nôtres... J'avais passé le pire mois de ma vie, attaché et drogué chaque jour, parce que c'est comme ça qu'on punit les flics sous couverture qui sont démasqués chez les caïds de la drogue. En général, ils finissent avec une balle dans la tête. J'avais eu la chance d'être exfiltré juste avant qu'ils décident d'en terminer avec moi.

— Un an, Max ! Il t'a fallu un an avant que tu puisses retrouver une vie normale, souffle-t-il les dents serrées.

— Je sais, et pour reprendre tes mots, je te rappelle que j'y étais aussi. Mais ce n'est pas mon intuition qui m'a mis dans la merde sur cette putain d'affaire, c'est ce job. Un boulot que j'ai choisi et dont j'assume le choix. Et aujourd'hui, mon travail, c'est de veiller à ce que Chloé Fabre fête Noël en famille, celui qui vient, et les prochains ! Alors, tu me suis ou j'y vais tout seul, mais j'irai, quoi qu'il en soit.

Il me fixe un long moment.

— Tu en es où de tes rendez-vous avec la psy ?

Je souffle en secouant la tête.

— Si tu comptes me faire le sketch du supérieur hiérarchique responsable de mon bien-être, on en reparlera quand j'aurai le temps, mais pour le moment, justement, le temps nous manque. Alors, rassure-toi, je n'ai jamais eu l'intention de partir en croisade contre ce salopard, je veux juste être auprès de sa cible, parce que je suis convaincu qu'il ne va pas lâcher l'affaire.

Je ne monte pas le ton, mais le fixe intensément. Je sais que j'ai son attention.

— Ça fait des jours que je le suis, et maintenant que j'ai fait le lien, les pièces du puzzle s'assemblent plutôt clairement. J'ai compris que dès qu'il n'est pas dans son garage, il est là où il sait pouvoir la trouver. Un peu plus tôt dans la soirée, il a agressé mon beau-frère, tout simplement parce qu'il était passé voir Chloé.

— Attends, attends, tu m'embrouilles là, me coupe Étienne. Que vient faire ton beau-frère là-dedans ? Tu connaissais déjà cette fille ? Ta famille a un lien avec elle ?

Je lui relate l'agression de JB et les éléments qui me laissent penser qu'il s'agit de l'œuvre de Vidal. Avec le rapport des filatures, tout corrobore le caractère obsessionnel de son intérêt pour la jeune femme.

Je sens qu'il s'interroge encore sur ses marges de manœuvre auprès du grand patron, mais il se range finalement derrière mon opinion. Étienne est mon ami, et je comprends aussi sa position. J'adopterais peut-être la même que lui si j'étais responsable d'une équipe comme il l'est, et surtout d'une tête de lard telle que moi. Cela n'empêche pas que ça a tendance à me mettre hors de moi lorsqu'il m'oblige à négocier.

— Tu penses qu'il faut la maintenir à l'écart ou au contraire lui permettre de reprendre sa routine quotidienne pour faire sortir le loup du bois ?

— C'est elle qui décidera. Elle peut avoir besoin de souffler après le coup dur d'aujourd'hui.

— Si je te couvre — mais ne souris pas tout de suite, je n'ai pas dit que j'acceptais —, je veux que tu me tiennes au courant chaque jour. Pas question de partir tête baissée dans un traquenard ni de disparaître de la circulation. On est bien d'accord ?

J'acquiesce et laisse s'installer le silence jusqu'à ce

qu'il relâche un long soupir.

— Je me charge de la paperasse, mais rappelle-toi que ce n'est pas une carte blanche, et qu'à tout moment, on peut te demander de mettre fin à cette mission.

— Je te remercie, Étienne.

Je veille à ne pas laisser ma satisfaction s'inscrire sur mes traits et sors rapidement de son bureau.

Dans le commissariat, le silence règne. Les collègues qui ne sont pas en ronde sont occupés par la tenue du standard téléphonique du 17, ou vaquent à diverses occupations personnelles. Je sais que certains s'autorisent une petite sieste quand les nuits sont calmes. Le rythme de travail nocturne n'est pas des plus sains pour l'organisme. Dans le hall d'accueil, seul le ronronnement des distributeurs automatiques de boissons occupe le silence. C'en est presque lugubre et j'ai hâte de me tirer d'ici.

Il faudra encore plus d'une demi-heure d'audition pour que Chloé puisse signer sa plainte et elle semble épuisée quand elle quitte le bureau de ma collègue. De mon côté, mon rapport est fait et rejoindra la procédure pour agression qu'elle vient de lancer contre Vidal.

— Je vous ramène chez vous, je pense que vous avez besoin de vous reposer.

— Il y a très peu de chances que je réussisse à dormir, mais il le faut pourtant, demain j'ai une grosse journée.

Rien qu'à sa posture, on voit qu'elle a pris un coup difficile à accuser, mais elle ne se laisse pas abattre. C'est une bonne chose, à condition que ce ne soit pas juste une façade. Elle ne serait pas la première à s'effondrer une fois la pression retombée.

Le retour se passe dans un complet silence et je ne sais pas vraiment comment lui annoncer qu'il n'est pas prévu que je m'en aille après l'avoir déposée chez elle.

J'opte pour une explication formelle en laissant sous silence la négociation que j'ai dû entreprendre avec le major.

— Une protection rapprochée a été jugée nécessaire.

Elle tourne son visage vers moi et attend visiblement que je lui explique la suite de la procédure.

— L'enquête en cours et le profil de Vidal laissent penser qu'il y a un risque qu'il s'en prenne de nouveau à vous. J'ai demandé qu'on me confie cette mission.

— Vous voulez dire que c'est vous qui allez me surveiller ?

Je ris.

— Techniquement, c'est lui que je surveille, et je suis là pour vous protéger et l'arrêter s'il cherche à vous approcher.

Elle remue doucement la tête.

— Je ne sais pas si vous avez eu le temps de le remarquer, mais c'est petit chez moi…

— Ne vous inquiétez pas, je vais me mettre dans un coin. J'arriverai à me faire oublier.

Elle hausse les sourcils en me jetant un rapide coup d'œil.

— J'ai un peu de mal à vous croire, marmonne-t-elle.

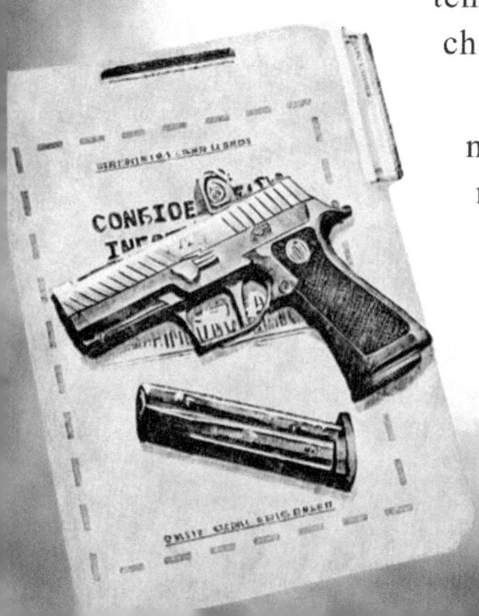

Même si j'ai parfaitement entendu sa remarque, je ne relève pas. Elle accepte sans rechigner et c'est déjà une bonne chose, parce que je ne me sentais pas d'attaque pour un nouvel argumentaire. Étienne a épuisé ma patience sur le sujet, et je suis incapable de tenir la dragée haute à une femme !

Néanmoins, le long soupir qu'elle relâche m'amène à penser que ma présence la soulage.

À moins qu'elle l'indiffère, ou l'agace… J'hésite encore.

— Bordel, j'ai mal partout, lâche-t-elle en se laissant retomber contre l'appui-tête du siège de la voiture. Elle grimace quand le choc réveille la douleur de la bosse qui lui est poussée à l'arrière du crâne.

— Vous avez été malmenée et en plus, dans ce genre de situation, on a tendance à se contracter. Les muscles n'aiment pas vraiment ça.

Je coupe le contact et scrute rapidement les abords du bâtiment avant d'ouvrir ma portière. Tout semble calme et désert, mais je garde néanmoins la main sur mon arme quand je contourne la voiture pour l'aider à en sortir. Les lampadaires de la rue diffusent une légère lueur qui doit certainement suffire à retrouver son véhicule sur le parking, mais qui est loin de satisfaire aux exigences d'une protection rapprochée.

— Vous savez, j'aurais pu demander à ma sœur de m'accueillir chez elle ce soir, mais elle me materne déjà trop, alors pour le coup, je pense que ce serait insupportable.

Même si je saisis son besoin de parler pour conjurer sa nervosité, je préférerais utiliser tous mes sens pour le cas où Vidal surgirait, et je lui fais comprendre en posant mon index sur ses lèvres. Devant son regard qui s'arrondit, je lui adresse mon sourire le plus rassurant et l'entraîne avec moi dans le hall de son immeuble, ma main retrouvant, sans la chercher, cette place agréable au creux de ses reins.

— Il est toujours préférable de pouvoir écouter ce qui se passe autour de nous dans un cas comme celui-ci, lui précisé-je, une fois que la porte se referme.

Son teint soudain livide me fait comprendre qu'elle n'avait pas envisagé que Vidal pouvait être dans les parages.

— Vous pensez qu'il sait où j'habite ? lance-t-elle en s'immobilisant, le dos plaqué contre la rangée de boîtes aux lettres.

— Si vous le voulez bien, on va commencer par rentrer chez vous. Nous serons plus au calme pour discuter. Vous en profiterez pour me faire un résumé de ce que vous avez prévu pour la journée de demain.

Elle ne répond pas, mais reprend le chemin de son appartement, le pas légèrement précipité. Son équilibre émotionnel est tout de même fragile et il en faut peu pour l'ébranler. Les clés de son logement étant sur le même trousseau que celles de sa voiture que je détiens encore, c'est moi qui déverrouille la porte. Un bref coup d'œil à l'intérieur me confirme que personne ne s'y est introduit. C'est déjà ça !

— Est-ce que je peux prendre dix minutes pour une douche ? J'ai besoin de…

Sa gestuelle est éloquente : elle se sent sale et c'est une réaction tout à fait normale dans de telles circonstances.

— Prenez tout le temps qu'il vous faut. Est-ce que vous avez faim ?

Sincèrement, j'espère qu'elle va dire oui, parce que pour ma part, je dévorerais un bœuf tellement je suis affamé.

— Un peu, oui. J'avais prévu de grignoter en rentrant et de me coucher de bonne heure, mais il s'en est passé des choses depuis que j'ai quitté ma boutique.

— Vous me confieriez votre cuisine, le temps que je prépare quelque chose ?

— Ça fait partie de vos missions, ça ?

Je hoche la tête en riant.

— Rester en vie fait partie de mes missions et là, je crève la dalle !

À son tour, elle laisse un doux sourire se dessiner sur son visage et tend la main vers une des portes du couloir.

— Faites comme chez vous, il y a plein de choses au réfrigérateur et dans le congélateur.

D'un pas alourdi par la lassitude, elle glisse vers une autre pièce et moins d'une minute plus tard, j'entends l'eau de la douche couler.

***

Je me doutais de ce que j'allais trouver dans la cuisine d'une femme dont le métier est justement de cuisiner. Tout est méticuleusement rangé, étiqueté… J'ai presque peur d'y mettre les doigts, mais à la différence de mon propre coin « repas » qui demeure un véritable capharnaüm, dans cet espace organisé, il ne me faut que très peu de temps pour repérer les ingrédients dont j'ai besoin pour préparer le dîner.

Loin de moi l'idée de me lancer dans un défi culinaire, j'aurais l'air ridicule de toute manière, parce que je n'arrive certainement pas à la cheville de la pro qui barbote sous la douche, mais j'ai quand même envie de nous faire plaisir. Un peu de réconfort pour les papilles n'a jamais fait de mal à personne, comme pourrait le dire Édith !

Plusieurs longues minutes plus tard, Chloé apparaît dans l'encadrement de la porte, ses épais cheveux emprisonnés dans une serviette, et vêtue d'un pyjama beige clair bien trop grand pour elle.

— C'est l'odeur qui s'échappe de cette cuisine qui m'a forcée à quitter la douche !

— Vous avez eu peur pour vos casseroles ?

— Non, ça sent tellement bon, c'était irrésistible !

Ses yeux clairs sont soulignés de larges cernes sombres, et sur sa peau laiteuse, les ecchymoses sont de plus en plus visibles. À croire même que les marques laissées par les coups de Vidal s'étalent d'heure en heure ; comme si ces bleus s'étiraient pour graver dans sa peau le souvenir de sa peur. Un coup d'œil suffit à lui rappeler l'emprise qu'il a exercée sur elle, à raviver l'affreuse sensation d'avoir été à sa merci.

— On va rapidement manger pendant que c'est chaud et je pense qu'il faudra que vous vous

reposiez. Vous avez l'air d'être tellement épuisée.

Elle soupire longuement et s'installe à table.

— J'ai très faim maintenant, et je sens que je suis fatiguée. Le sommeil viendra peut-être, tout comme l'appétit a fini par me gagner.

Sans relever, je prends place face à elle et remplis son assiette.

— Je cuisine les aliments comme je les aime, je suis incapable de suivre une recette de toute façon, donc voici *mes* tagliatelles à la carbonara. Certains me feraient sans doute un procès pour avoir la prétention de les appeler ainsi, mais sincèrement, je m'en moque. Bon appétit !

Elle plonge sa fourchette dans les pâtes fumantes et les roule délicatement avant de les porter à sa bouche.

— Mmm, c'est ec-chélent ! me félicite-t-elle avant même d'avoir avalé.

— Je suis ravi que cela vous plaise.

Elle mâche un long moment puis me regarde, la tête légèrement penchée sur le côté et un discret sourire sur les lèvres.

— Tous les cuistots ne sont pas des emmerdeurs, vous savez. Les critiques acerbes viennent bien souvent de prétentieux qui ne parviendraient pas à cuisiner eux-mêmes. Pour ma part, et même lorsqu'il s'agit de la confection des pâtisseries que nous vendons, il m'arrive fréquemment de prendre mes libertés avec les recettes. J'ai dans l'idée que la pâtisserie est toujours meilleure avec un peu d'imagination. Avec un peu de soi, en fait.

— Un peu de soi… oui, c'est une façon plus agréable que celle de dire que quand on n'y connaît rien, on fait comme on peut, ce qui est carrément mon cas !

J'aime beaucoup le sourire que ma plaisanterie invite sur son visage, mais il s'assombrit subitement quand je tends le bras pour saisir la carafe afin de nous servir un verre d'eau. Son regard fatigué se pose sur l'arme, jusque-là cachée par le pan de ma chemise et que je porte sur mon flanc.

— Vous protéger, c'est aussi pouvoir accéder à mon arme à n'importe quel moment. Ça casse un peu l'image du héros qui se bat à mains nues, mais c'est nécessaire…

Elle sourit de nouveau, mais cela n'atteint pas ses yeux. C'est une mimique qui ne vise qu'à clore le sujet, visiblement. Pourtant, il va falloir qu'elle s'habitue à cet objet.

— Si j'avais eu mon pistolet tout à l'heure dans le parking, j'aurais pu appréhender Vidal au lieu de le laisser partir. Il devrait être dans une cellule, et vous n'auriez pas besoin de supporter ma présence chez vous. Cela ne doit plus arriver. Cette arme ne doit pas vous faire peur. Elle et moi, nous nous connaissons bien et je sais la maîtriser.

Je m'embourbe dans mes lamentables tentatives d'humour « pas drôle », j'en ai parfaitement conscience, mais je pense que ce silence inconfortable ne ferait qu'ajouter au malaise qui s'est installé.

— Je n'ai pas peur. Enfin pas vraiment. C'est juste la première fois que j'en vois une en vrai. Je dirais que je suis plus curieuse qu'effrayée en fait.

Puisque ce n'est pas de la peur, autant assouvir sa curiosité. Je sors mon arme de son étui et la pose sur la table, juste à ses côtés.

— La sécurité est enclenchée, vous ne risquez pas de tirer par mégarde.

— Je peux la toucher ?

Ce n'est qu'un outil pour moi et parfois même, dans certaines circonstances, un prolongement de mon bras. Cet objet m'est tellement familier que c'est étrange de voir qu'il peut susciter une telle curiosité. C'est étrange et presque intime à la fois. En dehors de moi, la seule personne que j'ai jamais autorisée à y poser les mains, c'était ma femme. Elle en avait tellement la trouille que c'était l'unique moyen que j'avais trouvé pour exorciser sa peur.

Les doigts fins de Chloé s'enroulent autour de la crosse du pistolet.

— Punaise, mais c'est super lourd.

Elle le soupèse d'une main légèrement tremblante dans un premier temps, puis sa poigne se resserre et son poignet se durcit pour en maîtriser le poids. Sans y prendre garde, elle pointe le canon dans ma direction, et d'un geste lent, pour ne pas l'effrayer, je le détourne vers la fenêtre.

— Même si la sécurité est correctement mise, ne visez jamais quelqu'un. Sauf si vous avez l'intention de lui tirer dessus, évidemment.

— Désolée…

Elle repose mon pistolet sur la table avec délicatesse et je le reprends pour le rengainer.

— Je crois que finalement, je n'aime pas beaucoup les armes à feu.

Je ris devant l'air de petite fille qui accompagne ses mots.

— Vous n'avez jamais tiré ?

— Non.

— Même pas à la fête foraine ?

— Je n'en ai jamais eu l'occasion, mon père est très doué et il raflait les meilleurs lots pour ma sœur et moi.

— Est-ce que ça vous tenterait d'essayer ? Je veux dire du tir avec une arme de poing, mais pas avec une carabine à plombs tronquée pour piéger les touristes.

Alors qu'elle semble réfléchir, son visage fatigué m'offre de nouveau un léger sourire.

— Pourquoi pas ? Après tout, si c'est sécurisé, ça peut être intéressant.

— Je vais essayer de vous organiser une séance, mais maintenant, mangez, ça va être froid.

Sans autre cérémonie, elle plonge sa fourchette dans son assiette et la porte à sa bouche.

— C'est vraiment excellent. C'est à l'école de police qu'on vous apprend à cuisiner comme ça ?

Je ris.

— Non, c'est ma femme qui m'a appris tout ce que je sais.

— Vous pourrez lui dire que je suis ravie qu'elle ait pris la peine de vous enseigner cela.

Je soupire.

— Je suis veuf.

Sa fourchette reste suspendue dans les airs, quelque part entre sa bouche et ses pâtes, et elle me fixe avec cet air embarrassé que

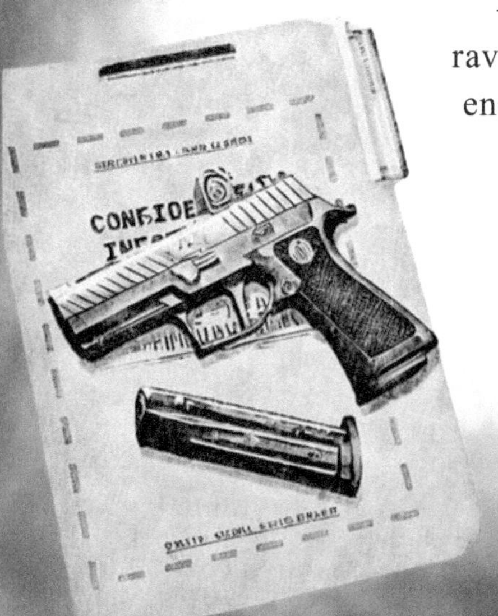

je n'ai que trop souvent vu ces dernières années. D'ailleurs, je me demande pour quelle raison je lui ai confié cette information ; j'aurais tout aussi bien pu laisser glisser ses mots sans les relever, sans leur donner d'importance. Ma vie et sa pathétique monotonie ne la concernent en rien.

— Je vous prie de m'excuser, je suis toujours celle qui met les pieds dans le plat...

— Vous ne pouviez pas savoir et puis c'est moi qui ai amené le sujet. J'avoue qu'il m'arrive d'oublier qu'elle n'est plus là.

Tout comme je ne parviens pas à prononcer le mot « morte » en ce qui la concerne. Le penser, oui ; le dire, cela m'est encore impossible.

Pour mettre fin au malaise et l'inviter à poursuivre notre repas, je lui montre son assiette du doigt et enroule une nouvelle bouchée de tagliatelles autour de ma fourchette. Elle baisse les yeux et recommence à manger. Je pense qu'elle a saisi que je n'avais pas envie de m'étendre davantage sur le sujet.

— Demain, si j'ai bien compris, vous comptez vous rendre à votre travail.

— Évidemment, je ne peux pas m'absenter et abandonner Lisa ! C'est ma sœur, précise-t-elle, et si je ne fabrique pas, nous n'aurons rien à vendre.

— À quelle heure commencez-vous votre journée ?

— Cinq heures, marmonne-t-elle, la bouche pleine.

Je toussote avant de sourire.

— Je dois être plus fatigué que je le pense, j'ai cru entendre que vous aviez dit « cinq heures », mais je suis certain que j'ai mal compris, n'est-ce pas ?

Mastiquant rapidement pour pouvoir me répondre plus distinctement, elle me jette quelques regards gênés.

— Non, j'ai bien dit « cinq heures », mais exceptionnellement, je peux repousser un petit peu. Notre nouvelle serveuse arrive aujourd'hui, et j'imagine que Lisa pourra s'occuper de la former si je n'ai pas terminé au laboratoire.

Comptant rapidement qu'il ne me reste plus que quatre heures de sommeil avant la prochaine journée, il me vient une idée.

— Si je vous propose de vous aider dans votre travail demain, est-ce qu'on pourrait envisager de repousser votre prise de service un petit peu ? Disons à sept heures ?

— M'aider ? Vous voulez m'aider ? C'est-à-dire… Au labo ? Vous comptez passer toute la journée avec moi ?

Ses yeux ronds expriment un peu plus que de l'étonnement ; j'ai presque l'impression d'y lire du mécontentement.

— Eh bien oui, mais il me semblait que vous l'aviez compris, je suis chargé de votre protection…

— 24 heures sur 24 ?

Je m'amuse de son air surpris.

— Vous serez certainement débarrassée de moi avant demain soir, rassurez-vous. Je pense que mes collègues ne mettront pas plus d'une journée à arrêter Vidal. Ce type peut se planquer quelques heures, mais selon ce que je sais de lui, il ne restera pas caché bien longtemps. Il a besoin de se voir dans la lumière.

Elle soupire et me confirme ce que j'avais pressenti.

Cette cohabitation forcée semble d'un coup ne plus lui plaire.

— Vous savez, commence-t-elle en se raclant la gorge, j'ai l'habitude de travailler seule. Je ne suis pas certaine que vous allez apprécier de bosser avec moi. Même ma propre sœur a abandonné cette idée.

— Dois-je prendre ça pour un défi ?

— Vous allez me haïr. Je ne vous donne pas la journée avant de refourguer la mission à l'un de vos collègues.

— Vous aiguisez mon envie de relever ce défi. Je vous préviens, je suis un compétiteur. Plus ça paraît impossible et plus ça m'intéresse.

— Je vais être odieuse.

Je souris.

— Je vais vous malmener.

Mes lèvres s'étirent plus largement encore.

— Ça ne vous décourage pas ?

— Vous venez de réveiller mon petit côté masochiste, lui dis-je en riant.

Alors que sa main gratte nerveusement le bord de la table, je pose la mienne par-dessus. Visiblement ma présence dans son quotidien la chagrine plus que je l'aurais pensé et je ne m'y attendais pas.

— La question n'est pas de savoir si vous serez ou non de bonne compagnie, et même si vous m'envoyez passer une journée en enfer, je ne vous quitterai pas d'une semelle. Si vous préférez que je me mette dans un petit coin et que je me fasse oublier, je le ferai. Tout me va, tant que je peux vous avoir à l'œil. En fait, j'essayais surtout de gratter quelques minutes de sommeil, parce qu'avant que nous nous rendions au centre commercial, je dois passer chez moi pour déposer ma moto et me changer.

Et je veux aussi pouvoir embrasser ma fille. Je ne l'ai pas vue depuis plus de vingt-quatre heures et c'est presque insupportable pour moi, mais ça ne doit pas devenir une préoccupation pour Chloé.

Ce compromis semble lui convenir finalement puisque nous reprenons le cours de notre repas, mais après quelques minutes, elle pose ses couverts et me fixe de nouveau.

— J'ai besoin de savoir précisément ce qu'il se passe. J'aimerais que vous soyez franc et que vous ne m'épargniez pas. Ce Vidal, comment est-il dangereux exactement ? Pour quelles raisons est-il sous votre surveillance ?

Le dossier sur lequel je travaille est confidentiel, mais je ne peux pas ignorer ses questions. J'imagine qu'à sa place le peu d'éléments que je lui ai transmis ne me suffirait pas non plus. De plus, je fais partie de ces gens qui pensent que pour avoir conscience du danger, il faut avoir tous les éléments en main. Il ne manquerait plus qu'elle prenne des risques simplement parce que je l'aurais laissée dans l'ignorance.

Je termine d'une bouchée le contenu de mon assiette, avant de la repousser sur le côté.

— Il y a maintenant plusieurs jours, deux jeunes femmes ont

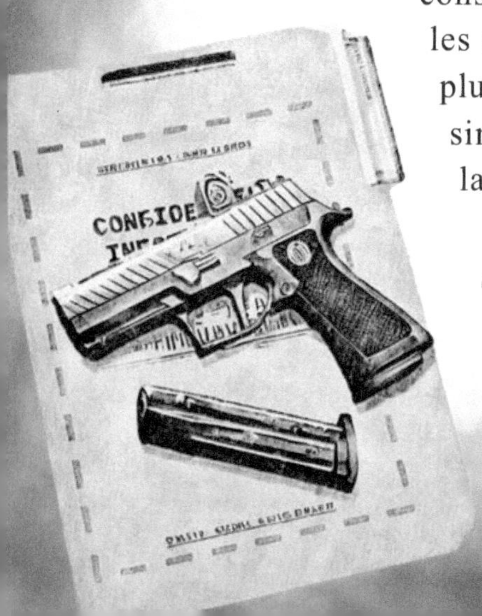

disparu. L'enquête nous a conduits à suspecter deux types, des frères jumeaux pas vraiment fréquentables, mais que les disparues avaient rencontrés dans un bar de la région. J'ai été missionné pour m'infiltrer dans leur petit groupe et, de fil en aiguille, j'ai appris que leur boîte cherchait un mécanicien. La société en question est rapidement apparue suspecte, au regard de la concentration de types douteux dans les effectifs, alors j'ai postulé et j'ai été recruté.

— Vous ?

— Oui, enfin pas Maxime Villonier, le flic, évidemment, mais un alias que j'ai déjà utilisé par le passé. C'est dans son entreprise que j'ai fait la connaissance de Vidal, et c'est la raison pour laquelle je n'ai eu aucune difficulté à le reconnaître lorsqu'il s'en est pris à vous.

La suite de l'histoire représente la partie la plus angoissante pour celle qui a manqué d'être la victime suivante de ce tordu. C'est là que ma manière d'exposer les faits devient essentielle : il faut l'informer sans l'effrayer davantage.

— Il y a quelques jours, le corps d'une des deux jeunes femmes a été retrouvé. Je vous épargnerai les détails, car ils font partie du secret de l'enquête, et parce qu'à part vous faire peur, cela n'aurait aucun intérêt.

Elle acquiesce, mordillant les petites peaux sèches qui entourent ses ongles courts, un moyen sûrement pour masquer sa nervosité, mais je ne suis pas dupe.

— La deuxième fille est donc toujours prisonnière, déduit-elle, après quelques secondes.

— Pour le moment, c'est effectivement ce que nous

pensons. Les examens que nous avons pu effectuer ont mis hors de cause les deux frères que nous soupçonnions, mais l'entreprise de Vidal restait dans la ligne de mire pour d'autres raisons et il a été décidé d'infiltrer son cercle en utilisant une fausse identité. C'est ce qu'on appelle « enquêter sous couverture ». Ce Vidal est rapidement apparu comme un personnage étrange, une petite frappe, un escroc, probablement, mais j'avais des doutes quant à ses capacités à...

Je cherche mes mots sans parvenir à trouver ceux qui sonneraient juste.

— Vous ne le pensiez pas capable d'avoir tué l'autre fille tant ce qui lui a été fait est horrible, c'est ça ?

— En quelque sorte oui, c'est ça. Il faut être sacrément dérangé et je n'imaginais pas qu'il était barré à ce point-là.

Elle déglutit.

— Maintenant, vous croyez que c'est lui, l'assassin que vous cherchez.

Son affirmation sonne de plus en plus juste, et même s'il n'est jamais recommandé de tirer de telles conclusions avec, pour seules preuves, sa propre intuition, c'est en effet exactement ce que je pense.

— J'ai décidé de le surveiller pour en apprendre davantage sur lui et vérifier certaines de mes théories. Dès les premières heures de filature, il m'a emmené dans le centre où vous travaillez. Il y a effectué plusieurs brefs passages par jour, jusqu'à ce qu'il trouve un endroit où s'asseoir et patienter afin de voir, sans être vu : un banc légèrement en retrait de l'allée principale, à une distance raisonnable de votre snack.

— Il nous espionnait !

— Ses heures de visites correspondaient aux moments où vous étiez en salle ou avec votre sœur, mais lorsqu'elle était seule ou que vous n'étiez pas là, on pouvait sentir le dépit dans son attitude. Bien sûr, l'agression de ce soir ne laisse plus la place au doute ; il nourrit à votre égard une forme d'obsession.

Elle ferme les yeux. Probablement pour assimiler les informations que je viens de lui livrer.

— Et maintenant que, pour vous, cet homme est sans l'ombre d'un doute l'auteur des enlèvements, me protéger de lui devient donc une nécessité.

Ce n'est pas une question, et ça résume tout à fait la situation.

— Trop de précautions valent mieux que pas assez à mon sens, et c'est aussi l'avis de mon supérieur.

Un avis que je lui ai quand même arraché aux forceps, mais parfois, il faut ce qu'il faut.

— C'est donc la raison pour laquelle vous m'avez demandé de garder le silence lorsque nous sommes arrivés devant l'immeuble, parce que vous craigniez qu'il nous y attende, car il sait où j'habite. Il m'a déjà suivi jusqu'ici ?

J'acquiesce d'un simple clignement de paupières, mais devant son air presque choqué, je lui prends la main.

— Il ne vous approchera plus, j'y veillerai et je vous l'ai promis.

— Vous l'aviez suivi jusqu'au parking du centre, ce soir ?

C'est probablement la partie de l'histoire qui me

paraît la plus difficile à expliquer, car la raison pour laquelle je me suis retrouvé à cet endroit précis, à ce moment-là, m'échappe encore totalement.

— Je rentrais chez moi, mais j'ai eu le pressentiment que quelque chose n'allait pas. J'ai d'abord mis ça sur le compte du stress lié à cette affaire. Mais j'étais presque arrivé devant mon appartement, lorsque c'est devenu soudain oppressant, quasiment obsessionnel. Il fallait que je me rassure et que je vérifie moi-même. Alors, j'ai fait demi-tour et je suis revenu sur la zone commerciale. C'est là que j'ai repéré la voiture de Vidal et que j'ai compris qu'il se passait quelque chose. Rien ne justifiait sa présence à cette heure précisément, d'autant que le lien avec vous n'avait pas encore été fermement établi.

Le regard brillant, elle glisse sur la chaise à côté de moi et pose sa tête sur mon épaule.

— Je vous dois une fière chandelle, soupire-t-elle.

Il est totalement inutile que j'en rajoute et je ne lui parle pas non plus de l'agression de Jean-Baptiste, car je pense en effet qu'elle est passée à côté de quelque chose de particulièrement moche. L'espace d'une seconde, je me surprends à refréner l'envie de la serrer dans mes bras. Elle est une victime dont on m'a confié la protection, et cela devrait suffire à me tenir à distance ; mais dans sa petite cuisine, il n'y a que nous : elle et moi. Elle n'est rien d'autre qu'une jeune femme apeurée que la présence de mes bras peut

réconforter, et finalement, je cède et la serre contre ma poitrine, ma main largement ouverte sur son dos que je caresse lentement. Peu à peu, je la sens s'apaiser. Ses doigts qu'elle maintenait crispés à mon t-shirt se détendent jusqu'à ce qu'ils finissent étalés sur ma poitrine.

Plus tard, lorsqu'elle dormira, je tâcherai de savoir où en sont les gars qui devaient organiser l'arrestation de Vidal. J'imagine qu'ils ne le serreront pas cette nuit, mais ce genre de personnage imbu de lui-même peut difficilement rester caché très longtemps. La lumière dont ils pensent inonder leur petit monde leur manque rapidement. De plus, je ne suis même pas certain qu'il ait réalisé que nous l'avons identifié, et j'avoue que cela arrangerait grandement nos affaires s'il suffisait d'aller le cueillir à la première heure demain matin dans son garage. Néanmoins, et comme le dit si bien Chloé, le bonhomme est plein aux as, ce qui laisse imaginer que s'il a compris le besoin de se planquer, il aura les moyens de le faire et de nous compliquer la vie.

Elle reste un long moment dans mes bras, assez pour se détendre, et cette confiance qu'elle m'accorde me touche. Dans le cadre d'une sécurité rapprochée, ça a beau être primordial, ce n'est pas instinctif et bien souvent les victimes sont animées par une peur viscérale parfois compliquée à gérer, autant pour eux que pour ceux en charge de leur sécurité. Dans notre cas, je dirais que nous avons déjà fait une bonne partie du chemin pour un travail d'équipe efficace. Elle ne remettra pas en question mes décisions quant à sa protection, et ne sous-estimera pas le danger. Deux points essentiels.

J'attends quand même demain, lorsque je la verrai

dans son laboratoire au snack. Si elle est aussi pénible qu'elle le prétend, elle pourrait bien réussir à me faire changer d'avis…

Ranger et nettoyer la cuisine ne nous prend que quelques minutes, et la jeune femme pose un regard désolé sur son canapé.

— Vous n'arriverez jamais à dormir là-dessus, je vais vous préparer mon lit. Ce divan est juste assez grand pour un gabarit comme le mien, mais vous…

Elle laisse sa phrase en suspens et me toise de la tête aux pieds.

— Ne vous inquiétez pas, j'ai dormi dans des conditions bien pires que celle-ci. Ça va aller, croyez-moi. Ne changez rien à vos habitudes et faites comme si je n'étais pas là.

Tout en grimaçant, elle m'apporte un oreiller et une couverture.

— Chloé, il ne faut pas faire cette tête-là, je suis tellement fatigué que j'arriverais à dormir sur un tas de cailloux.

Elle hoche imperceptiblement la tête, le regard désolé.

— Merci Max, je vous remercie vraiment pour tout ce que vous faites pour moi.

— Bonne nuit, Chloé, reposez-vous bien.

Il n'y a rien à répondre à sa phrase. Je ne peux pas lui dire que je ne fais que mon devoir, car ce n'est pas réellement le cas. Prendre soin d'elle me semble évident, obligatoire même. Comme un ordre de moi à moi…

Un ordre contre lequel je n'ai pas envie de lutter.

Chapitre 26

C'est parfois dans la douceur
d'une ombre,
que se trouve le meilleur refuge.

Chloé

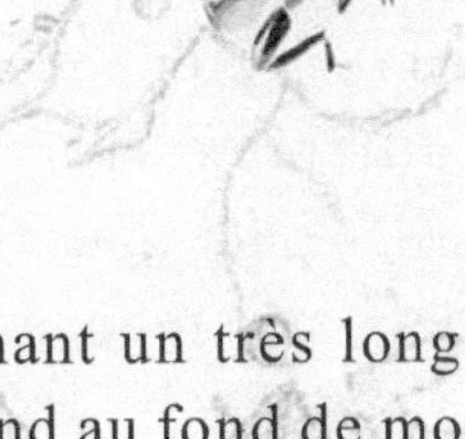

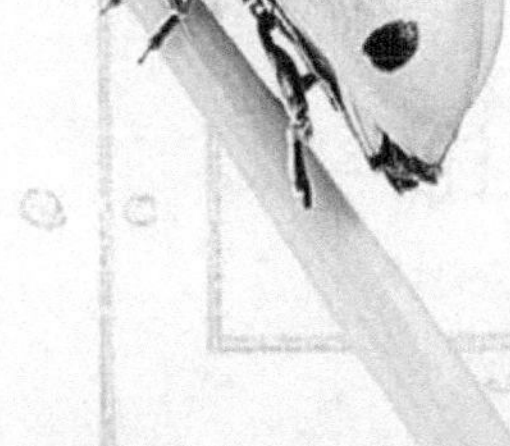

Cela fait maintenant un très long moment que je tourne en rond au fond de mon lit sans parvenir à trouver le sommeil. Chaque seconde qui défile me replonge au cœur des émotions qui ont marqué ces dernières heures. La peur, la colère, la honte aussi, celle de n'être qu'une victime, faible et à la merci d'un fou, très dangereux d'ailleurs, si j'en crois Max.

Je déteste cette sensation d'être le pantin de quelqu'un d'autre, je m'étais jurée de ne jamais la subir… Je m'étais mise au défi de rester toujours maîtresse de mon quotidien : ne plus me placer sous la direction d'un chef en cuisine, ne plus dépendre d'un amant, de choisir mes amis…

Toutes ces fragiles parcelles d'indépendance m'ont laissée croire que j'étais parvenue à obtenir ce que je souhaitais, et pourtant, elles n'ont fait que m'offrir des illusions dont il ne subsiste à présent que les débris.

Il fallait que je sois bien crédule pour penser qu'il suffisait de le décider pour être libre.

De rage, j'essuie la perle d'eau salée qui a franchi, malgré moi, la barrière de mes cils et qui dégouline lentement sur ma joue : pleurer serait donner trop de poids, trop d'importance à cette ordure.

Je hais cet homme.

Je hais les gens qui utilisent leur force ou leur pouvoir pour détruire les autres !

Roulée en boule sur cet immense matelas, une émotion différente cherche soudain à se glisser parmi les autres. Un panachage de couleurs douces, chaudes et rassurantes, qui repousse lentement la noirceur qui m'habite.

C'est cette voix grave qui me murmure que je ne suis pas seule, qu'il ne m'abandonnera pas, que tout se passera bien.

Une voix grave et une autre, comme un écho qui se superpose, plus légère, plus douce. Serait-ce celle de ma conscience ?

Je perçois aussi la présence de cette main large et ferme qui me maintient debout alors que mes jambes ne demandent qu'à se dérober.

Puis ces yeux. Ses yeux, si bleus que je m'y sens presque flotter... drapée dans leur sécurité.

Se pourrait-il que Max soit ma planche de salut pour surmonter tout cela ?

C'est ce qu'il semble vouloir me faire comprendre en tout cas, et je salue l'effort, mais le plus compliqué sera de lâcher prise et de le laisser me guider. J'en ai autant envie que cela m'effraie, et peut-être même que l'idée me terrorise.

Je saisis mon téléphone et envoie quelques mots à Katie. J'imagine qu'à l'heure qu'il est, elle doit dormir, mais je sais aussi qu'elle m'en voudra si je ne lui donne pas de nouvelles.

Moi : Je suis rentrée, je vais bien, bisous.

On est vraiment aux antipodes de la vérité à cet instant précis. Mon esprit tente d'arbitrer, comme il peut, la lutte acharnée que se livrent l'envie de m'effondrer en larmes contre mon oreiller, et celle de redresser la tête, de bomber le torse et d'aller de l'avant. J'ignore encore qui va gagner.

J'essaye les exercices de respiration, mais mes côtes me lancent de nouveau, je pense que l'effet des antalgiques commence à s'estomper. Demain, je vais déguster.

Mon téléphone vibre dans le creux de ma main.

Katie : Je suis là ma belle. Comment te sens-

tu ?

Moi : Ça va. J'ai quelques bleus, mais je survivrai. Je voulais juste te rassurer avant de me coucher.

Je tente d'être persuasive, pourtant rien ne va. Je cherche sans la trouver une position confortable pour dormir, tout en résistant aux larmes qui ne demandent qu'à jaillir et aux cris que je n'ai pas réellement poussés et qui sont encore coincés au fond de ma gorge.

Katie : Tu es couchée ?

Moi : Oui.

Katie : Chez toi ?

Moi : Évidemment…

Je vois qu'elle écrit, mais vu le temps qu'elle met, elle doit rédiger un roman ou alors, elle prépare une connerie. La connaissant, la seconde option me parait la plus plausible.

Katie :… Seule ? Ou avec ce super flic beau gosse qui doit faire fondre toutes les petites culottes de la région ?

Je soupire en secouant la tête.

Ah Katie… Certains sont d'éternels romantiques, eh bien ce n'est pas le cas de ma meilleure amie. Cela dit, je préfère largement qu'elle dérape sur ce genre de sujet plutôt que devoir ressasser encore l'épisode du parking.

Moi : Je me doutais que tu allais me sortir un truc comme ça… Max doit assurer ma protection et dans ma chambre, je pense que je ne risque pas grand-chose, alors non, il n'est pas dans mon lit.

Il dort sur le canapé.

Katie : Quoi ??? Ton canap' tout pourri ? Là, c'est de la maltraitance ! J'ai honte de toi.

Moi : Je lui ai proposé d'échanger, il n'a pas voulu.

Et le pire, c'est que c'est l'exacte vérité !

Katie : Bien sûr ! Il ne fallait pas lui demander d'échanger, mais de partager, ma pauvre chérie ! Si je ne suis pas là pour te souffler les réponses, tu manques vraiment d'imagination ! Sincèrement, tu es désespérante…

Moi : Et toi, tu me fais rire et c'est contre-indiqué, car j'ai mal aux côtes.

Ça, en revanche, c'est un mensonge.

Je suis totalement imperméable à l'humour, et même les blagues de Katie me laissent de marbre, mais grâce à cet écran entre nous, elle n'en saura jamais rien.

Moi : Je vais me déconnecter, il faut que j'arrive à me reposer. Je t'aime « ma poule ».

D'habitude, c'est elle qui m'appelle comme ça.

Katie : Moi aussi je t'aime, à demain. Dors bien, mais si tu as l'occasion de te décoincer, n'oublie pas que tu as ma bénédiction !

Je lis ce dernier message du coin de l'œil et abandonne l'appareil à côté de moi. Les paupières closes, je cherche ces images pleines de couleurs que j'ai repérées tout à l'heure, la chaleur de cette voix, la solidité de cette épaule. Le sommeil s'invite enfin. Il se glisse lentement entre les flots bleus si paisibles qui m'enveloppent, et je le laisse me prendre.

***

— Max, je suis désolée de devoir insister, mais il est l'heure.

Son grand corps est étendu sur mon divan et comme je m'en étais doutée, ses jambes en dépassent très largement. Malgré la position qui doit être horriblement inconfortable, j'ai pourtant l'impression qu'il dort profondément.

— Max ?

Je m'approche de lui, mais là, son arme toujours suspendue à son flanc m'inquiète à présent.

Quelle réaction pourrait-il avoir si je le surprends ?

J'ai connu des gens particulièrement vifs et imprévisibles au réveil ; il pourrait me voir comme un danger et me blesser…

Je m'ébroue mentalement.

Cet homme est un professionnel. Maîtriser ses émotions fait partie de son entraînement !

— Max, je sais qu'il est tôt, mais c'est ce dont nous avons convenu.

Il bouge à peine, et bien que j'aie légèrement monté le ton, il semble totalement insensible à mes appels. Il a retiré sa chemise et seul un débardeur de coton blanc habille sa poitrine. Katie a raison bon sang ! C'est un vrai canon. Le genre d'homme à poser pour des magazines. Sur ses épaules et le haut de ses bras, je distingue quelques marques plus claires, des cicatrices vraisemblablement, et au travers de l'étoffe de coton, une ombre qui doit être un tatouage sur sa poitrine. Je tends une main hésitante, autorisant la pulpe de mes doigts à frôler son épaule.

— Il est plus de six heures et on avait dit que c'était une bonne heure pour se lever.

J'insiste, j'argumente sans avoir la certitude qu'il m'entende.

Alors qu'il ronchonne, son bras bouge et vient s'enrouler autour de mes jambes. Surprise, je tente de reculer, mais la table basse m'empêche de fuir. Sa large main glisse derrière mon genou et remonte le long de ma cuisse. Même si je sais que ce geste est totalement inconscient parce que visiblement, il dort à poings fermés, il n'en est pas moins particulièrement gênant. Il n'est pas compliqué de comprendre qu'il ne compte pas se limiter à palper ma rotule. Son objectif se situe sensiblement plus haut, alors je le stoppe en saisissant fermement ses doigts.

— Max, dis-je, encore un peu plus fort cette fois. Il faut vous réveiller maintenant !

Il sursaute, retire sa main comme s'il s'était brûlé, quand il se rend compte de son geste, et se redresse d'un bond.

— Je suis désolé, je pense que je devais être entre deux rêves, et…

Je m'esclaffe. Enfin, je devrais plutôt dire que je me

force à rire pour ne pas apporter plus d'ambiguïté à la situation.

— Cela n'a pas d'importance. C'est ma faute. La prochaine fois que je devrai vous réveiller, je sonnerai le clairon depuis l'autre extrémité de la pièce !

Il me sourit, à la fois embarrassé et sincère, et avec son air encore endormi et ses cheveux en désordre, je crois qu'il est la plus belle chose que j'aie jamais vue.

Comment dit Katie déjà ? « À faire fondre les petites culottes » ? Eh bien, même si ces images assez grossières me mettent en général mal à l'aise, je peux malgré tout dire qu'on n'en est pas bien loin !

— Café ?

— Oh putain oui, lâche-t-il comme un cri du cœur avant de se reprendre. Pardon, je voulais dire « avec plaisir » !

— J'ai comme l'impression que vous n'êtes pas vraiment du matin.

— Si, je suis du matin, mais là, ce n'est pas vraiment le matin, hein ?

Il passe la main sur son visage et dans ses cheveux, puis me fixe. Il a l'air d'un gamin au réveil. Bon, d'accord, en bien plus sexy…

— J'avoue qu'il m'est rarement arrivé de réveiller le coq du village et que j'aime bien dormir, reprend-il alors que je pars préparer le café. Mais c'est surtout que j'ai dû cumuler huit heures de sommeil sur les trois derniers jours, alors ça commence à piquer un peu.

Sa voix grave me surprend soudain, alors que je ne l'avais pas senti arriver derrière moi. Je sursaute lorsqu'il pose sa main sur mon épaule.

— C’est moi qui vous fais peur comme ça ? murmure-t-il.

— Je vous croyais encore dans le salon…

— Vous êtes une solitaire, pas vrai ?

Je hausse les épaules. Katie m’accuse même de devenir une sauvage. Elle n’a peut-être pas tout à fait tort quand on y pense.

— Disons que je ne suis pas habituée à partager mon quotidien.

Pour toute réponse, il hoche la tête. À croire qu’il sent quand c’est le moment de ne plus poser de questions.

C’est confortable.

— Il ne restait pas des pâtes d’hier soir ?

— Pourquoi ? Vous ne comptez pas manger des carbonaras au petit-déjeuner quand même !

Ses lèvres s’étirent de nouveau.

— J’avale n’importe quoi au petit-déj, du moment que je mange. Sinon je suis un ours…

Sans discuter davantage, je sors du réfrigérateur la boîte en plastique dans laquelle j’avais conservé les quelques cuillères de pâtes que nous n’avions pas pu terminer et la glisse dans le micro-ondes.

Captivé par la danse du récipient dans le four, il ne dit plus un mot. Puis l’appareil sonne et nos mains se percutent lorsque nous voulons tous les deux récupérer les pâtes. Max resserre sa poigne en enfermant mes doigts dans sa paume et plonge son regard encore ensommeillé dans le mien.

— Vous êtes sûre que ça va aller aujourd’hui ? Vous

êtes tendue et je pense que personne ne vous en voudrait si vous décidiez de vous reposer un peu. Il n'y a pas de concours dans ce domaine et personne ne gagne en se jetant trop tôt dans l'arène.

De son autre main, il écarte légèrement mes cheveux pour regarder ma joue dont le bleu s'est encore élargi durant la nuit. Ses doigts sous mon menton relèvent délicatement ma tête vers la lumière.

— Vous n'avez pas mal ?

Je soupire en secouant la tête.

— Non, ça va et je ne cherche pas à gagner le moindre concours. C'est simplement que si je ne m'occupe pas aujourd'hui, je vais tourner en rond, et...

— Et votre sœur a besoin de vous, je l'ai bien compris. C'est honorable, mais n'oubliez pas de penser à vous.

— Mon absence la mettrait dans une sacrée panade, c'est vrai, et je ne peux pas lui faire ça. Mais une fois mon travail au labo terminé, je vous promets qu'on pourra rentrer. Je crois que vous avez aussi besoin de vous reposer et je m'en veux de vous avoir privé d'une bonne nuit de sommeil.

Ses lèvres s'étirent lentement.

— Ne retournez pas la situation, ce n'est pas vous qui êtes supposée vous occuper de moi...

Sa main emprisonne toujours la mienne et étrangement, alors que je déteste qu'on me touche, je n'ai pas envie de le repousser ; en revanche, c'est quand il la relâche qu'une impression d'abandon me percute.

Un sentiment étrange.

— Vidal sera probablement sous les verrous avant

que nous ayons de nouveau besoin de dormir.

Sans rien ajouter, Max avale les pâtes en quelques coups de fourchette et enfin se décide à s'asseoir pour boire son café.

— Ça va mieux ?

— J'ai toujours dit qu'il n'y a rien qu'un plat de nouilles ne puisse solutionner, me répond-il avec un rictus malicieux et presque enjôleur.

Katie, pourquoi as-tu fait entrer ces images dans ma tête ? Pourquoi faut-il que je m'imagine blottie entre ses bras, mes lèvres goûtant à loisir la peau tendue sur ces pectoraux impressionnants ?

Je ferme très fort les yeux pour réancrer mon esprit à la réalité.

Katie, c'est décidé, je te hais, toi aussi !

***

Heureusement qu'à cette heure matinale, personne ou presque ne fréquente les petites rues, parce que mon ange gardien semble avoir oublié ce qu'est une limitation de vitesse.

Et pour un fonctionnaire de police, cela pourrait franchement prêter à rire.

Plus d'une fois, je manque de le perdre de vue alors que je suis sa moto qui file jusqu'à son domicile, mais finalement, je remarque qu'il surveille ma progression dans ses rétroviseurs, et compense l'écart de vélocité de nos véhicules en attendant que je le rattrape.

Les ruelles sinueuses de sa résidence nous mènent au pied d'un petit bâtiment à la façade blanche et dont les balcons sont encore couverts de fleurs multicolores. À croire que l'automne ne s'est toujours pas installé dans cette partie de la ville ; même les arbres ne laissent pas traîner leur feuillage desséché ; à moins qu'on ne le ratisse régulièrement, ce qui n'est pas impossible. Tout est propre, silencieux et je remarque d'ailleurs que Max veille à ne pas pousser le moteur de son bolide lorsque nous parcourons les ruelles, probablement pour ménager la tranquillité de ses voisins.

La porte d'un box s'ouvre et il s'engouffre à l'intérieur. Il coupe le contact et se déleste de son équipement, pendant que je me gare devant la porte, sur son invitation, tandis qu'il la referme.

— Je vous attends ici ? lui demandé-je par la vitre abaissée.

— Oh non, je vous ai dit que je ne vous lâchais pas d'une semelle.

D'une main, il tente de remettre un peu d'ordre dans sa chevelure aux reflets dorés, mais c'est peine perdue et je me retiens de l'en informer. Puis ses doigts glissent sur sa mâchoire couverte d'une barbe trop longue. Enfin, trop longue à mon goût, mais mon opinion n'a que peu d'importance finalement, n'est-ce pas ?

— Vous croyez que même devant chez vous, il y a un risque que Vidal me trouve ?

Les lèvres pincées, il m'adresse tout de même un sourire.

— La question n'est pas ce que je crois ou ce que je pense savoir. Pour votre sécurité, je reste à vos côtés, ou vous restez aux miens, voyez ça comme vous voulez.

Pour le coup, il affiche maintenant un air réellement amusé. Il ouvre ma portière et me tend la main, dans une comique imitation de révérence.

Je suis certaine que ses allures de pitres ne reflètent pas son caractère naturel. Il se contraint à cette légèreté dans le seul but de me divertir, de m'inviter à penser à autre chose qu'à cette situation pour le moins angoissante. Alors, je joue le jeu et saisis sa main, exagérant mes gestes pour lui donner le change. Son casque et son gros blouson l'encombrent, mais il arrive tout de même à dégager une de ses mains qu'il pose sur le bas de mon dos.

J'aime beaucoup ce contact ; c'est ainsi qu'il est parvenu à me faire tenir debout hier…

Tout comme les extérieurs, le hall du bâtiment et l'ascenseur sont propres et agréables.

— Ce n'est qu'au quatrième étage, mais franchement ce matin, je n'ai pas assez de courage pour les grimper à pied.

— Pour ma part, je ne vois pas l'intérêt de prendre l'escalier s'il y a un ascenseur…

— Eh bien, pour se maintenir en forme, par exemple ! ose-t-il.

— Vous voulez dire pour éliminer les carbonaras du petit-déjeuner ?

Il éclate d'un rire silencieux, sûrement encore par respect pour les autres occupants de l'immeuble qui doivent certainement dormir pour la plupart.

Mon Dieu qu'il est beau !

— Ne me dites pas que vous n'avez jamais terminé

les restes de la veille au petit matin ?

— Étrangement, non…

— Une part de pizza ?

— Non plus.

— De la purée de pommes de terre, je crois qu'il n'y a rien de meilleur.

Bon sang, ce que j'aime son humour ! Et son rire… Et son air taquin !

— Un jour, j'essayerai peut-être…

— Vrai ?

— J'ai dit « peut-être », ça n'a rien d'une promesse.

Notre conversation légère nous occupe le temps d'arriver devant sa porte et à peine l'a-t-il déverrouillée, qu'un jeune enfant se jette sur lui.

— Papa !

Il soulève dans ses bras une magnifique petite fille que je n'avais qu'aperçue, et qui le couvre de baisers.

— Mon papa !

— Comment ça se fait que tu sois déjà debout, mademoiselle ?

— Parce qu'elle t'attend et que je n'ai pas pu la maintenir dans son lit, lui répond une femme d'une bonne soixantaine d'années, appuyée contre le chambranle d'une porte.

— Chloé, je vous présente Édith. Ma deuxième mère. C'est quasiment elle qui m'a élevé et aujourd'hui, elle s'occupe de ma fille.

Je tends la main vers la femme qui la serre d'une poigne douce, mais ferme.

— Et cette petite tornade, c'est Maïa, et Maïa, c'est ?

— L'amouuuuur de papa, répond la petite en écartant les bras et en levant haut la tête.

Il l'embrasse de nouveau.

— Voilà, elle a tout dit ! Maïa, tu veux bien dire bonjour à Chloé ?

La petite me regarde un instant avec les mêmes yeux bleus que son père, nullement intimidée par ma présence

— Bonjour Coé.

— Bonjour, Maïa. Qu'est-ce que tu es jolie !

Elle gesticule un instant pour faire comprendre à son père qu'elle souhaite qu'il la pose sur le sol et, à peine sur ses pieds, elle me montre sa robe, étirant le jupon de ses petites mains potelées.

— Et ta robe aussi est très belle.

— Ah ! Ce n'est pas une nana pour rien, une vraie poupée, ajoute Édith en regardant la fillette avec tendresse.

Max s'accroupit auprès de sa fille et pose ses grandes mains sur les bras frêles de l'enfant.

— Je vais devoir retourner travailler, je suis désolé ma chérie, les prochains jours, nous n'allons pas nous voir beaucoup. Je te téléphonerai tous les soirs et on discutera en vidéo avec le téléphone d'Édith, d'accord ?

Elle acquiesce et affiche sur son visage un grand sourire. Visiblement, l'idée d'être autorisée à utiliser le téléphone a aidé à faire passer l'information selon laquelle son père allait s'absenter. Ou alors, elle est habituée à ce que son travail le tienne loin d'elle. Une résilience exceptionnelle chez un enfant si jeune, c'est particulièrement admirable.

— Si vous le permettez, je vous laisse avec Édith et Maïa le temps de prendre une douche rapide. Je vous promets que je ne serai pas long.

Le sacrifice que fait Max pour s'occuper de moi, qui ne suis qu'une étrangère, au détriment de sa fille, me percute et fait grimper un inconfortable sentiment de culpabilité.

— Oubliez l'heure, Max. Je rattraperai mon travail au snack un peu plus tard. Je pense qu'il y a des choses beaucoup plus importantes.

Je hais l'idée d'être celle qui l'empêche de passer ces moments avec sa fille et d'ailleurs, j'ai toujours trouvé les moyens de faire mon boulot, quels que soient les imprévus et les circonstances. Cette habitude que j'ai prise de venir au labo avant le lever du soleil a uniquement servi mon envie de solitude et n'est en aucun cas dictée par un impératif professionnel. Je peux bien y déroger pour permettre à cette petite fille de profiter un peu de son papa.

Ou à ce papa de profiter de sa fille.

— J'ai préparé le petit-déjeuner. J'imagine que vous n'avez pas encore eu le temps d'avaler quoi que ce soit.

Au regard du plaisir qui anime son visage, je n'ai pas le cœur à lui dire qu'en dehors d'un café, je ne déjeune jamais le matin, ni que Max a déjà englouti une belle quantité de pâtes, alors je la suis dans la salle à manger. Des gaufres et des muffins glacés de multiples couleurs sont disposés sur des plats, un grand pichet de jus d'orange et un autre de chocolat sont posés à côté, ainsi qu'un pot de beurre et des confitures.

— Max est un très gros mangeur. C'était déjà le cas lorsqu'il était enfant, et les années n'ont pas vraiment changé les choses. Cela dit, ce n'est pas étonnant quand on le regarde, il faut bien alimenter tous ces muscles, vous ne croyez pas ?

Ses muscles... Vous voulez parler de ce qui déforme les emmanchures de son t-shirt au point d'en tirer les coutures, des mystérieuses formes qui ondulent au rythme de sa respiration ou ce qui tend son jean au point qu'on pourrait l'imaginer directement peint sur la peau de ses cuisses ?

Il va être impératif que je cesse de songer à ce corps hors normes, et que j'adopte des pensées plus pragmatiques ; comme la nécessité de passer au supermarché afin d'y acheter de quoi nourrir cet affamé le temps de notre cohabitation. Je me sens soudain tellement ridicule de ne lui avoir proposé qu'un pauvre café ce matin !

La petite Maïa escalade sa chaise pour s'installer à table et me tend la sangle qui ceint sa taille.

— Coé, tu attaches moi ?

Je n'ai jamais réellement côtoyé d'enfants. Le peu que j'en sais me laissait encline à les imaginer plus sauvages avec les inconnus, timides au minimum. Pourtant, il semble que cette petite soit d'un naturel plutôt confiant. Il me faut quelques secondes pour comprendre le sens dans lequel enfiler les pièces de plastique pour maintenir la sangle en place, mais elle est patiente et m'adresse un très beau sourire, dévoilant de jolies petites quenottes toutes blanches et parfaitement alignées.

Édith passe derrière elle et à l'aide d'un chouchou en mousse, attache ses cheveux sur le sommet de sa tête. Maïa, soudain mécontente, proteste en repoussant la main d'Édith.

— C'est sans appel, petite demoiselle, hier matin, tu as mis de la confiture dans tes cheveux, et il a fallu repasser sous la douche après le petit-déjeuner. Tu te souviens combien tu étais mécontente de ne pas pouvoir aller jouer ?

— Oui, mais…

— « Oui, mais » quoi, Maïa ? Tu sais que tu dois écouter Édith.

La voix grave de Max, même s'il ne la gronde pas, suffit à ce que la petite fille cesse de ronchonner.

Les cheveux humides bouclant sur son front, il a rasé cette barbe qui lui mangeait le visage. Ses orbes bleus semblent scintiller lorsqu'il tire une chaise pour s'installer entre Maïa et moi.

— Laquelle des deux vous a convaincue ? me demande-t-il en lançant un regard à la table garnie.

Je n'ai pas le temps de lui répondre qu'Édith le fait pour moi.

— C'est moi qui ai invité Chloé à prendre place, Max. J'ignore ce que tu avales durant la journée, mais le matin, c'est sacré pour toi, ça l'a toujours été, il n'y a donc aucune raison que cela change.

Il pose sa main sur le bras d'Édith.

— Tu as très bien fait, et j'ai une faim de loup ! Sais-tu que Chloé est pâtissière ?

— Comment voudrais-tu que je le devine ? répond-elle, l'air faussement bourru. Ma petite Chloé, je vous remercie d'être indulgente, ce n'est pas mon métier, j'ai tout appris en pratiquant, ajoute-t-elle à mon attention.

Je mords à pleines dents dans un muffin qui d'ailleurs est délicieux et l'en félicite. Je ne sais pas si elle prend mon compliment pour une simple politesse, mais il est pourtant parfaitement mérité.

Finalement, ce n'est qu'une fois terminé ce petit déjeuner convivial et délicieux que nous quittons l'appartement de Max, un peu plus d'une heure après notre arrivée. Le regarder jouer et câliner sa fille a sensiblement atténué le sentiment de malaise qui m'avait assaillie lorsque j'avais réalisé qu'à cause de moi, il devait se séparer de sa petite Maïa. Son attitude quand nous sommes partis me confirme qu'elle est habituée aux absences de son père et que malgré son jeune âge, elle a compris que c'était son métier et s'en est fait une raison.

— Fais attention à toi, mon grand, lui glisse Édith à l'oreille quand Max l'embrasse pour lui dire au revoir.

Elle n'a fait que murmurer, mais je les ai entendus, ces mots, ceux qu'aurait une mère pour un fils. Je comprends pourquoi Max la surnomme « sa deuxième maman ».

— Et toi, fais attention à mon bébé, lui répond Max sur le même ton.

Chapitre 27

Il arrive que le silence en dise plus long que les mots...
Et que les mots fassent bien moins que les actes.

Chloé

Les premières minutes de trajet se déroulent dans un complet silence. Max a tenu à ce qu'on laisse ma petite voiture devant son garage et qu'on prenne la sienne.

Je peux le comprendre, le gabarit n'est pas du tout le même et je le sens bien plus à l'aise pour conduire qu'au volant de mon « pot de yaourt » pour reprendre ses mots.

Ce qu'il n'a pas dit et que j'ai néanmoins saisi, c'est que Vidal connaît le modèle de ma voiture, mais pas de la sienne.

— Maïa est très mûre pour son âge et elle est vraiment adorable.

— Oui, c'est vrai. Je n'ai pas un métier simple, mais jusque-là, on arrive à faire en sorte que cette vie décalée ne nous abîme pas trop. Habituellement, mon beau-frère est très présent, et depuis quelques jours, Édith est venue vivre à la maison. Je pense que son installation va devenir permanente. J'ai besoin d'elle près de nous, et seule dans sa campagne, elle m'a avoué s'ennuyer.

— C'est bien que votre fille soit entourée, même quand vous n'êtes pas là.

Il inspire profondément et me jette un regard rapide.

— Il y a quelque chose dont je ne vous ai pas parlé hier parce que j'ai estimé que vous aviez eu assez de trucs à encaisser. Vous connaissez JB. Jean-Baptiste Evrier ?

— Heu, je connais un Jean-Baptiste, mais j'avoue que j'ignore son nom de famille, donc c'est peut-être lui en effet.

— JB est mon beau-frère et il est passé vous voir au snack, hier en fin d'après-midi, n'est-ce pas ?

Curieuse, je le fixe.

— Oui, c'est vrai. JB est venu un peu avant la fermeture. Donc, il semblerait que je connaisse votre beau-frère.

— Il a été violemment agressé après sa visite. Celui qui l'a cogné l'a suivi jusqu'à son domicile.

Cet horrible sentiment que le contrôle de ma vie m'échappe revient me frapper en pleine poitrine, me privant d'un coup de tout mon oxygène.

— Il va bien, Chloé. Le premier coup qu'il a reçu l'a assommé et il a quelques côtes froissées. Il a passé la nuit à l'hôpital sous surveillance, et il rentre chez lui ce matin. D'après ce qu'il a vu, l'homme conduit une voiture puissante et je parierai mon prochain mois de salaire que c'est Vidal.

J'ai soudain de grosses difficultés à avaler ma salive.

— C'est à cause de moi que JB est blessé…

Cet homme est d'une telle gentillesse que cela rend cette agression encore plus injuste. Je sens les larmes monter malgré toute l'énergie que je déploie pour les contenir et ma vision se brouille. Ce salaud de psychopathe s'en est pris à lui à cause de moi. Sans rien dire, Max gare sa voiture sur le bas-côté et décroche nos ceintures de sécurité.

— Tu n'y es pour rien, Chloé. Tout ça, c'est la faute de Vidal. Ce sale type est le seul responsable de cette situation et de toute cette violence. Ne remets pas cela en question, ce serait te fustiger inutilement, crois-moi.

Sa main sur mon épaule m'attire contre sa poitrine et je ne résiste pas. J'ai besoin de m'y blottir, alors je me laisse aller à cette étreinte de réconfort. Se savoir en danger, c'est une chose difficile à gérer, mais on y arrive. En revanche, que d'autres personnes en souffrent, je crois que je ne le supporte pas. Les larmes jaillissent de mes yeux fermés cette fois. Je cherche à les retenir, et pourtant je sais que j'ai besoin qu'elles sortent, que la pression dans ma poitrine s'apaise vraiment. Mes doigts se crispent sur le polo de coton frais de Max et il comprend mon message en me serrant plus fort encore. Ça me fait tellement de bien.

— Lâche tout. Tu as le droit de craquer et parfois, c'est nécessaire pour se sentir mieux.

Pendant de longues minutes, je reste au creux de ses bras et j'absorbe le réconfort qu'il me donne. La caresse de sa main sur mon dos est si chaude, si douce. Puis, quand mes larmes ont cessé de couler, je me redresse.

— Merci d'être là, Max.

Ses phalanges légèrement caleuses essuient mes joues.

— Je te l'ai dit, je ne t'abandonne pas.

— J'en déduis qu'on ne se vouvoie plus ?

Il scrute un instant mon visage.

— J'ai pour principe de toujours tutoyer les femmes avec lesquelles j'ai pris mon petit-déjeuner, me répond-il en faisant sauter ses sourcils, l'air taquin.

Malgré mon angoisse latente, il arrive à me donner l'envie de rire.

— Tu te sens mieux ? me demande-t-il enfin.

— Oui, je crois.

Et je me sens en effet un peu mieux depuis que j'ai laissé couler ces larmes qui me brûlaient de l'intérieur. Ce n'est évidemment pas encore le Nirvana, mais je tiens debout. Je clipse ma ceinture de sécurité et nous repartons en silence. Avec précaution cette fois, je pose ma tête sur le siège et ferme les yeux.

J'imagine le déroulement de la prochaine journée comme la page d'un livre qu'on tourne et je prends conscience à ce moment-là que l'épreuve qui va suivre ne va pas être simple, loin de là ! D'ici peu, Lisa va arriver au snack et il va falloir que je trouve les mots pour lui raconter les évènements de ces dernières heures. Et surtout, que je lui fasse comprendre qu'elle doit se tenir le plus possible à l'écart de moi, afin qu'elle ne subisse pas la même chose que Jean-Baptiste.

Vidal ne doit pas l'approcher !

Il va aussi falloir que je justifie les raisons pour lesquelles je ne l'ai pas encore appelée depuis que j'ai été agressée…

— Ta sœur t'inquiète ?

Je souris en constatant ma transparence, à moins que ce soit Max qui soit particulièrement intuitif.

— Elle va paniquer, puis se mettre en colère avant de finir par s'angoisser et se désigner responsable…

— Ah, c'est à ce point-là ?

— Elle se fait toujours un sang d'encre dès qu'il s'agit de moi. Je suis sa petite sœur, mais quelquefois, elle est plus protectrice que si elle était ma mère. Son fiancé pense que ça lui passera et que le jour où elle sera maman, elle cessera de me voir comme une enfant.

— Et parfois sa surprotection te pèse ?

— Oui et non. Sur l'instant, cela me fait souvent enrager, mais après coup, je me dis que j'ai de la chance de l'avoir et que tout le monde n'a pas le bonheur de compter autant pour quelqu'un que nous comptons l'une pour l'autre. Mais j'avoue que parfois, c'est vraiment difficile à vivre.

Ses sourcils se froncent et un muscle saute sur sa tempe. J'ai soudain le sentiment d'un malaise. Peut-être un sujet trop sensible.

Puis, il soupire et le doute s'effiloche, dévoilant un tableau d'une évidence frappante. Bien sûr que le sujet est sensible ! Faut-il être conne pour se plaindre d'être trop aimée auprès de quelqu'un qui a perdu sa femme ?

— En arrivant au centre commercial, je vais aller voir le responsable de la sécurité.

Le changement de sujet enfonce le clou, et j'ai vraiment envie de me coller des baffes !

— Il y a des failles dans leur surveillance, et les évènements d'hier n'auraient pas dû se dérouler ainsi. Après ton départ, Vidal m'a cherché durant de longues minutes en hurlant dans le parking. Si l'on ajoute à ça le temps pendant lequel il t'a guettée, puis agressé, cela signifie que personne ne surveille cet espace qui reste ouvert toute la nuit. Ce lieu va devenir un coupe-gorge s'ils n'y prêtent pas plus attention.

— Il y a pourtant des caméras, elles sont faciles à repérer.

Max n'a pas l'air en colère contre moi et ma bêtise, ou alors, il le cache bien.

— Oui, je me doute qu'ils ont un système en place, mais si le mec chargé de surveiller dort devant les écrans, il ne sert finalement pas à grand-chose.

Je n'avais pas considéré cet aspect-là…

— Et puis je voudrais aussi lui donner le signalement de Vidal.

— Tu penses qu'il pourrait tenter de revenir me voir ?

Il soupire longuement.

— Je n'ai aucune idée de ce qu'il peut avoir en tête, Chloé, mais j'aimerais sincèrement ne pas avoir à procéder à son arrestation dans une galerie marchande pleine de clients et de gosses… Plus je ressasse ce qu'on sait de lui, plus je me dis que je me suis trompé sur ce mec. Il est peut-être bien plus fêlé que je le croyais.

— Si c'est vraiment après moi qu'il en a, est-ce qu'on ne pourrait pas envisager d'en profiter pour l'attirer ailleurs, tout simplement ? Là où je ne mettrai personne en danger ?

— Tu sors tout de suite cela de ta jolie petite tête. Il est hors de question que tu serves d'appât. Je ne fonctionne pas comme ça. Pour le moment, tu vis selon tes habitudes, et si ça doit le faire venir, on avisera, mais te mettre en situation inconnue, juste pour l'attirer, ce n'est pas au programme. Crois-moi, c'est ainsi que les affaires les plus simples tournent en eau de boudin ! De toute façon, je dois faire un point avec mon major d'ici quelques heures, et si ça se trouve, il aura déjà été arrêté…

Je sens au ton de sa voix qu'il n'y croit pas vraiment, mais on peut toujours l'espérer. Ce serait un dénouement rapide qui nous rendrait notre liberté, à Max comme à moi.

Une liberté qui lui permettrait de retrouver sa petite fille.

Ainsi que nous pouvions nous l'imaginer, le responsable de la sécurité tombe des nues à l'énoncé des évènements de la nuit. Selon lui, l'agent en faction est bien supposé surveiller les écrans de contrôle, mais il semble évident qu'un seul bonhomme pour effectuer à la fois les rondes et la surveillance, c'est bien trop peu. Puis l'homme, gêné, expose des contraintes financières, mais Max le coupe d'une voix cinglante et lui rappelle ses responsabilités. Pénales, pour commencer, puis enfin morales. Le chef de la sécurité se mure dans le silence quand le policier l'informe du rapport qu'il va faire remonter à sa hiérarchie.

Je me sens assez mal à l'aise de voir cet homme se tasser ainsi devant Max. Le regard baissé, il reçoit les remontrances comme un môme qu'on aurait chopé en flagrant délit.

— Je vous conseille fortement de demander du renfort pour les services diurnes et nocturnes. Le pays tout entier est en Vigipirate renforcé, je ne comprends pas que la sécurité ne soit pas une préoccupation majeure de la direction de cette galerie commerciale.

— Ce sera fait sans tarder, Monsieur, lui répond-il d'une voix blanche. Mademoiselle Fabre, je suis vraiment désolé de ce qu'il vous est arrivé. À l'avenir, un agent vous escortera jusqu'à votre véhicule, et il en ira de même pour toutes les personnes travaillant tard dans les locaux. Je suis désolé, je vous renouvelle mes excuses.

Je le remercie d'une poignée de main et Max m'invite à sortir de son bureau d'une pression de sa paume sur la courbure de mes reins. Je sens qu'il lui en a coûté de rester courtois, et qu'il aurait volontiers monté le ton et peut-être même laissé échapper sa colère, si je n'avais pas été présente.

— Ça me sidère de voir que des types sont payés pour faire un boulot et qu'ils prennent leurs responsabilités à la légère. Si la direction lui serre la bride et ne calcule qu'en termes de masse salariale, c'est à lui de s'imposer et de leur rappeler les règles. Parce que si demain, un vrai gros problème survient, non seulement ça peut faire des victimes, mais en plus, il sera le premier à terminer derrière les barreaux ! Il ne faut pas qu'il s'attende au moindre soutien de ceux qu'il couvre aujourd'hui.

Face aux efforts qu'il fournit pour afficher un calme apparent, je prends sa main et la serre dans la mienne. C'est étrange comme ce geste m'apaise, alors que les contacts physiques, même avec mes proches, ont tendance à m'indisposer. Je lui mets un discret coup d'épaule — qui au passage n'ébranle que moi — pour attirer son attention et lui adresse mon plus franc sourire.

— Tu as entendu ce qu'il a dit ? Il va faire le nécessaire…

— Oui, c'est franchement dans son intérêt.

Son pouce caresse mon poignet durant un très court instant.

— Tu n'aimes pas faire de vagues, j'ai l'impression ? m'interroge-t-il, à voix basse.

Je hausse les épaules.

— En fait, je n'apprécie pas de chagriner les gens ou de les mettre mal à l'aise. Je ressens leur gêne et même quand je devrais être en colère, je finis par m'excuser.

Il rit.

— Trop d'empathie…

— C'est aussi ce que dit ma sœur. J'essaie de me corriger, mais je n'y parviens pas et c'est certainement pour cette raison que j'aime autant la solitude.

— Chloé, l'empathie n'est pas un défaut. C'est une grande qualité. Pas seulement entendre, mais écouter les autres, comprendre leurs joies et leurs peines, tu sais que ce n'est pas donné à tout le monde ? C'est quelque chose de rare et tellement précieux que lorsqu'on a la chance de le rencontrer, on doit en prendre soin.

Son analyse est bienveillante, mais même si je suis persuadée qu'il est sincère, je me suis plus souvent frottée à des gens qui ont abusé de ce trait de mon caractère que de personnes qui s'en sont émues.

— Tu as probablement raison.

Je lâche sa main à regret pour ouvrir la porte de la boutique, et le faire pénétrer dans le premier sas, celui qui accueille les vestiaires. C'est dans cette pièce que nous nous délestons de tout ce qui n'a pas sa place dans l'espace de vente ou celui de fabrication.

— Si tu dois franchir les portes de mon labo, ce sera avec un tablier et une charlotte. Voici un casier dans lequel tu peux accrocher ton blouson et j'imagine qu'il est inutile de te demander d'y laisser aussi ton arme ?

Il gronde gentiment en secouant la tête.

— Bon, alors garde-là, j'aurais essayé.

Sans rechigner, il se plie à mes demandes et ôte son blouson. Le tablier qui paraît si grand sur moi est presque ridicule maintenant qu'il le porte, quant à la charlotte, elle emprisonne ses cheveux châtain clair et fait ressortir les traits de son visage. Les pommettes hautes, la mâchoire carrée… et ses yeux, bon sang, quel regard ! Deux billes bleues ourlées de longs cils sombres.

— Et tu vas me donner du boulot, maintenant que je

ressemble à un commis de cuisine ?

Sa question me cueille en pleine rêverie et je sens que mes joues s'empourprent.

— Il est déjà tard et comme je vais devoir mettre un sacré coup de collier pour être dans les temps, il y a des chances que je te sollicite, en effet.

Son sourire ne relève qu'un seul côté de sa bouche, comme s'il cherchait à le retenir.

— Tu es donc en train de dire que tu vas me laisser travailler avec toi ?

— J'ai dit que c'était une éventualité.

— Non, tu as dit « il y a des chances », j'ai très bien entendu.

— C'est un peu la même chose, il me semble ?

— Si le résultat est que tu apprécies ma compagnie au lieu de la subir, je t'avoue que je me fous complètement de la sémantique.

Mon regard navigue durant un court instant entre ses prunelles, et je ne peux que me rendre à l'évidence : je suis contente qu'il soit là.

Parce qu'il me rassure.

Que j'aime bien discuter avec lui.

Et que j'adore son humour.

Ainsi que la facilité avec laquelle il arrive à me faire oublier qu'hier, il m'a arrachée des griffes d'un timbré qui rôde encore dans la nature.

Comme s'il avait senti que je glissais de nouveau vers ce terrain angoissant, il m'attire contre lui dans une étreinte rapide, coinçant mon crâne sous son menton alors que ses grands bras m'enveloppent.

— Maintenant tu vas tenir le coup, parce que tu es une guerrière et qu'on a du boulot !

Ces quelques mots murmurés tout contre mon oreille me font frissonner, mais me remettent également sur les rails.

Je l'en remercie d'un sourire.

— Nettoyer des fraises, c'est dans tes cordes ?

— Oui, chef !

— Elles sont dans la chambre froide. Il m'en faudra exactement un kilo, une fois qu'elles seront propres.

Sans discuter, il se met au travail de son côté, et moi du mien. Les moules sont foncés, la pâte sablée est cuite et je suis occupée à monter la crème chantilly lorsqu'un bruit m'informe de l'arrivée de ma sœur.

Elle est en avance aujourd'hui.

— Salut, Chloé, lance-t-elle en entrant dans le labo, mais elle se fige lorsqu'elle tombe nez à nez avec Max.

— Bonjour, Lisa, je te présente Max.

— Enchantée, murmure-t-elle, l'air soucieux, mais je ne savais pas que nous attendions de l'aide en coulisse…

Je ris devant son embarras.

— Parce que Max n'est pas là pour travailler avec nous. Enfin pas vraiment, mais j'aimerais que tu m'écoutes deux minutes, le temps que je t'explique.

C'est à ce moment-là que son regard glisse dans ma direction et qu'elle remarque l'ecchymose sur le côté de mon visage.

— Oh, mon Dieu, Chloé, qu'est-ce qui t'est arrivé ?

Elle est déjà sur moi, à orienter ma joue vers la

lumière crue du néon pour évaluer les dégâts, puis soudain, je vois son expression changer et elle jette un regard empli de colère à destination de Max.

— C'est vous qui êtes responsable de ça ?

Je la retiens par le bras. J'aurais vraiment dû lui téléphoner pour la mettre au courant avant qu'elle arrive. Elle est trop impulsive et visiblement furieuse contre le pauvre Max qui a rapidement compris la méprise.

— Mais non Lisa ! Max n'y est pour rien, il est policier et s'il est ici, c'est pour me protéger.

Max lève les bras de chaque côté de son large torse et dévoile son arme accrochée sur son flanc.

— Un policier ? Et en plus il est armé ! Mais pour quoi faire ? Que s'est-il passé ?

Je lui relate l'agression de la veille, l'intervention de mon nouvel ami et la décision qui a été prise d'assurer ma sécurité tant que le responsable ne serait pas appréhendé. Je passe sous silence les éléments concernant l'enquête de Max. Nous n'avons pas la preuve formelle que celui qui m'a agressée et celui qui a enlevé ces deux jeunes femmes sont la même personne, et de toute manière, Max m'a demandé de garder le silence sur ce sujet.

— Le monde devient fou, finit par lâcher ma sœur, la tête coincée entre ses mains. C'est un message de Jean-Baptiste qui nous a réveillés ce matin. Il voulait prévenir Gaëtan qu'il ne pourrait pas assurer ses rendez-vous, car lui aussi a été agressé hier.

Je jette un coup d'œil à Max pour savoir si je peux révéler cette partie de l'histoire à ma sœur et il y consent d'un geste.

— Je suis au courant pour JB. Il semblerait que son agresseur soit le même homme que celui qui m'a tendu ce piège dans le parking et nous pensons que s'il s'en est pris à JB, c'est parce qu'il était passé me voir ici quelques heures plus tôt. Max est persuadé que ce Vidal fait une fixation sur moi.

— Merde alors, je n'en reviens pas. Et quand je pense au nombre de fois où tu m'as dit que sa présence t'oppressait, c'était donc bien une alerte de ton sixième sens !

— Et si je suis au courant pour Jean-Baptiste, c'est aussi parce que c'est le beau-frère de Max.

Ma sœur semble soudain assembler les informations.

— Mais oui ! Maxime, son beau-frère flic ! Vous avez une petite fille, c'est ça ? Il nous a énormément parlé de vous.

Max semble apprécier que ma sœur ne le regarde plus comme un inconnu dangereux.

— Je vais rester auprès de Chloé pour le moment. Il y a fort à parier que Vidal ne reviendra pas rôder par ici, mais dans le doute, il est préférable qu'elle ne soit pas seule.

Lisa acquiesce énergiquement.

— Et elle vous laisse toucher à son boulot ? demande-t-elle, l'expression réellement interrogative.

— Tu dis ça comme si c'était un exploit !

— Ah bin, parce que ça l'est !

Je soupire.

— Ça reste exceptionnel, et c'est probablement

parce que je n'ai pas le choix, mais pour le moment ça a l'air de marcher.

— Bien. Alors, je ne vais pas m'incruster et je vous laisse travailler, j'ai aussi du boulot de l'autre côté du décor, ajoute-t-elle en feignant l'amusement.

Alors qu'elle s'apprête à quitter le laboratoire, Max l'interpelle.

— Lisa, si vous apercevez Vidal, même de loin, et même si vous n'en êtes pas sûre, au premier doute, faites comme si vous ne l'aviez pas vu et venez me prévenir aussitôt.

— D'accord.

Le ton est de nouveau sérieux.

Nous savons tous que ce n'est pas un jeu.

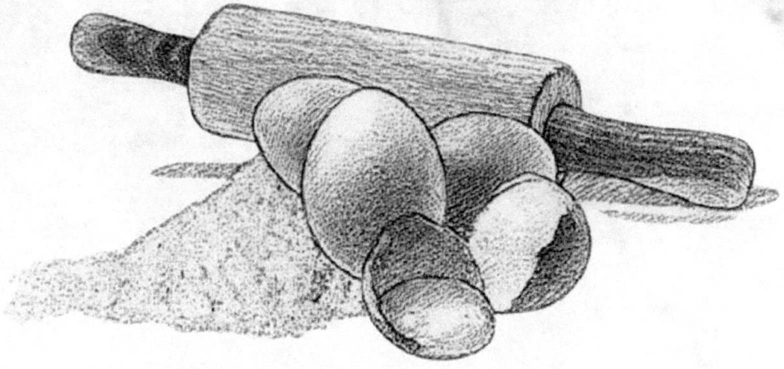

Chapitre 28

On peut toujours dresser des murs pour enfermer ses désirs, mais que faire contre Celle dont la lumière s'infiltre au travers des fissures ?

Maxime

Je ne dis pas que j'aurais pu choisir de devenir pâtissier, mais l'expérience de cette journée est loin d'être déplaisante.

Après avoir lavé, pesé et découpé tout ce que la chambre froide comptait de fruits frais, j'ai nettoyé des tonnes de vaisselle sale. Des « culs de poule », que jusqu'à présent, j'ai toujours appelés « saladiers » et des spatules qui pour beaucoup ont chacune un petit nom propre à leur utilisation. Une chose est claire, la « chef » en utilise beaucoup pour ses préparations. Elle est d'ailleurs une championne pour ce qui est de les lancer depuis l'autre bout de la cuisine — pardon, du « labo » —, directement dans le bac de plonge.

Ah oui, j'appelais ça un évier, avant…

En fait, la pâtisserie, et je pense qu'il en est de même pour la cuisine en général, emploie des mots qu'on n'imagine pas vraiment dans leur sens. Prenez l'exemple de la fameuse « poche à douilles »… pour l'ancien tireur d'élite que je suis, cela ne pouvait pas être cette espèce de chaussette avec laquelle j'ai façonné ces horribles étrons de pâte à choux…

Je ris encore de l'expression de Chloé quand elle a vu les monstruosités que j'avais réalisées avec ce machin-là ! Bref, n'est pas pâtissier qui le veut, et en dehors d'avoir étoffé mon vocabulaire, j'ai également fait quelques belles expériences.

Par exemple, je n'imaginais pas que quelques gouttes de jus de citron dans une préparation pouvaient lui procurer une telle profondeur, ni que le poivre et le chocolat se mariaient aussi bien.

Chloé m'a fait découvrir des saveurs que seul un vrai chef est capable de sublimer, et c'est là que j'ai compris la différence entre la Pâtisserie avec un grand « P » et les gâteaux des supermarchés. Pourtant, Dieu sait combien j'en ai englouti dans ma vie, et sans jamais faire la grimace !

Devant ma curiosité qui n'était pas feinte — je me dois de le préciser — Chloé m'a appris quelques gestes, comme la fameuse technique du huit pour remuer une crème afin qu'elle n'attache pas à la casserole en cuisant, ou le mouvement précis pour incorporer le sucre d'une préparation de meringue.

J'ai aussi beaucoup, beaucoup goûté... mais ça, c'était inévitable en lâchant un gourmand comme moi dans une pièce dédiée au plaisir des papilles !

Et puis j'ai également découvert une autre Chloé.

Une jeune femme sûre d'elle et parfaitement à l'aise dans ses gestes. Outre son métier qu'elle exerce avec une dextérité époustouflante, elle aime partager son savoir, elle est drôle, passionnée, patiente... et surtout bien loin de l'image que j'en avais quand elle m'a dit être insupportable dans « son antre ». À croire que ces murs de faïence immaculés sont son cocon, que son vestiaire ne détient pas seulement ses vêtements extérieurs, mais aussi tous ses soucis et ses frayeurs, tous ses complexes.

J'ai adoré chaque minute que j'ai passée ici avec elle.

Et c'est d'ailleurs un peu perturbant...

— J'ai deux bonnes nouvelles, déclare-t-elle soudain, me sortant de ma rêverie. La première, c'est qu'on a terminé pour aujourd'hui !

Un gloussement de satisfaction s'échappe de mes lèvres. J'ai tellement mal au dos que j'ai l'impression que mes vertèbres se sont soudées entre elles !

L'ensemble des équipements est conçu pour quelqu'un de la taille de Chloé, ou à peine plus grand, mais certainement pas pour moi ! Mes pauvres pieds aussi demandent grâce. Tassés au fond de mes docks, mes orteils sont en marmelade à force de subir le « sur-place » devant les paillasses et la plonge. Je comprends mieux l'utilité des sabots en caoutchouc que ma patronne a enfilé en arrivant... mais je ne sais pas si ce genre de « souliers » existe en pointure 48 !

— Allez, ne t'arrête pas en si bon chemin, c'est quoi la deuxième nouvelle ?

— Demain matin, tu pourras dormir, on a pris de l'avance !

— Dormir ?

Si je ne me retenais pas, je pourrais l'embrasser rien que pour ces quelques mots, car déjà mon cœur effectue un petit bond dans ma poitrine. J'avoue que l'idée de fermer les yeux sans m'inquiéter du réveil me donne envie de sauter de joie, mais devant son air mutin, mon sourire béat s'efface lentement de mon visage, tandis qu'un doute m'effleure soudain.

— Attends, quand tu dis « dormir », ça veut dire quoi, exactement ?

— Eh bien, je ne te réveillerai pas à cinq heures, on peut pousser à six heures, ou peut-être même sept heures, tout dépend si tu souhaites passer chez toi comme ce matin.

Je me disais bien que j'avais eu tort de me réjouir.

— En fait, sous tes airs d'ange, tu es un véritable tyran.

Elle éclate de rire et devant ma mine certainement défaite, pose délicatement sa main sur ma joue.

Je ne l'ai traitée de tyran que pour la taquiner, mais je n'en pense pas un mot, elle a vraiment l'air d'un ange…

— C'est mon métier qui veut ça, tout se passe le matin ! Mais je comprends que ce ne soit pas simple pour toi. Il va falloir se coucher tôt ce soir pour que ce soit moins difficile demain, c'est tout, et tu prendras le rythme.

Probablement pas, car d'ici peu Vidal sera sous les verrous, et Chloé récupèrera sa liberté. Mais étrangement, j'ai envie que ce salopard se cache et fasse durer la traque. Le rôle qu'il m'a involontairement attribué commence sincèrement à me plaire.

— Si tu le dis…

Sa main glisse lentement de ma joue à mon épaule, mais son geste me semble inconscient, tout comme ce sourire qu'elle m'adresse et qui me paraît un harmonieux mélange de tendresse et de fatigue. Quand elle s'en aperçoit, elle s'empresse de ramener son bras contre sa poitrine.

Je suis déçu qu'elle s'éloigne soudain. Je n'en avais pas envie. Je crois que le contact de sa peau devient quelque chose que j'apprécie de plus en plus, et d'ailleurs, les quelques fois où nous nous sommes frôlés aujourd'hui, alors que nous étions en train de travailler, m'ont plu. J'ai adoré poser mes mains sur sa taille lorsque j'avais besoin de me faufiler derrière elle. J'ai ri pour masquer mon plaisir quand elle a entrepris d'essuyer les traces de fécules de maïs sur mon visage tout à l'heure.

Tout cela est étrange parce que je préfère le qualifier ainsi. Chercher à comprendre m'amènerait à coup sûr à tirer des conclusions auxquelles je me refuse.

Parce que je n'ai pas le droit de ressentir ce genre de choses.

Avant de quitter les lieux, je rappelle à Lisa d'être vigilante en collant le numéro de téléphone du responsable de la sécurité sur sa caisse enregistreuse.

Elle sait qu'elle doit l'appeler en premier puis me prévenir au moindre doute de la présence de Vidal.

D'autres auraient eu peur, mais pas Lisa visiblement. Elle enregistre mes recommandations sans sourciller, tout en ayant parfaitement conscience de la gravité de la situation.

Elle a la même force de caractère que Chloé. Ces deux frangines sont de sacrées battantes !

Durant la petite pause que nous nous sommes accordée en milieu de journée, j'en ai profité pour transmettre mon rapport quotidien à Étienne. J'ai appris, par la même occasion, que notre suspect ne s'était pas présenté à son garage ce matin, mais qu'il n'était pas non plus à son domicile. Les collègues qui sont intervenus chez lui ont rencontré sa femme. Une madame Vidal quasiment muette, et surtout, complètement sous l'emprise de son mari. Elle leur a affirmé ne pas l'avoir vu depuis plusieurs jours. Néanmoins, elle ne paraissait pas très sereine et ils la soupçonnent sérieusement de n'avoir pas été sincère. Son mari aurait pu la menacer pour qu'elle taise ce qu'elle savait, cela ne détonnerait pas avec le personnage selon moi.

Enfin, le fait est que Vidal était effectivement absent et qu'il s'arrange pour rester sous les radars. Son téléphone ne borne plus nulle part, sa messagerie n'a pas non plus été interrogée et son compte bancaire personnel ne présente aucun mouvement depuis hier à vingt heures. Juste entre le moment où il a agressé JB et celui où il s'en est pris à Chloé.

Par acquit de conscience, Étienne a étendu la protection à la famille de Chloé et à celle de JB. C'est peut-être inutile, mais on n'est jamais trop prudent dans une telle affaire.

En ce qui me concerne, rien ne change dans mon rôle auprès de Chloé et c'est donc dans cet esprit que nous rentrons dans son appartement.

— Procédons par ordre, me dit-elle en pénétrant dans le salon. Tout d'abord, est-ce que tu as faim ?

Je n'ai pas besoin de réfléchir beaucoup à la question, j'ai grignoté toute la journée.

— Oh non ! Avec tout ce que j'ai englouti aujourd'hui, je suis rassasié.

— Ok. Ça, c'était une première chose. Maintenant, est-ce que tu es fatigué au point de dormir tout de suite ?

— Affirmatif. Je suis mort, ou pas loin de l'être.

— Parfait. Enfin, je ne veux pas dire « parfait » parce que tu es mort, ce n'est pas ça, c'est juste que… et merde, laisse tomber, moi aussi, je suis crevée et je dis n'importe quoi. Va prendre une douche et je vais remplacer mes draps : tu vas dormir dans mon lit.

Je refuse d'un geste lent.

— Si c'était non hier, c'est toujours non aujourd'hui, tu sais, je n'ai pas changé d'avis sur le sujet.

— La différence avec hier, c'est que je n'étais pas assez en forme pour te tenir tête alors que là, je le suis. Il n'est pas question que tu tasses ton immense carcasse dans mon vieux divan tout pourri. Tu vas te coucher d'un côté du lit, et moi je dormirai de l'autre, ce n'est pas plus compliqué que ça.

— Tu n'arriveras pas à fermer l'œil.

— Je parie que si.

— Je ronfle.

— Moi aussi.

— Je parle dans mon sommeil.

— Ça aussi, je crois que je le fais.

— Tu es une tête de cochon.

— J'en ai autant à ton service.

Finalement, je soupire et j'abandonne. Cela dit, la taille du canapé que j'ai occupé la nuit dernière n'est pas totalement étrangère à ma capitulation, car même crevé, j'avais eu de grosses difficultés à m'endormir.

— Tu trouveras tout ce qu'il faut sur le petit meuble de la salle de bain. Sois économe, le ballon d'eau chaude n'est pas bien volumineux, lance-t-elle en quittant le salon, un sourire au coin des lèvres.

C'est vraiment une sacrée nana.

Maintenant que le choc lié à l'agression semble derrière elle — ou du moins bien caché —, c'est une véritable tornade. Pourtant, je n'ai pas envie d'argumenter. Je pourrais le faire, enfin, j'imagine en être capable, mais je crois que j'apprécie l'idée de la laisser remporter quelques victoires. Ça l'encourage vers une meilleure voie. Ça stimule son côté combatif.

Et j'aime aussi énormément quand son joli visage s'éclaire de la satisfaction d'avoir gagné la partie…

Max, oublie ça. Elle n'est pas pour toi…

Quand j'entre dans la salle de bain, c'est un mélange subtil de toutes les senteurs qui virevoltent habituellement autour d'elle qui m'accueille. Ce n'est pas simplement son parfum, dont je reconnais la fragrance en ouvrant le flacon qui trône sur la tablette, mais également cette senteur de vanille et de miel qui lui colle à la peau.

Je ferme les yeux, et j'inspire profondément.

C'est fou comme une odeur peut être liée à un plaisir... Celle des produits pour bébé me rappellera toujours ma fille, celle que je respire à présent a beau être nouvelle, elle fait vibrer quelque chose de tellement doux en moi.

Doux et à la fois d'une extrême violence...

Je me déshabille rapidement et me glisse sous la douche. Elle n'a pas grand-chose à craindre pour son ballon d'eau chaude avec moi, j'aime les douches vivifiantes, mais là, il me la faut froide, très froide.

Les gouttes presque glacées s'écrasent sur ma peau. Je soupire d'aise quand mes pauvres orteils meurtris gigotent librement au fond du bac à douche, et que mes muscles endoloris capturent la fraîcheur pour museler leurs tourments.

Mais mon soupir n'est pas simplement dû à mon plaisir masochiste : j'ai besoin de ce courant glacial pour conserver le stoïcisme de mon corps...

« C'est la tête qui dirige, et ça doit rester ainsi. »

Foutu mantra !

Enfin, c'est certainement peu conventionnel, mais pour le moment, martyriser mon épiderme semble avoir fonctionné pour suffisamment engourdir mes sensations.

Après cette douche bien méritée dans tous les sens du terme, je scrute mon reflet dans le miroir. Je dois me baisser, car lui aussi a été installé pour être utilisé par l'occupante de l'appartement, et ma tête est tout simplement hors champ ! De larges cernes ornent mes yeux, mais j'ai connu pire.

Ce matin, je me suis rasé à blanc. Ce n'est pas ce que je préfère, mais j'avais besoin d'arracher complètement le costume de « Max Ravier ».

Même si cette infiltration a été de courte durée, je ne peux pas nier que cela m'a remué, et pas seulement moi. Édith, Étienne et JB ont aussi été ramenés quelques années en arrière, rien qu'au spectacle de la sale gueule de toxico que cette barbe hirsute me donnait.

D'ici deux ou trois jours, j'aurais récupéré les quelques millimètres de pilosité disciplinée auxquels je suis habitué. Pour le moment, ma barbe n'est qu'une ombre à peine marquée.

Lorsque je sors de la salle de bain, j'entends que Chloé s'active et bougonne dans une pièce que je n'ai pas encore visitée et qui me semble être la chambre. Je frappe et sa voix, visiblement agacée, m'invite à entrer.

— Bon sang ! Ça, c'est du lit de compétition, m'exclamé-je en constatant la taille du couchage.

— Figure-toi que c'est un cadeau de mon amie Katie. Je te laisse imaginer quel était le message subliminal.

— Katie, si ma mémoire est bonne, c'est la jeune femme qui m'a sauté sur le dos le premier soir ?

— Oui, exactement, cette Katie-là.

Il devient évident que dormir dans le même lit ne sera ni inconfortable ni indécent dans ces conditions.

— C'est ce drap qui te mène la vie dure ?

— Oui, il est un peu trop petit…

Alors qu'elle tire d'un côté, il se décroche de l'autre, il est clair que toute seule, elle va négocier des heures avec ce bout de tissu avant qu'il abandonne. Je cramponne d'une main l'une des extrémités tandis qu'elle accroche l'autre et nous réglons rapidement le problème.

Puis, elle me détaille de la tête aux pieds.

— Heu, tu vas dormir comme ça ?

— J'en avais l'intention, en effet, mais si tu préfères, je peux remettre mon jean ?

— Ah non, ça ne me dérange pas que tu sois en short, c'est simplement pour savoir si je dois ajouter une couverture, les nuits sont parfois fraîches.

— Ne change rien pour moi, j'ai toujours chaud, alors fais comme tu en as l'habitude.

D'ordinaire, je dors nu comme un ver ou au mieux en boxer depuis que Maïa sait sortir de son lit et plus encore depuis qu'Édith vit à la maison, mais là, j'ai quand même fait l'effort d'enfiler un short et un débardeur.

Cela dit, dans ce lit, presque aussi large que le champ de Mars, ma tenue n'a pas vraiment d'importance, on sera loin d'avoir à subir une quelconque promiscuité !

— Voilà, tout est prêt. J'ai encore un peu de travail avant de pouvoir dormir. Je dois passer mes commandes pour la semaine prochaine, sinon, je vais être à court de marchandise.

— Tu as besoin d'aide ?

La main sur la poignée de la porte, elle est déjà prête à sortir, mais se tourne vers moi, le visage illuminé d'un magnifique sourire.

Fatigué, mais magnifique.

— Non, je te remercie, mais je ne devrais pas en avoir pour très longtemps. Je vais aller à l'essentiel et vite dormir moi aussi. C'est probablement assez rare de commencer sa nuit à l'heure où d'autres prennent seulement le thé, mais je suis claquée et je ne mettrai pas cinq minutes à tomber. La nuit dernière a été éprouvante et la semaine est loin d'être terminée.

J'acquiesce en silence, trop occupé à la regarder pour réellement l'écouter, et elle quitte la chambre.

Maintenant que je suis seul dans la pièce, je ressens pleinement ce petit quelque chose de si particulier qui m'a habité toute la journée.

Cette étrange présence, presque familière.

Et à présent, c'est une aura de réconfort qui me déleste d'une partie des peines que je charrie au quotidien.

Je m'assieds sur le bord du lit et me laisse tomber sur les oreillers. La fraîcheur et le parfum fleuri des draps m'enveloppent alors que je souris au plafond blanc. Dehors, il fait encore jour et la lumière qui traverse les volets vient percuter le mur. Elle inonde la pièce d'une multitude de pointillés assez brillants pour distinguer la décoration de la pièce, et révéler les minuscules grains de poussière qui virevoltent dans l'air. Quelques photos occupent le dessus de la commode, des clichés de Chloé, de Lisa et d'autres personnes plus âgées qui doivent être leurs parents. Un puzzle encadré représentant un paysage d'automne aux couleurs chatoyantes est accroché sur l'une des cloisons, et de petits sachets sont suspendus aux poignées du placard. Je me souviens qu'Édith en disposait aussi dans notre vieille maison, elle les remplissait de lavande et ça parfumait toute la pièce.

Mes paupières sont lourdes et une étrange torpeur me gagne alors que par habitude, je cherche l'oreiller que je serre toujours entre mes bras pour m'endormir… puis soudain une question me traverse l'esprit. De quel côté du lit, Chloé a-t-elle l'habitude de dormir ?

Au prix d'un effort incroyable, je me remets sur mes pieds, qui protestent vigoureusement, afin de la rejoindre au salon.

La tête en appui sur sa paume, son regard d'ambre est fixé sur l'écran de son ordinateur. Même si son autre main est active sur le clavier, sa lassitude est palpable.

Lorsqu'elle m'entend, elle se redresse.

— Il y a un souci ?

— Non, aucun, j'ai simplement oublié de te demander de quel côté du lit tu préférais dormir.

— Ça n'a aucune importance, je n'ai pas de préférence, me répond-elle en massant sa nuque endolorie de la main.

— Tu as bientôt terminé ?

Elle soupire.

— Presque, mais la connexion internet fait des siennes et la validation de mes commandes prend un temps fou.

Délicatement, je pose mes paumes sur ses épaules et de chacun de mes pouces, je décris de petits cercles sur ses trapèzes et le long de ses vertèbres cervicales. Ses muscles sont contractés, elle est tendue, mais le doux gémissement qui s'échappe de ses lèvres me tire un sourire de satisfaction.

— Qu'est-ce que ça fait du bien…

— Laisse-toi aller, détends-toi et respire profondément. Les techniques d'Édith font des miracles, tu vas voir.

Un à un, les nœuds que mes doigts rencontrent se relâchent et cèdent sous la pression douce de la pulpe de mes pouces. Je termine le massage en évacuant les dernières tensions de son cuir chevelu alors que sa tête est totalement abandonnée au creux de mes mains, ses cheveux soyeux dégoulinant sur mes avant-bras.

Je profite de ce qu'elle ne puisse pas me voir pour laisser le conflit que je persiste à qualifier d'étrange s'imprimer sur mon visage. Les yeux fermés avec force, je rejette ce plaisir que me procure la douceur de sa peau qui glisse sous mes doigts, je les ramène sous la contrainte à couvrir ses muscles noués pour qu'ils ne s'égarent pas plus loin sur son épiderme, qu'ils ne partent pas d'eux-mêmes, là où ils n'ont rien à faire.

Ça devient compliqué, Max…

Je relâche silencieusement l'air de mes poumons, mais son parfum dangereux les envahit de nouveau quand j'inspire.

Très compliqué, putain. Ça ne devrait pas l'être autant…

— C'est magique. Merci Max, murmure-t-elle en remuant doucement la nuque, et je retire mes mains qui me brûlent à présent.

— À ton service. Mais ne tarde pas à te coucher, tu vas bientôt ressentir le besoin impératif de dormir. Tu étais tellement tendue que maintenant ton corps va demander du repos.

C'est presque impossible d'imprimer tant de désinvolture à mes mots alors que je voudrais bien lui dire que pour moi aussi quelque chose de magique s'est passé. Quelque chose que mes poings maintenant crispés cherchent à retenir, à museler, tandis que mon bon sens s'acharne à le priver de signification et d'existence.

— C'est promis, je termine ces fichues commandes et je te rejoins.

Promis, je te rejoins…

Allez, ça continue, même les mots les plus innocents prennent à présent un autre sens dans mon esprit tordu, c'est tellement pathétique !

Quand elle tourne son visage vers le mien, je vois que ses joues sont roses, un peu plus colorées que d'habitude, il me semble. La question reste de savoir si c'est lié à la fatigue, au massage que je viens de lui prodiguer, ou à cette chose…

Ce truc étrange que je ne veux pas nommer, qui a certainement dû teinter mon visage aussi…

Tel un automate, je regagne la chambre et m'effondre sur le lit. Dormir doit être mon unique priorité pour l'instant. Je respire plusieurs fois très profondément pour écarter tout ce qui pourrait occuper mon esprit et je me laisse sombrer.

Chapitre 29

Il est des présences qui apaisent le chaos…
autant qu'un souffle sur des braises !

Chloé

Hier soir, ou plutôt devrais-je dire hier après-midi, après avoir terminé de passer les commandes de fruits et d'épicerie pour la semaine prochaine, je me suis juste accordée une douche rapide avant d'aller enfin dormir. J'ai beau être habituée à ces longues heures au labo, la journée avait été difficile après la soirée chaotique de la veille, et derrière la fatigue physique évidente qui alanguissait mon corps, je me sentais pourtant bouillir. Ma cervelle, mon cœur et même mes entrailles semblaient être en mouvement permanent.

Néanmoins, je dois avouer que le massage de Max m'a fait beaucoup de bien. Outre les courbatures de mes épaules qu'il a chassées d'une main de maître, le contact de ses phalanges est parvenu à envoûter cette angoisse qui faisait vibrer mes atomes. Cependant, comme il me l'avait prédit, j'ai bien ressenti le petit coup de pompe m'invitant à vite aller me jeter sous les draps.

Lorsque je suis entrée dans ma chambre, le grand corps de mon invité était tassé au bord du lit, comme s'il craignait de prendre trop de place et, à vrai dire, même si sa position m'a fait sourire, j'ai fait la même chose de l'autre côté.

Il y a pourtant un tas de situations dans lesquelles on peut dormir à côté d'un étranger sans que ça ne pose le moindre problème. Cela peut arriver quand on est assis dans le train ou lors d'un long voyage en avion, lorsque votre serviette à la plage est proche de celle de votre voisin… Aucune de ces situations ne provoque de gêne. Et pourtant, elles le pourraient tout autant que celle que nous vivons. Max n'est qu'un inconnu lui aussi, même si en moins de vingt-quatre heures, il m'a sauvée la vie et bousculé mon quotidien pour assurer ma protection.

Ce qui procure malgré tout davantage d'inconfort à la situation, c'est que j'ai vingt-six ans, et que cet inconnu qui a investi ma chambre à coucher, n'est que le deuxième homme avec lequel je partage mon lit… Le précédent était Julien, celui que je croyais être l'homme de ma vie. On peut donc admettre que vue sous cet angle, la situation est un peu plus cocasse que la simple cohabitation de deux serviettes sur le sable.

Et ça l'est d'autant plus lorsque je me réveille confortablement installée sur la poitrine de Max, son bras enroulé autour de mes épaules. Son t-shirt s'est relevé et dévoile son ventre — purement magnifique au demeurant — sur lequel s'étalent sans la moindre gêne les cinq doigts curieux de ma main droite, tandis que ma jambe, remontée sur sa hanche, recouvre ses cuisses.

Mortifiée, je récupère lentement ma main, qui n'aurait pas dû trouver cette peau douce aussi attirante, et je tente de glisser sous le bras lourd de Max pour m'éclipser, quand son rire fait vibrer sa cage thoracique.

— Cela fait une bonne heure que je suis réveillé déjà, mais tu dormais tellement bien que je n'ai pas voulu bouger.

— Je suis désolée, Max, je croyais que… enfin je suis…

— Hey, détends-toi. Il n'y a pas de souci. Je pense que tu as dû avoir froid durant la nuit et que tu es venue instinctivement chercher un peu de chaleur. Je t'ai dit que j'avais toujours chaud.

Oui, enfin là, sincèrement, je n'ai pas froid du tout. J'ai même plutôt chaud partout et surtout à des endroits où il ne faudrait pas !

— Quand même… je suis…

— Alors, si tu en viens par là, j'ai ma part de responsabilité, puisque moi non plus je ne suis plus de mon côté du lit.

Je fais la moue et il me sourit.

— Incident clos ? Pour moi, ça n'en est même pas un de toute façon, et en plus, j'ai faim, ajoute-t-il en souriant de plus belle.

Il me serre brièvement contre lui avant de récupérer son bras et de s'asseoir sur le matelas. Captivée par le jeu des muscles de son dos alors qu'il s'étire, il me faut quelques secondes pour me lever à mon tour.

— Est-ce que ça te dérange si on passe chez moi pour que j'embrasse ma fille avant de partir au boulot ? Édith a très certainement préparé le même festin qu'hier matin, on pourrait déjeuner avec elles ?

— Avec plaisir. Je te fais donc juste un café, ou tu souhaites que je cuise aussi quelques pâtes.

Visiblement, je l'amuse.

— Ne me tente pas. On n'a rien d'autre au frigo de toute manière, si ?

— Non, je ne crois pas en effet. Hier soir, nous n'avons même pas pris la peine de dîner, donc il n'y a aucun reste.

— Tant pis, je me rattraperai sur les muffins d'Édith, et au fait, bonjour, ajoute-t-il en m'embrassant sur la joue avant de s'engouffrer dans la salle de bain.

Surprise, ma main se porte sur l'endroit que ses lèvres ont touché. C'était inattendu, mais j'ai adoré ça.

Cette spontanéité me plaît.

Pourtant, ce trouble ne doit pas s'installer.

Il est trop agréable.

Ce bourdonnement dans ma poitrine et les gargouillis de mon estomac sont délicieux, mais ils sont mal venus. Maxime est amical. Rien de plus. Cette bise n'avait pas d'arrière-pensées romantiques, ce n'était qu'un « bonjour », comme ceux de Katie ou de ma sœur…

Alors, pourquoi mon esprit cherche-t-il à m'amener sur un autre terrain ?

Pour quelles raisons stupides tente-t-il de semer le doute sur les intentions de Max ? Pour qu'elles finissent par faire écho aux miennes ? Parce que je ne vais pas me mentir, Max me touche.

« Max t'attire ! C'est un homme magnifique et tu es en manque cruel d'amour et d'attention », me souffle une petite voix aux intonations de Katie.

Ce n'est certainement pas complètement faux.

Tout le long de notre journée — qui se déroule comme la précédente, la fatigue en moins —, Max est resté fidèle à lui-même, amical, gentil, prévenant. Il est évident que notre longue nuit de repos nous a fait le plus grand bien, tout comme le petit déjeuner gargantuesque que nous avait préparé Édith lorsque nous sommes passés à leur appartement ce matin.

Max plaisante beaucoup et surtout, je pense qu'il sait décrypter mon langage corporel et déterminer le moment où je recommence à me plonger dans cette histoire et à broyer du noir. Parce que malgré tous mes efforts, par moment, des flashs de l'agression s'invitent et me renfrognent, le bruit d'une porte me fait sursauter, ou le cri d'un gamin dans la galerie… Je ne suis pas sereine. Pas du tout.

Et ça, Max l'a très bien compris.

Lisa, quant à elle, a parfaitement intégré le fait que me montrer en salle était au-dessus de mes forces.

Autant je me sens relativement en sécurité dans mon labo avec Max, autant dans l'espace commun à la clientèle, cette vulnérabilité m'indispose et m'angoisse. J'appréhende constamment de croiser Vidal, qu'il s'énerve et finisse par s'en prendre à ma sœur, à un client… ou à Max.

Surtout à Max, car j'ai parfaitement conscience qu'il ne refusera pas l'affrontement avec Vidal. J'ai beau me dire qu'il est suffisamment fort et entraîné pour réduire ce microbe au silence, je ne peux m'empêcher de songer que si le bonhomme est aussi cinglé que Max semble le penser, il pourrait également être beaucoup plus dangereux qu'on le croit et, qui sait, tirer à vue dans la foule, prendre quelqu'un en otage ! Ça fait un peu scénario de série B, mais Vidal me terrorise.

Cela dit, une autre forme de peur est venue s'inviter : celle de voir Max blessé par ma faute. Ça m'angoisse.

Lorsque je le regarde — et cela m'est arrivé de nombreuses fois aujourd'hui encore, je l'avoue —, c'est son air invulnérable qui me frappe en premier, mais quand mon examen s'affine et passe au-delà de sa carrure, je distingue les multiples cicatrices qui recouvrent sa peau. Je réalise que personne n'est invincible et que la vie, finalement, ça tient à très peu de choses.

Je n'ai pas osé lui demander d'où lui venaient toutes ces blessures, parce que je crains de le gêner ou de raviver de mauvais souvenirs. Elles sont tellement nombreuses…

Il a dû tant souffrir.

Je donne le dernier coup de torchon sur l'inox de la

chambre froide quand je sens le poids d'un regard qui m'est maintenant familier.

Appuyé sur un plan de travail, Max me fixe en souriant.

— Qu'est-ce qui te fait rire ?

— Je ne ris pas.

— Tu ne ris pas ?

— Non, je ne ris pas, je souris.

— Tu as raison, ce n'est pas la même chose. Alors qu'est-ce qui te fait sourire ?

— Toi.

— Mais encore.

— Ce n'est pas suffisant ? demande-t-il en s'approchant et en m'ôtant le torchon des mains.

— Je te fais sourire, il doit bien y avoir une raison à ça.

Avec le coin du torchon, il frotte doucement le haut de mon sourcil.

— Tu souris parce que j'ai une tache sur le front ?

— Non.

Il jette le torchon dans le bac à linge comme s'il marquait un panier à trois points et pose ses deux mains sur mes épaules pour m'attirer vers lui. Lentement, ses lèvres impriment un baiser léger sur mon front.

— Je souris parce que tu m'en donnes l'envie, c'est tout. Est-ce qu'il est nécessaire d'avoir une raison pour sourire ?

Lorsqu'il s'éloigne, nos regards s'arriment un moment dans un silence si total que le seul bruit que mes tympans perçoivent est celui des battements erratiques de mon cœur. Puis dans un léger soupir, ses bras retombent.

— On rentre ?

J'inspire profondément pour tenter de chasser ces petits tremblements qui me sont devenus familiers ces dernières heures. Ils ont envahi ma poitrine, mais cette fois, je ne parviens pas à les mettre de côté. Ils sont là, visiblement à leur place, et ils semblent vouloir y rester.

— Oui, on rentre.

Chapitre 30

« N'importe où,
n'importe quand… »

Maxime

Une odeur me dérange lorsque nous pénétrons dans l'appartement. Quelque chose de terreux, un peu acide, au point de me faire froncer le nez. Ce n'est pas le parfum qui m'a accueilli hier, ni même le premier soir… En fait, cela n'a rien à voir avec Chloé et tout ce qui gravite autour d'elle.

Pour ne pas la vexer, parce que j'imagine sans peine qu'un vulgaire « ça pue ici ! » serait assez désagréable à entendre, j'ouvre la fenêtre du salon. J'inspire profondément l'air frais qui me fouette le visage, car réellement cela m'oppresse et me donnerait presque la nausée.

— Tu as une envie particulière pour le dîner ? m'interroge Chloé.

Ce n'est guère le moment si l'on considère que je lutte pour que mon estomac reste en place, de me demander ce genre de chose, mais tout comme je me suis abstenu de lui parler de l'odeur ambiante qu'elle ne paraît même pas sentir, je n'en fais pas cas. Cela dit, je sais pourquoi cette puanteur m'indispose à ce point, elle ravive les souvenirs de cette cave putride où j'ai failli crever… Alors, je lui épargne à la fois cette information et le fait que je me sente barbouillé, pour lui répondre.

— On n'a qu'à faire comme pour toi, et ça sera parfait.

— C'est bien une réponse d'homme, ça ! Je l'ai entendue de la bouche de mon père toute mon enfance.

— Oui, mais pour me faire pardonner, je t'aiderai à cuisiner. On sait qu'on peut travailler ensemble maintenant, ça ne devrait plus te faire peur.

Elle me sourit et secoue énergiquement la tête, laissant virevolter les cheveux qui se sont échappés de sa queue de cheval.

Dehors, le vent se lève et une bourrasque s'engouffre dans la pièce. Cela va renouveler l'atmosphère une bonne fois pour toutes et je pourrais refermer la fenêtre avant que Chloé n'attrape un rhume. J'imagine que nous approchons de l'heure de la sortie des écoles, car j'entends des voix d'enfants qui montent jusqu'ici. Distraitement j'observe les sacs à dos qui dansent sur les trottoirs, certains sont presque plus gros que les gamins qui les portent.

— Max ! hurle soudain Chloé.

Mon souffle se suspend, mon cœur s'emballe. Je pose la main sur mon pistolet. C'est un geste qui me rappelle instantanément que je suis formé aux situations quelles qu'elles soient et que le calme doit demeurer ma première arme.

En silence, je traverse l'appartement, et j'ouvre avec précaution toutes les portes que je dépasse. Le logement n'est pas très grand, l'examen est rapide et il ne me reste plus que la dernière porte : celle de la chambre que nous avons partagée.

Les doigts serrés sur la crosse, je fais lentement jouer le battant sur ses gonds, jusqu'à apercevoir la silhouette de Chloé dans la pénombre qu'offrent les volets baissés. Elle est immobile, tétanisée, les pieds fichés dans le parquet à côté du lit et les bras mous, abandonnés le long de son corps. Ses yeux sont rivés devant elle, ils fixent une feuille de papier qu'on a déposée sur le drap de coton écru.

« N'importe où, n'importe quand »

Lorsqu'elle sent ma présence et se tourne vers moi, son regard s'horrifie davantage. Au milieu du puzzle qui décorait le mur, on a planté l'un des couteaux de cuisine. Les restes déchiquetés du short et du débardeur que je portais la nuit dernière y sont accrochés.

J'ai l'impression que notre visiteur n'a pas apprécié ma présence dans la chambre de sa cible.

Chloé tremble maintenant de tous ses membres et, malgré la faible luminosité, je vois distinctement son pauvre corps tressauter. Je rengaine mon arme qui ne m'est d'aucune utilité puisque notre visiteur est manifestement parti et je prends son corps frêle contre moi.

Je n'ai pas de mots pour la rassurer, et je ressasse en boucle les circonstances de cette intrusion. L'entrée principale du bâtiment est sécurisée, la serrure de sa porte est équipée d'une fermeture en trois points et le major a ordonné des rondes autour de sa résidence. Comment cet enfoiré a-t-il pu s'introduire ici ?

J'étais persuadé que son appartement était sûr.

— À part toi, qui a les clés ?

Sa respiration est saccadée, elle retient ses larmes et agrippe mon t-shirt comme si elle se pensait prête à tomber. Devant ce silence, plus proche du mutisme d'ailleurs, je la soulève lentement du sol pour sortir de la chambre. Dans la salle, l'air est maintenant frais et je repousse la fenêtre de l'épaule. Sans la lâcher, je m'assieds sur le canapé et la berce doucement, nichant d'une poigne ferme son visage contre mon cou.

Tant de stress en quelques jours va réussir à la briser, bordel ! Et je suis impuissant face à sa détresse.

— Ma sœur et le gardien, finit-elle par marmonner.

— Quoi ?

— La clé. Ma sœur en a un double, puisque l'appartement lui appartient et le gardien de l'immeuble aussi, en cas d'urgence.

Ses tremblements s'intensifient, mais son corps se crispe soudain.

— Oh mon Dieu, Max, Lisa ! Tu crois qu'il a fait du mal à Lisa pour lui prendre ma clé ?

— Chloé ! Chloé, calme-toi. Ta sœur était encore au

snack lorsque nous sommes partis et il n'aurait pas eu le temps de venir ici avant nous et de disparaître. Appelle-la si tu veux en avoir le cœur net, mais je suis convaincu qu'elle va bien.

Il y a aussi les deux agents qui ont été postés dans la galerie marchande pour veiller à ce qu'il ne lui arrive rien, mais Chloé l'ignore. J'ai gardé ça secret pour ne pas ajouter plus de stress à la situation.

— Non, reprend-elle, en secouant la tête. Je ne peux pas parler à Lisa. Si je fais ça, elle va comprendre qu'il s'est passé un truc. Elle me connaît trop bien. Je n'arriverai pas à lui cacher ça, et je ne veux pas lui dire, elle est déjà assez inquiète.

Je fixe ses grands yeux brillants, triste de constater qu'elle est encore choquée.

— OK, alors on va lui envoyer un message anodin et tu verras qu'elle va bien.

Elle se tortille un instant pour extraire son téléphone de la poche de son pantalon et me le confie. Je commence à écrire : « Peux-tu regarder au labo si tu trouves le pull de Max, il pense l'avoir laissé sur le porte-manteau ? Merci… »

— Est-ce que tu donnes un petit nom à ta sœur, d'habitude ?

— Ça arrive, oui. Pourquoi ?

— Pour qu'elle ne voie rien de formel dans ce message et qu'elle ne s'inquiète pas.

— Zizou.

Je souris et hausse les sourcils.

— Zizou ! Oui, pourquoi pas ?

— J'avais cinq ou six ans quand j'ai commencé à l'appeler comme ça, me répond-elle, l'air gêné.

Je termine mon message et l'expédie.

— Non, c'est mignon, quand on a 6 ans ou qu'on joue au football… Et elle, quel sobriquet t'a-t-elle trouvé ?

— … bis… marmonne-t-elle sans que je la comprenne.

— Comment ?

— Clobis… Cloclo donc Clo (bis)

Cette fois, j'éclate de rire.

— Ah oui, Zizou et Clobis, ça se tient en effet. Elle n'avait pas l'excuse de ses cinq ans, pourtant. Il me semble qu'elle est plus âgée que toi.

— C'est très moche et ça t'amuse, finit-elle par lâcher alors que ses lèvres s'étirent légèrement.

Je passe doucement mon doigt sur sa pommette meurtrie afin d'essuyer une larme.

— C'est surtout très drôle parce que je vous imagine bien, toutes les deux, à chercher le surnom le plus saugrenu à donner à l'autre, mais tu ne trembles plus et tu souris, alors je n'en demande pas plus.

Que ces mots sonnent faux lorsqu'ils franchissent mes lèvres ! Ils vibrent dans l'air tel un étrange mensonge, parce que je veux plus que ses sourires… Je veux sa peau dont le parfum et la douceur m'ensorcellent. Je veux aussi sentir ses mains courir sur la mienne, comme ce matin, lorsque je me suis repu de ses caresses inconscientes. J'ai égrainé chacune des minutes durant lesquelles je l'ai tenue entre mes bras avec un plaisir que je pensais ne jamais plus connaître.

J'aurais aimé capturer son souffle tiède qui caressait ma gorge, et étaler mes phalanges sur ses seins ronds que je devinais sous son pyjama. Mais je suis resté immobile. Seule mon érection n'en a fait qu'à sa tête, et une fois la belle réveillée, il a été urgent d'aller calmer tout cela sous l'eau glacée… encore une fois !

J'accroche son regard et m'y perds un instant, essayant de deviner lequel de l'or ou de l'ambre va gagner le combat dans ses iris envoûtants, juste quelques secondes qui me seront nécessaires avant de redescendre sur terre et détourner les yeux.

— Comment te sens-tu ?

— Ça va. J'ai eu peur sur l'instant, mais il est parti, alors ça va. Et puis, je ne sais pas, quelque chose me dit que le danger a disparu avec lui… sûrement parce que tu es là. Je suis plutôt en rage que ce salaud soit rentré chez moi. Je pense que je pourrais le tuer rien que pour ça !

— Il a franchi les limites de ton intimité, c'est une réaction normale d'être en colère. En revanche, on ne va peut-être pas le tuer tout de suite, hein ? On l'arrête d'abord et on le jette en taule ?

Elle sourit en hochant lentement la tête, et je m'aperçois que j'ai de nouveau fiché mon regard dans le sien. J'y lis tellement plus de choses que ce que ses mots expriment, mais j'y vois aussi ce que probablement, elle ne voudrait pas que je sache… Sinon, elle le dirait.

Je gonfle mes poumons d'une longue inspiration. Cette odeur qui n'appartient qu'à elle ne me perturbe plus, mais m'apaise à présent. Elle m'aide à garder les idées claires.

— Je vais appeler le commissariat pour signaler l'intrusion, et demander qu'une équipe procède à un relevé d'empreintes.

— Nous ne sommes plus en sécurité ici, maintenant. Il n'a pas cassé la porte, ça confirme qu'il a les clés, non ?

— Pas nécessairement. Il a aussi pu crocheter la serrure, tu sais, il y a des types qui sont super doués pour ça.

Il est évident que je vais appeler un serrurier, afin qu'il pallie l'urgence, mais cela n'apportera de solution que s'il a effectivement volé les clés. S'il a crocheté la serrure, il recommencera à la première occasion, que le barillet soit neuf ou qu'il ne le soit pas, et le temps nous manque pour faire blinder la porte.

— Chloé, est-ce que tu accepterais de dormir chez moi, ou si tu préfères je peux aussi te trouver une chambre d'hôtel ?

J'aimerais qu'elle consente à venir dans mon appartement. Outre le fait que je le connais par cœur, j'y ai installé un système de sécurité qui va bien au-delà de sa simple porte d'entrée.

Et j'aimerais également qu'elle y consente pour plein d'autres raisons que je refuse encore de nommer.

— Chez toi, il y a Édith et ta fille. M'installer à l'hôtel est peut-être moins risqué, pour elles du moins. Max, je ne veux pas les exposer !

— Mais l'hôtel est aussi un lieu public. Je pourrais y assurer ta protection, mais ce sera plus compliqué.

— Que me suggères-tu ? Tu trouves plus simple de m'héberger chez toi ?

Son front se plisse sous son inquiétude.

— Sincèrement, oui. Et je peux éloigner Édith et Maïa temporairement, je n'ai qu'un coup de fil à passer.

Ses bras se resserrent autour de moi.

— J'espère que tu ne me prendras pas pour une odieuse égoïste, mais je préfère rester avec toi. Il ne me fait pas peur quand tu es près de moi.

Ses quelques mots me touchent énormément et étirent mes lèvres d'un agréable sourire. En revanche, cette étrange chaleur qui s'infiltre dans ma poitrine me surprend. Cet organe-là est hors circuit pourtant…

Puisqu'aucun mot ne semble vouloir se construire pour répondre à sa tirade, je sors mon téléphone.

Les doigts de ma main libre jouent dans ses cheveux. C'est incongru, mais finalement je m'en fous. Cette étreinte semble lui faire du bien et m'en procure à moi aussi, alors toutes les questions paraissent bien inutiles. Certains pourraient noircir des pages entières d'analyses sur ce qui est en train de se passer, mais ça n'aurait aucun sens pour moi, je veux le vivre, rien de moins.

Ces moments avec Chloé sont bien plus agréables que tourner en rond, rongé par la hargne contre Vidal ! J'inscris simplement l'affront à son crédit, et je range l'ardoise dans un coin de ma tête pour m'occuper de ce salopard un peu plus tard, à un moment où je n'aurais pas à me soucier de Chloé, de sa sécurité et de son bien-être.

— Étienne, c'est Max. Vidal s'est introduit chez Chloé Fabre.

Pendant tout le temps que dure mon exposé des faits à mon supérieur, elle ne bouge pas. Je sens qu'elle se crispe lorsque j'évoque les mots laissés sur le lit, mais j'intensifie légèrement mes caresses et elle se détend de nouveau.

Le major me conseille de ne toucher à rien, ce qui me fait sourire, car je ne suis plus un bleu depuis longtemps, et m'informe qu'une équipe est en route. Je lui explique également que Chloé passera la prochaine nuit chez moi. J'entends sans l'écouter sa désapprobation et son conseil de trouver une chambre dans un hôtel pour Chloé. Il s'engage même à la faire surveiller par un de ses hommes, mais sa proposition, que Chloé a perçue, provoque une vive réaction de sa part. Elle secoue violemment la tête alors que de nouvelles larmes se mettent à briller dans ses yeux.

— Non, Étienne, c'est hors de question. Chloé s'y oppose et moi aussi.

Une victime d'agression a rarement voix au chapitre, mais dans notre cas, il est évident qu'elle sera bien plus en sécurité chez moi qu'à l'hôtel. Ce n'est donc pas très difficile d'argumenter. Étienne, qui connaît parfaitement mon entêtement, n'insiste pas trop non plus. Cela dit, je sais ce que je fais, et ça aussi il en a conscience.

— Tu fais chier, Villonier, ajoute-t-il pour la forme. Transmets-moi ton rapport par mail si tu ne veux pas la quitter d'un pouce, mais fais gaffe à toi ! conclut-il avant de raccrocher.

Je pose mon téléphone et le sien émet un petit signal.

— Lisa n'a pas trouvé ton pull.

— Ce qui est plutôt normal, puisqu'il n'y avait rien à trouver, mais comme tu vois, elle va bien.

Elle hoche imperceptiblement la tête.

— Ton chef n'était pas d'accord avec l'idée que je m'incruste chez toi, si j'ai bien compris.

— Ce n'est pas la procédure. On n'est pas supposé héberger les victimes chez nous.

— Et tu n'as pas l'intention de suivre la procédure.

Je ris.

— Non. En fait, je me contrefous de leur règlement à la con. Si j'avais dû y coller, tu n'aurais pas rencontré Maïa ni Édith. Je n'aurais pas passé ces deux dernières journées avec toi au labo. Si j'avais suivi cette procédure de merde, je t'aurais confinée chez toi avec un flic devant ta porte. Un mec qui se serait fait chier comme un rat mort, relevé toutes les quatre heures par un autre gars qui se serait ennuyé autant que lui.

Elle baisse les yeux sur ses mains. Comme je m'en doutais, elle n'aurait pas apprécié.

— Et au bout de deux ou trois jours, le procureur aurait ouvert ton dossier quelques secondes pour calculer combien coûtait ta protection, puis il aurait demandé que la surveillance soit levée. Il aurait suggéré que tu partes quelques jours à la campagne, à la montagne ou même d'aller au diable d'ailleurs, parce que finalement, tu aurais été pour lui une affaire parmi d'autres, ni plus ni moins importante.

— C'est donc comme ça que ça se passe ? Ils s'en moquent des gens en fait…

— Ce n'est qu'un bureaucrate qui n'en a rien à foutre que tu aies peur ou que tu risques ta peau… Voilà ce que c'est, ce règlement de merde. Je le sais, Étienne le sait aussi, et c'est pour ça qu'il me laisse agir à ma guise. Et puis, tu n'es plus une simple affaire, Chloé, ajouté-je à voix basse, la gorge serrée.

— Je pensais que tu croyais en cette justice pourtant…

J'avale ma salive avec une certaine difficulté.

— Une part de moi doit y croire pour continuer à bosser, et c'est aussi ma mission de donner cette image ; mais si je creuse vraiment, ces pseudo-convictions ne valent pas un pet de lapin.

Et encore moins si les personnes concernées font partie de mon cercle, ai-je envie d'ajouter, mais je n'en fais rien.

Quand elle me fixe ainsi, avec cette vulnérabilité et cette confiance, j'ai juste envie de lâcher prise et de goûter ses lèvres, de les dévorer. Lorsque, troublée, elle emprisonne sa lippe rose et brillante entre ses dents, mon cœur s'affole et se met à taper dans ma poitrine comme un forcené. J'approche mon visage du sien jusqu'à ce que nos souffles tièdes se percutent, mais je me retiens. Je dévie et les paupières fortement soudées, je ne m'autorise qu'à embrasser son front.

Je ne peux rien me permettre de plus que ce simple baiser.

Elle n'a besoin que de réconfort.

Rien d'autre.

Espèce de crétin ! Tu as franchi une barrière que tu n'aurais même pas dû frôler…

— Mes collègues vont arriver pour les relevés d'empreintes. Après ça, tu pourras préparer quelques affaires, murmuré-je.

— Tu penses qu'il a laissé des indices, me répond-elle d'une voix tout aussi faussée que la mienne.

Une part de moi persiste à l'espérer, même si l'autre est persuadée du contraire.

— C'est un fou, mais c'est également un homme intelligent, alors pour être tout à fait honnête, je ne crois pas qu'on trouvera quoi que ce soit, mais il faut quand même le vérifier.

Elle remue légèrement pour améliorer sa position sur mes genoux, et je suis à la fois ravi de constater qu'elle n'a pas l'intention de les quitter et en même temps très gêné par le fait que mon anatomie n'a que très peu de secrets pour elle, dans cette posture.

Car mon corps se réveille…

Mon putain de corps me rappelle qu'il existe alors que c'est loin d'être le moment idéal pour ça. Je m'enfonce dans le dossier du canapé et intensifie la profondeur de mes respirations.

Ça va passer. Je ne suis pas un animal, je vais me contrôler. Il faut que ça passe.

Mais que foutent les gars ?

Certes, les empreintes, s'il y en a, ne vont pas s'envoler, mais leur arrivée me délivrerait de cette situation dont je ne sais que faire. Chloé a besoin de ce moment de paix que je lui offre, mais je pense que je suis arrivé au bout de ce que je peux supporter. Parce que c'est évident maintenant : tout cela va bien au-delà de la tendresse que je m'autorise à son égard. Je la désire, bordel ! Voilà qu'enfin ces mots que je refusais de prononcer se décident à prendre forme ! Je la désire comme je n'ai pas désiré une femme depuis bien longtemps. C'est indéniable. Et bientôt, je ne pourrais plus le lui cacher.

Voilà ce que ça donne, de jouer avec le feu quand on a mis sa sexualité sur pause… Une caresse par ici, un bisou léger par là, et l'envie de son corps s'immisce dans ta tête jusqu'à ce que tu ne puisses plus penser à autre chose qu'à elle.

Jusqu'à ce que ça te fasse mal.

Comment pourrait-il en être autrement de toute façon ? Elle est merveilleuse…

— J'ai terriblement soif. Est-ce que tu veux quelque chose ?

C'est la seule excuse que j'aie trouvée. Elle n'est pas terrible, mais elle semble suffire.

— Je veux bien un verre d'eau, je te remercie.

Enfin seul dans la cuisine, je réajuste mon sexe que l'étroitesse de mon jean malmène et profite de ces quelques secondes pour reprendre le contrôle, le front collé contre la surface froide et inconfortable du réfrigérateur.

Quand j'ai senti que je commençais à m'attacher à elle, j'ai essayé de traiter cette affaire à l'instar de n'importe laquelle. J'ai tout fait pour considérer Chloé comme un individu lambda, une cible à surveiller, mais le fait est que j'ai complètement foiré. Étienne avait raison quand il a refusé de m'affecter à sa protection, ç'aurait été le moment de m'éloigner, et nous n'en serions pas là.

Je pouffe, me moquant de moi-même.

Je n'en serais pas là, parce que pour Chloé, les choses ne semblent pas si compliquées. Je suis celui qui la protège, celui en qui elle a placé sa confiance, mais quand cette affaire sera bouclée, elle reprendra le cours de sa vie.

En revanche, je sais qu'il est trop tard pour demander à être déchargé de l'enquête. Elle y verrait là une forme d'abandon qu'il me serait impossible d'expliquer. De toute manière, c'est totalement inenvisageable, humainement inacceptable et moralement inadmissible. Lui tourner le dos maintenant serait au-dessus de mes forces.

Un bruit de pas me ramène à la surface.

— Je viens d'avoir une réponse au SMS que j'ai envoyé au gardien de l'immeuble. Sa loge a été fracturée et il a vérifié, plusieurs trousseaux de clés ont été volés, dont le mien.

Je lui tends son verre d'eau.

— Maintenant, on sait comment il est entré.

Ses épaules tombent et elle semble réfléchir.

— Qu'est-ce que j'ai bien pu lui faire pour qu'il s'en prenne à moi comme ça ?

Il m'est impossible de lui dire que tout ce qui la concerne est captivant ; que même si je condamne et que je hais viscéralement Vidal, je comprends son attirance, car je suis moi-même complètement ensorcelé.

— Tu sais, ce genre de type n'a pas besoin que tu fasses quoi que ce soit pour s'intéresser à toi. Il nourrit son obsession sans raison particulière. Chacune des fois où tu l'as repoussé, il a pu y reconnaître un défi.

— Tu as souvent été confronté à des affaires comme celle-ci ?

— Il n'y a jamais deux histoires similaires, alors les comparer ne servirait à rien ; mais chaque fois qu'un

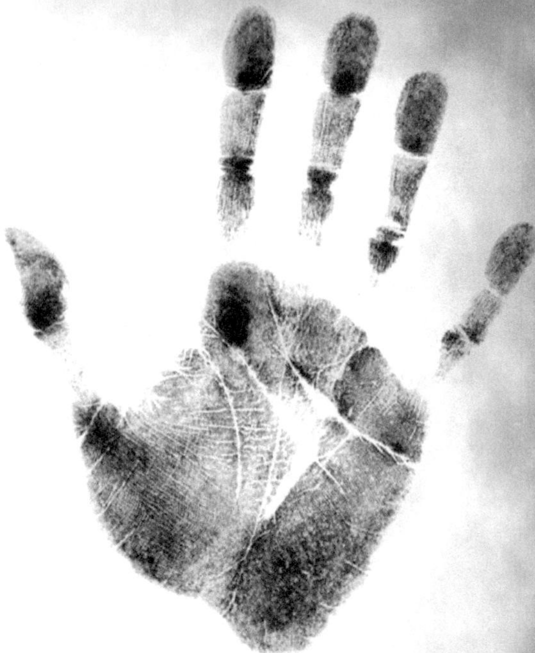

taré de ce genre sévit, le mot d'ordre demeure la prudence. Par définition, ils sont imprévisibles et fonctionnent selon leur propre logique, qui nous dépasse, bien souvent.

Du bruit sur le palier m'informe que l'équipe arrive enfin, et je les salue rapidement en leur ouvrant la porte. Sans cérémonie, je leur indique les lieux que nous savons avoir été violés, afin qu'ils organisent le déroulement de leur mission sans attendre. Plus vite ils auront terminé, plus vite nous pourrons passer à autre chose.

Chloé se recroqueville sur le canapé et après les avoir observés durant un court instant, elle baisse le regard sur ses mains. Elle est silencieuse, mais je repère sa mâchoire crispée et son souffle contrarié.

— Ça va ?

Elle hoche la tête, mais ne répond pas.

— Je sais ce que tu ressens. Ce sont des gens que tu ne connais pas et ils touchent à tes affaires. Cela te met mal à l'aise et tu as envie de les foutre dehors, n'est-ce pas ?

Elle acquiesce d'un léger mouvement.

— Si tu ne le fais pas, c'est uniquement parce que tu

as été bien élevée et que je suis là, mais tu es en train de te dire qu'ils étalent de la poudre noire partout et qu'il va te falloir des heures pour tout nettoyer. Tu te demandes aussi si tu ne vas pas jeter à la poubelle tout ce que cet enfoiré a osé toucher…

Je caresse sa pommette du bout des doigts, mais elle attrape ma main et y dépose sa joue. Elle est glacée.

— Je t'ai dit tout à l'heure qu'on ne pouvait pas comparer les psychopathes, mais on peut comparer les victimes. Est-ce que j'ai oublié quelque chose ?

— Pas grand-chose, je crois que tu as fait le tour… Tu m'aideras à nettoyer toute cette poudre noire ?

Malgré le stress, elle essaye de sourire.

— Mais oui. Bien sûr que je t'aiderai. Ils ont bientôt terminé et ils vont s'en aller. On m'a demandé si le morceau de papier sur lequel Vidal a écrit était dans l'appartement ou s'il l'avait apporté de l'extérieur.

— C'est une page du carnet sur lequel je note mes commandes. Il l'a trouvé dans le tiroir de mon bureau. En revanche, je n'ai pas de feutre rouge. Ça, il a dû l'apporter.

Sans tarder, je transmets ces informations à mes collègues avant qu'ils évacuent les lieux, laissant derrière eux le silence et plusieurs traces charbonneuses que j'essuie d'un coup de chiffon pendant que Chloé prépare un sac avec quelques affaires.

— On sait qu'il ne pourra plus rentrer ici maintenant, mais cela n'en fait pas un lieu sécurisé pour autant, lui dis-je en lui confiant les clés que m'a remises le serrurier.

J'ai l'impression d'argumenter, comme s'il était

encore nécessaire de lui exposer les raisons de s'installer chez moi. Comme si je craignais qu'elle change d'avis.

— Je ne veux pas rester ici de toute manière. Tu ne peux pas me protéger comme tu le souhaites, et finalement ça nous mettrait en danger tous les deux, pas vrai ?

J'acquiesce en silence.

— Alors, je te suis.

Chapitre 31

Tes adieux, tels des
murmures d'étoiles,
veilleront
sur nos chemins.

Maxime

Maïa, avec sa gaieté et son insouciance, a accueilli Chloé à bras ouverts, à peine avait-elle franchi la porte. Je n'en attendais pas moins d'elle. Si pour ma part, je ne suis pas jovial avec tout le monde au premier contact, ma fille a hérité de la sociabilité de sa mère. Un sourire lui suffit à faire de n'importe qui son ami, alors la gentillesse et la douceur de Chloé l'ont placée directement dans les petits papiers de ma fille.

Rapidement après notre arrivée, Édith m'a demandé de lui relater notre aventure et je ne lui ai rien caché. Elle suit de façon informelle mon enquête depuis ses débuts, et elle n'a pas éprouvé de difficulté à mesurer la gravité de la situation. Je sais que je peux compter sur elle pour aider Chloé à se sentir à l'aise parmi nous. Outre le fait qu'elle n'aurait aucune raison de ne pas le faire, elle a compris que c'était important pour moi.

L'épaule en appui sur l'encadrement de la porte du salon, je regarde ma fille et Chloé qui assemblent un puzzle quand Édith me tape doucement sur l'épaule pour m'inviter à la suivre dans la cuisine.

— Il est tard, et je crois que tu vas devoir user de ton autorité pour que Maïa consente à rejoindre son lit. Elle ne s'attendait pas à te voir ce soir, et encore moins à ce que Chloé soit avec toi, alors elle n'a pas du tout envie d'aller se coucher.

— Laisse-la jouer quelques minutes, l'entendre rire me fait un bien fou.

Entendre rire ma fille, et entendre rire Chloé, également… J'adore écouter la mélodie à deux voix qui s'élève du salon.

Édith se racle discrètement la gorge, mais pas assez silencieusement pour que cela m'échappe. Un truc semble la chagriner, une chose pour laquelle elle cherche ses mots, ce qui est rare chez elle.

— J'ai bien reçu ton SMS m'informant qu'il n'y avait rien de particulier à préparer pour accueillir Chloé, mais où comptes-tu faire dormir cette jeune femme ?

Je la fixe, et je cherche le message entre ses mots. Même si je dois l'avouer, sa désapprobation ne m'ébranlerait pas le moins du monde.

— Je peux lui laisser ma chambre et m'installer dans celle de la petite ? Il y a un fauteuil assez confortable.

Je soupire sans répondre.

— Max, cela ne me dérange pas, tu sais.

Un nouveau soupir s'invite, plus profond.

— Chloé va dormir dans ma chambre. Avec moi.

Elle hausse un sourcil et j'ai bien l'impression que cette fois, c'est elle qui cherche à comprendre ce que je ne dis pas.

— Nous avons déjà partagé son lit la nuit dernière. Et tu sais comme moi que dormir aux côtés de quelqu'un ne signifie pas nécessairement que… enfin je veux simplement dire que…

Les mots semblent littéralement se bastonner derrière mes dents et sortent dans un ordre que je ne maîtrise plus le moins du monde. J'ai d'un coup l'impression d'être un ado !

Dans un silence voulu, probablement pour ne pas m'embarrasser, elle rit.

— Le fait que tu te sentes obligé de te justifier m'aide à comprendre pas mal de choses en effet.

Je tire une chaise et m'y laissc lourdement tomber.

— Je sais ce que tu penses. Tu te dis que j'ai tort et que je suis en train de faire une connerie ?

Cette fois, elle paraît étonnée.

— Non, et de toute manière, mon opinion n'a vraiment aucune importance. C'est ce qui se passe dans ta tête qui compte.

— Elle vit un moment très difficile et je pense

qu'elle avait juste besoin de se sentir protégée, que quelqu'un soit là pour elle. J'ai pris le rôle sans réellement en avoir conscience, et ça semble fonctionner, alors rien ne doit changer pour le moment.

Édith s'assoit à son tour et me fait face.

— Max, même si cette jeune femme t'attire, tu en as le droit. Elle est belle, intelligente et agréable en tout point. Si la vie l'a mise sur ton chemin, ce n'est peut-être pas pour rien.

Je remue la tête de droite à gauche en souriant. Tout est tellement parfait quand on écoute l'optimisme d'Édith…

— Tu es veuf depuis plus de deux ans maintenant. Personne ne te reprochera d'avoir envie de retrouver l'amour.

Je pose ma main sur la sienne.

— Non, Édith, tu n'y es pas du tout. J'ai besoin de la protéger et j'aime être en sa présence. Son corps m'attire, parce qu'elle est désirable et que je ne suis qu'un homme, mais je n'ai jamais parlé d'amour. Le peu qui subsiste de mon cœur est pour ma fille, le reste est mort avec ma femme… C'est comme ça. On ne guérit pas d'un amour tel que le nôtre.

Elle serre doucement mes mains calleuses entre ses phalanges usées par les années et cherche mon regard que je lui abandonne.

— La vie m'a appris qu'on peut guérir de tout, Maxime. Le cœur se soigne. Même brisé en mille morceaux, tant qu'il bat, il est capable d'aimer. Ne t'enferme pas, mon grand. Je sais qu'elle te manque, mais elle n'aurait pas voulu que tu cesses d'exister.

Elle achève cette conversation en pressant doucement mon épaule avant de quitter la cuisine. J'ai compris qu'elle croit m'aider, mais je n'ai pas besoin d'aide. J'ai décidé, à la seconde où j'ai recueilli le dernier souffle de ma femme, qu'elle serait la seule à habiter mon cœur. En dehors même de la culpabilité liée aux circonstances de sa mort, je pense, ou plutôt je sais que jamais plus je n'aimerai quelqu'un comme je l'ai aimée. Et ça, tout simplement parce que je n'ai pas envie de guérir.

— Papa, c'est toi qui lis l'histoire du dodo ? s'exclame ma tornade en me rejoignant dans la cuisine et mettant ainsi fin à mes réflexions.

— Tu es déjà en pyjama ! Tu l'as enfilé toute seule ?

— C'est Coé qui a aidé moi. Elle est belle, Coé. Papa, je veux des cheveux beaux, comme elle !

Je regarde ses grands yeux bleus et une boule de tendresse envahit mon cœur. Édith a raison, elle grandit ma petite princesse, et c'est une vraie nana. J'ai remarqué tout à l'heure qu'elle était intriguée par les différentes couleurs avec lesquelles Chloé maquille ses cheveux.

— On lui demandera si elle peut te faire quelques mèches, d'accord ?

Son sourire heureux vaut toutes les réponses du monde.

Me tenant par la main, Maïa m'entraîne dans sa chambre et se jette dans son lit.

— Mais dis donc, jeune demoiselle, avant de se coucher, on fait quoi ?

— Pipi, c'est fait !

— Et les dents ?

— Toutes propres !

— D'accord, j'imagine que tu as aussi choisi ton livre ?

Elle me désigne du doigt l'album coloré posé sur le bord de sa table de nuit. Le rituel est bien huilé, c'est ainsi chaque soir quand j'ai le bonheur de rentrer suffisamment tôt pour la mettre au lit. Elle se tasse sur le côté pour que je puisse m'allonger près d'elle, attrape son lapin en peluche et fourre son pouce dans sa bouche : dans les starting-blocks pour un voyage au pays des songes !

Il ne faudra qu'une dizaine de pages pour que son souffle se fasse régulier et qu'elle s'endorme, les lèvres entrouvertes et ses longs cils noirs frôlant ses joues. Je lui ai transmis mes yeux bleu sombre, mais elle a la peau laiteuse de sa mère et ses cheveux noir de jais. Ses traits fins ne sont pas non plus les miens, et plus elle grandit, plus elle est belle… Enfin, je suis son père, peut-être que je manque d'objectivité, mais j'en doute.

Lentement, je referme le livre et le pose sur le sol. Je quitte le petit lit et glisse mes mains sous son corps endormi pour la ramener au centre du matelas. Elle a beau avoir presque trois ans et être habituée à ce lit de grande fille, je crains toujours qu'elle en tombe pendant son sommeil. Ses petites lèvres roses impriment un léger mouvement de succion alors que son pouce a glissé de sa bouche et repose, luisant de salive sur ce pauvre lapin usé par les lavages qu'il a subis depuis la naissance de Maïa.

La veilleuse dessine des ombres floues le long des murs et je me faufile sans un bruit parmi elles pour ne pas réveiller mon bébé. Je suis serein, calme et même les tensions nerveuses qui contractaient mon corps s'en sont allées. Ma fille m'a toujours fait cet effet-là. À son contact, les plaies les plus profondes se font oublier, et elle est d'ailleurs celle qui m'a redonné l'envie de vivre après l'accident… Si elle n'avait pas été là, je n'y serais plus non plus ; ma place aurait été près de ma femme, et Dieu sait combien j'aurais aimé ça.

Lorsque je retourne au salon après avoir pris ma douche, Chloé échange des messages avec sa sœur. Elle a décidé de l'informer des dernières nouvelles et je pense qu'elle a bien fait. Plus Lisa aura d'éléments pour comprendre la situation, plus elle sera prudente, car la dangerosité de ce type n'est plus une simple éventualité. Je crois qu'il nous en a donné les preuves.

— Lisa ne souhaite pas que je vienne à la boutique demain. Elle pense qu'il est judicieux de rester le plus loin possible de ce fou.

— Elle a raison. Ce sera plus facile de te protéger si tu ne te déplaces pas, et même si j'ai repoussé cette option pour ne pas te priver de tes libertés, c'est en effet la meilleure des solutions. Ma maison est ta maison, pour tout le temps que ce sera nécessaire.

Chloé laisse tomber sa tête sur le dossier du canapé et soupire.

— C'est l'ancien pâtissier qui va prendre ma relève. Il est en retraite, mais il a accepté de revenir du sud, où il s'était installé, afin de rendre service à Lisa.

— Ta sœur est quelqu'un d'adorable, c'est normal qu'elle soit bien entourée.

Elle repose son téléphone sur la table et se lève pour

me faire face. Ses iris dorés naviguent entre les miens, et elle me semble perdue.

— Max, je ne devrais pas te demander ça, c'est déplacé, et je suis terriblement mal à l'aise de le faire. Je veux que tu saches que je n'ai aucune arrière-pensée, que tu es libre de refuser, mais que si je n'en avais pas autant besoin, je ne me le permettrais pas…

C'est dans ses derniers mots que je comprends que le calme qu'elle tente de me renvoyer n'est qu'une façade qui est en train de s'écrouler. Son menton tremble légèrement et ses narines frémissent même si je vois qu'elle fait tout ce qu'elle peut pour me le cacher. Devant elle, ses doigts se tordent et sa posture que je commence à bien connaître est finalement tendue à l'extrême.

De deux grands pas, je franchis l'espace qui nous sépare et la serre doucement contre moi. Son corps fin tressaute tandis que les sanglots l'envahissent. Immobile, je sens mes tripes se tordre devant la souffrance que ses larmes libèrent.

Une souffrance pour laquelle je n'ai pas l'impression d'avoir un remède.

— Merci Max. Tu n'imagines pas combien ça me fait du bien de t'avoir près de moi.

Je ne trouve pas de mots pour lui répondre, aucun ne me paraît assez fort, ou tous me le paraissent trop, alors je reste silencieux. Mes mains parcourent son dos, ses épaules, sa nuque et je cède au besoin de goûter sa peau. Son front, comme je l'ai déjà fait, puis sa tempe et sa joue. Enfin, ma bouche glisse en douceur, suit l'ovale parfait de son visage et s'égare jusqu'à la commissure de ses lèvres.

— Oh, putain, murmuré-je, bien plus pour moi et mes démons que pour elle, en replaçant son visage attirant contre mon épaule et ainsi rompre ce qui ne doit pas être.

Même si cela n'atténue en rien cette envie folle de l'embrasser.

Ses bras fins s'enroulent autour de ma taille et me serrent à leur tour.

— Ne me lâche pas, Max, ne m'abandonne pas, sinon, je vais m'effondrer…

— Je te l'ai promis. Je resterai à tes côtés aussi longtemps que tu le désireras.

Et cette promesse va mettre mon âme à rude épreuve, je le sens…

Je frémis lorsqu'elle dépose un baiser contre ma gorge alors que dans ma poitrine c'est l'anarchie. Mon cœur tape si fort que mes tympans sont douloureux.

— Il est temps qu'on aille se coucher, tu es épuisée et je t'avoue que moi aussi j'ai du mal à garder les yeux ouverts. Viens, la journée a été longue…

Je l'entraîne dans ma chambre. Je me glisse entre les draps et l'invite à me rejoindre en les maintenant relevés. Cela n'aurait plus aucun sens de prétendre à une quelconque distance, et nous le savons tous les deux. Elle a besoin de ma présence tout autant que j'ai besoin de la sienne.

Comme ce matin, lorsque je me suis réveillé, son odeur m'enveloppe tel un cocon de soie. Sa main, sagement posée sur ma poitrine, recrée cet étrange point de fusion également. Pour ce qu'il en est de ma libido, elle se tient étrangement tranquille, elle a probablement eu pitié de mon pauvre corps, anéanti par la fatigue.

Chloé respire lentement et peu à peu, je la sens sombrer. Le sommeil l'accueille et son visage se détend, serein, magnifique.

Comment ne pas avoir envie d'elle alors que j'ai encore le goût de sa peau sur les lèvres ?

Mais comment pourrais-je prétendre au corps de cette femme sans être capable de lui offrir mon cœur ?

« La vie sait nous imposer des défis » dirait Édith, mais sincèrement, j'aimerais bien que de temps en temps, elle laisse traîner le mode d'emploi, pour m'aider à comprendre ses desseins.

***

— *Je t'aime, Max*

— Moi aussi, je t'aime…

— *Tu es si beau !*

Une lumière étincelante inonde son doux visage pâle et joue dans ses longs cheveux noirs.

— Et toi, tu es magnifique.

Une sourde douleur écrase mon cœur dans ma poitrine lorsque je tends la main pour la toucher, mais que mes doigts ne rencontrent que le néant.

— Tu me manques.

— *Tu me manques aussi, Max.*

Son regard d'obsidienne se tourne vers la lumière qui dévore l'obscurité. L'intensité en est telle que je plisse les yeux pour préserver mes rétines.

— Je ne reviendrai pas, Max. Il est temps de me laisser partir.

— Oh non, ma chérie, ne me demande pas ça, je t'en supplie ! Comment veux-tu que j'y arrive ? Tu occupes chacune de mes pensées.

— Je le sais, je sens la douleur dans ton cœur. Chaque minute qui passe, je suis près de toi. Max, c'est ta peine qui me retient ici.

La chaleur de mes larmes brûle la peau de mes joues. Pourtant, je pensais déjà avoir tout pleuré, mille fois au moins.

— C'est impossible.

— Je ne suis pas à ma place, je ne peux pas rester bloquée ainsi entre nos deux mondes.

— Je ne pourrai jamais t'oublier…

— Tu n'as pas à le faire, moi non plus je ne t'oublierai jamais ; mais tu es vivant, et tu dois l'accepter. Mon amour, je veux que tu vives.

Sa main diaphane se tend vers Chloé, qui dort, blottie contre ma poitrine. Ce contact éthéré éclaire son visage assoupi d'une lumière fantastique.

— Il fallait que vous vous trouviez. J'ai achevé ma mission, mais je dois m'en aller à présent…

— Alors, c'était toi ? Tout ça, c'était toi ?

Elle me sourit, son visage angélique imprimant un air de satisfaction que je reconnais bien.

— Elle est ton évidence, et tu es la sienne. Il faut que tu reprennes goût à ce que la vie peut t'offrir. L'aimer ne trahira jamais aucun de nous, Max, mais il est temps que tu tournes la page.

— Ma chérie… non, je t'en prie…

La gorge serrée, mes mots n'ont plus de timbre.

— Tu dois le faire, pour toi et pour Maïa, notre petite fille a besoin de te voir heureux…

Sa silhouette aérienne s'effiloche, comme si elle était aspirée par cette lumière qui scintille maintenant faiblement derrière elle.

— Tu dois le faire aussi pour moi, car il faut que tu me libères. Cette souffrance que tu t'infliges m'enchaîne à ce monde, mais je n'y ai plus ma place.

Je tends de nouveau la main devant moi, vers la sienne, espérant la toucher, ressentir autre chose que ce vide qui habite mon cœur et mon âme. La lumière s'intensifie soudain et m'aveugle, alors je ferme les yeux, totalement englouti par mes sensations. Seul un léger picotement s'imprime sur le bout de mes doigts, à peine une vibration, mais qui se répercute dans tout mon corps.

— *Je ne peux plus t'aider à présent, le reste du chemin, tu devras le faire par toi-même. Adieu Max.*

Sa voix n'est plus qu'un écho lointain, mais je ne veux pas qu'elle parte. Pourtant, lorsque j'ouvre mes paupières, la chambre est de nouveau plongée dans l'obscurité. Seules les larmes qui ont mouillé mes tempes et ma main tendue vers le vide témoignent de ces derniers instants.

Ainsi que cette soudaine impression de calme et de plénitude qui m'envahit.

Puis chacun de ses mots se répète dans mon esprit apaisé et je comprends que depuis le début, tout ce qui m'amenait vers Chloé et que j'ai pris pour de simples pressentiments n'en étaient pas. Mes pas ne devaient rien au hasard. Lors de cet après-midi au centre commercial, quand Vidal s'est fait rembarrer par Katie, ou cette filature qui n'avait logiquement pas lieu d'être nécessaire, mais qui m'obsédait et m'a conduit à découvrir que ce psychopathe avait fait d'elle sa cible. Et pour finir, ce passage dans le parking qui m'a permis de déjouer ses plans…

Je ne saisissais pas pourquoi l'angoisse m'avait tenaillé tout le long du trajet, mais maintenant je comprends.

Elle était derrière tout cela.

Depuis le début, c'est elle qui me guide vers Chloé.

— Merci.

Je souris dans la pénombre, et une autre larme s'échappe de mes cils.

— Adieu, mon amour.

Ce ne sont que quelques mots, mais ce sont ceux que je n'avais jamais réussi à prononcer, tant j'étais persuadé qu'ils m'anéantiraient. Et pourtant, ils m'allègent. Ils emportent avec eux une partie de la culpabilité et de la douleur qui m'étouffait, car je sais maintenant qu'elle ne m'en a jamais voulu.

Je m'enfonce dans le moelleux de mon oreiller et mon regard cherche le plafond, que je devine sans le voir. C'est étrange, mais je me surprends à sourire et je suis heureux d'y parvenir.

À moins que je sois finalement juste heureux.

À cet instant, Chloé s'agite et marmonne dans son sommeil. Son joli visage se crispe et je comprends que son rêve, à l'inverse du mien, n'a rien d'agréable. Du bout des doigts, je repousse une mèche de ses cheveux qui barrait son front, mais sa moue se mue en grimace. Je caresse sa joue dans le but de l'apaiser : cela demeure sans effet. Elle gémit, remue la tête en tous sens, et même son menton tremble comme si elle allait se mettre à pleurer.

— Chloé, réveille-toi, ce n'est qu'un cauchemar.

Deux grands yeux horrifiés percutent les miens et finissent par s'adoucir lorsqu'elle reprend doucement pied avec la réalité. Sa poitrine se soulève et s'abaisse de manière précipitée, et sa bouche ouverte semble chercher de l'air.

— Ce n'était qu'un rêve, tout va bien.

— C'était moi, Max, mais ce n'était pas vraiment

moi.

De sa main, elle agrippe le col de son pyjama et le tire, comme aux prises avec un soudain étouffement.

Je glisse mes paumes sur ses joues et la contrains doucement à retrouver son calme.

— Tu veux me raconter ce qui te fait si peur ?

Son regard se perd un court instant, comme si elle cherchait à assembler les bribes de ce rêve avant qu'elles ne s'échappent, puis s'arrime au mien.

— J'étais dans une vieille cabane, ça sentait mauvais, une odeur de poussière et de moisissure. Le sol était irrégulier et j'entendais le vent qui sifflait à l'extérieur. Je distinguais mon reflet dans le miroir et plus j'avançais et moins je me reconnaissais. Comme si je regardais au travers des yeux de quelqu'un qui essayait d'être moi. J'avais mal au ventre, et à la...

Elle écarte de nouveau son col pour dénuder sa clavicule et soupire en la constatant intacte.

— J'ai ressenti une douleur. Une blessure, je crois. Juste ici, ajoute-t-elle en frottant la zone, et puis, je me suis réveillée...

— Tout va bien maintenant. C'est fini, parfois nos rêves nous paraissent tellement vrais.

Tout comme d'autres n'en sont pas, en fait, parce que je sais que je n'ai pas rêvé de ma femme. Elle était là, tout près de moi... Je n'ai rien inventé, j'en suis convaincu.

— J'ai eu tellement peur, souffle-t-elle en agrippant mon bras d'une poigne faible, mais tremblante.

— Essaye de ne plus y penser et de te rendormir.

Mon ton est volontairement doux et je l'espère, apaisant, en parfait contraste avec le stress qui semble électriser tout son corps.

Elle tourne son visage que je tiens encore entre mes mains et dépose délicatement ses lèvres au creux de ma paume. Son regard brille de ce mélange de besoin et d'envie qui fait tellement rage en moi.

« Elle est ton évidence, et tu es la sienne... » me souffle cette voix lointaine.

Mon autre main part découvrir son visage. L'hématome n'est pas encore résorbé et se décline dans plusieurs couleurs maintenant. Sa joue, humide des larmes de peur qu'elle a versées, accroche la pulpe de mes doigts, malgré moi, tremblants.

« Le reste du chemin, tu devras le faire seul... »

Délicatement, mon pouce s'égare sur la peau veloutée de son visage jusqu'à ses lèvres pleines dont j'éprouve la douceur en délimitant leur contour avec application. Elles s'entrouvrent et le courant chaud qui s'en échappe me fait frémir. D'un doigt sous son menton, je relève son visage vers le mien avec une infinie lenteur, pour lui laisser tout le temps de s'y refuser.

En ce qui me concerne, je n'ai plus de doute à présent.

Je m'approche de sa bouche, je vais enfin découvrir son goût. Nos souffles se mêlent un long instant. Je m'en délecte avant de saisir sa lippe entre mes lèvres pour l'aspirer lentement. Il n'y a aucune urgence à ce baiser, mais une tendresse infinie. Ma langue caresse l'émail de ses dents, dernier rempart entre nous. Puis, elle m'accueille, me laisse l'explorer et danse avec moi, à notre rythme, celui dicté par le stress de ce premier baiser et l'envie d'en profiter. Nos langues s'enroulent, s'abandonnent puis se retrouvent, je la mordille, la dévore… Un long gémissement m'avise de la tournure que prend notre aventure, mais c'est trop tôt. Nous ne sommes pas prêts à plus d'intimité, pas tout de suite. En revanche, mon corps l'est, si j'en crois ce qui se passe un peu plus au sud de mon anatomie, mais ma tête et pire encore, mon cœur, me somment de faire preuve de patience.

« Tu dois accepter de vivre… »

Oui, Laurie.

Je vais le faire.

Mais à mon rythme, et également sans brusquer celui de Chloé. Elle est encore tellement fragile.

Nos corps sont pourtant tendus et bouillants quand je pose délicatement sa tête sur l'oreiller et que je m'autorise un doux baiser sur ses lèvres légèrement gonflées.

— Dors ma belle. Je ne bouge pas d'ici, je reste près de toi.

Dans son regard, tellement d'émotions se bousculent que je ne sais quoi comprendre réellement, mais je n'y vois pour autant ni frustration ni déception. On sait tous les deux qu'il nous faudra du temps, même si nous n'en avons pas besoin pour les mêmes raisons.

— Bonne nuit Chloé.

Son sourire provoque le mien lorsqu'elle reprend sa place entre mes bras.

— Bonne nuit Max.

Chapitre 32

Attirer un monstre à sa porte,
c'est valser avec le destin,
sans savoir vraiment
qui mènera la danse.

Chloé

— Et si Vidal apprend que je suis ici, est-ce que tu ne penses pas qu'il pourrait continuer de me poursuivre ?

Max souffle sur son café, serrant sa tasse entre ses mains.

— Il a pris le risque de s'introduire chez toi, sans savoir qui j'étais.

Pourtant, à la façon dont nous nous sommes battus dans le parking, il y a de fortes chances pour qu'il ait compris que j'étais flic et cela ne l'a pas arrêté.

— Donc, tu crains qu'il se pointe ici.

Il boit une longue gorgée.

— Le craindre, non. J'ai de quoi le recevoir cette fois. Je dirais même que je l'espère un peu.

Malgré moi, mes yeux s'écarquillent.

— Ton idée, c'est donc de l'attirer ici ?

Il rit silencieusement en secouant la tête.

— Non, mon idée, c'est de te garder à l'abri le temps que les services qui le cherchent parviennent à lui mettre la main dessus. Mais s'il se pointe, je te promets que je ne me gênerai pas pour lui ouvrir la porte…

Cette fois, c'est moi qui secoue la tête. En reposant ma tasse sur la table, je manque de la renverser.

— Je ne veux plus que tu te battes avec lui. Max, il me fait peur. Quand je pense qu'il a tué cette fille, je me dis qu'il pourrait…

Il me dévisage, un sourire doux posé sur les lèvres, puis il ôte de mes mains la tasse sur laquelle mes doigts sont de nouveau crispés, et emprisonne mes phalanges glacées entre les siennes.

— J'ai fait le con de très nombreuses fois dans ma vie et chaque fois, je dois avouer que j'ai eu du pot de m'en sortir. Mais c'est terminé tout ça. Je ne veux plus compter sur la chance, parce que je sais que c'est aléatoire.

Il avale sa salive et sa pomme d'Adam tressaute.

— Chaque soir, quand je couche ma fille, je lui fais

la promesse d'être encore là le lendemain pour la border, alors, ne te fais pas de souci, j'ai appris à choisir mes batailles. Je ne fonce plus tête baissée dans les emmerdements et je ne livre plus les combats qui me feraient rompre cette promesse. S'il se pointe, il y a plusieurs gars en qui j'ai confiance qui sont postés pas très loin, et si je lui ouvre la porte, ce sera parce que tout est mis en place afin que nous ayons assez de renfort pour l'appréhender.

Je déglutis assez péniblement malgré ses propos qui se veulent pourtant rassurants. Certes Max cherche à m'apaiser, mais j'ai dans l'idée que sa notion du danger et la mienne ne sont pas vraiment les mêmes.

— Tu veux dire que tu vas attendre ici, dans ton appartement, tant que ce pourri ne sera pas en prison ?

Il pouffe, mais lorsqu'il comprend que je ne trouve pas la situation très drôle, il soupire.

— J'espère que les journées ne seront pas trop longues, mais non. En effet, je ne vais pas pouvoir rester avec toi. Je te rappelle que j'ai une enquête à mener et une jeune femme à retrouver.

Il reprend mes mains entre les siennes et ses pouces caressent lentement mes poignets.

— C'est important que je poursuive ma mission. Tout ce que je pourrai faire depuis l'appartement, je le ferai, mais il y a un certain nombre de tâches que je ne pourrai pas régler d'ici.

Je déteste ce sentiment d'être une égoïste, mais ne pas vouloir qu'il parte, ce n'est pas uniquement pour qu'il reste près de moi, c'est aussi l'assurance que Vidal ne pourra pas l'atteindre.

— Je te l'ai dit, je ne prendrai aucun risque, ajoute-t-il, en posant son front contre le mien, comme s'il avait entendu mes inquiétudes muettes.

Deux petits coups sont frappés à la porte et Max se redresse après avoir déposé un baiser furtif sur mes cheveux.

— J'abuserais si je te demandais de nous préparer un peu de café avant de nous rejoindre au salon, d'ici… quelques minutes ?

J'accepte d'un hochement de tête. J'ai bien compris qu'il souhaite s'entretenir avec son beau-frère.

Il est très tôt. Maïa et Édith dorment encore, mais JB devait partir en province pour un rendez-vous important, et le seul créneau pour le voir demeurait cette heure-ci.

J'avoue que je ne me sens pas très à l'aise de rencontrer Jean-Baptiste. Nous nous sommes quittés sans ambiguïté la dernière fois que nous nous sommes parlés et de plus on ne peut pas dire qu'il se passe réellement quelque chose de concret entre Max et moi.

Sinon que nous avons échangé un baiser…

Que nous dormons dans le même lit…

Dit comme ça, évidemment, on pourrait croire des choses, et on n'aurait pas tort, parce que même si en effet, il ne s'est rien passé de plus qu'un bisou et un câlin, ce n'est certainement pas grâce à mon self-contrôle ! C'est Max qui a géré et je n'aime pas vraiment le rôle que la situation me fait endosser.

La femme de Max était la sœur de JB. Il pourrait très mal accepter ma présence auprès de Max et de Maïa !

Je serre les poings et les desserre plusieurs fois pour évacuer ma nervosité. Mes pensées partent dans tous les sens et je n'arrive plus à savoir où j'en suis. La seule évidence qui me frappe, c'est qu'il est trop tôt pour me poser ce genre de question !

Les deux hommes discutent au salon. Leurs voix sont basses pour ne pas réveiller la petite et Édith, mais maintenant je les entends. La première partie de leur conversation était plus silencieuse encore, et comme je m'en doutais, elle ne devait certainement pas me concerner.

— Toutes les clés sont dans la trousse, celles de la maison et aussi celles des dépendances. Dans l'enveloppe, j'ai inscrit les codes des différentes alarmes, ainsi que le numéro de téléphone du voisin. Il connaît parfaitement la propriété et en cas de souci, il lui suffit d'appeler. Il est au courant, je l'ai prévenu que j'avais de la visite.

— Merci, mais je ne pense pas qu'Édith aura besoin d'aide : elle ne manque pas de ressources.

— On ne sait jamais, je pars assez loin aujourd'hui, mais je vais rentrer de bonne heure pour profiter un peu de Maïa et ce week-end, je les emmène toutes les deux à Marne-la-Vallée. J'ai déjà réservé les chambres dans un des hôtels du parc. Elle va pouvoir rencontrer les héros de ses dessins animés !

— Tu la gâtes trop, JB.

— C'est pas quand elle aura vingt ans que je l'emmènerai voir Mickey.

Un grand plateau dans les mains, je me décide à les rejoindre.

— Bonjour Chloé.

Au moment où je croise le regard de JB, je manque

de lâcher mon chargement. Son visage est tellement tuméfié qu'un de ses yeux est encore presque fermé. Max me déleste du plateau qui tangue dangereusement et JB approche pour me prendre dans ses bras.

— Ne panique pas, j'imagine que c'est impressionnant, mais je te promets que je n'ai pas mal. L'hématome va simplement mettre plusieurs jours à se résorber. Il n'y a rien de grave ; rassure-toi, je n'aurai aucune séquelle. Tu vois, j'ai même repris le boulot.

Lorsque je m'écarte de sa poitrine, je porte une main sur ma bouche et l'autre sur sa joue gonflée et bleue. Ma gorge est nouée, je m'en veux tellement. Jamais cela ne lui serait arrivé s'il n'était pas passé me voir au snack.

— Toi aussi, tu as un beau coquard, poursuit-il en détaillant les stigmates de l'agression dont j'ai également été victime. Cette espèce d'ordure aime bien frapper au visage visiblement.

Devant mon mutisme, JB attrape ma tête entre ses mains et m'oblige doucement à le fixer dans les yeux.

— Chloé, je-vais-bien. J'ai eu peur, je ne vais pas le cacher et je pense que je vais surveiller plus souvent par-dessus mon épaule durant les prochaines semaines, mais je vais bien. Alors, s'il te plaît, souris, ma belle, et si la vue te gêne, dis-le-moi, je te montrerai l'autre profil, regarde, il est presque intact !

Bien que la situation n'ait rien de drôle, sa manière de la tourner à la dérision parvient à m'arracher un rire. Il est sans joie, évidemment, mais il est là et semble lui convenir.

— Voilà, ce pourri ne doit pas te prendre ton sourire.

Son regard est d'une tendresse inouïe et je le serre

une nouvelle fois entre mes bras.

— On coincera ce fumier, bougonne Max.

JB me relâche et s'approche de la table sur laquelle les tasses de café fumant sont disposées.

— Le choper serait une bonne chose, j'ai dans l'idée que mon assureur t'embrassera rien que pour ça.

— Max m'a dit qu'il s'en était aussi pris à ta voiture ? réussis-je à articuler.

Il rit, mais sa grimace répond à elle seule à ma question.

— Il a littéralement détruit tout ce qu'il pouvait détruire. Aucune vitre ni aucune parcelle de carrosserie n'a été épargnée et les réparations se chiffrent à plusieurs milliers d'euros. Mais comme je te le disais, je suis assuré.

Tout en parlant, il prend place à table et saisit une tasse qu'il porte à ses lèvres sans tarder.

— Tes collègues en sont où ? Ils ont des pistes pour le retrouver ?

Max secoue la tête.

— Non. On a eu le retour de quelques éléments d'enquête qui nous permettent de mieux comprendre dans quoi on met les pieds, mais pas le début d'une piste pour ce qui est de le localiser.

JB n'insiste pas, et hoche seulement la tête. Il sait que Max ne peut pas divulguer les informations qu'ils détiennent.

Leur conversation dévie un court instant sur Maïa et sa nouvelle passion pour les gommettes et la peinture, mais rapidement JB se lève.

— Je dois filer. J'aurais adoré vous tenir compagnie, mais je ne peux pas être en retard à ce rendez-vous, et j'ai encore tout un tas de documents à préparer pour assurer un minimum.

— Merci de ton aide JB. Je déposerai les filles chez toi en milieu de matinée.

— Tu fais comme tu le sens. De toute façon, maintenant, c'est toi qui as les clés. Prenez soin de vous, tous les deux. Eh, Max, juste pour le coup où tu l'oublierais : ne joue pas aux héros, s'il te plaît. Je ne suis que le parrain de ta fille, elle a besoin de son père, lui dit-il en lui donnant l'accolade.

Nous nous embrassons délicatement sur notre joue indemne en nous moquant gentiment l'un de l'autre, mais JB s'attarde auprès de mon oreille :

— Donne-toi la chance de le connaître, c'est un type en or.

Je ne sais pas ce qu'ils se sont dit lorsqu'il est arrivé, ou si leurs messes basses avaient un quelconque rapport avec moi, mais j'avoue que ces quelques mots et le clin d'œil — enfin la tentative de clin d'œil — que JB m'adresse fait taire ce mal-être qui m'avait indisposée à son arrivée.

Max le raccompagne et me rejoint au salon.

— Tu sembles très proche de JB, je me trompe ?

— Il est comme un frère. Quand ma femme est…

Il déglutit, puis ferme les yeux un court instant avant de reprendre.

— … quand ma femme est morte, il a été le seul membre de sa famille à ne pas me tourner le dos. Leurs parents ne m'aimaient déjà pas beaucoup, mais ils ont vu dans la disparition de leur fille le moyen de me mépriser davantage. Si on passe sous silence notre brève et insignifiante rencontre à l'hôpital l'autre jour, la dernière fois que je les ai croisés, c'était le jour de l'enterrement. Ils rendent visite à leur petite fille quand elle est chez JB, ça semble leur suffire.

Tout en discutant, il prend sa tasse, s'assied sur le canapé et me tend la main pour que je le rejoigne.

Durant quelques minutes, je reste blottie contre son flanc, soufflant sur ce café qui est encore brûlant, puis sa poitrine se gonfle et je sens qu'il s'apprête à dire quelque chose. Immobile, je patiente puis enfin, il se racle la gorge et brise le silence.

— Elle adorait le ski, mais les médecins lui avaient interdit de pratiquer à cause de sa grossesse et l'année où elle attendait Maïa, elle avait dû se limiter à quelques séances de bronzage sur la terrasse. Elle l'avait assez mal vécu, alors l'année suivante, pour lui faire plaisir, nous étions montés au chalet de JB dès les premières neiges, afin qu'elle puisse profiter des pistes. Le domaine n'était pas complètement ouvert, mais c'était une skieuse émérite et elle n'avait peur de rien. Moi en revanche, je skie comme une pierre. Je n'ai pas d'équilibre, et pour être tout à fait honnête, je n'aime pas ça. Après avoir plusieurs fois descendu la piste noire, elle est venue me rejoindre sur la bleue, celle où les débutants font ce qu'ils peuvent. Elle était en train de me montrer comment placer mon corps pour mieux maîtriser ma trajectoire quand un autre skieur est arrivé droit sur elle à toute vitesse. Il l'a percutée avec une telle force qu'elle a été projetée par-dessus la barrière de sécurité. Son corps a dévalé plus de quinze mètres de paroi rocheuse que la neige avait à peine recouverts et s'est arrêté dans la structure en béton de la remontée mécanique qui se trouvait en contrebas.

Son visage est fermé et son regard semble perdu.

— J'ai déchaussé les skis et j'ai couru comme un fou pour la rejoindre. L'hélico des secours est arrivé rapidement, mais c'était déjà trop tard, elle s'est éteinte entre mes bras pendant qu'il se posait.

Cette fois, j'accueille avec soulagement le silence qui s'invite. La voix de Max s'étant brisée sur ses derniers mots, je peine à trouver les miens. J'essuie discrètement les larmes qui ont coulé pendant son récit, mais il le voit.

— Je suis désolée…

Il soupire de nouveau.

— C'est la première fois que j'en parle, Chloé. Tout le monde a cru qu'elle était déjà morte à mon arrivée, et je n'ai pas démenti, même JB ignore la vérité. Je ne voulais pas qu'il sache que sa sœur avait souffert. La douleur que j'ai lue sur son visage m'avait tellement choqué que je refusais de partager ça. Parfois cette image me hante encore.

— Ce secret doit te peser ?

— En fait, au début, tout m'était pénible. Je me jugeais responsable de sa mort. Si j'avais tout simplement refusé de skier, elle n'aurait pas été sur cette piste. J'aurais dû la protéger, parce que c'était le rôle d'un mari… J'étais en colère et cette culpabilité était une bonne excuse pour ne pas accepter ma tristesse. C'est pour Maïa que je me suis accroché. Je peux te l'avouer, si elle n'avait pas été là, je me serais foutu en l'air.

Je sens que mon nez me pique en entendant ses mots, signe évident que d'ici peu, je vais de nouveau pleurer. Cet épisode de sa vie est d'une violence extrême, et pourtant, il semble étrangement serein.

— Je me suis replié sur moi-même, j'ai fait un tel ménage autour de nous que notre univers se résume à Édith et JB. Tu vois, tu connais tous ceux qui constituent notre monde, ajoute-t-il avec un sourire. Je me suis plongé dans mon boulot pour ne pas sombrer ou les étouffer, j'ai pris des risques qui ont failli me coûter très cher, et par deux fois, j'ai fini à l'hôpital.

— Cette cicatrice sur ta poitrine.

Je l'ai sentie au travers de son t-shirt tant elle est imposante.

— Oui, c'est une de ces fois-là, en effet. Mais ces conneries n'ont pas vraiment d'intérêt. Le fait est que j'avais l'impression de devoir expier quelque chose. J'étais persuadé qu'elle était partie en me haïssant, qu'elle aussi me jugeait responsable de sa mort, comme l'ont fait ses parents.

Je secoue la tête. Je sais au fond de moi qu'il se trompe, et qu'elle ne lui en veut pas. Mon cœur tape contre mes côtes avec une force inouïe et cherche à me faire hurler que c'est faux, qu'il n'est pas fautif ! J'ignore comment je le sais, mais je le sais.

— Mais j'ai compris maintenant qu'elle ne m'en a jamais voulu.

Un poids énorme me libère à ses mots et je souris sans vraiment l'avoir décidé. C'est l'expression du soulagement qui m'envahit soudain en prenant la place de cette oppression qui m'interdisait presque de respirer.

— À cause de cette stupide culpabilité, j'ai enchaîné son âme à la mienne. Je l'ai empêchée de partir, et je me suis empêché d'avancer. Je ne pourrais pas te l'expliquer sans passer pour un fou, mais je l'ai compris maintenant.

Il sourit et son regard pétille.

— Je ne sais pas ce que je ressens, j'ignore où tout cela pourra nous mener, mais la première étape, c'est de réaliser qu'on est libre, et qu'on a le choix de la direction qu'on veut prendre.

Ses prunelles bleues me sondent et je m'y noie.

J'ai déjà compris qu'il avait réveillé quelque chose que je croyais devenu inaccessible, mais ces mots s'enroulent autour de l'organe qui pulse à s'en décrocher derrière mes côtes.

Sa large main glisse sur ma nuque et attire mon visage tout près du sien. Avec une infinie délicatesse, sa langue dessine le contour de mes lèvres avant qu'il les saisisse entre les siennes pour un baiser suave et langoureux. Sous mes doigts, sa mâchoire large et couverte d'un chaume dru contient sa rudesse, je le sens ; il s'oblige à cette douceur, comme s'il craignait de m'abîmer. Je m'écarte soudain de lui, replongeant dans ses iris d'encre pour qu'il comprenne ce qu'on ne peut pas encore se dire et je fonds sur sa bouche. C'est moi cette fois qui l'entraîne dans un baiser mêlant urgence et passion. Je le veux, je veux cet homme, avec sa force et ses faiblesses, je veux cette fougue que je sens si près de la surface.

Je veux tout.

Nous sommes rouges et haletants lorsque le bruit des petits pas de Maïa nous parvient et d'un regard complice, nous reprenons chacun notre place sur le canapé, séparant nos deux corps, maintenant brûlants, par une distance respectable.

— Mon papa ! s'exclame la fillette en se jetant sur son père.

— Ma fille chérie ! rétorque-t-il sur le même ton. Tu as bien dormi ?

Elle répond en secouant ses longs cheveux noirs en bataille.

— Eh bien, j'espère que tu es en pleine forme, parce que j'ai une surprise pour toi.

— C'est quoi ? Z'aime les surprises.

— Tu vas aller passer quelques jours chez ton parrain !

— Tonton Bibé ?

— Oui.

Soudain survoltée, la petite saute de ses genoux et part en courant en direction des chambres.

— Édith, Édith, je va chez tonton Bibé ! Je va chez tonton Bibé !

Max ne peut retenir son rire.

— Édith va me maudire…

— Elle n'apprécie pas JB ?

— Oh si elle l'adore, ce n'est pas ça le problème, mais c'est ce genre de réveil qu'elle déteste !

Chapitre 33

Chaque minute perdue est une corde qui se resserre, chaque souffle partagé un instant volé.

Maxime

Une enquête qui traîne à aboutir, c'est toujours rageant, mais dans le cas de celle sur laquelle je travaille, c'est encore plus difficile à accepter. On sait qui est l'homme qu'on recherche, et les chances de survie de la jeune femme qu'il retient prisonnière fondent à chaque heure qui passe.

Et pourtant, on n'avance pas.

Ce salopard de Vidal est parvenu à rompre tous ses liens avec son entourage. Il n'est pas retourné à son bureau ni chez lui, son téléphone est totalement déconnecté de tous ses réseaux et même sa voiture a disparu de la circulation.

Et pour ne rien arranger, dès demain matin, nous devrons continuer nos recherches avec à peine le quart des effectifs que le commissaire nous avait initialement attribués. De grosses manifestations sont prévues dans les prochains jours, et notre affaire n'est visiblement plus une priorité…

Je mets le grand manitou au défi d'aller expliquer ça au père d'Estelle, qui téléphone dix fois par jour pour savoir si l'on a retrouvé sa fille… Étienne était furieux en sortant du bureau du patron, car ses arguments n'ont rien changé. En haut lieu, on considère que nous ne nous basons que sur des présomptions.

« La position sociale de Vidal ne serait pas compatible avec nos suppositions, nous ne disposerions pas de preuves suffisantes ! »

Ils ne l'ont pas vu à l'œuvre, lorsqu'il cognait sur Chloé…

En attendant, nous continuons d'interroger toutes les personnes qui ont pu approcher Vidal ces dernières semaines, afin de trouver des pistes sur l'endroit où il serait susceptible de retenir Estelle.

Ce soir, je fouille une énième fois les dossiers. Je fais défiler les pages sur l'écran sans prendre la peine de les lire : pour la plupart je les connais par cœur. J'ai compris, il y a déjà quelques heures, que je ne trouverai rien de plus aujourd'hui, mais je reste le cul vissé dans mon fauteuil et le regard soudé à mon écran. C'est complètement stupide, mais je retarde le moment de terminer cette journée.

Depuis le salon, j'entends pour la quatrième fois le générique infernal du documentaire animalier que regarde Chloé. Il faut qu'elle aime particulièrement les lémuriens, ou qu'elle soit dans le même état que moi pour s'enfiler les épisodes un à un comme ça…

Cette nuit ne sera pas comme la précédente ni comme celle d'avant : ce serait ridicule et nous ne sommes plus des enfants. Pourtant, il semble que nous soyons bouffés de stress rien qu'à l'anticiper.

— Tu veux encore un peu de café ? me demande-t-elle depuis l'entrée de la salle à manger dans laquelle j'ai installé mon bureau.

— Non, je te remercie, j'en ai déjà tellement bu que je vais pisser toute la nuit.

Tu voulais être romantique, bravo l'artiste, tu es sur la bonne voie !

Je grimace.

Elle sourit.

Elle est magnifique.

Sa longue chevelure est un peu emmêlée, et ses yeux clairs sont rougis par la fatigue.

— Je vais prendre une douche et je crois que je vais aller dormir.

J'acquiesce et reporte mon attention — enfin, c'est l'image que je donne — sur mon écran, tandis que ses pas s'éloignent. Maintenant, il ne faut pas que je l'imagine sous ma douche !

Mais quel gamin ! Pire qu'un môme dopé aux hormones…

Le fait est que j'ai oublié comment les choses sont

supposées se passer… Je n'arrive plus à comprendre les codes et je doute des signaux que j'ai cru voir en elle. Et si je faisais simplement fausse route ? Et si cette intimité que j'ai envie d'expérimenter avec elle, Chloé ne la désirait pas, et que ce baiser ne voulait finalement rien dire ?

Sans desserrer les dents, je range méticuleusement les différents documents que j'ai étalés sur la table et j'éteins mon ordinateur. Je n'ai pourtant pas eu l'impression d'avoir pris mon temps, mais déjà la porte de la chambre se referme, Chloé est partie se coucher.

C'est peut-être mieux ainsi. Son message semble assez clair en fait et il est probablement temps que je redescende sur terre et que je remballe mes fantasmes.

Quand j'entre dans la salle de bain, son odeur traîne encore dans l'air. Ce même parfum que je vais retrouver d'ici quelques minutes entre mes draps…

Putain, demain, je dors chez Édith, sinon, je vais y laisser ma raison.

La douche me prend au pire cinq minutes. C'est rapide quand on s'interdit l'eau chaude, mais lorsque j'entre dans ma chambre, Chloé n'est pas couchée. Elle est assise sur le bord du lit et son regard percute le mien. Je ne cherche même pas à mettre des mots sur ce qu'il me révèle. Toute traduction est inutile, mon cœur qui se déchaîne a compris.

— On dirait bien que je n'ai pas envie de dormir, finalement, me dit-elle d'une voix douce en se levant et en enroulant ses bras autour de mon buste. Je l'encage entre les miens, et mon épiderme glacé lui tire des frissons.

— On dirait que moi non plus, je n'en ai pas envie.

Les minutes qui suivent nous observent un long moment, alors que ni elle ni moi ne parvenons à bouger ; et si le temps pouvait parler, je crois qu'il se moquerait de ces deux adultes pas plus doués que deux adolescents !

Est-ce qu'elle souhaite que je donne le tempo ?

Est-ce que j'irais trop vite si je faisais glisser sur ses bras l'horrible robe de chambre qu'elle a enfilée, ou dois-je m'attendre à ce qu'elle fuie si je l'embrasse...

Hier, je n'ai pas imaginé le plaisir que nous avons ressenti et chacun de nos regards aujourd'hui était chargé de cette chaleur que notre baiser avait fait naître en nous. J'ai beau ne pas être un grand spécialiste des humeurs féminines, je sais d'expérience qu'une femme mécontente ou fâchée n'a pas ce regard-là.

Le souffle saccadé, je pose les lèvres sur la peau fine de son cou, là où son pouls palpite au moins aussi rapidement que le mien et je la goûte, l'aspire et explore tout ce à quoi elle me laisse accès. Elle rejette lentement sa tête en arrière en soupirant, m'invitant à plus d'audace, alors je glisse mes mains dans ses cheveux soyeux et j'embrasse cette bouche que j'ai espérée toute la journée. Le piquant de son dentifrice se mélange au goût plus sucré du mien, elle est délicieuse.

D'un geste rapide, je vire son horrible robe de chambre qui échoue à ses pieds, et ça la fait rire. Mon empressement à m'en débarrasser ne laisse plus de doute quant au fait que ce bout de chiffon ne me plait vraiment pas.

Je cesse de l'embrasser et je recule pour voir son

visage. J'ai besoin de comprendre jusqu'où elle m'autorisera à aller, parce que, même si c'est une torture, je préfère suivre son rythme plutôt que celui que mon désir me suggère, et la perdre en route. C'est à ce moment-là qu'elle décide de reprendre le contrôle. Ses doigts fins glissent dans ma chevelure mouillée et m'attirent contre son visage. Ce premier baiser n'était qu'un avant-goût de ce qu'elle m'offre à présent. Je sens cette fougue timide, cette envie qu'elle retient, son honnêteté et son abandon. Est-il possible qu'elle manque d'expérience à ce point ?

La saisissant sous les fesses, je la porte contre ma poitrine pour la conduire jusqu'à mon lit. Délicatement, mon corps surplombe le sien. Mes yeux ne se lassent pas de son image.

— Est-ce que quelqu'un t'a déjà dit que tu étais magnifique ?

Elle sourit, mais ne me répond pas, et ma poitrine se serre en imaginant qu'elle ait pu ne pas avoir été aimée comme elle le mérite.

Puis nos lèvres se rejoignent, dansent ensemble, parfaitement synchronisées. J'aspire son souffle et elle le mien, sans hâte, dégustant chaque seconde. Sa poitrine se lève, s'abaisse de plus en plus vite, et je veux découvrir ce que je n'ai qu'aperçu au travers de ses vêtements, mais qui m'appelle. Sa peau a le goût de vanille de son savon et une douceur que ma langue ne se souvient pas avoir connue. J'empaume son sein au travers de son pyjama et le caresse lentement, je le taquine, réveille ses réflexes et le tourmente. Son t-shirt étriqué se dresse entre nous et je souris contre son épiderme.

— Ôte-moi ce truc, ou je te jure que je vais l'arracher.

Ma voix n'est qu'un filet sans timbre que je ne reconnais même pas. Chloé glousse et lève légèrement son buste pour que je fasse passer le vêtement au-dessus de sa tête. Puis mon cœur loupe une marche lorsque je contemple sa poitrine si parfaite, ronde et généreuse. Mes doigts dessinent la couronne rosée qui entoure ses tétons que je m'empresse de goûter. J'en aspire un dans ma bouche et elle se cambre en gémissant doucement. L'hématome qui barrait sa poitrine est toujours là, et je grince des dents en suivant l'ombre qu'il a imprimée sur son épiderme.

— Je ne te fais pas mal ?

— Oh non alors !

Sa réponse meurt dans un souffle et je reprends mes caresses, son ventre lisse que je mordille, son nombril minuscule…

J'en veux davantage et je trace une ligne de baisers humides vers cette féminité qui m'attire et que je rêve de goûter, mais elle saisit mon visage, elle m'invite à revenir vers sa bouche.

OK, ma puce, je vais trop vite… message reçu.

Elle se jette sur mes lèvres et prend les commandes. Au travers de mon short, ma verge est gonflée à bloc et se dresse douloureusement contre le tissu. Mes reins se serrent quand malgré moi, j'anticipe le moment où je pourrais m'enfouir en elle. Mes phalanges curieuses glissent sous l'élastique de son pantalon et l'abaissent lentement. L'exercice est aisé, car elle m'y aide, puis elle ouvre ses jambes suffisamment pour laisser ma main la caresser. Son sexe est humide, preuve évidente que mon désir est partagé. Mes doigts glissent en elle et éprouvent la douceur de ses chairs, tandis que sa respiration rapide me donne la marche à suivre. Le rythme s'impose et les zones qui la font réagir sont faciles à trouver. Quand elle sera prête, c'est avec ma bouche que je torturerai ce petit morceau de chair qui roule sous la pression de mes doigts. Elle halète à présent, incapable de suivre ce baiser qui jusque-là l'occupait, elle se cambre et m'offre ses seins que je m'empresse de capturer entre mes lèvres. J'inflige à ses mamelons la caresse que mériterait son sexe et je la sens glisser.

— Max, oh, Max…

Sa voix est transformée par le plaisir que je lui donne. L'explosion imminente, son intimité se resserre sur mes doigts, tout comme sa main emprisonnée dans ma chevelure.

— Viens ma puce, ne te retiens pas, lâche-toi et viens.

J'étouffe son gémissement d'un long et profond baiser, avec la satisfaction de sentir sa jouissance sur mes doigts.

J'avais oublié à quel point c'était bon.

Encore noyée dans la brume de son plaisir, son bras glisse entre nous et sa main enveloppe mon sexe par-dessus mon short.

Cette fois, c'est à mon tour de gémir.

D'un lent va-et-vient, elle me caresse, s'attardant sur mon extrémité ou sur mes bourses au travers de la toile. Je ne me souviens pas d'avoir jamais bandé aussi fort. Son index qui se faufile sous l'élastique de mon vêtement me fait comprendre qu'il est temps qu'il disparaisse, alors je m'exécute et libère ma verge qui n'en pouvait plus d'être ainsi comprimée et qui se dresse maintenant que plus rien ne l'entrave. Quand elle avance sa main pour reprendre ses caresses, je retiens son poignet.

— Si tu me touches encore, je vais te décevoir, j'ai trop envie de toi.

Même si elle ne me touche pas d'ailleurs, il va être difficile d'être à la hauteur…

Dans la pénombre de la chambre, je me redresse et fouille dans la table de nuit. Ça fait un bail, mais je sais qu'il contient cette boîte de préservatifs que nous avions achetée après la naissance de Maïa et que j'avais conservée, je l'ai vu, il y a peu. Quand enfin je trouve l'étui bleu et blanc que je cherche, un doute me saisit et j'allume la lampe de chevet. Les minuscules chiffres sur le côté de l'emballage confirment que son contenu est périmé depuis plusieurs mois. Dépité, je dois l'avouer, je jette la boîte dans le tiroir et replonge la chambre dans l'obscurité, espérant lui masquer en partie ma déception, car il n'en faut pas plus pour calmer mes ardeurs.

— Je suis désolé, je n'ai pas de préservatif.

— Et on n'a pas les résultats concernant la recherche des IST. Je ne veux pas te faire courir ce risque…

Je soupire longuement. Pris par l'excitation, j'avais oublié cette histoire d'IST… J'ai cessé de penser de toute manière, mon désir d'elle me fait perdre la boule, mais je comprends maintenant pourquoi elle ne m'a pas laissé poser ma bouche sur son sexe.

Sa main sur mon épaule, elle m'invite à m'allonger.

— Toi, tu es clean ? me demande-t-elle en glissant lentement contre mon ventre.

— Oui, mais tu n'es pas obligée de faire ça, Chloé.

— Je sais, mais j'en ai envie. Laisse-moi te donner ce que tu m'as offert.

L'érection que je pensais sous contrôle reprend de plus belle quand ses cheveux caressent mes abdominaux et que son souffle chaud m'enveloppe. Le premier contact de ses lèvres suffira à m'engloutir dans les limbes du plaisir jusqu'à ce que même respirer me paraisse inutile…

J'avais vraiment oublié à quel point c'était bon.

Chapitre 34

Dans l'ombre des rêves, des souvenirs se glissent, effleurant la peau d'un amour retrouvé.

Chloé

Jusqu'à il y a quelques mois, j'étais persuadée que l'intimité que Julien et moi avions partagée était plutôt classique, ni plus ni moins extraordinaire que celle de monsieur et madame tout le monde. Ce n'est qu'après notre rupture que j'ai beaucoup discuté avec Katie à ce sujet. Il est clairement ressorti que nous avons chacune des attentes très différentes en matière de sexe, et que même en me forçant, je ne serais jamais aussi désinhibée qu'elle. Sa récente relation avec Elias et Marco ne peut d'ailleurs que le confirmer. Pourtant, malgré ses extravagances et son manque évident de modération, Katie vit pleinement sa sexualité alors que je n'ai jamais fait que subir la mienne.

Ces dernières semaines, l'image que j'avais de mon intimité a changé. Ces rêves, qui sont venus s'inviter chaque nuit et que je n'explique pas, ont guidé mon inconscient vers un érotisme totalement débridé. Cet amant, cet inconnu auquel je m'abandonnais sans la moindre retenue, détenait toutes les partitions qui lui permettaient de jouer avec mon corps, et dans ces épisodes nocturnes, j'ai découvert combien offrir du plaisir à son partenaire pouvait être agréable... J'ai ressenti des choses tellement fortes que je les pensais en tout point imaginaires, et certainement dictées par ces romances plus ou moins épicées que j'aime lire parfois, car comme le dirait Katie, ce n'est certainement pas Julien qui m'aurait fait découvrir tout cela...

Et elle n'a pas tort.

Lui et moi avons vécu notre première fois ensemble. Du sexe fidèle aux recommandations implicites de son éducation ultra-catholique. Des pratiques à la mise en scène immuable, et assaisonnées d'une petite dose de machisme selon lequel le plaisir féminin pourrait être un plus, mais non obligatoire et qu'on ne réclame pas. Parce qu'on ne parle pas de sexe. Jamais. Je me souviens d'ailleurs du jour où j'avais tenté de me stimuler moi-même durant un rapport... Il s'était figé, son érection avait fondu comme un Mr Freeze sur un barbecue et il m’avait fait la tête durant des jours. Ce n’est pas pour autant que nous avions eu une conversation sur le sujet. La vie avait simplement repris son cours, une fois qu’il en a eu assez du silence…

Donc en effet, ces désirs et ces élans nocturnes plus que satisfaisants pour ma libido brimée ne doivent rien à Julien, et plus les nuits défilent, moins je crois à cette hypothèse concernant mes bouquins… certes, certains sont explicites, mais pas à ce point-là !

Puis, il y a ce qui s’est passé cette nuit…

Je sais avec certitude à présent qui est l’homme de mes rêves érotiques. Je ne m’en explique pas les raisons, mais je sais que cet homme, c’est Max.

— Tu ne dors pas ?

Je remue doucement la tête.

— Tu regrettes…

Je me redresse, et plaque mes deux paumes sur sa poitrine, mon menton reposant sur mes mains. Dans la quasi-obscurité de la chambre, je vois briller ses pupilles.

— Je ne regrette absolument rien, Max.

— Mais quelque chose te perturbe, je me trompe ?

Je souris, j’aime l’idée qu’il lise si facilement en moi.

— Tu vas me prendre pour une folle, si je te parle de ça…

Ses sourcils se froncent légèrement et son regard m’invite à me livrer.

— J’ai rêvé que nous faisions l’amour.

Il rit.

— Non ma puce, tu n'as pas rêvé, ça s'est vraiment passé. Pas tout à fait comme je l'avais imaginé, mais je pense que c'était plutôt bien.

Je tape gentiment son torse du bout des doigts.

— Je ne te parle pas de ce soir, évidemment que c'était bien, c'était même merveilleux, je te parle de rêves que je fais depuis plusieurs semaines. Des rêves où je vis les moments les plus intenses de ma vie avec un homme, un inconnu. Ou du moins qui l'était jusqu'ici…

L'air soudain plus sérieux, il attrape mes phalanges et les emprisonne dans le creux de sa main.

— Les rêves érotiques sont souvent criants de vérité, mais ce ne sont que des rêves.

— Non, Max, je sais que c'était toi. J'ai reconnu ta voix qui n'est pas tout à fait la même dans ces moments particuliers, mais aussi les paroles que tu prononces, tes caresses, tes gestes, ta manière de me toucher… J'ai su comment te donner du plaisir alors que c'était… Une première pour moi, ajouté-je un peu gênée.

Ses yeux s'arrondissent cette fois, probablement surpris par mes derniers mots.

— Max, je ne t'ai pas découvert cette nuit, j'ai eu l'impression de t'avoir retrouvé.

Son regard paraît se perdre un instant, comme si ce que je venais de lui dire avait quand même un sens pour lui, mais il semble soudain en chasser l'idée.

— Tu as une cicatrice dans l'aine.

— Hernie inguinale quand j'étais gosse, c'est courant.

— Une colombe tatouée sur la poitrine…

Il tend le bras derrière lui et actionne l'interrupteur. À l'emplacement de son cœur, un aigle royal est encré. Ses ailes déployées s'étalent largement sur sa peau.

— C'était une colombe, mais j'ai été blessé et l'an dernier, j'ai fait recouvrir le tatouage d'origine parce que la cicatrice l'avait totalement déformé.

J'avale ma salive en prenant conscience qu'il me croit enfin.

— Tu as aussi une tache de naissance en forme de Y sous la fesse, à gauche.

Il acquiesce.

— Je ne te mens pas, Max, et je n'invente rien, mais je ne me l'explique pas non plus.

Son attitude soudain concentrée me fait réaliser qu'il détient les réponses que je cherche.

— Max, qui est Laurie ?

À l'annonce de ce prénom qu'il prononçait dans mes rêves, ses yeux se ferment et il me serre contre lui. J'entends qu'il peine à respirer, mais je lui laisse du temps. S'il a quelque chose à me dire, je sais qu'il le fera et qu'il est inutile que je le presse.

— Laurie était ma femme, souffle-t-il soudain.

Alors que ses bras se resserrent autour de moi, je me souviens de cette séance de spiritisme que m'avait imposée Katie et durant laquelle elle en avait déduit que la Laurie de mes rêves était un fantôme qui avait un message à me passer. Était-elle à ce point si proche de la vérité ?

— Je te demande pardon, je ne voulais pas raviver tes souvenirs, je...

— Je te crois, Chloé. Je te crois parce que j'ai vécu ces derniers jours des choses que mon esprit cartésien n'arrivait pas à comprendre non plus. Mais maintenant, je sais. Laurie me les a expliquées.

Ses iris scintillent lorsqu'il les plonge dans les miens.

— Je vais te demander de faire preuve d'ouverture d'esprit, d'accord ? Parce que toute cette histoire peut paraître complètement dingue.

J'opine du chef.

— Laurie est là depuis le début, c'est elle qui m'a mené vers toi. Tout a commencé le jour où Vidal s'est pointé au snack et que ton amie l'a fait dégager. J'avais ressenti le besoin irrépressible d'aller prendre un café dans ta boutique, alors que je n'y avais jamais mis les pieds.

— Elle t'a envoyé pour que tu puisses intervenir, lui dis-je, comprenant où il veut en venir.

— C'est ce que je pense. Il se trouve que je n'ai pas eu à le faire, mais maintenant je sais que j'ai été conduit là pour le cas où ce serait nécessaire, parce qu'elle voulait que je te protège. C'était pareil pour les filatures. Ce n'était pas ma mission et, pour tout te dire, mes supérieurs n'étaient même pas au courant, j'ai simplement été poussé à le faire.

— Ton intervention dans le parking ?

— Pareil. J'étais presque arrivé chez moi quand j'ai senti qu'il fallait rebrousser chemin. C'était tellement oppressant que je n'aurais jamais pu m'y soustraire. Je ne suis pas de ceux qui croient aux fantômes, tu sais, je dirais même que ça m'a toujours fait rire ; mais là, je ne peux pas nier que rien de tout ce qui nous est arrivé ne tient du hasard, c'était Laurie.

— C'est aussi l'avis de Katie…

— Katie ? me demande-t-il, surpris.

— Oui, d'après elle, j'étais en quelque sorte possédée par un esprit. Et finalement tout s'explique, si mes rêves étaient si précis, c'est parce que ce n'étaient pas mes fantasmes, mais que ce sont ses souvenirs…

— Laurie voulait qu'on se rencontre et c'était peut-être son seul moyen pour que tu te rapproches de moi, que tu aies confiance en moi. Elle a mis chacun de nous sur le chemin de l'autre dans un but bien précis.

— Elle voulait que tu me sauves la vie.

— Et que tu puisses sauver la mienne, Chloé, ajoute-t-il en capturant mes lèvres.

Chapitre 35

Le vent dans les arbres chante ma rage,
chaque craquement de bois est un rire moqueur,
un défi à ma patience.

Lucas

Ce chalet est loin du confort de ma baraque et je suis forcé de rester terré ici comme un animal.

Je déteste qu'on m'impose des choses. En général, ceux qui s'y risquent, je les tue. Mais là, ce sont les circonstances. Je ne peux pas faire grand-chose contre des circonstances, et donc j'enrage !

Qu'est-ce que j'ai été con ! Je n'aurais jamais dû quitter ce parking sans avoir chopé ce type, car maintenant que j'y pense, je suis de plus en plus convaincu que c'était un flic, rien qu'à sa manière de cogner. C'était probablement un flic qui n'était pas en service et donc pas armé, sinon il m'aurait braqué au lieu de se défiler, mais j'aurais dû le trouer parce que c'est à cause de lui que je dois me planquer ici, maintenant. J'aurais dû lui rentrer mon couteau dans le bide jusqu'à la garde et lui arracher les intestins, mais je n'ai pensé qu'à ma petite Chloé et cela m'a distrait.

Je soupire.

Je n'ai songé qu'au fait qu'elle était en train de m'échapper.

C'était il y a moins de deux jours, et ils sont déjà sur mes traces. Il n'aura fallu que très peu de temps pour qu'ils m'identifient et je suis sûr que c'est parce que j'avais laissé ma bagnole à l'entrée du parking. J'avais présumé qu'il n'y aurait plus personne, et pourtant je le sais que « présumer » est la pire chose à faire quand on veut rester vivant.

Ça fait beaucoup d'erreurs.

Beaucoup trop d'erreurs...

Je pense que Chloé me ramollit la cervelle. Dès qu'il s'agit d'elle, j'arrête de réfléchir, et ce n'est pas bon ça. Pas bon du tout.

Le regard perdu entre les poutres du plafond, je laisse passer les heures depuis un moment, mais l'horloge ne tourne pas assez vite à mon goût. Dehors, la lune est encore haute et le vent souffle dans les grands arbres. Les murs de bois craquent, comme si la cabane entière s'amusait à jouer avec mes nerfs en geignant à chaque bourrasque. En grimaçant, je me tourne sur le côté : ce vieux convertible me fait mal au cul et j'appréhende les prochaines nuits, parce que je ne vais probablement pas sortir de ce trou dans un avenir proche. Néanmoins, si je ne parviens pas à dormir, je vais être d'une humeur de chien et je ne suis pas certain que la putain qui est avachie près de moi appréciera vraiment notre cohabitation si je suis dans cet état.

Elle me tourne le dos. Bravoure ou dégoût ? Je n'en sais rien et je m'en fous complètement. La corde qui lui lie les mains au crochet que j'ai scellé au mur a entamé ses chairs et c'est une bonne chose, au moins elle ne gigote pas. J'ai déjà du mal à fermer l'œil, c'est pas en plus pour avoir un asticot qui secoue le plumard en remuant. De toute manière, sa condition doit certainement lui plaire, car elle avait le choix. Elle pouvait demeurer attachée ici ou libre, mais dans la cave. Visiblement, elle préfère le confort rudimentaire de ce vieux canapé ou peut-être apprécie-t-elle ma compagnie, mais j'en doute un peu. Distraitement, je saisis une mèche de ses cheveux et la froisse entre mes doigts. Est-ce que ceux de ma belle Chloé sont plus doux encore ? Je le pense, j'en suis même certain. Le meilleur shampooing du monde ne pourra jamais imiter la soie des siens. C'est comme son odeur, et sa peau que je rêve de toucher… incomparables !

Mes yeux se ferment et rien qu'à cette idée, ma queue se met à durcir. Il n'y a que lorsque je songe à elle que je parviens à bander. Il n'y a qu'elle qui me fasse cet effet. L'autre n'est

qu'un placebo. Ma main glisse dans mon caleçon et j'empoigne mon chibre. Les paupières toujours closes, l'image de ma princesse, les lèvres entrouvertes, s'imprime sur ma rétine. Son regard clair m'appelle : c'est moi qu'elle désire. Elle veut que je la prenne, que je possède son corps, que je déchire ses entrailles jusqu'à la faire hurler mon nom…

Je sors mon sexe et attrape la hanche de celle qui servira de réceptacle. D'un geste brutal, je relève sa cuisse et me fraye un chemin jusqu'à sa vulve pour la pénétrer d'une seule poussée. La violence de l'intrusion lui tire un cri. J'attrape sa tignasse pour qu'elle ne bouge pas et je m'attelle à la pilonner. Son cul claque contre ma peau une dizaine de fois avant que je me libère dans son ventre.

Pas besoin de faire durer le plaisir, ça me suffira.

Je la repousse et m'essuie rapidement avec la toile de sa chemise de nuit avant de remballer mon matos dans mon slip. Peut-être que le sommeil acceptera de venir me cueillir maintenant…

***

« Maxime Villonier », c'est le nom du flic qui la retient loin de moi et si j'en crois la description qu'on m'en a faite, c'est probablement le mec qui m'est tombé dessus dans le parking du centre commercial. C'est fou ce que le marché de la conscience est en baisse en ce moment, il n'est plus nécessaire de filer des mallettes entières de cash pour avoir des infos. Une petite liasse suffit à acheter n'importe qui, même les flics.

J'ai passé les commandes de ma boîte à Stan, le temps de me faire oublier ou de buter ce fils de pute de poulet. S'il n'est plus là pour témoigner, le premier alibi que je me fabriquerai suffira à me disculper. Mon second est supposé m'appeler dans les minutes qui viennent pour me faire son rapport des trois derniers jours. *Business is business,* et *the show must go on!*

Ma petite putain personnelle s'active dans les quelques mètres carrés du chalet et je dois avouer qu'en termes de propreté, le lieu n'a jamais été aussi rutilant. Même la sale odeur de renfermé a disparu et pourtant aucune fenêtre ne s'ouvre pour permettre d'aérer. Les volets intérieurs sont cadenassés.

Ou alors, je m'habitue à la puanteur, ce qui est possible d'ailleurs.

Ma main gauche est salement amochée. Mon pouce ne me faisait presque plus mal, mais cette seconde morsure est un peu plus étendue et profonde que celle que m'avait infligée l'autre salope. Lorsque je retire le pansement, jauni et nauséabond, je plisse le nez. Un morceau de chair s'est détaché et je crains que cette plaie ne cicatrise pas facilement. Enflée, rose et chaude, la blessure est quand même bien dégueulasse. Je verse directement l'antiseptique sur ma peau et tandis que la brûlure irradie presque tout mon bras, je m'empresse d'enrouler ma paume dans un nouveau pansement propre et bien serré. De toute façon, il faudra bien que ça passe, aller me faire soigner est hors de question…

Quant à Chloé, je lui apprendrai quand même que je n'admettrai pas qu'elle se comporte ainsi à l'avenir. Elle va devoir faire preuve d'un peu plus de douceur et de déférence.

L'autre m'observe, médusée et l'air dégoûté.

– Fais-moi un café.

Elle accepte d'un signe et je me demande bien pourquoi elle prend cette peine, puisqu'elle sait tout comme moi qu'elle n'a pas d'autre choix que celui de m'obéir si elle tient à éviter une raclée.

Étrangement, je suis presque déçu qu'elle soit si docile. L'acharnement avec lequel j'ai démonté sa copine a dû lui faire comprendre qu'il valait mieux ne pas résister, mais de fait, je ne ressens plus l'excitation de la traque, celle qui arrive à coup sûr à me donner la trique !

Enfin mon téléphone sonne. Je le saisis et décroche dans le même geste.

– Accouche, Stan !

– Les deux voitures qui devaient être préparées aujourd'hui sont retournées au dépôt, Max n'est pas venu bosser.

Putain ! Si je ne suis pas là, tout part en couille. Il y en a qui vont compter leurs abattis quand je ne serai plus contraint de me planquer…

Soudainement, le lien que j'avais vaguement esquissé après la bagarre dans le parking semble se confirmer. Maxime Villonier, le flic qui me traque et qui retient ma nana, pourrait sans difficulté être Max Ravier, mon employé, celui qui disparaît quand le flic se montre, même corpulence… Je ne crois pas aux coïncidences, c'est trop gros.

– Tu as essayé de l'appeler ? Tu as envoyé un gars chez lui ?

– C'est une gonzesse qui répond à son téléphone et

elle pose trop de questions, j'ai pas aimé ça, alors j'ai raccroché, mais elle ne m'a pas dit où il était. À l'adresse qu'il nous a donnée, il y a des dizaines de logements et personne ne semble le connaître.

– Le petit enculé ! S'il se pointe, tu me l'enfermes au dépôt et tu m'appelles tout de suite. C'est bien compris ?

– Oui patron. Et pour les deux caisses qu'on ne peut pas livrer ?

Je grogne, le téléphone pressé si fort sur mon oreille que le cartilage m'en fait mal.

– Elles devront être livrées ! Je ne peux pas me permettre de ne pas honorer un contrat. Tu demandes aux siamois de se démerder pour trouver quelqu'un qui fasse le job aujourd'hui et il est de leur intérêt que le mec soit bon, parce qu'ils seront les chauffeurs cette nuit. Après tout, c'est leur faute si on en est là et la prochaine fois, ils regarderont à deux fois avant de me recommander un type.

– C'est noté patron, je m'en occupe.

Sans perdre de temps en civilité dont tout le monde se fout, je raccroche avant de balancer mon téléphone sur le canapé. Devant moi, l'autre pute tremble en tenant une tasse dont le contenu est encore fumant. Je serre le poing et arme mon bras pour lui enfoncer sa face de rat, mais finalement je me ravise. Je ne peux pas nier qu'elle m'est utile. Si je la tue, il m'en faudra une autre et je devrai sortir pour ça, sauf que ce n'est pas le moment d'aller montrer ma belle gueule dans un bar.

Non, ce n'est vraiment pas le moment !

En revanche, rien ne m'empêche de

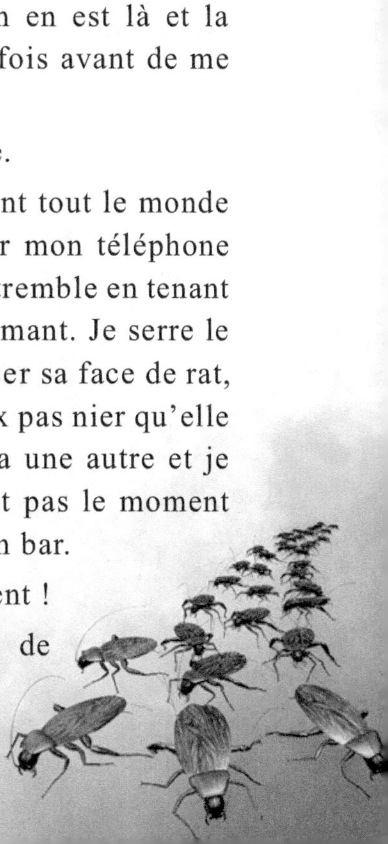

chercher ma petite chérie. Elle ne doit pas être bien loin.

L'idée de partir en chasse me fout des fourmis dans les membres. Sans plus attendre, j'ouvre la porte qui mène à la cave.

– Descends.

Elle obtempère sans sourciller en franchissant rapidement les marches de pierre. Une fois en bas, je lorgne sur le crochet et la chaîne qui pend contre le mur.

– Tu sais ce que tu as le droit de faire et ce qui t'est interdit. Je ne vais pas t'attacher, mais si tu déroges à une seule des règles que j'ai fixées et que tu connais parfaitement, je te tue. Comme j'ai tué ta copine. Je briserai chacun de tes membres, et peut-être même que je te ferai manger ta propre chair jusqu'à ce que tu en crèves. On est donc bien d'accord ?

Le visage ruisselant de larmes, elle acquiesce et je me casse avant de lui en coller une pour avoir osé pleurer alors que je ne l'ai pas touchée !

***

Qu'est-ce qu'il ne faut pas faire pour rester incognito…

J'ai laissé ma BMW dans un box que je loue sous une fausse identité et qui se situe à quelques rues de chez moi. Ce n'est pas dans cette caisse que je peux rester discret, et ce n'est d'ailleurs pas dans ce but-là que je l'ai achetée ! C'est un piège à gonzesses, mais il ne passe pas inaperçu.

En arrivant chez moi, j'ai appris par ma merveilleuse

épouse que les flics étaient déjà venus lui rendre une petite visite de courtoisie. Elle a beau être la dernière des salopes, je pense qu'elle a quand même compris que son intérêt n'était pas de se dresser contre moi. Cela dit, je ne lui ai jamais confié quoi que ce soit qu'elle puisse utiliser pour me nuire, et elle les a laissés fouiller la baraque sans leur livrer la moindre piste à mon sujet.

Elle me donnerait presque des scrupules à lui infliger ce que je lui prévois pour le reste de sa journée.

Comme je n'avais pas eu le temps de le faire plus tôt, je lui ai dévoilé le contenu de ma clé USB. Eh bien oui, ce serait dommage qu'elle persiste à se bercer d'illusions concernant son cher papa et ses frères adorés…

Putain que c'était jouissif, tellement bandant que j'aurais presque pu la retourner sur la table du salon pour lui faire sa fête. Je dis « presque » parce que ça n'en était pas à ce point-là quand même ! Je souris au simple souvenir de sa tête de courge trop cuite, alors que ses yeux étaient rivés sur l'énorme écran de télévision sur lequel se jouait, en gros plan, le spectacle de son père bourrant en beuglant cette gamine aussi molle qu'une poupée de chiffon. Et le cri qu'elle a poussé quand la gonzesse est tombée, inerte sur le sol.

Impayable ! Vraiment impayable, si j'avais su que ce serait si drôle, j'aurais fait ça plus tôt, bordel !

Les scènes concernant ses frères n'étaient pas moins appréciables, mais je crois que la cervelle de cette grognasse avait déjà disjoncté.

Je suis parti en laissant tourner la vidéo en boucle. Ce n'est qu'une copie de toute manière, alors autant qu'elle en profite

pleinement, et puis je lui ai aussi offert, chargé et prêt à l'emploi sur le bord de mon bureau, une solution pour se débarrasser de tous ses futurs problèmes, et m'alléger des miens, par voie de conséquences.

Un dernier geste prouvant ma grande mansuétude.

Je me marre tout seul, au volant de sa bagnole, que j'ai récupérée au passage, et grâce à laquelle je peux circuler plutôt librement. Pour le coup, c'est vraiment la caisse de monsieur tout le monde. Je crois que c'est la première fois de ma vie que je conduis une bagnole sur laquelle on a mis des enjoliveurs... Un truc de beauf qui n'a pas les moyens de se payer des jantes alu, et qui devrait être interdit tellement c'est laid !

Enfin cette caisse, c'est toujours mieux que rien et ça me permet de me déplacer en toute discrétion. Pour le moment du moins, car si les flics sont réellement derrière mon cul, d'ici peu, cette voiture aussi sera recherchée.

Un premier tour dans la résidence de Chloé me confirme que plus aucun flic ne surveille la rue. J'imagine que ce Villonier planque ma petite chérie ailleurs. Mes contacts m'ont prévenu que c'était un vieux qui travaillait au snack ce matin. Je peux donc oublier l'idée de la cueillir à son boulot...

Il y a certainement dans son appartement un indice qui me permettra de savoir où ce salaud l'a emmenée.

Il ne peut pas avoir pensé à tout.

Personne ne peut penser à tout, c'est impossible !

Une fois ma voiture garée dans une ruelle à quelques centaines de mètres de l'entrée du bâtiment, je sors de ma poche la poignée de clés que j'ai prises dans la loge du gardien de son immeuble. J'ai déjà repéré celle qui ouvre la porte de service à l'arrière du hall ; en même temps, c'était simple, le vieux bonhomme chez qui je les ai piquées n'est franchement pas malin, il a précautionneusement étiqueté chaque trousseau du nom du propriétaire du logement ainsi que du numéro de la porte.

Une jolie écriture bien lisible… Quel brave homme !

Sans surprise, la clé n'entre plus dans la serrure de l'appartement de Chloé. Elle a fait changer le barillet, mais si elle a fait ça, c'est qu'elle a l'intention d'y revenir !

Appartement 26 D, ma fouille des lieux n'est peut-être pas utile finalement. Elle va réapparaître, et quand elle le fera, je serai là pour l'accueillir.

J'ouvre la main qui contient les autres clés, et les trie rapidement dans ma paume. L'une d'entre elles me saute aux yeux, celle de l'appartement de Mme MONIN, au 26 C.

Un sourire sardonique fleurit sur mes lèvres.

Ah ! Ma chère madame Monin ! Je suis certain que vous rêviez de compagnie…

Chapitre 36

Des corps qui se découvrent,
des âmes qui se cherchent,
des souvenirs qui s'invitent...

Chloé

Max est parti tôt ce matin. J'ai senti le baiser qu'il a déposé sur mes lèvres avant de quitter le lit : j'étais réveillée, mais je ne le lui ai pas montré. Pour la première fois de ma vie, je fais l'expérience de cette gêne que l'on prête en général aux lendemains...

Avec Julien, je n'ai pas connu ça. Il a été mon premier amant, et selon les projets que nous avions établis, il aurait dû être le seul. C'était en tout cas ce qu'avaient inscrit au programme sa mère, son père, ses sœurs, le curé de sa paroisse, et toute l'armada d'oncles, de tantes et de cousins... Jusqu'à hier, j'ai respecté nos engagements, même si c'est bien malgré moi.

Les choses n'ont rien de comparable avec Max. Il n'y a pas de projets, pas de règles établies, pas de carcan. Aujourd'hui, peut-être reprendra-t-il la place du policier chargé de ma protection et tous les moments magiques qu'il m'a fait vivre cette nuit n'auraient alors représenté qu'une parenthèse. Des instants particulièrement agréables, certes, mais éphémères. C'est la raison pour laquelle je ne voulais pas croiser son regard ce matin. Je craignais d'y lire ce message et de dégringoler de mon nuage. Je souhaite tellement que notre nuit soit le début de quelque chose de beau. Et même si j'ai tort de l'espérer, et que je prends le risque d'en souffrir parce qu'on ne peut pas croire en quelque chose aussi rapidement, j'ai eu envie de rester un peu plus longtemps bercée dans cette délicieuse illusion.

Son oreiller est imprégné de son parfum, une senteur de cuir aux notes boisées. Je le serre entre mes bras et y enfouis mon visage. Cette fragrance lui va tellement bien, virile et délicate, et mon cœur tape un peu plus fort quand je ferme les yeux.

Je n'ai pas envie que tout s'arrête, même s'il y a quelques jours encore, je rejetais l'idée même de laisser un homme entrer dans ma vie.

Hier, Édith et Maïa ont quitté l'appartement. J'avoue que je me sentais coupable de les contraindre à abandonner leurs habitudes et leur foyer, mais quand j'ai vu l'excitation de la petite et par extension celle d'Édith, j'ai compris qu'elles étaient heureuses de ces quelques jours de vacances imposées. Édith semblait même satisfaite à l'idée que Max ait troqué sa mission de filature de Vidal contre celle de veiller sur moi.

Avant de partir, Maïa a tenu à ce que je maquille ses cheveux. Les cosmétiques que j'utilise sont sans danger pour les enfants, alors je les lui ai donnés, et j'ai expliqué à Édith comment les appliquer. Je n'imaginais pas que cela pouvait rendre cette fillette aussi heureuse !

L'appartement est silencieux. J'ai découvert que Max a installé un système de surveillance, car j'ai repéré des détecteurs sur les portes et les fenêtres, ainsi que quelques caméras discrètement positionnées à plusieurs endroits. C'est rassurant, même si pour le moment je suis seule. Personne ne pourrait s'introduire ici sans que l'alarme soit donnée.

Sur le comptoir de la cuisine, Max a laissé un petit mot.

« Je reviens vite. »

Rien de plus. Pas la moindre piste sur ce qu'il ressent. Heureusement que son regard et son visage parlent pour lui, parce que si j'attends ses mots, je risque de rester dans l'ignorance longtemps encore… et c'est pour ça que j'ai hâte qu'il revienne.

Par pudeur, je lève les yeux pour vérifier l'absence de caméra dans la salle de bain avant d'ôter le t-shirt que je lui ai emprunté. Le grand miroir et le néon à la lumière blanche qui le surplombe ne me font pas de cadeaux… Une multitude de bleus parsèment mon corps. Celui qui orne mon visage, je m'y suis habituée, je le croise chaque fois qu'une surface me renvoie mon reflet, mais là, dans cette totale nudité, la violence de l'agression est précisément décrite. Au premier regard par la large barre violette qui traverse ma poitrine, puis par les autres zones sombres, plus petites, mais tellement nombreuses : les empreintes de ses doigts sur mes bras, mes cuisses, autour de ma gorge… y compris à des endroits où je ne me souvenais même plus qu'il m'avait touchée. L'intérieur de ma cuisse est toujours enflé, et ce choc-là, je m'en rappelle bien. C'est lorsque son genou est venu me percuter. Le bleu qui colore ma fesse résulte de ma collision avec la portière de l'utilitaire, sa forme et son emplacement sont assez révélateurs, c'est exactement là que se trouvait mon portable, maintenant brisé, dans la poche arrière de mon pantalon.

Jusqu'où serait allé ce fou si Max n'était pas arrivé ? Le retour de ce sentiment d'impuissance associé au navrant spectacle que j'ai sous les yeux me renvoie dans ce parking. L'odeur de carburant, de poussière et d'urine rance, les bruits que je sais étouffés, mais qui me paraissaient des hurlements sur le coup, la douleur, le manque d'air…

Et Max…

La force qu'il a déployée pour détacher Vidal de mon corps et la hargne avec laquelle il l'a cogné.

Puis cette douceur, lorsqu'il m'a retrouvée dans mon appartement ce même soir, morte de peur.

Et cette nuit… Ah ! Cette merveilleuse nuit.

Voilà le tableau que je cherchais pour écarter la noirceur qui tentait de s'installer en moi. Les yeux fermés, je laisse de délicieux frissons m'engourdir et mes sens s'imprégner des parfums que je connais bien maintenant, le mien, le sien et celui de nos corps en fièvre.

Son regard dans l'extase, le bleu scintillant de ses iris quand le plaisir l'emporte, son superbe visage qui s'abandonne…

De lourdes larmes roulent sur mes joues et s'écrasent sur le bord du lavabo.

Je n'ai pas pu le voir cette nuit, il faisait noir.

Ces images sont celles de mes rêves, ce sont les souvenirs de Laurie, ceux qu'elle m'envoyait… Dans chacun de ces tableaux magnifiques, ce n'est pas à moi qu'il fait l'amour ; c'est à la femme qu'il aime, sa femme, la mère de sa fille.

C'est alors que je sens poindre un conflit qui tente de s'amorcer dans ma tête. Une bataille rangée entre la plénitude et la frustration, le bonheur et la jalousie.

Je déteste cette ambivalence.

Giflée par la honte de mes sanglots, j'essuie mes joues d'un geste brusque et me glisse sous la douche. Les deux mains en appui sur la faïence crème, je laisse couler mes larmes qui se mêlent à l'eau, invisibles et silencieuses, jusqu'à ce que la source se tarisse et qu'enfin, elles cessent.

Puis un courant d'air froid me surprend avant que deux larges mains viennent s'étaler sur mon ventre.

— Dis-moi que toi non plus, tu n'en peux plus d'attendre… murmure-t-il contre mon oreille.

Mon cœur s'affole et l'excitation s'empare de chaque parcelle de mon corps. Toutes mes réponses sont là, entre ses mains qui me caressent et ses lèvres qui dévorent ma gorge, sa peau nue collée contre la mienne. Je l'attire à moi, comme s'il pouvait être plus près encore, mes deux mains fermement accrochées à ses cuisses musclées. Je veux qu'il m'embrasse, et c'est ce qu'il fait, comme s'il l'avait compris. Ses doigts sont partout, sur mes seins, mes hanches, et entre mes jambes. Je le sens, aussi excité que moi, dressé contre mon dos.

— Et toi, dis-moi que tu as ce qu'il faut...

— Oui.

En un temps record, il déchire l'emballage argenté avec ses dents et se gaine.

— Ça ne va pas être facile d'être doux, ma puce, susurre-t-il contre ma tempe en me serrant dans ses bras

— Alors, ne le sois pas...

De toute façon, j'ai tellement envie de lui que je suis prête.

Un éclat presque animal brille soudain dans son regard qui se visse au mien. Sans rompre ce contact, il glisse ses mains sous mes fesses et me soulève dans ses bras avant de m'abaisser sur lui d'un geste lent. L'effet est immédiat et je me crispe, déjà emportée par un spasme qui emprisonne mes reins. Il est imposant, mais mon corps s'étire et l'épouse à la perfection. Lui qui disait ne pas pouvoir être doux, prend possession de ce que je lui offre avec une immense tendresse.

— Ça va, ma puce ?

Répondre est inutile, je plonge mon regard dans le sien, et il comprend.

Ses bras se resserrent autour de moi et chacun de ses assauts m'emmène plus loin. Je m'agrippe à ses épaules, dévore ses lèvres alors que ses hanches me percutent, toujours plus fort, plus vite et plus profondément. Et soudain, je bascule. Des milliards d'étoiles éclatent derrière mes paupières closes tandis que tout mon corps vibre et se contracte autour de lui. Sa respiration erratique m'indique qu'il va succomber lui aussi et je saisis son visage entre mes mains. Je veux voir la jouissance sur ses traits, lire l'extase au fond de ses prunelles bleues, reflet d'un plaisir dont *je* serai la source cette fois. Je dois me fabriquer mes propres images, mes propres souvenirs.

J'en ai besoin.

Son râle est rauque quand il s'abandonne, et son équilibre devient précaire alors que ses jambes se mettent à trembler. Je m'accroche à son cou pour qu'il puisse prendre appui sur la paroi, mais je n'ai pas envie de le lâcher. Je refuse qu'il quitte mon corps, je veux le garder au creux de moi.

Je prends ses lèvres, pour un long baiser tendre, qui contraste avec l'étreinte sauvage que nous venons de partager.

— C'était rapide… souffle-t-il.

— C'était parfait.

— Je peux faire mieux.

— Je n'en doute pas.

— Et je pourrais te le prouver si tu acceptais de me lâcher, marmonne-t-il en mordillant le lobe de mon oreille.

— Mais je n'ai aucune envie de te laisser partir. Ça te tenterait de rester là, disons… toute la vie ?

— J'y suis très bien, je le reconnais, mais je préfère

l'idée de recommencer. Encore et encore…

J'avale ma salive un peu difficilement lorsqu'il bouge doucement, se retirant pour replonger en moi. Une profonde sensation de bonheur m'envahit soudain.

— Encore et encore ? C'est une promesse, Max ?

— Oui ma puce, c'est une promesse.

Ma question était sérieuse et sa réponse est solennelle, les mots scellés par ce regard sincère que je n'imagine pas capable de mensonge. Il m'embrasse à son tour alors que je le libère.

À l'évidence, son désir ne l'a pas quitté, et j'hésite un instant à lui tendre un nouveau petit sachet argenté pour recommencer sur l'instant, mais j'ai sa promesse maintenant, ma peur de le voir s'éloigner s'évapore sans bruit, le sentiment d'urgence également.

— Waouh ! sursaute-t-il en glissant sous le pommeau de douche, c'est brûlant !

— Tu plaisantes, l'eau est à peine tiède !

— Ouais, on va dire ça… mais je ne te garantis pas que je vais pouvoir rester longtemps là-dessous, s'amuse-t-il en prélevant une grosse noix de shampooing. Maintenant, tourne-toi.

J'obtempère et il entreprend de me masser délicatement le crâne puis de rincer la mousse.

— C'est la première fois qu'un homme me lave les cheveux.

Il m'embrasse sur le bout du nez, un geste presque enfantin qui me fait sourire.

— Il y a tellement de choses que j'aimerais te faire encore… mais au sec, alors douche-toi vite, parce que si je reste cinq minutes de plus sous cette eau bouillante, j'ai la peau du cul qui va finir par se décoller !

J'éclate de rire et il me frictionne rapidement avant de m'enrouler dans un grand drap de bain moelleux. J'ai à peine le temps d'emballer mes cheveux dans une serviette que je me sens soulevée du sol. Ménageant les différentes douleurs qui parsèment mon corps, Max me charge sur son épaule et prend la direction de la chambre à coucher.

— Je t'avais prévenue que je n'en avais pas terminé avec toi ! Tu auras le temps de sécher plus tard !

Chapitre 37

Il faut parfois écrire une fin pour que l'histoire devienne éternelle, et laisser une nouvelle page se présenter à vous.

Maxime

La dernière fois que j'ai passé la journée au lit remonte aux premiers mois de ma relation avec Laurie. Nous étions tellement jeunes, aussi inexpérimentés l'un que l'autre et l'on découvrait ensemble ce que nos corps étaient capables de nous offrir. Il n'y avait aucune pudeur entre nous, aucune retenue. Nous nous aimions comme des fous et nous accordions une confiance sans limites.

Je n'étais plus tout à fait un gamin à cette époque-là et elle n'était pas ma première partenaire. Cela dit, pendant un temps, je l'avais regretté. J'aurais aimé n'avoir connu qu'elle, comme si cela avait pu la rendre encore plus précieuse à mes yeux. Et pourtant, mes premières fois avaient été si merdiques qu'une petite partie de moi, que je pense être mon *ego*, est tout de même satisfaite de lui avoir épargné ça !

En revanche, avoir été son premier amant a toujours été une fierté incroyable. C'était peut-être un peu vieux jeu, mais je voyais ça comme un honneur. Elle avait choisi de me faire le cadeau de sa virginité quand ses copines avaient abandonné la leur au plus rapide de nos potes...

C'était comme ça, elle et moi, et lors de chacun de nos moments difficiles, on se soutenait parce que l'on y croyait. Quand on parlait de notre avenir, on se voyait mariés, heureux... et nous l'avons été.

La vie nous a offert Maïa, trois bons kilos de concentré de bonheur, quelques couches infâmes et une flopée de nuits blanches, mais c'était magique. Dans ma tête et dans mon cœur, j'étais le roi du monde, j'avais « réussi », tout simplement. Il suffisait que la vie suive son cours et reste sur les rails qu'on avait posés. J'étais convaincu que rien ne pouvait nous détruire.

Faut-il être naïf...

Cet enfoiré d'univers en avait décidé autrement. Ç'avait été intense, mais c'était fini. Laurie était partie, et j'étais resté comme un con avec mes rêves et mes projets, un bébé de quelques mois qui ne se souviendrait jamais de la merveille qu'était sa mère, et des beaux-parents qui me détestaient.

Hier encore, je répétais à Édith que seule ma fille comptait. Je ne sais plus aujourd'hui si c'est tout à fait vrai. Cette nuit, j'ai compris que j'existais toujours.

Le bout de mon doigt dessine dans l'air l'arrondi de son sein sans la toucher. Chloé dort et je ne veux pas la réveiller.

Ce rêve étrange, ou cette apparition, je ne sais pas vraiment ce que c'était, a fait éclater en mille morceaux ce carcan dans lequel je m'étais moi-même enfermé ces vingt-six derniers mois. Et cette liberté retrouvée a un goût délicieux.

J'avais banni le plaisir de ma vie, comme si ressentir quelque chose entre les bras d'une femme revenait à trahir le souvenir de Laurie ; mais maintenant, je sais que cela n'a pas de sens. C'était un passage obligatoire pour réaliser que rien ne pourrait jamais effacer l'amour que j'ai pour elle. C'est une partie de moi qu'il n'est pas nécessaire de renier pour aimer à nouveau. Au contraire, vivre, c'est honorer sa mémoire, celle de la femme exceptionnelle qu'elle était.

C'est la première fois que le souvenir de Laurie ne me plonge pas dans la mélancolie et qu'aucune larme ne coule. À l'inverse, je souris.

Je souris à ce magnifique visage endormi à quelques centimètres du mien, ses longs cheveux étalés sur l'oreiller blanc. Elle est épuisée, et j'avoue qu'il y a de quoi. Je le suis également. Je remonte lentement le drap sur son épaule et repousse les mèches colorées qui ont glissé sur sa joue. Dans son sommeil, sa main cherche la mienne alors, je la lui cède.

J'ignore si ce que je ressens pour Chloé deviendra de l'amour, parce que je sais que cela ne se commande pas, mais une chose est sûre, je ne me l'interdirai pas.

Les paupières lourdes, le corps engourdi et repu, j'inspire à fond cet air nouveau et me laisse aller au sommeil.

Chapitre 38

Les mots me glissent des mains,
comme si ce livre n'avait jamais été le mien.

Chloé

Du plus loin que je me souvienne, je ne suis jamais arrivée à passer des journées entières à fainéanter devant la télé ni même à occuper des heures à scroller sur les réseaux sociaux. J'ai besoin d'activité. Une bonne journée est, selon moi, une journée où l'on a réalisé quelque chose. Même une séance active de ménage peut être gratifiante !

Mais là, je n'ai pas d'autre choix que de rester sagement oisive sur ce divan.

L'appartement de Max est tellement fonctionnel et épuré qu'y mettre de l'ordre et nettoyer ne m'a pris que quelques minutes, et maintenant, je tourne en rond, complètement désœuvrée.

Et cette satanée pendule qui n'avance pas ! Je la soupçonne même de repartir en arrière quand je la quitte des yeux.

La journée va être longue avant le retour de Max.

Il est parti après déjeuner. Il devait s'entretenir avec son chef, et faire le point sur les avancées de l'enquête concernant la jeune femme disparue. Visiblement, lui et le major n'ont aucun doute sur l'implication de Vidal, mais on lui aurait demandé de ne pas traiter les deux affaires — l'enlèvement et mon agression — comme deux faits qui pourraient être liés. Max ne m'a pas donné plus d'explication à ce sujet, mais son dépit était palpable lorsqu'il l'a évoqué. S'il ne m'en dit pas davantage, je sais que ce n'est pas uniquement à cause des secrets de l'enquête : il me semblait en colère contre sa hiérarchie, et ne paraissait pas enjoué à l'idée de faire venir cette mauvaise humeur jusqu'à nous.

J'ai terminé d'envoyer les commandes de denrées pour le snack. Ça encore, c'est une mission qui ne m'aura pris que très peu de temps et je le regrette. J'ai téléphoné à Lisa pour m'assurer que mon absence n'était pas trop contraignante pour elle. Je sais que Harry, l'ancien pâtissier, est compétent, mais il est resté coincé au siècle dernier. J'imagine que la modernité que nous avons apportée à son vieux labo doit certainement le dépasser. Pourtant, selon ma sœur, il ne s'en sort pas mal du tout. Il râle beaucoup, mais elle en avait l'habitude. Cela dit, dans l'ensemble il semble avoir trouvé ses marques. Lisa a temporairement abandonné tout ce qui impliquait l'informatique dans leur fonctionnement et ils ont ressorti les stylos et les vieux carnets. D'après ma sœur, c'est un compromis efficace pour qu'il cesse de grogner.

Lorsque nous avons repris l'activité, la gestion des stocks était désastreuse et c'est d'ailleurs la première chose que nous avions informatisée. Il était donc primordial que cette partie de notre travail ne retourne pas à l'âge de pierre, et c'est pourquoi j'en ai conservé la responsabilité. Je saisis à distance les sorties et les entrées des différentes denrées, afin de passer les commandes de réassort. Ce n'est qu'une mission secondaire de mon activité habituelle, mais en l'effectuant, j'ai un peu moins l'impression d'être inutile.

Une vieille série tourne sur l'écran du salon. Le souvenir que j'en avais était bien moins pâle, mais force est de constater que tout cela a extrêmement mal vieilli. Autant je l'avais adorée étant enfant, autant maintenant, les épisodes et les aventures de cette famille me laissent froide.

Mon téléphone vibre, m'offrant une bonne raison pour presser le bouton de la télécommande afin d'éteindre le téléviseur.

— Salut, Katie !

— Salut, ma poule, je ne te dérange pas ?

Elle ne voit pas l'expression de mon visage pour se faire une idée, mais le simple soupir que je lâche en réponse lui suffit à comprendre et elle éclate de rire.

— Depuis le temps que je te dis qu'il faut apprendre à gérer l'inactivité. Tu trouvais ça inutile !

— Et je trouve toujours cela inutile. J'ai hâte qu'ils chopent ce connard et que je puisse reprendre le cours de ma vie…

— J'ai eu ton message, dans lequel tu me disais de ne pas passer à ton appartement. Tu veux m'en parler ?

Je lui explique dans les grandes lignes l'intrusion de Vidal et les craintes de Max. Je passe rapidement sur le fait que ma protection repose quasiment sur les seules épaules de Max depuis que les effectifs de la police ont été réaffectés à d'autres missions, pour finir par lui avouer que j'ai emménagé chez lui.

— Waouh ! Tu veux dire que tu vis sous le même toit que ce demi-dieu ?

— C'est l'unique chose que tu as retenue de tout ce que je viens de t'expliquer ?

— Mais non, évidemment non, mais tout le reste me semble sous contrôle, je me trompe ?

Je ne prends pas la peine de lui répondre, d'autant qu'elle est loin d'avoir tort, la situation avec Max m'échappe complètement.

— Et donc, il est comment au quotidien ? Genre à se trimballer en caleçon ? À embaumer l'appart avec son after-shave ?

J'adore le parfum qu'il traîne derrière lui, en effet. Quant au caleçon, avec ou sans, il me rend folle…

Je me racle la gorge pour lui intimer de me laisser

parler, ce qu'elle fait, mais bien plus par curiosité que par politesse.

— J'ai couché avec lui.

Silence. Si l'on m'avait dit un jour que je parviendrais à couper la chique de ce moulin à parole, j'aurais beaucoup ri, et pourtant, c'est présentement le cas.

— Max et moi avons fait l'amour.

— Oui, j'avais compris la première fois, mais pourquoi tu n'as pas commencé par cette information ?

— Parce que tu ne m'aurais plus écoutée, et que ma mise en garde concernant Vidal était primordiale.

Elle soupire. Elle sait que j'ai raison. Son côté fantasque est rafraîchissant. Il a tendance à me remonter le moral en général, mais quand il s'agit d'être sérieuse, Katie a diablement besoin d'être canalisée.

— Chloé, j'ai bien compris la gravité de ton agression et de tout ce qui gravite autour de ce pourri ; mais un truc me dit que tu me caches quelque chose d'au moins aussi grave. Max n'a pas été correct ?

— Oh, si, il a été fantastique. Tout était fantastique.

— Ma poule, tu n'as pas l'enthousiasme qui colle avec tes mots, il va falloir m'en dire plus.

Je laisse ma tête retomber sur le dossier du canapé, lâchant un nouveau long soupir. Katie ne s'est jamais gênée pour me raconter ses frasques amoureuses, même parfois assaisonnées de détails dont je me serais bien passé : la pudeur ne l'étouffe pas.

— Tu sais qu'avec Julien on n'a jamais... Enfin, je veux dire que c'était toujours très classique et... fonctionnel...

— Oui, il ignorait où se situait ton clitoris, en fait !

— Je ne sais pas s'il l'ignorait, mais disons que cela ne l'intéressait pas vraiment. Et dans le même esprit, il n'appréciait pas plus que je le touche...

Elle pouffe.

— Tu as dû quand même sacrément te faire chier avec Julien ! Si tu m'en avais parlé quand vous étiez ensemble, c'est moi qui t'aurais dit de le plaquer ! Mais le fait d'être enfin tombée sur un mec qui t'a fait grimper aux rideaux, je ne vois pas pourquoi ça te perturbe à ce point.

Je laisse s'installer un silence parce que je ne sais pas par où commencer. Dans ma tête, tout a tendance à se mélanger.

— Tu te souviens de ces rêves que je fais depuis quelques semaines maintenant ?

— Oui, et d'ailleurs, on a convenu que ce n'étaient pas des rêves, mais les souvenirs d'une autre. Je sais que tu es sceptique, mais pour moi, il n'y a aucun doute, une entité est entrée en contact avec toi. Cette femme te hante.

— Katie, la femme de Max s'appelait Laurie, et elle est morte.

Cette fois encore, elle me répond par un silence.

— Je l'ai découvert après que nous avons fait l'amour pour la première fois. Toutes ces choses que nous avons partagées ne me semblaient pas nouvelles, et pourtant je te jure qu'elles l'étaient ; mais je savais comment m'y prendre, je n'ai ressenti ni timidité ni hésitation. Le corps de Max, ses attentes, ses gestes, tout en lui m'était familier, et c'est là que j'ai fait le lien avec mes rêves et Laurie.

— Tu lui en as parlé ?

— Oui. J'ai eu peur qu'il me prenne pour une folle, mais ça n'a pas été le cas. Il m'a écoutée et m'a avoué qu'il vivait aussi un certain nombre de choses étranges.

Lorsque je relate la conversation que Max et moi avons eue, Katie demeure silencieuse. Elle me laisse achever puis siffle doucement entre ses dents.

— Cette femme devait être une sainte pour se préoccuper ainsi de l'homme qu'elle a aimé depuis l'au-delà…

— Pour toi, il ne fait donc aucun doute que Laurie nous hante tous les deux ?

— J'ignore si elle vous hante, on dirait plutôt qu'elle a endossé le rôle d'ange gardien. Chacune de ses interventions vise à vous rapprocher l'un de l'autre. À aucun moment, elle ne vous a nui.

Je ne peux qu'être d'accord avec elle, mais ce n'est pas pour autant que je me sens mieux.

— Ma poule, il ne faut pas avoir peur des fantômes, ceux qui restent là après leur mort sont rarement ceux qui te veulent du mal. Ils sont juste bloqués parce qu'ils n'ont pas terminé quelque chose.

C'est à ce moment-là que je comprends ce que je m'obstinais à ne pas voir.

— Je n'ai pas peur, Katie, je suis seulement habitée par une impression d'imposture, comme si dans cette relation, nous étions trois, mais que l'intruse c'était moi.

— Et ça, tu ne lui en as pas parlé.

— Évidemment non ! Comment veux-tu que je lui

explique un truc pareil ?

— Aussi simplement que tu viens de le faire avec moi, par exemple !

— Je crois que je n'y arriverai pas. Et si c'était vrai ? Si à travers moi, c'était sa femme qu'il recherchait ?

Un autre silence se glisse, il n'y en a jamais eu autant dans nos conversations.

— Ce serait quelque chose à savoir avant de tomber amoureuse, tu ne crois pas ?

— Je ne suis pas amoureuse, enfin je ne le suis pas encore, mais je sens que ça va arriver. Katie, ce qu'il me fait vivre, c'est tellement unique… Il est parfait. Et étrangement, même tomber amoureuse de lui ne me fait plus peur. Je souffrirais en revanche s'il ne m'aimait pas pour moi-même.

— Aujourd'hui, c'est avec toi qu'il est, rien ne l'y oblige, mais rien ne vous en empêche. Profite de la vie, ma belle, protège ton cœur si tu le peux, mais ne laisse pas passer une chance d'être heureuse.

Sa rencontre avec Elias et Marco l'a changée du tout au tout. Elle, l'épicurienne, s'est enfin décidée à apporter de la valeur aux sentiments et même si elle ne le voit pas, je souris.

— Merci, Katie, je t'aime.

— Moi aussi je t'aime ma poule.

Longtemps après qu'elle a raccroché, je scrute encore le plafond immaculé. Finalement, ne rien faire et laisser ses pensées désordonnées sauter de l'une à l'autre n'est pas si désagréable. J'ai compris pourquoi je m'égarais dans mes réflexions, et Katie m'a aidée à y voir plus clair. Cette omniprésence de Laurie dans mes songes a très certainement dû influencer mes décisions ainsi que mes désirs, et j'imagine que n'importe qui se sentirait perdu pour moins que ça. Être possédé par un fantôme, même s'il est armé de bonnes intentions, ce n'est quand même pas courant !

Si j'en crois Maxime, sa femme voulait nous amener l'un vers l'autre, et maintenant que c'est fait, c'est à nous de prendre la suite, alors c'est ce que je vais faire. Je vais commencer par mettre de côté les circonstances de notre rencontre, et vivre pleinement la suite de notre histoire.

Le ronflement du moteur de la moto de Max m'avertit de son retour, puis les bips stridents du boîtier de contrôle de l'alarme me le confirment. Son regard harponne le mien à peine la porte franchie et ne le lâchera pas jusqu'à ce que ses mains viennent se poser sur mes joues.

— Tu m'as manqué.

— Toi aussi. C'est long quand tu n'es pas là.

Lentement, il capture mes lèvres. Il n'y a aucune urgence dans son baiser, juste une immense tendresse qui me chauffe le cœur.

— J'ai une nouvelle qui va te soulager.

L'espace d'une seconde, je pense qu'il va me dire que Vidal a été capturé ou que sa victime a été retrouvée, mais il esquisse un sourire sans joie, comme s'il balayait mes suppositions sans que j'aie à les énoncer.

— On a reçu les résultats d'analyse des prélèvements sanguins qui ont été faits après ton agression : Vidal ne souffre d'aucune IST.

En effet, cette nouvelle information me soulage d'un poids énorme. S'il n'est atteint d'aucune maladie, il n'a donc rien pu me transmettre lorsque je l'ai mordu. Néanmoins, je me sens un peu coupable de me réjouir de cette nouvelle. Elle est capitale pour moi, mais serait tellement insignifiante pour les familles des disparues…

— Les comparaisons d'ADN ont aussi confirmé que c'est bien lui qui a tué Amanda, ou du moins, qu'il est l'un de ses bourreaux. Après avoir rejeté en bloc l'hypothèse de son implication, mes supérieurs ne peuvent que l'accepter. Néanmoins, ils doutent qu'il soit capable de travailler seul.

— Tu penses qu'il pourrait avoir des complices ?

— Très sincèrement ? Non. Ce type est narcissique, prétentieux et imbu de lui-même, je ne l'imagine pas collaborer avec quiconque pour une affaire aussi personnelle qu'un meurtre comme celui-là. Quant à cette obsession qu'il nourrit envers toi, jamais il ne laisserait personne s'y impliquer, j'en suis convaincu.

Comprenant qu'évoquer les faits ravive mon malaise, Max me serre contre sa poitrine. Son odeur et sa chaleur suffisent à me rendre ma sérénité.

Un peu plus tard dans la soirée, un livreur nous apporte notre dîner, puis la nuit nous ouvre de nouveau les portes de ce paradis dans lequel elle nous a accueillis hier, avec une liberté supplémentaire : ma santé n'est plus en danger…

Chapitre 39

Il joue avec la vie comme
un maître des ombres,
mais tout le monde peut
se perdre dans son propre
labyrinthe.

Maxime

Étienne tend pour la cinquième fois en moins de deux minutes la main vers son cigare, qui traîne éteint dans le cendrier, tandis qu'à chaque fois, je grogne en lui faisant les gros yeux.

— Je pense que tu ne t'en rends même plus compte, mais ce machin pue la mort, alors si tu veux que je vienne travailler avec toi, dans ton bureau, tu seras sympa de m'épargner ça.

Il soupire.

— Tu vas bientôt devenir aussi chiant que ma femme !

— Crois-moi, elle doit vraiment t'aimer pour supporter ça.

Je m'empare du cendrier pour le déposer sur le rebord extérieur de la fenêtre, parce que même éteint ce truc dégage une odeur qui me lève le cœur.

— Bon, on peut reprendre ce dossier ou il y a d'autres sujets qui te dérangent chez moi ?

— Ça va, ne fais pas ton Caliméro, tu peux bien te passer de ton poison pendant une petite heure, non ?

Cette fois, c'est lui qui grogne.

Sincèrement, je n'arrive pas à comprendre comment il peut aimer ce truc-là. C'est si loin du flic, jeune, dynamique et sportif qu'il est…Ça détonne clairement avec le personnage ! On dirait un vieux flic des années soixante quand il se promène avec ce cigare accroché au bout des doigts, il ne lui manquerait plus que l'imperméable gris élimé et le strabisme, et il serait paré pour le rôle !

— Alors, les rapports d'analyse ont donc formellement établi que l'ADN de Vidal était présent sur notre victime. Ton témoignage confirme que le véhicule utilisé pour le transport du corps est bien passé par son garage pour un relooking complet. Les nouvelles plaques et numéro de moteur ont été transmis au service des douanes françaises et étrangères pour essayer de le retrouver.

— Cela dit, avec le nettoyage que j'y ai fait, on ne relèvera pas d'indices. Je suggère qu'on ne perde pas trop de temps à poursuivre cette piste.

Il souffle.

— Je sais, mais si l'on considère le peu d'éléments dont on dispose, il faut tenter de combler les blancs.

Il tend vers moi une feuille de papier couverte de chiffres et d'annotations au feutre fluorescent.

— L'établissement bancaire qui tient les comptes de la famille Vidal nous a transmis des relevés et ça, c'est celui d'une carte bleue établie au nom de sa femme. Je l'ai parcouru rapidement, mais il n'y a pas d'hôtel, pas de péage d'autoroute, rien qui pourrait laisser penser qu'il puisse être sorti du périmètre de la ville. Son compte personnel tout comme son téléphone sont muets depuis votre altercation dans le parking, le soir de l'agression de la petite Chloé Fabre.

« Petite » ?

Bon OK, elle n'est pas bien grande, mais à l'écouter on dirait qu'il parle d'une gamine…

— Pas si petite que ça, bougonné-je.

— Quoi ? me demande-t-il, l'œil moqueur, alors que je sais pertinemment qu'il a entendu ma remarque.

— Non, rien.

Je replonge le nez dans le relevé qu'il tient encore entre ses doigts.

— Techniquement, cette carte est à sa femme, mais on peut raisonnablement penser que c'est Vidal qui la détient, car elle a nié connaître l'existence de ce compte. Il l'a probablement ouvert en son nom sans lui en parler.

— Si on suit cette hypothèse, ça nous confirme qu'il est toujours dans le coin.

Je parcours les données qui figurent sur le listing, et quelque chose attire mon attention.

— Tu as vu ça ?

Je lui désigne du bout de mon stylo trois dépenses qui ont été effectuées le même jour, à quelques minutes d'écart.

— Ce sont des boutiques de la région ?

— Oui. Elles sont toutes situées dans la galerie commerciale. On a, entre autres, des achats dans l'hypermarché, dans une boutique de vêtements féminins, et chez un détaillant de cosmétiques.

— Vidal est marié, il peut avoir acheté quelques cadeaux pour sa femme, ça ne veut pas dire grand-chose.

— Ce sont des boutiques d'un standing très moyen, le magasin de fringues, en revanche, c'est du haut de gamme, mais un style assez tape-à-l'œil, pas du tout celui de sa femme. Ce mec porte des costumes hors de prix, et cultive l'art du « paraître ». S'il souhaitait offrir des cadeaux à sa compagne, il fréquenterait plutôt les enseignes de luxe qui lui correspondent, non ? Là, ça ne sent pas le cadeau destiné à une épouse ni même à une maîtresse. On dirait un achat d'opportunité : il était dans le coin, le modèle lui tape à l'œil, il l'achète… pas une recherche de qualité. Non, je n'y crois pas. Et puis le passage au supermarché m'étonne aussi. Je ne vois pas le bonhomme faire des courses pour le dîner, c'est le genre à commander chez le traiteur.

Je pianote aussitôt sur mon téléphone pour trouver le numéro d'un des commerçants et j'appelle la boutique. La vendeuse qui me répond est très coopérative et, avec la date et l'heure de l'achat, elle retrouve sans difficulté ce que Vidal a réglé avec la carte bleue. L'informatisation a tout de même du bon !

— Teinture pour cheveux « châtain clair miel », quatre flacons de mascara capillaires, et un vaporisateur d'eau de toilette « fleur de vanille ».

Un frisson glacial se glisse le long de mon dos lorsqu'elle énumère la liste des achats de notre suspect.

Je raccroche et je peine à avaler ma salive.

Ce mec est complètement siphonné !

— Estelle est blonde, mais Chloé a les cheveux châtains et elle utilise ces cosmétiques pour créer des mèches de différentes couleurs, je le sais parce qu'elle a donné les siens à ma fille avant son départ.

— Il est tellement obsédé par cette jeune femme qu'il grime sa prisonnière afin qu'elle lui ressemble ! Putain, chaque chose que nous découvrons sur ce type nous fait grimper d'un degré supplémentaire dans sa folie. J'ignore jusqu'où ça ira, mais ça donne le vertige.

Le cauchemar de Chloé me revient soudain en mémoire :

« Comme si je regardais au travers des yeux de quelqu'un qui essayait d'être moi. »

Difficile de parler de ce rêve à Étienne sans passer pour un timbré, alors je garde l'information pour moi, mais ce détail me donne l'assurance que nous ne faisons pas fausse route.

— On peut donc espérer qu'il la maintiendra en vie

tant qu'il n'aura pas mis la main sur l'objet de ses fantasmes.

Tant qu'il n'aura pas réussi à atteindre Chloé...

Nous sommes interrompus par deux coups frappés à la porte du bureau et un de nos collègues passe la tête par l'entrebâillement.

— Chef, un appel sur la ligne du 17. La femme de ménage de Vidal a retrouvé le corps de sa patronne. Une voiture de patrouille vient d'arriver sur place.

Étienne arrache son blouson du dossier de sa chaise et récupère son cigare.

— Tu conduis ?

— Si tu veux, mais uniquement si tu laisses ton tube à cancer ici, sinon je te suis avec ma moto...

— Mais qu'est-ce que tu fais chier, Villonier ! répond-il, en jetant le mégot mâchouillé dans la poubelle en fer blanc.

Et dire qu'il aurait pu commencer par là. Il aurait évité d'empuantir tout le bureau !

Grâce au gyrophare et à la sirène « deux tons », traverser le centre-ville est un parcours de santé, mais arrivés aux abords de la résidence dans laquelle se situe la propriété de Vidal, notre présence attire rapidement l'attention des badauds. Tous les anciens du coin ont soudainement un toutou à promener, de vieux clébards qu'on a fait dégringoler de leur canapé favori pour servir d'alibi à la curiosité de leurs maîtres. En même temps, même la rue sent le renfermé ici et la moyenne d'âge des résidents doit avoisiner les soixante-quinze ans ! Je gare la 5008 banalisée à côté de la voiture de patrouille, le long de la palissade d'une immense maison, qui contrairement à celles qui l'entourent, paraît extrêmement moderne et pue carrément le fric. La pelouse semble synthétique tellement elle est régulière, la haie doit être taillée avec un laser, et les aménagements pourraient être tout droit sortis d'un magazine de décoration. Quand nous franchissons la porte d'entrée, l'impression est la même : tout est digne d'une maison témoin, quel que soit l'endroit où mon regard se pose.

Seule une odeur de tabac froid semble avoir imprégné les murs. Décidément, entre le cigare d'Étienne et ça, je suis servi !

Deux collègues en tenue sont près d'une femme qui pleure et tremble comme une feuille. De très petite corpulence, recroquevillée sur ce fauteuil gigantesque, elle semble d'une grande fragilité, et ne paraît pas toute jeune non plus. Notre collègue féminine reste à ses côtés, tandis que son binôme vient à notre rencontre et nous salue.

— C'est la femme de ménage. Elle a échangé quelques mots avec sa patronne en arrivant pour prendre son service et le temps de mettre son tablier et de préparer son matériel, elle a entendu une détonation. Elle s'est précipitée dans le bureau, mais madame Vidal était déjà morte.

— Qui d'autre était présent ?

— Personne, je pense que le suicide ne fait aucun doute, mais comme la maison est truffée de caméra, on ne mettra pas longtemps à le confirmer.

Nous n'entrons pas dans la pièce afin de préserver la scène, mais ce qui se dessine devant nos yeux quand nous poussons la porte ne laisse pas de place au doute quant à l'état de la victime.

— La moitié de sa boîte crânienne est sur la commode derrière elle, je n'ai pas jugé utile d'aller prendre son pouls, nous informe le collègue d'un air navré.

Des débris d'os et de matière cérébrale sont encore accrochés sur les cadres qui ornent le mur quand d'autres ont dégouliné sur le papier peint beige. En effet, je n'aurais pas estimé cela nécessaire non plus.

Je balaye le mobilier des yeux, et un reflet dans une des bibliothèques attire mon attention. Je me penche pour constater qu'un écran de télévision est allumé au fond de la pièce. L'image nous montre un type qui en passe un autre à tabac, puis change brutalement pour un autre décor. Le son est coupé, mais on dirait un porno amateur, et soudain je comprends lorsque je reconnais le visage de l'homme qui se fige un instant sur l'image. J'ai vu cette tête quand j'ai enquêté sur Vidal, c'est le père de sa femme, donc, de notre victime…

— C'est à cause de ça qu'elle s'est suicidée, tu crois ? me demande Étienne.

— Il nous faut cet enregistrement pour l'étudier, mais ça pourrait bien être le cas.

Nous cédons la place au légiste et aux agents de l'équipe scientifique, mais avant de quitter les lieux, je fais le tour de la propriété. Un garage dans lequel il serait possible de ranger au moins quatre voitures jouxte la maison, mais il est vide.

— Attends, tu permets deux minutes, j'ai une question à poser à la femme de ménage.

Je rentre dans la maison et m'approche de cette

pauvre dame visiblement en état de choc.

— Excusez-moi, pouvez-vous me dire si madame Vidal possédait une voiture ?

Son visage rougi par les larmes se lève tristement vers moi.

— Madame a une voiture, oui.

— Vous savez quel en est le modèle ?

Elle semble chercher un instant.

— Petite et rouge, mais je ne connais rien aux voitures.

— Ça me suffira. Je vous remercie.

Quand je rejoins Étienne, il m'interroge d'un geste du menton.

— Il faut arrêter de chercher la BMW de ce connard, je suis persuadé qu'il a piqué la voiture de sa femme. On n'aura pas de mal à obtenir des précisions avec le service des cartes grises.

— Ça se tient. Et ça expliquerait pourquoi on n'arrive pas à lui mettre la main dessus. On pensait qu'il était planqué dans un coin, mais il est peut-être en mouvement.

— Ce n'est pas pour autant une avancée pharaonique. Putain, mais combien de temps va-t-il lui falloir pour commettre un faux pas !

— Je t'ai connu plus patient que ça, Max. Je me trompe ou est-ce que tu t'impliques ?

Je secoue la tête, éludant la question, tout en ayant pleinement conscience qu'avec Étienne, ça n'est pas d'une grande utilité. À son sourire sardonique, je sais qu'il sait, ou du moins qu'il a un doute.

— Tu t'es attaché à Chloé ?

Sur ce sujet non plus, je ne juge pas utile de lui mentir, mais il me faut quand même quelques secondes pour lui répondre.

— Oui.

— Beaucoup ?

— Pas mal, oui.

Il soupire.

— Je dois m'inquiéter ?

— Pourquoi, ce n'est pas déjà le cas ? Tu as besoin de ma permission pour me materner, maintenant ?

Il soupire encore, le regard vissé dans le mien et la tête dodelinant lentement.

— Tu fais chier Villonier !

Je ris en regagnant notre 5008 qui nous attend sagement sur le trottoir.

— Mais c'est pour ça que tu m'aimes !

— Ouais, mais n'en abuse pas…

***

Des effluves sucrés flottent sur le palier et viennent me chatouiller les narines lorsque j'atteins les dernières marches de l'escalier. Avant même d'ouvrir la porte, je sais déjà que Chloé a dû passer du temps dans la cuisine. Je crois que c'est ainsi qu'elle repousse l'ennui. Le fait est que je suis un grand gourmand. Édith et ses talents ont aiguisé mon palais, il fallait bien que je fréquente une pâtissière pour l'affiner davantage !

Un grand torchon noué devant elle, et le geste précis, elle lisse une coulée de chocolat brillant sur le dessus d'un éclair, lorsque je franchis le seuil de la pièce. Bien qu'elle ait l'air particulièrement concentrée, je sais qu'elle m'a entendu, car je vois ses lèvres s'étirer doucement. J'abandonne mon blouson et mon casque à même le sol pour enrouler mes bras autour de son buste. Cette odeur de vanille est comme une drogue, m'incitant à faire courir ma bouche sur la peau de son cou.

— Goûte ça, me dit-elle en tendant son doigt devant ma bouche.

Je le gobe en lui lançant un regard tout sauf sage.

— Mmm, c'est super bon !

Si le geste que je viens de faire visait à stimuler sa libido, ce sont mes papilles que cette dégustation a réveillées.

— Chocolat à la menthe avec une pointe de piment de Cayenne. C'est la ganache avec laquelle j'ai garni les éclairs.

— C'est une tuerie ! Une nouvelle recette ?

— Oui. J'ai fouillé un peu partout et j'ai improvisé avec ce que j'ai pu.

Elle a presque l'air d'être désolée.

— J'ai été long et tu t'es ennuyée. C'est moi qui devrais m'excuser.

— Tu as des choses importantes à faire. Moi, j'ai trouvé comment m'occuper. Heureusement que tes placards sont pleins de trucs sympas !

Je pouffe.

— Tu pourras remercier Édith, parce que ce n'est pas grâce à moi !

— Ah, zut, et moi qui me suis basée sur ce que j'ai trouvé pour essayer de faire quelque chose que tu aimerais. Quand j'ai vu tout ce chocolat…

— Oui, pour le chocolat, je plaide coupable, c'est bien moi qui l'ai acheté. C'est mon péché mignon. En revanche, ne me demande pas s'il y a de la farine ou une quelconque levure, je n'en ai aucune idée !

— Au moins, tu aimes le chocolat, ça me rassure, j'ai cru un instant que j'allais devoir manger toutes ces pâtisseries !

— Ça aurait justifié les nombreuses heures de sport que j'ai prévues pour éliminer les calories…

— Du sport ? Genre avec des vélos, des poids impossibles à soulever et des kilomètres de course à pied ? demande-t-elle en affichant un semblant d'air dégoûté sur son visage rieur.

— Non, je pensais à un autre type de sport, mais crois moi, il pourrait bien te laisser autant de courbatures qu'une ignoble séance en club de gym. Le plaisir de quelques orgasmes en plus.

J'embrasse le bout de son nez avant de poser mon front contre le sien.

— Je ne suis pas sûre qu'on ait vraiment besoin d'excuses pour ça.

— D'excuse ? Non, mais de calories, c'est indispensable !

— Alors heureusement que je me suis ennuyée et que j'ai utilisé ce temps pour préparer tout cela.

— Oui, en effet. Et s'il te reste un peu de cette

ganache au chocolat magnifique, je pense que j'aimerais beaucoup la goûter sur tes seins…

— Tu ferais ça avec ma ganache chocolat, menthe et piment de Cayenne ?

— Sans la moindre honte !

— Est-ce que tu veux des fraises aussi ?

— Oh putain, oui ! On a ça ?

— Non, répond-elle en riant, il faudra que tu les imagines.

Je grogne, et la soulève du sol pour l'asseoir sur le plan de travail afin de me placer entre ses jambes.

— Je suis désolé d'avoir été si long.

— C'est ton boulot, Max. Tout le monde travaille et le fait que je sois assignée à résidence ne doit pas empêcher la terre de tourner.

— Pourtant, j'aimerais être avec toi. Tout le temps.

Elle me sourit, son beau regard d'ambre fouillant au fond de mes yeux, comme si elle cherchait une autre vérité que celle que je lui livre. Alors, je l'embrasse, avec toute la douceur et la sincérité dont je suis capable pour effacer les doutes que je vois en elle, mais que je ne comprends pas. Quand elle souhaitera m'en parler, je suis certain qu'elle le fera.

— Vous avez avancé dans votre enquête, finit-elle par demander.

— On piétine, Vidal est toujours introuvable, et sa femme s'est suicidée.

— Merde, elle pourrait avoir un rapport avec les enlèvements ?

Je pince les lèvres et remue la tête.

— Pas à notre connaissance, on aurait plutôt tendance à croire qu'elle est aussi une de ses victimes.

— C'est lui qui l'aurait tuée ?

— Elle s'est tiré une balle dans le crâne et nous n'avons aucun doute sur le suicide, les caméras de la maison étaient en fonction et ont tout enregistré. Ce n'est pas Vidal qui tenait l'arme, mais je doute qu'il soit innocent. Ce type me semble être de ceux qui torturent moralement les gens jusqu'à ce qu'ils craquent. Au début de mon enquête sur Vidal, j'avais déjà noté que son mariage n'avait été qu'une mascarade pour le placer dans le milieu.

Chloé baisse la tête et soupire.

— Et donc, quoi de plus simple que pousser l'épouse gênante au suicide ? Quelle ordure ce type…

— On a appris aussi que Vidal circulait probablement avec la voiture de sa femme. Une Ford Focus rouge. Je sais que tu ne sors pas de l'appartement, mais autant que tu sois au courant.

J'hésite un instant à lui dire qu'on a également compris qu'il avait certainement modifié l'apparence de sa captive afin de créer une ressemblance avec elle, mais je crains que cela augmente encore ses angoisses, alors je décide de taire cette information.

— Je vais aller prendre une douche, j'ai l'impression que l'odeur du cigare d'Étienne me colle à la peau. Mais je te préviens, si tu caresses l'envie de me rejoindre, c'est moi qui règle le mitigeur !

Tout en reculant, je fais passer mon t-shirt par-dessus ma tête et sauter un à un les boutons de mon jean, en la fixant du regard. Je l'aguiche sans la moindre honte, parce que j'adore voir ses prunelles s'assombrir de ce voile si particulier, gourmand et un poil timide.

— Ce n'est pas du jeu !

— Exactement, mais c'est mon jeu et c'est moi qui en dicte les règles.

— Je vais geler là-dessous, minaude-t-elle.

— Tu n'es pas obligée de venir, mais si tu le fais, je te promets que je te réchaufferai.

— Juste quelques degrés, s'il te plaît.

— Maquignon !

— Tortionnaire…

— C'est à prendre ou à laisser, lui dis-je, tandis que mon pantalon et mon caleçon échouent sur le sol.

***

Presque quinze jours qu'Estelle a disparu et toujours pas de réelle avancée dans l'enquête. Toute l'équipe pense qu'il faut maintenant s'attendre à ne retrouver qu'un cadavre. Pour ma part, je suis intimement convaincu qu'elle est encore vivante, et c'est le profil de Vidal qui m'invite à suivre cette théorie.

Il a besoin qu'on parle de lui comme de l'homme qui décide, celui qui détient les droits de vie ou de mort. Faire durer le suspense lui ressemble tout à fait : il aime jouer de cruauté, il est vicieux. Sans jamais les avoir rencontrés ni même avoir la moindre raison de leur en vouloir, il torture les parents d'Estelle en les privant de réponse, ça colle avec son schéma de pensées. Ensuite, il s'attend à ce qu'on admire ses actes, et c'est aussi pour cette raison que je suis convaincu qu'il ne l'a pas encore tuée. S'il l'avait fait, on aurait déjà retrouvé son corps : exposé, mutilé, humilié, tout comme la mise en scène qui a entouré la découverte de celui d'Amanda qu'il avait laissé dans ce fossé pour qu'on ne puisse pas passer à côté, à la merci des animaux sauvages, des éléments, mais surtout des regards.

Une chose m'inquiète en revanche : c'est cette dualité entre l'immense patience dont il sait faire preuve, si je m'en réfère au temps qu'il a dû prendre pour démolir sa femme afin de la conduire au suicide, et l'empressement avec lequel il s'est attaqué à Chloé.

Mes compétences en profilage ne sont pas assez fines pour mettre des mots sur sa pathologie ; néanmoins, ce qu'on connaît de lui me suffit pour être convaincu de sa dangerosité.

Sur le papier, dépeindre cette ordure est un exercice intéressant, mais cela ne me fait pas vraiment avancer. Je tourne en rond et ça a le don de me foutre en rogne.

Dans la maison de Vidal, que nous avons passée au peigne fin après le suicide de sa femme, rien ne semble vouloir nous indiquer la moindre piste. Si nous n'avions pas la certitude que cette demeure était bien celle de Vidal, on pourrait croire qu'il n'y a jamais mis les pieds. Ce type agit tel un fantôme. Aucun mur, aucun meuble ne porte de photo le représentant. J'ai examiné plusieurs fois les albums que j'ai rapportés de son domicile, mais bien qu'ils contiennent un grand nombre de clichés de son épouse et des autres membres de la famille, lui en revanche reste invisible.

Et ce, depuis trois ans.

Ça correspond à peu de choses près à la date à laquelle il a repris l'entreprise qu'il dirige. C'est ce qui est inscrit sur le relevé de la Chambre de commerce.

Avant lui, tout appartenait à son frère, Pierre Vidal, décédé dans un tragique accident. Il aurait perdu le contrôle de sa voiture qui a terminé sa course dans un ravin.

Pratique...

Bien trop à mon goût pour un opportuniste comme Vidal.

D'ailleurs, cela devait aussi paraître étrange à la femme du défunt qui a crié « au meurtre » et ce durant plusieurs mois. Une enquête a été ouverte, sans qu'aucune découverte l'oriente vers un homicide, mais elle a finalement été abandonnée lorsque la veuve a retiré sa plainte, avant de disparaître du paysage sans donner la moindre explication. Sa dernière adresse connue est celle d'une villa à quelques kilomètres au sud de Séville...

Ça pue tout ça. Je n'aime décidément pas les coïncidences, et ça fait bien trop d'aubaines pour notre truand. À mon sens, il y a de fortes chances pour qu'il ait tué ou fait tuer son propre frère dans le seul but de lui piquer sa place.

— Tu es encore là, Max ?

— Ouais, mais je vais y aller, je suis claqué et mon esprit commence à échafauder des trucs qui me sembleront n'avoir ni queue ni tête demain matin.

— Il ne faut jamais négliger une intuition, surtout quand une enquête piétine autant que celle-ci.

Je grimace.

— On ne peut même pas dire que mes divagations nous aident, ça ne fait qu'élargir le champ des délits possibles de ce type.

— Plus tu affines son profil et plus tu y verras clair.

— Tu es plus optimiste que moi quant à mes capacités. Mais là, je n'en peux plus. Je suis mort. Je rentre.

Je veux être à la maison avant l'heure du coucher de Maïa, je lui ai promis de lui téléphoner pour discuter avec elle et pour lui lire son « livre du dodo ». Elle a fait toute une sélection parmi ceux qu'elle possède, et qu'elle a empilés sur sa table de chevet. Cela m'a d'ailleurs amusé, car certains d'entre eux me sont personnellement réservés. Elle ne veut personne d'autre que moi pour les lui lire. Un jour, peut-être quand elle sera plus grande, elle m'expliquera pourquoi.

Chloé aussi me manque. J'ai hâte de la retrouver.

Demeurer loin d'elle me laisse l'amer sentiment d'incomplétude, alors qu'à chaque minute passée à ses côtés, je la sens se glisser lentement sous ma peau. J'avais rejeté tout ça, je m'étais privé de ces émotions comme d'autres scarifient leur chair pour expier leurs fautes… mais je n'ai plus aucune envie de lutter contre ce que je ressens, ça me fait trop de bien.

Je salue mes collègues et enfourche ma moto. Il fait frais ce soir et malgré mon équipement je sens le vent qui me fouette. La circulation est dense, entre ceux qui comme moi quittent leur travail et ceux qui vont flâner dans les boutiques, les voitures se collent tellement que j'abandonne l'idée de slalomer entre elles. De toute manière, je n'y gagnerai certainement pas grand-chose et le risque n'en vaut pas la chandelle.

Et puis, ce soir, j'ai l'impression de flotter. Je me sens léger, comme si cette sérénité inopinée créait autour de moi une aura infranchissable par les emmerdements de l'existence...

Bordel, si ça doit être ça le reste de ma vie, dites-moi où je dois signer !

Je souris comme un abruti, et heureusement que mon casque cache mon visage, parce qu'on pourrait me prendre pour un fou... C'est peut-être le cas en fait, je touche probablement la folie du doigt, mais j'aime ça, putain, j'adore ça !

Soudain, un éclat rouge brille dans mon rétroviseur gauche et ma moto est percutée par le côté. Ma machine oscille une poignée de secondes, avant que je parvienne à rétablir ma trajectoire, mais la surprise me pique le bout des doigts. La bulle de mes rêveries éclate brutalement quand je réalise que Vidal m'a pris en chasse. La Ford rouge de sa femme me file le train et son conducteur a décidé de s'amuser avec mes nerfs en donnant de petits coups de volant, projetant son véhicule dans ma direction, mais sans me toucher. Comme une araignée joue avec la mouche imprudente qui s'est prise dans sa toile, cela semble l'exciter. Malgré le bruit de la circulation, je perçois le vrombissement de son moteur. Vidal fait hurler son embrayage, une tentative d'intimidation qui ne m'effraie pas plus que ça : sa marge de manœuvre n'est pas bien large, mais même sans élan, il a toute latitude pour me percuter assez fort et me contraindre à chuter.

Sur la file de droite, deux camions se collent

quasiment au cul, mais le chauffeur du bahut suiveur, du haut de sa cabine, a vu le cinéma de Vidal. Il klaxonne afin d'attirer mon attention, puis ralentit pour me laisser de l'espace et me permettre de me glisser d'un léger contre-braquage entre les deux mastodontes. Même à cette vitesse, ce placement est dangereux, mais il se rapproche de moi pour ne pas donner assez de place à Vidal pour me percuter de nouveau. Je lui adresse un léger signe de tête : il l'ignore, mais il vient de me sauver la vie. Un motard ne sort jamais vainqueur d'un duel contre les roues jumelées d'un trente-huit tonnes. J'espère quand même qu'il sait ce qu'il fait, et qu'il veillera à ne pas me taper par l'arrière, sinon…

Le flux de véhicule ralentit encore et si ce bâtard est à portée de mes tirs, je suis aussi à portée des siens. Il devient plus qu'urgent de me barrer de là, surtout que son regard de taré que je fixe au travers de ma visière fumée me confirme qu'il n'a pas dans l'idée d'abandonner la partie. La vitre de la portière passager s'abaisse et mon sang se glace dans mes veines, il va me plomber, je ne peux pas fuir. Contre toute attente, il ne me vise d'aucune arme. Il pose son doigt sous sa gorge et le fait glisser d'une oreille à l'autre. Le message est clair, ses intentions aussi, mais je ne vois toujours pas son arme.

Au loin, le feu clignotant du passage à niveau attire mon attention. D'ici quelques secondes, tous les véhicules vont s'arrêter. J'arrache mon gant, ouvre la fermeture Éclair de mon blouson pour accéder à mon pistolet sans perdre de temps. Dès que les camions qui m'encadrent s'immobiliseront, je le braquerai pour le contraindre à sortir de son véhicule. S'il ne m'a pas tiré dessus jusqu'ici alors qu'il roule à quelques centimètres de moi, je peux juste espérer que c'est parce qu'il n'est pas armé. C'est un pari risqué, mais je n'ai pas d'autre choix.

Plus aucun véhicule n'arrive en sens inverse, ce qui signifie que les barrières sont baissées. Le chauffeur du camion comprend que je vais tenter quelque chose et freine brusquement. Je béquille à l'arrache et saute de ma selle en dégainant mon arme, mais Vidal me prend de cours, d'un coup de volant, il déboîte et remonte la file de voitures dans la voie en contresens.

Je ne peux pas tirer et relève le canon de mon arme. Les trottoirs sont noirs de monde et s'il perd le contrôle de sa voiture, il fera des victimes. Néanmoins, il n'a pas réellement d'issue.

À moins que… non ! Il ne peut pas être taré à ce point !

Le moteur de la Ford hurle quand il rétrograde pour prendre de la vitesse, les gens se retournent pour tenter de comprendre ce que je viens de réaliser. À toute allure, Vidal percute la barrière du passage à niveau qui se brise et virevolte dans les airs avant de retomber sur la route. Quelques promeneurs hurlent de surprise lorsqu'il franchit les rails à peine une seconde avant le passage du train.

Ce mec est prêt à tout, putain… ou il a une méchante paire de couilles ou il est complètement inconscient ; et sincèrement, je serais bien incapable de me prononcer sur le sujet. Je range mon pistolet avant de créer un mouvement de panique parmi les badauds et retourne vers ma moto. Le chauffeur du camion a quitté sa cabine et vient à ma rencontre.

— J'ai vu que cet enculé cherchait à te foutre sous mes roues…

— Merci, je te dois une fière chandelle, lui dis-je en sortant ma carte de réquisition. Je suis flic. Ce mec est recherché, et je crois qu'il avait dans l'idée de se débarrasser de moi.

— Et… Ça va ? me demande-t-il, l'air sincèrement inquiet.

Je le rassure d'un signe de tête avant de remettre mon casque.

Vidal est sûrement déjà loin et le train de marchandises qui occupe toujours les voies va lui laisser largement le temps de prendre le large. Quant à moi, je vais devoir surveiller mes arrières parce qu'il ne me cherchait pas dans le but de m'inviter pour le thé !

Mais ce qui m'emmerde le plus dans tout cela, c'est qu'il a pu me trouver et me prendre en chasse sans qu'on le repère, alors qu'il a presque tous les flics de la ville à ses trousses.

À peine arrivé chez moi et une fois ma moto dans mon garage, je compose le numéro de téléphone d'Étienne et pendant les quelques sonneries qui retentissent avant qu'il décroche, je fais le tour de ma machine. Le choc à l'arrière a fissuré un des carénages et tordu une patte de clignotant. Ce n'est pas grand-chose finalement, ç'aurait pu être bien pire, mais j'enrage quand même.

— Quel sale enfoiré !

— C'est trop d'honneur, me répond la voix amusée de mon ami à l'autre bout de la ligne.

— Excuse-moi Étienne, je ne parlais pas de toi, tu dois t'en douter. Je viens de rencontrer notre ami Vidal sur le chemin du retour.

J'explique à mon major le détail de ce qui aurait pu me coûter bien plus qu'un petit passage chez le garagiste et je l'entends grogner.

— Tu te mets au vert, tant qu'on n'aura pas coincé ce fumier ! Putain, il aurait pu te descendre !

Je soupire, mais étrangement, je ne proteste pas.

— Transfère-moi tout ce que tu peux pour que je puisse continuer à bosser de chez moi.

— D'accord. Tu ne m'as pas habitué à être si docile, mais je ne vais pas m'en plaindre.

— Ça me fout en l'air de l'admettre, mais là, j'ai vraiment eu chaud aux miches.

Je traîne dans le garage le temps de terminer l'appel, car je préfère éviter que Chloé soit témoin de cette conversation. Elle se fait suffisamment de soucis sans que mon aventure de ce soir en ajoute encore. Je n'ai pas l'intention de lui cacher, mais il me faut un peu de temps pour savoir comment amener l'information sans la faire paniquer.

Je range mon téléphone dans ma poche et pose mes deux mains encore tremblantes en appui sur l'établi. Quelques profondes respirations plus tard, je suis presque parvenu à retrouver l'humeur qui était la mienne avant que Vidal me bouscule.

Avec une petite nuance néanmoins, un rappel à ma conscience que même la plus douce des euphories ne rend personne invincible.

Chapitre 40

Mon âme et mon cœur déposés dans tes paumes, son spectre me souffle encore l'imposture…

Chloé

Je sais que je suis indiscrète et curieuse, mais tout à l'heure, alors que Max était allongé sur le petit lit de Maïa, je n'ai pas pu m'empêcher d'aller discrètement l'observer.

Alors qu'il était absorbé par sa conversation avec sa fille, son visage, simplement éclairé par l'écran de son téléphone, était si émouvant que mon cœur s'est serré.

C'est tout de même un peu à cause de moi s'il ne peut pas la prendre dans ses bras et la cajoler « pour de vrai ».

De sa voix cristalline et haut perchée, elle lui raconte, par bribes décousues, sa visite du village de Mickey, de tonton Bibé qui a mangé « trop » de crêpes au chocolat et d'Édith qui a peur dans les manèges… Le rire grave de Max se détache du discours excité de la petite lorsqu'elle lui décrit la chambre de princesse dans laquelle elle a dormi et le bisou que lui a donné Pluto pendant la parade.

Je l'entends lui promettre qu'ils iront ensemble visiter ce parc prochainement, et me surprends à réaliser que j'adorerais faire partie du voyage.

Puis le son de leur conversation diminue doucement jusqu'à ce que d'un murmure Max remercie Édith et raccroche.

— Elle grandit, me dit-il en me rejoignant.

— Elle aura toujours besoin de son papa.

Ses lèvres s'étirent avec tendresse.

— Je ne sais pas lequel de nous deux a le plus besoin de l'autre.

— Je suis désolée…

— Désolée pour quoi, me demande-t-il en haussant les sourcils.

— Désolée qu'à cause de moi, vous soyez séparés.

Il me serre contre lui et son rire résonne dans sa poitrine.

— Non seulement tu n'y es pour rien, mais en plus cette petite séparation nous fait du bien à tous les deux. Le huis clos n'a rien de bon pour un enfant. Et pour un veuf non plus, ajoute-t-il en m'embrassant.

Durant tout le repas, Max demeure extrêmement silencieux. Il ne dit rien, mais me semble préoccupé alors qu'il promène distraitement du bout de sa fourchette sa nourriture au fond de son assiette.

J'appréhende le moment où il m'annoncera qu'ils ont retrouvé le corps de cette femme…

Il m'est impossible d'imaginer l'état dans lequel doivent être ses pauvres parents. J'ai beau ne pas avoir d'enfant, je suis convaincue que cela doit représenter une torture d'être ainsi plongé dans l'ignorance. Chaque minute, ils doivent se demander si elle est vivante, si elle souffre, et surtout dans quel état on la retrouvera… Parce que je suis persuadée qu'ils doivent rejeter l'hypothèse de ne pas la retrouver, et espérer chaque seconde qu'elle va réapparaître. C'est peut-être ça le plus difficile à gérer d'ailleurs : l'espoir, ce sentiment qui demeure indispensable, mais qui peut devenir tellement destructeur.

— Toi aussi, tu penses à Estelle ?

Il soupire longuement.

— Ça ne fait pas avancer une enquête, de penser aux victimes, ça a même tendance à t'égarer dans tes réflexions. Mais oui, tu as raison, je pense à elle. Et c'est d'autant plus compliqué que je me dis que…

Je l'interroge du regard en constatant que son visage se ferme.

— Que ?

Il prend mes mains entre les siennes.

— Ç'aurait pu être toi. Il était à deux doigts de réussir à te kidnapper !

Même si je m'acharne à sortir ces images de ma tête, elles n'en sont pas moins réelles et en effet, l'autre soir dans le parking, Vidal a bien failli m'avoir.

— Tu étais là, Max, et il ne m'est rien arrivé.

Du bout du doigt, il écarte le col de ma chemise. Si je maquille mon visage pour dissimuler ce bleu qui lui fait mal chaque fois qu'il le regarde, je ne peux pas cacher ceux qui sont présents sur mon corps. Certains se sont estompés, d'autres au contraire se sont étendus et arborent un panel de couleurs se déclinant du noir sombre au jaune clair.

— C'est rien ça ! D'ici peu, ces hématomes auront complètement disparu, lui dis-je en capturant ses doigts larges entre les miens.

Le silence s'étire.

— Parle-moi, Max, s'il te plait. Que se passe-t-il ?

— Je vais rester ici avec toi, ces prochains jours. Vidal m'a repéré.

Je sens que mon sang évacue mon visage et mes membres. Un bourdonnement désagréable envahit mes oreilles et me plonge dans une horrible sensation de malaise.

Voilà ce que je craignais !

Que cette ordure s'en prenne directement à lui !

Ses paumes se collent à mes joues et son regard bleu accroche le mien, me maintenant à la surface.

— Hey, je suis là, d'accord ? Ça va. Il a essayé de

provoquer un accident et Étienne ne veut plus que je m'expose.

— Comment ça, un accident ?

— Je t'ai dit qu'il avait essayé, mais il n'a pas réussi puisque je suis là, donc ne panique pas.

Comme si je pouvais contrôler mes tremblements en imaginant la scène !

— J'ai eu de la chance, et je sais que ça ne sera peut-être pas le cas la prochaine fois. C'est pour ça que je ne vais plus sortir d'ici, tant qu'on ne l'aura pas chopé, m'affirme-t-il en me soulevant du sol pour m'asseoir sur le plan de travail de la cuisine et en pressant ma tête contre son épaule.

— Oh Max, je suis tellement désolée.

Soudain, il me repousse, ses paumes serrées sur mes épaules et le regard sévère planté dans le mien.

— Mais arrête de t'excuser, merde ! Rien de tout ce qui arrive n'est ta faute. Ce type est complètement givré et c'est lui le responsable de tout ça ! Tu dois cesser de culpabiliser comme ça. Ma puce, tu n'as rien fait de mal… ajoute-t-il d'un ton beaucoup plus doux alors que ses mains glissent à présent dans mes cheveux. Ses lèvres se posent avec délicatesse sur les miennes tandis que mes bras s'enroulent autour de son buste. Je le serre si fermement que je sens battre son cœur, sourd, fort et aussi rapide que le mien. Nos souffles s'accélèrent quand la tension monte. Je m'accroche à son t-shirt que je relève pour toucher sa peau ferme et chaude. Les muscles de son dos jouent sous mes doigts, roulent et se bandent. Il ôte le vêtement d'un geste et j'en profite pour laisser ma bouche glisser de sa mâchoire à sa gorge, puis sur cet oiseau qui dissimule la cicatrice bardant sa poitrine, juste contre son cœur.

— Il ne doit rien t'arriver, Max.

— Il ne m'arrivera rien.

— Je ne le supporterai pas.

— Il ne m'arrivera rien, répète-t-il.

Sa voix est rauque et dévoile un désir qui fait écho au mien. Mes mains caressent tout ce qu'elles peuvent toucher. Ses fesses, ses hanches et son sexe au travers de son pantalon.

— Ma puce, on ne va pas terminer ce repas, me met-il en garde.

— Je n'ai plus faim…

Il grogne, et ce son se répercute dans sa poitrine.

— Moi si, mais de toi.

Nous n'avions pas fait l'amour dans la cuisine encore, maintenant, c'est fait et je dois avouer que le contact du mur glacial contre mon dos tandis que son grand corps brûlant possède le mien est une expérience que je ne saurais décrire, mais que je me jure de revivre.

Les barrières entre nous n'existent plus. Celles de mes complexes et de la pudeur se sont envolées et les résultats des analyses de sang ont rendu notre prudence inutile. Mais surtout, ce sont les remparts que j'avais dressés autour de mon cœur qui se sont effondrés et Max les a franchis.

Comme le dit Katie, l'amour ne se commande pas, c'est lui qui commande, et le constat est sans appel : je suis amoureuse de Max.

***

Il fait sombre, mais pas noir.

Ses bras autour de moi imposent le rythme de notre étreinte, soulevant et abaissant mon corps à califourchon sur le sien. Sa présence en moi envoie entre mes reins une chaleur délicieuse.

— Laisse-moi t'amener loin ma puce…

Les bruits de nos peaux qui claquent l'une contre l'autre et de mes halètements que je ne retiens pas résonnent contre les murs de la chambre.

— Max !

C'est un cri qui s'échappe de mes lèvres quand je sens ses doigts cheminer vers mon intimité et me caresser.

— Oui Chloé, prends ton plaisir ma belle, j'arrive moi aussi, je vais te rejoindre.

L'orgasme me balaye alors que son sexe va et vient au creux de mon ventre, brûlant et gonflé, au bord de sa propre jouissance, puis soudain ses traits se crispent. Sa bouche s'ouvre sans qu'aucun son n'en sorte. Son souffle se bloque. Son corps se fige. Son regard obscurci descend sur sa poitrine désormais immobile.

La pointe d'une lame a tranché la tête de l'aigle, et une larme de sang glisse lentement jusqu'à l'endroit où nos corps se rejoignent.

— Je lui avais bien dit que tu étais à moi, ma jolie pâtissière… chantonne une voix sourde derrière lui.

Le buste lourd de Max tombe sur le côté et dans son dos dépasse le manche d'un long couteau, enfoncé jusqu'à la garde. Vidal, le visage déformé par la rage, s'en saisit et le tourne violemment dans la plaie. Le bruit est horrible, je hurle.

— Tu m'appartiens !

Max ne réagit pas.

— Tu es à moi !

Je hurle encore.

— Non !

Le corps de Max est soudain arraché de mes bras tremblants.

Vidal agrippe mes épaules et me secoue.

— C'est fini ! C'est fini !

Puis la lumière jaillit. Elle me brûle les yeux. Un cri que je ne reconnais pas sort de ma poitrine et me vrille les tympans. Mes ongles s'enfoncent dans les poignets qui cherchent à me retenir.

— Non, pas lui, non !

— Chloé, ma puce, c'est fini, je suis là, je suis là !

Je cligne des yeux, laissant ma rétine s'habituer à cette clarté insoutenable.

— Ma puce, ça va aller… Ce n'est qu'un mauvais rêve, ma chérie, tout va bien.

— Max ! Tu es vivant !

Ma respiration est si rapide que ma tête se met à tourner.

— Oui, je suis là. Tu hyperventiles, calme-toi, tout va bien.

Son odeur, sa voix, sa chaleur, il est avec moi. Je le repousse et je palpe sa poitrine. Mes mains blanches étalées sur sa peau hâlée.

L'aigle n'a pas perdu la tête, c'était un cauchemar.

Je fonds en larmes.

— Il t'avait eu. Vidal t'avait tué. Tu étais mort. Mon Dieu, Max, tu étais mort…

— Ça n'arrivera pas.

L'espace d'une seconde, alors que je pensais qu'il m'avait quittée, j'ai cru sentir ma vie m'abandonner également. Ce froid glacial qui avait envahi ma poitrine a manqué d'avoir raison de ma propre existence.

Alors que mon souffle reprend lentement son rythme, mon cœur, lui, bat toujours très fort. J'ai besoin de me sentir vivante. Mes mains glissent sur son ventre et je saisis sa verge qui réagit immédiatement.

— Fais-moi l'amour Max…

— Je ne t'abandonnerai pas.

— J'ai besoin de te sentir en moi. Maintenant.

Il bascule au-dessus de moi et il unit nos corps d'un geste presque brutal, mais c'est de cela que j'ai besoin. Chaque coup de reins m'amène plus loin, mais je sais qu'il me suit de près. Nos corps qui s'entrechoquent me rappellent le début de ce rêve, mais la fin ne sera pas la même, elle ne peut pas l'être, il me l'a promis.

Alors qu'il adoucit ses gestes, j'empoigne ses fesses et le ramène fermement vers moi. Il grogne. Je ne veux pas de douceur pour le moment, il me faut de l'intensité.

Et c'est ce qu'il m'offre.

Sa poigne se resserre sur mes hanches, ses doigts s'enfoncent dans ma peau, puis ses va-et-vient s'amplifient et se durcissent alors que son visage trouve sa place dans mon cou.

Le plaisir m'arrache un cri, l'orgasme me foudroie, raidissant mon corps qu'il malmène encore quelques instants avant que ses muscles se crispent et qu'il sombre à son tour.

— Laurie…

Mon cœur rate un battement, ce n'était qu'un murmure, pas plus bruyant que le souffle du vent. Mais je l'ai entendu.

***

4 h 17.

Max dort.

Je dois partir.

Il faut que je m'en aille.

Depuis le début de notre relation, je sens que je ne vis pas ma propre histoire. C'était évident quand on y pense, comment aurais-je pu avoir ma place dans la vie de Max ? Laurie était tout pour lui, et elle le sera toujours. Ce prénom qu'il a prononcé, et justement à ce moment précis, me le prouve : c'est avec elle qu'il était, pas avec moi…

Une immense tristesse me gagne et me serre la poitrine. J'ai envie de hurler tant la douleur est violente. C'est pour ça qu'il est urgent que je quitte Max, que je récupère les débris de mon âme et que je tente de reconstruire ma vie avec ce qu'il me reste de force.

Je n'aurais jamais dû m'autoriser à tomber amoureuse de lui. Je ne suis pas faite pour aimer, et encore moins pour être aimée. Je ne sais pas protéger mon cœur !

En silence, je sors de la chambre à coucher et je récupère mes vêtements. M'habiller ne me prend que quelques minutes, j'attrape mon sac à main que j'ai accroché dans l'entrée et je quitte l'appartement. Je refuse de me retourner, car je ne pourrais plus voir ce foyer dans lequel j'ai connu ce bonheur qui n'est décidément pas pour moi.

Je ne suis que l'intruse.

Il aurait voulu mourir pour rester avec elle, il me l'a dit. Comment lutter contre quelqu'un qui est parti comme ça ? Comment imaginer la remplacer auprès d'un homme qui l'aimait aussi fort ?

Je n'ai été qu'un substitut.

Une pâle copie. Même si Max n'en avait pas conscience, c'est pourtant la seule vérité.

Une imposture…

Dieu que j'ai été idiote de croire que tout ce bonheur pouvait être pour moi !

Ma voiture attend sagement devant la porte du garage de la maison de Max, et je reste un moment assise derrière le volant, les poings serrés, écrasés sur mon ventre douloureux. Mes sanglots sont violents et je les laisse sortir. Dehors la pluie bat son plein et personne n'entendra mes pleurs.

Une lumière jaillit depuis le bâtiment et je ne veux pas que Max me trouve là. Ce n'est peut-être pas lui d'ailleurs. Il y a d'autres voisins, d'autres personnes qui vivent ici, mais ce n'est pas un risque que j'ai envie de prendre. Le moteur démarre sans difficulté, ce qui est rare pourtant, et je rejoins sans tarder la route principale.

Le pare-brise est aussi mouillé que mes yeux, et je cligne au même rythme que les essuie-glaces le balayent. Le souffle court et les dents serrées pour ne plus hurler.

Pourquoi a-t-il fallu que cet homme soit si parfait ?

Son regard bleu m'obsède, m'intime de faire demi-tour et de retourner entre ses bras.

« Ne t'en va pas ! »

Encore cette voix. Cette part de moi, qui n'est pas vraiment moi et qui tente de me ramener à la raison.

Cette chose qui dirige mes songes et mes pas depuis plusieurs jours, celle qui m'a fait ouvrir mon cœur.

Celle qui me hante, mais qui visiblement le hante aussi.

— Laisse-moi, Laurie ! Il est à toi ! Il l'a toujours été, je ne suis rien pour lui !

Alors que de nouveaux sanglots m'étouffent, je pleure ces mots dans l'habitacle froid de ma voiture.

— C'est toi qu'il aime… pas moi.

D'un mouvement plein de rage, j'essuie mes yeux afin de voir la route. L'entrée de ma résidence est plongée dans l'obscurité : les pauvres lampadaires ne suffisent pas à traverser les trombes d'eau qui s'abattent encore. Une place de stationnement est libre à quelques mètres de l'entrée principale, j'y gare ma voiture et je m'engouffre aussi vite que possible dans le hall du bâtiment. La main sur la vitre, j'attends que le bourdonnement de la serrure électrique cesse avant de relâcher le battant, puis je gravis les étages. Chaque marche est plus haute que la précédente, plus difficile, plus douloureuse, mais c'est ainsi. Il y a des gens pour qui le bonheur est impossible.

« Ne fais pas ça »

Je m'assieds sur les marches, la tête emprisonnée entre mes mains.

— Arrête, je t'en supplie… Cesse de me torturer…

Je pleure de plus belle, et les gouttes tombent une à une sur le carrelage patiné de l'escalier.

La main tremblante, je sors mon téléphone de mon sac.

Peut-être que si je l'appelle…

Et pour lui dire quoi ? Que je l'aime et que c'est la raison pour laquelle je le quitte ?

Que le savoir toujours amoureux du fantôme de sa femme me détruit ?

Ça ne servirait à rien. Il arriverait ici en moins de cinq minutes et je tomberais dans ses bras. J'ai besoin de le sortir de mon cœur et pour ça il faut qu'il sorte de ma vie. Demain, j'appellerai ce fameux Étienne, c'est son chef et je l'informerai que je ne suis plus dans l'appartement de Max. Si je dois être protégée chez moi, il fera ce qu'il faut.

Pour la énième fois, j'essuie mon visage, mais cette fois je me redresse et je reprends l'ascension.

« Arrête-toi ! »

Je soupire. Ça n'a pas de sens, Laurie est morte et les morts ne parlent pas.

« Chloé, ne fais pas ça »

La clé est hésitante dans la serrure, et je retiens mon souffle, mais quand j'ouvre la porte, c'est cette odeur familière qui m'accueille. Durant quelques secondes, je me tiens dans l'entrée où tout est comme je l'ai laissé. Rien n'a changé. Ma vie m'attend entre ces murs, je n'aurais jamais dû les quitter et espérer autre chose.

D'un geste forgé par l'habitude des longs mois passés ici, je repousse la porte, mais alors qu'elle devrait se refermer, quelque chose la bloque, puis le battant se rouvre violemment et me projette sur le sol.

— Salut, Chloé, je savais que tu reviendrais ; j'ai bien fait de t'attendre.

Vidal se jette sur moi, son corps pesant lourdement sur le mien. Il pue le tabac, la crasse et la moisissure et un haut-le-cœur me soulève la poitrine. Je cesse de respirer et lance mes poings et mes pieds dans tous les sens. Parfois je heurte une partie de son corps, d'autres fois je ne frappe que le vide, mais rien ne semble le perturber.

Rapidement, il emprisonne mes jambes entre les siennes et mes poignets se retrouvent entravés par l'une de ses paumes. Son autre main, celle qui porte un bandage, extrait de sa poche une seringue. Avec les dents, il ôte le capuchon qui protège l'aiguille. Son regard est celui d'un fou, et je sais ce qu'il va faire.

Je l'ai vu en rêve.

Je rue, secoue ce qui n'est pas immobilisé avec une énergie proche de celle du désespoir, mais mes efforts sont vains, la piqûre dans mon cou me le fait comprendre. Une injection, comme les deux femmes dans cette voiture. Ce n'est qu'à cet instant précis que j'établis le lien avec Amanda et Estelle.

Ma vision périphérique se floute et peu à peu, je ne distingue plus que de vagues ombres, mon corps se ramollit, mes membres retombent sur le sol, tout devient noir.

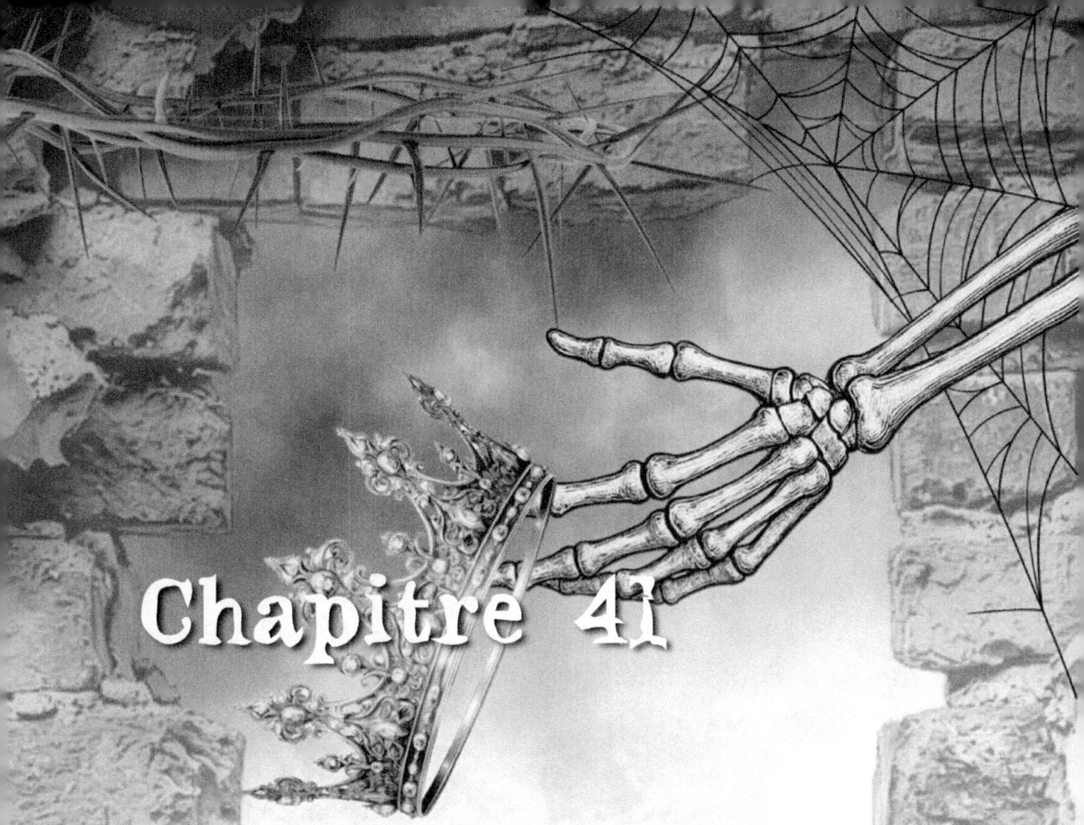

Chapitre 41

Elle sera ma reine, car je suis son roi,
qu'importe que ce soit
dans un royaume sans sujets…

Lucas

Parfois, j'aimerais que quelqu'un me connaisse assez pour me dire que je suis un génie, parce que l'idée de squatter chez cette vieille bique en attendant patiemment que ma jolie Chloé rentre enfin au bercail était quand même très loin d'être stupide.

C'était presque évident que ce poltron de flic allait la renvoyer chez elle après ma petite intervention au centre-ville.

Courageux sur le papier, gros bras et une gueule de dur à cuire, mais rien dans le caleçon ! Un souffle d'air aura suffi à l'ébranler et à l'éliminer du paysage. Il est à l'image de ses collègues.

Je n'en ai jamais connu un seul qui ne soit pas lâche ou corruptible. C'est pour cette raison qu'il est si simple de se débarrasser d'eux.

Enfin, que ce Villonier ne soit plus dans les parages est une bonne chose, mais je m'en veux de ne pas être parvenu à lui coller une balle dans le buffet. Si j'avais eu mon flingue, quand il était coincé comme un con entre ces deux camions tout à l'heure, c'est exactement ce que j'aurais fait.

De toute manière, cela ne se reproduira plus, car maintenant, mon pétard me suivra partout. Une accusation de port d'arme illégal est franchement le cadet de mes soucis à présent, et j'ai même l'intention de buter le premier flic qui m'approchera.

Parce qu'il n'est pas question que je finisse en taule.

D'un doigt fébrile, je zappe de chaîne en chaîne. C'est quand même dingue qu'aucun journaliste n'évoque l'affaire ! La fille d'un riche entrepreneur qui se suicide après avoir découvert que son père et ses frères sont des salauds de la pire espèce, ça devrait pourtant bien les intéresser, bordel de merde !

Il leur faut quoi comme mise en scène, une enseigne au néon au-dessus de la baraque ?

Arg ! Je jette la télécommande sur la table quand je sens la frustration me gagner. J'aurais aimé quelques images, ou au moins un petit résumé détaillé, bordel ! Savoir si elle s'était fait sauter la tête ou si elle avait préféré viser son cœur… Elle a pressé la détente, je n'ai aucun doute là-dessus, j'ai entendu la déflagration depuis la rue. Quand on connaît le bruit d'un tir de Glock, on ne peut pas le confondre avec une porte qui claque.

Bref, puisqu'il semble qu'on ait décidé de me priver des détails, je vais me satisfaire du minimum : je suis débarrassé de cette morue, libéré de ce mariage qui finalement ne m'aura pas apporté grand-chose, sinon d'interminables dîners de cons et de longues heures à rêver d'être ailleurs.

Un sourire s'étire sur mon visage.

J'ai quand même mené mon affaire d'une main de maître.

Elle qui se prétendait solide, en définitive, elle n'a pas été si difficile que ça à secouer. Ah ! C'est ça quand on base toute son existence sur le « qu'en dira-t-on », la honte est inacceptable ! Perdre la face, c'est perdre la vie !

Maintenant, le bas de laine de cette godiche m'appartient, c'est un petit plus confortable qui vient compléter l'héritage que mon frère m'a légué.

Ah mon frère…

L'image de ce crétin provoque mon éclat de rire.

Cet héritage, je le lui ai pris, car c'est moi qui l'ai tué. D'ailleurs, si j'avais fait ça plus tôt, j'aurais pu éviter ce mariage, la fortune de Pierre m'aurait suffi à démarrer.

Voilà quelques erreurs de débutant, des hésitations à mettre au crédit de ma jeunesse, on ne peut pas toujours penser à tout. Le génie avait besoin d'un minimum de

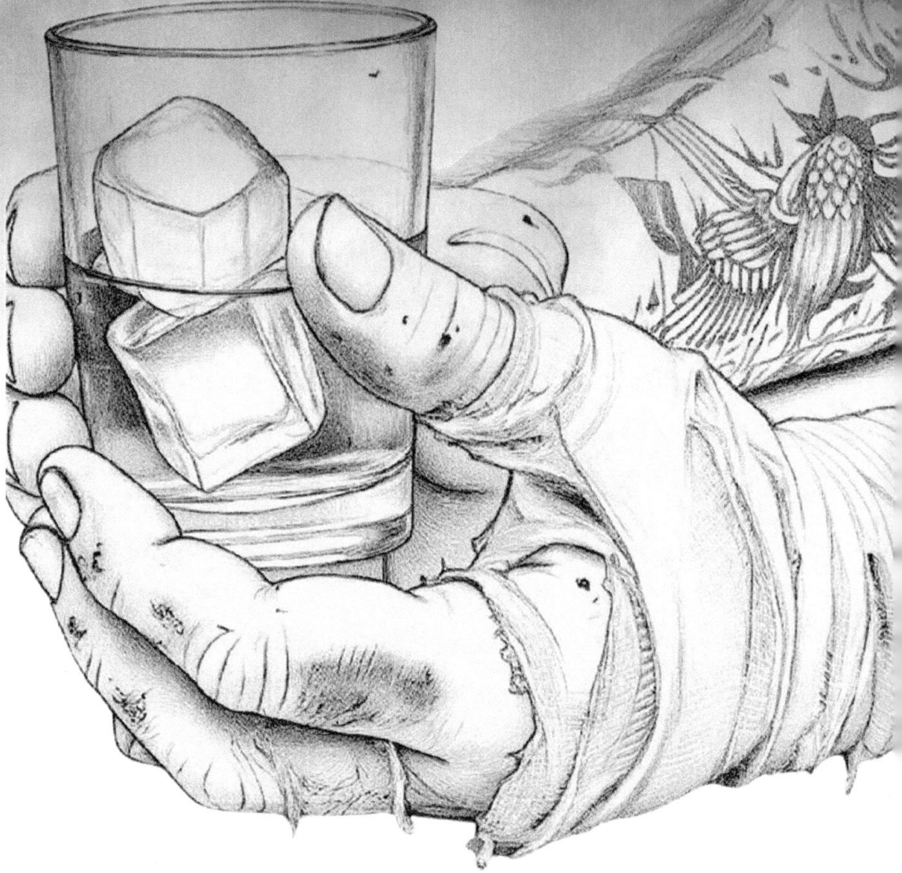

temps pour mûrir, vraisemblablement !

En sortant une cigarette de mon paquet, je grimace.

Ma main blessée est douloureuse et je ne parviens plus à écarter complètement mes doigts. Entre cette gêne et l'odeur qui s'échappe du pansement, je n'ai pas vraiment de doute. La plaie s'est infectée et il va falloir que je m'en préoccupe avant que cela ne prenne de plus grandes proportions et que je ne puisse plus en gérer les conséquences.

Les volutes de fumée coulent lentement d'entre mes lèvres. Chaque bouffée m'apporte sa chaleur et son réconfort. Ce serait encore bien mieux avec un peu d'herbe, mais je me suis laissé surprendre et je n'en ai plus.

Il n'y a plus non plus de glaçons dans mon verre, ils ont fondu.

Nonchalamment, je me dirige vers la cuisine pour m'en servir d'autres.

Chez cette vieille peau, ça sent la vieille peau justement, et pas qu'un peu, c'est étouffant, et ça pique le nez ; mais j'ai trouvé de quoi bouffer et de quoi boire. Mémé a fait assez de réserves pour tenir un siège et même si je n'ai pas l'intention de m'éterniser ici plus que de nécessaire, c'est déjà pas mal de ne pas avoir à me préoccuper du ravitaillement.

Encore une nuit de patience, peut-être deux tout au plus, le temps que les condés aillent faire un tour ailleurs et que ma solution de repli soit prête à nous accueillir, ma future femme et moi.

De retour au salon, je m'agenouille devant le canapé où je l'ai allongée.

Ses magnifiques cheveux bruns s'étalent sur l'immonde coussin au crochet que j'ai placé sous sa tête.

J'aurais préféré la coucher dans des draps de soie, mais si mémé a de quoi faire bouffer un régiment dans ses placards, en revanche, en matière d'aménagement, elle demeure bloquée quelque part entre 1970 et 1980... On fait dans l'orange et le marron merdeux, je crois que même sa cafetière est plus vieille que moi et son plumard pue le vioc.

Il est indigne de Chloé.

Le canapé, ce n'est pas vraiment mieux que le reste, mais au moins, elle est près de moi.

Du bout du doigt, je suis la courbe de son sein au travers de sa chemise et je roule lentement son mamelon entre mon pouce et mon index. Je crève d'envie de déchirer ce vêtement pour faire courir ma bouche sur sa peau laiteuse. Elle comprendra ce qu'est un homme, un vrai, quand je lui arracherai les râles d'un plaisir qu'elle ne soupçonne même pas.

Oui, un vrai mâle, pas un flic peureux qui se planque dès qu'on le secoue un petit peu…

Sa gorge m'appelle, je me penche pour poser mes lèvres sur la veine qui palpite sous son épiderme, juste là où sont restées imprimées les traces d'aiguilles. Je lèche les petites plaies, sa peau est sucrée comme un bonbon… Elle sent la vanille, un parfum qui m'envoute, qui me donne incroyablement faim d'elle.

— Vous n'allez quand même pas abuser de cette gamine, espèce de pervers. Vous irez brûler en enfer pour ça !

La surprise me fait hoqueter, puis j'éclate de rire.

— Le diable m'a déjà réservé un fauteuil à ses côtés, alors j'espère bien y aller ! Ça m'ennuierait de le décevoir.

Sans lui prêter plus d'attention, je retourne picorer la peau douce et tiède de mon amoureuse. Je sais qu'elle ne peut pas répondre à mes caresses, ce que je lui injecte l'en empêche, mais bientôt, elle comprendra, et bientôt, elle et moi…

— Vous êtes un porc, lâchez-la ! m'interrompt-elle de nouveau.

— C'est la jalousie qui dicte tes mots ? Tu voudrais que je m'occupe de toi, peut-être ?

— Gros dégueulasse !

Sa voix pâteuse et son air embrumé m'amusent, mais

je n'aime pas la manière qu'elle a de m'insulter devant Chloé. Étonnant qu'à son âge, elle ne fasse pas plus cas de la politesse.

— Tes mots sont désagréables, mémé, je te conseille de changer de registre, sinon je te fais une autre piqûre magique et je te renvoie au pays des songes.

Je la fixe et penche la tête. J'ai remarqué que ça la faisait flipper. Je crois qu'elle pense que je suis dingue !

— Tu sais qu'il me suffirait d'injecter une grosse bulle d'air dans ta carotide et attendre patiemment que ton vieux cœur lâche... Alors, dites-moi, madame Monin, avez-vous une préférence ? Souhaitez-vous vous taire, dormir ou mourir ?

Elle pince ses lèvres décolorées par les années et détourne le regard.

— Voilà, tu comprends vite, c'est bien.

Sans bouger le rideau pour rester invisible, j'observe le véhicule banalisé qui est toujours là. Les deux flics à l'intérieur ne sont pas discrets, mais surtout, ils ne servent pas à grand-chose. Ils n'ont pas été capables de voir Chloé quand elle est arrivée, alors qu'elle a garé sa petite voiture à moins de dix mètres de la leur.

Quelle bande de crétins ! Je suis presque certain qu'ils étaient en train de roupiller.

D'ici à une demi-heure, ils seront relevés par une autre équipe, qui débarquera dans une autre bagnole. Elle stationnera exactement à la même place...

Cette équipe-là en revanche me paraît un peu plus efficace. Ils ne se limitent pas à une simple surveillance du quartier, mais ils enquêtent. Je les ai vus tourner dans les environs et interroger les gens. Ils foutent leur nez là où on ne les attend pas, de vraies fouille-merdes ! Lorsque je suis sorti pour choper Villonier, j'ai bien failli me faire pincer.

Je soupire, remue ma main douloureuse et tire une taffe sur ma clope.

La nuit prochaine ou la suivante, nous leur fausserons compagnie.

Tout est presque prêt pour nous assurer une fuite digne d'un film d'espionnage !

Ça va être épique !

Du génie… Du pur génie…

Chapitre 42

Chaque battement de mon cœur résonne comme une prière perdue dans l'abîme et tisse un voile d'angoisse autour de mon âme.

Maxime

Le silence dans l'appartement est étrangement inconfortable. Je glisse ma main sur le drap, mais il est froid.

Chloé doit être levée depuis un moment.

Je m'étire, et me cale rapidement contre les oreillers afin

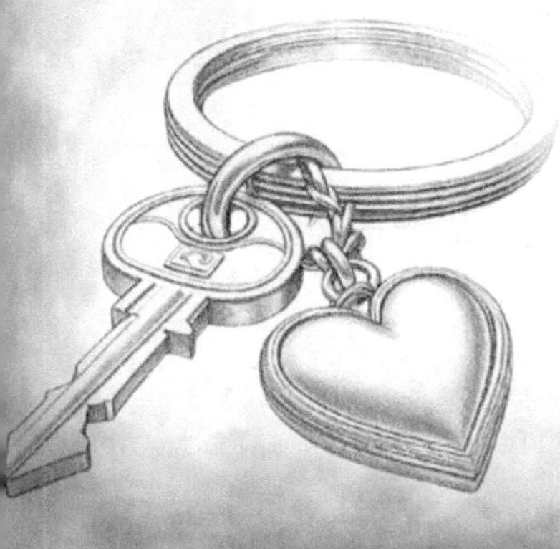

de consulter mon téléphone et vérifier ma messagerie.

Rien.

Aucun appel.

Les diverses surveillances sont toujours infructueuses. C'était déjà frustrant lorsque j'étais sur le terrain, mais l'impuissance est encore plus difficile à accepter maintenant que je suis coincé dans l'appartement. Quoi qu'il se passe, je ne vais pas pouvoir y prendre part.

« Aide-la »

Je sursaute alors que l'air ambiant est d'un coup devenu glacial et que des frissons recouvrent ma peau.

— Laurie ?

Je n'ai fait que chuchoter et seul le silence me répond ; puis une angoisse sourde m'envahit soudain. D'un grand geste, j'arrache le drap et je sors de la chambre. Mon cœur bat comme un fou, mais il a perdu le rythme. Une à une, j'ouvre toutes les portes de l'appartement, mais elle n'est nulle part.

— Chloé !

Mes pensées se bousculent, les mots n'arrivent pas à exprimer quoi que ce soit, mais déjà, je sais…

Ma voix se déchire et monte dans les aigus.

— Chloé !

Suivant le chemin inverse, je renouvelle mon inspection, même s'il est vain d'espérer un résultat différent : elle n'est plus là.

Elle a disparu.

Rapidement, j'ouvre sur mon téléphone l'application avec laquelle je gère les caméras de surveillance installées dans l'appartement. Les jambes tremblantes, j'échoue, complètement nu, sur le canapé.

4 h 22, la caméra du salon s'est déclenchée.

Dans la pénombre, Chloé s'habille. Ses gestes sont vifs et saccadés, elle enfile ses vêtements à la hâte. Moins d'une minute plus tard, elle sort précipitamment. Les images sont assez claires, je l'ai vue essuyer son visage à plusieurs reprises, elle pleurait.

Il n'y a pas d'autre alerte, elle n'est pas revenue.

Le sang semble abandonner mon corps au fur et à mesure que l'information prend son sens.

Il faut que j'appelle Étienne.

Deux sonneries et il me répond.

— Elle a disparu !

— Calme-toi, Max, et explique-moi.

— Je dormais. Elle a quitté l'appartement cette nuit aux environs de 4 h 20.

— Un mot, un message ?

J'apprécie son pragmatisme, il va à l'essentiel. Lui rappeler l'urgence qui plane autour de tout ce qui concerne Chloé serait inutile de toute évidence, et je n'en aurais pas la force.

— Elle n'a rien laissé ? demande-t-il, de nouveau.

— Non. Rien. Peux-tu veiller à ce qu'on examine sa ligne téléphonique ? Elle a peut-être reçu un appel ou un SMS ?

Tout en lui parlant, je m'habille et enfile mes baskets.

— Je m'en occupe et toi, tu restes où tu es !

— Oui, c'est ça, compte là-dessus !

— Tu fais chier Villonier, merde !

J'ai tellement l'habitude d'entendre cette phrase, qu'elle me passe au-dessus de la tête, même si je reconnais que cette fois, le ton n'est pas à la taquinerie. Les doigts crispés autour de mon téléphone, je tremble si fort que je peine à tenir debout.

— Je n'en ai rien à foutre Étienne, il faut la retrouver ! Tu m'écoutes, il faut la retrouver, putain ! Ne me demande pas de rester assis sans rien faire. Je pars à sa recherche.

Des larmes de rage me montent aux yeux à présent, et je raccroche avant que ma voix s'éteigne. Je fixe mon holster sur mon flanc et empoche deux chargeurs supplémentaires.

Je vais dessouder cette pourriture de Vidal.

Même si la disparition de Chloé n'est pas directement de son fait, il est la cause de tout ce merdier et si je dois retourner chaque pierre de cette ville, je le ferai. Quelque chose me dit qu'en le dénichant, lui, je retrouverai Chloé.

Ma vision se brouille et ma tête vacille. Probablement un contrecoup dû à l'excès d'adrénaline. Je m'adosse quelques secondes contre le mur de l'entrée, le temps que le décor se stabilise, mais au fur et à mesure que le malaise se dissipe, la colère prend sa place.

Pourquoi ?

Pour quelle raison a-t-elle décidé de quitter la maison au milieu de la nuit ? Le poing serré, je l'abats contre le miroir suspendu à la cloison. Il s'étoile, découpant en dizaines de segments, l'image du mec détruit qui me fixe avec sévérité. Je le fusille d'un regard à nouveau brouillé par mes larmes.

« Dépêche-toi Max »

— Laurie, si tu veux m'aider, fais-le, mais pas comme ça, dis-moi où aller ! Merde !

Je hurle.

Mes mains se glissent dans ma chevelure, l'empoignent et la tirent. Il faut que je focalise mon attention sur cette douleur, car je deviens fou. Je perds pied. Je parle à des fantômes.

Laurie est morte.

Chloé a disparu.

Vidal l'a peut-être déjà kidnappée…

Sur la console, les clés de sa voiture ne sont plus là. Je prends les miennes. Ce serait mille fois plus pratique de circuler à moto, mais l'absence de carrosserie me rend bien trop vulnérable, Vidal me l'a prouvé il y a peu, je ne lui donnerai pas le plaisir d'avoir ma peau cette fois-ci. Dans le même geste, je récupère le double des clés de l'appartement de Chloé.

Tout en courant sous la pluie, je tente de la joindre de nouveau. Quelques sonneries retentissent, mais mes appels sont ensuite redirigés vers sa messagerie. Je prie pour qu'elle soit seulement en colère contre moi et qu'elle me fasse la tête. Je sais que ce n'est pas son genre et d'ailleurs, j'ignore quelles en seraient les raisons, et, à dire vrai, elles m'importent peu, tant que je la retrouve en bonne santé et qu'on peut en discuter.

Quand j'arrive en bas de son bâtiment, mon regard repère sa voiture stationnée juste devant l'entrée. Le moteur est froid lorsque je pose la main sur le capot, cela fait donc un petit moment qu'elle est rentrée. Probablement même qu'elle est venue directement ici.

Comment les gars qui assuraient la surveillance ont-ils pu louper ça ?

Putain, il va falloir qu'ils s'expliquent, et qu'ils soient convaincants !

À bien y réfléchir, il vaut mieux que ce soit Étienne qui se charge d'éclaircir la situation, car si c'est moi qui dois les interroger, le débat risque bien d'être houleux.

Je grimpe l'escalier en courant pour arriver à bout de souffle devant sa porte. Je sonne et tambourine tout en sortant la clé. Lorsque je pousse le battant, je comprends rapidement qu'elle n'est pas là. Son sac à main est sur le sol ainsi que sa veste et son téléphone.

Il l'a eue…

Ce sale fils de pute savait où la trouver et il a réussi !

Les yeux rivés sur le carrelage, je compose le numéro d'Étienne, les doigts tremblants de colère.

— Il l'a cueillie quand elle est arrivée chez elle.

Mon major grogne à l'autre bout du fil.

— Tu es sûr que c'est lui ?

— Étienne…

— Oui, tu as certainement raison… mais je devais poser la question. À ton avis, il était déjà à l'intérieur ou il l'a suivie ?

Que lui répondre, sinon qu'on s'en fout, en fait, de savoir comment il a fait ? Il la retient maintenant prisonnière, c'est la seule chose qui importe !

Je tombe à genoux, pris d'une douleur qui me scie en deux. Un déchirement qui me ramène plus de deux

ans en arrière, quand, au milieu de cette étendue glaciale, j'ai perdu celle qui représentait la meilleure partie de moi… Je ne peux pas aussi perdre Chloé, c'est hors de question.

— Elle est avec lui, Étienne, aide-moi, putain ! Dis-moi où chercher !

— Reste dans son appartement ou rentre chez toi, si tu te fais plomber par Vidal, tu ne pourras plus rien pour elle.

— Je ne peux pas faire ça, il faut que je la retrouve.

Je lutte pour que mon ami n'entende pas les larmes qui me nouent la gorge.

— Nom de Dieu, Max, hurle-t-il soudain. Écoute-moi, bordel !

— Non, Étienne, il en avait après moi parce que je l'empêchais d'approcher Chloé, mais maintenant qu'il la détient, je ne l'intéresse plus.

Le silence qui s'étire m'indique que son esprit cherche à objecter, mais qu'il n'a pas d'argument. Il sait que j'ai raison.

— Alors, rejoins-moi au commissariat.

Je referme la porte à clé après avoir récupéré son téléphone et je regagne ma voiture. Le binôme qui était chargé de surveiller le secteur a été relevé de la mission pour laquelle ils ont échoué et doivent certainement patrouiller en ville afin de tenter de repérer la Ford rouge ou la BMW grise. Cela dit, je suis presque sûr que Vidal a déjà dû changer de voiture. Depuis son rodéo d'hier, il sait que j'ai identifié le véhicule de sa femme et avec ses activités, il n'y a rien de plus simple pour lui que de trouver une autre bagnole.

Il faut bien se rendre à l'évidence que fouiller la ville sans indice n'a pas de sens. On perd du temps à courir après le vent et si en plus, on le fait les yeux fermés, ça n'avance à rien. Je suis certain que la solution se trouve dans l'histoire de Vidal ou dans celle de son entourage et par conséquent, dans les dossiers qu'on a saisis. On est passé à côté d'un truc et il faut le découvrir.

Lorsque j'arrive au poste, j'ai une telle sale gueule

qu'aucun collègue n'ose m'adresser la parole ni même me dire bonjour. Je pénètre dans mon bureau, m'affale sur mon fauteuil et me replonge directement dans les rapports liés à l'affaire pour tenter de déterminer ce qu'on a pu manquer.

Il est parvenu à l'enlever et maintenant, il la planque. Je dois trouver où !

Les heures défilent, et bientôt les agents qui circulent habituellement dans les couloirs en discutant ou en plaisantant, désertent les lieux.

— Max, rentre dormir, tu es à bout.

Je lève les yeux vers Étienne qui se tient dans l'entrebâillement, l'épaule appuyée contre l'encadrement de la porte.

— Mange un truc et va te coucher un peu. Tu sais comme moi qu'on ne fait rien de bon quand on est crevé.

— Et toi, tu sais comme moi que si une victime n'est pas retrouvée dans les vingt-quatre heures qui suivent sa disparition, ses chances de survie fondent comme neige au soleil.

Il ne répond pas, me fixe et recule de quelques pas.

Dans le brouhaha qui résonne dans mes tympans, j'entends qu'il téléphone.

— Chérie, ne m'attends pas ce soir, je reste au poste avec Maxime... oui, moi aussi je t'aime, embrasse les petits.

Sans dire un mot, il revient dans mon bureau et tire la chaise qui me fait face et s'y installe.

— Allez, fais-moi un topo. Tu en es où ?

Je sépare en deux la pile de documents que je suis

en train d'examiner pour la centième fois et lui en tends une partie.

— Quelque chose nous échappe forcément.

Mon état d'esprit doit se lire sur mes traits, car il me scrute un long moment avant de saisir la liasse de papier.

— On va la trouver, Max.

Le chef a terminé son service, c'est mon ami qui parle à présent. Un ami avec lequel j'ai partagé les meilleures périodes de ma vie comme les pires et qui est toujours là. Il est au moins aussi fatigué que moi, sa femme et ses gosses l'attendent chez lui, mais il reste avec moi.

— Merci…

Nos regards se soudent un instant, sa poigne se serre sur mon épaule.

— Allez, on y retourne.

Je ne suis pas seul…

Chapitre 43

Son souffle est acide et sa folie
furieuse,
je t'en supplie, sauve-toi...

Chloé

Une fragrance étrange me chatouille les narines, proche de celle qu'on trouve dans les églises parfois. Un peu de rose, de poussière et de vieux bois, mais une autre odeur les domine toutes : celle de la cigarette. C'est même presque étouffant.

C'est en essayant de me frotter le nez que je réalise qu'il m'est impossible de bouger.

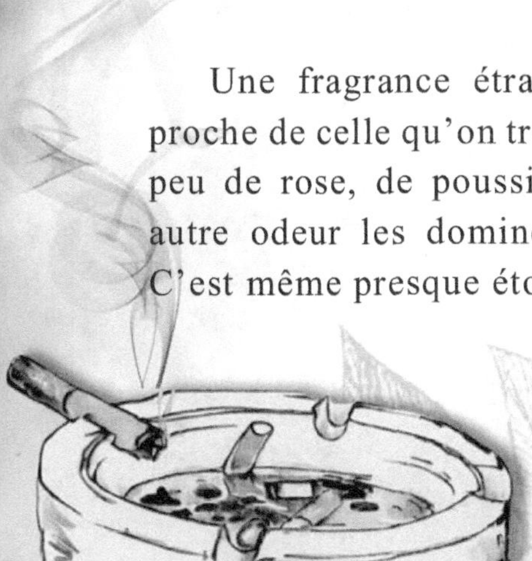

Mes bras ne répondent pas. Un instant, j'imagine qu'ils sont attachés, mais vraisemblablement ce n'est pas le cas, ils sont juste insensibles, comme morts quand je les sollicite. Il en est de même pour mes paupières qui restent résolument fermées alors que je voudrais pouvoir les soulever pour au moins savoir où je me trouve !

Puisque je ne peux rien faire d'autre que respirer la puanteur ambiante, j'écoute. Je pars mentalement à la recherche d'indices qui pourraient m'éclairer.

La cloche qui sonne au loin est celle de l'école qui jouxte mon bâtiment, ce qui me laisse penser que je n'ai pas énormément bougé depuis que ce timbré m'a attrapée. Le bruit infernal du vieux vide-ordures que certains utilisent encore, ainsi que le cliquetis de l'ascenseur me le confirment.

À nouveau, je tente d'ouvrir les paupières, mais rien ne se passe, je sens que mes globes roulent dans mes orbites, mais ils demeurent les seuls à m'obéir, non sans m'envoyer des pointes de douleur au fond des yeux, comme pour me punir d'avoir essayé d'y voir clair.

Vidal m'a droguée.

Quelques bribes remontent à la surface. Il était là, il m'attendait et je me suis jetée dans la gueule du loup. Je lui ai offert ce qu'il souhaitait sur un plateau.

Si je le pouvais, je me flanquerais des claques ! Max m'avait prévenue, mais je ne pensais pas me mettre en danger, au milieu de la nuit en regagnant directement mon appartement !

Quelle imbécile ! Et tout ça pour quoi ?

Pour fuir cette peur de souffrir à cause de mes sentiments pour Max ! Comme si ça allait changer quelque chose. Comme si m'éloigner me ferait cesser d'aimer ce qu'il me fait ressentir !

Comme si la distance pouvait amoindrir… Et amoindrir quoi, en fait ? Ce que j'éprouve pour lui ?

Quelle ironie ! C'est la trouille d'y laisser mon cœur qui va certainement me coûter la vie.

— Alors mon tendre amour, on se réveille ?

Putain cette voix ! Ce timbre mielleux et bourré de condescendance fait remonter la bile dans ma gorge. Et cette odeur ! Entre l'haleine de poney et un vague relent de pourri… Il a aussi bu, il y a des remugles d'alcool qui flottent dans l'air.

Mon estomac se cabre et expulse ce qu'il contient. Le bruit que fait la flaque en se formant sur le sol provoque un deuxième spasme, puis un troisième, jusqu'à ce que seul mon souffle sorte de ma bouche. Je n'ai visiblement plus rien à vomir.

— Ce sont les effets du cocktail que je t'ai injecté, mais ne cherche pas à lutter, c'est inutile.

Si je pouvais parler, je lui expliquerais ce qui me file la gerbe, ça l'aiderait peut-être à comprendre qu'il faut qu'il se tienne loin de moi.

— Tu sais que tu ne peux pas bouger ni te refuser à moi ? Je peux faire ce que je veux avec ton magnifique petit corps !

Je sens qu'il me touche. Mes cheveux glissent sur mon épaule et des frissons de dégoût recouvrent ma peau. Le Vidal que j'ai croisé au snack et vers le lac n'avait rien du détraqué qui me souffle son haleine fétide dans le cou… Est-il possible qu'il ait complètement vrillé ?

— Ne t'inquiète pas ma chérie, je ne suis pas un monstre et je saurai être patient. Tu te donneras à moi quand tu auras compris que je suis le seul qui puisse t'apporter la vie que tu mérites. Tu t'offriras et je prendrai tout.

C'est ça, compte là-dessus, connard. Laisse-moi ne serait-ce qu'une occasion de te tuer, et tu verras lequel de nous deux peut devenir un monstre !

Je sais que ces mots n'ont pas franchi mes lèvres, pourtant, qu'est-ce que j'aurais voulu qu'il les entende !

Il pose sa main sur ma cuisse et la remonte lentement jusqu'à ma taille. Je sens le contact, mais c'est trop flou pour déterminer si je porte toujours mes vêtements. Je serre les dents — enfin, j'essaie. J'imagine que sur ma peau nue les sensations seraient plus nettes…

C'est surtout ce que tu as envie de croire !

— Vous n'allez quand même pas abuser de cette gamine, espèce de pervers. Vous irez brûler en enfer pour ça !

Madame Monin ? Ma voisine ! Qu'est-ce qu'elle vient faire dans cette histoire ?

Les informations s'entrechoquent dans ma cervelle, déboulant de tous les côtés et percutant les mots qu'ils échangent et que je ne comprends pas complètement. Dans cet embouteillage, quelques idées remontent à la surface. Ces odeurs ambiantes, si je fais abstraction de celle de Vidal, ne me sont pas totalement étrangères. Ce parfum de rose mêlé au vieux bois pourrait être celui de l'appartement de ma voisine…

La douleur sous mon crâne est abrutissante.

— Laissez-la, salopard !

— Ferme ta gueule l'ancienne.

Ils se disputent. Vidal s'énerve. Pourvu qu'il ne lui fasse pas de mal…

Comment est-il arrivé là ?

Les clés !

Il a volé plusieurs trousseaux de clés chez le gardien ! Celles de ma voisine devaient en faire partie et c'est pour cette raison qu'il a pu me tomber dessus aussi vite : il me guettait !

Si mon corps échappe encore totalement à mon contrôle, mon cerveau en revanche tourne maintenant à plein régime et je réalise que ce cinglé ne fait rien au hasard. En m'attendant patiemment dans l'appartement voisin du mien, il ne risquait pas de croiser les flics qui patrouillaient pour tenter de retrouver sa trace ! Il était juste là. Cet enfoiré a trouvé la planque idéale, car personne ne serait venu sonner au domicile de cette vieille dame…

« Max va venir te chercher »

Laurie ?

Une deuxième salve de frissons s'étale sur mon corps tout entier, mais n'a rien à voir avec Vidal cette fois. Est-ce la drogue qu'il m'a injectée qui me fait cet effet, ou est-ce que j'ai vraiment entendu la voix de Laurie ?

« Il arrive ».

Cette fois, j'en suis certaine, je n'ai pas rêvé !

Non Laurie, il ne faut pas qu'il vienne ! Vidal va le tuer, retiens-le, s'il te plaît… ne le laisse pas approcher de ce fou !

Est-ce que les fantômes ont accès à nos pensées ? Si c'est le cas, elle doit comprendre et le protéger.

Je supplie en silence, car je sais que Vidal ne manquera pas une occasion de se débarrasser de Max. Pourtant, je doute que mes mots atteignent leur cible… Si tant est qu'il y ait vraiment une cible à atteindre, et que je ne sois pas simplement en plein délire !

Des larmes s'échappent de mes cils et roulent sur mes joues…

— Faut pas pleurer ma chérie, tout ira bien, tu verras. J'ai tout prévu.

Quelque chose appuie sur mes yeux. Ses doigts, ou peut-être sa bouche, et je serre à nouveau les dents pour retenir une autre nausée.

L'odeur est insupportable !

Madame Monin grogne. C'est fou comme cette femme a du cran, à la voir toute menue dans ses larges blouses à fleurs, je ne l'aurais jamais imaginée ainsi.

— Si tu ne te décides pas à te taire, je te jure que je te pique comme un vieux clébard cagneux.

— De toute manière, vous allez me tuer, alors allez-y ! Plantez-la dans ma gorge votre aiguille de mort, vous croyez que j'en ai encore quelque chose à faire à mon âge ?

Derrière ses paroles qu'elle prononce d'une voix bien plus forte que nécessaire, j'entends que quelqu'un circule sur le palier. Puis ses mots sont étouffés, Vidal a fait le même constat que moi et l'a bâillonnée. Probablement pour qu'elle n'alerte pas celui ou celle qui vient de passer devant la porte en courant, car je suis convaincue que c'est dans ce but qu'elle a parlé si haut.

Après quelques secondes, elle cesse de gémir.

— Voilà ! Bonne nuit mémé. Je ne suis pas vraiment sûr de la dose que tu peux supporter, mais si tu le croises, donne mon bonjour à Saint-Pierre, chuchote-t-il.

À l'extérieur de l'appartement, un bruit de clé résonne, puis un cri sourd, et enfin, j'entends sa voix grave, dont il semble retenir la puissance.

Mon Dieu, Max… sauve-toi ! Je t'en supplie !

Mon avertissement silencieux explose à l'intérieur de ma tête, mais son seul effet sera d'inonder de nouveau mon visage de larmes. Je reste inerte sur ce foutu canapé, alors que l'unique personne capable de me porter secours est à quelques mètres de moi et ignore qu'il risque sa peau…

— Je ne peux pas faire ça, il faut que je la trouve, hurle-t-il soudain de l'autre côté de la porte.

Vidal échappe un ricanement étouffé en caressant une de mes fesses avec lenteur. Me toucher semble l'occuper suffisamment afin qu'il oublie que l'homme qu'il a voulu éliminer hier est à sa portée… Son contact me révulse, mais si c'est le prix à payer pour que Max soit sauf, il est bien faible.

— Oh le pauvre, on dirait que « super flic » a les boules, susurre-t-il dans le creux de mon oreille. Il accepte mal la défaite, ajoute-t-il en me léchant le lobe.

Sans délicatesse, il empaume un de mes seins et me pince.

Je ne parviens toujours pas à bouger, mais un léger sursaut me surprend cependant.

— Tu l'as baisé, ma chérie, je le sais, mais je ne t'en

veux pas ; parce que c'est moi qui le baise maintenant, chantonne-t-il doucement.

Ses mains s'écartent de mon corps et j'entends ses pas s'éloigner, étouffés par la moquette. Puis une porte claque — certainement celle de mon propre logement — et c'est le bruit d'une autre course qui me parvient. Une cavalcade dans l'escalier.

Max est reparti… Certes, mes chances de sortir d'ici disparaissent avec lui, mais au moins Vidal ne lui a pas fait de mal.

Effectuant ce que j'imagine être un pas de danse, puisqu'il chantonne, Vidal lâche un rire qui résonne dans tout l'appartement. Le rire d'un dément. Je tremble et enfin, à force de persévérance, une de mes paupières réussit à s'ouvrir très légèrement.

Madame Monin est ficelée dans un fauteuil. Son menton repose sur sa poitrine que je vois se lever à intervalles réguliers.

Elle est vivante.

Vidal revient. Cette fois, il ne cherche plus à être discret et entre dans le salon en chantant.

— « Il court, il court le furet… tu n'pourras pas l'attraper ! »

Il est fou. Échevelé, sale, ses yeux sont vitreux et rougis, mais je termine là mes observations et je referme rapidement le seul œil qui a consenti à m'obéir jusqu'ici. Tant qu'il croit que la drogue me paralyse, je peux espérer qu'il ne m'en injectera pas une nouvelle dose. Il semble évident que c'est, pour le moment, son unique moyen de rester discret et il en use. C'est ce que l'état de la pauvre Madame Monin me fait comprendre.

Elle a tenté d'alerter Max en parlant très fort, elle a fait preuve d'un sacré courage. Tenir tête à un type aussi fou, ce n'est pas donné à tout le monde !

— Tu as vu ma chérie, il s'est cassé ton petit flicaillon… C'est dommage, hein ? Tu imagines s'il avait eu un peu plus d'intuition ? Il aurait pu frapper à la porte, je lui aurais fait une de mes piqûres magiques.

Il s'approche de mon visage. Je cesse de respirer, m'épargnant son odeur fétide.

— Puis, poursuit-il, je l'aurais attaché sur une chaise, juste à côté de la vieille. Ensuite, je t'aurais fait l'amour devant ses yeux, pour bien lui montrer à qui tu appartiens. Et après, je l'aurais tué, sous ton joli regard médusé, pour que tu comprennes, toi aussi, qui décide maintenant ! Parce que j'ai l'impression que vous ne m'avez pas encore complètement pris au sérieux !

Ses doigts rugueux saisissent mon menton et le serrent brutalement. Malgré les substances qui me paralysent, je ressens la douleur de l'empoignade et de ses ongles qui entament ma peau, tout comme j'ai senti tout à l'heure quand il a pincé mon sein, mais je me contrôle pour ne pas tressaillir. Il faut qu'il me croie engourdie.

Enfin, il me relâche et retourne faire les cent pas dans la pièce.

— En fait, j'aurais dû lui ouvrir la porte ! Merde ! beugle-t-il soudain. J'aurais pu l'éliminer si facilement ! Reviens connard, hurle-t-il dans le vide.

Je réalise à présent que s'il ne s'en est pas pris à Max pendant qu'il était dans mon appartement, c'est simplement parce qu'il n'y a pas pensé, et une nouvelle chair de poule dégringole le long de ma colonne vertébrale.

Il s'en est vraiment fallu de peu.

Vidal arpente le salon un long moment en bougonnant des mots que je ne comprends pas, ruminant une rage que le rythme croissant de ses semelles révèle. Puis un fracas résonne dans la pièce avant que le bruit de ses pas s'éloigne.

J'ouvre discrètement les yeux — le deuxième y consent sans résistance maintenant. La vitrine du grand meuble qui occupe le mur en face de moi est totalement brisée. Des cadres-photos jonchent le sol, ainsi que des morceaux de vaisselle en miettes. Bibelots et fleurs séchées ont atterri sur le tapis et un petit vase roule lentement sur lui-même avant de venir s'immobiliser contre le pied d'une chaise renversée.

Après un long moment de silence, il passe un appel. Seules quelques bribes de conversation me parviennent, mais si je les ai assemblées dans l'ordre, nous devrions quitter, lui et moi, l'appartement de madame Monin ce soir, et il semble particulièrement excité par l'idée. Le véhicule qui doit nous emmener loin d'ici est visiblement prêt.

Si j'en crois la fréquence de la cloche de l'école, les enfants vont bientôt partir déjeuner, et il faut encore tenir l'après-midi.

Sans éveiller davantage sa folie ni sa colère.

Tout en restant en vie.

La journée promet d'être longue…

Chapitre 44

Passé et présent valsent
dans nos esprits
troublés,
C'est à présent l'avenir
qu'il nous faut sauver…

Maxime

Comme la plupart des gens, Chloé bloque encore son téléphone portable avec un code à quatre zéros. C'est à se demander pourquoi ce genre de verrouillage existe toujours. Cela dit, son mépris pour la sécurité me fait gagner un temps considérable, alors qu'un rapide coup d'œil à ses messages et à ses mails me confirme qu'il n'y a eu aucun appel hier soir ni cette nuit. Rien qui justifie qu'elle ait eu besoin de prendre la fuite.

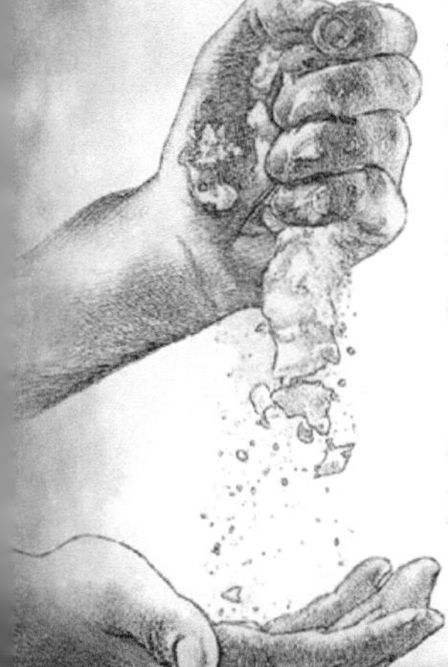

Non seulement cela ne m'aide pas à avancer, mais en plus cela ne me rassure pas. Il devient de plus en plus évident que je suis responsable de son départ précipité, même si j'ignore pourquoi.

Les doigts plantés dans ma chevelure en bataille, je me repasse chaque minute. Je revois son visage terrifié par le cauchemar dans lequel Vidal me tuait, puis son besoin de… Merde, notre étreinte était empreinte de désespoir. Est-ce que j'aurais pu confondre cette fougue qui semblait l'avoir investie avec la gravité d'un adieu ? Parce qu'elle m'a fait l'amour comme si c'était la dernière fois. Une douleur me ceint la poitrine et je retiens avec peine un cri qui gonfle pourtant dans ma gorge.

Pourquoi a-t-elle voulu me fuir ?

Et pourquoi cette question est-elle aussi importante pour moi, au point que je ne parvienne pas à penser à autre chose ?

J'ai repoussé le moment d'alerter les proches de Chloé, mais je n'ai plus le choix. Nous n'avons pas la moindre piste, pas le plus petit indice pour nous permettre d'avancer, et le jour se lève. Dans ses contacts, je sélectionne le numéro de Katie. J'aurais dû commencer par Lisa, mais je n'en ai pas la force. La réaction de Katie m'aidera peut-être à trouver les mots pour affronter la sœur de Chloé, parce qu'il va être difficile d'avouer à cette jeune femme que je n'ai pas su honorer ma promesse, celle que je lui ai faite lorsque Chloé est venue s'installer chez moi, quand je lui ai affirmé que je la protégerais et que rien ne lui arriverait… Le doigt tremblant, j'appuie sur l'écran fissuré du téléphone de Chloé pour composer le numéro de Katie. Elles s'appellent souvent, se confient à peu près tout de leur vie, peut-être qu'elle pourra m'aider à comprendre la fuite de Chloé ?

À moitié endormie, Katie décroche, mais je sens qu'elle se réveille rapidement lorsque c'est ma voix qui s'élève à la place de celle de son amie.

— Katie, c'est Max, Vidal a enlevé Chloé.

— Mais nom de Dieu, qu'est-ce que tu as foutu ? Je croyais que tu étais chargé de la protéger !

Ma culpabilité est déjà à son comble, mais entendre de nouveau que j'ai failli à cette mission ajoute à la boule qui me consume de l'intérieur.

— Je sais…

— Mais putain, j'en ai rien à foutre de ce que tu sais, en quoi ça va aider Chloé, ça ?

Elle est furieuse et elle a raison.

— Elle s'est enfuie au milieu de la nuit, mais j'ignore pourquoi.

À l'autre bout du fil, c'est le silence qui s'impose.

— Katie, est-ce que tu sais pourquoi elle a fait ça ?

Elle soupire.

— Elle ne t'a rien dit alors ? me demande-t-elle d'un ton beaucoup plus calme.

— Non, qu'est-ce qu'elle devait me dire ?

Katie se racle la gorge.

— Chloé m'a appelé avant-hier, elle était paumée et elle ne savait plus où elle en était.

— Putain, Katie, soit plus claire ! Je ne comprends pas : en quoi est-ce qu'elle était paumée ?

— Ton passé, ta… femme… et le fait que l'esprit de Laurie soit trop souvent connecté avec le sien.

Je m'étouffe presque en entendant ces révélations.

— Mais Katie, Laurie est morte !

— Je sais, et Chloé aussi le sait, mais ses souvenirs omniprésents lui donnaient l'impression de n'être qu'un canal entre ta femme et toi... Elle m'a confié qu'elle croyait n'exister que pour vous permettre d'être ensemble.

— Oh merde...

Je comprends ses larmes, et parfois ce sentiment de peine que je lisais sur son visage. Je pensais mal l'interpréter...

— Katie, je te jure que ce n'est pas le cas. Et si elle m'en avait parlé, je lui aurais dit que c'est avec elle que j'ai envie d'être, mais elle ne m'en a pas laissé l'occasion. Putain, elle est partie comme ça...

Ma gorge se noue et mes yeux s'embuent.

— Elle est partie comme ça, répété-je, la voix perdue dans les aigus.

— Tu l'aimes, Max ?

Est-ce que je l'aime ? Il y a une semaine encore, je n'imaginais même pas avoir un jour à me poser cette question !

— J'aimerais être à sa place, et qu'elle soit hors de danger.

Au bout du fil, Katie lâche un rire amer.

— Tu me dis que tu serais prêt à mourir pour elle, alors on peut considérer que ça veut dire que tu l'aimes.

Je mords mes lèvres jusqu'à sentir le goût de fer de mon sang afin d'étouffer mes sanglots, mais cela ne retient pas les larmes qui inondent maintenant mon visage.

— Max, tu es toujours là ?

— Oui, je suis là, et oui… Je l'aime.

— Alors, ressaisis-toi ! Retrouve-la, et dis-lui combien elle est importante pour toi.

Ça, c'est évidemment ce que je ferai quand elle sera de nouveau près de moi, mais encore faut-il qu'elle revienne !

Une voix masculine s'élève à ses côtés.

— Qu'est-ce qu'on peut faire pour aider ?

— Katie, qui est avec toi ?

— Elias et Marco. Ils veulent participer aux recherches.

Je me souviens vaguement que Chloé m'a parlé des deux compagnons de son amie.

— Nous n'avons aucune piste… Tous les agents sont sur le terrain, mais Vidal semble s'être volatilisé avec Chloé.

Ça me fait un mal de chien de le dire, mais c'est la vérité.

L'un des deux hommes prend le téléphone.

— Salut, c'est Elias. Marco et moi bossons dans l'organisation d'évènements à sensations et, entre autres, les sauts en parachute et les baptêmes de l'air. Est-ce que ça t'aiderait si l'on se rapprochait des aérodromes et des petits clubs privés pour diffuser leurs signalements ? On travaille avec tous ceux de la région, nous connaissons bien les pilotes et parfois un bon relationnel est plus efficace qu'une descente de flics.

J'accepte sans hésiter. Bloquer la voie des airs est

loin d'être stupide.

— Je t'envoie les informations sur le portable de Katie.

— Parfait, Marco s'occupe de faire la même chose sur les héliports.

— Merci.

— Chloé est aussi notre amie, ajoute-t-il avant de rendre le téléphone à Katie.

J'ai tellement fait le ménage autour de moi que j'ai oublié que l'amitié fait tomber toutes les barrières.

— Si vous deviez entrer en contact avec Vidal, soyez d'une prudence extrême. Ce mec est totalement déjanté. Il n'hésitera pas à s'en prendre à tous ceux qu'il trouvera en travers de son chemin.

— C'est promis, on fera attention.

— Merci Katie.

Je raccroche.

C'est bien la première fois que je consens à travailler avec des civils sur une enquête. En général, on a plutôt tendance à les garder le plus loin possible, tant pour les protéger que pour veiller à ce qu'ils ne foutent pas nos avancées en l'air, mais là, c'est différent.

Tout est différent.

Il s'agit de Chloé et je refuse les règles et les interdits.

Un long moment après avoir raccroché, je tourne encore le téléphone entre mes doigts. Le prochain appel que je dois passer est certainement le plus difficile.

Il faut que j'annonce à Lisa que sa petite sœur est entre les mains de ce psychopathe.

Chapitre 45

Je me perds dans ce labyrinthe infernal, celui où mon cœur cherche mon âme, égarée parmi les ombres.

Maxime

Étienne est resté avec moi une bonne partie de la nuit et j'ai dû lui promettre que j'allais me reposer pour qu'il consente à rentrer chez lui. Cela faisait plus de deux heures que son téléphone vibrait régulièrement, et qu'il faisait mine de n'y apporter qu'un intérêt discret, mais c'était pourtant le signe que sa femme s'impatientait.

Laurie faisait la même chose.

Nos épouses savent que notre métier est particulier et elles en connaissent les inconvénients, néanmoins, cela n'empêche pas l'inquiétude et, dans le cas d'Étienne, je peux la comprendre. Elle est seule à la maison avec trois gamins en bas âge et sans la moindre information quant aux raisons qui retiennent son mari. Ça doit forcément l'angoisser. Ce n'est pas simple d'être la femme d'un flic.

Le mari d'une fliquette non plus, d'ailleurs...

Après le départ d'Étienne, j'ai tenté durant une petite heure de dormir sur le canapé de la salle de pause, mais je n'ai pas pu fermer l'œil. C'était prévisible, mais j'avais promis d'essayer.

De retour dans mon bureau, j'ai repris pour la millième fois les éléments que nous avons rassemblés sur Vidal. Les collègues ont continué à enquêter, et ils ont creusé plus profondément encore dans son histoire et dans ses finances. Ses amitiés n'ont pas été longues à dénombrer, il semble qu'autour de lui tout le monde ait au moins une raison légitime de le détester... Mais pour le coup, cela en fait un personnage dont les secrets sont bien gardés, puisqu'il ne les partage avec personne. J'ai procédé comme à l'école, j'ai dressé des listes, dessiné des cases pour ranger chaque évènement, chaque information, afin qu'une fois couchés sur le papier, ils puissent sortir de ma tête. Qu'ils me laissent prendre du recul, le temps de les regarder s'agencer. En procédant ainsi, parfois un détail saute aux yeux, et j'en suis presque à prier pour que cela arrive.

Depuis l'enlèvement de Chloé, l'affaire est enfin considérée comme extrêmement sérieuse, et nous avons autant d'hommes que nous le souhaitons. Une bonne moitié est mobilisée pour sillonner la ville, quant à l'autre, elle surveille tous les espaces dont Vidal est propriétaire.

Son entreprise de négoce automobile, enregistrée comme le lieu de travail officiel de notre suspect, est fermée. Les ordinateurs ont été saisis et les locaux vont être examinés à la loupe dans la matinée par des équipes spécialisées.

La maison familiale est sous scellé depuis le suicide de Madame Vidal.

Le plus difficile aura été de répertorier tous les garde-meubles et entrepôts qu'il louait ou faisait louer par son entourage, mais il semble que nous ayons réussi à les repérer. Les contenus ont été fouillés — ce qui a plutôt bien occupé la brigade des stupéfiants — et les accès condamnés.

Néanmoins, il faut se rendre à l'évidence, il y a encore des zones d'ombre puisque nous n'avons toujours pas trouvé notre homme. Il dispose d'une importante somme d'argent liquide, si l'on considère ce qu'il a déjà retiré de ses comptes et les nombreux coffres que nous avons retrouvés vides et laissés ouverts, visiblement pour nous narguer…

Il arrive qu'on ait l'impression de chercher une aiguille dans une botte de foin quand on est face à ce type d'affaires, mais dans ce cas précis, il y a tellement de pistes à suivre que la botte est piquée d'une quantité incalculable d'aiguilles et que je ne parviens pas à mettre la main sur celle qu'il me faut !

J'avale d'un trait le café froid qui reste dans le fond de mon mug et me lève de mon fauteuil pour aller m'en servir un autre. Mes épaules sont contractées et ma nuque engourdie, mais chaque atome à l'intérieur de mon corps vibre d'une énergie que je contrôle difficilement. J'ai dans l'idée que la caféine n'y est pas étrangère. Les escaliers qui mènent à la salle de pause sont raides eux aussi…

Lorsque je reviens dans mon bureau, ce sont les albums photo des Vidal, entassés sur la crédence, qui attirent mon attention. On a déjà établi que notre criminel ne figurait sur aucun des clichés, et j'ai plusieurs fois hésité à descendre aux archives ces vieux trucs qui, au passage, empestent le tabac froid. Il sera bien temps de les restituer à la famille une fois notre enquête aboutie.

Et si notre enquête n'aboutit pas, ce sera le cadet de mes soucis…

Je m'ébroue. La fatigue laisse glisser mon esprit sur des chemins que je refuse qu'il emprunte.

Dans le premier album que j'ouvre, ce sont les photos d'un homme ressemblant énormément à Vidal qui s'étalent. Il est un peu plus âgé et je reconnais Pierre, son frère. Visiblement passionné de chasse et de pêche, il pose avec quelques-uns des employés du garage, comme s'ils étaient de vieux amis. Sur l'un des clichés, j'identifie Stan, qui est aujourd'hui le bras droit de Vidal, sur un autre, c'est l'un des jumeaux Lambert, sans que je sache précisément duquel il s'agit tant leurs traits sont similaires. Sur quelques photos, ils sont réunis autour d'une table et en les comparant, je constate que les décors se ressemblent étrangement.

Voilà peut-être le détail que je cherchais. En examinant les différents clichés, cela m'apparaît comme une évidence. Tous ces repas se déroulaient dans un seul et même lieu.

Puis les mots de Chloé me reviennent à nouveau : une vieille cabane, le vent qui soufflait, l'odeur de moisissure…

Je décroche le téléphone.

— Étienne, est-ce que tu as, dans la liste des propriétés des Vidal, un cabanon de chasse ou une construction telle qu'une bicoque dans les bois ?

Mon Major — qui depuis son bureau fait la même chose que moi, c'est-à-dire reprendre toute l'enquête pour trouver où chercher —, semble fouiller dans sa paperasse en marmonnant. À moins qu'il mâchouille encore un de ses horribles cigares.

— Dans les biens de Lucas, non, il n'y a rien qui puisse ressembler à ça. Dans ceux de sa femme non plus, mais la sœur de Vidal a hérité d'une parcelle de bois d'une belle taille à la mort de Pierre. C'est assez grand pour organiser des parties de chasse, en effet. Lucas ne lui a pas laissé grand-chose au moment du partage, mais visiblement, ce carré de forêt ne devait pas l'intéresser. Pourquoi, qu'est-ce que tu as ?

— Une simple intuition en regardant les vieilles photos de famille.

Je me garde bien de lui dire d'où elle me vient d'ailleurs ! Le rêve de Chloé, les paroles de Laurie, tout est tellement étrange, même pour moi.

— Ce n'est peut-être pas grand-chose, mais puisqu'on stagne, ça ne nous coûte rien de creuser par là, tu ne crois pas ?

— Je vais contacter les gardes forestiers. Avec le numéro de cadastre que j'ai retrouvé dans l'acte du notaire, ils vont se repérer bien plus vite que nous.

— Merci Étienne.

Je prends ma tête entre mes mains. Je suis mort de fatigue. Mes yeux épuisés se ferment tous seuls, mais mon cœur tape si fort que des milliards d'étincelles semblent exploser en rythme derrière mes paupières closes. Je jette un regard accusateur à ma tasse de café déjà vide et aux innombrables canettes de soda et de boissons énergisantes qui remplissent ma poubelle…

Mauvais cocktail ! Inutile de chercher pourquoi chaque atome de mon corps danse la salsa !

La vie dans le commissariat paraît avoir été mise sur pause. Même les gars de nuit respectent un silence qui n'est pas d'usage. Aucun ne blague ni ne chahute, l'atmosphère est lourde.

Je fais basculer mon fauteuil et peu à peu, je sens remonter à la surface cette incompréhension, cette colère dirigée contre moi-même, car ma conversation avec Katie me hante. Qu'est-ce qui a pu mettre Chloé dans un tel sentiment d'insécurité ? Qu'est-ce que j'ai bien pu faire pour lui laisser croire qu'elle n'était pas importante à mes yeux ?

Pourquoi ne m'a-t-elle rien dit ?

Je tourne pour la dixième fois au moins dans ma tête les images de nos derniers moments ensemble, et rien ne m'aide. Tout était si intense, si authentique que je n'ai pas jugé utile de mettre des mots sur ce que j'éprouve pour elle. Elle est probablement là, mon erreur, j'aurais dû le faire.

Le regard perdu sur le carrelage terni de mon bureau, je prends maintenant conscience de la place qu'elle a prise dans ma vie. Katie m'a fait comprendre que je ressentais autre chose qu'une attirance physique pour Chloé, elle m'a ouvert les yeux sur quelque chose que j'avais sciemment occulté : je l'aime. Bien sûr que je l'aime, tout est si simple. Elle a trouvé le chemin vers les parties endormies de mon cœur et les a réveillées.

Je lui ai dit que je « tenais » à elle, qu'elle était « importante » pour moi, mais je ne lui ai jamais dit « je t'aime ». Au fond de moi, je sais que c'est le cas, pourtant, ces mots n'ont pas franchi mes lèvres. Ils me semblaient sans doute trop forts, trop prématurés !

Quel con !

J'ai passé tellement de temps à me persuader que l'amour était quelque chose qui ne croiserait plus ma route que je ne l'ai pas senti me prendre en otage. Néanmoins, je peine quand même à imaginer que c'est l'unique motif de la fuite de Chloé. Elle connaît mon histoire, et je crois connaître la sienne, et je sais qu'elle n'est pas de ces filles capricieuses qui claquent la porte pour quelques mots non prononcés…

Il y a forcément autre chose !

Mon raisonnement me renvoie donc sans pitié à ma première question : qu'est-ce que j'ai bien pu faire de mal ?

La sonnerie de mon téléphone me fait sursauter et m'arrache à mes songes. Quand je reconnais le numéro de Lisa, une boule se forme au fond de ma gorge. Je dois prendre cet appel, même si je sais déjà que je ne pourrai pas lui en dire davantage qu'il y a une heure, lors de son dernier coup de fil.

— Du nouveau ?

Sa voix est rauque, le timbre blanc. Son angoisse me percute et je sens qu'elle pleure. Même si je ne lui ai jamais dévoilé les détails des œuvres de Vidal, elle a compris que la situation de Chloé était grave.

— Nous n'avons toujours rien. Mais je te promets de t'appeler au moindre changement.

— Merci, murmure-t-elle avant de raccrocher sans me laisser l'occasion d'ajouter quoi que ce soit.

En même temps, je ne peux qu'en être heureux, que pourrais-je lui dire d'autre ? M'étaler sur mes propres doutes et mon stress ne servirait pas à grand-chose.

Et comprendre dans ses silences que je suis responsable de tout cela ne m'aidera pas non plus à me sentir mieux.

Je serre les poings jusqu'à ce qu'ils soient douloureux. Je vais tuer cet enfant de putain de Vidal, je vais lui faire payer la souffrance qu'il a distribuée…

C'est plus doux de ruminer cette colère plutôt que la culpabilité qui enfonce ses racines en moi.

La porte de mon bureau s'ouvre subitement et Étienne passe simplement la tête par l'entrebâillement sans prendre la peine d'entrer.

— Tu es assez en forme pour crapahuter dans les bois ?

Son œil me scrute et il fronce les sourcils comme s'il avait déjà la réponse, mais je l'invite à poursuivre d'un geste de la tête.

— Les gardes forestiers ont trouvé le chalet. D'après ce qu'ils ont constaté, il est trop bien verrouillé pour un cabanon de ce genre-là. Ça cache quelque chose. On envoie des types avec de l'outillage pour fracturer les portes, est-ce que tu viens ?

Sa question est totalement superflue. Je me lève d'un bond sans même lui répondre, récupère mon blouson, mon téléphone ainsi que celui de Chloé et lui emboîte le pas.

Il ne nous faut qu'une petite demi-heure de route pour rejoindre la lisière de la forêt, puis un bon quart d'heure sur un chemin de terre pour atteindre le chalet. L'endroit est vraiment isolé !

L'équipe est déjà au travail lorsque nous arrivons sur les lieux, le blindage utilisé pour les issues est d'une telle robustesse que défoncer un des murs aurait été une méthode plus rapide pour s'introduire dans la place. Pour ma part, je n'aurais pas pris autant de précautions que le gars qui s'active à la tâche, et je trépigne en observant la disqueuse mordre lentement l'acier qui recouvre la porte… Néanmoins, quelques minutes plus tard, le battant cède.

À l'intérieur, nous retrouvons des traces évidentes d'un passage récent. Des emballages de nourriture entassés dans une poubelle principalement, mais c'est surtout une odeur de moisissure et de renfermé qui me lève le cœur. Aux grimaces que font les autres collègues, je comprends qu'il n'y a pas que moi qui suis gêné. Les fenêtres ont été obstruées par de grandes plaques de métal, et il règne dans le chalet une obscurité dérangeante. Seule la lumière naturellement feutrée par le sous-bois entre par la porte maintenant béante. Une unique ampoule nous dévoile les détails de la pièce, dont l'aménagement minimaliste semble dater de plusieurs décennies. L'espace accueille un évier en inox, une cuisinière reliée à une bouteille de gaz et un simple meuble qui doit contenir de la vaisselle. De l'autre côté, je reconnais l'immense table en bois brut que j'ai vue sur les photos et qui a dû connaître des jours meilleurs et un canapé convertible déplié. Deux silhouettes se dessinent dans le chiffon des draps.

Au fond de la pièce, partiellement masquée par un rideau, se trouve une porte très étroite.

— Et à ton avis, ça mène où ?

Étienne hausse les épaules et adresse un geste à un des gars qui approche avec un coupe-boulon afin de sectionner le cadenas. Une deuxième serrure nécessitera un bon coup de pied de biche et la porte s'ouvre sur une volée de marche en pierres.

L'odeur n'est pas plus agréable. En plus de celle du chalet, ça sent l'urine, le sang et la merde…

J'allume la torche de mon téléphone et baisse la tête pour ne pas m'assommer contre le plafond particulièrement bas. Les marches sont abruptes et irrégulières. Elles exigent qu'on y prête une grande attention.

Une fois en bas, et malgré l'éclairage d'appoint, je ne vois rien. Soucieux de ce dans quoi je pourrais mettre les pieds, ce n'est que lorsqu'un collègue actionne l'interrupteur que mon cœur s'arrête dans un bruit mat.

Le néon clignote un long moment, envoyant à mon cerveau l'image stroboscopique du corps de Chloé. Recroquevillée sur elle-même, elle porte encore son jean et son débardeur noir, celui qu'elle a enfilé avant de quitter mon appartement.

Il l'a tuée…

Chloé est morte…

Ses longs cheveux châtains striés de couleurs vives recouvrent son visage. Je tends la main pour les repousser, mais mes jambes vacillent et m'entraînent sur le sol.

Ce chien a pris sa vie…

Les genoux plongés dans la poussière, de lourds sanglots me secouent avec violence et mes poumons se vident dans un long râle rauque. Le cri d'un animal à l'agonie. Je m'effondre sur moi-même, le corps, le cœur et l'âme essorés, dépossédés de leur contenu.

Je ne m'en relèverai pas cette fois.

J'en suis incapable.

La femme que j'aime est morte.

Encore…

Un à un, tous mes muscles m'abandonnent. Ils se relâchent comme des élastiques trop grands, trop mous et inutiles, mais je les laisse faire. Engourdi par le puissant ronronnement qui vrombit dans mes tympans, je ferme les yeux pour ne plus voir ce corps dont j'ai caressé chaque millimètre, il y a quelques heures, et qui doit être froid. Mon estomac se révulse à l'idée et une remontée de bile me brûle violemment.

Puis soudain, deux mains saisissent mes épaules et me secouent. Fichées dans ma mâchoire molle, mes dents s'entrechoquent et je ne perçois plus que les formes floues d'un visage qui me fait face.

— Max, réagis ! Max !

Une paume s'abat sur ma joue. Ce n'est pas douloureux, et en fait, je m'en contrefous. Je ne veux plus respirer. Je veux que tout s'arrête.

— Merde, Villonier, tu m'écoutes, oui ? C'est pas

Chloé ! Ce n'est pas elle ! C'est Estelle et elle est vivante. Putain Max, ressaisis-toi, nom de Dieu !

Les mots d'Étienne me font l'effet d'un seau d'eau glacée et me ramènent à la surface alors que je constate la surprise des autres collègues présents qui m'observent, médusés. Les yeux exorbités, je le fixe tandis que les détails de cette cave se dessinent de nouveau. Mon visage est trempé de larmes. Je m'essuie sur ma manche et j'ose porter le regard sur la forme qui est étendue à présent sur le sol de terre battue. Il est difficile de la reconnaître, mais en effet, c'est bien Estelle. Vidal a poussé la mise en scène jusqu'à lui faire enfiler les mêmes vêtements que Chloé…

La jeune femme est inconsciente, mais elle respire.

Étienne s'accroupit devant moi et pose ses mains sur mes épaules.

— Tu es à bout, mec. Je veux que tu rentres chez toi et que tu dormes maintenant.

— Je suis désolé. Étienne, j'ai cru que…

— Moi aussi, c'est ce que j'ai cru.

Son visage, que je scrute à présent, est marqué par l'émotion.

— Tu as atteint le point de rupture et il faut que tu fasses une pause. Ce n'est pas une demande, Villonier, c'est un ordre. C'est la dernière option que je te laisse, si tu ne te décides pas à te reposer, je t'enferme en cellule de garde à vue pour les prochaines vingt-quatre heures. Est-ce que tu m'as compris ?

J'accepte, de toute manière, je ne peux pas objecter, il a raison, je suis complètement cuit et je viens littéralement de m'effondrer. Je prends soudain conscience que j'ai glissé jusqu'à la limite de mettre mon cerveau en « off » pour que tout s'arrête enfin. Je pensais que ce n'était qu'une expression, mais je réalise que ça existe vraiment. Que j'ai failli disparaître de ma propre volonté.

Je remonte l'escalier, cramponné à la rampe et les jambes encore tremblantes. Dehors, l'air frais achève de me ramener à la réalité et je reste là, les mains en appui sur la carrosserie, cherchant à récupérer un rythme cardiaque et une respiration correcte, jusqu'à ce qu'Étienne m'ouvre la portière de la voiture et prenne le volant.

— Ça va ? me demande-t-il, en me jetant un regard rapide, alors que nous roulons depuis déjà vingt bonnes minutes.

Il me faut quelques secondes pour parvenir à lui répondre. J'ai sérieusement merdé...

— J'ai cru que c'était elle... j'ai craqué. Je suis désolé.

— Ouais, je sais. C'est difficile de garder les idées claires quand on est aussi impliqué que tu l'es, mais tu en es capable et c'est pour ça que je te fais confiance sur cette affaire. Mais là, tu es à bout de force. Tu as accumulé trop de fatigue pour prétendre gérer tout ce stress.

— Ne me fais pas ça, s'il te plaît. Ne me largue pas, Étienne...

Le ton est suppliant, mais je n'ai pas le choix.

— Alors, dors, putain ! Tu as l'air d'un zombie ! Je ne vais pas attendre qu'il arrive un accident pour me reprocher de ne pas t'avoir débarqué quand j'en avais la possibilité.

Sa paume claque sur le volant et je sursaute. Il a raison, je ne suis pas bien du tout.

Il se gare devant mon immeuble et porte le regard vers l'entrée du bâtiment.

— Je passe te prendre dans trois heures. Je veux que tu utilises ce temps pour dormir, sinon, je te dégage de l'enquête. Est-ce qu'on est d'accord ?

— Dans trois heures, ici.

— Oui. Va te coucher.

J'ai envie d'ajouter que j'aimerais qu'il m'appelle si un nouvel évènement intervenait avant ces trois heures, mais je me retiens. Étienne me fait déjà un sacré cadeau. D'autres que lui m'auraient viré du paysage depuis un moment.

Je me traîne jusque dans ma chambre et je m'effondre. Les draps portent son odeur de vanille et son oreiller prend place entre mes bras. Les yeux fermés, je cesse de lutter. De toute façon, mon cerveau n'a plus assez d'énergie pour réfléchir.

Je glisse.

Chapitre 46

Le ciel drapé de gris, miroir de mon esprit tourmenté, libère ses gouttes de pluie qui se mêlent à mes larmes.

Maxime

« Highway to Hell » retentit soudain dans la chambre et me sort d'un sommeil sans rêves.

— Tu as dormi ?

Étienne va droit au but, comme toujours.

— Ouais !

— OK, on a du nouveau, je suis en bas dans quelques minutes.

En regardant ma montre, je m'aperçois que je suis

couché depuis plus de cinq heures. Si Étienne m'a laissé autant de temps, c'est que rien ne justifiait ma présence. Le sentiment d'avoir perdu deux heures de trop s'évanouit quand je croise mon reflet dans le miroir de la salle de bain et que je reconnais à peine mon propre visage.

Non, résolument, ces deux heures de sommeil en plus n'étaient pas de trop.

Il me faudra juste dix minutes pour passer sous la douche afin de reprendre forme humaine et je franchis le seuil du bâtiment quand la 5008 entre dans la rue.

J'adresse à Étienne un sourire destiné à lui faire comprendre que je vais mieux et m'engouffre dans la voiture. Actionnant la commande du deux-tons et celle du gyrophare, Étienne sort de la résidence en moins d'une minute et une fois sur la nationale, il met le pied au plancher.

— Je t'écoute ?

— On vient de découvrir la voisine de Chloé ficelée comme un saucisson sur un fauteuil de son appartement. Sa fille s'inquiétait qu'elle ne réponde pas au téléphone et elle a fait intervenir les pompiers : ils sont sur place.

D'un coup, tout semble prendre sens.

Comment a-t-on pu négliger ce putain de vol de clés ? Voilà pourquoi ce salopard n'était nulle part ! Quelle meilleure cachette que l'immeuble même où résidait sa cible !

À peine le véhicule arrêté, je suis déjà sorti et je grimpe en courant jusqu'à l'étage où vit Chloé. La porte de sa voisine de palier est grande ouverte. Les secouristes portent la vieille dame pour l'installer sur un brancard. Son teint est blême, et elle semble très affaiblie. Deux collègues nous accueillent.

— L'homme qui l'a séquestrée l'a également droguée. Il est resté dans cet appartement pendant plusieurs jours. La victime est dans un sale état. Elle n'a rien mangé et rien bu tout le temps de sa captivité. Même ses besoins, elle les a faits sur sa chaise, ajoute l'agent à voix basse, probablement pour ne pas indisposer davantage la vieille dame.

Cela dit, l'odeur qui règne ici nous aurait renseignés.

— Elle a parlé d'une autre prisonnière ?

Il acquiesce d'un geste sec.

— J'allais y venir. Elle nous a expliqué qu'il retenait aussi la jeune femme de l'appartement mitoyen, mais qu'ils étaient partis pendant qu'elle était inconsciente.

Je m'approche de la vieille dame et capte son regard encore un peu flou, mais surtout triste jusqu'à ce qu'elle me fixe avec intérêt.

— Vous étiez là quand la petite a été agressée, n'est-ce pas ? Je vous reconnais.

— Oui madame, j'étais présent en effet.

— Et vous êtes « Maxime » ? Cet homme a parlé de vous plusieurs fois. Votre nom m'échappe, mais je me rappelle bien votre prénom. Il veut vous tuer, vous savez, je crois qu'il est complètement fou.

Je lui adresse un sourire que j'espère réconfortant.

— Ne vous en faites pas, je suis coriace. Madame, pouvez-vous me dire comment va Chloé ?

Elle hoche la tête tristement.

— Je ne l'ai pas vue consciente une seule fois

pendant tout le temps qu'ils sont restés ici. Il nous injectait régulièrement une drogue qui nous faisait dormir, vous savez…

Je serre sa main. Elle est glacée.

— Est-ce qu'il l'a… blessée ?

— Je ne pense pas. Je le souhaite surtout, ajoute-t-elle en baissant le regard.

— Merci, madame, prenez soin de vous.

Je fais signe aux pompiers et ils sortent le brancard de l'appartement.

Étienne se rue sur la porte-fenêtre pour aérer.

— La baraque de ce type est aussi clean qu'une maison témoin et il arrive à vivre dans une telle puanteur ? Bordel, entre ici et le chalet, c'est irrespirable. On est sûr que c'est le même « Vidal » ?

Je m'approche également de l'ouverture pour prendre un peu d'air frais.

— Tu pourras parler de mon pauvre cigare…

Sa remarque m'arrache un sourire, mais dans le regard que nous échangeons, il comprend qu'il est sans joie.

Sur le canapé, un scintillement attire mon attention. C'est l'une des boucles d'oreilles de Chloé, cette petite danseuse en or qui se décroche souvent. Je la récupère et la glisse dans ma poche. C'est donc à cet endroit qu'il l'a maintenue captive. Devant l'assise, un tapis a été déplacé et recouvre des vomissures. Le sol est jonché de débris de verre. Au regard de ce qui traîne partout, je dirais qu'il a fracassé une des chaises contre le vaisselier.

Des pansements souillés sont restés sur la table. J'enfile une paire de gants et les examine rapidement.

— Étienne, madame Monin n'était pas blessée, et regarde ces bandes, elles sont couvertes de pus. Vidal doit être salement amoché.

Mon ami me fixe et je lis à son air désolé qu'il envisage une autre explication.

— Non, ce n'est pas Chloé. Elle était indemne la dernière fois que je l'ai vue et aucune blessure ne pourrait s'infecter aussi vite. En revanche, elle l'a vachement bien mordu quand il l'a agressée. Il perdait beaucoup de sang et comme on sait qu'il n'est pas allé se faire soigner, ça se tient.

Il valide mes déductions d'un geste.

Dans la cuisine, le spectacle n'est pas plus joli. Il y a du café renversé partout, plusieurs paquets de gâteaux sont éventrés et l'évier déborde de vaisselle fracassée. J'ai connu des squats qui ressemblaient un peu à ça.

Les autres pièces du logement, en revanche, sont propres et parfaitement en ordre. Visiblement, il ne les a pas utilisées.

— Antibiotique à large spectre et médicament contre le mal des transports, détaille-t-il en ramassant deux boîtes vides. Les antibios, ça pourrait coller avec l'infection de sa main, mais l'anti-nauséeux ?

Il désigne du doigt la flaque encore poisseuse devant le canapé, et je hausse les épaules. Je n'arrive pas à faire le lien entre ces médicaments et le fait d'être ficelé sur un divan.

— N'importe qui serait malade avec l'odeur qui règne ici. Je ne pense pas que ça ait un rapport.

— Alors ça serait lui qui souffrirait du mal des transports ? D'accord, mais cela ne nous dit pas quel transport !

Je le dévisage en réfléchissant. On spécule, on tâtonne au hasard et je n'aime pas trop ça.

— OK, admettons qu'on parte là-dessus : je n'ai jamais entendu qu'on pouvait être malade en conduisant une voiture.

— Non, c'est plutôt réservé aux passagers. Tu sais si Chloé… ?

— Aucune idée, mais je peux le demander à sa sœur.

Sans perdre de temps, j'envoie la question à Lisa qui me répond immédiatement. La pauvre doit être collée à son téléphone et bouffée par l'angoisse.

— Je te le confirme, Chloé ne souffre pas du mal des transports.

— Donc c'est lui.

Je secoue la tête. On base des suppositions sur des suppositions et je suis chaque minute moins confiant que la précédente : j'ai l'impression qu'on s'égare. Étienne s'aperçoit de mon hésitation.

— Max, je n'exclus aucune option, mais dans un premier temps, on va essayer de lister les évidences pour tenter de les éliminer.

— Ouais… d'accord. Admettons qu'on écarte l'idée de la fuite en voiture, que nous reste-t-il ?

— Le train ?

Je remue la tête de droite à gauche.

— Ce n'est pas assez discret. Tu ne prends pas les transports en commun avec une femme inconsciente, et si Chloé ne l'est pas, il ne fera pas dix mètres dans une gare sans être repéré.

— Sauf s'il la menace.

Je comprends qu'il se fait l'avocat du diable pour assurer nos déductions.

— Fais-moi confiance, elle trouvera un moyen de se manifester et il le sait. Il est taré, mais trop intelligent pour se mettre dans ce genre de situation.

— Il reste l'avion ? Un petit coucou ? Ça colle avec le mal des transports, il paraît qu'on est secoué dans ces trucs-là.

— Ce matin, deux amis de Chloé m'ont proposé de prendre contact avec les aérodromes et héliports de la région. Ils bossent avec la plupart d'entre eux. Si Vidal établit un plan de vol, on le saura immédiatement : leurs signalements et leurs photos circulent partout. Il nous reste quoi ?

— Un bateau.

— Un bateau ?

— Oui, on n'est qu'à une vingtaine de bornes de la mer. Ça ne serait pas incohérent et en plus, Vidal est titulaire du permis bateau.

J'ignorais ce détail.

— Il pourrait en louer un ?

— À moins qu'il en ait déjà un. Rappelle-toi les photos des parties de pêche de Pierre, son frère. Il y a peut-être un bateau quelque part, on n'a pas cherché ça.

— C'est exact, on n'a pas cherché ça, me répété-je à mi-voix, alors que nous cédons la place à l'équipe en charge de relever toutes les preuves de la présence et des activités de Vidal sur les lieux.

Notre retour au commissariat se déroule dans un silence durant lequel chacun de nous est plongé au cœur de ses propres réflexions. Les mots de madame Monin m'ont un peu rassuré sur l'état de santé de Chloé. Elle ne lui semblait pas blessée et à aucun moment, elle n'a laissé entendre qu'il avait abusé d'elle. C'est peu, mais c'est déjà plus que ce que l'on savait il y a encore quelques minutes.

Je ne vais pas nier non plus que ces quelques heures de sommeil m'ont fait du bien. Ce n'est pas vraiment la forme olympique, mais je suis plus serein que tout à l'heure au chalet. J'avoue que je n'ai jamais perdu les pédales de cette manière et que je comprends la réaction d'Étienne quand il m'a ordonné de lâcher prise. Il était parfaitement dans son rôle, tant celui du Major responsable de ses hommes et de leur sécurité, que celui de l'ami.

Lorsque nous fouillons pour la dixième ou la vingtième fois les documents transmis par les services des impôts et le notaire de la famille Vidal, nous trouvons enfin la trace d'un bateau.

— Tu déconnes, ce n'est pas un rafiot pour aller à la pêche, ce truc-là, c'est un yacht !

— Un bateau de plaisance de vingt mètres que Pierre Vidal utilisait pour pêcher avec ses amis… Les riches ont une vision bien à eux des sports populaires…

— « Le Marylin »

— Oui, c'était le prénom de sa première femme.

— On sait dans quel port il mouille ?

Étienne tape sur son clavier, toujours avec ses deux

index.

— Il va falloir demander le soutien des garde-côtes.

Je grogne.

— Les marinas des propriétés privées échappent bien souvent à leurs contrôles, me répond-il en soupirant.

— Ouais, mais on n'a que ça pour l'instant. Ce rafiot n'est même pas à son nom, Pierre Vidal l'a légué à Stanislas Kravicci.

— Stan est le second de Vidal. Il est encore dans nos murs ?

— Sa garde à vue a été levée, mais rien ne nous interdit d'aller le serrer de nouveau pour qu'il nous dise où est le Marylin ! Max, c'est moi qui ai procédé à l'interrogatoire de Kravicci. Je peux te jurer que ce type déteste Vidal. Il lui obéit, comme tous ceux qui gravitent autour de lui, mais c'est uniquement parce qu'il le craint. Je ne sais pas comment Vidal le tient, mais il va falloir qu'il ait plus peur de nous que de lui pour accepter de parler.

Je souris.

— On va bluffer…

— Bluffer ?

— Oui. Il va me reconnaître, c'est évident. Je vais lui révéler qu'on a des éléments pour lui faire porter le chapeau des magouilles de son boss. S'il s'imagine tomber à la place de Vidal, il va cracher.

— On peut essayer, mais il faut la jouer fine, car si son avocat s'en mêle, on n'obtiendra plus rien…

— Comme toujours, ajouté-je en soupirant.

Envoyer les collègues cueillir Stan à son domicile ne prend que le temps d'un coup de fil et fouiller dans sa vie, à peine plus longtemps. Divorcé depuis peu, il se bat pour qu'on lui accorde un droit de visite sur ses gamins contre une ex-femme particulièrement tenace qui met tout en œuvre pour l'en priver. Tomber pour complicité des crimes de Vidal lui ferait perdre toutes ses chances de revoir ses mômes. C'est peut-être dégueulasse, mais tant pis pour la morale de l'histoire, car c'est certainement là que va se situer notre marge de manœuvre.

En attendant de pouvoir cuisiner Kravicci, nous continuons de chercher. Je suis crevé, mais bosser avec Étienne m'aide à tenir le coup. On se complète parfaitement et ça a toujours été le cas. Notre logique est parfois différente, mais notre curiosité nous conduit à éclairer chacun le chemin de l'autre. C'est constructif et c'est ce qui nous a déjà permis de résoudre des enquêtes compliquées.

Mais dans cette affaire, la pression est immense, car nous jouons notre dernier va-tout.

Estelle a été retrouvée. Son témoignage est accablant, et en plus, l'ADN a parlé : il n'y a plus de doute, Vidal est son ravisseur et le meurtrier d'Amanda. Notre enquête est donc techniquement terminée.

En revanche, en ce qui concerne la disparition de Chloé, d'ici demain — après-demain au plus tard — le procureur nous dessaisira du dossier pour le confier à une autre équipe. Il jugera que je suis trop impliqué, et qu'Étienne a manqué à son devoir en me laissant sur l'affaire. Évidemment, ça ne nous plaît pas plus à l'un qu'à l'autre, et c'est pourquoi il nous faut la retrouver, avant d'être contraints de passer la main.

Puis j'ai appelé Lisa.

Je lui ai donné les seules nouvelles encourageantes que nous avons à cette heure : Chloé ne semblait pas blessée et n'aurait pas été malmenée... c'est peu, mais c'est déjà ça.

L'espoir est quelque chose de si vicieux.

Ensuite, un homme que je n'avais encore jamais eu au téléphone m'a contacté à son tour : Marco, le deuxième compagnon de Katie. Il m'a confirmé avoir prévenu tous les aérodromes et héliports de la région : l'option d'une fuite par les voies aériennes est donc définitivement écartée. J'ai hésité un instant à lui révéler notre piste maritime, mais étant donné que lui et son ami nous ont proposé leur aide, j'ai estimé que ça pouvait être utile.

Étienne a grimacé à l'idée que nous embarquions des civils dans nos recherches, mais force est de constater qu'ils ont été diablement efficaces jusqu'ici.

J'assemble et examine les nouveaux relevés envoyés par les banques.

— Merde ! Vidal a vidé plusieurs de ses comptes avant que nous parvenions à les bloquer.

— Non Max, c'est la procédure. Les comptes sont gelés, mais on lui laisse croire qu'il va pouvoir récupérer tous ses biens. C'est le seul moyen pour le maintenir à notre portée. S'il comprend qu'il a perdu, il va se tirer.

— Il a quand même réussi à empocher un sacré paquet de fric !

— Je te l'accorde, un ouvrier vivrait plusieurs mois

avec ce qu'il a pu sortir, mais notre candidat est habitué au luxe, ça ne lui suffira pas, il va attendre la suite.

Étienne sourit, un petit air sadique dans le regard.

— Pour lui, les opérations sont en cours, il pense n'avoir plus qu'à patienter.

Et nous, que devons-nous encore faire, ou plutôt que n'avons-nous pas déjà fait ?

Avec un sentiment d'impuissance, je scrute une dernière fois les feuillets noircis d'annotations que j'ai étalés sur toutes les surfaces planes qui m'entourent, et je soupire en secouant la tête.

— J'en suis au même point que toi, Max. Il n'y a plus rien à trouver dans ce bordel. On a tout épluché. Il a abandonné sa BMW et on a fouillé tous les logements du bâtiment de Chloé, le reste est en *stand-by*.

— Et je pourrais te parier mon prochain salaire qu'on retrouvera la voiture de sa femme dans le lac d'ici peu…

Il acquiesce en me fixant du regard.

Tant que le loup ne sortira pas du bois, nous serons incapables de l'attraper.

— Tu penses que Kravicci sera bientôt au frais pour qu'on le cuisine un peu ?

— Le temps de lui mettre la main dessus, il devrait nous rejoindre d'ici quelques heures.

Depuis que je fais ce métier, j'ai pu me rendre compte que les gens ont tous un point commun : si la peur les fait réagir, la haine est un moteur encore plus puissant. Concernant Vidal, je suis convaincu qu'il a fait de mauvais choix en instaurant ces rapports de force avec ses collaborateurs ; la loyauté ne s'exige pas à grand renfort de menaces et j'espère sincèrement qu'il le comprendra prochainement. J'ai assez peu côtoyé Stanislas Kravicci, et loin de moi l'idée de le considérer comme un mec bien, mais quelque chose me dit qu'il n'est pas fait du même bois que Vidal.

Je jette un œil au cadran de ma montre et masse négligemment ma nuque.

— Est-ce que tu peux m'appeler dès qu'il arrive ? Je vais aller faire un tour sur les quais. Imagine que j'aie un coup de bol et que je tombe sur le *Marylin*…

Ou qu'une petite voix me le désigne… Laurie, si tu es encore là, c'est le moment, ma chérie…

— Avec le nombre de marinas que compte le littoral, ce serait un sacré hasard, mais tu auras toujours plus de chance qu'en restant coincé entre ces quatre murs, je te l'accorde.

— Merci Étienne.

Je quitte nos locaux avec une énorme boule nichée au creux de l'estomac. L'ignorance et l'impuissance me bouffent de l'intérieur. Le buste droit et le regard fixe, je donne le change aux collègues que je croise, pourtant je me bats comme un diable pour contenir mes émotions et refouler cette envie de hurler qui me serre la gorge…

Sincèrement, je pensais être beaucoup plus fort.

***

Le soleil est déjà bas. Les promeneurs ont déserté la jetée, car le vent souffle maintenant et il n'est pas chaud. Les poings enfoncés dans les poches de ma veste et le col remonté bien haut, j'arpente chaque mètre carré de la marina, mais le bateau que je cherche n'est pas là.

Je savais avant même de partir du commissariat que les chances de tomber sur ce rafiot étaient minimes, mais j'avais besoin d'air. Ma tête bouillonne d'émotions contradictoires, mais si je comprends à quel point être impliqué dans une affaire peut obscurcir le jugement et représenter des entraves, ce n'est pas pour autant que je consentirais à me tenir à l'écart de l'enquête. Je pense qu'il n'en faudrait pas plus pour me rendre complètement dingue…

Mais j'avais besoin d'air… et d'être seul.

Les mâts de quelques voiliers dansent, faisant tinter leurs cordages et les mouettes se livrent à ce qui pourrait être des joutes verbales. Envahi d'une soudaine lassitude, je me laisse tomber sur un banc qui fait face à la mer. Mon portable dans la main droite et celui de Chloé dans l'autre, je n'en peux plus de les voir aussi muets et les fourre rageusement dans ma poche.

Le ciel s'assombrit. Le vent a ramené les nuages du large vers la côte et je ne serais pas étonné qu'il se mette à pleuvoir. Je plonge mes doigts maintenant glacés dans mes cheveux, et je m'autorise à laisser silencieusement couler les larmes que je retiens depuis des heures. Il faut qu'elles sortent, j'espère qu'elles me libéreront de ce poids qui m'écrase la poitrine. Les gouttes tombent une à une, assombrissant le béton clair entre mes pieds, jusqu'à ce que je ne les distingue plus et qu'elles se mêlent entre elles.

Laurie, j'ai besoin de toi…

Je relève le nez vers ces cieux à présent gris et menaçant.

— Tu l'as mise dans ma vie, Laurie ! Tu dois m'aider maintenant, tu ne peux pas la laisser mourir…

C'est presque un cri qui s'échappe malgré moi. Est-ce le début de la folie ? Ou est-ce qu'elle m'a déjà totalement englouti ? Faut-il que je sois à ce point désespéré pour faire reposer la responsabilité de la survie de Chloé sur les épaules de Laurie ?

Je lâche un rire accablé, presque un sanglot.

« Laurie est morte ! » hurle ma raison, mais quelque chose de plus fort encore m'accroche à sa présence, déchiquette mon bon sens, me tiraille et me lacère le cœur. Je ferme les yeux, cherchant son visage angélique, celui qui m'est apparu l'autre nuit et qui a chassé cette dernière image torturée que j'avais d'elle, alors qu'elle agonisait sur cette montagne. Je revois ses doigts diaphanes effleurer la joue de Chloé tandis qu'elle dormait dans mes bras… je n'ai pas rêvé ça, bordel !

« Elle est ton évidence, et tu es la sienne » c'étaient ses mots.

— Alors pourquoi tu n'es plus là ? Je ne peux pas la perdre…

Je murmure à présent. Toutes les larmes versées m'ont vidé de mon énergie et le froid mord la peau humide de mon visage. Cette impression de chute que j'ai ressentie quand nous avons retrouvé Estelle et que j'ai cru qu'il s'agissait du corps sans vie de Chloé menace de m'emporter de nouveau. En fait, c'est comme si l'avenir se résumait à un immense trou noir, et que je n'avais pas d'autre issue… Je me cramponne à son bord, mais pendant combien de temps encore ?

— Maxime ?

Je sursaute, cligne des yeux pour revenir sur ce quai devenu glacial à présent et Katie se trouve face à moi.

— Je n'étais pas certaine que c'était toi quand je t'ai vu au loin. Que fais-tu là ? me demande-t-elle en se glissant contre moi pour une rapide étreinte.

— La même chose que toi, j'imagine…

— On a parcouru toute la marina, mais on n'a pas repéré ce bateau.

Je soupire et lui adresse un faible sourire de remerciement.

— J'ai fait pareil. Le *Marylin* n'est pas ici.

— Non, je te le confirme, m'informe une voix derrière moi. Salut, je suis Elias.

L'allure d'un surfeur californien, blond et les cheveux longs, il me tend une main ferme que je serre.

— Et toi, tu dois être Marco, dis-je, à l'attention de l'homme qui le suit.

— Enchanté, Max, même si on aurait préféré se rencontrer autrement…

Le silence est épais.

— Je voulais vous remercier pour votre aide, je…

— Laisse tomber Max, tu n'as pas à nous remercier. La seule chose qui compte, c'est qu'on retrouve Chloé.

La gorge nouée, j'acquiesce simplement d'un signe de tête.

— Avec Elias, on va pousser vers les chantiers. Normalement, il n'y a que des petits bateaux de pêche là-bas, mais on ne sait jamais.

Les deux hommes embrassent rapidement leur amie avant de s'éloigner.

— J'avais besoin d'être seul, lâché-je soudain.

— Ah, et tu préfères que je te laisse ?

L'air gêné de Katie me fait prendre conscience que j'ai été maladroit.

— Non, évidemment non ! Je voulais dire que je suis venu ici pour échapper aux murs du commissariat et surtout au regard de mes collègues. Rechercher ce bateau n'était qu'un prétexte en fait.

— Ça fait du bien parfois de s'isoler quand on a besoin de craquer. Et c'est pas la peine de me dire le contraire, tu as les yeux explosés !

Je souris.

— Je ne vais pas le cacher, j'ai pleuré, c'est vrai. J'ai l'impression de marcher en équilibre sur une corniche et d'être toujours à deux doigts de m'effondrer. Ça m'a fait du bien de libérer quelques larmes, je crois. Mais il fallait que je prenne le large aussi parce que j'espérais que Laurie pourrait m'aider.

Elle hausse les sourcils.

— Qu'est-ce qui te fait penser qu'elle est encore là ?

Les yeux clos, je cherche mes mots.

— Il me semble ressentir sa présence et je l'entends me parler parfois…

Je presse entre mes doigts l'arête de mon nez, mais quand mon regard rejoint le sien, elle me sourit.

— Mais tu n'arrives plus à faire la différence entre ce qui est réel et ce qui ne l'est pas.

Je cligne des paupières en guise de réponse.

— Certains te diront que rien n'est vrai quand d'autres affirmeront que tout l'est au contraire.

Personne ne peut savoir ce qu'il en est. Ce qui se passe après la mort est inconnu.

— Je l'ai entendue plusieurs fois depuis que Chloé a été enlevée. Elle me pressait de l'aider, mais ne m'expliquait pas comment le faire, ni où chercher…

— Ouais, c'est pas aussi simple que d'envoyer un SMS, l'endroit où elle se trouve est comme qui dirait « hors réseau ».

Elle parvient à me faire sourire, même si je sais qu'elle n'est pas pour autant d'humeur à ça.

— Max, si elle ne te guide pas ailleurs, c'est peut-être que tu es sur la bonne piste, suppose-t-elle en prenant ma main glacée entre les siennes, et dans son regard, je comprends qu'elle y croit.

Alors je décide d'y croire aussi.

Derrière elle, ses deux compagnons reviennent. Ils semblent lancés dans une discussion animée.

— Le bateau n'est pas dans le chantier, mais il y était il y a moins de deux jours.

Je remue la tête.

— Tous les passages sont consignés normalement, et il n'y en a aucune trace…

— Les gars se font un peu de fric au black sur des petits travaux d'entretien. Ça s'est toujours fait, quand j'étais au lycée, on gagnait notre argent de poche comme ça.

— Tu es du coin ?

Marco me désigne du doigt les habitations qu'on distingue à peine sur les hauteurs.

— Tu vois la tache claire, là-haut sur la colline, c'est

là que j'ai grandi. Et c'est pour ça qu'on est venus ici directement après ton appel, je me suis dit que j'étais bien placé pour fouiller un peu. Je connais pas mal de monde.

De grosses gouttes commencent à tomber et à considérer la couleur du ciel, cette fois c'est sûr, l'averse va être sévère. Derrière nous, deux gamins déboulent à vélo, et l'un d'eux lance un « au revoir m'sieur Marco » auquel il répond d'un geste de la main.

— En effet, tu connais du monde.

— Il a promis cent euros à celui qui retrouvera ce bateau, à ce tarif-là, il est l'ami de tous les mômes de la région, s'amuse Elias.

Il m'arrache un rire avec son air désabusé.

— N'empêche qu'il n'y aura peut-être pas beaucoup de gosses à l'école demain, mais si le Marylin mouille dans le coin, ils le trouveront, fais-moi confiance !

Katie les observe se taquiner avec une tendresse évidente. Leur relation est atypique, mais ils forment une sacrée équipe.

Mon téléphone vibre dans ma poche.

— Je dois filer. On a récupéré un type qu'on doit interroger et je suis attendu au commissariat. On reste en contact, et vraiment… je vous remercie tous les trois.

Les garçons me serrent la main, Katie m'offre une chaleureuse accolade et glisse un « appelle-moi si ça ne va pas » dans le creux de l'oreille et je repars à grandes enjambées.

« Si elle ne te guide pas ailleurs, c'est que tu es sur la bonne piste ».

Voilà ce à quoi je dois m'accrocher.

Chapitre 47

Le brouillard me berce
et m'étouffe,
un voile entre le
monde et moi,
entre la vie et l'oubli.

Chloé

J'ai mal au cœur.

Une brume épaisse m'enveloppe totalement. Confortable par moments, puis très déstabilisant la seconde suivante, car je suis incapable de déterminer la position dans laquelle je me trouve. Je flotte dans une sorte d'apesanteur qui semble vouloir me porter avant de me laisser choir dans de noirs abîmes.

Des montagnes russes qui expliquent ma nausée.

Puis un léger bruit d'eau me parvient lorsque je me

concentre pour fixer mon attention au-delà du sifflement de mes oreilles. De l'eau et une impression de tanguer qui me font osciller entre plusieurs états, mais aucun ne me convient !

Chercher à comprendre mon environnement m'épuise, mais je lutte et brutalement, une terrible douleur me rend en un éclair la conscience de mon corps. Mon estomac se serre, déployant dans mon abdomen une brûlure si violente que je manque de tourner de l'œil. Ensuite, ce sont mes membres qui se tendent. De multiples crampes m'arrachent un cri incontrôlable et dispersent la brume qui étouffait mes perceptions jusque-là.

Ce sont certainement les effets de la drogue qu'il m'injecte. Je ne sais pas de quelle saloperie il s'agit, mais mon corps est en feu à présent.

J'ai faim et j'ai soif, mais en même temps, j'ai terriblement envie de vomir. De violents spasmes me secouent, mais mon estomac est si vide que rien ne s'échappe de mes lèvres, sinon un râle sourd et caverneux. En écho aux sifflements de mes tympans, les battements dans ma poitrine résonnent, erratiques, désordonnés, douloureux.

Entre deux haut-le-cœur, je pleure.

J'ai mal, mais j'ai peur aussi. Surtout…

Mes mains sont attachées au-dessus de ma tête, et je sens bien à présent la morsure de la corde qui les retient. Quant à mes chevilles, elles sont également entravées. J'éprouve la solidité des liens, mais l'évidence m'arrache un soupir : ils ne bougeront pas. Ils sont tellement serrés que je n'ai aucune liberté dans mes mouvements.

Les contractions de mon estomac s'espacent lentement, mais sont extrêmement pénibles. Au plus fort de chacune d'elles, je donnerais cher pour replonger dans cet état de semi-conscience qui m'épargnait un peu, parce que chaque fois qu'une partie de mon corps se crispe, la violence est telle que ma vue se trouble et que je frôle le malaise.

Ça va passer.

Tu es vivante.

Tu vas t'en sortir !

Je me répète ces mots, comme un mantra, forçant sur ma respiration le temps que la crise s'estompe, puis je lance une prière silencieuse à qui veut bien l'entendre pour que la suivante s'éloigne encore.

Et par chance, ça semble fonctionner. Mon corps se détend lentement.

Très lentement, mais suffisamment pour reprendre l'examen de ce qui m'entoure à présent. Le lieu où je me trouve est différent. Ça sent le propre, l'encaustique et peut-être même un peu l'eau de javel, derrière un léger parfum de jasmin.

Nous avons bougé ! Il m'a déplacée ! Il a profité de mon état d'inconscience pour m'amener ailleurs, car je n'en ai aucun souvenir.

Je tente encore une fois d'ouvrir les yeux, mais la lumière est trop intense. Elle me brûle comme de l'acide, et me contraint à refermer les paupières. Je n'ai rien pu voir de l'endroit où je suis, mais il me semble évident que nous ne sommes plus dans l'appartement de ma voisine. L'image de cette pauvre femme m'attriste et le cri qu'a poussé Max en comprenant que j'avais été kidnappée me revient en mémoire et fait redoubler mes larmes.

Max, je suis tellement désolée...

Je m'en veux si fort d'être partie comme ça. Rien de tout cela ne serait en train de se passer si j'avais été moins stupide. Nous aurions pu discuter, et simplement rétablir une distance entre nous, pour nous éviter de nous abîmer. Tenir le coup, jusqu'à ce que Vidal soit neutralisé, et ensuite reprendre chacun le cours de nos vies.

Ç'aurait pu m'épargner cette souffrance... Parce que j'ai mal. Oh oui, j'ai mal. Je me suis laissée emporter par quelque chose qui me dépasse, quelque chose de profond et trop puissant pour moi. Pourtant, je ne peux en vouloir qu'à moi, car Max ne m'a pas caché qu'il n'avait jamais cessé d'aimer sa femme, qu'il l'aimerait toujours, et qu'il refusait de l'oublier...

« Il va venir te chercher. »

Oh cette voix ! Pourquoi faut-il que Laurie me hante encore ?

J'ai envie de lui hurler que Max ne me trouvera pas, que c'est trop tard pour moi à présent ! Et d'ailleurs, est-ce qu'il me cherche seulement ?

Les sanglots me secouent sans retenue lorsque je réalise ce que ma fuite m'a fait perdre. J'ai vécu à ces côtés les meilleurs moments de ma vie. Même s'ils étaient piquetés du stress et de l'omniprésence de Vidal, j'étais heureuse, libre, épanouie... amoureuse.

Je suis amoureuse de Max !

Mais cet amour ne veut plus dire grand-chose, maintenant que je vais mourir.

« Max n'est pas loin de toi. »

La ferme, Laurie ! Au mieux, tu n'es qu'un fantôme, et au pire, l'image de ma folie, alors tais-toi !

J'en ai assez que ma cervelle s'amuse avec mes émotions. Max n'est pas là. Ce forcené me détient et va me tuer, tout comme il a tué Amanda.

Et Max ne viendra pas.

Je l'aime de tout mon cœur et je mourrai en pensant à lui pour adoucir ma fin.

Je suis désolée Max.

Tellement désolée…

Des minutes passent. À moins que ce soient des heures, je l'ignore. Les spasmes ont cessé et je me suis assoupie, épuisée par la douleur. La lumière dans la pièce où je suis attachée semble plus faible, car je peux ouvrir les yeux sans souffrir, peut-être est-ce parce que le soleil se couche. D'ailleurs, quelle heure peut-il être, et quel jour sommes-nous ? Mes derniers souvenirs datent du moment où Max était chez moi alors que j'étais retenue juste à côté… tout me paraît tellement lointain.

Ma vision est trouble, mais je distingue une petite fenêtre ronde face à moi. Les sons aussi sont différents, des cris peut-être ? Des enfants ? La cour d'école ? Non, ce ne sont pas des enfants, on dirait des oiseaux.

Des mouettes ! Des mouettes et le bruit de l'eau, la légère sensation de roulis… Je suis sur un bateau !

Un bateau ! Et l'ouverture qui me fait face est un hublot.

Au fur et à mesure que je reprends conscience de mon environnement, les choses s'éclaircissent.

Contre ma peau, les draps sont doux et… rouges ! La teinte est si profonde qu'on dirait une mare de sang. L'idée m'écœure, mais ils semblent propres et le parfum de jasmin vient de là.

Ce sifflement dans mes oreilles est toujours présent, mais rien d'autre ne me parvient. Pas plus celui d'un moteur, que celui de la circulation ou de l'effervescence qu'on rencontre en général en bord de mer. Nous serions donc ancrés au large ?

Ou bien c'est un voilier…

Mais quel bruit est supposé faire un voilier ?

Merde, je n'y connais absolument rien en bateau et les déductions que mon pauvre cerveau englué est capable de produire sont peut-être totalement erronées !

Puis quelqu'un approche. Le cliquetis d'une porte, le frottement de semelles sur la moquette et ma couchette s'affaisse. Je garde les yeux fermés, je sais que c'est Vidal. Je reconnais son odeur. C'est moins oppressant que dans l'appartement de ma vieille voisine, car il a dû se nettoyer, mais même le parfum coûteux qu'il porte à présent ne masque pas tout.

— Tu ne dors plus, ma belle Chloé. Ta respiration te trahit.

Ne pas bouger.

Donner l'illusion…

Je fixe un point invisible à l'intérieur de mes paupières pour ne pas cligner, car je refuse de le regarder et je veux qu'il me croie inconsciente.

— Tu ne pourras pas toujours faire semblant, tu sais, il va bientôt falloir que tu manges et que tu boives, ma chérie.

Une main brûlante se pose soudain sur ma joue et je sursaute.

Il ricane.

— Tu vois que tu ne peux pas jouer la comédie avec moi ! Une toute petite caresse et je fais tressaillir ton corps !

De dégoût, connard, de dégoût !

Lentement, la pression de ses doigts glisse sur ma mâchoire, puis sur ma clavicule. Je prie pour qu'il s'arrête là, mais il poursuit, cheminant doucement jusqu'à mon sein dont il dessine l'auréole.

— Tu es si belle…

J'ose entrouvrir un œil et je reste stupéfaite du spectacle. Vidal, la main bandée et plaquée contre son torse, a le regard rivé sur ma poitrine. Il sue abondamment et souffle fort. Il ne fait aucun doute qu'il est malade et la chaleur qui émane de sa peau me fait comprendre qu'il a de la fièvre. Voilà donc d'où lui vient cette voix pâteuse.

Je ne vais peut-être pas en sortir vivante, mais toi, tu vas crever, mon salaud !

Il est vraiment mal en point et je referme les yeux avant qu'il s'aperçoive que je l'ai observé.

— Puisque c'est ce que tu veux, je vais te laisser te reposer et tu mangeras plus tard. Tu auras bientôt besoin de toute ton énergie.

La couchette bouge de nouveau lorsqu'il se relève, mais il se penche et me souffle à l'oreille : « Notre nuit de noces sera merveilleuse ».

Je serre les dents pour ne pas trahir ma réaction et même ma respiration se bloque dans mes poumons jusqu'à ce que la porte de la cabine se referme derrière lui.

Nuit de noces ?

C'était donc ça son plan ? Me kidnapper, me droguer pour me contraindre à l'épouser ?

Il est encore plus taré que je l'imaginais !

La seule chose positive dans tout cela, c'est qu'il n'a pas l'intention de me tuer. En espérant que sa folie ne l'amènera pas jusqu'au désir morbide de s'unir à un cadavre !

Alors que je le pensais parti pour de bon, il entre de nouveau dans la petite pièce. Cette fois, il ne s'assoit pas. Il ne me parle pas non plus, mais il palpe mon cou durant une seconde avant que je sente la piqûre de l'aiguille.

— Puisque tu as décidé que c'était trop tôt pour toi, je vais respecter ton choix. Dors encore un peu…

Je lutte un court instant pour ouvrir les yeux, mais c'est trop tard. Le poison m'aspire et je glisse dans son giron.

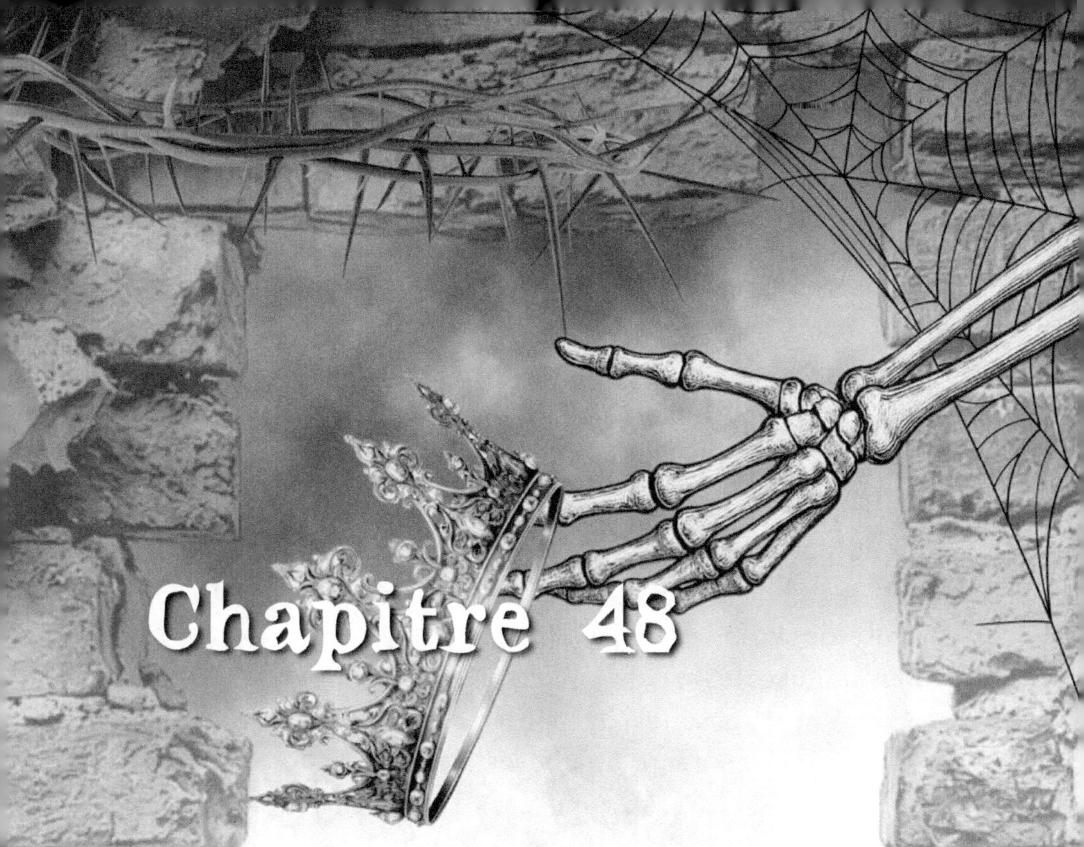

Chapitre 48

Elle est la clé de mon royaume,
pure et immaculée.
Je sculpterai sa vie.
Je graverai mon nom dans sa chair.

Lucas

Elle est si parfaite, si gracieuse, si belle…

Dans la majestueuse cabine, elle repose enfin sur un lit digne d'elle. Les draps de soie rouge accentuent la blancheur de sa peau et parent de mille reflets sa chevelure brillante.

On peut dire que mon frère avait le goût du luxe, et je n'ose pas imaginer le nombre de nanas qu'il a dû culbuter ici, mais j'ai tout fait désinfecter et c'est chez moi maintenant, pour aussi longtemps que je l'aurai décidé. Ce sera le lieu de notre première nuit en tant que monsieur et madame Lucas Vidal. Une nuit sensationnelle durant laquelle elle m'offrira son corps.

Délicatement, je la déchausse. Ces infâmes baskets de toile sont hideuses. Ce sont des godasses de mômes, pas les chaussures d'une femme et encore moins du genre de celles que MA femme sera autorisée à porter. Ses minuscules pieds gracieux sont recouverts d'une paire de chaussettes de sport ! Qui cache de si jolis orteils dans ce genre de choses ? Sûrement une idée de ce putain de flic, un type aussi mal dégrossi ne rêve certainement pas à mieux que ça ! Il n'a pas les moyens de lui offrir plus, d'ailleurs. Ce sont des bas légers et délicats qu'il lui faut, de la soie et des escarpins de créateurs !

— C'est fini ma chérie, tu n'auras plus jamais à t'accoutrer comme une boniche au rabais.

Ma main valide remonte le long de son mollet fin. Au travers de la toile rêche de son pantalon, je sens ses muscles déliés et toniques, même alors qu'elle est plongée dans un si paisible sommeil. Le galbe de sa jambe est parfait, ses cuisses le sont aussi. Je ferme les yeux, et je les imagine ceignant fermement ma taille pendant que je la ferai mienne…

Je fais sauter les boutons de son jean en tirant sèchement sur la ceinture et je le descends sur ses hanches.

Quelle honte de porter un vulgaire slip en coton

quand on a un cul pareil !

Je l'accroche de mon index et le retire en même temps que son pantalon. Il ne mérite aucune cérémonie et échoue sur la moquette.

La vision de son intimité ainsi dévoilée me fait bander probablement comme jamais. Un mont de Vénus lisse, une toison bien dessinée, courte et soignée… putain, je pourrais la prendre, là, maintenant… m'enfoncer d'une seule poussée dans ce corps qui n'attend que moi.

La faire mienne.

Marquer mon empreinte dans ses chairs.

Je lui souris et inspire à pleins poumons lorsque je fais courir mes lèvres sur son aine et finalement j'embrasse délicatement son pubis.

La frustration m'arrache un grognement, mais j'ai tout planifié et je n'en dérogerai pas.

— La tradition, c'est la tradition, mon amour. Il faut que tu sois patiente. Les filles bien ne se donnent pas avant le mariage, et tu es une fille bien, n'est-ce pas ?

L'image de Villonier m'apparaît soudain et je serre les dents. Cette ordure l'a souillée. Il l'a touchée. Il a profané ce corps qui m'appartient.

« Prends-la ! Efface l'odeur et la trace de ce cloporte. Exige ce qui te revient de droit ! »

La main sur ma ceinture, je tremble. Ma verge est douloureuse et réclame son dû si violemment que la tête me tourne. Je cligne plusieurs fois pour faire le point sur l'image qu'elle m'offre, et je suspends mon geste.

Non.

J'ai tout planifié.

Tout doit être parfait. Elle se donnera à moi, mais pas comme ça.

— Je sais qu'il t'a forcée, ma douce. Je sais que tu ne voulais pas de lui. Je ne t'en veux pas, mon amour.

J'embrasse son ventre, sa peau est si fine.

« Goûte-la au moins ! Tu en meurs d'envie. »

Ma bouche glisse vers son intimité, mais ça non plus, je ne souhaite pas le prendre : je veux qu'elle me l'offre.

Et elle me l'offrira !

— Rien de tout ce que ce flic a pu te faire n'est ta faute, mon amour. Je te pardonne.

Mais lui, en revanche, ne perd rien pour attendre ! Je le retrouverai et je le ferai souffrir, il paiera pour avoir osé voler ce qui était à moi. Oh, ça oui, il passera à la caisse et il n'a pas idée de l'addition que je lui prépare.

Ma main quitte la peau douce de son ventre et remonte lentement vers sa poitrine. D'un geste un peu plus brusque que je l'aurais souhaité, je fais sauter les boutons de son chemisier qui rebondissent sur les murs de la cabine. Ses seins ronds sont parfaits et remplissent magnifiquement mes paumes. Ses tétons ocres attirent mes lèvres. Résister est impossible. Je les caresse de mes pouces avant de les prendre en bouche pour les sucer délicatement.

Les yeux fermés en pressant très fort les paupières, je m'emplis de cette douceur si féminine et de son odeur vanillée qui me monte à la tête, mais je dois me ressaisir et m'éloigner, sinon je vais flancher…

Il faut attendre.

Patienter le temps de bénir cette union. Il n'y a qu'après cette ultime étape que je pourrai la revendiquer.

J'ai tout planifié…

Ma queue proteste quand je me réajuste d'un geste brutal. Ce n'est pas mon corps qui décide. La chair obéit, mais ne choisit pas, c'est ainsi.

Ma déesse se repose, totalement et délicieusement nue maintenant. Je recouvre sa peau parfaite du drap de soie rouge, écrin précieux de mon joyau !

Dans l'un des placards de la cabine, j'ai rangé la magnifique tenue qu'elle revêtira un peu plus tard, car il n'y a pas de mariage sans robe de mariée. Ce serait là aussi un grave manquement à la tradition.

Je récupère la seringue vide et mon flingue que j'avais abandonnés sur le sol avant de quitter la chambre de ma fiancée.

Cette chambre qui deviendra bientôt notre suite nuptiale.

Bientôt.

Pour le moment, ce qu'il me reste à faire est bien moins agréable, mais nécessaire. Mon fric n'arrive pas et c'est l'heure de remettre un peu de pression sur les épaules de Stan. J'attends d'être remonté sur le pont pour composer le numéro du téléphone prépayé que je lui ai demandé de m'acheter. Je ne peux plus regagner la terre ferme et il le sait, mais s'il faut le motiver, je passerai quelques coups de fil et lui enverrai quelqu'un pour le stimuler.

Faire voler quelques doigts, les siens ou ceux d'un de ses gosses…

Je n'ai pas le temps de décider réellement de la suite puisqu'il décroche très rapidement. C'est bien que malgré les circonstances, il n'oublie pas que je déteste attendre.

— Lucas, il n'y a pas plus de nouvelles qu'il y a trente minutes quand tu m'as appelé. Je viens de vérifier, les fonds ne sont toujours pas virés, je ne peux rien faire de plus ! Je sais que tu t'impatientes, mais ça ne change rien.

Au ton qu'il emploie, mes doigts se crispent autour de l'appareil. Est-ce qu'il pense que le fait de ne pas être à portée de mon arme le protège de ma colère ? Imagine-t-il pouvoir me manquer de respect parce que je suis coincé sur ce rafiot ?

— Stan, dis-je d'une voix traînante, mon petit Stan, tu n'oublierais pas, par hasard, à qui tu t'adresses ?

— Non, Lucas, je n'oublie rien, et je ne sais pas non plus dans quelle merde tu t'es fourré, mais ici c'est un bordel sans nom. La police est partout, ta femme a repeint le mur de ton bureau avec sa cervelle, le garage est fermé, et nos gars sont presque tous en garde à vue. Les entrepôts et les box ont été fouillés, et je viens d'apprendre par un de mes voisins que les flics sont à la porte de ma maison. Je ne peux même pas rentrer chez moi ! Alors, je comprends que tu aies besoin de fric pour te casser, mais en même temps, je dois nettoyer ton merdier pour nous préserver un minimum, et essayer de sauver nos culs.

Pendant qu'il déblatère des conneries dont je n'ai strictement rien à foutre, j'étale devant moi le matériel médical nécessaire pour soigner ma main.

— Je viens de balancer trois bagnoles de luxe dans

le fleuve pour qu'on ne remonte pas jusqu'à moi, et que personne ne fasse le lien entre l'atelier et les trafics, poursuit-il, donc oui, je surveille l'arrivée de ton argent et je te promets que dès que c'est possible, je transfère les fonds, mais pour le moment, il n'y a rien, et ce n'est pas en t'énervant contre moi que ça va changer quelque chose !

Alors qu'il achève sa tirade, je serre avec mes dents le garrot autour de mon bras.

— Stanislas ! Est-ce qu'il t'est poussé une paire de couilles ? À moins que tu aies trouvé quelqu'un pour t'en prêter peut-être ? Écoute-moi bien, sale petit chien galeux, je me fous que ce soit l'apocalypse dans ton monde, je veux mon fric, même si tu dois prendre le directeur de la banque en otage pour qu'il t'ouvre le coffre. Je me branle complètement de savoir comment tu comptes te démerder, tu te bouges et tu te bouges maintenant !

J'entends qu'il respire fort. Il a la trouille. Son discours de grand garçon n'était qu'un leurre et il a parfaitement conscience qu'il n'a pas la main.

J'enfonce l'aiguille dans ma veine gonflée et pousse lentement le piston de la seringue. L'effet de la drogue est presque immédiat.

— Il n'y aura rien ce soir, Lucas. La banque m'a confirmé qu'aucune opération ne s'effectuera aujourd'hui.

Je desserre le poing, jette la seringue sur la table et fais claquer l'élastique pour libérer mon biceps avant de respirer profondément.

— Et le prêtre ?

— Ça, c'est réglé. Je te rejoins sur le bateau avec le père Sylvain et Nicole. Mais pourquoi faut-il qu'on se mette sur notre trente et un ? On va avoir l'air fin, déguisés en premiers de la classe sur un canot pneumatique !

Il me gonfle prodigieusement avec ses questions débiles.

— Tu enfileras un costard, noueras une putain de cravate autour de ton cou, et Nicole portera sa plus jolie robe, parce que je te le demande. Depuis quand est-ce que je dois justifier mes ordres ?

— Ok Lucas. À demain.

— Stan ! Tu m'appelles dès que les fonds sont virés !

— Oui Lucas, à la seconde où le transfert est validé, je te préviens.

Le téléphone tombe sur la table et je laisse reposer ma tête contre la banquette. La douleur de ma paume a envahi mon bras, mais elle est un peu moins violente maintenant que la drogue est dans mon système. Les dents serrées, je déroule le bandage qui maintient le pansement et mon cœur se lève au constat de l'infection. Mes doigts sont rouges, enflés et ils ont au moins doublé de volume. Je ne parviens plus à les bouger. Je fais couler directement l'antiseptique sur la plaie et le liquide entraîne au fond de la cuvette un mélange de pus et de sang. L'alcool brûle les chairs et ce n'est pas ce qu'il y a de mieux à faire, mais je n'ai pas vraiment le choix. Il est urgent que je puisse me sortir de ce merdier pour aller me faire soigner. J'assèche comme je peux ce qu'il reste de ma paume et recolle un pansement propre. J'ai doublé la dose d'antibiotique, j'espère que ça suffira.

L'héroïne a limité mes douleurs le temps des soins, mais maintenant elle m'emporte plus loin. Je ferme les yeux et la laisse faire. De toute manière, je n'ai plus qu'à attendre.

Tout se passera bien.

J'ai tout planifié…

J'ai tout planifié…

***

Plusieurs heures se sont écoulées quand j'ouvre de nouveau les yeux.

Mon téléphone, toujours muet, m'arrache un grognement de rage. Stan n'a donc pas compris qu'il risquait gros ?

Demain. C'est la limite que je me suis fixée. Si l'argent n'est pas là, tant pis, je me débrouillerai autrement, mais le plan doit continuer.

Pendant que le bateau était en cale sèche, j'ai fait remiser quelques décorations. C'est un moment exceptionnel pour Chloé et pour moi, et je veux faire du pont de ce navire un lieu aussi beau qu'une chapelle. Des fleurs blanches, des guirlandes de lumière… Cette cérémonie doit être inoubliable !

Installer tout cela d'une seule main ne va pas être facile, mais je suis motivé…

Une fois mariés, nous prendrons le large pour rejoindre un autre bateau, ma belle et moi. Quant au « Marilyn », je l'enverrai tout simplement par le fond avec à son bord les corps de Stan et de sa nouvelle copine. D'ici à ce que les flics comprennent que ce n'est pas Chloé et moi, nous serons bien loin, quelque part dans des eaux turquoise, à siroter des cocktails, assis sur un confortable paquet d'oseille…

Ou pas, tout dépendra de ce connard de Stan ! Il aura bien mérité de crever, celui-là !

Le pauvre père Sylvain sera un dommage collatéral. Le bon Dieu ne m'en voudra pas de lui renvoyer avant l'heure une si belle âme, de toute façon !

Dans la cale, les pains de C4[2] sont disposés afin de ne rien laisser du yacht lorsqu'il explosera. Mon système de mise à feu est tellement simple et si bien planqué qu'ils ne verront rien du tout. Je le déclencherai discrètement en quittant le « Marilyn », et quinze minutes plus tard, alors que nous serons assez éloignés pour être à l'abri, mais assez proches pour profiter du spectacle, boum ! Tout sautera.

Du bout du doigt, je replie soigneusement le minuscule fil électrique que j'ai relié à l'unique luminaire du pont. Il suffira de bouger très légèrement l'applique sur le côté pour rompre le contact et activer le détonateur. Pas de commande à distance pour ne pas éveiller les soupçons.

Simple, discret et efficace, du génie…

À l'horizon, le disque gris clair de la lune se reflète dans l'eau et le vent se lève. J'avale une nouvelle pilule, une de plus, contre le mal de mer cette fois-ci, mais si cette coquille de noix continue de tanguer comme ça, je vais finir par dégueuler mes tripes par-dessus bord.

— Nous serons bientôt libres, hurlé-je aux étoiles.

J'ai tout planifié et ce sera parfait !

---

[2] Le C4 est un explosif plastique extrêmement puissant. Il se présente sous forme de blocs malléables appelés "pains"

Chapitre 49

Chaque seconde s'effondre
comme un mur de vagues,
et elle, fragile lumière,
se noie sous le poids du temps.

Maxime

La salle commune du poste des garde-côtes ressemble à toutes les salles de briefing que je connais. Une carte du littoral est fixée au tableau blanc par de gros aimants colorés, les tables disposées en U lui font face et nous sommes sagement assis sur des sièges en plastique qui nous malmènent les reins.

— On attend quoi ?

— Avec les informations que t'a confiées ton ami Marco, nous avons concentré les recherches sur le secteur de cette marina. Il semble qu'ils aient repéré le bateau de Vidal. Évidemment, ils veulent reprendre la traque à leur compte et cette réunion a été décidée pour organiser l'intervention, me répond Étienne.

— Organiser quoi ? Ils se sortent les doigts du cul et on y va ! Il n'y a rien à organiser !

— Max, calme-toi, ce n'est pas si simple. J'ai bataillé comme un diable pour qu'on nous autorise à être ici, alors, s'il te plaît, ferme-la et écoute ce qu'ils ont à dire.

Je serre les dents pour qu'on ne m'entende pas soupirer. S'ils ont trouvé où était cette ordure, pourquoi n'interviennent-ils pas ? Quand on sait où loge un suspect, nous, on y va, putain ! On ne perd pas notre temps à tergiverser entre collègues.

Un grand type en uniforme amidonné entre dans la pièce et tous se taisent. C'est l'effet que produisent les barrettes sur le costume, ça les rassure… Pour ma part, la seule chose que je remarque, c'est le manche à balai qu'on lui a profondément planté dans le derrière. Il se place face à la carte et commence à détailler la météo.

Mais merde ! Il a conscience que Chloé risque sa peau, cette espèce de pingouin ? Est-ce vraiment le moment de nous faire un cours sur les courants et les contre-courants. Est-ce qu'il sait qu'on s'en fout allègrement ?

Il interpelle un autre gars qui s'installe à son tour sur le devant de cette scène improvisée, et se joint au spectacle.

— Une tempête est en train d'enfler avec des courants assez violents qui nous obligent à la vigilance, explique-t-il en effectuant d'amples gestes devant la carte. On peut raisonnablement considérer que durant les six prochaines heures, toute intervention est exclue. Il faut donc attendre…

« Il faut attendre »

Je crois que c'est à ce moment-là que j'ai cessé de l'écouter. Immobile. Le regard vissé sur cette putain de carte, je guette avec attention, le moment où il daignera désigner l'endroit où ils ont localisé « Le Marylin », parce que c'est la seule chose qui m'intéresse.

— … repéré à environ trois miles à l'ouest de la crique des Jumeaux.

— Il est tout près l'enfoiré, murmuré-je autant pour moi que pour Étienne.

Mais j'ai enfin ma réponse, et tout le reste, leur charabia, je m'en contrefous. L'idée de me tirer maintenant m'effleure, mais je n'aurai pas fait deux pas dans le couloir qu'Étienne aura compris que je n'ai pas l'intention « d'attendre ». Tempête ou pas, il pourrait se préparer un putain de cyclone ou même un tsunami que je n'en aurais rien de plus à carrer. Chaque instant compte pour Chloé et rien ne me retirera ça de l'esprit.

Durant les quinze minutes qui suivent, ils se distribuent les tâches, et qui vient par le sud et qui par le nord, et les hélicos… À débarquer avec leurs gros sabots, ils ne gagneront qu'une seule chose : il la tuera !

Je ne dis rien, mais Étienne interprète mon silence, et lorsque nous quittons les locaux, il secoue la tête.

— Ils ne tiennent pas compte du profil psychologique de Vidal…, mais tu les as entendus, nous serons à bord d'une des navettes, donc…

— Donc quoi ? On sera aux premières loges pour identifier son corps, c'est ça l'idée ? Il va la buter, Étienne. Je le sais et tu le sais aussi bien que moi.

Il me fixe avec le même air grave que moi, et je repère dans son regard le moment où il cesse d'être le major de police supposé me raisonner, mais l'ami qui se range à mes côtés.

— Monte en voiture, on s'arrache.

Il est 23 h 30 et nous avons besoin d'aide. Je sors mon téléphone pour appeler ceux qui n'ont pas hésité à jouer de leurs contacts pour nous faire avancer. Ces deux types que je jugeais un peu étranges, à cause de leur relation avec Katie, sont vraiment des mecs extras qui m'ont déjà prouvé que je pouvais compter sur eux.

— Marco, c'est Max. Elias est avec toi ?

— Oui, et Katie est là aussi.

— Parfait. J'ai besoin d'un autre coup de main.

Je lui explique la situation, l'immobilisme des autorités et la position du bateau de Vidal. Je sais qu'ils ont des ressources, qu'ils n'ont pas froid aux yeux et disposent d'un réseau fidèle. Quant au fait qu'ils soient mes seuls recours, je n'ai pas à l'évoquer, ils l'ont déjà compris. Au fur et à mesure que j'énumère ce qui me semble nécessaire, j'entends qu'Elias discute simultanément avec quelqu'un.

— C'est bon Max, on a tout ce qu'il faut. Le mec qui m'a initié à la plongée quand j'étais môme et avec lequel nous travaillons encore est prêt à nous aider. Je réponds de lui, il n'y a aucun souci.

— Tu visualises l'endroit depuis lequel nous devrons partir ?

— Oui, le hangar de son club est situé sur une des plages de la crique des Jumeaux.

Je sens un poids quitter mon estomac.

— De combien de temps avez-vous besoin pour y être avec le matériel ?

Le court instant durant lequel Elias interroge son correspondant me paraît interminable, et je tapote nerveusement le tableau de bord du bout des doigts. Étienne me fait signe de me détendre, les mains tendues devant lui et un sourire confiant sur le visage. Étrangement, cela semble fonctionner.

— Donne-nous une bonne heure.

J'inspire profondément.

On avance…

— Merci les gars, minuit et demi sur la plage de la crique.

— Eh, Max, on va la ramener. On va sortir Chloé de ce merdier.

Je laisse retomber mon crâne contre le siège de la voiture en lâchant l'air que je retenais dans mes poumons.

Oh oui, on va la ramener ! Il ne peut pas en être autrement…

— Ce sont les deux types dont tu m'as parlé ? Ceux qui ont retrouvé la trace du « *Marylin* » dans les chantiers du port ? me demande Étienne, probablement juste pour faire la conversation, me voyant replonger dans mes songes.

— Oui. Je les connais à peine, mais ce sont des amis de Chloé et ils sont prêts à tout pour qu'elle revienne parmi nous.

Il hoche la tête.

— Tu réalises qu'on va prendre des risques. La mer va se déchaîner, si on en croit le capitaine des garde-côtes.

Je le contredis en pinçant les lèvres.

— J'ai dans l'idée qu'il a noirci le tableau pour justifier du délai qu'il souhaitait imposer. J'ai entendu un gars dire qu'ils étaient en effectifs réduits la nuit, je pense surtout qu'ils préfèrent attendre d'avoir assez de bonshommes. Ils ne prennent pas la menace au sérieux, Étienne. Ils s'imaginent qu'ils vont encercler son bateau, lui crier « haut les mains » au travers d'un porte-voix et que notre truand va gentiment se rendre... On aurait dû leur foutre sous le nez les photos du corps massacré d'Amanda, peut-être auraient-ils compris que Vidal est complètement taré.

Étienne ne répond pas. J'en déduis qu'il en est arrivé aux mêmes conclusions que moi.

— J'ai plusieurs cartes maritimes au bureau. On peut aller chercher celle de la zone qui nous intéresse.

— De toute manière, il faut récupérer un peu d'équipement.

— Gilets, couteaux...

— Jumelles.

Après un long regard dans lequel nous vérifions l'un et l'autre qu'il ne subsiste pas de doute sur ce que nous nous apprêtons à faire, il démarre.

J'ai aussi quelques détails à régler avant de partir, des détails qui le concernent directement et qu'il doit encore ignorer.

Lorsque nous arrivons au poste, une des collègues avec laquelle j'ai déjà travaillé lors de mes missions d'infiltration nous rejoint dans mon bureau. C'est elle qui a récupéré le téléphone de « Max Ravier », mon alias dans cette affaire. Elle devait couvrir sa disparition auprès des équipes de Vidal.

— J'ai eu plusieurs appels de Kravicci, sans surprise, c'était son numéro. J'ai joué le rôle comme on l'avait défini, « je suis la petite amie de Ravier, il est indisponible, je ne sais pas où il est... peut-être embarqué par les flics, bla bla bla... » Bref, il ne m'a pas crue, et pour cause, ils ont découvert qui tu es. Depuis un peu plus de deux heures, un numéro masqué cherche à te joindre. Le correspondant raccroche dès qu'il entend ma voix alors j'ai décidé de laisser partir l'appel sur la boîte vocale...

— Et ?

Elle compose le numéro pour connecter le portable à la messagerie et bascule la communication sur le haut-parleur :

« Salut, Villonier... »

Le timbre emprunté de Vidal résonne entre les murs.

« ... On dirait bien que tu as perdu. Tu vois, ça ne servait à rien de faire ton petit numéro de gros bras, j'ai été plus malin que toi, et c'est moi qu'elle a choisi... »

Mes poings se serrent, mes mâchoires aussi.

« ... Tu as compris que tu ne nous retrouveras plus maintenant, mais ça n'empêche pas que tu vas bientôt mourir. Je ne pourrai pas te crever moi-même, c'est mon seul regret, mais ne t'inquiète pas, quelqu'un le fera pour moi… »

Je soupire. Il a l'intonation du mec menaçant, mais sa voix n'est pas claire. Son penchant pour la bouteille peut-être ? La drogue ?

« … ma chérie et moi, on va partir très loin, alors je voulais te dire au revoir : ça ne se fait pas de partir sans dire au revoir, pas vrai ? … »

Puis le ton change, il ne fanfaronne plus.

« … Et si ça peut te consoler, elle t'a très vite oublié. En fait, elle ne sait même plus qui tu es, c'est mon nom que Chloé hurle quand elle jouit ! »

La communication s'interrompt sur ces derniers mots, me laissant paralysé par la colère. Je me doutais qu'en la retenant captive il pourrait abuser d'elle, mais l'entendre le dire me plonge dans un état proche de la rage.

Je vais le tuer. Je vais l'étriper de mes propres mains pour tout le mal qu'il aura osé faire à la femme que j'aime.

Putain, je vais le réduire en miettes !

Étienne me secoue fermement, puis agrippe ma nuque et appuie son front contre le mien.

— Max ! Il ne cherche qu'à te provoquer ! Est-ce que tu imagines Chloé s'abandonner à ce type et crier son nom ?

Il me faut un instant pour me ressaisir. Il pourrait la contraindre, il est bien plus fort qu'elle, c'est évident. Il aurait toute latitude pour la violer, surtout qu'on sait qu'il use de drogues pour la maîtriser, mais elle ne le laisserait pas gagner sur ce terrain. Elle résisterait, j'en suis certain.

— Non. Tu as raison. Jamais il ne parviendra à la soumettre ainsi.

— Alors, tu oublies cet appel et on continue.

Son regard déterminé pulvérise la rage qui s'était emparée de moi. Elle n'est pas de bonne compagnie de toute façon, pas avec ce que je m'apprête à faire. Étienne comprend au coup d'œil que je jette à ma montre que j'aimerais être seul et il quitte mon bureau.

— On part dans une demi-heure pour la plage, m'informe-t-il en franchissant la porte.

Les actions de nos prochaines heures vont mal tourner pour quelqu'un, c'est une évidence à mes yeux, mais je ne suis pas encore en mesure de savoir qui va en faire les frais. Cela dit, c'est devenu une affaire personnelle entre Vidal et moi et pour avoir l'esprit tranquille, j'ai un certain nombre de choses à mettre à plat.

ZODIAC

Chapitre 50

Sa voix est poison, ses menaces
sont mes chaînes,
mais mon silence est une arme
qu'il ne sait pas manier.

Chloé

Il me fixe.

Son visage est rouge, il transpire comme un porc et ses yeux sont vitreux.

Il me fixe et je fais de même d'ailleurs. Sans le moindre bruit.

— Tu crois que tu vas tenir longtemps comme ça ?

me demande-t-il soudain alors que cela fait au moins vingt minutes, nous nous affrontons mutuellement, dans le silence le plus complet.

Je ne réponds pas.

— Tu meurs d'envie de m'insulter de tous les noms, n'est-ce pas ? Ça te démange de te jeter sur moi et de me frapper, non ?

Oh ! Putain oui, mais je ne te ferai même pas ce plaisir !

Je reste stoïque, m'appliquant à ne lui renvoyer qu'un visage de marbre. Je sens que ça l'énerve et c'est exactement mon but.

— OK, tu ne veux pas me parler, ce n'est pas grave. Moi aussi, je suis capable de passer des heures et des jours entiers dans le plus complet silence. Finalement, ça évite de s'engueuler. Mon ex-femme était la championne de l'engueulade qui ne sert à rien. Elle ne comprenait pas quand elle devait la fermer. Jamais ! Et machin par-ci et bidule par-là, un vrai moulin à paroles… Elle est morte au fait, tu le savais ?

Et tu l'as poussée dans sa tombe, espèce de saloperie…

Il tend la main et attrape le drap que j'ai plaqué contre moi pour me couvrir lorsqu'il a coupé mes liens. D'un geste vif, il l'arrache du lit, me laissant complètement nue.

Je ne cille pas, même quand son regard parcourt ma peau, avec cet air de chien affamé.

— Lève-toi.

C'est ça, compte là-dessus.

— Lève-toi et va dans le cabinet de toilette ! S'il te

plaît, ajoute-t-il en articulant ses mots d'un ton doucereux.

Je reste immobile et je sens une façade d'arrogance se poser sur mon visage.

Les dents serrées, il s'assied sur la chaise qu'il a apportée.

— Je vais t'expliquer comment les choses vont se passer ma chérie. Là-bas, il y a encore nos anciennes vies. La mienne est détruite, mais je n'en avais rien à foutre de toute façon, donc, en fait, ça m'arrange, ça me désencombre. La tienne, en revanche, existe toujours...

Il prend l'attitude condescendante que certains adultes adoptent pour parler à leurs gosses.

Pauvre con, je m'en tape complètement de ton cinéma, ça ne m'impressionne pas...

— Il y a Lisa, ta sœur adorée, et son fiancé, énumère-t-il en levant un doigt à chaque membre qu'il énonce, il y a aussi ta copine, la grosse pute qui se fait sauter par ses deux play-boys... et puis il y a ton Max chéri, et sa magnifique petite fille.

Même si je ne veux pas lui montrer, il sent qu'il a touché les cordes sensibles.

— Alors, tu vois, mon ancienne existence n'est plus qu'un champ de ruine, mais j'ai encore quelques contacts bien placés pour servir mes intérêts. Je peux trouver plusieurs motivations pour t'inviter à obéir à mes ordres. Un rapide coup de fil, et hop !

Il me toise de nouveau, plus sûr de lui. À moins que ce soit juste moi qui aie perdu une partie de cette assurance de façade et qu'il ne soit plus dupe.

— J'attends, ma chérie. Alors, par qui dois-je

commencer ? Ta frangine ? La gamine du flic ? Allez, dis-moi vers laquelle des deux vont tes préférences.

Enfoiré…

Je serre les poings et je soupire en me levant de la couchette pour entrer dans le cabinet de toilette.

— Tu vois que tu sais être une gentille fille…, on va finir par trouver un moyen de communiquer.

Cela fait des heures que j'ai besoin d'uriner. Ce n'est pas à cause du peu que ce type m'ait autorisée à boire, mais l'envie est quand même là. J'avance lentement et repousse la porte pour m'abriter de sa vue.

— Non, me signifie-t-il d'un ton sans appel en claquant la langue contre son palais. Nous serons bientôt mari et femme, il ne doit pas y avoir de secrets entre nous, « ma chérie ».

Putain, je n'en peux plus de ce mot !

Je serre les dents et m'assieds sur le siège des toilettes. De toute façon, je suis nue et ce n'est pas moi qui me suis dévêtue, j'imagine qu'il s'est déjà largement rincé l'œil.

— Maintenant, lave-toi. J'ai apporté ton gel douche préféré, le même que celui que tu avais dans ta salle de bain. Et lorsque tu seras propre, tu t'habilleras. Tu vas être magnifique.

Lui, en revanche, je l'ai connu plus brillant. La chevelure en bataille, il n'est pas rasé. La couleur de sa peau et l'odeur qui suinte de ses pores me laissent penser qu'il n'est pas loin de la septicémie. Son bras gauche, dont je ne l'ai pas vu se servir une seule fois, pend mollement le long de son corps. C'est là que se situe son problème. Le gros pansement enroulé autour de sa main est sale. C'est moi qui suis responsable de son état. C'est la blessure que je lui ai infligée qui est en train de gangréner. Mon regard toujours fiché dans le sien, j'esquisse malgré moi un sourire que j'imagine à la hauteur du sadisme que je ressens.

Il serre son poing sain et je vois ses narines se gonfler lorsqu'il réalise que j'ai compris de quoi il souffre.

— Entre. dans. cette. putain. de. douche…

Je ne me départis pas de mon sourire et j'obéis. L'eau n'est pas très chaude, mais elle me fait du bien. J'en bois beaucoup, j'imagine que je le regretterai lorsqu'il m'attachera de nouveau, mais j'ai vraiment trop soif.

— Dépêche-toi !

Son regard ne me lâche pas, mais je lui prête maintenant une profonde indifférence. À ses tentatives pour me faire peur, je réponds par ce sourire qui a semblé le mettre à mal tout à l'heure. Finalement, je trouve agréable cet échange dans nos rôles. Peut-être me croira-t-il plus folle que lui, peut-être commencera-t-il à me craindre, comme il souhaiterait me voir le craindre ?

— Qu'y a-t-il de si drôle ?

Je pouffe, mais reste silencieuse sans baisser ni dévier le regard.

— Dis-moi ce qui t'amuse.

J'avale ma salive.

— Tu vas mourir, lui expliqué-je tout bas.

Il s'esclaffe bruyamment, mais son rire est faux.

— Tu crois vraiment qu'il va venir me chercher, ton petit flic à la con ?

Je secoue lentement la tête de droite à gauche en souriant de nouveau et en désignant son bras malade.

— Il n'aura même pas besoin de le faire, tu vas crever tout seul. Vidal, tu es déjà presque mort…

Mais il est encore assez vif pour me balancer un revers que je n'arrive pas à éviter. Ma tempe percute le montant de la porte du cabinet de toilette et des points noirs s'invitent dans le paysage.

Sans me laisser le temps d'accuser le coup, il me jette au visage la lingerie qu'il avait préparée.

— Habille-toi.

Je passe le soutien-gorge, le string et il me tend les bas.

— Prends-en soin, je te prie, c'est de la soie.

Si tu savais ce que je m'en cogne ! Ils n'auraient d'intérêt que si tu pouvais t'étouffer avec !

Puis il me présente une robe, encore suspendue à son cintre. En d'autres circonstances, j'aurais adoré porter une tenue comme celle-ci. Toute de dentelles et de perles nacrées, une merveille. Mais l'heure n'est pas à la contemplation ! Je prends mon temps pour éprouver sa fatigue. Par moment, il semble chanceler, puis se ressaisit. Je pense qu'il doit combattre la fièvre sans y parvenir vraiment.

Ses pupilles sont étrangement dilatées : il y a la maladie, j'en suis certaine, mais il n'y a pas que ça.

— Maintenant que tu as retrouvé la parole, il ne te sera pas difficile de répondre à la question qu'on te posera dans quelques heures. Un « oui » laissera la vie sauve à ton ancienne famille, mais un « non » fera tomber quelques têtes, tout comme une nouvelle phase de mutisme d'ailleurs. Tu as bien compris ce que j'attends de toi ? C'est assez simple, en fait.

Je ne rétorque rien. Mais je ne lui montrerai pas non plus que ses menaces m'inquiètent. Un mariage dans ces conditions n'a aucune valeur de toute façon et lui donner mon consentement est le cadet de mes soucis. Tant qu'il ne touche pas à ceux que j'aime, je trouverai un moyen pour sortir de ses griffes. Nous ne passerons pas l'éternité à bord de ce bateau, et j'aurai mon heure ! À un moment ou à un autre, sa vigilance s'épuisera.

Tout comme son corps va s'épuiser quand la maladie gagnera du terrain.

Ou ce sera Max qui viendra me chercher.

— Allonge-toi. Et attrape le montant du lit entre tes doigts, ordonne-t-il.

J'obtempère. Je vais être de nouveau attachée, mais ce sera un moindre mal. Au moins je ne serai plus droguée.

Sans paraître gêné de n'avoir qu'une main pour le faire, il encercle mes poignets avec un lien en plastique et le serre, puis il fait de même avec mes chevilles.

— Il faudra que ça change tout ça, crois-moi, je n'ai pas l'intention de passer ma vie à te ficeler. Tu devras me prouver que je peux avoir confiance en toi. Mais pour le moment, l'urgence, c'est d'aller dormir. Je veux être en forme pour notre mariage !

Il se redresse et me fixe.

— Je te conseille de faire la même chose. Il faudra être beaux sur les photos, tu ne penses pas ? Ça serait dommage d'avoir de vilains cernes sous ces jolis yeux !

Il fait courir sa main sur ma poitrine maintenant couverte, et poursuit son geste jusqu'à atteindre mes genoux.

— Bientôt, je t'enlèverai cette robe et tu t'offriras à moi. Je serai ton mari, ma chérie, ce sera mon droit légitime, et tu me l'accorderas !

Le seul droit que je t'offre, c'est celui d'aller te faire pendre !

Il quitte ma cabine et je reste immobile malgré l'envie de lui cracher au visage. Il ne ferme pas la porte, mais compte tenu de ma position, je ne risque pas de m'échapper !

J'entends qu'il prend une douche, puis quelques grognements que j'associe à des cris de douleur contenus. Si sa main est en train de pourrir, comme le laisse penser l'odeur qui s'en dégage, il doit salement déguster.

Je crois que c'est la première fois de ma vie que je souhaite vraiment le pire à quelqu'un.

Surtout avec ce sentiment de justesse et de plaisir incommensurable !

Chapitre 51

Les vagues se brisent, comme mes peurs,
contre la promesse de te revoir vivante.

Maxime

Lorsque nous arrivons sur la plage, Marco, Elias et un autre homme plus âgé sont déjà là. Je présente rapidement Étienne au trio, et me félicite que mon major ait caché sa fonction. Ce n'est pas dans le cadre de notre métier que nous sommes ici, nous savons tous les deux que notre hiérarchie verrait ça d'un sale œil, mais en plus, cet homme qu'on embarque avec nous sans le connaître pourrait ne pas apprécier que nous soyons flics.

— Les garde-côtes sont sûrs de leur coup ?

— Un de ses complices a complété les informations

qu'on avait déjà. Chloé est bien à bord du bateau et c'est bien dans cette zone qu'il a jeté l'ancre. Après… il peut avoir bougé…

Le vieil homme ramène à lui un cordage qu'il tient entre ses mains burinées.

— Il n'y a qu'un novice pour aller se poser là-bas. Le courant du large vient y percuter celui qui est renvoyé par l'estuaire. Ça doit sacrément secouer. Je pense que vous ne trouverez pas beaucoup de bateaux dans ce secteur.

— Donc il ne sera pas difficile à repérer.

— Et le ciel est dégagé, ajoute Étienne.

Elias me désigne un long Zodiac noir et rouge d'un signe de tête. L'avant est léché par les vagues tandis que l'arrière est encore sur le sable sec.

— On a chargé quelques couvertures à bord et de l'eau douce. Dans le coffre, tu as des fusées de détresse. Le courant va probablement vous déporter, donc ça nous sera nécessaire pour qu'on vous retrouve quand vous reviendrez.

— Quand on reviendra…

— Ouais, quand vous reviendrez.

On ne se connaît pas, Elias et moi, mais nous nous sommes compris, il est inutile de légender nos mots, le regard que nous échangeons suffit.

Puis, le vieil homme m'explique rapidement le fonctionnement de l'appareil de localisation du tableau de bord.

— Les seules indications qui vous seront nécessaires sont celles de votre cap et de la distance parcourue, dit-il en pointant deux zones sur l'écran principal. Ne vous préoccupez pas du reste, ça ne vous servira à rien.

— Là, la distance et ici, le cap, répété-je.

Il acquiesce.

— Attention à la portée des bruits. La nuit et en pleine mer, tout est décuplé. Vous devrez couper la propulsion au moins un mille avant d'atteindre votre cible et terminer à la rame.

Je le remercie et enfile mon gilet pare-balles.

— On peut le mettre à l'eau ? demandé-je à voix basse tout en attachant sur ma cuisse le fourreau de mon couteau de chasse.

Le vieil homme et Elias m'aident à pousser l'embarcation. Le fonctionnement du moteur est facile à comprendre et je ne m'y attarde pas.

Sur la plage, Étienne est prêt à partir. Il a enfilé son équipement également, et il est au téléphone. À l'expression de son visage, que je distingue grâce à l'éclairage de ton appareil, je sais qu'il est en conversation avec sa femme. C'est un rituel qu'il respecte avant chaque intervention. Il m'a confié un jour que c'était pour le cas où il ne reviendrait pas...

J'attrape Elias par la manche de son sweat pour lui parler discrètement.

— J'y vais seul. J'aimerais que tu retiennes Étienne : il ne doit pas me suivre.

— J'étais certain que tu dirais ça. Tu es sûr que c'est ce que tu veux ?

Je confirme d'un simple signe et grimpe à bord du Zodiac tout en mettant les gaz.

Malgré le bruit du moteur, j'entends les

protestations qui viennent de la plage. Je sais déjà qu'il va m'en vouloir, mais c'est mon combat, pas le sien, et il s'en remettra.

Pour l'heure, il n'y a plus qu'une seule chose qui compte : sauver Chloé. Récupérer la femme que j'aime. La tirer des griffes d'un type dont la raison s'est évaporée… et tout cela implique de courir des risques, de ceux que je ne veux pas imposer à mon ami.

Quant aux décisions que je peux aussi être amené à prendre, elles ne doivent pas non plus l'entraîner avec moi.

Le second interrogatoire de Stan nous a bien éclairés sur l'état d'esprit de Vidal. Il a fermement établi que notre homme ne se laisserait pas attraper vivant. Comme nous l'avions imaginé, le virtuose des vols de voitures a été plus que bavard lorsque nous avons évoqué la responsabilité de Lucas dans la mort de son frère, Pierre. Il est ressorti de notre discussion que Stan était plus qu'un simple employé pour lui, Pierre était le parrain de ses deux enfants, ils étaient vraiment amis. La haine profonde de Stan pour Lucas n'avait donc pas pour seule origine l'attitude présente de Vidal, mais aussi leur passé commun.

C'est à la suite des révélations de Stan que j'ai décidé d'écarter Étienne, dans l'hypothèse où la situation devenait compliquée, et on en est là, sans aucun doute.

Le vent chargé d'embruns me fouette le visage, je ne distingue plus que de vagues silhouettes sur la plage.

Maintenant, c'est entre Vidal et moi.

Pour une première virée sur une embarcation de ce

type, j'aurais adoré profiter d'une mer d'huile, mais ce n'est pas le cas. Chaque vague qui percute l'avant du bateau le soulève et me contraint à me cramponner pour ne pas valdinguer par-dessus bord. On est loin de la tempête annoncée par les garde-côtes, mais ça tangue pas mal et même si je n'en ai pas envie, je suis obligé de réduire ma vitesse. Apprécier la distance parcourue n'est pas un exercice facile, mais les chiffres qui défilent sur l'indicateur situent rapidement ma position à proximité de ma cible.

Lorsque le moteur est coupé et que je balaye la surface de l'eau du regard, une silhouette isolée se découpe à l'horizon et attire mon attention. Les jumelles ne me confirment pas le nom du bateau. La lune crée un contre-jour trop marqué pour distinguer les caractères inscrits sur la coque, mais je reconnais les formes du « Marylin ». Je les ai assez étudiées pour en être sûr.

Tout semble calme à bord. Aucune activité ne pourrait même laisser penser que quelqu'un occupe le yacht, pourtant Stan a été catégorique sur le sujet : Vidal est parti seul avec Chloé, mais ils sont bien là !

Je décroche les rames et les plonge dans l'eau. Le courant n'est pas mon allié, mais je parviens à maintenir une certaine cadence. Les explications du vieil homme prennent tout leur sens et je comprends son avertissement lorsque les muscles de mes bras se mettent à me brûler. L'effort est intense, mais je me rapproche du navire et peu à peu, l'inscription sur sa proue se révèle : « Le Marylin ».

Chaque minute et à chaque mètre gagné, la houle se renforce et commence à salement me malmener. Le bateau tangue dangereusement lui aussi. J'accoste, fixe mes rames puis amarre mon Zodiac à l'échelle de la plateforme avant de me hisser à bord. À part le vent et le fracas des vagues sur la coque, tout est silencieux. À pas feutrés, je glisse jusqu'à la cabine de pilotage, extrais les clés de la console et les jette à l'eau. Quoi qu'il puisse m'arriver dans les prochaines minutes, les garde-côtes trouveront le bateau à cette place quand ils interviendront. Je ne veux pas laisser une seule chance à ce pourri de s'enfuir.

À tâtons, je m'approche de la porte qui mène aux cabines. Elle n'est pas fermée et une faible lueur m'aide à distinguer l'intérieur du couloir étriqué.

Il est désert.

J'inspire profondément et me concentre pour éloigner les bruits ambiants. Si je pouvais entendre ne serait-ce qu'une voix pour me guider…

Soudain, une lumière puissante jaillit et inonde le pont.

Soit il est équipé d'un détecteur de présence, ou bien, j'ai été repéré. Comme pour mettre fin à mon questionnement, un corps me tombe dessus. L'homme est lourd, mais je suis un peu plus massif que lui et surtout, j'étais sur mes gardes. Je saisis le bras qu'il a passé autour de mon cou pour l'empêcher de glisser, et je recule violemment contre l'échelle que je distingue dans la pénombre. Une échelle de métal qui conduit au pont supérieur. Son corps s'écrase dans un bruit sourd et Vidal lâche un grognement de douleur alors que je le laisse retomber sur le sol. Il rampe jusqu'à la cabine de pilotage et je le suis.

— Je suis certain que tu ne pensais pas me revoir…

— J'te sentais pas quand tu t'es pointé au garage « Max Ravier » !

Sa voix est graveleuse et lourde. Il articule difficilement. La lumière vive de la seule lampe du pont me dévoile un homme gravement malade, en plus d'être enragé.

Nous avions envisagé cette éventualité après avoir trouvé les pansements chez Madame Monin.

Il transpire, tremble et ses pupilles me semblent anormalement larges.

Malade et camé… un cocktail qui ne me rassure pas vraiment.

— J'aurais dû écouter mon instinct et te buter tout de suite, sale petite enflure de poulet.

Je me force à rire pour détruire cette atmosphère de polar mafieux qu'il tente maladroitement d'installer.

— Ce n'est pas faute d'avoir essayé, mais tu as vu, c'est loin d'être simple !

J'écarte mes mains devant moi.

— Je suis toujours là !

Lentement, je m'approche. Il masque son bras gauche derrière son dos, mais le reflet de sa silhouette sur la cloison ne laisse pas voir s'il cache quelque chose.

— Je vais te crever…

Je ris de nouveau, encore avec le même objectif, et parce que ça l'énerve. Il déteste que je me moque de lui et avec la dimension de son ego, d'ici peu, il cessera totalement de réfléchir. Les gars comme lui réagissent de cette manière.

— Il n'y a que toi et moi, Vidal, et j'ai l'impression

que le bateau tangue un peu trop pour ton estomac. Tu veux qu'on fasse une pause pour que tu ailles te soulager ? Parce que c'est ce que tu allais faire avant que j'arrive, non ? Dégueuler tes tripes par-dessus bord ?

— Je vais te crever…

Je fais la moue.

— Tu l'as déjà dit, ça. Je t'attends toujours.

Je lève soudain la main, comme si je venais de me souvenir de quelque chose d'évident.

— Mais c'est vrai. Lucas Vidal est un homme qui frappe les femmes. Il n'y a d'ailleurs que devant une femme attachée que tu ressembles à un homme, non ? C'est ce que nous a expliqué Estelle, quand on l'a récupérée dans ton chalet pourri.

Son regard semble chercher un instant dans ses souvenirs, comme s'il réalisait soudain qu'il avait oublié une étape de son plan.

— Elle va bien au fait. Elle te hait, mais elle va bien et elle nous a aussi confié que tu étais un « bande mou » ajouté-je en exagérant un air de pitié sur ma face tout en laissant pendre mollement ma main dans un lent mouvement de balancier.

Là, étrangement, il semble que l'image le pique. Comme quoi chacun place sa fierté où il peut.

— Tu vas mourir Villonier et après, je baiserai Chloé sur ton cadavre ! Tu verras si je suis un « bande mou ».

— Vidal, tu n'as pas l'impression que ça fait un peu « cliché » tout ça ? Allez, montre-moi que tu es un homme alors.

Je tends mes deux mains vers lui en lui faisant signe

d'approcher.

Avant de quitter le commissariat, j'ai dû prendre un certain nombre de décisions, comme celle de laisser mon arme de service au bureau, avec ma lettre de démission. C'était le seul moyen de protéger la carrière d'Étienne. Donc, c'est à mains nues que nous nous affronterons.

Il grogne et se jette sur moi. Je l'esquive et il percute la porte de la cabine qui vient exploser l'applique murale en s'abattant sur la cloison. Nous sommes de nouveau plongés dans la pénombre relative que nous offre cette lune immense.

— Enfoiré ! hurle Vidal en posant les yeux sur les restes du luminaire qui pendent mollement au bout d'un mince fil électrique. Sale putain de petit enfoiré !

Sa réaction est quelque peu disproportionnée pour une simple ampoule, mais je ne cherche pas nécessairement à le comprendre. J'allonge le bras et frappe sa mâchoire sans retenir la violence du coup. En d'autres circonstances, j'aurais fait durer le combat. Il mérite de souffrir pour tout ce qu'il a infligé à Amanda, à Estelle, et à Chloé… et certainement à d'autres encore, mais là, mon objectif, c'est retrouver Chloé.

Mon poing l'atteint alors qu'il tente de se relever. Sa tête percute violemment le sol et ses yeux se révulsent avant qu'il cesse de bouger. Du bout du pied, je le bouscule, mais cette fois, il est réellement K.-O.

Sans perdre plus de temps, je descends les quelques marches qui mènent aux cabines et en criant son prénom, j'enfonce sans ménagement les portes les unes après les autres jusqu'à la dernière, celle où est retenue Chloé.

Allongée sur un drap rouge, elle est attachée, et éclate en sanglots lorsque nos regards se croisent.

— Max, emmène-moi loin d'ici, je t'en supplie.

J'embrasse ses lèvres. Un simple baiser, un peu brutal, je dois l'avouer, mais qui tend à me prouver que je ne rêve pas et qu'elle est bien là. Il me faut ciller pour chasser mes propres larmes qui obscurcissent ma vue, tandis que je saisis son magnifique visage entre mes mains.

« Dépêchez-vous ! »

À son regard qui s'arrondit soudain, je comprends que je n'ai pas été le seul à entendre cette voix.

— On se tire d'ici, confirmé-je en sortant mon couteau de son fourreau, donne-moi un peu de mou pour que je glisse la lame.

Elle grimace en forçant l'écartement de ses poignets et délicatement, je tranche le lien de plastique qui la retient à la tête du lit. Une marque rouge balafre son teint clair : elle a dû essayer de se libérer seule et s'est entaillée la peau. Du pouce, j'essuie une goutte de sang qui s'échappe d'une des plaies les plus profondes. Elle en gardera des cicatrices.

Je m'approche de ses chevilles pour les détacher, mais je n'ai pas le temps de me positionner que Vidal fait irruption dans la cabine. Galvanisé par la rage, il me lance un coup de pied que je prends dans les côtes. Même s'il ne sert pas à ça, le gilet pare-balles absorbe une partie du choc, mais je suis néanmoins secoué. Un deuxième coup fait voler mon couteau de chasse qui glisse sous le lit.

Merde !

Dans ma précipitation à chercher Chloé, j'ai commis une grosse erreur de jugement. L'homme était mal en point et je le pensais réellement hors-jeu.

— Elle est à moi ! hurle-t-il. Tu ne me la prendras pas.

Les narines enflées et le regard noir, il se positionne entre Chloé et moi, un mélange de haine et de défi déformant ses traits.

« Partez ! vite ! »

Dans son dos, Chloé se redresse maintenant que ses poignets ne sont plus accrochés à l'encadrement du lit. Elle saisit à pleine main la tignasse désordonnée de Vidal et tire brusquement sa tête en arrière. J'en profite pour placer un coup dans son plexus et j'accueille son visage avec mon genou lorsqu'elle le relâche. Le bruit caractéristique de ses os qui se fracturent sous l'impact fait grimacer Chloé, avant que d'un air dégoûté, elle le repousse en pressant ses deux paumes sur son épaule et qu'il échoue une nouvelle fois sur le sol.

— On s'arrache.

Que ce soit une hallucination ou pas, j'ai reconnu l'urgence dans les mots de Laurie et je décide de suivre ce conseil implicite. Mon couteau est trop loin pour que je l'atteigne, alors je hisse Chloé sur mon dos. D'un coup de pied, je casse la poignée intérieure de la cabine avant de la claquer. Tout motivé qu'il pourrait être à nous courir après, ça lui fera perdre le temps nécessaire à notre fuite et pour m'en assurer, je fais de même avec la porte qui mène sur le pont.

Dans les reflets de l'eau que nous renvoient les rayons de la lune, je repère à quelques mètres mon

Zodiac qui dérive. La corde qui le retenait a été détachée…

— Je suis désolé ma puce, mais il va falloir se mouiller les pieds, lui lancé-je en sautant à l'eau.

Putain, ce qu'elle est froide ! Surtout après cette petite séance de sport, et ce n'est pas le cri de surprise que pousse Chloé qui me dira le contraire.

— Je ne peux pas nager, Max, mes jambes sont attachées et cette saloperie de robe m'empêche de bouger, elle est trop lourde !

J'ai envie de rire du simple bonheur d'entendre sa voix, mais la houle qui a encore forci me secoue et je bois la tasse.

— Accroche-toi à mes épaules et laisse-moi faire. On n'est pas loin du Zodiac. Je peux nous ramener tous les deux, ne t'inquiète pas ma puce, c'est fini.

Ses bras se referment autour de mon cou et j'accélère le mouvement pour m'éloigner au plus vite du yacht. La clarté ambiante qui jusque-là m'a été d'une aide précieuse me handicape à présent : nous sommes des cibles faciles. S'il sort et qu'il est armé, il va faire un carton. L'eau ne nous protégera pas.

Son regard croise soudain le mien, et plus rien d'autre n'existe. Je voudrais arrêter de nager, la serrer contre moi et l'embrasser à perdre haleine tant je suis heureux de sentir son corps contre le mien, mais elle frissonne violemment, me ramenant à la réalité de notre situation.

— On y est presque.

Je tire une dernière fois sur mes bras que le froid tétanise et la hisse à bord du Zodiac avant d'y monter moi-même.

Je sors une couverture d'un des coffres et l'enroule autour de ses épaules avant de démarrer le moteur et déguerpir plein gaz.

Claudicante, et toujours entravée, elle vient se blottir contre moi.

— Max, il faut que je te dise…

Elle tremble et claque des dents alors que le vent fouette son visage.

— On va bientôt être au chaud, tu es sûre que ça ne peut pas attendre ?

Elle secoue sa chevelure mouillée avec frénésie et hausse la voix pour passer par-dessus le bruit assourdissant du moteur que je pousse à son maximum.

— Je t'aime, Max !

Je tends le bras et la ramène contre moi. Je suis trempé, mais au fond, ça n'a pas d'importance.

— Moi aussi, je t'aime, Chloé, tu n'as pas idée à quel point je t'aime.

Ce n'est pas le décor que j'avais imaginé pour lui révéler mes sentiments, mais il n'y aurait pas eu de moment plus parfait que celui-ci. Ses bras m'enlacent à leur tour et c'est ainsi, serrés l'un contre l'autre, que nous regagnons la terre ferme. Je me guide comme je peux avec les lumières de la ville, car j'ignore comment définir le cap sur la console du bateau. J'avoue que j'ai assez peu écouté les consignes qu'on m'a transmises pour le voyage du retour.

Je doutais sincèrement qu'il y en ait un…

Je baisse le régime puis coupe le moteur lorsque je

sens approcher la plage. Nous avons dérivé de notre point de départ, et devant nous, l'immense étendue est déserte. Je saute dans l'eau pour tirer le bateau sur le sable avant de soulever Chloé dans mes bras pour la débarquer.

Elle grelotte malgré la couverture sèche que je lui ramène et que j'étale sur ses épaules. L'euphorie du moment me fait oublier que moi aussi je suis frigorifié.

— J'ai cru devenir fou, Chloé.

Je m'empare de ses lèvres avec douceur. Les gouttes qui ruissellent sur ses joues n'ont rien à voir avec notre baignade forcée, elle pleure. En fait, nous pleurons tous les deux.

— Je ne veux plus jamais être séparée de toi, Max, balbutie-t-elle en saisissant mon visage de ses doigts glacés et tremblants pour m'embrasser à son tour.

— C'est promis ma puce, plus jamais, murmuré-je contre ses lèvres.

Puis soudain, éclairant le ciel, une énorme explosion retentit. À l'horizon, la boule de feu s'élève, nous contraignant à plisser les yeux, et Chloé, bouche ouverte, semble choquée.

— Ce n'était donc pas des conneries…

— Le Marylin ?

Elle me regarde, et je réalise qu'elle ne connaissait pas le nom du bateau sur lequel elle était retenue.

— Le yacht de Vidal, c'était le Marylin.

— Je l'ai entendu dire qu'il allait le faire exploser. Il attendait un prêtre et deux autres personnes. Il voulait qu'on retrouve leurs cadavres et qu'on croie que c'était nous, pour pouvoir fuir.

Stan, sa compagne et le prêtre étaient donc ses prochaines victimes.

— Il a été pris à son propre piège…

Mon cœur bat comme un forcené lorsque je la serre contre moi. Je lève le bras pour lancer la fusée de détresse qui permettra à ceux qui nous attendent de nous repérer, et nous laisse glisser sur le sable. Mon gilet pare-balles, trempé et probablement foutu d'ailleurs, quitte rapidement mes épaules ainsi que mon t-shirt, et je colle ma peau contre la sienne sous la couverture. La robe qu'elle portait s'est déchirée lorsque nous sommes montés à bord du canot et elle est en sous-vêtements à présent.

— Ça va bientôt aller mieux, tu sais que j'ai toujours chaud.

Au fur et à mesure que nos corps récupèrent une température supportable, je sens sa respiration reprendre son amplitude. Ses frissons sont moins nombreux et ses jolies dents ont cessé de s'entrechoquer.

— Toi aussi, tu l'as entendue tout à l'heure, n'est-ce pas ? murmure-t-elle.

— Laurie ? Oui. Elle était là. Elle a toujours été là.

J'aurais pu croire à une énième illusion, mais quand la voix de Laurie m'a pressé de quitter le bateau, j'ai vu dans l'attitude de Chloé qu'elle l'avait perçue également.

— Max, je la sens près de nous, c'est doux, c'est apaisant. En fait, je n'ai plus peur d'elle. Je suis presque heureuse qu'elle fasse un peu partie de moi.

— Tant que tu n'oublies pas que c'est toi que j'aime,

Chloé.

Je l'embrasse tendrement et si je ne craignais pas qu'elle attrape la crève sur cette plage de sable, je pense que nous resterions là toute la nuit, à profiter l'un de l'autre.

Au loin, je distingue les faisceaux de lampes torches, puis leurs cris me parviennent.

On a réussi !

Chapitre 52

Entre ses bras, la tempête
n'est plus,
Dans son regard, mes
peurs se meurent.

Maxime

Étienne est le premier à nous rejoindre. Son sourire exprime une joie sans équivoque lorsqu'il heurte mon poing fermé avec le sien.

— On a un sérieux compte à régler tous les deux, mais je te félicite, Max. C'était du bon boulot.

Il s'accroupit, amenant ses yeux à hauteur de ceux de Chloé, toujours blottie contre ma poitrine.

— Ça va ?

Elle hoche simplement la tête, sortant à peine de la

bulle que j'ai soufflée autour d'elle avant de replacer son nez gelé sur ma peau.

Elias aide le vieil homme à récupérer le Zodiac qui menace de reprendre le large en suivant les vagues. Marco, lui, approche lentement de nous, son téléphone en main, et il le tend à Chloé.

— Katie est en ligne, tu veux lui parler ?

Pour seule réponse, elle se dégage de notre chaleur pour saisir l'appareil avant de replonger rapidement sous la couverture.

Étienne en déplie une deuxième qu'il dépose sur mes épaules.

— Je vais bien, dit-elle à son amie d'une voix très basse. Je suis avec Max, tout est fini maintenant.

Son petit corps tressaute subitement. Elle pleure de nouveau et je resserre encore la pression de mes bras autour d'elle. L'émotion me submerge également. J'oscille entre le bonheur de l'avoir retrouvée, l'envie de l'emmener le plus loin possible du périmètre de son cauchemar et surtout le désir fou de repartir en mer, à la recherche de la dépouille de Vidal pour m'assurer que chacun des morceaux de cette ordure terminera bien dans l'estomac des poissons.

À défaut d'avoir pu le tuer moi-même…

J'entends la voix de Katie, mais je ne comprends pas ces mots ; néanmoins, les sanglots de Chloé s'espacent. Elle renifle doucement, soupire et enfin se décide à parler.

— Je ne pense pas qu'il m'ait…

Même si elle ne termine pas sa phrase, j'en saisis le sens dans le silence qui suit et la rage enfle en moi, remplaçant le sang dans mes veines. Je serre les dents si fort que je crains de les briser. J'avais tellement peur de la retrouver sans vie que j'avais occulté les sévices qu'il pouvait lui faire subir. Certainement pour garder un semblant de raison… Maintenant qu'elle est là, contre ma poitrine, sa fragilité me revient au visage. Elle raccroche après quelques mots qui me parviennent étouffés, et rend son téléphone à Marco.

Je ne dis rien, incapable d'articuler les pensées qui se précipitent dans ma cervelle. Je glisse mon bras sous ses genoux et me lève.

— Étienne, ta voiture est garée où ?

Mon ami ne m'interroge pas. En croisant mon regard, il sait. Car, si nous n'avons pas abordé directement le sujet, c'est toujours une des angoisses dans les cas d'enlèvement. Et les quelques jours de captivité de Chloé ont laissé le temps à Vidal de lui faire subir tout ce qu'il souhaitait. Même un viol.

Même plusieurs…

— J'ai déjà appelé l'hôpital, ils nous attendent.

Rapidement, il sectionne les liens qui entravent encore les chevilles de Chloé, et nous précède jusqu'au parking. J'installe mon précieux chargement sur la banquette et m'apprête à me glisser derrière le volant quand Étienne me fait signe de monter avec elle.

— Tu n'es pas en état de conduire.

Difficile d'objecter, mes mains tremblent. Le froid y est certainement pour beaucoup, mais ma nervosité en ajoute considérablement.

Je grimpe sur le siège, le pantalon encore trempé et plein de sable à présent, et Chloé vient se placer contre mon flanc. Ses iris clairs se greffent aux miens, et j'aimerais lui parler, la rassurer, mais les mots sont difficiles à trouver.

Je déglutis, inspire profondément en faisant fi de la douleur que cela provoque dans mes bronches irritées par le sel de la mer.

— Quoi qu'il ait pu te faire, mon amour, on le surmontera ensemble.

— Max, c'est affreux, je n'ai aucun souvenir. Ou alors, c'est peut-être mieux…

Je la fais taire d'un baiser quand l'incertitude vient s'inviter sur son visage blême. L'amnésie est un refuge parfois, mais ne dure pas toujours… Lorsque sa tête reprend place contre ma poitrine, je glisse mon nez dans ses cheveux. Leur parfum que j'aime tant y flotte encore, à peine masqué par l'odeur d'iode de la mer.

J'étouffe. Conscient que je n'aurais pas survécu sans elle.

Elle a ramassé les débris de mon cœur et en a fait quelque chose de nouveau, qui ne bat que pour elle à présent.

Elle est mon tout, celle qui a fait de moi un homme complet.

La façade bleue et blanche qui s'élève devant nous m'est pourtant familière, mais elle m'oppresse davantage.

Comme si c'était possible !

— Il faut y aller, Max, m'avise Étienne. Je vais vous accompagner, ajoute-t-il en croisant mon reflet dans le rétroviseur.

J'imagine que je n'ai pas l'air très avenant…

Tout comme je l'ai amenée vers la voiture, je reprends Chloé dans mes bras pour la conduire vers l'entrée des urgences.

— Je peux marcher maintenant, tu sais.

— Non.

Le ton est plus tranchant que je l'aurais souhaité, mais elle ne semble pas s'offenser de ce comportement d'homme des cavernes qui ne m'est pas coutumier. De toute manière, je ne peux desserrer les dents. Si je m'y autorise, je vais hurler. Contenir la pression que je sens gonfler en moi exige tellement d'efforts !

Étienne nous précède dans le hall d'accueil, et les quelques mots qu'il échange avec l'infirmière de garde nous ouvrent instantanément les portes.

— Reste avec moi, me demande-t-elle lorsque je la dépose sur le lit d'examen. Ses doigts fins agrippent la couverture qui glisse de mon épaule, tandis qu'un voile de panique ombre son regard.

Je prends place sur le tabouret à ses côtés, et colle ma tête contre la sienne.

— Je ne bougerai pas d'ici, ma puce. Je resterai tant que tu ne me chasseras pas.

Pourtant, je voudrais m'éloigner, même cinq minutes. Taper sur n'importe quoi afin d'évacuer cette rage que je contiens avec difficulté et qui cherche à me faire exploser. Puis son regard se soude au mien, et c'est la force que j'y lis qui m'oblige à réagir. Ce n'est pas moi, la victime, ce que je ressens n'a pas de sens si ça m'empêche d'être son soutien. Comme un morceau trop gros que j'aurais avalé, je laisse descendre cette boule de colère, la digestion sera longue, mais j'y penserai plus tard.

Après, quand tout sera terminé.

Il m'est impossible de savoir combien de temps nous demeurons là, mêlant nos souffles angoissés dans cette attente d'un diagnostic que nous redoutons tous les deux, puis le médecin arrive. Une femme d'une quarantaine d'années à l'air particulièrement doux. Elle la rassure d'une légère pression de la main sur son épaule nue.

Elle passe en revue les ecchymoses qui parsèment encore le corps de Chloé en fronçant les sourcils jusqu'à ce qu'elle lui explique qu'elles résultent d'une agression antérieure. La Doc examine ses poignets, ainsi que ses chevilles avant de s'asseoir sur l'autre chaise que contient la petite pièce.

— Vous avez été maintenue dans un état d'inconscience selon le rapport du policier qui vous a amenée ici. Vous présentez des traces d'injections dans le cou, mais également au creux de vos bras. L'infirmière qui viendra soigner vos blessures procédera à une prise de sang.

Elle pose sur ses genoux la plaquette qui retient les feuillets sur lesquels elle a griffonné ses observations.

— Un examen plus intrusif va être nécessaire afin de déterminer si vous avez été abusée sexuellement durant votre inconscience. Monsieur, je vais vous demander de sortir, le temps de…

Chloé la coupe, se redresse sur ses coudes, prête à prendre la fuite.

— Non ! Il reste avec moi !

La Doc lève les paumes devant elle, en signe de

capitulation.

— D'accord, d'accord.

Alors qu'elle installe les étriers qui flanquent la table d'examen, Chloé devient livide et résiste un instant quand j'appuie sur ses épaules pour l'inviter à s'allonger de nouveau. L'œil perdu, elle observe la doctoresse qui prend place entre ses jambes relevées. Sa respiration accélère et la panique s'infiltre, faisant trembler ses lèvres. Je saisis son visage entre mes mains, et m'écarte d'elle juste assez pour plonger dans l'ambre de ses iris.

— Regarde-moi mon amour. Ne pense à rien d'autre qu'au moment où nous sortirons d'ici tous les deux.

Elle cligne des paupières un court instant et accroche mon regard à son tour.

— Je vais t'emmener faire une longue balade à moto, comme nous l'avions prévu. On ira manger des churros sur la côte, et on slalomera dans les collines jusque chez ta sœur.

Soudain elle se contracte et une larme s'échappe de ses cils. Je l'essuie du pouce, tandis que son menton tremble.

— C'est bientôt fini ma puce. Tu es la femme la plus courageuse que je connaisse.

Je l'embrasse, caresse ses tempes et tente de détourner son attention des gestes de la Doc, jusqu'à ce que j'entende le caoutchouc de ses gants claquer et qu'elle guide les pieds de Chloé pour les faire quitter les étriers.

— Pour ce qui est des premières constatations, je dirais qu'il n'y a eu aucune pénétration contrainte. Pas de blessures ni d'abrasion, et aucun fluide. J'ai procédé à des prélèvements, mais c'est uniquement parce que la procédure l'exige. Mademoiselle, vous n'avez pas été violée.

Il n'en faut pas plus pour que Chloé fonde en larmes. Toute cette émotion qu'elle a contenue s'échappe en longs pleurs déchirants. La Doc réajuste le drap pour couvrir son corps et m'adresse un sourire compatissant.

— Prenez le temps dont vous avez besoin et manifestez-vous afin qu'une infirmière vienne pour les soins de ses poignets. Je vais passer les consignes.

Elle sort et referme doucement la porte, nous offrant l'intimité qui nous est nécessaire.

Durant de longues minutes, Chloé va évacuer l'angoisse qui la tenaillait et quand elle retrouve son calme, je sens que ses pensées glissent, car elle ne parvient plus à soutenir mon regard.

— Parle-moi, ma puce.

— Il m'a touchée… Max, je te demande pardon.

Elle baisse la tête.

— Pardon ? Et pourquoi ?

— Tout est ma faute. Je n'aurais pas dû partir comme ça, et si tu n'avais plus envie…

— Je vais devoir te l'expliquer combien de fois pour que tu comprennes ? Je t'aime Clo-bis.

Elle me sourit, les yeux embrumés de nouveau.

— Si tu m'appelles comme ça, je vais devoir te trouver un surnom débile à toi aussi…

Je lui rends son sourire.

— Nomme-moi comme tu veux, je serai toujours

près de toi.

Alors que je la sens replonger dans ses réflexions, elle se redresse d'un bond.

— Madame Monin ! Il l'a droguée et la pauvre vieille…

— Chut, détends-toi. Nous l'avons trouvée. Elle est saine et sauve. D'ailleurs, elle est certainement encore hospitalisée ici, mais elle va bien. Nous avons retrouvé Estelle aussi. La suite va être difficile pour elle, mais elle est bien entourée.

Son visage est triste à présent.

— Tout ça parce que je l'obsède…

— Non, puce, tout ça, c'est parce qu'il était fou.

— « Était » ?

Son regard s'assombrit brutalement.

— Tu es certain qu'il est mort ?

Je soupire longuement.

— Je l'espère en tout cas.

De toute façon, s'il se montre, je le tuerai de mes propres mains, mais elle n'a pas à le savoir.

— Tu veux que j'appelle l'infirmière pour qu'on sorte d'ici et qu'on rentre chez nous ?

Elle accepte d'un geste de la tête et j'appuie sur la sonnette. Le temps des soins, je rejoins Étienne dans la salle d'attente. Il est passé à mon appartement afin de récupérer des vêtements secs pour Chloé et pour moi.

— Ça va comme vous voulez ? demande-t-il l'air suffisamment grave pour que je comprenne à demi-mots.

— Oui. Il était vraiment plongé dans son délire de mariage, de célébration et de nuit de noces…

Finalement, c'est sa folie qui a épargné le pire à Chloé.

Il pince ses lèvres entre ses dents et soupire.

— Elle va quand même avoir besoin d'être soutenue.

— Et elle le sera, ne t'inquiète pas.

Le remerciant, je récupère les vêtements et regagne la salle d'examen où m'attend Chloé.

Il nous faut peu de temps pour nous changer et je remarque qu'elle serre les dents lorsqu'elle jette dans la poubelle, la lingerie que Vidal lui a fait enfiler.

Une fois chez nous, nous prenons ensemble une longue douche brûlante, comme elle les aime. Elle s'abandonne à mes mains et je prends soin de shampooiner sa chevelure, de savonner chaque parcelle de son corps tandis qu'elle observe, sans un mot, la coulée de mousse s'échapper par la bonde. Lorsque j'en ai terminé, je me lave rapidement et sors de la cabine pour l'emballer dans un grand drap de bain propre.

Elle me fixe, les yeux de nouveau pleins de larmes et le menton tremblant.

— Hey, ma puce ! Qu'est-ce qu'il y a ?

— Je savais qu'après ce qu'il m'a fait, tu n'aurais plus envie de moi, murmure-t-elle.

— Chloé…

Son regard porté sur la serviette qui me ceint les reins répond à la question que je n'ai pas posée.

— J'aurai toujours envie de toi. C'est juste que là, c'est pas le moment. Tu es…

— En manque de toi, Max. Je suis en manque de toi et je veux que tu me fasses l'amour…

Je la soulève dans mes bras et écrase ses lèvres

contre les miennes. Sa respiration erratique me confirme l'urgence que cette étreinte revêt pour elle, alors je la porte jusqu'à notre lit. Ce corps, qu'elle croit souillé, je l'aime de toute mon âme et je lui prouve autant de fois qu'il le faut, jusqu'à ce qu'elle tombe d'épuisement.

Le jour se lève et elle dort maintenant sur ma poitrine. Le visage serein et détendu. Nous avons fait l'amour sans nous lâcher des yeux, même lorsque le plaisir a figé ses traits, l'ambre de ses prunelles n'a pas quitté le cobalt des miennes. C'était si puissant, si profond et elle était tellement belle.

Voilà ce que sera le reste de notre vie…

Je m'en fais le serment.

***

J'avais envisagé de laisser quelques jours à Chloé pour récupérer, mais elle ne l'a pas souhaité. Avant-hier, en se réveillant, elle m'a demandé s'il était possible que Maïa et Édith reviennent à la maison. Je pense qu'elle a compris que ma fille me manque. J'ai accepté, afin que cela ne devienne pas encore une ligne de plus sur la liste de ce qu'elle se reproche.

Physiquement, elle va bien. Émotionnellement, c'est un peu plus compliqué. Le silence l'effraie autant que le sexe la rassure et, même si je ne me plains pas de sa libido, j'espère que cela ne cache pas un mal plus profond ; et que le temps stabilisera tout cela.

— Papa, tonton Bibé il va venir ?

Ma fille et son impatience…

— Oui chérie, il déjeune à la maison, mais pas tout de suite. Je te rappelle que tu es toujours en pyjama.

— C'est Coé qui habille moi, me répond-elle, les poings plantés sur ses hanches.

— Et Chloé dort encore…

Elle secoue la tête.

Je regarde ma montre et lui souris.

— On va la réveiller ?

Sans me donner le temps de réagir, elle saute de mes genoux et part en courant vers ma chambre.

L'installation de Chloé chez nous a été tellement naturelle pour elle que j'ai cessé de chercher les mots pour lui expliquer le rôle qu'elle allait tenir dans nos vies. Je pense que laisser les choses se faire d'elles-mêmes est encore la meilleure solution.

Lorsque j'arrive dans la chambre, Maïa est blottie contre Chloé, ses petits bras refermés autour de son cou.

— C'est toi qui as le câlin du matin, aujourd'hui.

Chloé sourit. Ses yeux ensommeillés me dévisagent avec une telle tendresse que je cède au plaisir de les rejoindre. J'entrouvre les draps et me glisse dans le lit.

— Tu as bien dormi ?

— Oui. J'ai rêvé de toi.

Je hausse les sourcils d'un air taquin.

— Et c'était bien ?

— Ça ne pourrait pas être autrement.

Maïa qui ne tient jamais en place très longtemps, gesticule pour s'extraire de l'espace que nous lui avons laissé entre nous.

— Tonton Bibé va bientôt venir.

Elle fixe Chloé, légèrement contrariée que son annonce ne produise pas l'effet escompté.

— J'ai cru comprendre que Princesse Maïa souhaite que tu l'habilles et que tu te charges de sa mise en beauté, la taquiné-je.

— Eh bien, que la princesse Maïa se rassure, je sors du lit et dès que j'ai avalé mon café, je m'occupe d'elle.

Ma fille éclate de rire et part en courant dans sa chambre.

— Elle t'a adoptée, je crois.

Chloé ne répond pas, mais se rapproche de moi et se niche contre mon torse quelques minutes avant de se lever.

Depuis son retour, beaucoup de nos échanges sont muets. La connexion entre nous n'impose pas de mots et j'avoue que j'aime beaucoup ça. Ses regards, ses moues parfois boudeuses, parfois coquines, ses soupirs me suffisent à comprendre ce qu'elle attend, ou ce qu'elle espère. Nous avons quand même évoqué notre avenir, assez pour savoir que nous désirons la même chose, et que nous l'imaginons ensemble.

Mais pas un mot sur Vidal.

Son enlèvement et les deux longs jours de captivité demeurent un sujet interdit. Quelquefois, quand elle reste d'interminables minutes les yeux dans le vide, cela m'inquiète, mais elle prétend que tout va bien et que ça passera.

Pour le moment, j'accepte de la croire.

Son café l'aide à reprendre son dynamisme, et le fait que mon petit démon lui tourne autour pour contrôler l’avancée de son petit-déjeuner semble également l’amuser, alors je les laisse planifier la suite de leur matinée pour téléphoner à Étienne, comme c’était prévu, afin de faire le point sur l’explosion du Marylin.

— Comment va Chloé ? me demande Étienne après m’avoir rapidement salué.

— Elle ne va pas trop mal. J’ignore si elle est vraiment forte et surmonte tout ça comme une championne ou si elle occulte simplement ce qui s’est passé.

— Le déni peut faire des dégâts…

Je soupire.

— Je sais. Je vais surveiller ça, mais pour le moment, je la laisse récupérer.

— Oui, c’est le mieux à faire. De toute façon tu as le temps, et un paquet de jours de congés.

À son retour au bureau, Étienne a trouvé ma lettre de démission et évidemment il l’a déchirée, mais il s’est délecté du plaisir de me passer un savon. En échange de quoi, il m’a « contraint » à prendre mes vacances… La mesure, présentée comme une sanction, nous a fait beaucoup rire, mais je sais que maintenant il va se méfier encore plus de mon impulsivité. Néanmoins, bien qu’il tente de jouer la carte de la légèreté, je sens au ton de sa voix qu’il ne me dit pas tout.

— Les garde-côtes ont rendu leur rapport sur l’explosion ?

— Une grosse charge de C4 planquée dans la cale et une mise à feu classique. Aucune trace d’un quelconque détonateur, mais il faut dire que l’explosion a été très violente et que les débris ont été propulsés très loin.

— Et la mer était mauvaise, ce qui n'arrange rien.

— C'est ça…

Je laisse passer ce silence, en attendant qu'il poursuive, mais il n'en fait rien.

— Étienne ? Qu'est-ce que tu me caches ?

— On n'a pas de corps, Max.

Mes poings se serrent.

— Donc, soit tout est par le fond et dans la panse des poissons, soit il n'est pas mort.

— Les spécialistes sont formels, on aurait dû retrouver quelque chose en intervenant aussi vite après le feu d'artifice.

L'imaginer mort était probablement ce qui contenait ma rage, et mon désir de vengeance remonte à la surface.

— Tu veux dire que cette petite pute s'en est sortie !

— Disons qu'on ne peut pas prouver qu'il est mort.

Je revois la boule de feu qui s'élevait au-dessus des flots lorsque le Marylin a explosé et survivre à ça me paraît impossible.

— Max, ça semble difficile à imaginer, mais selon le témoignage de Chloé, il avait lui-même piégé le bateau. S'il savait que tout allait péter, il a pu plonger à l'eau avant que ça arrive, ou même plus simplement, le faire sauter pour couvrir ses traces et qu'on le croit mort… ce qui resterait dans la logique de son projet de fuite.

J'avoue que tout cela se tient, même si ça ne me convient pas.

— Max, tu n'es pas obligé de tout expliquer à Chloé, suggère Étienne.

— Je ne lui mentirai pas. Elle doit connaître la vérité. Rien ne dit que Vidal se repointera un jour, mais rien ne peut garantir qu'il ne le fera pas. Et même si ce n'est pas simple, elle m'en voudra si je lui mens, et elle aura raison.

— C'est toi qui vois.

Je n'aurai rien à lui expliquer, car je sens sa main qui glisse sur ma taille pour s'étaler sur mon ventre. Le regard résigné qu'elle m'adresse avant de se placer sous mon bras me dévoile qu'elle a entendu notre conversation.

— On surmontera ça, elle et moi. Je lui ai promis et elle est assez forte pour tout ça.

Ma conclusion semble lui convenir, car elle sourit. Je salue Étienne et raccroche.

— Je ne suis pas forte, tu sais. Mais je te jure que je vais le devenir.

La sonnette retentit et ma mini-tornade nous passe devant en courant.

— On dirait que nos premiers invités arrivent, murmure-t-elle.

L'idée de convier Lisa et son fiancé, JB, Katie, Elias et Marco venait d'Édith en fait. D'après elle, retrouver son petit monde ne peut qu'être bénéfique à Chloé. Je pense qu'elle a raison et le visage que je tiens à présent entre mes paumes me le confirme.

— Alors, allons les accueillir, ne les faisons pas attendre.

Épilogue

Adieu, repose en paix…

Maxime

Ça fait maintenant presque deux ans.

Tout paraît loin et en même temps chaque seconde est gravée dans ma mémoire comme si tout s'était passé hier.

Deux ans durant lesquels nous ne nous sommes pas quittés, parce que c'était notre promesse et surtout que nous ne voulions rien d'autre.

Les semaines qui ont suivi sa libération, Chloé a relevé la tête, comme un bon petit soldat. Elle s'est accordée quelques jours avant de reprendre son travail au snack, contre l'avis de Lisa, évidemment. Elle a aussi débarrassé son appartement pour emménager dans le mien.

Chaque après-midi, elle est allée rendre visite à son ancienne voisine, Madame Monin, ainsi qu'à Estelle. Elle m'avait expliqué qu'elles avaient un point commun toutes les trois. Bien que c'était à des niveaux différents, avoir été les victimes du même homme devait les aider à franchir cette épreuve, pour oublier, ou au moins pour passer à autre chose.

Elle s'est donc imposé ce rythme pendant quelques semaines, puis Madame Monin est partie s'installer chez sa fille afin d'y passer la mauvaise saison. La visiter n'était plus aussi aisé compte tenu de la distance et Chloé en a été perturbée ; mais c'est un appel d'Étienne un dimanche matin de novembre qui l'a fait basculer.

On avait découvert Estelle sans vie dans sa baignoire. Elle s'était tailladé les veines. Le traumatisme était trop lourd et surtout, elle ne s'était jamais pardonné la mort d'Amanda d'après la lettre qu'elle avait laissée.

C'est à ce moment-là que Chloé s'est effondrée.

J'ai eu le sentiment que l'enfer venait de s'ouvrir sous mes pieds quand je l'ai retrouvée roulée en boule sur notre lit, le regard vide. Elle était soudain insensible à mes mots, tout comme à ma présence et à celle de Maïa.

Ça a duré des jours. D'interminables journées où je n'ai su que faire pour l'aider sinon la serrer dans mes bras en lui rappelant mon amour pour elle, en priant seulement pour qu'elle m'entende.

Puis Madame Monin est revenue de chez sa fille

pour accompagner Estelle dans son dernier voyage et, probablement grâce à ce lien invisible, mais puissant qui les unit, elle a arraché Chloé de ce monde dans lequel elle s'était enfermée.

« Être plus fortes que Vidal, même si cela coûte, ne jamais le laisser gagner. »

C'est d'ailleurs comme cela qu'elles avaient, toutes les trois, combattu ce monstre qui voulait le contrôle total sur elles : elles ne lui avaient jamais offert leurs peurs.

Le fait est que c'est grâce à cette vieille dame que j'ai retrouvé la femme de ma vie. Un peu égratignée, un peu plus cabossée et parfois triste, mais enfin sortie de ce mutisme devant lequel j'étais impuissant.

Puis Noël est arrivé. Je me suis pris au jeu des cadeaux, chose que j'avais abandonnée après le décès de mes parents, parce que j'avais décidé qu'il n'y avait plus lieu. D'après Chloé, la meilleure famille qu'on puisse espérer, c'est celle que l'on se choisit, et c'est comme ça que nous avons défini notre propre liste de « proches ».

Ce sont ces énergumènes indispensables à nos vies qui occupent en ce moment même le bord de la piscine trônant au milieu de notre jardin.

Ça aussi, c'est récent. L'appartement n'était pas mal du tout, mais comme nous avons décidé qu'Édith ne retournerait pas s'enterrer dans cette campagne où personne ne l'attendait, il a fallu trouver un peu plus spacieux. Notre nouvelle maison comporte donc un petit pavillon dans lequel elle a emménagé. Nous partageons le jardin et par conséquent, la piscine.

— Papa, dis à tonton Jean-Baptiste que je ne suis plus un bébé !

Oh oh ! Lorsque Maïa appelle son parrain par son prénom entier, c'est qu'elle est en colère, et j'avoue que même si j'adore la regarder grandir, l'époque où elle ignorait la grammaire et où JB était « Bibé » me manque quelquefois.

J'entrouvre simplement un œil pour voir que ses bras sont croisés sur sa poitrine et qu'elle affiche cette mimique indignée qu'elle a découverte il y a peu.

— Ça dépend, qu'est-ce qu'il t'a fait ?

— Il dit que je ne peux pas regarder mon dessin animé préféré…

— Naaaaan ! objecte l'intéressé depuis sa chaise longue et sans retirer son avant-bras placé devant ses yeux. J'ai dit que tu peux faire ce que tu veux tant que ce n'est pas avec mon téléphone et au bord de la piscine.

— Ouais, bah, c'est un peu pareil…

J'éclate de rire, ce qui énerve passablement ma fille, qui abandonne, la moue boudeuse, et retourne s'installer sur un transat.

La main fraîche de Chloé glisse dans mes cheveux.

— Il faudrait peut-être qu'on lui achète une tablette, tu ne crois pas ?

Allongée sur le large matelas de plage que nous partageons, Chloé a suivi l'altercation en silence. Pour ma part, je trouve Maïa trop jeune.

— On en reparlera pour Noël prochain.

— Mmm, me répond-elle simplement.

Sa peau sent toujours autant la vanille, et ma tête qui

repose sur ses seins ne s'en plaint pas. D'un geste lent, je caresse son ventre doux chauffé par le soleil.

Pendant sa captivité, Chloé n'avait pas pu prendre sa pilule, mais après sa libération, nous ne nous étions pas protégés pour autant. Sans l'évoquer, nous avions implicitement décidé de laisser le destin choisir pour nous.

Mais le destin tarde et maintenant, chacun de ses nouveaux cycles nous trouve tous les deux un peu plus déçus que le précédent.

Délicatement, je pose mes lèvres sur sa peau, et les y laisse.

— Tu sais que je ne suis pas enceinte.

— Tu l'es peut-être…

Son corps tressaute lorsqu'elle rit.

— Depuis hier soir alors ?

— Ou depuis ce matin ! Qui sait ?

Je colle ma bouche contre son abdomen, et marmonne doucement.

— Qu'est-ce que tu racontes ?

— Je dis qu'on est des parents géniaux. Il faut rassurer ce pauvre ovule, il est peut-être mort de trouille devant mes armées de petits soldats…

Elle éclate de rire.

— Tes armées de petits soldats ? Ça fait de toi un chef de guerre, monsieur Villonier. C'est comme ça que tu te vois ?

Je relève la tête et capture son regard d'ambre.

— Le jour où un petit morceau de nous grandira dans ton ventre, ma puce, je serais bien plus qu'un chef de guerre.

Sa main s'enroule autour de ma nuque et m'amène vers son visage avant de m'embrasser tendrement.

— Ça viendra, mon cœur, il faut juste être patient, murmure-t-elle contre mes lèvres.

— JB, je crois que tes saucisses vont être cramées, nous interrompt Édith en arrivant sur la terrasse. L'odeur de brûlé est venue chatouiller mon nez jusque dans le chalet.

Je quitte avec regret le regard de Chloé.

Même si j'adore ces journées que nous passons avec notre famille, dans ces moments où ses yeux me révèlent tant d'amour, j'aimerais effacer ce qu'il y a autour de nous, pour ne laisser qu'elle et moi.

Elle et moi. Deux mots qui parfois ne veulent plus rien dire tant j'ai le sentiment que nous ne formons plus qu'un tout.

Une seule et même entité…

On dit qu'il est bon de savoir conserver sa propre identité dans une relation de couple, et je suis convaincu que ce n'est pas complètement faux ; mais quand le besoin viscéral de l'autre se fait sentir, pourquoi lutter ?

Moi, je n'ai pas envie de me battre. Je ne vois pas l'intérêt de refouler des sentiments qui me font tant de bien sous prétexte que l'usage m'y invite. Je me fous de la manière dont les autres vivent leurs vies : c'est la leur et pas la mienne… J'ai besoin de ce bonheur et Chloé aussi.

Sans réelle volonté de ma part sinon l'envie de la sentir trembler, mes doigts courent le long de sa cuisse, butent sur la cordelette de son maillot de bain, la dépasse et progressent sur ses côtes.

— Tu te souviens que nous ne sommes pas tous seuls ? m'interroge-t-elle en frissonnant.

Ma bouche articule un silencieux « Je t'aime » auquel elle répond de la même manière avant que je l'embrasse de nouveau.

***

Chloé

— JB, les saucisses ! répète ma sœur.

Elle aussi est presque endormie sur sa chaise longue, le visage à moitié caché par un grand chapeau de paille.

Lisa et Gaëtan se sont mariés l'an dernier. C'était une cérémonie magnifique. Fidèle à elle-même, la mère de Gaëtan a été très désagréable dès les premières minutes, mais son mari l'a remise à sa place, et on ne l'a plus entendue de la journée. J'imagine qu'il a compris comment avoir la paix maintenant, car ce monsieur qui sait être charmant est beaucoup plus détendu à présent.

Nonchalamment, JB retourne les bâtonnets noircis sur la grille du barbecue, puis finalement fait la moue avant de les poser dans un plat.

— Je crois qu'il faudra juste les gratter un petit peu, mais ça reste mangeable.

Max glousse.

— Tu vois, je t'avais dit qu'il n'était pas l'homme de la situation.

— Quand je t'ai proposé de t'en occuper, tu n'as pas voulu !

— Si tu me donnes le choix entre garder la place qui est actuellement la mienne ou me charger du barbecue, je vote pour les saucisses cramées et je reste où je suis.

Sa large main s'étale toujours sur mon ventre, comme une protection vis-à-vis de ce qu'il ne contient probablement pas, mais je pense que c'est totalement inconscient.

Mon Dieu que je l'aime…

Puisqu'il me taquine du bout de ses doigts, je glisse lentement ma cuisse entre les siennes et caresse son entrejambe de mon genou.

— T'es sérieuse ? C'est toi qui me rappelais il y a quelques minutes que nous n'étions pas seuls, tu veux que je te jette sur mon épaule et que je t'emmène dans notre chambre ?

Je ris et cesse de l'aguicher.

Gaëtan, qui jusque-là nageait sans rien demander à personne, s'avance sur le bord du bassin et provoque Lisa en l'aspergeant de quelques gouttes d'eau.

— Oh, toi ! Je vais te noyer ! crie-t-elle en sautant dans la piscine pour s'accrocher à son cou dans le but de le faire couler.

La poitrine de Max tressaute alors qu'il rit doucement.

— Elle a de l'espoir, il a pied…

— Mais tu vas voir : il va se laisser faire afin qu'elle pense avoir gagné.

— Tu crois qu'il va faire ça ?

— Ce n'est pas ce que tu ferais ?

— Ah non ! Tu n'aurais pas besoin que je t'aide à gagner. Je sais que tu trouverais un moyen de me battre, même si ça doit ne pas être très catholique, ajoute-t-il au creux de mon oreille.

— Dis plutôt que tu ferais en sorte que je sois obligée d'employer des méthodes outrageusement sournoises, déplacées et probablement sexuelles…

Pour ponctuer ma phrase, je promène lentement mes doigts sur l'intérieur de sa cuisse, et aussi haut que je peux me le permettre sans que quiconque s'aperçoive de mon geste.

— Hum ! Attends que tout le monde soit parti, car je sens qu'on a besoin de terminer cette conversation, grogne-t-il en emprisonnant ma main entre sa paume et son sexe plus tout à fait endormi.

JB dépose sur la table les saucisses grillées — on évite de prononcer les mots « brûlé » ou « trop cuit » — et Édith apporte le plat de salade composée.

Gaëtan et Lisa sortent de l'eau en se bousculant et en riant comme des gamins.

— Katie et les garçons ne devaient pas venir déjeuner ?

— Ils nous rejoignent pour le dîner finalement.

Contre toute attente, Lisa et ma meilleure amie ont décidé d'apprendre à se connaître, et il semble que malgré, ou grâce à leurs différences, elles aient trouvé moyen de s'apprécier. J'avoue que j'en suis ravie.

Nous passons à table, les blagues fusent, la bonne humeur nous enveloppe, voilà ce que nous avons construit.

Après ce déjeuner, je contemple mon monde depuis la large fenêtre de la cuisine.

Lisa, accrochée à l'idée saugrenue de se transformer en écrevisse, s'est étalée en plein soleil. D'ici peu, elle réclamera de l'aspirine, je la connais bien, la chaleur lui colle la migraine. Gaëtan, lui, s'est donné pour mission de sculpter son corps et enchaîne les longueurs. Quant à JB, il joue dans l'eau avec notre petite Maïa. Elle rit aux éclats et a oublié qu'elle était en colère après lui un peu plus tôt…

Deux grands bras m'enlacent et me serrent contre une poitrine dure et chaude.

— Ça va, tu n'es pas trop fatiguée ? me demande Max en m'embrassant dans le cou.

— Je vais très bien. Je termine de préparer le café et je vais vous rejoindre dans la piscine.

Je pivote entre ses bras, caresse délicatement des lèvres l'aigle de sa poitrine avant de plonger dans ses magnifiques iris bleus.

Parfois, ce simple contact suffit à me rendre heureuse.

— Va te baigner, j'arrive.

M'adressant un clin d'œil, il quitte la cuisine et moins de deux secondes plus tard, j'entends le fracas des éclaboussures alors qu'il se jette à l'eau. Les bombes, c'est sa spécialité !

Je contemple le tableau qui se déroule sous mes yeux en souriant, probablement bêtement, d'ailleurs, mais je m'en moque.

« Fais attention, Chloé ! »

Un silence.

Un frisson…

Puis, Maïa hurle.

Son cri déchirant me glace le sang, qui se fige instantanément dans mes veines. Le sentiment d'oppression que je connais bien me submerge de nouveau, me ramenant subitement deux ans en arrière alors que tout mon corps se met à trembler.

Je pensais que tout était terminé ! Que le passé ne ressurgirait plus. J'avais fini par y croire, bordel !

« Il est revenu. Chloé, sauve-toi ! »

Me sauver ?

— Oh non, je ne me sauverai pas. Je ne le laisserai pas gagner ! Je ne le laisserai pas détruire ma vie.

Sur le bord de la terrasse, je reconnais bien l'homme qui se tient debout. Même si je ne vois pas son visage, je ne doute pas de qui il est. Son avant-bras est enroulé autour de la gorge d'Édith, et il n'y a pas de main à son extrémité, seul un moignon dépasse de la manche du sweat-shirt qu'il a sur le dos. Le canon d'une arme est posé sur la tête de celle qui est maintenant mon amie.

Maïa surgit comme une furie dans la cuisine, et j'ai juste le temps de l'attraper pour lui mettre la main devant la bouche avant de la porter en courant jusqu'à sa chambre.

— Tu ne dis pas un mot, ma chérie, tu restes ici jusqu'à ce qu'on vienne te chercher, d'accord ?

Elle secoue vigoureusement la tête, mais dans son regard, je vois qu'elle est terrorisée.

— Je te promets que tout se passera bien. Tu dois me faire confiance et être aussi silencieuse que possible. Je sais que tu en es capable.

L'arme de Max est enfermée dans le coffre-fort du bureau. La main que je tends pour l'ouvrir est tremblante, mais elle ne doit pas l'être.

Elle n'en a pas le droit.

Je serre les poings, puis les desserre, en respirant profondément jusqu'à ce que ces tremblements cessent.

Charger le pistolet est un exercice que je maîtrise parfaitement, je l'ai répété de nombreuses fois, jusqu'à ce que cela devienne un réflexe. Le poids de l'arme stabilise ma poigne autour de la crosse, et je sais maintenant que je peux l'affronter.

Max m'a entraînée.

En sortant de la maison par la porte principale, je la contourne et longe le jardin afin d'arriver par le même chemin que Vidal. Cela me place derrière lui et je devrais donc pouvoir le surprendre.

— Laisse-la partir, Vidal. Elle ne t'a rien fait, tente de le raisonner Max.

— Non, c'est vrai, lui répond le forcené dont je peine à reconnaître la voix. Mais tu vas devoir venir la libérer, mon petit poulet.

J'entends un bruit d'eau et j'en déduis que Max sort du bassin. L'angle de la maison me cache à sa vue. Il ne peut pas savoir que je suis si près d'eux.

— Qu'est-ce que tu cherches Vidal ? demande Max en appuyant le ton sur la fin de sa phrase.

C'est pour moi qu'il parle fort, il souhaite m'alerter, m'ordonner de m'enfuir ou de me mettre à l'abri.

— Toi, Villonier ! Enfin non, pas vraiment toi, juste tout ça, dit-il en désignant la maison et le jardin d'un geste du menton. C'est ta vie que je veux. Alors, je vais te buter et reprendre ce que tu m'as volé.

— Laisse partir Édith et je te suivrai.

— Je savais qu'il suffisait de ça pour te rendre raisonnable, le nargue-t-il en brandissant son arme.

Vidal projette sa captive sur Max qui la rattrape juste avant qu'elle s'effondre sur le sol carrelé qui entoure la piscine, puis il pointe son révolver dans sa direction.

— Avance maintenant et ne joue pas au con, parce que je pourrais tous vous buter.

Max obtempère et c'est le moment que je choisis pour sortir de l'ombre et me placer derrière Vidal. Quelques mètres nous séparent, mais je n'ose pas tirer. Je crains que sous l'effet de la surprise, il fasse feu également, et le canon de son arme est trop proche de Max pour qu'il le manque.

Il faut qu'il se retourne. Si j'attire son attention, Max pourra le neutraliser.

— Vidal ! Si c'est moi que tu veux, je suis là !

En effet, sur mon interpellation, il pivote, mais il attrape Max et le place devant lui, l'avant-bras pressé contre sa gorge, et la gueule de son pistolet posée sur sa tempe.

« L'effet de surprise est toujours une arme de choix »

C'est une des premières choses que Max m'a apprises quand il a commencé à m'entraîner et c'est le moment de vérifier si sa théorie est bonne. Comme dans ce scénario que nous avons plusieurs fois évoqué, il dirige rapidement son regard vers la droite et étale trois doigts sur sa poitrine, puis deux, puis un, puis je tire alors qu'il se jette sur le côté qu'il m'a désigné.

Ma balle atteint Vidal en plein cœur, il reste un instant immobile, me fixant d'un œil incrédule, puis, les traits déformés par un mélange de stupeur et de douleur, il s'effondre sur le bord de la piscine à quelques mètres de JB. Ce dernier approche et tend une main hésitante qu'il porte à sa gorge, cherchant un pouls.

— Il est mort cette fois.

Je me baisse et pose délicatement l'arme à mes pieds quand deux bras m'enlacent et m'aident à me relever.

— Tu as été merveilleuse.

Je souffle un grand coup. Je pensais que tuer un homme m'affecterait, mais l'avoir éliminé, lui, me procure un sentiment de devoir accompli, et m'emplit de satisfaction.

— Maintenant, c'est bien fini, dis-je avec fierté.

— Oui, c'est terminé.

Lisa s'approche et me prend la main, affichant une panique qu'elle s'efforce pourtant de contenir.

— Chloé, où est Maïa ?

— Elle est dans sa chambre et elle a eu très peur.

Ma sœur m'adresse un signe de tête avant de rentrer dans la maison, suivie d'Édith qui se remet, elle aussi, de ses émotions.

Le corps de Vidal traîne mollement dans l'allée, les yeux ouverts, mais son regard dirigé vers le ciel est vide. Toute une partie de son visage et de son crâne est marquée de brûlures, stigmates de l'explosion du « Marylin » probablement et qui explique le sweat à capuche alors qu'il ne fait pas loin de trente-cinq degrés.

Il avait tant de laideur à camoufler.

— Comme un caillou dans la chaussure…

— Pardon ? me demande Max, les sourcils froncés d'incompréhension.

— Ce type était comme un caillou dans notre chaussure, mais maintenant on va pouvoir avancer. Nous n'avons plus rien à craindre.

Il pouffe, probablement surpris par mon stoïcisme.

— C'est une métaphore qui lui va bien, tu as raison. Il ne valait rien de plus qu'un vulgaire caillou.

Les collègues de Max interviennent rapidement, le médecin du service médico-légal aussi. En très peu de temps, nos dépositions sont consignées et la maison retrouve son calme.

Cela fait deux ans que je redoute l'instant où il ressurgira dans nos vies, et maintenant que ce moment est derrière nous, je réalise que cela ne méritait pas autant de nuits blanches et de crises d'angoisse.

Il fait encore jour quand Katie, Elias et Marco nous rejoignent et que nous nous installons autour de la table du jardin. Est-ce que je me sens mal de rire à gorge déployée alors qu'il y a quelques heures et à quelques mètres de là, j'ai abattu un homme ?

Oh ! non… Je ne me sens pas mal du tout, je suis heureuse.

Heureuse de ne plus devoir garder constamment l'œil dans le rétroviseur, de pouvoir nous promener sans que Max soit contraint de porter son holster…

Heureuse de reprendre une existence normale, avec la petite Maïa que j'aime comme si elle était ma propre fille.

Heureuse de profiter de l'homme qui a volé mon

cœur et qui m'a offert le sien, sans plus jamais avoir à craindre pour sa vie.

Lorsque je saisis mon verre afin de proposer un toast, je sais que nous ne sommes pas seuls dans ce jardin et au regard que nous échangeons, je comprends que lui aussi a perçu cette présence qui nous est si familière. Légère et délicate, tellement bienveillante. Cette ombre si douce qui nous a guidés jusque-là est venue nous murmurer ses adieux.

Et je sais, au plus profond de moi, que c'est la dernière fois.

Je serre la main de Max et plonge dans ses iris dont le bleu intense ne cessera jamais de m'envoûter.

— Laurie était là.

— Oui, elle était avec nous.

Ses yeux cobalt se promènent dans les airs, comme s'il cherchait une preuve ou peut-être juste une lumière.

— Merci d'avoir si bien veillé sur nous, soufflé-je en souriant au vide qui nous entoure. Ma gorge est nouée par une reconnaissance qu'aucun mot assez puissant ne peut exprimer.

Ceux qui nous connaissent savent tout de notre histoire. Jean-Baptiste presse ses doigts sur ses paupières afin d'en chasser les larmes et m'adresse un regard chargé d'une immense tendresse.

— Je comprends pourquoi c'est toi que ma sœur a choisie pour accompagner Max et Maïa, ajoute-t-il en levant son verre.

Nous trinquons dans un complet silence, comme pour lui offrir un dernier hommage, et lentement, nous la sentons disparaître, tel un parfum qui s'effiloche au gré du vent. Même les oiseaux se sont tus durant ce court moment où son Nouveau Monde lui a ouvert ses portes afin qu'elle le rejoigne.

C'est entre nos seules mains que réside notre avenir à présent.

Et notre liberté enfin retrouvée lui a aussi rendu la sienne.

Adieu…

Repose en paix.

Fin

REMERCIEMENTS

Écrire des remerciements, c'est comme remonter le fil de cette aventure : à chaque pas, je croise un visage, un sourire, une main tendue.

On croit qu'il suffit de quelques noms, mais en réalité... vous êtes bien plus nombreux, et je m'en voudrais d'oublier ne serait-ce qu'un seul d'entre vous.

Alors, à celles et ceux qui m'ont offert une écoute, un conseil, un regard bienveillant, merci.

À celles et ceux qui ont pris le temps de m'aider à polir chaque phrase, à adoucir ici, à intensifier là, merci.

À celles et ceux qui liront ces pages et feront vivre cette histoire au-delà de moi, en la portant, en en parlant, merci aussi.

Ce livre n'existerait pas de la même manière sans vous.

Et un grand merci supplémentaire aux miens, à mes êtres si chers qui m'ont supportée dans les moments de doutes et d'euphorie. Je vous aime, et je ne vous le dis pas assez.

Alors, pour chaque geste, chaque encouragement, chaque étincelle partagée : **merci du fond du cœur.**

Printed in France by Amazon
Brétigny-sur-Orge, FR

33035340R00399